国家出版基金项目　　陕西出版资金资助项目

海外中国研究书系·日本学人唐代文史研究八人集

主编　李浩　〔日〕松原朗

著者简介
冈田充博,1946年生,日本名古屋大学文学博士,东方学会会员,横滨国立大学名誉教授,研究方向为中国古典文学,主要有《唐代小说〈板桥三娘子〉考——东西方变驴、变马系列故事》、《中唐文学的视角》(共著)等论著。

译者简介
张桦,上海人,东京杏林大学硕士,现任教于陕西师范大学外国语学院。

独孤婵觉,华东师范大学文学硕士,日本横滨国立大学博士、中文讲师。

西北大学文学学科资助项目

唐代小说《板桥三娘子》考

东西方变驴、变马系列故事

〔日〕冈田充博　著
张桦　独孤婵觉　译

西北大学出版社

著作权合同登记号:陕版出图字25-2018-238

图书在版编目(CIP)数据

唐代小说《板桥三娘子》考:东西方变驴、变马系列故事/(日)冈田充博著;张桦,独孤婵觉译.—西安:西北大学出版社,2019.7

(海外中国研究书系/李浩,松原朗主编.日本学人唐代文史研究八人集)

ISBN 978-7-5604-4394-2

Ⅰ.①唐… Ⅱ.①冈… ②张… ③独… Ⅲ.①唐代小说—小说研究—中国—唐代 Ⅳ.①I207.41

中国版本图书馆CIP数据核字(2019)第141280号

本书由日本知泉书馆、冈田充博授权出版

唐代小说《板桥三娘子》考:东西方变驴、变马系列故事

作　　者:	〔日〕冈田充博 著　张桦 独孤婵觉 译
出版发行:	西北大学出版社
地　　址:	西安市太白北路229号
邮　　编:	710069
电　　话:	029-88302590　88303593
经　　销:	全国新华书店
印　　刷:	陕西博文印务有限责任公司
开　　本:	787毫米×1092毫米　1/16
印　　张:	23
字　　数:	340千字
版　　次:	2019年7月第1版　2019年7月第1次印刷
书　　号:	ISBN 978-7-5604-4394-2
定　　价:	120.00元

如有印装质量问题,请与本社联系调换,电话029-88302966。

《海外中国研究书系·日本学人唐代文史研究八人集》

学术顾问

〔日〕池田温　袁行霈　张岂之　王水照　莫砺锋　陈尚君　荣新江

组织工作委员会

主　任　〔日〕松原朗　吴振磊

委　员　李　浩　马　来　张　萍　杨遇青　刘　杰　赵　杭　张渭涛
　　　　　谷鹏飞

日方联络人　张渭涛

编辑工作委员会

主　任　段建军

委　员　〔日〕松原朗　〔日〕妹尾达彦　〔日〕埋田重夫　〔日〕冈田充博
　　　　　〔日〕石见清裕　〔日〕丸桥充拓　〔日〕古川末喜　〔日〕金子修一
　　　　　段建军　谷鹏飞　高兵兵　张渭涛　刘建强　何惠昂　马若楠

主　编　李　浩　〔日〕松原朗
副主编　高兵兵

总序一

记得四年前,老友松原朗教授将其新著《晚唐诗之摇篮——张籍·姚合·贾岛论》的书稿转我,嘱我推荐给西北大学出版社,希望唐诗故乡的中国学人能及时读到这部新著,并能给予全面的学术批评。我充分理解松原兄的诚挚愿望,彼时恰好我还在校内外的学术管理部门兼一点服务性的工作,也想给学校出版社多介绍一些好作品,于是"怂恿"松原兄把原来的计划稍微扩大,从翻译出版一位日本学者的一部作品,扩展到集中推出一批日本学者的最新研究成果。开始时,松原兄及其他日方学者并没有迅速回应,这其中既有对西北大学出版社和西北大学唐代文史研究团队的估量,也有对翻译力量、经费筹措等问题的担心。我很能理解朋友们的忧虑,毕竟,自我们与专修大学等日方学术机构和友朋合作以来,这是最大的一个项目。

出乎意料,等项目确定后,松原先生及其他相关作者表现出很高的学术热情和工作效率,他们自己和原书的日本出版方联系,主动放弃版权贸易中的版税,简化相关谈判手续,使得许多复杂的问题简单化。最后商定第一批推出的是以下八部著作:

《隋唐长安与东亚比较都城史》(妹尾达彦著,高兵兵、郭雪妮、黄海静译)

《中国古代皇帝祭祀研究》(金子修一著,徐璐、张子如译)

《唐代军事财政与礼制》(丸桥充拓著,张桦译)

《唐代的民族、外交与墓志》(石见清裕著,王博译)

《杜甫农业诗研究——八世纪中国农事与生活之歌》(古川末喜著,董璐译)

《白居易研究——闲适的诗想》(埋田重夫著,王旭东译)

《晚唐诗之摇篮——张籍·姚合·贾岛论》(松原朗著,张渭涛译)

《唐代小说〈板桥三娘子〉考》（冈田充博著，张桦、独孤婵觉译）

用中国学人的分类标准来看，前四部是属于史学类的，后四部是属于文学类的，第二部严格意义上说又不完全属于断代类的研究。故我们最初将丛书的名称模糊地称作"唐代文史研究八人集"，也暗含对文史兼容实际的承认。最后确定为现在的名称，是因为在申报陕西省出版资金资助项目时使用了这个名称，故顺势以此命名。

依照松原先生的理解，他所选择并推荐给中国学界的是最能体现并代表当代日本学界富有日本特色的中国学研究成果，松原先生在与我几次邮件沟通中反复强调这一点，体现了他和他的日本同行的执着与认真，这一层意思松原兄在序中表达得更准确。当然，符合他这一标准的绝不止这八部著作，应该还有一大批，我熟悉的日本学界的许多朋友的著作也没有列入。按照初始计划，我们会与松原兄持续合作，推荐并翻译更多的日本中国学研究成果。

我们学界现在也开始倡导中国话语、中国风格和中国流派，看到日本同行已经捧出一系列能代表自己风格学派的成果，我们除了向他们表达学术敬意外，是否也应该省思自己的学术哲学和研究取向。毕竟，用自己的成果说话才是硬道理。

当下学术走出去的热情很高，而对境外学人相关研究成果的移译与介绍则稍显冷落。按照顾彬（Wolfgang Kubin，1945—）的解释，文学走出去相当于到别人家做客，主动权在他不在我；文学请进来，让友人宾至如归，则主动权在我不在他。我们能做的事，能做好的事，应尽量做充分、做扎实、做精深。方以学术史，法显求法译经，玄奘团队述译，严复不仅以译著《群己权界论》传世，更奠定"信、达、雅"的译事三原则。近代以来，中国重新走向开放，走向世界，实与大规模翻译、引进、介绍海外新思想、新理论、新学说密不可分。说"十月革命一声炮响，给我们送来了马克思主义"，是一种谦逊的说法，其实是我们主动拥抱马克思主义，主动引进现代科学，翻译马克思主义原著和其他世界学术名著。这一文明交往的基本史实在当下不该被有意遗忘、无意误读。身处其间，以温故知新、继往开来为己任的当代学人，不知该说些什么，又该做些什么？

本丛书的翻译团队由两部分组成，一部分是由原书作者推荐的，另一部分是由出版社和高兵兵教授约请的。由于时间紧任务重，著者与译者分处境内外，天各一方，联系和对接未必都畅通，理解和翻译的错误在所难免，出版后恳请各方贤达不吝赐教，以便我们逐步完善。其中高兵兵教授此前曾组织翻译过两辑"日本长安学研究丛书"，有组织能力，也有较丰富的翻译实践经验。张渭涛副教授既是译者，又身兼日方著者和中方出版者的信使，青鸟殷勤，旅途劳顿，多次利用返乡的机会，做了大量的沟通工作。

按照葛兆光教授等学者的解释，长期以来，我们习惯于由朝贡体制型塑的认知模式，而忽略甚至漠视从周边看中华的视角，好在现在大家已经认识到通观与圆照方可认识事物，包括认识我们文化的重要性。这样，翻译并介绍周边受到汉文化深刻影响的国家和地区的汉学研究成果，就有了三重意义：一是有助于我们深入了解周边地区的汉文化观，二是从传播和接受的角度勾画原典文化散布播迁的轨迹，三是丰富了相关专题研究的学术史。

当前，"一带一路"合作倡议正如火如荼，其中最富启示性的思想，我以为是"文明互鉴"理论，即各种文化宜互学互鉴。学术成果的翻译介绍，就是在两种文化之间架设桥梁，充当使者。自古以来，我们的民族认为，架桥铺路于承担者是一种救赎的苦行，但于接受者则是一件无量的功德。对于中外文化的互译也应作如是观。

李　浩

2018 年 5 月 30 日

于西北大学长安校区寓所

总序二

日本的中国学,也就是对中国文化的研究,由来已久。即便是将中国学之意仅限定为"中国古典文献的接受、解释、说明之学",也已经有一千几百年的历史了。而且,日本处于中国历代王朝册封体制的外缘,始终与中国保持着一定的距离,因而能远离权威,相对自由。这使得日本的中国学,不论是在过去还是在近年,都被赋予了独特的性格。

在属于以往册封体制内的诸地域,是以忠实于中国文化、对其进行完全复制为价值标准的。而日本却不同,它对中国文化反而采取了选择性接受的方式,并积极对其加以改变。其中最典型的事例,就是日本的文字创制。平安时代(794—1192)初期,日本以汉字为基础创制了"平假名"和"片假名",它们都是纯粹表音的文字,日本人从此确立了不借助汉语和汉字就能直接用日语表达的方法。相较于世界各地昙花一现的种种化石文字,日本独有的这种假名文字,至今仍然具有旺盛的生命力。而且,《源氏物语》(约1008年成书)之所以能成为反映日本人审美价值观的决定性文学作品,就是因为它是使用平假名书写的。那么,如果从中国本位的角度看,无论是假名的创制,还是《源氏物语》的问世,都是对中国文化的一种脱离。也就是说,日本以脱离中国文化为反作用力,确立了自身文化的独特性。

日本虽然从广义上说是中国文化圈(汉字文化圈)的一员,却有独立的文化主张,而且日本人对此持肯定立场。这样的倾向并非始于明治维新后的近代,而是有着相当长的历史。近代以前的江户时代(1603—1867),虽然因江户幕府的政策,汉学(特别是朱子学)一度占据了学术主导地位,但在江户时代后期,由于国学(日本主义)和兰学(以荷兰语为媒介的西学)这两个强劲对手的崛起,汉学便失去了独尊之位。

但是,以上这些并不意味着日本人轻视中国文化。反而应该说,至少在20世纪初之前的漫长岁月里,日本人都一直在非常真挚地学习中国古典,不仅解读文字,也解读其中的精神。日本知识界真正远离中国古典,是在二战结束以后。

福泽谕吉(1835—1901,庆应义塾大学创始人)被认为是一位致力于西学、倡导"脱亚"、堪称日本现代化精神支柱的思想家,然而他在十几岁不到二十岁的这段时期,却是一直在白石照山的私塾里攻读汉文典籍的。他在《福翁自传》里写道:

> 岂止《论语》《孟子》,我研习了所有经书的经义。特别是(白石)先生喜欢的《诗经》和《书经》,常得先生讲授。此外诸如《蒙求》《世说》《左传》《战国策》《老子》《庄子》等,也经常听讲,后又自学《史记》、两《汉书》《晋书》《五代史》《元明史略》等史书。我最为得意的是《左传》,大多数书生仅读完十五卷中的三四卷便会放弃,而我则通读全书,且共计复读了十一遍,有趣之处都能背诵出来。

应该说,福泽谕吉并非摒弃中国文化而选择了西方文化,他是以从中国古典中学到的见识与洞察力作为药捻,而后才得以大成其思想的。在当时包括福泽谕吉在内的日本知识界人士看来,中国古典并非一大堆死知识,而是他们从中汲取人生所需智慧的活的"古典"。就这样,日本文化一边尝试无限接近中国文化,一边又试图从中国文化中脱离,形成了具有双向动力的内部结构。

由中国文化或中国统治权威中脱离的倾向,甚至在处于日本中国学核心位置的儒学中也有发生。江户时代,幕府将朱子学尊为官学,这也反映了朱子学在明清两代的权威性。不过,江户时代的两位代表性儒学家伊藤仁斋(1627—1705)和荻生徂徕(1666—1728)却例外,他们两人,前者提倡"古义",后者提倡"古文辞",都还原了儒学的本来面目,超越朱子学成为具有独创性的思想家。伊藤仁斋的《语孟字义》比戴震(1724—1777)《孟子字义疏证》的主张早了一个世纪。而荻生徂徕将道德思想从儒学中排除,认为圣人只是礼乐刑政等客观制度的设计者。荻生徂徕本来是出于对儒学的忠实,去探索儒学的真面目的,但结果几乎与儒学传统背道而驰。也就是说,荻生徂徕的儒学已经达到了非儒学的境地。荻生徂徕的这些主张,超越了儒学的界线,给当时整个思想领域都带来了巨大的冲击,致使江户后期的思想界，摆脱了朱子学的桎梏，并诱发了国学和兰学的兴起，呈现出百花齐放的态势。应该说，无须等待西方的冲击，近代日本就已经完成了它的内部准备。

上文说过，日本文化的内部，具有一边尝试无限接近中国文化，一边又试图从中国文化中脱离的双向动力。在这一点上，我们有必要认识到，看似舍弃中国文化而选择了西学的福泽谕吉，以及原本乃是中国文化忠实者后来却成了一位破天荒思想家的荻生徂徕，两位都是此种日本文化特征的体现者。

从宏观上看，日本属于中国文化圈，是不争的历史事实。因为从根本上说，日本受其地理条件所限，也不可能有机会与强大到足以与中国文化抗衡的其他先进文化发生接触。即便是印度的佛教，也是通过经中国文化过滤的汉译佛典，即作为中国文化的一部分而被接受的。但在这种状况下，日本没有被强大的中国文化同化，而得以贯彻其独自的文化体系，这几乎就是个奇迹。日本所处的特殊位置，与太阳引力作用下的地球不无相似之处。如果离太阳再近一些，就会像金星一样被灼热的太阳同化；而若是离太阳再远一些，就又会像火星那样成为一个冰冻的不毛之地。地球就是在趋向太阳的向心力与反方向的离心力的绝妙平衡之下，得以悬浮在太阳系中的一颗明珠。

如果以中国的视角重新审视的话，这样的日本文化反倒是显示中国文化普遍性及包容性的绝好例证，中国文化绝不是仅有忠实者顶礼膜拜、悉心呵护的单一僵死之物。日本的文化，从其具有脱离中国权威的反作用力这点来说，就算不是叛逆者，也无疑是个不忠者。但能够产出这样的不忠者，也是因为中国文化具备卓越的包容力与普遍性。也正是因为这一点，我们为了加深对中国文化的理解，将包括日本文化在内的多样性思考纳入视域，也会是一个有效的方法。

日本的中国学，绝非中国文化的忠实复制，也并不是像一个不了解中国文化的人初见新大陆般的、出于一片好奇心的结果。我们便是基于上述认识，想尽可能地提供一些新的见解和观点，所以策划了这套《日本学人唐代文史研究八人集》。书目选择的主要原则，并不是仅以学术水平为准绳的，而是优先考虑了具备日本独特视角的研究成果。广大读者如果对我们的主题设置、探讨方式等有一些微妙的不适应,我想说,那正是我们这套书的策划宗旨,希望大家理解这一点。此外,我还热切期待这套小小的丛书能为日中文化交流发挥出大大的作用。当然,也真诚期望得到各位专家、学者及广大读者的批评和指正。

松原朗

2018 年 4 月 8 日

序

唐朝文学以诗歌成就为最,其中"诗仙"李白与"诗圣"杜甫最为出名,唐诗是中国古诗不可逾越的巅峰。但七世纪初,小说开始在中国文学中崭露头角,并在此后三百年内得到飞跃发展。六朝时期的志怪、志人小说近似于片段式记述,在此基础上,唐代进一步加强了故事构思、表现技巧、情节虚构等环节,创作出了真正的"小说"。唐代小说继承了六朝小说。六朝多为怪异、神仙故事,唐代小说则创作出了理想与现实、唯爱与背叛及剑侠、复仇等类型的故事,内容丰富多彩、精彩纷呈,可以说创作水平远高于六朝时期。

众多的唐代小说中也包括动物变为人或人变为动物的变形类故事。虽说中国的变形故事中动物变为人的故事占主流,但古典作品中也不乏精彩、充满魅力的人变为动物的变形故事。这类故事深深吸引了日本作家,日本也因此创作出了这类故事。例如,上田秋成《梦应鲤鱼》、中岛敦《山月记》等名著就是代表作,其原型故事《鱼服记》(《薛伟》)、《人虎传》(《李徵》)就是唐代的作品。

而诸多变形故事中,有一篇至今令人注目的作品,这就是《板桥三娘子》。《板桥三娘子》故事的知名度远不及《人虎传》《鱼服记》,总字数不到八百字,在唐代小说中属于短篇故事的范畴,但事实上《板桥三娘子》故事的背后隐含着大量与时代息息相关的背景及类似的故事类型,也包括了很多未解之谜,因此,从这个角度来说,《板桥三娘子》可谓唐代小说中首屈一指的代表作。故事发生在汴州(河南省开封)板桥,三娘子在这里经营一家小旅店。三娘子利用幻术,在旅店中将过往旅客变成了驴,下面先介绍一下故事的主要内容:

> 唐代,汴州西边有家板桥旅店,店的女老板叫三娘子,是一位三十多岁的寡妇,一直一个人生活,也不知道她来自哪里。三娘子经营着一家小旅店,家里却很富裕,而且还饲养了许多头驴。

她总是降价接待路过的公私车辆,人们都说她经营有方,因此往来的旅客都到这里来用餐和住宿。

一天,来了一位名叫赵季和的客人,他在去洛阳的途中路过此地,便住下了。三娘子热情地招待客人,深夜还来向他们敬酒,和大家一起开怀畅饮。赵季和向来不喝酒,但参与了谈笑。

到了深夜,客人们都醉倒了,各自睡下。唯独赵季和翻来覆去睡不着。忽然,他听见隔壁有搬东西的声音,于是就透过缝隙窥视。只见三娘子挑亮灯光,然后从箱子里拿出犁杖、木头牛、木头人。三娘子把它们放在灶坑前,喷上水,于是木头人和木头牛便动了起来,小人牵牛拉犁杖,开始耕地。接着,她又播了荞麦种子,不久荞麦便发芽、开花、成熟了。三娘子让小人收割荞麦后去壳,然后磨成面粉做成了烧饼。

第二天早上,三娘子把做好的烧饼放到盘子里端给客人吃。赵季和心中疑惑,便没有吃,推门而去,蹲在窗外偷偷地观察动静。只见吃了烧饼的客人忽然跌倒在地上,不一会儿就全都变成了驴。三娘子把他们赶到店后,把他们所有的财物据为己有。赵季和没把这件事告诉别人,却对她这套幻术暗自惊异。

一个多月之后,赵季和从洛阳返回。他事先准备好一些荞麦烧饼,又来三娘子的旅店住宿了。这天夜里没有别的客人,三娘子待他更加热情。第二天早上,三娘子端来同样的烧饼。趁她不注意时,赵季和赶紧从盘子里偷换了一个烧饼,三娘子没有发觉。赵季和花言巧语骗三娘子吃了那个换下的烧饼。三娘子刚咬了一口,便趴在地上发出驴的叫声,随即变成了一头驴,赵季和骑上她周游四方。虽带去了木头人、木头牛等,但他弄不明白那幻术的要领,试了几次都失败了。

四年后,他骑驴来到华岳庙,路旁有位老人,忽然拍手大笑道:"板桥三娘子,你怎么变成了这副模样?"说完,他对赵季和说:"她虽有罪过,但被你这么一折腾,也够可怜的了,请在这里放了她吧。"老人说完,用两手把驴的嘴一掰,三娘子从皮肉中跳了出来,当即恢复了原形。三娘子向老人跪谢完毕,转身离去,谁也不知道她去了什么地方。

《板桥三娘子》可以说是中国变形故事中一个令人耳目一新的故事,因为故事中出现了其他小说、笔记中未曾出现过的小木人道具、神奇的食物等情节。三娘子的幻术不仅让我们对唐代某地的这个小旅店充满好奇,更让我们联想到西方使用魔术的女妖。同样,将目光转向东方时会发现,日本也存在诸多类似的变形故事。日本从东北至九州的广大地区流传的古代传说《旅人马》就属于这类故事。可见,在探讨《板桥三娘子》的故事原型、传承等问题时,其范围不能局限于中国,而应跨越国境,在世界范围内进行考证。

日本民俗学巨匠南方熊楠很早就关注了唐代这个小众却又很另类的变形故事。1913 年,南方熊楠在《乡土研究》一卷九号上发表了《今昔物语研究》,重点探讨了《今昔物语》中诸传说的出典,详细考证了其中的变马故事,在列举日本、欧洲、印度类似故事的同时也列举了《板桥三娘子》①。继这些先行研究后,也陆续出现了一些令人注目的研究成果,尤其是在故事原型、类似故事等方面出现了有价值的新资料,但这些研究大多是关于欧洲或日本神话、民间故事的研究,可以说从事唐代小说研究的学者寥寥无几,而且诸多论考并未充分关注相关领域的研究,很多只是零星的研究结论,尤其缺乏关于《板桥三娘子》的研究专著。

本书重新调查、整理了先行研究的成果,共分四章对故事原型的传播、传承变化、故事的创作背景等内容进行了重点论述。各章内容如下:第一章《故事原型》;第二章《〈板桥三娘子〉及其故事背景》;第三章《中国的变形故事》;第四章《日本的变形故事》。第一章将在欧洲、西亚、印度等诸国的变形故事中探寻《板桥三娘子》的故事原型及类似故事;第二章首先精读《板桥三娘子》故事,并在此基础上探索该故事创作的唐代社会、文化背景;

---

① 高木敏雄《今昔物语研究》比南方熊楠更早论述了《板桥三娘子》的故事。高木敏雄是明治大正时期日本比较神话传说研究的第一人,这篇论文用赤峰太郎的笔名发表在《乡土研究》创刊号上。高木敏雄在考证《今昔物语集》中变马故事的出典时列举了《板桥三娘子》。南方熊楠则在此基础上进一步提出欧洲也存在此类故事的资料。
增尾伸一郎《传说的传播与佛教经典——高木敏雄与南方熊楠的研究法》(《中国学研究》第二十五号,2007 年)中详细论述了这两篇论文的发表原委。

第三、第四章介绍中国现存的与《板桥三娘子》相类似的故事及改编作品的创作情况,并进一步探究《板桥三娘子》故事传入日本的途径及传承、变迁等内容。

《板桥三娘子》故事错综复杂,情节扑朔迷离,研究对象涉及各个领域,因此,笔者个人的力量就显得很微薄,本书虽探讨了隐藏在故事背后的诸多真相及跨越大范围的传播情况,但依然留下一些未解之谜,而作为研究变形故事的专著,本书具有深远的意义。

目录

总序一 ……………………………………………… 李　浩(1)
总序二 ……………………………………………… 松原朗(4)
序 ……………………………………………………………… (1)

第一章　故事原型 ………………………………………… (1)

绪　论 …………………………………………………… (1)
第一节　欧　洲 ………………………………………… (1)
第二节　西　亚 ………………………………………… (19)
第三节　印　度 ………………………………………… (28)
第四节　其　他 ………………………………………… (35)
小　结 …………………………………………………… (43)

第二章　《板桥三娘子》及其故事背景 ………………… (46)

绪　论 …………………………………………………… (46)
第一节　收录《板桥三娘子》的小说集及其编撰者…… (46)
第二节　《板桥三娘子》及其背景 ……………………… (57)
　一、汴州　板桥　旅店　驴 ………………………… (58)
　二、投宿　店内 ……………………………………… (67)
　三、幻术——木偶人　种麦 ………………………… (71)
　四、变驴　黑店 ……………………………………… (88)
　五、归路 ……………………………………………… (93)
　六、诈术　骑驴 ……………………………………… (93)
　七、华岳庙　复身　遁走 …………………………… (103)

I

小　结 …………………………………………………… (109)

第三章　中国的变形故事 …………………………………… (112)

　　绪　论 ………………………………………………………… (112)

　　第一节　中国的变形故事及变形、变化观 ………………… (112)
　　　　一、动植物变形为人 ………………………………… (112)
　　　　二、神仙变形为动物 ………………………………… (117)
　　　　三、人变形为动物 …………………………………… (128)
　　　　四、变形为虎的变形故事 …………………………… (139)

　　第二节　中国的变驴、变马故事与《板桥三娘子》…… (154)
　　　　一、"因果报应"系列故事 ………………………… (154)
　　　　二、《出曜经》系列故事 …………………………… (172)
　　　　三、《故事海》《一千零一夜》系列故事 ………… (191)
　　　　四、其他 ……………………………………………… (214)

　　　小　结 …………………………………………………… (219)

第四章　日本的变形故事 …………………………………… (222)

　　绪　论 ………………………………………………………… (222)

　　第一节　日本的变形故事及变形观 ………………………… (222)
　　　　一、从古代到近世的变形故事 ……………………… (222)
　　　　二、变形术 …………………………………………… (232)

　　第二节　日本的变驴、变马故事与《板桥三娘子》…… (242)
　　　　一、"因果报应"系列故事 ………………………… (242)
　　　　二、《出曜经》系列故事 …………………………… (259)
　　　　三、《故事海》《一千零一夜》系列故事 ………… (271)
　　　　四、其他 ……………………………………………… (294)

　　　小　结 …………………………………………………… (299)

结　语 ………………………………………………………… (301)

附论一 《出曜经》遮罗婆罗草、《毗奈耶杂事》游方的
故事及其同类型故事 …………………………（304）

附论二 《板桥三娘子》校勘记 …………………………（323）

附论三 浅谈古希腊的变形观 …………………………（334）

后 记 …………………………………………………（342）

译后记 …………………………………………………（345）

第一章

故事原型

绪　论

《板桥三娘子》中将人变成驴的幻术故事带有浓厚的异国情趣。那么从事《板桥三娘子》研究的学者是怎么思考这个"异国",又怎样看待故事原型的呢?又应通过怎样的方式来综合前期诸多的研究成果呢?第一章将在诸多先行研究的基础上探究世界各地与《板桥三娘子》故事类似的内容,并从中探求《板桥三娘子》故事原型之所在。

第一节　欧　洲

在中国之外的其他国家探寻《板桥三娘子》故事原型时,我们首先会想到创作出诸多以魔女、变形为主题的故事的欧洲。古希腊、罗马流传下来的许多变形故事对后世的传说与文学都具有深远影响,在探讨关于人变为驴的变形故事原型时,希腊当然是首选之地。因此,第一章就顺理成章地首先选择了考察欧洲诸国的情况。

先行研究中所列举的与《板桥三娘子》有关联的资料几乎都源自欧洲。在1913年出版的《今昔物语研究》中,南方熊楠关注了《板桥三娘子》的故事,并将罗马阿普列尤斯的《金驴记》(又称《黄金驴》《变形记》)作为人变形为驴的故事原型进行了介绍。1947年,中国学者杨宪益《零墨新笺》(中华书局)中收录了《板桥三娘子》的故事①。杨宪益在《零墨新笺》中提出,

---

① 笔者没有见到1947年中华书局版。笔者参照的是1983年香港商务印书馆版《零墨新笺》与1983年三联书店版《译余偶拾》,但其中《板桥三娘子》的论述内容相同。

荷马《奥德赛》中关于魔女喀耳刻(亦称瑟西)的故事是除《变形记》外又一最古老的变形故事的原型。1948年,佐佐木理在《历史》第一卷第三号上发表了《变成驴的人》①。佐佐木理是研究希腊神话的学者,这篇论文虽是以阿普列尤斯《变形记》为中心进行论述,但在文末提到《变成驴的人》与《板桥三娘子》的故事有相似之处,同时也论述了《奥德赛》中的喀耳刻。首先来看中日两国学者都提到的《奥德赛》吧。

古希腊著名诗人荷马(公元前800年左右)的作品《奥德赛》,其主人公是特洛伊战争中的勇士奥德修斯。叙事诗《奥德赛》的前半部分主要讲述了因触怒海神波塞冬,奥德修斯被置留在女妖神卡吕普索的岛上,此后他在海上漂泊十年,经历重重苦难,终于回到了故土伊萨卡的故事。在这篇波澜壮阔的漂流冒险记的第十首诗中,住在艾尤岛却拥有一头秀发的女巫喀耳刻出场了。

在埃俄利亚岛上拥有神力的拉斯忒吕戈涅斯食人族袭击了奥德赛一行,这使奥德赛失去了很多同伴,他历经艰辛后终于逃到了艾尤岛。奥德赛将部下分为两队,并派欧里罗科斯指挥的一队人马去侦察艾尤岛的情况。女巫喀耳刻就住在艾尤岛上,她擅长使用令人畏惧的妖术,能把人变成野兽。喀耳刻一边织布一边歌唱,毫不知情的一行人被她美妙的歌声吸引,来到喀耳刻面前问路,于是便出现了如下悲剧②:

　　……众人高声呼喊,正在歌唱的女神立刻打开美丽的门户,出来邀请他们入内,众人浑然无知,全都随她而去,唯有欧里罗科斯疑心其中有诈,逡巡不前。喀耳刻把他们引进屋内,让他们在沙发、椅子上就座,还给他们调制饮料。女神在普拉姆内亚葡萄酒里加入奶酪、小麦粉和黄色的蜂蜜,为了使他们饮后完全忘记自己的故国,还拌入了可怕的迷药。喀耳刻劝众人喝下饮料后,立即举起棍棒击打众人,并把他们赶入猪圈。于是众人逐渐变成

---

① 佐佐木理在《名古屋大学文学部研究论集》第四辑(1953年)发表的《黄金驴》是这篇论文的续篇。本章及其后几章中多次参照了该论文。佐佐木理以《变成驴的人》为基础,补充了大量世界各地人变形为驴、变形为马的故事。
② 引自松平千秋译《奥德赛》上册(《岩波文库》,岩波书店,1994年)第257页译文。后半部分引自同书第261—262页。

猪的头和脸、猪的声音,变出猪鬃毛,最后完全变成了猪的模样,但心智依然如故,没有改变。被关进猪圈的人们放声大哭起来,喀耳刻便朝他们丢橡子、山茱萸等果实,这些都是猪饲料。

只有欧里罗科斯一个人逃了回来,他向奥德赛讲述了同伴们的遭遇。奥德赛听后立刻只身前往营救。途中,他遇见了化身为俊朗青年的墨耳赫斯。墨耳赫斯向奥德赛教授对付喀耳刻的方法,并给了他名为"魔力"的护身药草。奥德赛按照墨耳赫斯的吩咐来到喀耳刻的宫殿与她对决。下面根据译本来看一下接下来的故事:

  女神出来招请我入内,让我坐在一张镶有银饰的高背靠椅上——在这张做工精美的椅子前还放着脚凳。她怀着恶毒的念头在一只金杯里拌入魔药,为我调制出一杯名叫"肯吉"的饮料。我接过她递给我的饮料一饮而尽,然而她的妖术对我并不起作用,我并没有变形成猪。喀耳刻一边举杖打我,一边怒道:"快滚到猪圈里去,好和你的同伴在一起!"

  她刚说完,我便抽出腰间的利剑猛扑上去,准备杀了她。她大声尖叫着跑过来,靠在我的膝盖上哭泣,并用轻柔的语调对我说道:"你到底是从哪里来的?你究竟是谁?你的父母又在哪里?你喝了魔药居然不变形,这太令我吃惊了。别人喝了此药,只要药汁渗过他的齿隙,就无法抵御它的药力了。你一定有一颗魔法无法侵袭的心灵。持用金杖、斩杀了百眼巨人阿耳戈斯的墨耳赫斯神常常对我说起,奥德赛正乘着急速行进的乌黑海船从特洛伊返回,将会途经此地。你一定就是足智多谋的奥德赛吧?请收起你的利剑,与我一同去闺房吧。我们尽情云雨,就这样两心相许。"

  听了喀耳刻的邀约,我答道:"喀耳刻,我怎么可能答应你的请求对你温柔?在这座宫殿里你把我的部下变成猪,现在你又百般纠缠,想留我于此处,还不怀好意地邀我去你的闺房与你云雨,是想趁我赤身裸体时夺去我男子的精气,把我变成一个不中用的人吧。女神啊,除非你发誓,保证今后不会再有丝毫加害我的念头,否则我是绝不可能答应你的。"

  我刚说完,喀耳刻当即起誓今后绝不再加害于我。听了她的誓言，我才走进了喀耳刻华美的闺房。

与喀耳刻云雨之后，奥德赛把药膏涂抹在变成猪的部下身上，把他们变回人形。就这样，奥德赛与喀耳刻一起生活了一年时间。

《奥德赛》故事中出现了能把人变成兽类、家畜的魔女，这与《板桥三娘子》有共通之处，但喀耳刻使用的是让人喝完魔药后再用杖击打的较简单的魔法，与三娘子复杂的烧饼制法完全不同，而且喀耳刻是把人变为猪而非变为驴。最重要的是，荷马在《奥德赛》故事的后半部分增加了喀耳刻与奥德赛性爱、恋爱的内容，这是《板桥三娘子》的故事完全没有的内容。《奥德赛》中也没有用计谋把魔女变成动物的情节。因此，即使喀耳刻和她的魔法与三娘子故事有相似之处，也无法确定《奥德赛》就是《板桥三娘子》的故事原型。

喀耳刻的故事还出现在年代更晚的罗马的奥维德（前43—17）的《变形记》第十四卷中。具体来说，《变形记》中的故事是被喀耳刻的魔法变成猪的部下的回忆。在细节上虽有不同①，但大致情节与《奥德赛》一致。因此，这些故事并不能探寻到《板桥三娘子》的故事原型。然而，《变形记》中还讲述了意大利美男王匹库斯的故事。匹库斯因为拒绝了喀耳刻的求爱而被其用魔法变成了啄木鸟，可见喀耳刻很容易沉溺于爱情中。关于这位女神的性与爱、善与恶、友好与敌对的两面性内容将在梳理欧洲的变形故事后进行探讨。

再如阿波罗多洛斯（1、2世纪?）《希腊神话·摘要》第七章中同样记载了喀耳刻的故事。除了有人被施加魔法变成猪外，也有人被变成驴，这点

---

① 参照中村善也译《变形记》下册第十四卷第261—273页（《岩波文库》，岩波书店，1994年）。《变形记》中的部分描写比《奥德赛》更详细，也有些情节与《奥德赛》不同。例如，《奥德赛》中喀耳刻一边织布一边唱着美妙动听的歌曲，《变形记》中喀耳刻则坐在椅子上，一边让精灵甄选药草，一边自己也用秤量取药物。这为后文喀耳刻使用幻术的情节埋下伏笔。这一点也恰恰反映了喀耳刻故事的变化，非常有趣。只是作者过度强调喀耳刻的幻术，而对喀耳刻的女性魅力描写不足，因此这并非二者的主要差异。

另外，喀耳刻把人变成猪时必须用手杖敲打人的头部，而将变成猪的人变回人形时，要涂上药并再次用手杖敲打其头部。可见《变形记》中手杖已成为喀耳刻施幻术时必不可少的道具了。魔女使用手杖的内容耐人寻味，但并没有值得强调的不同之处。

虽值得关注①,但故事内容只是与《奥德赛》有同样的情节而已。

由此可见《奥德赛》及上述两本著作中记载的喀耳刻故事并非《板桥三娘子》的故事原型。那么,《变形记》如何呢?《变形记》是由罗马的文学家阿普列尤斯(123—?)创作的小说。故事的主人公是个名叫鲁齐乌斯(也称鲁奇奥斯)的青年人。

一日,鲁齐乌斯因有事来到了著名的魔法、巫术之都塞萨利,经朋友介绍借宿在一位名叫米罗奥的人家里。不料米罗奥的妻子潘菲莱竟是个女巫。一到夜里,潘菲莱变成猫头鹰飞向自己心爱的男子。鲁齐乌斯得知此事后也想变成鸟,于是就打起了偷盗魔药的主意。他怂恿与自己关系亲密的女仆福狄斯趁潘菲莱不在家时,到她房间盗取了魔法药膏。下面,我们再次借助日文译本来看一下这段故事②:

> ……福狄斯小心翼翼地来到潘菲莱的房间,从筐里取出一个小盒子。我接过盒子,拥抱并吻了她,祈祷上天能让我也长出羽翼飞翔于天际。随后我立即脱光衣服,急忙把手伸进盒子里,贪婪地掏出一大块药膏涂满了全身。
>
> 我交替摆动着双臂,期待我也能变成像潘菲莱一样的鸟儿。然而,别说翅膀了,就连一根小羽毛也没有长出来,而我的头发却变成了硬邦邦、凌乱的鬃毛,柔软而有弹性的皮肤也变得像皮革般粗糙,手指、脚趾慢慢聚拢,最后变成了一只丑陋的蹄子,而且在尾椎骨处还长出了一条粗尾巴。同时我的脸也发生了可怕的变化,嘴巴、鼻孔变大,嘴唇下垂,耳朵变得异常巨大,上面还生出一层粗毛……

其实是福狄斯慌忙中错拿了把人变成驴的药膏盒。因为这个盒子与装把人变成鸟的药膏的盒子很像。福狄斯的过失使鲁齐乌斯变成了自己

---

① 高津春繁译《希腊神话》(《岩波文库》,岩波书店,1968年,1953年第一次印刷)中对变形的情节进行了如下描述:"她在一只大杯子里装满奶酪、蜂蜜、大麦和葡萄酒,还拌入魔药,然后给每人一杯供其饮用。谁知刚喝下去,她就用手杖触碰他们,结果被手杖碰到的人立刻变了模样,有的人变成了狼,有的人变成了猪,还有人变成了驴或狮子。"(第212—213页)

② 吴茂一译《金驴记》上册第三卷第93页(《岩波文库》,岩波书店,1983年,1956年第一次印刷)。

也意想不到的模样。此后变成了驴的鲁齐乌斯被卖给山贼,差点儿丧了命。后来由于懂人语,被当作稀有动物当众展出。鲁齐乌斯经历了种种苦难和波折,最后伊西斯女神发慈悲,让他吃了解除魔法的玫瑰花,鲁齐乌斯才变回人形,并成为侍奉女神的僧侣。

阿普列尤斯的《变形记》是人变形为驴的变形故事的最早资料,非常珍贵,但故事内容与《板桥三娘子》完全不同,其相异程度远远超过了《板桥三娘子》与《奥德赛》中喀耳刻故事的差异。因此,必须重新探寻《板桥三娘子》的故事原型。在梳理文献前还有一些内容需要补充。

上面介绍了《变形记》是最早描写人变形为驴的故事,但事实上这部小说是有原型故事的。阿普列尤斯在故事的开头这样写道:"各位读者,下面为您讲述我所熟悉的具有米利都地方特色的故事,其间夹杂着各种闲言笑谈,我娓娓动听的叙述一定能让您听得津津有味。"由此可以推测《变形记》是具有米利都地方特色的故事,而这些故事中可能包括更早的、类似的变形故事。

米利都位于现在土耳其西端,属于面向爱琴海的伊奥尼亚地区。这座古希腊城邦历史上曾繁荣一时,是当时政治、经济、文化的中心,这里诞生了泰勒斯开创的自然哲学学派——米利都学派,并因此闻名于世。据称,公元前494年米利都城被波斯人攻陷,此后就没落了。但在古希腊、罗马时期,米利都工商业发达,是海外贸易、沟通小亚细亚内陆的交通要道。米利都人喜爱奇谈艳闻,因此这些故事被总称为"米利都奇谈"①。阿普列尤斯所谓具有米利都地方特色的故事指的就是奇谈类故事。

---

① 佐佐木理在《变成驴的人》《黄金驴》中详细介绍了阿普列尤斯小说与米利都奇谈。佐佐木理指出,公元2世纪时,与阿普列尤斯《变形记》同时,希腊文人琉善也创作了小说《鲁奇奥斯之驴》。《鲁奇奥斯之驴》虽篇幅只有《变形记》的十分之一,内容却几乎相同。其实这两部小说都是根据古希腊帕多来伊名叫鲁奇奥斯(生卒年不详,公元前1世纪,也有公元1、2世纪的说法)的人所作的《变形故事》(该书已散佚,不传于世)创作的作品。而此《变形故事》正是依据古希腊阿利斯缇底斯(公元前2世纪左右)《米利都奇谈》创作而成。从这些流传至今的残篇断章中可以找到人变为驴的故事。这就是阿普列尤斯《变形记》的创作基础。

关于米利都的情况,参考了松原国师《西洋古典学事典》(京都大学学术出版会,2000年)("米利都"一项记载于该书第1252页)。

第一章 故事原型

在探寻《板桥三娘子》故事原型时，阿普列尤斯《变形记》非常有价值①，但《米利都奇谈》也留下了巨大的想象空间。米利都是连接希腊与小亚细亚的交通据点，因此各国的种种奇谈汇集在此，经过润色改编后，再向东西方流传。当时在米利都口口相传的奇谈故事中可能就有变形故事被传播到西亚、印度，甚至传到中国，成为《板桥三娘子》故事的来源。只可惜《米利都奇谈》现在只留下残篇断章，已不可能进行深入研究了。下面再来看一下相关的文献资料。

论文《变成驴的人》发表五年后，佐佐木理又在《黄金驴》(《名古屋大学文学部研究论集》四，1953 年)中介绍了继阿普列尤斯小说之后的另一古代著作，即奥古斯丁(354—430)的《神之国》。奥古斯丁是罗马教会的教父，晚年时写成的这部大作中有如下一段内容②：

> 即使我们坚称绝不相信这类事情，但时至今日还会有人站出来说自己确实听闻过或亲身体验过类似事件。实际上，我去意大

---

① 阿普列尤斯的《变形记》对后世欧洲也具有重大影响。佐佐木理指出，《变形记》传入民间，以民间故事的形式在欧洲各地留存至今。安戴鲁松的研究著作(刊于1914 年)中也引用了一个流传在蒂罗尔地区、与《变形记》故事相似的极具代表性的作品(《变成驴的人》第 30 页、《金驴记》第 17—18 页)。金田鬼一译《格林童话集全译》(《岩波文库》，岩波书店，1994 年改版本第 24 次印刷，1979 年改版本第 1 次印刷)中《毛驴王子》(第四册，第 184—186 页)的注释中也介绍了这个故事的梗概。内容如下：

一位年轻人去一家农户家当男工，这家农户只有母亲和女儿两人。年轻人对女儿一见钟情。一天晚上他躲在暗处偷听娘儿俩说话，还亲眼看到两人脱了衣服往身上抹了神秘的油膏之后，一边念着"向上飞吧，别碰到任何地方"，一边就从烟囱里飞出去了。年轻人也学样抹了油膏，口念咒语，飞到了魔女们行乐游宴的地方，不料被娘儿俩发现了。两人为了惩罚年轻人，将他变成驴并把他赶走了。于是变成驴的年轻人落到了磨坊主的手里，就像真驴一样日夜劳作，吃驴饲料，受尽鞭打折磨。

过了好久，变成驴的年轻人遇到了将自己变成驴的魔女，她们也认出了年轻人。女儿问她的母亲是否有办法把他变回人形，母亲说只有一个方法，就是在耶稣圣体节祈祷的人群中夺到其中最纯洁的处女头上的花环并吃下去。变成驴的年轻人偷听了这一切，于是他在圣体节当天不顾一切地冲进人群，忍受人们的鞭打，终于抢到了处女头上戴的花环，吃下花环的瞬间变回了一丝不挂的人形。

上述故事显然是在阿普列尤斯《变形记》故事基础上增加了魔女传说创作而成的。

② 奥古斯丁《神之国》第十八卷第十八章。参照大岛春子、冈野昌男译《奥古斯丁著作集》(教文馆，1980 年)第十四卷译文。

利时也听说过在那个国家的某个地方发生过此类事件。在那里住着精通巫术的女巫,她们经营旅店,只要她们想或者时机适宜时,她们就拿出奶酪给旅客食用,旅客吃下奶酪后就立即变为驮运货物的动物供女巫驱使,直至完成工作才能恢复原形。这些人虽肉体变成了动物,但仍有人类的心智。阿普列尤斯说《变形记》中记录的就是亲身体验,说自己误饮魔药变成了驴,但心智依然是人类,没有任何变化。这或许只是编造的故事而已。

上述的论述中虽未包括神奇食物的制作方法、住店旅客的计谋等情节,但旅店的女主人诳骗客人吃下她准备的食物,把他们变成家畜的内容却与《板桥三娘子》故事非常相似。也许正是因为现实中的旅途充满危险,才诞生了这种包含古老神话中女神、女巫形象的传说故事吧。

此后《神之国》的这段内容虽几经改编,但仍流传了下来。意大利托斯卡纳地区流传着一个名为《变驴后辛苦劳作的姐妹》的民间故事①。篠田知

---

① 登载在日本民间故事协会、外国民间故事研究会所编译的《世界的魔女与幽灵》上(三弥井书店,1999年,第23—24页)。《变驴后辛苦劳作的姐妹》是流传在意大利托斯卡纳地区的一个民间故事,故事中的姐妹们使用的幻术与奥古斯丁《神之国》中记载的意大利旅店女主人所使用的幻术有相似之处。内容梗概如下:

从前,意大利卡帕南德附近住着三姐妹。她们从小就是孤儿,过世的父母留给她们少量土地和许多家禽。三姐妹长大成人后,每天都在田地里辛勤劳作,村民们很佩服她们并以她们为榜样。但有人开始嫉妒她们。附近的农民私下议论:为什么她们家的奶牛产的奶要比别家多?为什么她们家的玉米总是长得那么好?刚开始人们只当是玩笑,后来人们渐渐认真起来,开始怀疑她们真是女巫。

到了施肥的季节,傍晚时肥料还在三姐妹的储藏室里堆积如山,可到天亮人们开始干农活时,那些肥料就已被运到田里了。大家感到非常奇怪,不久消息传到附近的村庄,而且越传越盛,人们决定晚上去她们的屋子一探究竟。两个年轻人自愿去完成这项任务,天一黑,他俩就躲到三姐妹家附近的草丛里。等了几个小时,他们看到门开了,姐妹们从里面出来,每人手里都拿着一只小壶,然后从壶里取出果冻样的药膏涂在自己的手脚上。刚涂完三姐妹就变成了驴,她们驮起肥料运到田里。一整晚三姐妹变成的三头驴都在搬运肥料,天快亮时,她们又涂药膏变回了人形。人们终于知道了真相。

因为她们的幻术并没有给附近村民带来伤害,所以村民们并没有戳穿三姐妹的巫术,但从此以后人们给三姐妹起了"洽朗德雷的驴"的绰号。直到今天,人们依然记得这个故事。

和基《由人变狼的变形故事》(大修馆书店,1994年)中称在阿尔卑斯山萨瓦地区也流传着同样的故事,但故事发生在山中的旅舍①。书中还引用了1888年出版的索贝《佛日民俗志》中如下一段精彩有趣的传说故事(第二章,第149—150页):

> 佛日女巫是某个农场的女主人,她每天晚上都要到男仆的寝室,把他变成口衔马辔的马,并骑着他在外面奔跑。男仆虽筋疲力尽,日渐消瘦,却完全不记得夜晚发生的事。可能因为白天太累,一到晚上就睡得不省人事,所以才被农场的女主人变成马儿随意玩弄。另一位男仆看到他的样子后感到很疑惑,有天入夜,他一直不睡,偷眼窥视,结果目睹了女主人拿来马辔将男仆变成马的全过程。他终于明白了事情的真相,并准备给女主人一点儿颜色看看。第二天晚上他按计划埋伏等待,女主人刚一进来,他就突然冲上去一把夺过马辔,同时按住女主人的头,将马辔塞进了她嘴里。令人吃惊的是,女主人立即变成了一匹马,男仆就骑上她向门外跑去,直到翌日拂晓才到铁匠铺给马钉了副马蹄铁。因此,翌日恢复人形的女主人的手脚上各被钉了一副马蹄铁。

这个故事的主人公女巫不是旅店的老板娘而是农场的女主人,但将人变为马并驱使的内容却与《神之国》的故事很相似,而且报复女巫的情节也与《板桥三娘子》故事很相似。

---

*(接上页)三姐妹差点儿成为村民们猎巫的牺牲品。她们使用的变形幻术并非食物而是涂抹药膏,且三姐妹是把自己变成驴,工作结束后再变回人形。这些情节与《神之国》的故事有相似之处,说明《变驴后辛苦劳作的姐妹》传承了意大利古老的民间传说。

既然"洽朗德雷的驴"的故事具有史料价值,就说明此后《神之国》中记载的意大利民间传说并没有朝与《板桥三娘子》故事内容相似的方向发展。

① 第二章《女子的变形——在民间故事的森林中》,第142页。不同地区的各种民间故事中这种情节的相似性,恰恰证明《神之国》中记载的民间传说实际上与《板桥三娘子》并不存在交点。

瑞士也有同样的故事①。《佛日民俗志》中的这部分资料对《板桥三娘子》故事原型的研究很有帮助,但是问题并没有那么简单,两者之间虽存在相似之处,但佛日的女巫使用的幻术与三娘子差异很大,而且也无法断定创作年代就一定早于《板桥三娘子》。如果再关注一下其他故事群(故事类型群),例如欧洲的变形故事,则会发现《佛日民俗志》与《板桥三娘子》还是不一样的。

　　研究欧洲其他类似的故事时,南方熊楠的论文值得参考。南方熊楠在《今昔物语研究》中介绍了一个年代比《神之国》晚的罗马民间故事。这个故事登载在1887年刊行的库朗斯顿《俗话小说》第一卷,内容如下②:

---

　①　瑞士也流传着把马辔塞进嘴里把人变成马的变形故事。瑞士文学研究会编《瑞士文学丛书》6《瑞士民间故事集》(早稻田大学出版社,1990年)介绍了流传在德语圈的内容相同的民间故事,名为《女巫的马辔》(第118—120页)。

　《女巫的马辔》讲述了变成马的女巫手掌被钉上了马蹄铁,她却挣脱马辔变回人形后逃走了,然而人们看到她手上的伤口后识破了她的女巫身份,就把她抓了起来。因为受伤而暴露了身份的情节在人狼、吸血鬼的传说中也出现过。另外,把男人变成马,然后骑着他四处奔跑终于使其疲惫不堪的女巫形象也与《奥德赛》中喀耳刻等古希腊神话中的女巫蕴含的性爱要素有关。

　还流传着其他一些有魔力的马辔的故事。篠田知和基《东西方变形为马的故事》(《名古屋大学文学部研究论集》第106页,1990年)中讲述了很多诸如变形为马的恶魔原本是跑来妨碍建造教会的,不料被司祭往嘴里塞了马辔而不得不为建造神圣的教会辛勤劳作的故事(第6页)。

　另外,《一千零一夜》中女巫拉普被变成驴后,故事的主人公拔多鲁·拔西姆把马辔塞进她嘴里,她才变得老实听话了。《板桥三娘子》中没有这个情节,变成驴后三娘子的顺从虽让现在的读者感到诧异,但在其他的中国人变驴、变马的故事中也确实没有出现过这类能让人变得驯服的魔力马辔。日本的故事中却出现了被扔过来的马辔、马蹄铁击中的地方长出马鬃的情节,比如《旅人马》(参考本书第四章第二节《〈故事海〉〈一千零一夜〉系列故事》)的故事。这种差异非常耐人寻味。

　②　笔者引用的是《今昔物语研究》的故事梗概。增尾伸一(东京成德大学)称,库朗斯顿是19世纪英国的民俗学者,是文化传播论的倡导者。《今昔物语研究》原书名为《通俗故事、小说及其传播与变迁》,收录于《南方熊楠邸藏书目录》(田边市南方熊楠邸保存彰显会,2004年)第87页。南方熊楠在《食鸟为王的传说》中引用了记载于巴斯库《罗马列传》中的这个故事。笔者未调查巴斯库及其著作,《南方熊楠邸藏书目录》中也未记载。

　南方熊楠指出,故事的前半部分和后半部分相似的内容分别出自佛教经典。《根本说一切有部毗奈耶杂事》卷二七中记载了吃了鸟后变成国王的故事。(转下页)

第一章　故事原型

　　有贫者二人,拾得林中巨鸟所产之蛋。其上有字,二人捧蛋问于村长。村长见上书"食吾头者为帝,食吾心者不乏金",顿生贪欲之心,鸟头和鸟心皆欲食之。遂诳骗二人,说蛋上所书为"此鸟味美,宜食之"。故命二人准备棍棒,俟鸟至而杀之。如此,翌日二人遂杀鸟,其肉,以候村长至与其同享。不料鸟头落于火中,弟心想炙焦之物不宜奉于村长,遂食之。旋即鸟心又落入火中,兄长即食之。村长至,见鸟头、鸟心皆被食尽,极为失望,大怒而去。兄弟二人告其父,父劝二人往别国避之。二人遂从之。沿途住店,每入夜,兄长枕下必生一金,弟取金,先于兄长入都。适逢王崩,欲立新王,弟奉金,遂即王位。对此一无所知的兄长亦入都,宿于一店,店有一妇人及其女。每入夜,兄长枕下例生一金。其女哄骗之,遂尽知其事。女拌催吐之药于酒中,令其吐出鸟心,遂赶之。兄长无奈,至河畔哀叹,忽现三神女,怜之,赐其仙衣,手探衣袖,即可得金。兄长以此金备礼,复投妇人店中。女又探知其事,趁彼入寝,以其自制之衣易彼仙衣。明旦起,兄长亦未发觉。遂复往河畔,神女至,再赐其所求必应之仙棒。其再至妇人店,复为其女所盗。兄长复去河畔,得所托皆应之仙戒。神女诫之,若再为女所取者,无复赐矣。兄长不以为意,又为女所诳。女言愿二人同往山中饱食珍馔,兄长依言目视仙戒,立时到得深山。女拌麻药入酒,使彼昏眠,又盗彼仙戒而去矣。彼醒时全身酥麻无力,号啕三日,腹空无一物,饥甚,拔草而食,立变为驴,身两侧各悬一篮。其尚有人智,衔草入一篮。至山麓,啖其草,立复人形,遂取先食之草入另一篮。后变装菜农往女店前叫卖。女喜食蔬,尝彼篮中草,才入口,即变为驴。兄长遂鞭之,赶驴至街。其鞭之甚,众人不忍,遂捕兄长诉于王。

*（接上页）卷三〇记载了另一则故事,主人公用能让乌鸦喙变长变短的筷子将欺骗自己的妓女的鼻子伸长、缩短。(《根本说一切有部毗奈耶杂事》收于《大正新修大藏经》卷二四《律部》。卷三〇中记载的故事中有魔力的道具,原文是"箸"字,笔者译成筷子,但总觉得有些不合理,南方熊楠译成了小枝条。)另外,把变成驴的人恢复人形的药草的故事收录在《出曜经》卷十五中。

兄长见王,始认其弟。遂乞王屏退众人,诉其详。王闻言,立命变为驴身之女与其兄偕归,将所盗之物悉数归还。女遂从。后兄长使女食另一篮中灵草,终复人身。

故事后半部分虽然出现了人变身为驴的情节,但与《板桥三娘子》相去甚远,与前述《神之国》中的意大利民间故事也没有直接联系。

南方熊楠所介绍的这个罗马的故事,隶属于世代流传于欧洲的民间传说或传说群的范畴。例如在著名的《格林童话集》中就有一个名叫《菜驴》的故事有着类似的情节。

从前,有位年轻的猎人在去森林狩猎的途中遇到了一位老婆婆。老婆婆告诉他:"如果你看见九只鸟争夺一顶斗篷,就开枪打死那些鸟。斗篷能实现人的所有愿望,吞下鸟的心脏后,每天早上枕头下都会出现一枚金币。"猎人按照老婆婆所说的话做,果然拿到了斗篷,年轻猎人吞下鸟的心脏后就踏上了旅途。

旅途中,猎人对一位住在豪华宫殿里的美丽女子一见倾心,于是就留宿在宫殿里了。不料这位女子的母亲竟是一位女巫。在母亲的威胁下,女子骗猎人吐出了鸟的心脏。接着,又让猎人穿着斗篷飞到遥远的山上采取宝石。趁猎人累得睡着之际,姑娘偷走斗篷,一个人回到了宫殿。

被逼到困境的猎人采纳了一位过路的光头大汉的建议,登上山顶,一朵白云将他卷起带到一片菜地里。猎人实在太饿了,便吃了菜地里的卷心菜。不料吃下卷心菜后猎人竟变成了一头驴。之后,猎人找到了另一种卷心菜,吃下后又变回了人。于是,猎人打算利用这种卷心菜来复仇。

猎人乔装改扮来到宫殿,骗女巫、女子、侍女三人吃下了卷心菜,于是三人变成了驴。猎人牵着这三头驴来到磨坊,女巫变成的驴由于无法忍受繁重的劳动而死去。于是,猎人心软改变了主意,把另外两头驴带回宫殿,喂她们吃下另一种卷心菜,把她们变回了人形。姑娘下跪道歉,猎人就原谅了她。最终两人结婚,过上了幸福快乐的生活①。

　　事实上这类民间故事在欧洲流传广泛②，我们可以追溯到故事的源头。《格斯塔·罗玛挪鲁姆》是成书于公元14世纪前叶的拉丁语训诫集，其中第一百二十个故事《乔纳森》的情节与《莱驴》的故事极其相似③。这类故事不仅流传于欧洲，甚至在遥远的印度也有类似故事。印度佛典《根本说一切有部毗奈耶杂事》卷三记载了一位商人用有魔力的筷子（被筷子碰到的人或物会被伸长或缩短）报复欺骗自己的妓女的故事。

　　罗马尼亚流传着一个名叫《王者三兄弟》的故事，这个故事也明显属于

---

　　① 故事梗概根据金田鬼一译《格林童话集全译》第三册（《岩波文库》修订本）第393—405页内容整理而成。
　　《格林童话集》第二版用《莱驴》取代了第一版中《长鼻子》（第二册第三十六个故事）的故事。《格林童话集》第二版及之后版本都将《长鼻子》的故事收录在《背囊、帽子和角笛》的注释中。该故事中也出现了让人变形的魔力食物。吃了苹果后鼻子会变长，而吃了梨后鼻子又会变短。鼻子伸缩的情节与《根本说一切有部毗奈耶杂事》中记载的故事内容相同，可见《根本说一切有部毗奈耶杂事》是这一系列故事的起源。
　　《格林童话集》第一版由吉原素子、吉原高志译，书名为《初版格林童话集》全四册（白水社，1997年），《长鼻子》收录在该书第四册第34—40页。
　　② 《莱驴》系列故事流传于以欧洲为首的世界各地。汤普森《民间故事的类型》（1927年）中第566项记载了魔法道具和神奇水果类型，并指出这种类型的故事从欧洲、印度一直传播到了印度尼西亚、中国，甚至还传到了美洲印第安地区（第207—208页）。
　　在查阅相关资料时笔者发现，法国也存在大量这类故事。阿西鲁·密利安和波鲁·朵拉留著、新仓朗子译《法国民间故事集》（大修馆书店，1988年）中记载了一个名叫《魔法的道具和神奇的果实》的故事（第133—145页）。故事中，人吃苹果后头上会长角，而吃梨后头上的角会消失。波鲁·朵拉留对此做了详细注释，并称共调查了二十八个类似故事。另外，检索小泽俊夫编《世界民间故事》25《解说编》（行政出版社，1978年）索引后发现，该书第一卷《德国、瑞士》中介绍了一则名叫《鼻子变长的公主》的故事。
　　③ 波鲁·朵拉留在《法国民间故事集》注释中指出，14世纪前叶的《格斯塔·罗玛挪鲁姆》写本中也记录了类似的古老故事。15世纪末的《佛鲁丢那丢斯的神奇故事》（在德国出版，是欧洲流行数百年的大众小说，原名为《佛鲁丢那丢斯》）中也包含了上述民间故事的情节要素。虽然两者都与《莱驴》不尽相同，都不是人变成动物的故事，却描绘出了这类民间故事在欧洲流行、变迁的历史，也足以证明欧洲人对能让人变形的魔力食物具有浓厚的兴趣。因此，波鲁·朵拉留留下的资料非常有意义。
　　另外，起源于印度的类似民间故事的传播与分布，请参照附论一《〈出曜经〉遮罗婆罗草、〈毗奈耶杂事〉游方的故事及其同类型故事》。

这一类型。故事篇幅较长,但迄今为止未被介绍过,因此笔者简单介绍一下故事梗概①。

从前,一位穷人有妻子和三个儿子。一天,他去森林里捡柴火,在树上的鸟巢里发现了一只闪闪发光的神秘鸟蛋,就拿回家了。拿到集市后居然有位有钱人出高价买走了鸟蛋,全家人因此美餐了一顿。第二天,他又去森林里找鸟蛋,然后又在集市上卖了好价钱,于是一家人变成了有钱人。

这一天,他像往常一样去森林里找鸟蛋,可这次他找到了下这些蛋的鸟,于是他逮住鸟带回了家。因为这只鸟每天都下一只金蛋,所以穷人变成了富豪,做起了生意,还到国外去旅行。有一天,正在玩耍的三兄弟无意中翻过鸟的羽毛,发现上面写着一些字,就去问村里的教书先生是什么意思。不料教书先生起了歹念,他骗三兄弟说文字毫无意义,但其实上面写着:"食鸟首者为王,食胗肝者得神力,食鸟心者每日清晨醒来枕下必得金一袋。"

此后教书先生利用各种手段追求这家的妇人,最终得到青睐。两人建立恋爱关系后,教书先生说自己想吃她家的那只鸟。妇人虽犹豫,但最后还是让厨子把鸟杀了。谁知此时正巧三兄弟从外面回来,正饿得慌,于是长子吃了鸟头,次子吃了胗肝,三子吃了鸟心。教书先生得知此事后狂怒无比,意欲杀死三兄弟,夺回被吃的鸟。于是他把三人关进储藏室。得了神力的二哥看透了教书先生的阴谋,把真相告诉了大哥和三弟。于是兄弟三人破窗而逃,在三岔路口各奔东西。因机缘巧合,大哥和二弟再次相遇,于是一起去了另一座大城市。正巧这里的人们正要遵从白鸽的预言选出国王,由于白鸽三次飞到大哥身边,于是他成了一国之君,二哥则成了佐政大臣。于是国势日盛,其名声远播邻国。

---

① P. Ispirescu:*Zîma Zîmelor*,Editura pentru literatură,1966. pp.218—240.
关于流传于罗马尼亚的这个民间故事,笔者是通过横滨国立大学罗马尼亚留学生斯蒂凡·利恰努及其母亲巴黎人类学研究院心理学博士奥罗拉·利恰努的指教得知的。奥罗拉·利恰努博士还将故事集的复印本寄至日本,由斯蒂凡·利恰努翻译成日文。在此,对两位致以诚挚的谢意。

得知三人逃脱后，教书先生懊恼得捶胸顿足，却也无可奈何。不久，从国外旅行归来的穷人发现了妻子的不贞，于是就到衙门申诉，可就是得不到满意的判决。他听说兄弟二人治理的国家政治清明，就想到那里去试试，希望能得到正义的裁决。升堂之日，他认出了兄弟二人，父子团聚，而他的妻子与教书先生受到了神的处罚，变成了石头。

三弟却在继续他的旅程，途中认识了一个美丽的姑娘，她住在河中沙洲上的一座豪华的府邸里。想见这个姑娘必须准备许多金钱，于是爱恋她的三弟每天都花费大量的金钱讨她欢心。姑娘用甜言蜜语骗三弟说出了枕边生金的秘密，还骗他喝药吐出了鸟心，并把他赶走。此后他在河边钓鱼时，在鱼腹中发现了能把所汲之水变成金子的神奇石器。不吸取教训的他依然回到姑娘身边，结果石器被偷，自己又被赶了出来。

即便如此，他还是无法斩断情丝，仍然对姑娘念念不忘。他整日恍恍惚惚，在河边徘徊不去。有一天他在河对岸发现了无花果树，由于实在饥饿难忍，就伸手摘了一颗无花果吃，谁知刚入口，他就变成了一头驴。手足无措的三弟走了一天的路，饥不择食的他吃了路边的长角豆，谁知刚吃完又变回了人。于是他心生一计，采了无花果和长角豆回到姑娘那里，骗她和她的同伙吃下无花果，把她们都变成了驴。三弟带着这群驴继续旅行，后来来到大哥和二弟治理的国家，他们终于团聚了。大哥为三弟建造了豪华的马厩，把那群驴圈养起来。

一天，大哥对三弟说："你准备怎么处置这些驴呢？对她们的惩罚也够了，就原谅她们吧。我知道她们对你很刻薄，但她们也受够了苦，而且她变成了驴你也感到很寂寞吧。"三弟听了此话后就给她们吃了长角豆，把她们变回了人。美丽的姑娘很感谢大哥，并为自己的行为向三弟道歉："在这个世界上，我从未输给过除你之外的第二个人，所以如果你愿意，我想做你的妻子。我让你受了那么多苦，请原谅我吧。"三弟听后宽恕了她，两人举行了盛大的婚礼。三兄弟治国有方，人们称赞他们是"王者三兄弟"。

这个由住在布加勒斯特郊外的老婆婆讲述的故事首刊于 1874 年,其被收集的年代几乎与库朗斯顿著作、《格林童话》等资料的时间一致,而且故事的基本结构也完全相同,甚至故事结尾处大哥劝三弟原谅姑娘、把她变回人形时说的那句话都与《板桥三娘子》中那位老人说的话极为相似,但这种相似只是由于把变成驴的女子变回人形的情节相同而已,并不能确定这就是寻找《板桥三娘子》故事原型的线索。而住在河中沙洲的美丽女子却反映了这类故事中女性形象的最基本特征,耐人寻味。

这类故事的主人公在旅途中遇见的都是住在豪华府邸的美丽女子,在这一情节设定的背后能够明确感受到青楼娼家的存在。《菜驴》中的美丽姑娘被做了模糊处理,而《王者三兄弟》中则提到要准备大笔钱财才能得见芳颜,这就显露了姑娘风尘女子的身份。《菜驴》中母女俩登场,母亲演绎了人性恶的一面,而《王者三兄弟》中的女子却一人兼具善恶(或称友爱与敌对)两面性,更接近《奥德赛》中喀耳刻的形象。从驴变回人的美丽女子对三弟说:"在这个世界上,我从未输给过除你之外的第二个人,所以如果你愿意,我想做你的妻子。"喀耳刻被奥德赛征服,邀请他去自己闺房时也说过类似的话。总之,通过对罗马尼亚民间故事的研究,可以发现这类故事中的美丽女子皆出身青楼,而神话中则为多情的女神[①]。综上所述,欺骗

[①] 古代东方农耕文化中人们信仰的女神(地母神)是掌管生殖、生产的神,在祭祀女神的宗教仪式中也有不少象征性爱行为的动作。例如,森雅子《西王母的原型——比较神话学试论》(庆应大学出版会,2005 年)中提到,在苏美尔女神伊南娜信仰中,存在着其与国王结合的一种称为"圣婚"的仪式(《西王母的原型》第 52—58 页)。强·博特罗著、松岛英子译《最古老的宗教·古代美索不达米亚》(《Riburaria 选书》,法政大学出版局,2001 年)中描述美索不达米亚的圣职者时写道:"不仅有女圣职者把自己的身体献给男神的祭祀行为,还有其他女圣职者作为女人将自己献身于男人","最尊贵的伊南娜·伊什塔尔不仅是自由恋爱的保护神,自己也要积极实践。在这里,'卖春'与'宗教'并没有严格区别"(《宗教性行为》第 201 页)。

另外,恩格斯也在《家庭、私有制和国家的起源》中写道:"……巴比伦尼亚女性一年中必须有一晚要献身于伊什塔尔的神殿。其他西亚诸民族也有将自己的女儿送往阿娜伊提斯(古代伊朗的爱之女神)神殿的习惯,姑娘们在那里一住就是数年,与自己选择的爱人自由恋爱,若不如此,她们就不能结婚。从地中海到恒河几乎所有的亚洲民族都有与此相同的经宗教粉饰的习俗。"(佐藤进译《世界的大思想》Ⅱ-5《恩格斯 社会、哲学论集》第二章《家庭》,河出书房,第 180 页)由此可见,象征丰饶的女神与生活在性爱世界中的娼妇有着深刻的联系。

主人公的女子皆为妓女这一设定承袭了佛典《根本说一切有部毗奈耶杂事》的原型故事,同时也是对欧洲古代女神形象的继承。

以上通览了在欧洲流传的有关人变为家禽或驴的变形故事。其实还有其他一些变形故事①,但似乎都不是《板桥三娘子》故事的原型②,因此就不一一赘述了。从上述资料中可以发现,《板桥三娘子》故事中所缺少的性爱、恋爱要素却是欧洲民间故事的重要组成部分,故事也往往以此为中心展开,可见性爱、恋爱要素是欧洲民间故事的重要特征之一。

---

① 除去必须由食物来实现变形这个条件的话,还有很多人变成驴的故事。例如,希腊神话里被阿波罗变成了驴的迈达斯国王、莎士比亚(1564—1616)戏剧《仲夏夜之梦》中的波顿、《格林童话集》中的《毛驴王子》、卡洛·科洛迪(1826—1890)《木偶奇遇记》等,篠田知和基论文、著述中也介绍了很多人变马、变驴的变形故事,但这些故事中并没有发现与《板桥三娘子》有关联的故事。

再补充两则资料:栗原成郎《增补斯拉夫吸血鬼传说考》(河出书房新社,1991年)记载了圣萨瓦的故事(第186页)。圣萨瓦是斯拉夫地区古老的狼神信仰和基督教信仰混合而产生的一位圣人,他是守护狼的圣人,被称为"狼之牧者"。他性格激烈,有时判处的刑罚并不公正。刮大风时,有位修道士出于善意劝圣萨瓦不要出门旅行,却被他变成了驴。另外,小泽俊夫编《世界民间故事》13《地中海》(行政出版社,1978年)中记载了另一个流传于巴利阿里群岛的故事《变成驴的男子》(第311—314页),主要内容如下:有一天,耶稣和圣佩突鲁斯变成老人的模样去旅行。途中遇到一位穷寡妇,她对他们友好而亲切,从此后这个穷寡妇就不再为色拉油、面包发愁了。而另一位想让豺狼把耶稣和圣佩突鲁斯吃掉的农户主被变成驴,在穷寡妇家服了七年苦役。

以上两个故事虽都与《板桥三娘子》没有交点,但第二个故事与弘法大师的故事、本书第三章中的动物偿债故事等却有相似之处,甚是有趣。

② 在欧洲流传的民间故事中并未发现与《板桥三娘子》有直接关联的故事,但有一则资料值得注意。

实吉达郎《中国妖怪人物事典》(讲谈社,1996年)在介绍《板桥三娘子》故事内容后,这样写道:"(《板桥三娘子》)让我想到幼时所读的法国童话《水莲之歌》的结尾部分。妖婆做了三个点心,在其中的两个点心里放了一些神秘的药草,并企图让两位公主吃下它们。可是偷窥到这一切的小公主趁妖婆去叫其他两位公主起床时,偷偷把放了药草的两个点心揉成一个,再把那个没有放药草的点心分成两份装在盘子里。毫不知情的妖婆吃下了放了药草的点心,立刻变成了长着三个头的猪。"

这与赵季和偷换烧饼的故事情节有异曲同工之妙。从与《板桥三娘子》的关联来看,这则资料相当珍贵,但这个童话由谁创作、何时创作的皆不得而知。通过这则资料,我们应该可以追溯到《板桥三娘子》的故事原型。这个童话的内容与《板桥三娘子》也有很多不同,因此很难断定就是根据《板桥三娘子》改编的,还有一种可能就是《故事海》系列故事(将在本章第三节介绍)传到西方后派生了这个童话故事。

这种传统起源于《奥德赛》中的喀耳刻,被流传至今的现代民间故事、童话所继承。

喀耳刻身上善恶的两面性代表着远古时代善神、恶神尚未分化的神的形象。埃利希·诺伊曼《伟大的母亲》中把兼具善与恶、友好与敌对两面性的远古女神看作"伟大的母亲(地母神)"的原型①。喀耳刻的性格与远古女神的形象有着千丝万缕的联系。诺伊曼在分析喀耳刻时,从原型中分离出了阿尼玛②的形象,并做了如下论述:

> 乍一看阿尼玛似乎是个否定形象,但即使她意图毒害男子、将其置于危险境地时,她都有可能逆转为肯定形象。因为阿尼玛最终总是输给男人。例如,喀耳刻也是引诱者,她总把男人们变为猪,但当她遇到奥德赛这样优秀的男士时,她非但没有像被俄狄浦斯猜中谜底的斯芬克斯那样去自杀,反而力邀奥德赛共赴闺房……看似会给人带来死亡的阿尼玛的易变性格,其实正蕴含着善的可能性。

用这个观点来解析民间故事中的美丽女子性格中所包含的两面性很有说服力。

关于喀耳刻的幻术,最后还有一点需要指出:与性爱、恋爱有着密切联系的民间故事中的美丽女子,为何都丧失了使用幻术的能力呢?这是由于随着时代变迁,女主人公身上善、恶兼具的两面性开始分离,使用幻术的邪恶面被弱化了。此外,民间故事都产生于盛行猎杀女巫的中、近世纪。如果故事中的女子都是会使用妖术的女巫,那么等待她们的就只有死亡的命运。这些继承了喀耳刻两面性格的女子若想与人类的年轻男子喜结良缘,除了放弃女神性格,还必须抛弃自己擅长的幻术,不得不乖乖地做一个豪华府邸(即青楼妓馆)的美丽女子。

---

① 埃利希·诺伊曼著,福岛章、町泽静雄等译《伟大的母亲——无意识女性形象的现象学》(Natume 社,1982 年)第三章《女性性的两种性格》,第 48—50 页。

② "阿尼玛"是荣格心理学的基本概念。荣格说道:"阿尼玛首先是男性人格中所包含的女性人格因素,同时也是男性心目中憧憬的女性形象,是女性性的原型。"(笠原嘉、吉本千鹤子译《内在的异性——阿尼玛斯与阿尼玛》,海鸣社,1976 年,第 64 页。)

第二节 西 亚

下面来梳理北非至西亚一带的情况。

驴原产于非洲东北部。早在公元前3200年左右,古代埃及就将其当作家畜开始饲养了①。在后世驴被当作愚钝的代名词而受到蔑视,但在古代埃及、以色列,驴却是宗教崇拜的对象②,因此产生了诸多与驴有关的话题和故事。

古代埃及也有很多人变形为动物的神话与传说。例如,公元前13世纪新王国时代的传说《两兄弟的故事》中就出现了人变成公牛的情节③。另外,有关魔法幻术的故事也被保存了下来。公元前17世纪中王国时期的作品《维斯特卡·帕匹鲁斯的故事》中出现了这样的幻术:用蜡做成的小鳄鱼被念了魔咒后变成真正的鳄鱼袭击人类④。这些故事虽与《板桥三娘子》没有关联,却是流传在古代东方的关于各种变形、魔法幻术的传说故事的瑰宝。

杨宪益在论文《板桥三娘子》中所介绍的宋代赵汝适(1170—1231)《诸蕃志》卷上《中理国》中的一个故事值得玩味。中理国位于面向印度洋的非洲东部索马里兰地区,亦包含沿海的索科特拉岛⑤。据赵汝适记载,中理国

---

① 参照加茂仪一《家畜文化史》(法政大学出版局,1973年,初版由改造社1937年出版)中《家驴及波斯野驴》(法政大学出版局版,第461、474页)。另外还参照了孔拉德·凯鲁莱鲁著、加茂仪一译《家畜系统史》(《岩波文库》,岩波书店,1935年)中有关驴的部分内容(第108—112页)。

② 佐佐木理的《黄金驴》中有很多有价值的论点,如古埃及赛特神有着驴的头、以色列民族有驴信仰等。当然对佐佐木理的这些观点也有学者持不同意见。

③ 参照了矢岛文夫编《古代埃及物语》(《现代教养文库》,社会思想社,1974年),杉勇译、三笠宫崇仁注释《古代东方文集》(《筑摩世界文学全集》,筑摩书房,1978年)。

④ 幻术出自《被背叛的丈夫》,节选自《古代埃及物语》第66—69页、《古代东方文集》第417—418页。

⑤ 杨宪益《板桥三娘子》、藤善真澄译注《诸蕃志》(关西大学出版部,1991年)、杨博文《诸蕃志校释》(中华书局,1996年)中对中理国进行了考证。根据藤善真澄的译注,中理国的"中理"是"申理"之误。而陆峻岭等人则认为"中理"是Somali的音译(第176页)。

的人能使用妖术把自己变成鸟、兽或水中的生物①。杨宪益根据赵汝适"日食烧面饼"的记载,就认为其与《板桥三娘子》中的"烧饼"一样,此结论未免太过草率。《诸蕃志》中的内容证明在一海相隔的阿拉伯半岛附近地区也流传着各种变形、妖术的传说②,但杨宪益称其与《板桥三娘子》有直接联系,则显得太牵强。

北非至西亚地区虽富有神秘色彩,但可供参照的研究资料很有限③。因此,本节只能依据代表阿拉伯世界故事的集大成之作《一千零一夜》进行分析了。《一千零一夜》中出现的拥有强大魔力的神和女巫使人变成鸟兽的变形、幻术故事,成书于13、14世纪或16世纪初叶之前④,因此是时代远

---

① 《诸蕃志》记载的原文参照杨博文校释,内容如下(第104—105页):
中理国人露头跣足,缠布不敢着衫……日食烧面饼、羊乳、骆驼乳,牛羊骆驼甚多,大食惟此。国出乳香。人多妖术,能变身作禽兽或水族形,惊眩愚俗,番舶转贩,或有怨隙,作法咀[诅]之,其船进退不可知,与劝解方为释放,其国禁之甚严……

② 这一地区中索科特拉岛最有名,会施展妖术的人都聚居在索科特拉岛。杨宪益、藤善真澄、杨博文的研究中介绍说,马可·波罗(1254—1324)在《东方见闻录》第六章中把索科特拉岛当作"举世无双的魔法师们"的居住地予以介绍(《东洋文库》中收录了爱宕松男译注本。平凡社,1971年,第二册,第231—236页)。马可·波罗列举的魔法是操纵风向使船不能离开该岛,这与《诸蕃志》中"作法咀[诅]之,其船进退不可知……"的记载一致。

③ 关于西亚或亚洲内陆的民间故事,日译文献有小泽俊夫编《丝绸之路的民间故事》全五卷(行政出版社,1990年)。其中共有三个人变成驴的变形故事,分别是第四卷《波斯》的第十个故事《扎托和扎一德》,以及第五卷《阿拉伯、土耳其》中关于阿拉伯的第二十三个故事《江山易改本性难移》和关于土耳其的第四十三个故事《肾脏》。但记载于阿拉伯、土耳其的两个故事属于《毗奈耶杂事》《菜驴》系统。记载于阿拉伯的另一个故事讲述的是女巫施展幻术把花心的丈夫变成了驴,但丈夫依然本性难改。这三个故事都与《板桥三娘子》没有关联。参照附论一〈《出曜经》遮罗婆罗章、〈毗奈耶杂事〉游方的故事及其同类型故事〉。此外,笔者还查阅了伊内阿·布修纳克编、久保仪明译《阿拉伯民间故事》(青土社,1995年),但并没有发现与《板桥三娘子》类似的故事。

④ 佐藤正彰译《一千零一夜》Ⅳ(《世界古典文学全集》,筑摩书房,1970年)的解说中称,《一千零一夜》完成于公元13、14世纪(第545页)。对此其他学者有诸多不同看法。前嶋信次《新潮世界文学辞典》(增订版)(新潮社,1990年)解说中认为,经过长期演变发展,公元12世纪被称为《一千零一夜》的长篇故事集,经凯伊罗润色后,到公元16世纪初叶奥斯曼土耳其帝国征服马木留克王朝时,《一千零一夜》已经是现在我们所看到的样子了(第36—37页)。

晚于《板桥三娘子》的文献资料。下面先对《一千零一夜》进行研究考察。事实上日本的柴田宵曲和随后的刘守华等中国研究者①都指出,《一千零一夜》中存在许多与《板桥三娘子》酷似的情节。

在《一千零一夜》丰富多彩的故事中,有一篇被誉为"富有独特的个性与魅力"(前嶋信次《〈一千零一夜〉的世界》)的作品,名为《呼罗珊的夏富鲁曼国王的故事》(别名《夏富鲁曼国王之子拔多鲁·拔西姆与撒曼达鲁国王之女的故事》或《海王之女茱露拉娜鲁与其子拔多鲁·拔西姆国王的故事》《石榴花与月之微笑的故事》等),主要描写了波斯王族与居住在海中的皇族之间两代人通婚的故事。主要内容如下:

> 以呼罗珊为国都的夏富鲁曼国国王被女奴茱露拉娜鲁(其实她是住在海里的神族公主,茱露拉娜鲁意为石榴花)的美貌所吸引,并娶其为王妃。夫妇俩生下了盼望已久的儿子,并取名叫拔多鲁·拔西姆(意为微笑的满月)。十七年后,拔多鲁·拔西姆王子长成了英俊的青年,他听说住在海里的撒曼达鲁国王之女嘉舞哈拉公主十分美貌,就爱恋上了她。于是他秘密地踏上向公主求婚的旅程。后来机缘巧合,拔西姆王子遇见了嘉舞哈拉公主,可由于公主误会,王子被施了魔法,变成了白色的鸟,并被献给另一国的国王,之后被其养在宫殿里。恰巧王妃是个魔法师,她识破拔多鲁·拔西姆王子的真身,还了他人形。此后,拔西姆王子踏上了回故国波斯的旅程,途中所乘坐的船遇到大风失事,三日后,他漂流到一个岛上。这个岛上住着会施妖术的女王拉普。
>
> 一位蔬菜水果店的老人(其实是名为阿卜道·阿拉甫的魔法师,比拉普更擅长法术),救出拔西姆王子,给他食物吃,并告诉他

---

① 刘守华《〈一千零一夜〉与中国民间故事》(《外国文学研究》1981 年第 4 期),周双利、孙冰《〈板桥三娘子〉与阿拉伯文学》(《内蒙古民族师院学报(社科版)》1986 年第 2 期)。早在 20 世纪 60 年代,柴田宵曲在《妖异博物馆》(青蛙房,1963 年;《筑摩文库》,筑摩书房,2005 年)的《被变成马的故事》中就对此有所提及。柴田宵曲虽是活跃于俳句界的文人,但学识相当渊博,《被变成马的故事》是中日研究者中最早指出《板桥三娘子》与《一千零一夜》中插叙故事相似的文章。

唐代小说《板桥三娘子》考——东西方变驴、变马系列故事

拉普是个奸诈、淫荡的女巫,引诱年轻男子共度四十个良宵后就施妖术把男子变成骡、马或驴。不久,拔西姆王子被拉普看中,住进了她的宫殿,过上了舒服的日子。转眼四十天过去了,到了第四十一天夜里,拉普偷偷起床,开始施妖术①。

……到了深夜,女王起床。拔多鲁·拔西姆王子其实早就觉察到她的动静了,只是他一边装睡一边偷窥女王。只见女王从红色袋子里取出一个神秘的红色东西,她把这东西种在宫殿中央,那里突然变成了海。接着,女王在地面上撒了一把大麦,在红色东西变成的海里取了些水浇在大麦上,瞬间大麦就成熟结穗了。女王收割麦穗,将其磨成粉藏好后又回到拔多鲁·拔西姆王子身边睡下,一直睡到第二天的早晨……

(第七百七十五夜的故事)

虽步骤、道具还不完备,但故事中女王拉普撒种、收割谷物的情节及所

---

① 根据马克·诺田版(被称为第二加尔各答版或加尔各答第二版),并参照池田修译《一千零一夜》第十五册(《东洋文库》,平凡社,1988 年)第七百五十五夜故事,第68—69 页。

另外,拉普总是过四十天后才开始实施妖术。"四十"在《圣经》中具有特殊意义。例如,挪亚方舟故事中,从天而降的大雨和淹没大地的洪水都是经过了四十个昼夜才停止、退去。犹太人的祖先为了摆脱埃及人的奴役,在荒野中徘徊游荡了四十年。在此旅途中,受了神的十戒的摩西在西奈山上闭关四十昼夜。根据《马太福音》记载,耶稣受圣灵的指引来到荒原后断食的天数也是四十天。犬养道子在《新约圣经故事》(新潮社,1976 年;《新潮文库》,1980 年)第一章第四节《四十日四十夜》中称,"四十"这个数字对犹太人"意味着新生和新启示,即新篇章的开始"(文库本,上册,第44—45 页)。故事中拉普总是过四十天后才开始实施妖术,这里的四十天就成为发生新事件的契机。因此拉普故事是继承了"四十"这个数字在旧约时代就已有的象征意味。

除犬养道子外,井本英一在《四十日祭》(《伊朗研究》2,2006 年)中围绕圣数"四十"展开论证。井本英一认为,在伊朗民间有一种通俗信仰,即死者会在四十天后回到死去的地方。经四十天由死复生的主题在伊朗民间故事中很多见,可见"四十"这一数字有着由死复生的意义。

施幻术明显与板桥三娘子相同①。在欧洲的传说故事中未曾见到的三娘子的幻术在这里出现了,且二者的相似点还不止这一处。下面继续来看拔多鲁·拔西姆王子的故事。

第二天一早,拔多鲁·拔西姆王子装作没事的样子,来到卖蔬菜的老人家,把昨晚看到的情景悉数告诉了他。老人听后给了拔西姆王子一种叫"萨维克"的饼(由烘焙的小麦粉拌入椰枣、砂糖后制成的食物),并教了他让女王拉普中计的方法。以下就是当天回到宫殿后拔西姆王子与拉普的对话内容②:

> 女王深情地凝视着拔多鲁·拔西姆王子说道:"您终于回来了。"说着她便站起来亲吻了王子,之后又抱怨道:"您今天回来得太晚了。"拔多鲁·拔西姆王子听罢骗她道:"我今天去了叔叔家,叔叔请我吃了这种'萨维克'饼,甚是美味。"女王一听,兴奋地说:"你看,我也有'萨维克'饼,比你叔叔家的还好吃。"她边说边将拔多鲁·拔西姆王子带回来的"萨维克"饼和自己做好的饼分别装在两只盘子里,并把装有自己做的饼的盘子推到拔西姆王子的面前,劝道:"快尝尝我做的'萨维克'饼,绝对比你带来的还好吃。"于是拔西姆王子假装吃下了女王做的饼(其实拔西姆王子按照老人吩咐,吃下的是老人给他的"萨维克"饼)。女王以为拔西姆王子吃下了她的饼,便一边用手鞠了一捧水向他洒去,一边叫道:"你这个变态的下贱男人,快变成一头丑

---

① 拉普通过魔法操控植物生长,并把人变成动物。笔者认为,拉普的这种支配动植物的能力其实是继承了"伟大的母亲"的性格特征。参照埃利希·诺伊曼《伟大的母亲》第十二章《植物的女主人》、第十三章《动物的女主人》、第十四章《精神变容》。

另外,拉普幻术中使用了"红色袋子里的红色东西"。红色令人联想到古代农耕社会中举行祈祷五谷丰收仪式时所杀牲畜的血。关于杀牲仪式、活人献祭参照米尔恰·伊利亚德著、堀一郎译《大地、农耕、女性——比较宗教类型论》(未来社,1968年)第四章第三节《农耕的供品》(第235—236页)、第六节《活人献祭》(第245—248页),及阿道鲁夫·E.叶赞著,大林太良、牛岛严、樋口大介译《被杀的女神》(《人类学讲座2》,弘文堂,1977年)第一章《远古神话及其祭祀仪式的表现——大洋洲与美国的海努维莱神话》(第26—98页)。

② 池田修译《一千零一夜》第十五册第七百五十五夜故事,第70—72页。

陋的独眼龙骡子吧。"可是拔西姆王子丝毫没有变化。女王见此，来到他身边，亲吻了王子的额头并乞求道："我的可人儿，我只是和你闹着玩的，你千万别生气。"拔西姆王子笑道："我尊贵的女王陛下，我从没有生过您的气，而且我坚信您对我的爱情是真心的。来，尝尝我带来的这块美味的'萨维克'饼吧。"（拔西姆王子给女王吃的是老人给他的饼）于是女王就吃了一口，谁知饼刚一下肚，女王就难受地扭起身子。拔西姆王子见状，立即一边用手鞠了一捧水洒在女王的脸上一边叫道："快变成一头花母骡子吧。"话音刚落，女王就变成了一头骡子，她不禁泪流满面，并用两只蹄子擦起脸来。

故事中虽没有偷换食物的情节，但女王拉普吃了"萨维克"饼后变成骡子的情节却与《板桥三娘子》一样。只是此后的故事就出现了不同。

可参照的《一千零一夜》日文译本有三个版本，分别是马克·诺田版《一千零一夜》（一般称为第二加尔各答本）、伯顿爵士译第二加尔各答本的英译本、马尔迪鲁斯译布拉克本的法译本①。前两个版本中此后故事如下：

把拉普变成骡子后，拔多鲁·拔西姆王子想把马辔塞进它嘴里，可母骡子不肯乖乖就范，于是拔西姆王子只得又去问卖蔬菜的老人。老人给了他另一副马辔，拔西姆王子回来后将老人给的马辔塞进母骡子嘴里，它变得老实了。拔西姆王子便骑着它出外云游去了。当他向老人告别时，老人再三叮嘱，绝不能把马辔送给别人。

一日，拔西姆王子来到都城附近，遇见了一位白发老人。老人请王子在他家住宿，拔西姆就跟着老人去了，途中碰上一位老

---

① 原典为马克·诺田版（加尔各答第二版）译本，参照前嶋信次、池田修译《一千零一夜》全十八册（《东洋文库》，平凡社，1966—1992年），伯顿英译本、大场正史译《一千零一夜》（伯顿版）全十册（河出书房，1967年；《筑摩文库》，筑摩书房，全十一册，2003—2004年），马尔迪鲁斯法译本、佐藤正彰译《一千零一夜》全四册（《世界古典文学全集》，筑摩书房，1970年；《筑摩文库》，1988—1989年），丰岛于志雄、渡边一夫、佐藤正彰、冈部正孝译《一千零一夜全译本》全十三册（《岩波文库》，岩波书店，1950—1955年初版，1988年修订版）。

婆婆,她说拔西姆王子的骡子和她孩子死去的母骡子一模一样,所以请王子把骡子卖给她。为了摆脱老婆婆的死缠硬磨,拔西姆王子出了天价,谁知老婆婆竟拿出了钱,所以王子只能把骡子卖给了她。

(第七百五十五夜故事梗概)

老婆婆牵过母骡子,摘掉马缰,然后边念咒语边向它洒水,于是拉普恢复了人形。原来老婆婆正是她的母亲。怒气冲天的拉普为了复仇,便对拔多鲁·拔西姆王子念了咒语,将他变成了一只丑陋的鸟。

(第七百五十六夜故事梗概)

于是拔多鲁·拔西姆王子在迎娶嘉舞哈拉公主前又经历了另一个苦难。但马尔迪鲁斯法译本中却将情节大大简化了,内容如下①:

月之微笑(拔多鲁·拔西姆王子)将拉普女王变成的母驴交给老人后,老人就在驴的颈部上了双重锁,并将锁链缠在墙上的铁环里。此后,老人说要送月之微笑返回故国,于是他吹口哨唤来长着四只翅膀的魔神。魔神载着月之微笑飞起来,原来要走六个月的路程,魔神飞了一天就到了。于是月之微笑回到了他的宫殿,他母亲一直在那里等他。

(第五百四十七至五百四十八夜故事梗概)

从拉普被变成母驴以及她并没有向拔多鲁·拔西姆王子复仇等情节来看,布拉克译本好像更接近《板桥三娘子》。但就故事构造而言,变成骡子还是驴其实是可以忽略的差异。如果只看第二加尔各答译本前半部分,就不存在女王复仇的情节。因此,应重点关注的是拔西姆王子骑上骡子去旅行和帮助女王拉普恢复人形的老婆婆出现这两个情节。有可能是为了缩短故事篇幅,布拉克译本才删除了老婆婆、拉普对主人公拔西姆王子的敌对情绪和复仇心理。从这点来看,第二加尔各答本的情节更接近《板桥

---

① 丰岛于志雄等译《一千零一夜全译本》(《岩波文库》修订版),第八册,第126—127页。在马尔迪鲁斯本译本中,"拔多鲁·拔西姆"译作"月之微笑","拉普"则译作"阿鲁玛纳库"。拉普也不是变成母骡子了,而是变成了母驴。

三娘子》①。

　　综上所述,《呼罗珊的夏富鲁曼国王的故事》中的重要情节与《板桥三娘子》有共通之处,无疑《板桥三娘子》是与其有一定关联的类似故事。但还有一个问题,《一千零一夜》的成书时间远远晚于《板桥三娘子》。《呼罗珊的夏富鲁曼国王的故事》是《一千零一夜》原典诸本十三个故事中的一个,应该是公元 10 世纪左右的故事②,但也依然晚于成书于公元 9 世纪后半期的《板桥三娘子》③。

　　那是不是《一千零一夜》受到了《板桥三娘子》故事的影响呢?笔者认为不存在这样的可能性。众所周知,《一千零一夜》是在印度、波斯诸多故事基础上加入了流传于阿拉伯、伊拉克、叙利亚、埃及的各种传说,再加上古希腊、罗马神话和文学,经过长期演变发展而最终形成的故事集。有个

---

①　佐藤正彰译《一千零一夜》第四册的解说称,第二加尔各答本是以在埃及发现、流传到印度的手抄本为底本的刊行本,编辑中还参照了其他主要版本。《一千零一夜》的大部分故事来自第二加尔各答本。马尔迪鲁斯的法译本所依据的布拉克本是以发现于埃及的手写本为底本。在《一千零一夜》的诸多版本中,布拉克本内容最简洁(第 540—541 页)。关于《一千零一夜》的各种版本,西尾哲夫《一千零一夜——诞生在文明缝隙里的故事》(《岩波新书》,岩波书店,2007 年)第二章《寻求〈一千零一夜〉的幻影》、第三章《新故事的诞生》中有详细介绍。

　　另外,穆福荤・玛福迪对成稿于 14 世纪叙利亚的《一千零一夜》的版本进行了成功复原和划时代的研究。Husain Haddawy: *The Arabian Nights*, W. W. Norton and Company, New York London, 1990. 就是此研究成果的英译本。检索此译本会发现,其中拉普变回人形后也对拔多鲁・拔西姆王子进行了报复(第二百六十九夜故事,第一册第 424 页)。杉田英明编《前嶋信次著作选》1《一千零一夜与中东文化》(《东洋文库》,平凡社,2000 年)中记载了池田修《穆福荤・玛福迪版〈一千零一夜〉的登场》(第 469—475 页),其中介绍了发表于 1984 年的穆福荤・玛福迪的研究及福赛因・哈达威的英译本。

②　参照佐藤正彰译《一千零一夜》解说(第 540 页)。另外,西尾哲夫《一千零一夜》(《岩波新书》)中指出,《一千零一夜》的原型诞生于阿拔斯王朝鼎盛期的公元 9 世纪的巴格达,原名为《千之夜》。只是故事集规模远不及《一千零一夜》,篇幅长度也只是《一千零一夜》的几分之一。故事集的内容除了极少部分能明确外,其他不详(第 35—37 页)。

③　中国诸多研究虽都将《一千零一夜》中的这个故事看作《板桥三娘子》的故事原型,却未论证其形成年代,因此立论很不充分。另外,这些研究也未提及印度资料《卡塔・萨利托・萨噶拉》。柴田宥曲《被变成马的故事》虽介绍了《一千零一夜》中拉普的故事,但谈及与《板桥三娘子》的关联时也认为"不能轻下论断"。

国王（萨珊王朝的国王）因妃子不贞而变得不信任世间任何女子。因此，他每与女子共度良宵后，就在第二天处死对方，但有位聪明美貌的女子（维西尔的女儿山鲁佐德）每夜给国王讲精彩故事，使国王不忍杀了她。一说认为这个构成《一千零一夜》整体框架的故事，是本于公元 6 世纪左右萨珊王朝统治下的波斯关于印度起源的故事①。因此，虽然今天的《一千零一夜》形成时代较晚，但其中不少故事都能追溯到更早时代。例如《呼罗珊的夏富鲁曼国王的故事》中的女巫拉普，很早就有学者指出其与荷马《奥德赛》中的喀耳刻有关联②，由此可以推测拉普使用的妖术起源很早。如果这些古老资料确实存在，那就能溯源至更早时代的故事，从而证明拔多鲁·拔西姆王子与拉普的故事有可能是《板桥三娘子》故事的原型。

以上追溯了欧洲至西亚与《板桥三娘子》类似的故事及其原型故事。而提到古代民间故事，就不得不说一下印度的情况。印度有很多著名的民间故事，如《摩诃婆罗多》《罗摩衍那》两大叙事史诗中的插叙、《佛说本生经》与佛典中的各种故事，以及寓言集《五卷书》等。印度的民间故事在数

---

① 详见前嶋信次《一千零一夜的世界》（《平凡社现代新书》，平凡社，1995 年。初版是 1970 年出版的《讲谈社现代新书》）Ⅲ《框架故事的三种由来》（第 58—125 页）。前嶋信次指出，《一千零一夜》的框架故事并不限于印度，在欧洲、埃及的古代文学里都可以找到其踪影。罗伯特·欧文著、西尾哲夫译《一千零一夜入门——走向故事的迷宫》（平凡社，1998 年）就对印度起源说提出了异议（第 101 页）。综上所述，这虽不是一个容易解决的问题，由此却可以推测出《一千零一夜》中有许多可以追溯到古老源头的故事。

② 前嶋信次《一千零一夜的世界》Ⅴ《将年轻男子变作动物的女人——拉普与喀耳刻》（第 229—234 页）、罗伯特·欧文《一千零一夜入门》第三章《故事的海洋》（第 102 页）都提到此问题并进行了探讨。

拉普的故事除了可以联想到喀耳刻外，还能联想到女神厄俄斯与美少年提索奥努斯的故事。曙光女神厄俄斯被特洛伊王室提索奥努斯王子英俊的容貌所吸引，将王子带到东方之国。她恳求宙斯让提索奥努斯王子永生不死，宙斯答应了她的请求，于是两人就在海边度过了一段幸福的时光。厄俄斯忘了求宙斯让提索奥努斯王子永葆青春、容颜永驻，因此，当王子渐渐老去变得丑陋不堪时，厄俄斯感到非常厌恶。她将提索奥努斯王子囚于一室，而后王子的身体日渐缩小，最后竟变成了一只终日鸣叫的蝉。见吴茂一《希腊神话》（新潮社，1993 年，第一版于 1963 年出版）第 31 页。

提索奥努斯的变形虽未使用魔法幻术，但与拉普的故事一脉相承，可以说是《一千零一夜》中女巫的古老源头。

量、质量上都居于世界占领先地位,而且这些民间故事流传到世界各国并产生了深远影响。那么,印度又流传着哪些人变为动物的变形故事呢?

第三节 印 度

在研究变形故事时,印度也为我们提供了一些宝贵的资料。

公元前1500年左右,雅利安人进入印度西北部,这是继印度河流域文明的繁荣与衰退之后古印度史上的另一重大历史事件。在印度河流域的旁遮普地区开始了畜牧、农耕生活的雅利安人在公元前1000年左右进入恒河上游地区,并在那里开始农耕生活①。印度雅利安人信仰以《梨俱吠陀》为首的婆罗门教诸圣典。后期最重要的吠陀文献是《优婆尼沙昙》(又称《奥义书》)(约前800—前600),其中已出现"因业轮回"的思想②。"轮回"是指人死后转世为动植物,而不是用魔法、幻术实现变形。这里提到的"业""轮回"思想被释迦牟尼(前566—前486)开创的佛教继承,对后世的变形故事影响深远。

佛教经典中轮回的思想随处可见,在丰富多彩的佛教故事中,也可以发现很多人变为驴的变形故事。先行研究中已经提到了这些内容,但还是再来看一下这些汉译佛典中的资料吧。

关于"业""轮回"的思想,《成实论·六业品》记载了下面的内容③:

---

① 有关古代印度,参照了山崎元一《古代印度的文明和社会》(《世界的历史》,中央公论社)及山崎元一、小西正捷编《南亚洲史》Ⅰ《先史·古代》(《世界历史大系》,山川出版社)等。希腊、欧洲、印度都有着丰富多彩的变形故事,这些酷爱变形故事的国家的精神文化亦反映了印欧语系民族所共有的心性乃至神话世界。

② 长尾雅人编译《婆罗门教典 原始佛典》(《世界名著》,中央公论社,1967年)中的《优婆尼沙昙》(《歌者奥义书》第五章)中谈到了轮回,内容如下:"这样,就可以预测,这个世界上品行好的人死后必将投入好的母胎,即婆罗门母胎、王族母胎、庶民母胎;而品行污秽的人死后必投入同样肮脏的母胎,即狗的母胎、猪的母胎、贱民的母胎。"(第十节,第110—111页)

③ 《成实论》卷八《六业品》。《大正新修大藏经》卷三十二《论集部》中收录了后秦鸠摩罗什(344—413)公元411—412年的汉译文,本故事节录自该书第301页下段。

业有六种。地狱报业、畜生报业、饿鬼报业、人报、天报、不定报业……畜生报业,何者是耶?答曰:"若人杂善起不善业,故坠畜生。又结使炽盛,故坠畜生。……又若人抵债不偿,坠牛羊獐鹿驴马等中,偿其宿债。如是等业,坠畜生中。"

这里值得关注的是前世欠债不还则后世转世为驴、马服劳役偿债的思想。中国在这个"偿还宿债"思想的影响下产生了许多"变畜偿债的故事"①,其中最多的就是人变为驴或马的变形故事。将此类故事与《板桥三娘子》系列故事进行比较,就能看出中国变形故事的特征。

南方熊楠《今昔物语研究》中记载了一个收录于《出曜经》中的人变成驴的变形故事②:

昔此贵邦,有一侨士适南天竺。同伴一人与彼奢波罗③咒术家女人交通。其人发意欲还归家,辄化为驴,不能得归。同伴语曰:"我等积年离家,吉凶灾变,永无消息。汝意云何,为欲归不?设欲去者,可时庄严④。"其人报曰:"吾无远虑,遭值恶缘,与咒术

---

① "变畜偿债的故事"这一叫法出自泽田瑞穗的同名论文。《变畜偿债的故事》收录于《佛教与中国文学》(国书刊行会,1975年)。该书收集了许多流传于中国的此类故事,其中《释教剧叙录·庞居士剧》中也介绍了许多变畜偿债的故事。此外,堤邦彦《江户的怪异谈·地下水脉的系谱》(Perikann社,2004年)中将这类故事命名为"因欠债变形为畜的故事"(第19页)。此命名虽简明易懂,但缺失了"还债"的意思,因此,本书中依然沿用"变畜偿债的故事"的说法。

② 《出曜经》卷十五《利养品》。在《大正新修大藏经》卷四《本缘部下》中收录了东晋竺佛念(350—417)的汉译文,翻译年代为公元350—417年。内容见该书第691页上至中段。

③ 岩本裕译《印度古典小说集·故事海》第一册(《岩波文库》,岩波书店,1989年,1954年第一次印刷)的译注21"奢波罗族"中解释为居住在德冈地区的蛮族之一(第184页)。另外,同书第四册(1989年第二次印刷,1961年第一次印刷)的译注35"奢波罗族"中又称是居住于维德亚山中的蛮族之一(第239页)。

④ 南方熊楠《国译一切经》中都解释为"可时庄严"。根据《岩波佛教辞典》(岩波书店,1989年,2002年第二版)的解释,"庄""严"两词原意都是指"排列得庄严而齐整",因此引申为指佛像及对寺院的内外装饰(第423—424页)。本引文中应为"准备充分"的意思。例如,梁陆云《御讲〈般若经〉序》中有"庄严法事,招集僧侣"(《广弘明集》卷十九)、《后汉书》卷二十五《刘宽传》"……当朝会,庄严已讫"中的"庄严"(身上朝服穿戴齐整之意)皆是此意。

女人交通，意适欲归，便化为驴。神识倒错，天地洞燃①为一，不知东西南北，以是故不能得归。"同伴报曰："汝何愚惑，乃至如此。此南山顶，有草名遮罗波罗，其有人被咒术镇压者，食彼药草，即还服(复)形。"其人报曰："不识此草，知当如何？"同伴语曰："汝以次啖草，自当遇之。"其人随语，如彼教诫，设成为驴，即诣南山，以次啖草，还服(复)人形。采取奇珍异宝，得与同伴安隐归家。

这个故事告诫人们，若想遇见得道圣人，施舍就不能有选择性，必须普惠众生。这个故事虽趣味性不足，却是人变成驴的变形故事的一则非常珍贵的资料。这个故事正是日本民间故事《旅人马》的原型之一。

值得关注的是，这个故事还具备了以下四个要素：第一，旅途中遇见了当地会使幻术的女巫；第二，女巫使用了能把人变成动物的幻术；第三，有人告诉被施了幻术的人变回人形的方法，救其脱困；第四，解除巫术效力的药草。这与《奥德赛》中喀耳刻的故事结构几乎一致，但单凭这个共同点还不能把《奥德赛》与《出曜经》联系起来。能将二者联系起来的资料较少，而二者故事结构相似也许只是此类故事共有的一个基本类型，并不能就此断言二者间存在着某种互为影响的关系。因此，只能说二者是结构和构想相似的同一系列故事②。

南朝梁宝唱法师(6世纪初)《经律异相》卷二十九中引用的《杂譬喻经》中的内容也与《出曜经》的故事相同③。

昔有国王，人身驴首。佛语国王："雪山有药，名曰上味。王

---

① 《大正新修大藏经》将此段文字断为"神识倒错天地洞燃，为一不知东西南北"，《国译一切经》中也一样，但笔者赞同南方熊楠的断法，即"神识倒错，天地洞燃为一，不知东西南北"。"洞燃"是火烧得正旺之义。著名的诗僧唐五代齐己《赠持法华经僧》中有"劫火洞燃"一语(《白莲集》卷十、《全唐诗》卷八四七)。

② 暂且不论《出曜经》与《奥德赛》的关系，仅就《奥德赛》后《罗马人事迹》中的《约旦》、《格林童话》中的《菜驴》所讲述故事而言，很难推断《出曜经》中的遮罗婆罗草对其有直接影响(参照附论一《〈出曜经〉遮罗婆罗草、〈毗奈耶杂事〉游方的故事及其同类型故事》)，但遮罗婆罗草的故事结构与欧洲同类型故事的相似性值得关注。

③ 《大正新修大藏经》卷五十三《事汇部上》记载这个故事出自《经律异相》卷二十九《驴首王食雪山药草得作人头》。另外，现存汉译《杂譬喻经》(《大藏经》卷四《本缘部下》)则未包括这个故事。

往食之，可复人头。"王往雪山，择药啖之，遂头不改。王还白佛："何乃妄语？"佛白王言："莫简（拣）药草，自复人头。"王复到山，山中生者，皆自除病，不复简（拣）择，啖一口草，即复人头。

　　故事中人身驴首的国王可让我们联想到希腊神话中的弥达斯王①，他虽身份不明，但这个故事至少证明，因为药草的功效而使人恢复人形这种中国没有出现的变形类型在印度也像在欧洲一样常见。

　　从上面的佛典资料中虽发现了一些与欧洲民间故事类似之处，但这些资料与《板桥三娘子》并没有太多联系。除了《一千零一夜》，就再没有与《板桥三娘子》有明确关联的资料了吗？

　　在印度，除了佛教故事外还流传着大量的寓言、民间故事，其中最著名的是公元11世纪由克什米尔诗人苏摩提婆撰写的《故事海》。这部故事集共十八卷，由两万两千节诗组成。《故事海》中记载了一个与《板桥三娘子》相似的故事。1991年，高桥宣胜在解读《旅人马》(《国文学》第41册《民间故事、传说入门》，学灯社，1991年)②时指出，这个故事是长篇《穆利冈卡达塔王子的故事》的一部分。

　　《穆利冈卡达塔王子的故事》讲述的是王子寻找王妃的故事。住在都城阿育德亚的阿马拉达塔王的儿子穆利冈卡达塔梦见恶魔维达拉预言说，

---

① 像弥达斯王这样所谓"国王的耳朵是驴耳朵"之类的故事不仅在欧洲，在东洋也分布极为广泛。详细内容参照佐佐木理《希腊、罗马神话》(筑摩书房，1964年；《讲谈社学术文库》，讲谈社，1992年)第二章《芦苇的私语》。根据佐佐木理的考论，蒙古故事集《喜地呼尔》和朝鲜的史书、故事集《三国遗事》中也有同样的故事。其实，日本《大镜》中也包括了这样的故事。《喜地呼尔》成书于13世纪，上述故事记载于该书第二十二章。《三国遗事》(成书于13世纪后半叶)则记该故事于卷二，即景文大王的故事中。关于这则资料，高木敏雄《驴的耳朵》中早有论及。《驴的耳朵》收录于《增订日本神话传说的研究》Ⅱ(《东洋文库》，平凡社，1974年)。《大镜》(成书于12世纪？)的开头部分记载了大宅世继所说的一段话，内容如下："人不能说出自己心中所想真是件不痛快的事，因此，古人想说出心里话的时候，就挖一个洞，对着它说出全部心事。"另外，虽然佐佐木理的资料中未提到，但在中国新疆和西藏以及不丹等地也都流传着此类故事。参照库思穆·库马利·卡布鲁编、林祥子译《不丹民间故事》(恒文社，1997年)第181—194页、西胁隆夫编《蒙古民间故事集·喜地呼尔》(溪水社，2013年)第266—270页。

② 高桥宣胜在《旅人马》前还发表了《民间故事的变形构造——以〈旅人马〉为中心》(《国文学·鉴赏与教材研究》第三十四卷第十一号，1989年)，但在这篇论文中并未谈到《故事海》。

住在乌嘉尼的美丽公主夏香卡瓦蒂将成为他的妻子,于是穆利冈卡达塔王子率领比马·帕拉库拉马等十个侍从踏上寻找公主的旅程。途中王子为了帮助苦行僧,准备去抢夺龙族的名剑,但他非但没有成功,还被龙施了咒语,王子与侍从一行也失散了。经历各种苦难后,王子终于和侍从们相会,圆满完成了旅行。下面就是王子与比马·帕拉库拉马重逢时,帕拉库拉马给王子讲述的一段亲身经历,其中包含了变形故事①。

……深夜,在羌达·克托的家里,比马·帕拉库拉马对穆利冈卡达塔王子讲道:"受人忠告,为了找您,我走出森林,来到了您想前往的乌嘉尼都城。在那里我没有找到您,于是就付伙食费借宿在一个女人家里。因为实在太累,我倒在床上就睡着了。过了好久我才醒来,只见那家女人正忙着什么,出于好奇心我没出声,谁知就偷看到了一切。只见那女人拿出一把大麦,一边念起咒语,一边将大麦撒在地上。谁知那大麦立即发芽、出穗、成熟了。那女人收割大麦,炒了之后又磨成粉,再做成圆子。最后女人把圆子放入盛水的铜盘中,然后她收拾了房间,急匆匆地去洗澡了。

"我觉得情况不妙,想必那女人是女巫,所以我立即起床,把铜盘里的圆子放到另一个食柜里。为了防止拿错,我小心地从那个柜子里取出同样数目的圆子放到盘中。

"我刚回到床上,女巫就回来了。她叫我起床用膳,并把那盘圆子拿给我吃,她自己则拿出我放进食柜里的那些被施了咒语的圆子吃起来。她不知道我做了手脚,所以当女巫吃下那些圆子,就变成了一头雌山羊。我把它牵到肉铺卖了,算报了仇。

"谁知肉铺的老板娘怒气冲冲地跑来威胁我道:'我的姐妹被你骗得好苦,我绝不会放过你。'见此,我立即悄悄地出了城,可是由于赶路太急,我特别累,竟然在努雅古罗达树边睡着了。当我正睡得昏昏沉沉时,那个邪恶的肉铺老板娘来到我身边,用绳子在我脖子上打了个结。她刚走我就醒了,一看自己竟然变成了一只孔雀……"

---

① 参照岩本裕译《印度古典小说集·故事海》第四册的译文(第62—63页)。

很明显，上述故事与《一千零一夜》中的拉普及《板桥三娘子》都有内在联系。就偷换圆子这一细节来说，比《一千零一夜》更接近《板桥三娘子》的故事，但《故事海》的成书时间是公元 11 世纪（1063—1081 年之间），要晚于《板桥三娘子》。

苏摩提婆在《故事海》开头的诗颂中说，《故事海》忠实地改编了《大故事》[①]。《大故事》的原本已不存于世[②]，相传这部故事集由公元二三世纪安朵拉王国的古纳迪尔所作[③]。也就是说《故事海》可以追溯到远早于《板桥三娘子》的时代，但古纳迪尔及《大故事》本身都带有神话色彩，很难认定其真实性。从文献学角度看，这部作品应该完成于公元 6 世纪以前[④]。苏摩

[①] 岩本裕《故事海》第一册简介中指出，苏摩提婆在开头的诗颂中这样写道："本书（《故事海》）忠实地改编了那部著作（《大故事》），主要内容没有丝毫偏离，只是将言语上冗长的部分改短而已，仅此一点与那部著作相异。在编排诗文时尽可能不破坏故事的主要情节，且使故事的顺序显得妥帖自然，这是尽力谨守的两点编集规则。"（第198—199 页）

[②] 岩本裕《故事海》第一、二册简介中指出，《故事海》是用白夏其语所写成的散文体，原本今已不传，仅有流传于克什米尔、尼泊尔的梵语改订本存世（第一册第199—201 页、第二册第 173 页）。辻直四郎《梵语文学史》（《岩波全书》）第八章《物语》称，前者《布里哈特·卡塔·曼加里》全书共十八卷，由七千五百节诗句组成，成书时间比 11 世纪的《卡塔·萨利托·萨噶拉》要早了三四十年，而后者《布里哈特·卡塔·修罗卡·桑古拉哈》是由二十八章组成，包含四千五百节诗句的残本，是 8—9 世纪的书籍（第 143—151 页）。关于《穆利冈卡塔王子的故事》，岩本裕译本的简介和注释中并未提及，因此该故事应未收录于《布里哈特·卡塔·曼加里》和《布里哈特·卡塔·修罗卡·桑古拉哈》中。

[③] 关于《故事海》和《大故事》，除了岩本裕《故事海》、辻直四郎《梵语文学史》外，还参考了岩本裕《印度民间故事》（《纪伊国屋新书》）序章部分。关于《大故事》的作者古纳迪尔，岩本裕认为是生活于 2 世纪的人物，而据《增订新潮世界文学小辞典》（新潮社）的解说，则是"3 世纪"的人（第 300—301 页）。

[④] 在《故事海》第一册序言中，岩本裕认为《大故事》完成于公元 2、3 世纪（第 5—6 页），传说古纳迪尔受到西瓦神与妃子的诅咒而降生凡间，为了解除诅咒重回天界，古纳迪尔写了《大故事》。古纳迪尔本身就充满神秘的传说色彩，因此，对其生卒年月及撰写《大故事》时间的推测未必正确。辻直四郎《梵语文学史》认为《大故事》"最晚完成于 7 世纪"（第 143 页）；《新潮世界文学小辞典》则认为"公元 6 世纪时《大故事》已非常有名了，由此可推测公元前就已存在民间口传形式了"；山崎元一等编《南亚洲史》I《先史·古代》也认为至 6 世纪左右应已成书（第九章第二小节《民间故事文学》，横地优子执笔，第 304—305 页）。

提婆所创作的并非《大故事》原本，而是流传于公元 7 世纪左右的版本①。即便如此，成书时间依然早于《板桥三娘子》。那么，收录于《大故事》中的《穆利冈卡达塔王子的故事》就成了《板桥三娘子》故事的最早来源。就此总算解密了中国古典小说《板桥三娘子》故事的来源。

《板桥三娘子》故事原型的问题还没有全部解决。如果《大故事》来源于《一千零一夜》中拉普的故事，那么可得出拉普的故事原型早于《板桥三娘子》的结论。重新比较《故事海》（《大故事》）与《一千零一夜》，可以找到几处《一千零一夜》更接近《板桥三娘子》故事的例证。

《故事海》中女巫被变成雌山羊后立即被卖到了肉铺，没有《一千零一夜》中男主人公骑着拉普变的母骡子四处旅行的情节②，而且《故事海》中也没有女巫变回人形的内容，为女巫报仇的肉铺老板娘与《板桥三娘子》中的老人也没有什么联系。如果是为了让故事更精简而进行的改编，则《一千零一夜》中的登场人物更接近《板桥三娘子》中老人的形象。也就是说，为了缩短篇幅，在女巫复仇前故事就结束了，在改编故事时消除了拉普和她母亲对男主人公的敌意，将拉普的母亲（即拔西姆王子所遇到的老婆婆）和帮助了男主人公的蔬菜水果店的老人阿卜道·阿拉甫、让男主人公借宿的和蔼可亲的白发老人三人合为一个人，《板桥三娘子》中老人的形象就显

---

① 《大故事》有各种不同版本。苏摩提婆执笔《故事海》时没有以《大故事》为蓝本，而是参照了据说完成于公元 7 世纪的克什米尔传本（辻直四郎《梵语文学史》第 144—145 页）。上村胜彦译在《尸鬼二十五话——印度传奇集》（《东洋文库》，平凡社，1978 年）的简介中也认同辻直四郎的说法（第 282—283 页）。总之，无论《大故事》还是其克什米尔传本都完成于 6、7 世纪或更早的年代，因此《大故事》肯定早于《板桥三娘子》。

② 很难想象故事中女巫变成山羊后被人骑着游走四方的情节，但日本有一种栖息在山岳间的山羊，虽然品种不明，却可供人骑乘。岩本裕《故事海》第二册的简介中指出，《大故事》的尼泊尔传本《修罗卡·桑古拉哈》中萨努达撒的故事中就有人骑山羊的情节，"在经过羊肠小道时，只有脚步稳健的山羊才不会令人感到头晕目眩"（第 179 页），但《故事海》的这个故事与骑着女巫变成的牲口旅行的情节毫无关联。

现了出来①。与《故事海》中毫无个性的配角女巫相比,拉普在《一千零一夜》中算是准主角,远比女巫更接近三娘子这一人物形象。

综上所述,《穆利冈卡达塔王子的故事》确实是《板桥三娘子》最早的原型故事,但并不是直接演变为后者。大概《大故事》中的这个故事没有马上从印度传到中国,而是先传入西域,在变成《一千零一夜》拉普故事过程中的某一阶段时,向东传入中国,成了《板桥三娘子》故事的原型②。

第四节 其 他

前面主要探究了《板桥三娘子》的故事原型,但佐佐木理在《黄金驴》中还提到了一则资料,即流传于蒙古的英雄叙事诗《格萨尔王传》。

《格萨尔王传》主要讲述了妖魔与恶人横行人间,上界的帝释天对此感

---

① 在此补充说明一下,想要消除拯救女巫的人对男主人公的敌意,最好就是将他们假定为女巫的亲友。因此,拉普那位同为魔法师的朋友、蔬菜水果店的老人阿卜道·阿拉甫的设置就非常恰当。如果阿卜道·阿拉甫与和蔼可亲的白发老人同为一人,成为第一次与男主人公拔多鲁·拔西姆王子见面的登场人物,那么就与《板桥三娘子》中的老人形象极其接近了,而且如果是根据《故事海》(《大故事》)改编的故事,缩短篇幅后就不包括女巫复仇的情节了,也就是说女巫被卖到肉铺故事就结束了。因此,把女巫变回人形的人物就没有出场的必然了。例如,在蒙古的《格萨尔王传》中就是采取这样的形式。

② 在唐代,尤其是唐代前期,中国与印度的交通主要以陆路为中心,《大唐西域记》中玄奘的旅行路线就是如此。这条陆路经过西域的中亚,翻越兴都库什山脉,与印度西北部相连。因此,笔者认为,发源于印度的故事原型先传播到西域,在西域经过演变后再向东传入中国这一推测并不牵强。关于玄奘的旅行路线,参照水谷真成译注《大唐西域记》(《中国古典文学大系》,平凡社,1971 年;《东洋文库》,平凡社,1999 年)中的地图。

瞿恺《唐代外贸由陆路向海路的转移》(《思想战线》1986 年第 4 期)中称,唐代前期,对外贸易主要集中在西北地区。安史之乱后,随着江南经济的发展,吐蕃侵占河西走廊一带,又或者是由于航海技术的发展等,对外贸易的中心才转向海路。关于唐代海洋贸易的论文,有家岛彦一《晚唐中国、大食间印度洋通商之路》(《历史教育》第十五卷第 5、6 号,1967 年)等。但笔者认为《板桥三娘子》的故事原型是通过陆路进行传播的,具体内容参照本书第二章第二节第六小节《诈术 骑驴》。

到无比忧虑,于是就在自己的三个儿子中选派二儿子去人间拯救无辜的百姓。投胎转世人间的二儿子小时候虽被人嘲笑为"鼻涕虫觉如",却用超人的机智和神力降服了恶魔,最终成为岭国大王,尊号格萨尔汗,平定诸国,恢复了人间的和平与安宁。这篇史诗的第五章《征讨夏莱伊郭鲁》中包含了这样一个故事①:

> 格萨尔王与阿如隆·噶尔骑着马走了一会儿,看见路边一顶白色的帐篷里走出一位美丽的女子,向他们殷勤地打招呼。
>
> "圣明的王啊,请来我家喝口茶,歇一歇再走吧。"
>
> 格萨尔王见此女子如此诚意邀请,就对阿如隆·噶尔说道:"你先走,我进去坐一会儿,随后就赶来。"说完就下马来到帐篷里坐下。只见那女子让长着角的蚂螂拉犁,一眨眼工夫就耕完地种上了燕麦,而燕麦刚种下就成熟了。那女子就割下麦子磨成粉,再放到锅里煮,做成了两份面点,并在其中一份上做了标记。她把做了标记的面点放在格萨尔王面前,没做标记的则放在自己面前。布置停当后,她就走了出去。就在此时,格萨尔天界的姐姐化作一只杜鹃鸟,停在天窗上对格萨尔王喊道:"喂,觉如,那个女人绝不会轻易给你点心吃的,她在里面下了毒。她可是十二头魔王的伯母。"
>
> 格萨尔王听了这话,马上把做了记号的点心放到那女子面前,把没做记号的点心拿到自己面前。
>
> 女子进帐篷后见格萨尔王还没吃点心,就劝道:"格萨尔王,您怎么还坐着呢?快尝尝我做的点心吧。"此时,她手上多了根长约三寻的黑杖。格萨尔王就拿起点心一口吃了下去,然后劝女子道:"你也吃吧。"女子不知道自己的点心被调包,于是她毫不怀疑地吃下了点心,然后念道:"休库、休库、古鲁、休库。"之后拿起手中的黑杖在格萨尔王的头上打了三下。格萨尔王见状夺过黑杖,学样念过"休库、休库、古鲁、休库"后用黑杖在那女

---

① 若松宽译《格萨尔汗故事——蒙古英雄叙事诗》(《东洋文库》,平凡社,1971年,第164—165页)。

子头上打了三下,谁知那女子立即变成了一头驴。格萨尔王拽着那头驴赶上阿如隆·噶尔,他俩把柴火堆成山,点上火后就把那头驴推入熊熊大火中,只见那头驴先变回人形,凄厉地高喊了片刻后又变成驴,嘶叫着葬身于火海。就这样,格萨尔王将十二头魔王一族斩草除根了。

已经明确了《板桥三娘子》《故事海》《一千零一夜》三者间的类似性,那么格萨尔王的故事又处于《板桥三娘子》系列故事的什么位置呢?

关于蒙古《格萨尔王传》的出现时期,学者有诸多考证,其中13世纪以后出现的说法最有说服力。实际上,流传在中国西藏地区的说唱文学中有一部与蒙古《格萨尔王传》同名的英雄叙事诗。元朝以后,随着蒙、藏各民族间的交流日益频繁,这部史诗由藏地流传到蒙古,成为蒙古《格萨尔王传》的蓝本,由此诞生了蒙古版《格萨尔王传》①。如果蒙古《格萨尔王传》果真形成于13世纪,那么比《板桥三娘子》要晚得多。而如果中国西藏《格萨尔王传》故事与上述蒙古版《格萨尔王传》的《征讨夏莱伊郭鲁》的情节相似,那么这个故事就能追溯到更早的时代了。

降边嘉措、吴伟合编《格萨尔王全传》(作家出版社,1997年)中却找不到这样一个类似故事②,而且关于中国西藏版《格萨尔王传》形成时期的诸多学说中,以宋元时期最为有力③,因此即使找到与《征讨夏莱伊郭鲁》类似的故事,也很难将其作为把此故事年代追溯到唐代的确证。因此,蒙古版《格萨尔王传》中《征讨夏莱伊郭鲁》的故事晚于《板桥三娘子》的推论是妥当的。

那么蒙古版《格萨尔王传》的故事资料又来自哪里呢?笔者认为有两种可能性:一是流传下来的印度《大故事》《故事海》系列的类似故事,二是

---

① 若松宽《格萨尔汗故事》简介(第410—413页)。
② 降边嘉措、吴伟合编《格萨尔王全传》(全三册,宝文堂书店,1987年修订版;全二册,作家出版社,1997年)是在参照公开出版的各种收藏文本、手抄本、木刻本、民间艺人的说唱本等的基础上形成的章回体小说。
③ 若松宽《格萨尔汗故事》简介。若松宽在简介中介绍说,降边嘉措在《〈格萨尔〉初探》(青海人民出版社,1986年)中认为,《格萨尔王传》及其故事原型、史诗的产生可以追溯到吐蕃(8—10世纪)甚至更早的时代(第22—55页《产生年代》)。

受到了《板桥三娘子》的影响①。然而,《板桥三娘子》本来就是根据西方传来的故事传奇改编成的小说,因此《三板桥娘子》再向西流传,并对当地的民间传说产生影响的推测就显得牵强,而上述《格萨尔王传》故事的蓝本很可能是由印度、西亚流传过来的民间故事的推测就显得更为合理②。《格萨尔王传》在内容上最接近《故事海》,因此笔者认为这个故事很可能是以《故事海》系列故事为蓝本形成的。

另外,《格萨尔王传》中值得注意的是女巫的妖术,为了能耕地、播种,她居然让长着角的蜣螂拉犁。在欧洲国家和印度的类似故事中都不存在这个细节,而唯独《板桥三娘子》中出现了使用木牛耕作的情节,而这一情节在《格萨尔王传》中也出现了③。如果《征讨夏莱伊郭鲁》的故事不是以《板桥三娘

---

① 《格萨尔王传》的《征讨夏莱伊郭鲁》中调换点心的情节与《故事海》《板桥三娘子》的情节相似,被变成驴的女巫最终没能变回人形的情节则与《故事海》中的故事有共通之处,可见《一千零一夜》中的这个民间故事并没有对其产生直接影响。

② 岩本裕《印度民间故事》(《纪伊国屋新书》,1963 年,第三节注 15)中认为,印度的民间故事是中世纪,即公元 6 世纪后,与佛教一起传入西藏后被喇嘛教同化,并随着喇嘛教的传播,广泛流传于青海、蒙古地区(序章,第 7 页)的。在这些传播路线中,可以推测存在各种可能性。

③ 可以列举出三娘子使用的巫术的故事原型,但如果把巫术范围仅限于让木牛或人偶进行耕作,那么就找不到任何先例。《一千零一夜》中虽有各种变形术,但施展变形术时需要念完咒文喷口水,或抓一把土,口诵咒文,然后再洒下土。所使用的都是咒文、咒语等变形术,没有一例是使用人偶(只有《板桥三娘子》中讲述了开始栽培谷物等烦琐的细节)。罗丝玛丽·爱莲瑰莉著,荒木正纯、松田英监译《女巫与巫术词典》(原书房,1996 年)的《伊萨贝鲁·高迪》中(第 93—94 页)中介绍了这个自称女巫的女人所使用的巫术,这些巫术颇有意思。虽然这则资料要比《板桥三娘子》晚得多,也不算同类巫术,但笔者还是想介绍一下。

这位苏格兰女性在女巫审判史上很有名,因为她主动坦白自己就是女巫(因此,当时应该没有对她进行拷问),这种例子相当罕见。她在 1662 年 4 月 13 日到 5 月 27 日期间先后四次交代了她能变形为野兔或猫等动物,为了奔赴安息日的礼拜集会,她能在空中飞行,还能与魔王交欢等经历。从陈述记录看,很明显她对自己的供述深信不疑,而且这些内容也足以描述清楚苏格兰女巫使用巫术的民间迷信的大致模样了。

在伊萨贝鲁·高迪供述的各种巫术中,有一种巫术值得关注。该巫术可以让蟾蜍用小锄头耕地,由此把肥沃的农田变成毫无收成的不毛之地。关于该巫术更详细的介绍,可参照诺曼·寇恩著、山本通译《搜捕女巫的社会史——潜藏在欧洲内部的恶灵》(岩波书店,1983 年;《岩波现代经典》,1999 年)第六章《并非真实存在的女巫社会》(第 151 页)。(转下页)

子》为蓝本的推测正确的话,那么蜣螂拉犁的情节就是非常珍贵的资料。

《格萨尔王传》的《征讨夏莱伊郭鲁》中还包含一些谜题,而想要解开谜题,就需要更多关于蒙古、西藏口头文学的新资料及研究成果①。

在蒙古、西藏的变形故事中还有一个人变为驴的故事。在藏族、蒙古族民间广泛流传着一个藏语名为《尸语故事》、蒙古语名为《喜地呼尔》的民间故事。故事的基本框架是可汗受法师嘱托,想搬走被鬼神附体的僵尸,而僵尸为了从可汗处逃走,开始给他讲述神奇的故事。"喜地呼尔"一词指的就是被鬼神附体的僵尸。这部故事集出自《僵尸鬼故事二十五则》,即印度《故事海》第十二卷的插叙,其中有一个主人公为了复仇把仇人变成驴的故事。根据色音、陈岗龙译《喜地呼尔》,这个故事名为《葬身龟腹的王子》。下面先介绍一下故事梗概②。

---

*(接上页)虽然该巫术与三娘子种麦术相反,是把土地变得贫瘠的巫术,但在让小动物(三娘子用了木牛)用锄头耕作的方法上是一样的。只是17世纪的女巫使用的巫术到底可以追溯到哪个时代,还存有许多疑惑。另外,该巫术与蒙古《格萨尔王传》中出现的让蜣螂拉犁的巫术到底有没有关联也还不清楚。

① 《格萨尔王传》中有一处变形为驴的变形术,即第八章《惩治罗布萨噶喇嘛》。故事讲的是格萨尔王被罗布萨噶魔王用巫术变成了驴,后又被阿玖·梅鲁更所救,恢复了人形。魔王的这个巫术只是把驴的画像放在格萨尔王头上,并没有使用什么神奇的食物,而格萨尔王在从驴身变回人形的过程中使用的也是各种掺有灵药的食物与甘露水,这也和三娘子全然不同,所以笔者认为这个故事应该属于其他系列。

② 根据前一节推测,《喜地呼尔》完成于13世纪,有以下日文翻译及论文:

吉原公平译《蒙古喜地呼尔故事》(Guroyia Sosaele,1941年);

色音、陈岗龙译《喜地呼尔(1)—(5)》(《比较民俗学会报》第三十卷第二、三、四号,第三十一卷第一、三号,2010—2011年);

乌力吉雅尔著、西胁隆夫译《〈喜地呼尔〉与〈尸语故事〉》(《名古屋学院大学论集·人文、自然科学篇》第四十五卷第一号,2008年;《名古屋学院大学论集·言语、文化篇》第二十卷第一号,2008年);

西胁隆夫编《蒙古民间故事集·喜地呼尔》(《名古屋学院大学综合研究所研究丛书》,溪水社,2013年);

吉原公平根据巴斯克英译本,色音、陈岗龙根据蒙古语版《喜地呼尔》(内蒙古人民出版社,1957年)。西胁隆夫根据色音、陈岗龙译文,并参照了1928年所刊乌兰巴托版。《葬身龟腹的王子》(吉原公平译为《吐金王子》)是其中第二章的内容。稻田浩二等编《世界民间故事手册》(三省堂,2004年)中说,在藏族地区流传着与《吐金王子》极其相似的故事(第60—61页),但在《喜地呼尔》的蓝本——印度《僵尸鬼故事二十五则》中却没有这个故事。

从前，有个王国的水源地的池塘里住着两只乌龟，它俩经常兴风作浪，给百姓带来灾难。于是人们每年抽签，中签人就被作为祭品献给乌龟。有一年，这个王国的可汗抽中了签。王子知道了这件事，虽然他是可汗的独生子，但他依然决定替父王去献祭。王子有个最好的朋友，虽是个贫民家的孩子，却愿意顶替王子，可王子无论如何都不同意，最终两个人一起出发去了池塘边。

当两人走近池塘时，无意中听到了两只乌龟说出的秘密。它俩说："要是有人用棍子敲下我们的头吃了，就能吐出金子、翡翠，而且应有尽有。"王子和朋友听罢，当即把两只乌龟的头敲下来吃了，于是王子能随心所欲地吐金子，朋友则能吐翡翠。

两人下了山，来到了山脚下，那里住着一对母女，两人都很漂亮，她们卖酒给过往的旅客。当母女俩得知王子可以吐金子时，就把王子和朋友灌醉，偷了一大笔钱后把他们赶出去了。意气消沉的两人只好继续上路。途中遇到了一群吵架的孩子，两人从这群孩子那里骗到一顶能隐身的帽子，然后又遇到一群妖怪，并从它们那里骗到一双想去哪儿就能去哪儿的鞋。于是王子和朋友对鞋子说："带我去能让我成为可汗的国家。"瞬间两人就到了那个国家，王子成了可汗，朋友则当上了宰相。

可汗娶了可敦，但可敦有位情人（其实是天之子）经常变成美丽的鸟儿飞到可敦寝宫。宰相察觉了此事，捉住那只飞来的鸟儿扔到火里，受了重伤的天之子挣扎着飞向天空。此后，可敦对可汗日渐亲近。

宰相戴上那顶可以使人隐身的帽子出了门。当他来到一座寺庙时，寺庙里的看门人正从一座佛像下面取出一卷纸质的卷轴。卷轴上画着一头驴，人躺在上面，身子向后一仰，立刻变成了一头驴，而将身子朝前弯时则会变回人形。宰相趁看门人离开的间隙，偷了这张神奇的卷轴，然后带着卷轴找曾经让他们吃尽苦头的母女复仇。他骗她们说只要在卷轴上后仰身子就能得到很多金子，母女俩信以为真，结果都变成了驴。于是宰相带着它们去见可汗。

母女俩变成的驴受到严惩,每天都驮运很重的行李。三年后,可汗见它们已经筋疲力尽,踉踉跄跄地驮着行李,心生怜悯,就对宰相说:"对她们的惩罚够了,饶了她们吧。"于是宰相恢复了她们的人形,可母女俩由于长期受到虐待和驱使,背驼了,皮肤也变得皱巴巴的,失去了往日的艳丽和风采。

　　故事到这里就结束了。把恶毒母女变成驴,让她们服了三年苦役的情节可以联想到三娘子的故事,故事最后可汗为她们求情时说的话也与帮助三娘子变回人形的老人所说的话很相似。从故事系列上说,上述故事属于广泛流传于欧洲的《菜驴》故事系列,与属于《故事海》《一千零一夜》系列的三娘子并没有直接联系。

　　在蒙古西面的欧亚大陆中部也流传着把女人变成驴或马作为惩罚的故事。例如C.F.考库丝韦如著、涩泽青花译《北方民族的故事》中记载了一个名为《可汗与贫民之子》的卡鲁马克族[①]民间故事,内容与《喜地呼尔》

---

① 卡鲁马克族指蒙古一系的奥伊拉特族。公元15—18世纪时,奥伊拉特族是一个在欧亚大陆中部地区拥有强大势力的游牧部族,经常侵略亚洲各地。根据涩泽青花译《北方民族的故事》,大部分卡鲁马克族人居住在戈壁西南方、准噶尔盆地的天山山脉东部斜坡地区,是个一边以毛毡帐篷为家,一边饲养牛、马、羊过着游牧生活的民族(第159页)。再参照小松久男、梅村坦等编《欧亚大陆中部地区入门词典》(平凡社,2005年)的内容可知,卡鲁马克也称为"卡鲁姆克",广义上是奥伊拉特的别称,狭义上则指居住在伏尔加河下游的奥伊拉特族的一支,即土鲁古特族等。卡鲁马克族为躲避部族间内斗而向西大迁移,1630年到达伏尔加河。卡鲁马克族擅长骑射,最初被作为俄罗斯人的战斗力量。后来由于邻近异族的殖民侵入,再加上被强制改宗为俄罗斯正教等原因,卡鲁马克族意图再次回到自己的故乡准噶尔,但由于冬天伏尔加河并不完全冻结,所以住在其右岸的欧罗巴部族人无法渡河,只能留在那里。他们迁徙时一并带去了藏传佛教,还带去了反映人民苦难经历的英雄叙事诗《江格尔》(第149—150页,坂井弘纪、田中克彦注释)。

护雅夫、冈田英弘编《民族的世界史》Ⅳ《欧亚大陆中部地区的世界》(山川出版社,1990年)中解释道:"卡鲁姆克语原是土耳其语的卡鲁马克之意,15世纪被他们侵略的中亚人最初就称他们为奥伊拉特,意义不明。此后,因俄罗斯人使用这一名称才得以流传开来,但他们自称是奥伊拉特。"(第351页)另外,历史上第一次出现奥伊拉特这一部族名是在13世纪初期。由于没有找到文献资料,因此无法追溯这个部族的民间故事的形成时间了。

唐代小说《板桥三娘子》考——东西方变驴、变马系列故事

的故事几乎完全相同①。涩泽青花在书中解释称,北方民族中流传着其他的人变驴、人变马的故事,其中的一些故事内容很有意思②。而要探寻《板桥三娘子》的故事原型,这些资料似乎没有进一步研究考证的必要。

另外,东亚东端也流传着类似的民间故事。韩国《懒汉变牛》、日本《旅人马》都属于这类故事。韩国《懒汉变牛》故事里,懒汉不是变成马而是变成了牛。其内容如下③:

> 从前,有个村子里住着一位懒汉,妻子整日唠叨,令他不胜其烦,于是便决定离家出走了。他翻越了村后的山,继续前行途中,遇到一户陌生人家,有位老人在院子里做牛面具。老人告诉他:"厌恶干活的人戴上这个牛面具后便会发生神奇美妙的事情。"懒汉信以为真,便试戴了面具,谁知却变成了牛。老人牵着这头牛来到市场,将其卖给了一位农民。将牛交给农民时,老人特意嘱咐道:"这头牛一吃萝卜就会死掉,所以千万别让他去萝卜地里。"农民强迫变成牛的懒汉干各种脏活累活,懒汉忍无可忍,决定一死了之,于是就跑进地里吃起了萝卜。不料,吃后觉得身体变轻了,竟然变回了人形。懒汉回到家后洗心革面,最终成了优秀的人,并且过上了幸福的生活。

这个故事的内容与《出曜经》中遮罗婆罗草的故事很接近。韩国民间故事中这类故事数量很少,并没有发现与属于《故事海》《一千零一夜》系列

---

① 根据前面提到的吉原公平对《蒙古喜地呼尔故事》的解释,《喜地呼尔》中第一至第十三个故事是由卡鲁姆克人编辑的(第365页)。如果真是这样,那么就能理解《可汗与贫民之子》与《葬身龟腹的王子》极其相似的原因了。关于这个卡鲁姆克族的民间故事,将在附论一《〈出曜经〉遮罗婆罗草、〈毗奈耶杂事〉游方的故事及其同类型故事》中介绍故事梗概。

② 以下内容引自涩泽青花的注释(第192页):"爱沙尼亚名为《农夫与鬼》的故事中,旅店老板被变为马,被下人任意驱使虐待了三年。芬兰名为《商人的儿子们》的故事中,一位妇人被变成一匹骏马,她的丈夫骑着她去云游四方了。"

③ 崔仁鹤《韩国民间故事研究·理论与类型索引》(弘文堂,1976年,第300页)中虽记载了《懒汉变牛》的故事,但太过简略,难解其意。这里介绍的内容梗概参照了关敬吾主编、崔仁鹤编撰《韩国民间故事百选》(日本广播出版协会,1974年)中《懒汉变牛》的故事(第220—224页)。

的《板桥三娘子》有关联的人变驴、变马的故事①。韩国不仅没有《板桥三娘子》的故事原型,甚至也没有受其影响的传说故事。

受日本《旅人马》影响而创作的传说故事中有许多内容明显与《板桥三娘子》有关,但这些民间故事的故事原型并不源于西域,而是源于在日本广为传播的《板桥三娘子》。

小 结

本章围绕《板桥三娘子》的故事原型问题,考察了欧洲、西亚、印度等地保留下来的类似故事②。

---

① 崔仁鹤《韩国民间故事研究》第四章《韩日及日韩民间故事对照表》(第141—163页)等。
② 与《板桥三娘子》有关的及论述中提及的重要文献列举如下:
一、日语文献
南方熊楠《今昔物语研究》(《乡土研究》一卷九、二卷三号,1913、1914年;《南方熊楠全集》第二卷,平凡社,1917年)。
南方熊楠《将人变为驴的法术》(《乡土研究》二卷九号,1914年;《南方熊楠全集》第二卷,平凡社,1917年)。
南方熊楠《食鸟为王的传说》(《牟楼新报》1921—1922年;《南方熊楠全集》第六卷,1973年)。
佐佐木理《变成驴的人》(《历史》一卷三号,1948年)。
佐佐木理《黄金驴》(《名古屋大学文学部研究论集》第四辑,1953年)。
山下正治《中国的神话故事与日本的民间传说》(《立正大学城南汉学》第八号,1966年)。
今西实《奈良绘本〈宝月童子〉及其传说》(《Biburika》第二十一号,1962年)。
泽田瑞穗《变形故事与变鬼故事》(《传说——研究与资料》第二号,1973年;《中国的民间信仰》,工作舍,1982年)。
高桥宣胜《民间故事的变形构造——以〈旅人马〉为中心》(《国文学·鉴赏与教材研究》三四卷——号,1989年)。
高桥宣胜《〈旅人马〉故事的履历书传说六十选(23)》(野村纯一编《别册国文学》41《民间故事、传说必备》,学灯社,1991年)。
篠田知和基《东西方变形为马的故事》(《名古屋大学文学部研究论文集》106,1990年)。(转下页)

欧洲传来了丰富多彩的变形故事,保留了诸多很有趣并且与《板桥三娘子》相类似的故事。虽然最终未能找出可以断定与《板桥三娘子》的故事原型有直接关系的文献,但欧洲这类故事的特征是包含性爱、恋爱的要素,且《毗奈耶杂事》《菜驴》系列故事传播范围极广,在论述中国、日本变形故事时,这种情况可作为比较的对象。

在西亚、印度的广大区域内查找资料时,才首次找到与《板桥三娘子》故事有直接关系的类似故事。例如,《一千零一夜》中拔多鲁·拔西姆与魔女拉普的故事、《故事海》中穆利冈卡达塔王子侍臣的故事等就都属于这类故事。虽先行研究已证明这些故事就是《板桥三娘子》的故事原型,但本章

＊(接上页)篠田知和基《由人变狼的变形故事》(大修馆书店,1994年)。
稻田浩二编《日本民间故事通观》研究篇2《日本昔话与古典》(同朋舍,1998年)《旅人马》。
稻田浩二编《日本的昔话》上册(《学艺文库》,筑摩书房,1999年)《旅人马》。
稻田浩二、稻田和子编《日本昔话手册(新版)》(三省堂)《旅人马》。
二、汉语文献
杨宪益《板桥三娘子》(《零墨新笺》香港商务印书馆,1983年;《译余偶拾》,三联书店,1983年)。
刘守华《〈一千零一夜〉与中国民间故事》(《外国文学研究》1981年第4期),《中国与阿拉伯民间故事比较》(《比较故事学》,中国民俗文化研究丛书,上海文艺出版社,1995年)。
周双利、孙冰《〈板桥三娘子〉与阿拉伯文学》(《内蒙古民族师院学报(社科版)》1986年第2期;《中国民俗文学与外国文学比较》,中央民族学院出版社,1989年)。
刘以焕《古代东西方"变形记"雏型比较并溯源》(《文学遗产》1989年第1期)。
王晓平《貌同神异 夺胎换骨——日本近代作家对志怪传奇的新视角》(《佛典·志怪·物语》东方文化丛书,江西人民出版社,1990年)。
王隆升《唐代小说〈板桥三娘子〉探析》(《辅大中研所学刊》第4期,1995年)。
王立、陈庆纪《道教幻术母题与唐代小说》(《山西大学师范学院学报》2000年第3期)。
张鸿勋《亦幻亦奇 扑朔迷离——唐传奇〈板桥三娘子〉与阿拉伯民间故事》(《天水行政学院学报》2001年第6期)。
阎伟《"驴眼看人"与"人眼看驴"——《金驴记》与《河东记·板桥三娘子》叙述视角之比较》(《湖北教育学院学报》2006年第1期)。
刘海瑛《东西方文学中"人变驴"故事的类型》(《沈阳农业大学学报(社会科学版)》2008年第10期)。

中并未论及这两个故事之间的关系及被改编为《板桥三娘子》故事的原委。关于这点内容,如果将研究范围扩展到比《故事海》更早的《大故事》,那么就能得出一个推论:收录在《大故事》里的故事向西方传播,经过形形色色的变化后逐渐成为《一千零一夜》故事的起源,在此过程中,其中一部分故事传到中国,并逐渐形成了《板桥三娘子》的故事。在此推论的基础上,第二章将重点挖掘这个故事的传播情况。

印度可谓最令人注目的传说故事的宝库。印度这些充满魅力、丰富多彩的变形故事,一方面与欧洲、阿拉伯的传说故事具有类似性、血缘性;另一方面又保留着以佛教故事为主、向东洋诸地进行广泛传播的印记。而且,由人变驴、变马类的变形故事又分流为《成实论》等佛典中因果报应的故事、《出曜经》中遮罗婆罗草的故事、《故事海》中魔术与计策的故事等各种形式。第三、四章在考察中国、日本的变形故事时,将以印度这些文献资料作为故事分类的依据,进行详细分析。

至此我们已经考察了《板桥三娘子》故事原型的产生地及其传播过程,接下来要详细阐明的就是该故事的传承及在中国的改编情况。第二章将通过精读《板桥三娘子》故事来深入探讨这些问题。

第二章

《板桥三娘子》及其故事背景

绪　论

为了探寻《板桥三娘子》的故事原型，第一章中梳理了《一千零一夜》的内容，并探讨了印度《故事海》《大故事》的内容。

那么，源于印度的这类故事是何时、又通过怎样的途径传到中国的呢？流传到中国后又是怎样被改编成《板桥三娘子》的呢？另外，究竟又是什么人进行故事改编的呢？能解释这些疑问的资料极少。笔者认为，如果对《板桥三娘子》故事进行详细分析，就一定能找出其中的关联，钩沉到一些线索。

第二章首先考证收录了《板桥三娘子》故事的小说集及其编撰者，并在此基础上重新解读《板桥三娘子》故事，然后结合《板桥三娘子》的构成要素，探讨故事背后所体现的唐代社会背景及风俗。如此，通过以上论述，笔者认为一定能够发掘出《板桥三娘子》故事的创作背景、故事的文学性及其作为历史资料的价值等新内容。

第一节　收录《板桥三娘子》的小说集及其编撰者

北宋初年李昉等人编纂的古代小说集《太平广记》（981年雕印）是最早收录《板桥三娘子》的文献资料。《太平广记》共有五百卷，卷二八六《幻术部》中收录了名为《板桥三娘子》的故事，末尾注有"出《河东记》"，说明《板桥三娘子》的出典是《河东记》。

那么《河东记》完成于何时，又是谁撰写的呢？在《旧唐书·经籍志》《新唐书·艺文志》及北宋书目中均没有发现《河东记》，但南宋著名藏书家晁公武《郡斋读书志》中有记录。《郡斋读书志》卷十三《小说类》中记载道：

河东记　三卷

右唐薛渔思撰。亦记诡怪事。序云,续牛僧孺之书。

根据晁公武的记载,《河东记》是三卷本怪异小说集,编撰者是唐代薛渔思①。文中"牛僧孺之书"指的是晚唐牛僧孺(780—848)编撰的十卷本《玄怪录》。牛僧孺是与李德裕进行派系斗争,即"牛李党争"的著名政治家,年轻时文才深受韩愈、皇甫湜赏识(见五代王定保《唐摭言》卷六《公荐》)。由牛僧孺等撰述的这本志怪小说集颇受关注,薛渔思就是为了传承这本志怪小说集而撰写了《河东记》。李复言(生卒年不详)《续玄怪录》②也是《玄怪录》的后续作品。根据推断,《续玄怪录》与《河东记》完成时间基本一致,即完成于大和(827—835)至开成(836—840)年间③。

关于《河东记》的作者,南宋洪迈《夷坚志·支志·癸集序》中有"薛涣思之《河东记》"的内容,笔者亦见从此说者④。但无论薛渔思还是薛涣思,

---

① 《郡斋读书志》分"袁本""衢本"两个文本,薛渔思之作属于衢本,袁本"右不著撰人"。根据孙猛《郡斋读书志校证》(上海古籍出版社,1990年)的前言,"衢本"属于补正本,因此比初本"袁本"体裁更加工整完备,特别是对小序及简介进行了大幅度补充与修订(第5—6页)。另外,根据程毅中《古小说简目》(中华书局,1981年)第75—76页,袁行霈、侯忠义《中国文言小说书目》(北京大学出版社,1981年)第51页,李剑国《唐五代志怪传奇叙录》(南开大学出版社,1993年)下册第634页等内容,元马端临《文献通考》记载的《河东记》简介也是"衢本"(《文献通考》卷二一五《经籍考四十二·子部小说家类》),因此以"衢本"的记载为依据是妥当的。

② 《郡斋读书志》卷十三中记载的书名为《续玄怪录》,记曰:"续牛僧孺书也。"

③ 完成时间根据李剑国《唐五代志怪传奇叙录》的考证(下册第634页)。关于《续玄怪录》与《河东记》完成的时间,也有人主张《续玄怪录》完成较早,为了避免书名重复,薛渔思才取名为《河东记》(王梦鸥《唐人小说校释》),但王梦鸥的论据并不确切,因此还是不能明确判定两者完成的先后顺序。

④ 程毅中《古小说简目》就采纳了这种说法(第76页),今村与志雄《唐宋传奇集》(岩波文库,1988年)也采纳了这一观点(下册第297页,译注一)。南宋朱胜非《绀珠集》卷七中摘录的《河东记》中注明了"薛渔思"三字,李剑国《唐五代志怪传奇叙录》以此为依据,认为"薛涣思"的说法不成立。

李剑国参照的是文渊阁《四库全书》本,笔者查阅台湾影印出版的明刊本《绀珠集》时,却发现《河东记》没有任何注释,可见这个问题还需要进一步论证。即便如此,笔者仍认为"薛渔思"之说更有说服力。另外,笔者查阅的台湾影印本未注明出版社,但东京大学东洋文化研究所的文献资料证明是由台湾商务印书馆出版的。

均找不到相关的传记资料①。从书名上唯一可以推测的是河东是个地名，有可能是撰写《河东记》时作者的所在地，但河东薛氏作为六朝之后的名门望族广为人知，因此薛渔思很可能是其末裔②。

从《河东记》作者的名字着手考证竟一无所得，但台湾学者王梦鸥《唐人小说校释》中提出的一个假说值得注意③。王梦鸥注意到，五代至北宋孙光宪《北梦琐言》中记载了一位任补阙之职的名为薛泽的人讲述的神奇故事。故事讲述的是唐懿宗(859—873)时宰相杨收之子杨镳，看见大孤山祠堂里美貌无比的女神像，便用言语戏谑了她。这时天上出现了一位女子，自称大孤山女神的妹妹，特来迎接他回去与其姊成礼。一个月后，杨镳竟猝死。薛泽与杨镳是姻亲，详细讲述了这件事情。

《太平广记》引自《河东记》的资料中有一个名为《蕴都师》的故事，主要内容如下：

> 经行寺有僧名行蕴，一日其为备盂兰会，正洒扫堂内，忽见佛前一尊蜡像妖艳异常，不禁为之心动，便戏言道："若世之女子有如此容姿者，愿娶之为妻。"是夜遂有叩门者，蕴虽怪讶之，然终应之。既启扉，见一绝世女子及其侍女立于门前，言因闻其今朝之语而来。大惊，然终生妄心，遂迎二人入户。未顷，忽闻蕴悲鸣，又有嚼骨之声，更听得咒骂之语时，忽见两夜叉腾空而出。后僧见佛座壁上之画，正有二夜叉，唇吻之间犹带血痕。

王梦鸥注意到《蕴都师》的故事与《北梦琐言》中杨镳的故事很相似，且讲述故事的人都姓薛。而"泽"与"渔思"意思相关，有可能是同一人的避讳

---

① 《新旧唐书人名索引》(上海古籍出版社)、《唐五代人物传记资料综合索引》(中华书局)、《唐五代五十二种笔记小说人名索引》(中华书局)中都未出现薛渔思、薛涣思之名。

② 《旧唐书》卷七三、《新唐书》卷九八《薛收传》、《太平广记》卷一六九《知人部·薛收》(出典为唐胡璩《谭宾录》)中记载，薛收与薛元敬、薛德音三人被称为"河东三凤"。薛收是蒲州(今山西永济)人。另外，《新唐书》卷七三下《宰相世系表》中也有"河东薛氏"这项内容。从《新唐书》的记载来看，在唐代，河东薛氏也是名门望族，却没有薛渔思或类似人名的记录。可能薛渔思始终铭记自己的望族出身，并且在自己著作的书名中也予以标明，但最终没能出人头地、光宗耀祖吧。

③ 王梦鸥《唐人小说校释》下册(正中书局，1985 年)《申屠澄》插叙，第 116—117 页。

用字。因此王梦鸥推测薛渔思可能就是薛泽,是僖宗(873—888)、昭宗(888—904)时代的人。

王梦鸥的推测以内容相似的故事为依据,令人耳目一新。如果薛渔思与薛泽真是同一人,那么记载了这个名字的历史资料虽少,但确实存在①。但笔者认为王梦鸥的这一推论值得商榷。《河东记》中收录的有明确出处的作品最晚不迟于大和八年(834)②,因此,如果《河东记》是由薛泽在晚唐至五代时编撰的小说集,那么从大和八年(834)到僖宗时期(873)就会出现几十年甚至更长时间的空白。当然,记录开成以后的作品有可能散佚了,或由于其他原因,《河东记》中只留下了开成之前的作品。虽然可能有多种猜测,但笔者认为既然出现了这样的空白期,那么把薛渔思与薛泽看成是两个人更合适。

王梦鸥的推测作为一种假说确实令人关注,却也存在着上述这样难以解释的地方。再加上李剑国《唐五代志怪传奇叙录》中的考证,王梦鸥的推测就更显得难以立足了。李剑国在论述《河东记》的完成年代时,提到了名为《韦齐休》的故事。《韦齐休》是《河东记》中收录的年代最晚即大和八年的两个故事中的一个,讲述的是名叫韦齐休的人死后还像生前一样料理家中的诸般事宜。《韦齐休》结尾处云:"其部曲子弟,动即罪责,不堪其惧,及今未已,不知竟如之何。"

按照常理来说,薛渔思所言"及今未已"中的"今"应该是指主人公韦齐休死后不久。李剑国认为是指两三年之后,因此他认为《河东记》应该是开成一二年(836、837年)完成的。另一方面,如果按王梦鸥所说,薛泽是僖宗(873—888)、昭宗(888—904)时期的人,那么根据《北梦琐言》另一则记载,薛泽在后唐明宗(926—933)即位后就一直过着坎坷失意的日子③。僖宗、昭宗时期至后唐明宗,年代相差甚远,可见王梦鸥的推论很难成立。因此可供

---

① 《北梦琐言》有三条记载薛泽名字的资料。
② 李剑国《唐五代志怪传奇叙录》已对这一内容进行了考证(第640页)。
③ 受泽崎久和(福井大学)指点,再举一个证明王梦鸥观点难以成立的例证。《蕴都师》故事发生在经行寺,根据宋代宋敏求《长安志》卷十《次南崇化坊》记载,大中六年(852)经行寺改名为龙兴寺。而薛泽是生活在晚唐末至五代时期的人物。如果《蕴都师》作者真是薛泽,那么寺名就应该是"龙兴寺"。另外,关于《河东记》的撰写年代,根据"经行寺"这一寺名来推测,应该在大中六年之前,或最迟也应该是该寺院刚改名后的前几年。

参考的就只有《郡斋读书志》中的一些零星资料了。

另外,笔者还想再补充说明一下《板桥三娘子》的作者及收录该故事的小说集的情况。到了明清时期,也有文献指出《板桥三娘子》的作者不是薛渔思,收录了该故事的小说集也不是《河东记》,而应是孙颀的《幻异志》①。但孙颀是唐肃宗(756—762)时人②,而《板桥三娘子》故事发生在半世纪之后的元和(806—820)年间,两者自相矛盾。《太平广记》及宋代诸书目中都未载录《幻异志》,因此此书很可能是伪书。李剑国分析了《幻异志》中收录的作品,也对该书进行详细研究论证(第1174—1175页)。

综上所述,考证《河东记》作者并非易事,笔者想尝试通过分析《河东记》所收录作品来探寻作者究竟是何许人物。

除《郡斋读书志》《夷坚志》外,陆游《老学庵笔记》(1174—1194年之间完成)③卷十中也提及了《河东记》,可见南宋末《河东记》仍在民间流传。而其后散佚,现已不传。但收录在《太平广记》中的《河东记》故事保存完好,共计三十三篇。据元陶宗仪《说郛》中相关资料表明,在《太平广记》中又发现了一篇属于《河东记》的故事④,因此,《河东记》共包括三十四个故事。《河东记》原版本中收录的作品数量已不得而知了,但根据《河东记》原版本共有三卷来推测,收录的作品数量应该不会太多。现存作品中也包含篇幅较长的故事,由此点来看,三十四个故事的数量应该已经超《河东记》所收作品总数量的三分之二了。

《河东记》现存内容中,鬼(亡灵)、幽冥界故事占近一半,此外还有神仙、转世、道家方术、因果报应等故事,内容丰富多彩。其中《萧洞玄》(《太平广记》卷四四《神仙部》)与《板桥三娘子》的故事内容有关联。其主要内容如下:

---

① 明王世贞《艳异编五十一种》(蓬左文库本)、清陈世熙《唐人说荟》(《唐代丛书》)、马俊良《龙威秘书》等都认为《板桥三娘子》收录在孙颀《幻异志》中。

② 《全唐文》卷四五七记载孙颀是"肃宗时人"。中唐诗人郎士元创作了《送孙颀》一诗(《全唐诗》卷二四八),但原诗中不是"颀"字而是"愿"字。

③ 王梦鸥《唐人小说校释》中进行了论述(下册第115页)。

④ 李剑国《唐五代志怪传奇叙录》的考证(第623、639—640页)。《太平广记》卷三八五《再生部》中收录了一篇名为《崔绍》的故事(出《玄怪录》),《说郛》卷四《墨娥漫录》中也记载了同样的故事,并注明出典为《河东记》。

王屋山(在今山西省)灵都观的道士萧洞玄一心想炼取神丹,然积数年之劳,仍一无所成。后遇一道家真人授以炼丹秘诀,且对其言道:"然更须寻得一同志者,两人同心同力,然后可共谋其事。"萧洞玄感真人言,为求一同心人,遂遍游天下十余年,终于在扬州附近觅得一名为终无为者。舟舻相轧,其人折其右臂,然颜色不为之改,亦不闻其呻吟之声。

洞玄敬服之,以为此人即是自己所求之同心者,遂剖其心迹,携之还王屋山。后二人修行积年,是日遂将炼取神丹。然炼丹之法极严,即洞玄登坛祷告,而无为则终日默然端坐于炉边,直至天明,不得发一言。二人必守此法,然后可得飞升。于是设坛炼丹,无为刚端坐入定,只见天界道士、世间绝色之美女、猛兽、地狱之夜叉相继幻化于前,威吓利诱之,而无为终不应,遂落入地狱,受尽责难困苦。后托生为一长安富贵人家之子,只天生哑喑。及成人,娶妻,得一子。

一日,与妻儿憩于庭,妻抱其子向无为言道:"君于我若有恩爱之情,便为我发一言,若终无一言,我便扑杀此子。"无为慌忙间欲夺其子而终不及,其妻将其子扑杀于庭石之上。无为痛惜间不觉失声惊呼,一梦方觉。此时丹炉亦失,二人只得相与恸哭。哭罢,即更潜心修行,后亦不知二人所终。

上述《萧洞玄》的故事明显与著名的《杜子春》同源同流。关于收录《杜子春》的小说集有两种观点:一种认为收录在牛僧孺《玄怪录》中,另一种则认为收录在李复言《续玄怪录》中①。如果《玄怪录》收录了《杜子春》,那么《萧洞玄》正好符合薛渔思《河东记》序中所说传承牛僧孺《玄怪录》的

---

① 明代刊刻《玄怪录》两种文本(稽古堂十一卷本、陈应翔四卷本)均将《杜子春》收录在第一卷卷首部分,但《太平广记》记载《杜子春》的出典为《续玄怪录》卷十六《神仙部》。李剑国《唐五代志怪传奇叙录》则认为《杜子春》出典为《玄怪录》(下册第612页)。今村与志雄《唐宋传奇集》(岩波书店,1988年)认为"还不能肯定《杜子春》的出典,这是个难以判断的问题"(下册第266页)。程毅中点校《〈玄怪录〉〈续玄怪录〉》(《古体小说丛刊》,中华书局)则按照明刊本记载,认为《杜子春》收录在《玄怪录》中,但并未仔细考证这个问题。另外,赤井益久《〈杜子春传〉忆说》(《中国古典研究》第五十三号,2008年)记载了这两种说法,但并未论证究竟哪种说法是正确的。

写作意图。如果李复言《续玄怪录》收录了《杜子春》，那么上述《萧洞玄》的故事与《杜子春》之间的相互影响、先后关系等问题就必须重新探讨，而要揭开这些谜团并非易事①。

而更有意思的是，这两个故事的原型竟然可以追溯到印度。《大唐西域记》卷七《婆罗痆斯国》中的《救命池》，记载了一个关于池名由来的传说，而《杜子春》《萧洞玄》正是根据这个故事改编的②。由此可见薛渔思关

---

① 作为小说作品，《杜子春》在构思、情节展开等方面优于《萧洞玄》。（例如，《萧洞玄》中，故事一开始就明确交代了道士的意图，而《杜子春》中的老人是像谜一样的人物。另外，《萧洞玄》中主人公碌碌无为，最终依然转世为男身，而《杜子春》中主人公虽也无所作为，但经历诸多磨难后转世成了女身。事实上《萧洞玄》的故事情节完全沿袭了其事故原型《大唐西域记》中救命池的传说，比《杜子春》更接近故事原型。）

金关丈夫《杜子春系列故事》中写道："如果仅看杜子春这个人物，《杜子春》在小说写作手法上显然优于《萧洞玄》，但不能因此就认为《萧洞玄》是根据《杜子春》改编的，当然也不能认为《杜子春》是根据《萧洞玄》改编而成的。最终金关丈夫推测得出的推论是，这两者很可能是根据同一个故事原型改编的（金关丈夫论文收录于《木马与石牛》。此处引用的是《岩波文库》1996年本第133—134页的内容）。可见，薛渔思在创作《萧洞玄》前并没有读过《杜子春》的故事。如果真是这样，那么显然薛渔思也不知道收录《杜子春》故事的《续玄怪录》。而如果《杜子春》真是牛僧孺《玄怪录》中的作品，那么被传为"（序云）继牛僧孺之书"（《郡斋读书志》）的《河东记》的作者绝对不可能没有看过《杜子春》。

近年，王青《西域文化影响下的中古小说》（《唐研究基金会丛书》，中国社会科学出版社，2006年）第六章第五节《人生如梦型故事——从西域到中原的演变与发展》中认为《杜子春》收录在《续玄怪录》中，因此断定《续玄怪录》晚于《河东记》（第372—376页）。

② 唐代段成式《酉阳杂俎·续集卷四》、明代李诩《戒庵老人漫笔》卷三早已探讨了《大唐西域记》中救命池传说与唐小说的关系。段成式《酉阳杂俎》是最早关注这个问题的论著。钱钟书《管锥编》（中华书局，1979年第二册第655—656页）、李剑国《唐五代志怪传奇叙录》（下册第612—613页）也考证了这个问题。

救命池（又名烈士池）传说原文如下：

施鹿林东行二三里，至窣堵波，傍有涸池，周八十余步，一名救命，又谓烈士。闻诸先志曰：数百年前有一隐士，于此池侧结庐屏迹，博习伎术，究极神理，能使瓦砾为宝，人畜易形，但未能驭风云，陪仙驾。阅图考古，更求仙术。其方曰："夫神仙者，长生之术也。将欲求学，先定其志，筑建坛场，周一丈余。命一烈士，信勇昭著，执长刀，立坛隅，屏息绝言，自昏达旦。求仙者中坛而坐，手按长刀，口诵神咒，收视反听，迟明登仙。所执铦刀变为宝剑，凌虚履空，王诸仙侣，执剑指麾，所欲皆从，无衰无老，不病不死。"是人既得仙方，行访烈士，营求旷岁，未谐心愿。后于城中遇见一人，悲号逐路。隐士睹其相，（转下页）

注并喜好西域传来的民间故事,由此能发现与创作《板桥三娘子》相关的资料。

《胡媚儿》也是一个富有西域风情的故事。《胡媚儿》与《板桥三娘子》都收录在《太平广记》卷二八六《幻术部》中。下面引用《胡媚儿》的原文内容:

> 唐贞元中,扬州坊市间,忽有一妓术丐乞者,不知所从来。自称姓胡,名媚儿,所为颇甚怪异。旬日之后,观者稍稍云集。其所丐求,日获千万。一旦,怀中出一琉璃瓶子,可受半升,表里烘明,如不隔物。遂置于席上,初谓观者曰:"有人施与满此瓶子,则足矣。"瓶口刚如苇管大,有人与之百钱,投之,琤然有声,则见瓶间大如粟粒,众皆异之。复有人与之千钱,投之如前。又有与万钱者,亦如之。俄有好事人,与之十万、二十万,皆如之。或有以马驴入之瓶中,见人马皆如蝇大,动行如故。须臾,有度支两税纲,自扬子院部轻货数十车至。驻观之,以其一时入,或终不能致将他物往,且谓官物不足疑者。乃谓媚儿曰:"尔能令诸车皆入此中乎?"媚儿曰:"许之则可。"纲曰:"且试之。"媚儿乃微侧瓶口,大喝,

---

*(接上页)心甚庆悦,即而慰问:"何至怨伤?"曰:"我以贫窭,佣力自济。其主见知,特深信用,服满五岁,当酬重赏。于是忍勤苦,忘艰辛。五年将周,一旦违失,既蒙答辱,又无所得。以此为心,悲悼谁恤?"隐士命与同游,来至草庐,以术力故,化具肴馔。已而令入池浴,服以新衣,又以五百金钱遗之,曰:"尽当来求,幸无外也。"自时厥后,数加重略,潜行阴德,感激其心。烈士屡求效命,以报知己。隐士曰:"我求烈士,弥历岁时,幸而会遇,奇貌应图,非有他故,愿一夕不声耳。"烈士曰:"死尚不辞,岂徒屏息?"于是设坛场,受仙法,依方行事,坐待日曛。曛暮之后,各司其务,隐士诵神咒,烈士按钰刀。殆将晓矣,忽发声叫。是时空中火下,烟焰云蒸,隐士疾引此人,入池避难。已而问曰:"诫子无声,何以惊叫?"烈士曰:"受命后,至夜分,昏然若梦,变异更起。见昔事主躬来慰谢,感荷厚恩,忍不报语;彼人震怒,遂见杀害。受中阴身,顾尸叹惜,犹愿历世不言,以报厚德。遂见托生南印度大婆罗门家,乃至受胎出胎,备经苦厄,荷恩荷德,尝不出声。洎乎受业、冠婚、丧亲、生子,每念前恩,忍而不语,宗亲戚属咸见怪异。年过六十有五,我妻谓曰:'汝可言矣!若不语者,当杀汝子。'我时惟念,已隔生世,自顾衰老,唯此稚子,因止其妻,令无杀害,遂发此声耳。"隐士曰:"我之过也!此魔娆耳。"烈士感恩,悲事不成,愤恚而死。免火灾难,故曰救命;感恩而死,又谓烈士池。

诸车辘辘相继，悉入瓶，瓶中历历如行蚁然。有顷，渐不见。媚儿即跳身入瓶中，纲乃大惊，遽取扑破，求之一无所有。从此失媚儿所在。后月余日，有人于清河北逢媚儿。部领车乘，趋东平而去。是时李师道为东平帅也。

晋葛洪《神仙传》卷九中有个壶公的故事很有名。故事讲述的是壶公日中于市肆卖药，日暮则跳入悬于房顶上的壶中休憩。可见薛渔思应熟知这类仙人道术。

据称，如人入小壶这种用小容器容纳大事物的构想源于印度①。可见比起中国仙术，薛渔思对《胡媚儿》中描述的那种西域幻术更感兴趣。例如，胡媚儿的姓氏为胡，她手中拿的"玻璃瓶"暗示了她与异国的联系。汉代至六朝，透明的玻璃手工艺品是从外国输入的珍奇、昂贵的物品，可见这个"玻璃瓶"传递着遥远西域的异国情趣及神奇。唐代时中国的生产能力已相当强，但玻璃制品依然代表着神秘的西域。根据笔者的推测，胡媚儿所用的细颈瓶很可能与日本正仓院所藏的白色琉璃瓶相似。因为这种白

---

① 晋代荀氏《灵鬼志》中的《外国道人》、南朝梁吴均《续齐谐记》中的《阳羡鹅笼》都是小容器容纳大事物的著名故事。这两个故事讲述的都是如下的内容：一位神秘的书生（或道士）从口中吐出食器肴馔和自己的妻子，书生醉卧后，其妻又吐出另一男子。待妻子与书生共眠时，男子又另吐一女子酌戏。顷之，书生欲醒，那男子因取所吐年轻女子还纳口中，书生之妻亦将那男子吞入腹中。最终，书生醒来，又将其妻及诸器皿悉纳口中。晚唐段成式《酉阳杂俎》中指出（《酉阳杂俎·续集卷四·贬误》），这两个故事是根据佛典《旧杂譬喻经》改编的。鲁迅《中国小说史略》中列举了这个故事，在提到《旧杂譬喻经》的同时还引用了《观佛三昧海经》卷一中"一根毛中有百亿光，光中又有菩萨"的故事。中岛长文认为，《观佛三昧海经》与"《阳羡鹅笼》……套匣式的故事展开并无直接关联"（中岛长文译注《中国小说史略》，《东洋文库》，平凡社，1997年，第131页），反而是古印度已存有此种想象的有力证据。

榎一雄《黎轩、条支的幻人》在探讨传入中国的各种杂技、幻术时，列举了《胡媚儿》为例子，认为这种幻术起源于印度，可是又写道："胡媚儿故事中包含了应用透视镜的技术，因此不一定是从外国传来的知识。"可见榎一雄论述时相当谨慎。但比起揭穿胡媚儿幻术的底细或探明其起源，笔者更关注胡媚儿及其所使用的幻术所带有的异国风情。《黎轩、条支的幻人》收录于《榎一雄著作集》第四卷《东西交涉史Ⅰ》（汲古书院，1993年，第350—356页）。

色琉璃瓶在当时被称为"胡瓶",是带有伊朗风格的玻璃制品①。薛渔思描述的胡媚儿幻术中流露着令人神往的西域风情。

《叶静能》也是以神奇幻术为主题的故事(《太平广记》卷七二《道术部》),讲述的是唐代著名法师叶静让一个侏儒道士陪爱喝酒的汝阳王饮酒,不料那个道士的真身竟是五斗大酒桶。其实还有几个同样内容的故事留存至今,只是改动了主人公的名字而已②。可见当时这类故事很可能已家喻户晓了,而薛渔思对奇幻之术的浓厚兴趣可见一斑。

另外,还有一两篇作品值得关注。例如《申屠澄》(《太平广记》卷四二九《虎部》)的故事就很有名。其内容如下:

贞元九年,有个叫申屠澄的人赴任地方县尉,途中他在真符县③东遇上了大风雪,马都难以前行,正在为难间,忽见一茅舍有炊烟,澄便往之。舍中住着一对老夫妇和他们年轻美貌的女儿。承老夫妇的厚意,当晚,申屠澄便借宿其舍。于是四人一边围炉暖酒,一边

---

① 关于中国的玻璃史,参照《正仓院的玻璃》(日本经济新闻社,1965 年)中收录的原田淑人《东洋古代玻璃史考察》。据原田淑人的考证,"公元 4 世纪时,中国已开始使用玻璃容器了,但从当时人们对玻璃容器的珍视程度来看,可以断定这些玻璃容器应该都从罗马进口的。到了公元 5 世纪,中国人才开始自由地制作玻璃器皿"(第75—76 页)。《正仓院的玻璃》第 12—15 页附有白琉璃瓶的照片,并有文字说明。

如果只是烧制的彩色玻璃球,那么其历史可追溯到更早,原田淑人在参照东汉王充《论衡·率性篇》的记载后这样说道:"中国至少在东汉时已经有工匠(也许是外国人)用矿石烧制五色玻璃珠了。"(第 72 页)榎一雄、赛利古曼·贝库合著《远东古代玻璃的分析研究》(《榎一雄著作集》第四卷)中认为,中国的玻璃制造可以追溯到汉代或汉代以前。(第 404、410 页)中国的玻璃生产史不仅揭示了玻璃传入中国的年代之久远,更揭示了中国人世世代代均为玻璃这种透明而神奇的异国珍宝所倾倒。

② 《太平广记》中还能找到几个与《叶静能》相似的故事。例如,《太平广记》卷二六《神仙部·叶法善》(出典为《集异记》《仙传拾遗》);《太平广记》卷三〇《神仙部·张果》(出典为《明皇杂录》《宣室志》《续神仙传》)中有关酒瓮的故事;《太平广记》卷百七〇《精怪部·杂器用·姜修》(出典为《潇湘录》)中关于酒瓮的故事;等等。特别是《张果》中的故事与《叶静能》极其相似。此外,如敦煌变文《叶净能诗》的第四个故事中也有变为酒瓮的道士的故事。《叶净能诗》收录在项楚《敦煌变文选注》(巴蜀书社,1990年)及黄征、张涌泉《敦煌变文校注》(中华书局,1997 年)等书中。

③ 真符县属于今四川省。今村与志雄《唐宋传奇集》中认为可能是将贞符县(今陕西洋县北)误作"真符县"了。(下册第 301 页)。

行酒令取乐。席间,老夫妇的女儿冰雪聪明,对答如流。澄甚惊异之,心为之动,遂愿娶其为妻,老夫妇亦许之。

礼成,申屠澄携其妻赴任,于其地立获声望。夫妻两人更是琴瑟相谐,快到其任期届满之时,其妻已生养了一双儿女。为表情意,澄常作赠内诗,而其妻则总在心中默默唱和,却终不开言。

终于到了任满之日,申屠澄携家眷还都。途中,其妻忽吟诗一首以和前诗,吟罢,潸然泪下,若有所思。后几日,至其妻家,茅舍依然,但舍中已空无一人。是夜,即宿于茅舍。其妻于墙隅旧衣之下,见一满积尘埃之虎皮,忽大笑而言曰:"竟不知尚有此物在耶!"其妻披之,立即变身为虎,咆哮突门而去。

澄见此,初惊而逃,旋即携二子寻其妻之去向,然终无所获。澄只得望林恸哭数日,自此其妻竟不知所踪。

在《人虎传》(《李徵》)等众多唐代人变虎的故事中,《申屠澄》可谓是一篇富有情趣的佳作①。可见薛渔思喜好变形故事,并为创作这一主题的故事倾注了大量心血。此外,再介绍一下《卢从事》的故事(《太平广记》卷四三六《畜兽部》)。故事讲述的是卢的表甥因盗用卢的钱,死后投胎变马以偿前债。这是典型的"变畜偿债类"故事②。这类故事本质上是为了宣扬因果报应,虽是以死为媒介实现人转世为动物,但也属于人变马的变形

---

① 志村五郎《中国民间故事文学及其背景》(《筑摩学艺文库》,筑摩书房,2006年)中这样评价《申屠澄》:"故事中插入诗歌,可见作者是把《申屠澄》当作一篇文学作品来创作的,但遗憾的是并未成功。"(第175页)笔者也认为插入的诗歌写得不算好,但故事本身写得相当有趣,令人爱不释手。今村与志雄《唐宋传奇集》中评价道:"本篇在同类作品中实属上乘之作。"(下册第302页)
很多外国作品中论述了《申屠澄》的故事。例如,朝鲜《三国遗事》(公元13世纪)卷五在《金现感虎》中记载了《申屠澄》的故事。参见金思烨《全译三国遗事》(六兴出版,1980年)第402—408页、村上四男《三国遗事》(塙书房,1995年)下之三第95—110页。另外,《申屠澄》也传到了日本,江户中期鹈饲醉雅《近代的一百个故事》中以《狐女出嫁后生下的男女》为题,收录了一个关于狐狸的故事(卷三,第三个故事),太刀川清校订《续一百则故事怪谈集成》(《丛书江户文库》,国书刊行会,1993年)第306—308页收录了《申屠澄》的故事。

② 泽田瑞穗《变畜偿债的故事》参照本书第一章第三节。另外《卢从事》的故事将在本书第三章第二节中进行探讨。

故事。

《河东记》的三十四故事虽多以鬼界、冥界为主题,但内容丰富多彩,各不相同。上面列举的故事虽不是《河东记》的主流作品,但通过这些作品可以推测《河东记》收录《板桥三娘子》的部分原因。薛渔思被西域奇谈、幻术所吸引,对变形故事非常感兴趣,因此,从西方传入中国的幻术、变形故事无疑就成为其绝佳的创作素材。

第二节 《板桥三娘子》及其背景

上一节探讨了《板桥三娘子》的作者及收录该故事的小说集,这一节通过逐一分析《板桥三娘子》的细节,力争从一个新视角探讨《板桥三娘子》故事的背景、写作技法及所反映的社会背景、风俗等内容。笔者参照的是《太平广记》的点校本(中华书局,1981年第2次印刷)中的《板桥三娘子》。在明代陆楫《古今说海·说渊丁集别传二十一》(内阁文库藏明刊本,影印文渊阁《四库全书》本)中,《板桥三娘子》名为《板桥记》。另外,明清的许多小说集也收录了这个故事①。各版本《板桥三娘子》虽在具体的字句上存在差异,但除变驴、黑店的情节有个别删除外,没有太大的不同。因此,除必要言及之处外,其余一律省略②。

中、日两国有很多关于《板桥三娘子》故事的译注或鉴赏类作品,当然,也出现了许多不同的解释和释义。为了避免重复,这里只论述相关要点。

---

① 《古今说海》为上海文艺出版社1989年刊行本。明冯梦龙《古今谭概》(上海古籍出版社,1993年)卷三二《灵迹部》节录了《古今说海》的一个故事,名为《板桥三娘子》。《太平广记钞》也收录了《板桥三娘子》的故事,但简化了部分内容。此外,还参照了明王世贞《艳异编》、吴大震《广艳异编》(内阁文库藏明刊本,《续修四库全书》本)、袁中道《霞房搜异》(内阁文库藏明刊本)、清陈世熙《唐人说荟》(《唐代丛书》,东京大学东洋文化研究所藏清同治刊本),以及王文浩、邵希曾《唐代丛书》(新兴书局景印清嘉庆刊本,1968年)和马俊良《龙威秘书》(东京大学东洋文化研究所藏清刊本)等文献资料。

② 关于字句异同的详细情况,参照附论二。

一、汴州 板桥 旅店 驴

> 唐汴州西有板桥店,店娃三娘子者,不知何从来。寡居,年三十余,无男女,亦无亲属。有舍数间,以鬻餐为业。然而家甚富贵,多有驴畜。往来公私车乘,有不逮者,辄贱其估以济之。人皆谓之有道,故远近行旅多归之。

受史书文体的影响,唐代小说的开头基本都要介绍主人公,《板桥三娘子》也是如此。故事开头,作者以平淡的笔调描述了主人公三娘子及其所经营的旅店。但值得注意的是,小说一开头,作者就已经巧妙地埋下了几处伏笔。随着故事情节的展开,这几处伏笔将依次发挥重要作用。

三娘子亲善待人,有口皆碑,却来历不明,一人寡居。所经营的旅店虽小,不知为何却很富贵,还养了许多头驴。小说开头这段看似平淡却暗藏诸多玄机的描写着实有其巧妙之处。可以预感到,随着对小说的深入阅读,会越来越多地感受到薛渔思作为小说家的匠心与才能。另外,小说开头的第一个字"唐",是《太平广记》在收录该故事时加上的,薛渔思原作中并无此字。

接下来笔者将围绕故事发生的中心地——板桥旅店,对各个关键词进行逐一考证。

1. 汴州 板桥

三娘子所经营的旅店位于汴州板桥,那么这到底是个什么样的地方呢?首先来看汴州。这里是宋朝都城所在地,在今河南省开封市。汴州在战国时代曾是魏国都城,时称大梁,后世亦屡用此名。汉代在此置陈留郡。《史记》卷九七《郦食其传》中郦食其言曰:"陈留,天下之冲,四通五达之郊也。"汴州地处交通要道,很早就是开放而繁荣的商业都市。隋炀帝开凿的大运河通济渠(也称汴河)途经此地,使汴州成为更加重要的运输据点。隋唐时,运往洛阳或长安都城的大部分漕运物资都必须经由此地①。也正是由于汴州地处水陆交通要冲,使得此地风俗纲纪紊乱,当地官员都难以治

---

① 参照杨金鼎主编《中国文化史词典》(浙江古籍出版社,1987年)中"大梁"条(第52页)的资料。

理。《旧唐书》卷一三一《李勉传》描述玄宗时汴州的情况时,这样记载道:"汴州水陆所凑,邑居庞杂,号为难理。"①这是我们应该首先了解的三娘子故事发生的背景。

下面来看一下位于汴州以西的板桥。关于板桥的现存文献资料不多,杨宪益《零墨新笺》中介绍的清代王士禛《陇蜀余闻》是主要参考资料。王士禛在提到三娘子故事后,认为板桥在"今中牟县东十五里"处(清代一里约为现在567米),并引白居易、李商隐的诗作为例证(王士禛所引用的诗将在下文"旅店"项中详细介绍)。中牟县位于现河南省中牟县,在汴州(开封)以西不到三十公里的地方②。《三国志》卷一《魏书·武帝纪》中也记载了这个地方。从洛阳董卓那里逃出来的曹操杀了吕伯奢全家(历史上有名的曹操杀吕伯奢事件)后,就是在中牟县被亭长抓住,差点儿命丧黄泉。另外,清顾祖禹《读史方舆纪要》卷四十七《河南·开封府》注中曰"板桥,在(开封)城西七里",与王士禛《陇蜀余闻》所载不同,顾祖禹是从相反方向测量两地间的距离关系,因此与王士禛的说法差别较大,但即便如此,我们还是可以大致掌握当时的位置关系③。

---

① 青山定雄编《唐宋时代的交通与地志地图的研究》(吉川弘文馆,1963年)第七《唐代的水路工程》中探讨了这个问题(第284—285页)。
② 谭其骧主编《中国历史地图集》第五册《隋、唐、五代十国时期》(地图出版社,1982年,图44都畿道)。
③ 很难确定板桥的精确位置。《陇蜀余闻》在说明板桥所在地时云,"今中牟县东十五里",又引用了白居易的诗歌《板桥路》,曰"白乐天诗'梁苑城西三十里'……"。可见,王士禛认为板桥距汴州足有三十里,这与《读史方舆纪要》的记载有较大差异。王士禛《香祖笔记》卷五中也提到了板桥,说"在今汴梁城西三十里,中牟之东"。其实,白居易诗歌原文为"梁苑城西二十里",可见是王士禛弄错了,但即使是"二十里"(唐代的一里约为560米),也与《读史方舆纪要》的记载不同。笔者参照的是《陇蜀余闻》龙威秘书本、《香祖笔记》中华书局"中国古典文学基本丛书"本、《读史方舆纪要》是中华书局"中国古代地理总志丛刊"本。
严耕望《唐代交通图考》第六卷(2003年)《河南淮南区》("中央研究院"历史语言研究所专刊之八十三)中虽引用了许多文献资料对此问题进行了详细的考证(第181—1812页),但还是以白居易《板桥路》"梁园城西二十里"为依据,得出板桥在汴州以西二十里之地的结论,却只字未提其与《读史方舆纪要》记载距离的误差。关于板桥,严耕望认为"盖滨临汴渠,为汴城西行公私宴饯之所"。看来该驿站的兴旺繁华无疑是依赖于这些设公私宴饯之人了。(转下页)

总之,板桥位于汴州近郊,是连接洛阳、长安的一条通衢大道旁的驿站性质的镇子。作为根据西方魔女故事改编、用妖术陷害过往旅客的客栈女主人登场的舞台,板桥是再合适不过的了。而且这家使用妖术的旅店并不是在人迹罕至的僻静场所。连接汴州和京城的通衢,是当时中国陆路最重要的干线。沿路的这个镇子,"往来公私车乘"之多,其繁华热闹程度无须多言。这一点与日本《旅人马》等作品不同,值得玩味。

笔者对原文中的"板桥店"一词却颇感疑惑。究竟"板桥店"指的是三娘子所经营的旅店店名呢,还是整个镇呢?查阅《板桥三娘子》原文的日文译本和现代汉语译本,对此各有不同解释,又没有注释,因此没有参考价值。但日野开三郎的《唐代邸店之研究》①已经弄清了这个问题。根据日野开三郎的考证,"店是指经营旅宿业兼饮食业兼仓储业的地方,也称为店舍,这是"店"这个词的基本概念",其引申义也经常为人所使用,指店所在地名或店铺的聚集地。日野开三郎广泛调查了诗歌、小说,在此基础上举了大量的例证,之后还引用了《板桥三娘子》的资料,他认为,"有板桥店,店娃三娘子"并不是"有一家名为板桥店的旅店,其店娃是三娘子"之意,而是指"有个名为板桥店的店铺聚集地,其中一家旅店的店娃是三娘子"。这应该是经过仔细调查考证后得出的结论(《续唐代邸店之研究》第228—252页),笔者赞同这个观点。

"店娃"一词中,"娃"字含美人之意,因此店娃应该指的是店中美人或

---

*(接上页)另外,很多地方都存在"板桥"这一地名,因此很容易混淆。如杨宪益也引用了《陇蜀余闻》,在考证中却依据《宋史·食货志》的记载,得出板桥指的是山东密州的结论。今村与志雄《唐宋传奇集》中已对此进行了指正(下册第300页)。

《太平广记》卷二八二《梦部》中有一个名《张生》的故事(出典为唐李玫《纂异记》),其开头部分云:"有张生者,家在汴州中牟县东北赤城坂。以饥寒,一旦别妻子游河朔,五年方还。自河朔还汴州,晚出郑州门,到板桥,已昏黑矣……"

这里的板桥与《板桥三娘子》中的应指同一地点,但主人公如果从河朔回位于中牟县附近的家,一般应该先到汴州,再从汴州向西入中牟,他却从西边的郑州向东走,路过中牟县后再到板桥。主人公的这一路线颇令人费解。而且从郑州到板桥,绝不是晚上出发当天就可以到达的。因此,"郑州"应该是"汴州"之误。

① 日野开三郎《唐代邸店之研究》(九州大学文学部东洋史研究室,1968年)以及《续唐代邸店之研究》(九州大学文学部东洋史研究室,1970年)都被收录在三一书房1992年刊行的《日野开三郎东洋史学论集》第十七、十八卷中。

美貌的女主人。但使用"娃"的例子出人意料的少,而《太平广记》中出现了"店妪""店妇"二词①,因此,笔者估计,"店妪""店妇"与"店娃"一样,都属于当时的新造词语。而"娘子"一词是对女性的称呼。牛志平、姚兆女编著《唐人称谓》(《隋唐历史文化丛书》,三秦出版社,1987年)中认为"娘子"是对女性的通称,无论身份尊卑、成婚与否都可使用。另外,"娘子"一词还是对家庭主妇的尊称(第100—101页)。

2. 旅店

上面考证了地名,接下来看一下三娘子所经营的旅店的情况。在此依然引用的是日野开三郎的研究成果。

原文中介绍三娘子经营的旅店规模时用了"数间"一词。"间"是计算家中两个柱子之间距离的单位,也用于指房间的数量,因此大多数日本译者认同后一种说法,将"数间"解释为数间房屋的意思。而后文在描写旅店内的情况时,说到三娘子旅店的客室其实只有一间,而且是个客人们共用的大通间(《唐代邸店之研究》第49页),因此笔者认为,这里"数间"一词应该是指旅店客室的面积和规模②。关于"间"的面积大小,因为没有绝对

---

① 《太平广记》卷八五《异人部·华阴店妪》、卷一三二《报应部·店妇》。徐君慧《古典小说漫话》(巴蜀书社,1988年)中《李娃的"娃"》也考论了"娃"字,认为唐代小说《李娃传》女主人公名字中的"娃"字并非本名,只是一种美称而已(第75—76页)。

② 除日野开三郎外,黄正建《唐代衣食住行研究》(首都师范大学出版社,1998年)《旅店》中也引用了《板桥三娘子》,认为"数间"是"几个人同住的大房间"的意思(第183页)。

田中淡《唐代都市住宅的规模与计算标准》(《岩波讲座·世界历史》9《中华的分裂与再生:3—13世纪》,《月报》16,1999年)中论及了"间",认为"间"是指建筑物正面的柱子与柱子间的数量(例如六根柱子就是五间),并不是指一间等于六尺的绝对尺寸,而是一种建筑规模的计量方法。另外,田中淡在《中国传统的木造建筑》(《建筑杂志》98·No.1214,1983年)中探讨了"间架"这一中国常用的建筑规模的计量方法。

关于当时店铺的实际规模,中国科学院考古研究所西安唐城发掘队《唐代长安城考古纪略》(《考古》1963年第11期)很有参考价值。《唐代长安城考古纪略》认为,长安西市一般的店铺都不是很大,最大的也不到十米,三间左右,最小的则只有四米,即一间(第606页)。在小规模店铺密集林立的长安西市,几乎没有空地,而汴州近郊的板桥,店铺密集程度应该没有那么高,还是比较宽敞的。但板桥也是一个繁华的驿站村镇,所以店铺的规模应该与长安西市差别不大。三娘子这家"数间"大的旅店,住了七八个客人就客满了,所以恐怕也就三间大小,再大也不过和长安最大规模的店铺差不多。

的尺寸规定,因此尚不能确定具体数值,但有资料证明当时规模最小的一般民居有三个门面大小(《唐代邸店之研究》第22页)。根据日野开三郎的考证,邸店有各种规模,通常大型的住宅称"邸",小型的称"店"。"店"亦有大小,有用例显示,大型的"店"有二十间门面大小,十个门面大小属于中等规模。三娘子经营的是只有几个门面的旅店,因此无疑属于小型店。可是,从当时"店"的总数来说,这种只有几个门面的小型店所占比例最大、最为普遍,因此又被称为"草店"。"草"在此是粗陋鄙小的意思(《唐代邸店之研究》第13—27页)。

也还有别的像三娘子这样由女店主独自经营小旅店的故事。《太平广记》卷三一四《神部》所引南唐徐铉《稽神录》中一则名为《司马正彝》的故事就属于此类。故事开头如下:

> 司马正彝者,始为小吏,行溧水道中。去前店尚远,而饥渴甚,意颇忧之。俄而遇一新草店数间,独一妇人迎客,为设饮食,甚丰洁……

这个故事中旅店的女主人本来是当地土地庙里被人供奉的神女,她想让人去镇上为她买胭脂水粉,于是就有了她幻化成人形的情节。当然,这个故事不能当作真实材料来对待,但创作故事的前提是真实的,即故事发生的舞台是女主人一个人经营的小旅店,这是当时实际存在的情形。一个女人,独自操持一家小旅店以维持生计,绝不是容易的事。而在众多贫穷、简陋的草店中,三娘子经营的店虽是只有几个门面的小店,不知何故却"甚富贵"。("富贵"即富裕之意。在此,强调的是"富"字。)

另外,三娘子"以鬻餐为业"。三娘子经营的是旅店,当然也要给住宿的旅客提供餐饮服务。而"鬻餐"一词说明,除了专门住宿的旅客外,也有路过此处进来喝几杯酒就走的客人。所以三娘子的小店是兼营饮食业的小饭店、小酒馆。日野开三郎(《唐代邸店之研究》第52—76页)认为,"店"除了经营旅宿业外,还包括饮食业或仓储业。有不少资料证明,兼营饮食业的旅店除了招待专门住宿的旅客外,也为过路客人提供酒食。从提供酒食的旅店、出售胡饼或蒸糕的客栈、卖浆汁(甘蔗汁)的饭店等都可一窥当时兼营饮食业的旅店的风貌。三娘子"以鬻餐为业"也正反映了当时兼营饮食业的旅店的情况。

可见当时的旅店主人靠着各种副业维持收入,其中也包括车辆、旅具的买卖、维修以及马、驴的买卖与租赁(《唐代邸店之研究》第121—136页)。车辆与役畜是当时最主要的交通手段,而为往来旅客提供车马之便也是旅店的一个重要职责。像三娘子这样,当客人遇到车马不便时,她能低价出让役畜,以解他人之急,当然令人敬重和感激。另外,"往来公私车乘……"一句中"不逮"一词,也有各种不同的解释,笔者认为应该是"数量不够"或"(因为不够)而来不及凑足数"的意思①。

3. 驴

唐代用于交通运输的役畜主要有马、驴、牛、骆驼等,其中牛多被用于拉车,而其他的役畜则主要供人骑乘、驮运货物,或牵拉车辆、农具。所有役畜中马无疑是最优秀的,适合于各种用途。但因供给量有限,所以马的售价很高,一般只有贵人和富豪才用得起。一般大众普遍使用的是既能干体力活、价格又便宜的驴(《唐代邸店之研究》第122—124页)②。唐代在主要街道经过整备的各个驿站里都安置了换乘的"驿驴",以供过往旅客使用。唐杜佑《通典》中载有以下一则记录:

> (自长安)东至宋汴,西至岐州,夹路列店肆待客。酒馔丰溢,每店皆有驴赁客乘,倏忽数十里,谓之驿驴。南诣荆襄,北至太原、范阳,西至蜀川、凉府,皆有店肆,以供商旅。远适数千里,不持寸刃。

> (《通典》卷七《食货·历代盛衰户口》)

---

① "不逮"一词包含赶不上、来不及、数量不够等意思。在这里是"公私车乘的数量不够""拉公私车乘的驴或马不够""公私车乘到不了目的地"等意思。
关于"不逮者"的释义,《太平广记》卷一二《神仙》中名为《董奉》的故事(出典为晋葛洪《神仙传》)中的用例很有参考价值。董奉是杏林故事中有名的仙人,他看病不收诊金,却让自己所诊治的病人种植杏树。文中说"奉每年货杏得谷,旋以赈救贫乏,供给行旅不逮者"。这里"不逮"是"(路费、旅途中干粮等)不够"的意思。《板桥三娘子》中的"不逮"也是这个意思,只是不够的不是盘缠路费,而是拉车的役畜。原文中"多有驴畜"一句中的"驴",也与"车乘"有关,因此,笔者认为应该是"不足、不够"之意。
② 《杜子春》在描写主人公把从老人那里得到的钱花得一干二净,又回到原来不名一文的状态时,写道:"衣服车马,易贵从贱,去马而驴,去驴而徒。"由此可见骑马与骑驴的阶层差异。

长安东至宋汴之路正是经过板桥的通衢。上述短文描述了大路两旁店肆林立,一派繁荣热闹的景象①。开元十三年(725)是唐朝国力最鼎盛时期,此年唐玄宗在泰山举行封禅大典,杜佑此文描述的正是这一时期的情况。这与《板桥三娘子》故事所发生的元和年间(806—820)有近百年的时间差。《通典》接下来又记载了天宝(742—756)末年南蛮谋反、安史之乱之际,街道上的马、驴、车、牛皆被掠夺征用,致使数量骤减至原来的十分之三。但是,正如日野开三郎所称,进入中唐之后,中国的商业有着惊人的发展,而士人出门游历则更加盛行。因此,与之相关的邸店的租驴业依然蒸蒸日上,一片繁荣。(《唐代邸店之研究》第134—135页)

而作为廉价的役备并在全中国普遍使用的②驴却并非产自中国。加茂仪一《家畜文化史》(法政大学出版局,1973年)认为驴的原产地是东北非,公元前3200年左右,埃及已有人饲养驴了。在底比斯以北一个史前遗迹纳噶达古坟中出土的石盘上,除了牛、羊外,还存有驴的浮雕(法政大学版第461、474页)。加茂仪一认为,西汉时驴传入中国,此后分布在亚洲各地(第490页)。实际上,驴的传入可以追溯到更早的时代。清顾炎武《日知录》卷二十九《驴骡》中云:"自秦以上,传记无言驴者,意其虽有,而非人家所常畜也。"顾炎武严谨地指出汉代以前驴就已传入中国了③,只是汉代时驴尚属珍稀动物。司马迁《史记》卷一一〇《匈奴列传》中将驴与橐驼(骆驼)、蠃(骡、公驴和母马交配所生的第一代杂交种类)、駃騠(公马和母驴交配所生的第一代杂交种类)等并称为"奇畜"。东汉班固《汉书》卷九四《匈奴传》中直接引用了《史记》这段文字,照搬了司马迁的观点。

西汉武帝(前141—前87)时,张骞出使西域(前139—前126),打通了

---

① 《新唐书》卷五一《食货志》记载天宝三年(744)的景况时道:"是时,海内富贵,米斗之价钱十三,青、齐间斗才三钱,绢一匹钱二百。道路列肆,具酒食以待行人,店有驿驴,行千里不持尺兵。""道路"以下出自《通典》。

② 其实也有例外。柳宗元著名的散文《黔之驴》开头云"黔无驴"。黔州即今四川省。事实上,黔州在柳宗元以后的时代也一直没有驴。清檀萃《滇海虞衡志》卷七《志兽》中曰"黔无驴而滇独多",不知为何故也。

③ 清段玉裁《说文解字注》中推测"驴"字可能是秦时所造(卷十篇上)。另外,笹崎龙雄、清水英之助《中国的畜产》(养贤堂,1985年)中认为驴与骡是公元前3世纪末传入中国的(第103页),但没有举出论据。

通向乌孙、大宛、大月氏的交通通路，正是经由这条丝绸之路，西方的珍奇之物才被源源不断地输入中国。其实当时在西域边境及周边诸国，饲养驴已相当普遍①。笔者认为，驴此时才真正传入中国。

东汉至三国的传记资料中也能看到"奇畜"驴的踪影。例如，南朝宋范晔《后汉书》卷八十三《逸民传》中记载了戴良之母喜好驴叫声，所以孝顺的戴良就经常模仿驴叫来取悦其母之事②。南朝宋刘义庆《世说新语·伤逝第十七》中也记载了两个故事，一个讲的是魏王粲好驴鸣，于是在其葬礼上，魏文帝提议众人模仿驴叫以缅怀逝者；另一个故事讲述的是晋孙楚亡时，友人王济因其生前好驴鸣，故亲自模仿驴叫③。驴的叫声不动听也不优美，却有众多的喜爱者，可见西汉时期人们对从西域传来"奇畜"驴的珍爱。魏晋南朝时仍有此遗风④。

另一方面，汉代时饲养、使用驴迅速得到普及。《后汉书》卷十五《来歙传》记载了光武帝采纳来歙的上奏，给征讨大军送粮食一事。唐李贤对此做了注解："《东观记》曰：'诏于汧积谷六万斛，驴四百头负驮。'"

《东观记》是指东汉班固、刘珍等人所撰《东观汉记》。"汧"是位于今陕西省陇县以南的地区。东汉初年，为运送军粮，此地可调动的驴的总数

---

① 《史记》卷一二三《大宛列传》、《汉书》卷九六《西域传》等文献资料中都有关于驴的记载，可见当时在西域诸国驴已很普遍。《史记·大宛列传》记载了贰师将军李广利为了讨伐大宛，从敦煌出征时所带的役畜，即"牛十万，马三万余匹，驴骡橐驼以万数"。另外，《汉书·西域传》中"鄯善国""乌秅国""乌孙国"等条中都可见"驴"之名。

② 根据中华书局点校本。原文如下：

戴良字叔鸾，汝阳慎阳人也。……良少诞节，母喜驴鸣，良常学之以娱乐焉。

③ 根据徐震堮《世说新语校笺》（中华书局，1984年）。原文如下：

王仲宣好驴鸣，既葬，文帝临其丧，顾语同游曰："王好驴鸣，可各作一声以送之。"赴客皆一作驴鸣。

……

孙子荆以有才，少所推服，唯雅敬王武子。武子丧时，名士无不至者。子荆后来，临尸恸哭，宾客莫不垂涕。哭毕，向灵床曰："卿常好我作驴鸣，今我为卿作。"体似真声，宾客皆笑。孙举头曰："使君辈存，令此人死！"

④ 东汉三国时众人喜爱驴鸣，还有另一个原因。郎延芝、罗青《中国古代杂技》（《中国文化史知识丛书》，山东教育出版社，1992年）中结合当时流行的口技（声色模仿），论述了"啸"盛行于世的社会背景情况，对此进行了说明（第26—27页）。

已达四百头之多。

《后汉书》中有以下记载：

〔张〕楷字公超……家贫无以为业，常乘驴车至县卖药，足给食者，辄还乡里。

(《后汉书》卷三六《张楷传》)

向栩字甫兴……恒读《老子》，状如学道……或骑驴入市，乞丐于人。

(《后汉书》卷八一《独行列传·向栩》)

张楷是汉顺帝（125—144）时人，向栩是汉桓帝（146—167）、灵帝（168—189）时人。在上述两则传记中，驴早已不是什么珍禽异兽，而是穷人也买得起的廉价的交通工具①。由此可以推测，当时除了从国外购买输入驴外，在国内也进行了繁殖。

本书第一章中所介绍的佐佐木理《变成驴的人》的结尾处谈到了《板桥三娘子》及其故事原型，并介绍了小川环树对此故事的评论：

读清初学者顾炎武《日知录》卷二十九，知有考证曰驴这种动物不见于秦以前的文献，即使是到了汉代，也大多来自塞外。由此可见，关于驴的故事无疑是汉代以后随着驴这种动物一起由西方传入中国的。

小川环树"汉代以后从西方传来的"这一核心论点基本是正确的。本书第一章已经论述了《一千零一夜》和《故事海》，现在又论述了秦汉以后驴的普及情况，那么就可以对小川环树的推论做一些修正和补充了。《故事海》的蓝本《大故事》完成于公元6世纪前，如果再追溯到作者古纳迪尔生活的时代，应该是公元2—3世纪。这时中国正值东汉至三国时期，也就是驴在中国普及并得以迅速繁殖的时期。从文献资料上看，如果可以把《板桥三娘子》故事的原型追溯到这个时期，那对小川环树推论中"驴的故事随着驴这种动物一起由西方传入中国"就应该予以修正。作为"奇畜"的驴传入中国的时间与《板桥三娘子》故事的原型传入中国的时间并不相同。（如

---

① 随着驴的普及，人们不再喜爱其鸣叫声了。唐张鷟《朝野佥载》卷六记载了入北朝后庾信对北方文士的批评，其中有云："薛道衡、卢思道少解把笔，自余驴鸣犬吠，聒耳而已。"那些模仿驴鸣的故事变得令人难以置信了。

果人们不熟悉故事原型中的动物,那么在流传、传承过程中,故事中的动物很可能被改编成人们所熟知的动物。比如,本书第四章中介绍的日本民间故事《旅人马》虽以《板桥三娘子》为原型,却将故事中的驴改编成了马。因为当时日本根本就没有驴。)因此,对当时驴已经相当普及的中国而言,《板桥三娘子》的原型故事是作为一个关于驴的神奇故事被传入的。而驴在当时作为常用役畜,已为人们所常见、所熟知。

《板桥三娘子》的故事原型很可能是《大故事》《故事海》系列中的一个分支,其中的另一部分演变成了《一千零一夜》系列故事。经过这样的变化后《板桥三娘子》故事才传入中国。考虑到这个传承过程所需的时间,那么《板桥三娘子》故事传入中国的年代应该晚于"汉代以后"。必须精读《板桥三娘子》故事,才能回答究竟晚到什么时候这个问题。

二、投宿 店内

元和中,许州客赵季和将诣东都,过是宿焉。客有先至者六七人,皆据便榻,季和后至,最得深处一榻。榻邻比主人房壁。既而三娘子供给诸客甚厚,夜深致酒,与诸客会饮极欢。季和素不饮酒,亦预言笑。至二更许,诸客醉倦,各就寝。三娘子归室,闭关息烛。人皆熟睡,独季和转展不寐。隔壁闻三娘子悉窣若动物之声。

这里作者记明故事发生在元和(806—820)年间,男主人公赵季和也登场了。赵季和的出生地许州位于今河南许昌,距离汴州西南六七十公里。若去洛阳,可走经郑州通向东都的路线。赵季和却先取道汴州,经板桥向西而行,整个路线呈三角形,是距离最远、最迂回的走法。他走此路线的原因不详,可能当时汴州、板桥是充满魅力的繁华之地,吸引赵季和忍不住想去看看吧。

待人热情亲切的三娘子口碑极佳,因此她所经营的那间小小旅店已经顾客盈门,迟到的赵季和只能睡在了墙边的床上。作者的叙述方法非常巧妙,描写旅店生意兴隆的同时,又自然地为后文赵季和能够偷窥三娘子房间的情节埋下了伏笔。而且,作者把赵季和设定为不善饮酒之人,与那些喝得酩酊大醉、人事不省的旅客形成鲜明对比,这样的人物设定可谓天衣无缝。

这段描写体现了作者非凡的文学功力,故事也朝着第一个高潮即三娘子施幻术的情节发展。作者在描写三娘子所经营旅店的内部情形时也很有意思。其实,具体记载这个时代旅店情形的文献资料极其稀少,因此《板桥三娘子》故事中关于这方面内容的描写可谓珍贵的风俗资料。下面来看一下旅店内部的情形。

三娘子经营的是只有几个门面的小店,同时来了八个客人就客满了。虽然她的房间是由墙壁隔出的单间,客人的房间却不是独立的单间,而是一个大通间。在通间的一隅置一"榻",为了充分利用剩余空间,三娘子又在通间里放了一张大餐桌,即"食床"(这将在之后赵季和吃早餐的情节中出现)。空间狭小的草店里,店主人往往只在通间的一个角落放只炉子,权当厨房了(《唐代邸店之研究》第49页)。但是根据后面作者描写三娘子施幻术的情节来看,她在自己的房间里砌了一个炉灶。很可能是三娘子在通间一隅隔出一个单间来做了她的寝室兼厨房。

严格意义上的"榻"是指长椅兼寝卧用的家具。一般大型的"榻"曰"床",座面上没有附属物、较小型的称"榻"①。"便榻"大概指使用简便又价格低廉的"榻"吧②。

文中说迟来的赵季和"最得深处一榻",其中"最"字的意义十分费解。多数译本都认为是"最里面的一处卧榻"之意。果真这样的话,语序应该为"得最深处一榻"。王汝涛《太平广记选》注中认为这是唐人习用的句式,"最得深处一榻"同于"得最深处一榻",但他没有举出其他用例。沟部良惠译文认为"最"即"撮","最得"即"求之而得"之意(《广异记、玄怪录、宣室志》,《中国古典小说选》,明治书院,2008年),但这种解释也找不到其他用例。那唐代以前情况又如何呢?《三国志》卷九《吴书·周瑜传》裴松注解赤壁之战时引《江表传》曰:"时东南风急,因以十舰最著前,中江举帆……"

---

① 参照明文震亨著、荒井健等译注《长物志——明代文人的生活与意见》第二册(《东洋文库》,平凡社,2000年)卷六中"几榻"的译注(第130页)。

② 没有找到关于"便榻"的其他用例,也有学者将"便"解释为手边、近旁之意(竹田晃编《中国幻想小说杰作集》,白水社,1990年),但笔者还是采用了多数学者译注中的解释。

"最得深处一榻"的"最"字或许与此用例相似。

但"最"字除了上述这种意思外,可能还有其他含义。王锳《诗词曲语辞例释》(中华书局增订版,1986 年)中列举了唐诗中的一些用例后,指出"最"也有"恰、正好、正当"之意(第 342—343 页)。王学奇、王静竹《宋金元明清曲辞通释》(语文出版社,2002 年)赞同这一观点,而且在列举了杜甫诗等唐诗的用例后又引用了《世说新语》的例子(第 1456 页)。根据这一释义,那么"最得深处一榻"应该是因赵季和来迟了,"恰好得到深处一榻"的意思。

再来看旅店的伙食等情况。三娘子的旅店不仅白天是餐馆,晚上竟还成了供客人饮酒的酒肆,这一定是三娘子旅店生意兴隆的原因之一。说到驿站的女性,板桥这个地方也是有妓女的。王士禛《陇蜀余闻》中所引白居易、李商隐的诗,就是在板桥与妓女咏别之诗。这两首诗内容如下:

板桥路
白居易

梁苑城西二十里,一渠春水柳千条。
若为此路今重过,十五年前旧板桥。
曾共玉颜桥上别,不知消息到今朝。

(《白氏文集》卷十九、《全唐诗》卷四四二)

板桥晓别
李商隐

回望高城落晓河,长亭窗户压微波。
水仙欲上鲤鱼去,一夜芙蓉红泪多。

(《李义山诗集》卷六、《全唐诗》卷五四〇)

白居易诗开头所言"梁苑"[①],是指西汉梁孝王所营造的面积广大的园林。司马相如、枚乘等当时名士皆曾集于此地。故址位于今河南开封东南的商丘附近。此地虽离开封市有一段距离,却颇受诗人们喜爱,被作为汴梁之地的代称而为诗人们所歌咏。第三句"若为"即"如何"之意,是询问方法、状况、程度的疑问词。李白《寄远十一首》(其三)中"离居经三春,桃李今若为"一句即是此用例。第四句说明了"板桥"这一地名的由来。李商隐

---

① 梁苑,松浦友久编《汉诗的词典》(大修馆书店,1999 年)中收录的植木久行《名诗的故乡(诗迹)》对此进行了详细说明(第 402—405 页)。

诗中的第三句将与妓女道别登船而去的男子比作乘赤鲤而去的仙人琴高。第四句中的"芙蓉"不言而喻指的是美妓。而起首一句中的"晓河"一词,有人认为是指"汴河"①。果真如此,那么此句就描绘出了汴梁城倒映在围绕城墙的护城河中的情景。

　　白居易、李商隐所住的地方绝不会是普通百姓借宿的私营草店,因此诗歌中的地点一定是官方驿馆、高级旅店和妓楼。另一方面,三娘子只是旅店的女主人而非妓女。可是,夜晚三娘子店中的酒宴与白、李二诗中所描绘的虽然并非同一世界,但总让人觉得二者之间有着微妙的交集,而板桥这一驿站镇的夜晚也总飘荡着脂粉的香气。②

---

①　邓中龙《李商隐诗译注》(中册,岳麓书社,2000年,第915—918页)。清冯浩《玉溪生诗集笺注》将此诗列入"不编年"部(卷三),张采田《玉溪生年谱会笺》(中华书局,1963年)也收录在"不编年诗"中(卷四,第206页)。刘学锴、余恕诚《李商隐诗歌集解》(中华书局,1988年)认为这是大中四年的作品(第三册,第1014—1016页)。这一年,李商隐已从徐州卢弘正幕府回到长安,根据刘学锴、余恕诚的观点,这首诗应该是他回长安的途中创作的。

②　板桥的旅店曾发生过婚外恋的奸杀案。《太平广记》卷一七一中收录了名为《蒋恒》(出典为唐张鹥的《朝野佥载》)的故事,而主人公则是成功侦破这起案件的御史蒋恒。但《朝野佥载》《太平广记》都记作是"卫州"的板桥,笔者对此表示怀疑,认为当是"汴州"之误。当然,或许卫州也有个叫板桥的驿站。《太平广记》的故事内容如下:

> 贞观中,卫州板桥店主张迪妻归宁。有卫州三卫杨真等三人投宿,五更早发。夜有人取三卫刀杀张迪,其刀却内鞘中,真等不知。至明,店人追真等,视刀有血痕,囚禁拷讯。真等苦毒,遂自诬。上疑之,差御史蒋恒覆推。至,总追店人十五已上集,为人不足,且散,惟留一老婆年八十已上。晚放出,令狱典密觇之,曰:"婆出,当有一人与婆语者,即记取姓名,勿令漏泄。"果有一人共语,即记之。明日复尔,其人又问婆:"使人作何推勘?"如是者三日,并是此人。恒总追集男女三百余人,就中唤与老婆语者一人出,余并放散。问之具伏,云:"与迪妻奸杀有实。"奏之,敕赐帛二百段,除侍御史。

唐初,在板桥这样来往客商众多、兴旺繁华的驿站村镇竟然发生了这样的案件。这个故事还收录在南宋桂万荣著审判实例集《棠阴比事》卷上,五代至北宋和凝、和㠓父子《疑狱集》卷一也收录了这个故事。

另外,"三卫"在《疑狱集》中作"二卫",而《棠阴比事》中作"王卫"。这是因为这两本书的作者都认为"三卫"是指"三个卫兵"的意思,所以才将原文越改越错。"三卫"其实指的是唐代禁卫军中的亲卫、勋卫、翊卫。此内容参照《太平广记》卷九九《释证部·刘公信妻》、卷二二一《相部·张冏藏》、卷二六三《无赖部·宗玄成》、卷三〇〇《神部·三卫》等文献资料。

华美的板桥之夜渐渐深了,三娘子店里的客人们也都睡了,此时店里却变成了另一番景象。"二更"时分,即晚上九点到十一点(夜晚共分为五个时间段,即初更至五更,一更约为两个小时。"许"表概数),难以入睡的赵季和正在"转展"反侧之际,回到自己房间的三娘子则行为诡异起来。此处的"二更",明冯梦龙《太平广记钞》载录的《板桥三娘子》作"三更",即深更半夜之意。"三更"虽确实是更容易发生怪异事件的绝佳时间,但根据当时旅店客人鸡鸣即起的作息习惯,夜晚应该睡得也较早,因此原作"二更"更为准确,此处不应改动。"悉窣"是形容声响很小的象声词,"沙沙"作响之意,也写作"窸窣"。《太平广记》卷四五九《卫中丞姊》中也有相同用例。《卫中丞姊》是出自唐皇甫氏《原化记》中的故事,讲述的是一个性格暴戾的女人变成巨蛇的故事。"悉窣"被用于以下场面的描写中:

  ……忽得热疾六七日,自云不复见人。常独闭室,而欲到者,必嗔喝呵怒。经十余日,忽闻屋中窸窣有声,潜来窥之,升堂,便觉腥臊毒气,开牖,已见变为一大蛇,长丈余,作赤斑色。……

可见,每当有诡异之事发生时,悉窣之声总能令人更加恐惧不安。

三、幻术——木偶人 种麦

  偶于隙中窥之,即见三娘子向覆器下取烛挑明之,后于巾厢中取一副耒耜,并一木牛、一木偶人,各大六七寸,置于灶前。含水噀之,二物便行走。小人则牵牛驾耒耜,遂耕床前一席地,来去数出。又于厢中取出一裹荞麦子,受于小人种之。须臾生,花发麦熟。令小人收割持践,可得七八升。又安置小磨子,硙成面讫,却收木人子于厢中,即取面作烧饼数枚。

  三娘子给人偶所施的神奇幻术,既诡异可疑,又带有童话般的喜剧色彩。从播种到收割、磨粉时小偶人的勤快样儿,不禁令人想起《杰克与豌豆》故事中那些一夜间长大成熟的麦子,这些情节场面相映成趣,使得整个故事变得灵动起来。这种珍奇精密的神奇幻术在中国古代小说中是绝无仅有的,这将在后文中详细论述,这里先解释以上原文开头部分中的重要词语。

　　关于"向覆器下"中的"覆器"一词,历来有两种解释:一种认为指倒扣着的器皿或盖上盖子的器皿。多数学者持这一观点。而另一种即王梦鸥的观点,则认为是指防止灯火被风吹灭的防风罩。但防风罩也属于倒扣着的器物之一种。《汉书》卷六五《东方朔传》中"射覆"一词,颜师古注曰:"于覆器之下而置诸物,令闇射之,故云射覆。"《古今说海》中将这一句简单明了地改成"三娘子向壁下"。

　　一般将"向覆器下取烛挑明"解释为是从覆器下取出烛火,挑了灯芯,使灯更亮。如果"覆器"是指倒扣着的器物,那么紧跟其后的不该是"烛"而应该是"巾厢"。若如此,上文就该解释为三娘子向着覆器的下面,挑明烛火,再(从覆器之下)取出一只小手匣。而且这里的断句一般是"取烛挑明之,后于巾厢中……",若依从上文之意,那么断句也应改为"取烛挑明之后,于巾厢中……"才对。

　　关于"烛"字,有译为"蜡烛"者,此亦不妥。当时一般人并不使用高价的蜡烛,而是用在灯油里放入灯芯的油灯。"挑"字即往上挑拢之意,指挑拢灯芯,使灯光更亮①。"巾厢"同"巾箱",指放头巾等物的小匣子。"厢"通常是指"屋檐"。《古今说海》改作"巾箱"。其实两字通用,"厢"有时被用来指"箱子"②。"一席地"指只能放下一张草席的狭小地方。杜甫《种莴苣》诗序云:"隔种一两席许莴苣,向二旬矣。"(《杜诗详注》卷十五)唐代一寸约三厘米,一升约零点六公升。

1. 木偶人

　　三娘子所施幻术的特征在于她使用了木偶人和其他道具。《一千零一夜》《故事海》中的所有故事都不具备这个特征。蒙古《格萨尔王传》中,女巫虽让长着角的蜣螂替自己拉犁,但其作用也只是相当于三娘子使用的木

---

　　① 唐岑参《邯郸客舍歌》(《岑嘉州集》卷二、《全唐诗》卷一九九)中有云:"邯郸女儿夜沽酒,对客挑灯夸数钱。"刘开扬《岑参诗集编年笺注》(巴蜀书社,1995年)中列举了更早的用例,即北齐卢询祖《中妇织流黄》诗中的"下帘还忆月,挑灯更惜花"(第43页)。

　　② 明文震亨《长物志》卷六《几榻》中有关于"厢"的内容,是指"箱子"。前面笔者提到的荒井健等人的译注作品中有关于"厢"与"箱"两字相通的说明(第二册,第157页)。但唐代以前的文献资料里未发现把"厢"解释为"箱子"的用例。

牛,并未使用最重要的劳动力——木偶人。如果把三娘子的幻术看作整个小说中最精彩的一个情节,那么作者安排三娘子施幻术时使用木偶人和其他道具的构想是怎么来的呢?作者又是如何将此构想融入自己的具体创作中的呢?

　　三娘子幻术中所使用的木偶人是本于外来故事呢,还是故事传入中国后增加的新要素呢?考察这些问题,现存资料只有《格萨尔王传》中的蛸螂一个线索。只有同时满足了是从外国传入的古老民间故事、未受到《板桥三娘子》故事的影响这两个条件,才能成为论据。即使这些论据成立,也依然找不到与三娘子幻术中的关键要素木偶人相似的民间故事①。由此可见,虽然《格萨尔王传》存在些许可能性,却找不到支持本于外来故事原型这一说法的确凿论据,那么只能将关注点转移到国内进行进一步探讨了。自古以来中国到底有没有这样的幻术呢?

　　中国的古代小说中有大量关于幻术的故事。在《太平御览》《渊鉴类

---

　　① 世界各地的民间故事传说中均不见三娘子所使的这种幻术,小泽俊夫《世界民间故事·解说编》、汤普森《民间故事的类型》、稻田浩二《日本民间故事通观》等资料也都未提及三娘子的幻术。田仲一成指出,希腊鲁奇阿诺斯《埃及的魔术师》是值得注意的资料。高津春繁《基础希腊语语法》(要书房,1951年)中记载了这个故事的日译文(第33页)。故事讲述的是对器物(扫帚、研钵杵)念诵咒文,使其为自己干活的魔术。但《埃及的魔术师》故事中的扫帚和研钵杵干的活儿与三娘子的木偶人不一样。只是就魔术而言,《埃及的魔术师》明显与三娘子的幻术有共通之处。而埃及这个国名,令人联想到《维斯特卡·帕匹鲁斯的故事》中的幻术。该幻术可以对用蜡做成的小鳄鱼施加咒语,使其变成真的鳄鱼,然后让它去袭击别人(参照本书第一章第二节《西亚》)。由此可推测,古埃及人广泛信仰和流行这种对器物施加咒语并使其为自己工作的巫术。如此,三娘子所使用的让木偶人干活的巫术,其源头就能追溯到古老的东方文明了。(其实,中国仙人也会使一些幻术,让草木编成的动物变成真的动物,然后骑着四处云游,但这些幻术与《埃及的魔术师》中的研钵杵更相似,与三娘子中的木偶人反而相差甚远。)

　　因此,《埃及的魔术师》虽是值得关注的资料,但与三娘子中的木偶人、木牛并没有直接联系。

　　另外,由歌德根据《埃及的魔术师》的故事改编的叙事诗《魔术师的弟子》在欧美各国广为人知。法国作曲家保罗·杜卡也以此为蓝本谱写了管弦乐曲《交响诗〈魔术师的弟子〉》,并被迪士尼动画片《幻想曲》所采用。在日本,儿童文学学者岩谷小波将《埃及的魔术师》的故事改编成《魔法弟子》,上田信道校订《日本民间故事》(《东洋文库》,平凡社,2001年)收录了这个故事。

函》《古今图书集成》等类书的方术部、幻术部或《太平广记》的"神仙""道术""幻术"等条目里都收录了各种各样的方术,如以木头、草或纸做成的偶人、动物为道具的方术,或者是能将豆子变为士兵和战马的幻术,都散见其中①。但是,笔者找不到唐代以前能够明确表明其与三娘子的幻术有关联的资料。而与三娘子的幻术有几分相似的例子倒是有一个,即《太平广记》卷三〇《神仙部·张果》中所录的一则仙术,其详细内容如下(出典为唐郑处诲《明皇杂录》、唐张读《宣室志》、五代十国沈汾《续神仙传》):

〔张〕果常乘一白驴,日行数万里。休则重叠之,其厚如纸,置于巾箱中。乘则以水噀之,还成驴矣。

收录了这个故事的《明皇杂录》成书于大和(827—835)、开成(836—840)年间。而《宣室志》则成书于大中五年(851)至乾符元年(874)之间②,与《河东记》成书年代相差无几。张果是初唐至盛唐年间有名的仙人,其传说早就家喻户晓,故而三娘子的幻术也有可能是受其启发。但张果的仙术中并没有使用偶人,所以很难说它就是三娘子幻术的直接源头③。

---

① 再列举几个《太平广记》中记载的故事,例如,用自己做的木头羊为坐骑的葛由之术(《太平广记》卷二二五《伎巧部》);骑着用草做成的人和马到处走的孙甑生之术(《太平广记》卷七二《道术部》);把纸剪成蝴蝶,使其飞舞于空中的张辞之术(《太平广记》卷七五《道术部》);在碎瓦片上画上龟甲的图样,使其变成真龟的王琼之术(《太平广记》卷七八《方士部》);把纸剪成鱼儿,使其游于水中的黄万户之术(《太平广记》卷八〇《方士部》);撒豆成兵、战马的李慈德之术(《太平广记》卷二八五《幻术部》);使纸上所画之甲兵变活的功德山之术(《太平广记》卷二八七《幻术部》);等等。
中国自古就有使用木偶人的咒术,例如汉代的巫蛊术。但是巫蛊术是通过对木偶人施加禁咒来达到加害他人的目的,并不能使木偶人变活。
② 《明皇杂录》的成书年代,依据田廷柱点校中华书局本解说。《宣室志》的成书年代,则依据张永钦、侯志明点校中华书局本的解说。
③ 其实晋干宝《搜神记》卷十六《钱小小》中也有类似幻术。但《钱小小》故事讲述的是被吴先主杀死的卫兵钱小小的鬼魂突然显形在大街上,还让人从街南的祠庙里借来两匹木马,以酒喷之,竟变成了真马的故事。
李剑国《新辑搜神记、新辑搜神后记》(《古体小说丛刊》,中华书局,2007 年)根据自己的最新研究成果,大幅度改编了《搜神记》。此文本中《钱小小》收录于卷二。关于《搜神记》的卷数,此处所标注的是旧二十卷本的卷数,本书必要时也参考了李剑国版本,此时简称为《新辑》。

如此看来，三娘子的幻术确实非常罕见，在中国几乎都找不到与其相似的例子。也正是由于罕见，才吸引了很多读者。而三娘子为了让木偶人动起来而口中含水向木偶人喷去的"噀之"或称"喷水"之术并不稀奇，常见于仙术、道术中，《板桥三娘子》中将女巫的咒文改编成中国式的咒法了①。

既然在其他幻术、仙术中找不到与三娘子相似的例子，那么再以活动的木偶人为线索，看看有没有新发现。

在有关活动的木偶人的资料中，《列子·汤问》中关于偃师的故事是较早的记载。讲述的内容是周穆王时，西国工匠偃师所制的木偶人能像活人一样唱歌跳舞。这个故事的真实性虽令人怀疑，却是记载活动木偶人的珍贵资料。偃师出身西国，表明这种技术与西方有关联。论起古代有名的工匠，最著名的要属鲁班（又称鲁般、公输班）、墨子等中国工匠了。有关他们制作的精巧的木头鸢、木偶人的传说流传至今。东汉王充《论衡》卷八《儒增篇》中记载了一个关于鲁班的有趣故事②，内容如下：

世传言曰：鲁班巧，亡其母也。言巧工为母作木车马、木人御者，机关具备，载母其上，一驱不还，遂失其母。

这个记载属于小说的性质，不足为信，但木偶人驾驭木制动物的情节与《板桥三娘子》故事有共通之处。

关于活动木偶人的起源、资料的可靠性等问题还有待探讨，但有一点是明确的，即巧妙的木工技术在中国有悠久的历史，而关于这些巧技的传说被传唱至今。

晋陆翙《邺中记》中有以下故事：

石虎有指南车及司里车，又有舂车木人，及作行、碓于车上。车动，则木人踏碓舂，行十里，成米一斛。又有磨车，置石磨于车

---

① "噀水""喷水"并不是只流传于中国的咒术，《太平广记》卷二八五《幻术部·河南妖主》（出典为《朝野佥载》）中对在祆教的神庙里举行的西域"幻法"进行了介绍，其中就有"喷水"的环节。关于这类咒术的起源、传播情况尚不甚清楚。

② 《论衡》的原文参照的是四部丛刊本以及诸子集成本。鲁班亦记作"鲁般"，其事见于《孟子·离娄篇》《韩非子·外储说·左上篇》及汉王充《论衡·儒增篇》《论衡·乱龙篇》等。关于鲁班的传说及其研究，今村与志雄《酉阳杂俎》第四册（《东洋文库》，平凡社，1981年）注1中进行了详细考证（第178页）。鲁班作为行业神（职业神），得到了中国工匠的普遍崇拜，也有专著专门论述鲁班的传说及其作为行业神的身份。

上，行十里，辄磨麦一斛……中御史解飞、尚方人魏猛变所造①。

此故事中虽没有施幻术的情节，自始至终只有精巧的活动木偶人出场，但其拉石磨的情景很有意思，或许可以成为三娘子中木偶人的原型。

到了唐代，这些机关巧技得到进一步发展，也日益受到人们关注，并对它们产生了浓厚兴趣。《太平广记》卷二二五至卷二二七的《伎巧》中收录了许多这样的故事。比如有既能歌又善吹笙的木偶陪酒妓女、口喊"布施"在街上化缘的木头僧侣，还有能潜入水中捉鱼的木头水獭等②。在当时的工匠中有个叫韩志和的日本人，令人想起飞骅的能工巧匠。他用木头做成能飞上天的鸟、能捉老鼠的猫，因此才能受到皇室首肯。他还将"见龙床"献给当时的唐穆宗。人只要将脚放在此床上，就会立刻出现一条张牙舞爪逆鳞而怒的巨龙，其巧妙的机关和逼真的造型，使穆宗也为其磅礴的气势所折服和震撼③。

上述资料虽有趣，却没有发现与三娘子幻术有直接联系的木偶人。但

---

① 原文引自《武英殿聚珍版全书》，但《说郛》引《邺中记》此条作："解飞者，石虎时工人。作旐檀车，左毂上置碓，右毂上置磨，每行十里，磨麦一石，舂米一斛。"未见木人之记载。整个记述较为简略，应为节录文字。

② 西村康彦《中国的鬼》（筑摩书房，1989年）的《机关》中对此类故事做了概括介绍（第27—46页）。刘守华《比较故事学》（上海文艺出版社，1995年）中《民间故事中的机器人——谈"木人"故事》也可供参考（第354—359页）。

其他还有王青《西域文化影响下的中古小说》（唐研究基金会丛书，中国社会科学出版社，2006年）第七章《西域文化对中古小说情节的影响（下）》第五节第四小节《栩栩如生的机关木人》中引用了《杂譬喻经》《经律异相》《生经》等典籍，指出木偶人受到佛教经典的影响（第435—442页）。但其中说到的都是活动木偶人的故事，并非魔术。

③ 韩志和是日本籍擅长机关装置的工匠，那波利贞《〈杜阳杂编〉中的韩志和》（《支那学》第二卷第二、四号，1921年）、蔡毅《飞龙卫士韩志和》（中西进、王勇编《日中文化交流史丛书》10《人物》，大修馆书店，1996年）都对其进行了详细论证。飞骅工匠的历史也非常悠久，《万叶集》中就有名为"斐太人"的诗歌（卷七《杂歌·羁旅作》，第1173页；卷十一《古今相闻往来歌·寄物陈思歌》，第2648页）。

关于活动木偶人的研究，角田一郎《关于人偶剧成立的研究》（鸠屋书店，1963年）第一部《古代中国的木偶》中进行了详细考察，其中第一章《机关木偶》及卷末《傀儡文献资料一览表》网罗了至唐五代的所有相关资料（除了笔者在下文将提到的《大乘妙林经》），滨一卫《唐代的傀儡戏与木偶》（《吉川博士退休纪念中国文学论集》，筑摩书房，1968年）可做参考。但是，在这些资料里没有发现与三娘子的木偶人有直接联系的故事。

第二章 《板桥三娘子》及其故事背景

有一点可以确定，即正是由于流行巧妙机关，才有《板桥三娘子》中木偶人的登台亮相。而且，唐代正是木偶戏兴盛繁荣、为人们所喜闻乐见的时代。杜佑《通典》卷一四六《散乐》中有关于"窟礧子"的记载，并云"今闾市盛行焉"。

关于木偶戏与杜佑，还有以下逸事：

> 大司徒杜公在维扬也，尝召宾幕闲语："我致政之后，必买一小驷八九千者，饱食讫而跨之，著一粗布襕衫，入市看盘铃傀儡足矣。"……

唐韦绚《刘宾客嘉话录》的记载，形象地说明了唐代木偶戏的兴盛，连身居高位的政治官员也为之心动①。

唐代关于活动木偶人的资料大致就是这些②。而在无法确定年代的资料中，还发现了一个无法忽视的与三娘子幻术极其相似的记载。下面将具体考证这个故事。令人意外的是这个故事居然与三国时蜀国军师诸葛亮有关。

---

① 《刘宾客嘉话录》中在这段文字后，作者韦绚接着写道："司徒深旨，不在傀儡，盖自污耳。"即言明了杜佑以自污求自保的深意。但是，即使这只是一种韬晦的手段，也反映出当时的百姓提到娱乐时毫无疑问首推傀儡戏。唐代时，傀儡戏已演变成了歌舞戏，在市街的剧场里上演，可见其传播已普及全国了。

现存《傀儡诗》（又作《傀儡吟》或《咏木老人》）（《全唐诗》卷三、卷二○二），是描写活动木偶人的绝句，反映了当时的这种风俗，此诗相传为盛唐玄宗皇帝或梁锽所作。晚唐的林滋亦有《木人赋》一首作品留存于世（《全唐文》卷七六六）。

② 此外，还有一则资料是关于因被施了幻术而变活了的偶人的，即《大乘妙林经》卷下《观法性品第八》（《道藏》正乙部）中的一节文字。其亦为宋张君房《云笈七签》卷九五《仙籍语论要记》所引，只是与原典的《大乘妙林经》在字句上有所不同。以下是李永晟点校《云笈七签》（道教典籍选刊，中华书局，2003年）校勘后的原文（第四册，第2062页）：

> 天尊告度命真士曰："所谓安乐，皆从心生。心性本空，云何修行。知诸法空，乃名安乐。譬如愁人，心意昏乱，烦毒热闷。于此人前，设诸幻术，木男木女，木牛木马，罗列施张，作诸戏术。愁者见之，如生平牛马相，息诸烦愤，心意泰然……"

此处的幻术使用了木人、木牛，但仔细来看，这些还谈不上是巫术幻术，只是一种戏法、木偶戏，应该属于杂技一类。因此这个资料中的幻术与三娘子的巫术在性质上有所不同。《大乘妙林经》作者不详，但其成书年代是明确的，据任继愈、钟肇鹏所编《道藏提要》（中国社会科学出版社，1991年），其成书于唐代（第1109页）。

检王瑞功主编《诸葛亮研究集成》(齐鲁书社,1997年)下编《遗事遗迹》卷之《逸闻·木牛流马》中介绍了清褚人获《坚瓠集·壬集》卷二中的一则记录①：

　　　　武侯居隆中,客至,命妻黄氏具面。顷之,面至。侯怪其速,后潜窥之,见数木人研麦运磨。拜求其术,变其制为木牛流马云。

　　在该书注中王瑞功指出,清张澍编《诸葛忠武侯文集》所记载的《遗事》中记录了南宋范成大《桂海虞衡志》所录之事,而这则记事除了开头多了一句"沔南人相传"以外,其他内容与上引清褚人获《坚瓠集》之文几乎完全一致②。沔之地名见于陕西省和湖北省。如是指前者的话,此地之沔阳则是诸葛亮出征汉中时驻屯兵马之故地。但是故事的舞台背景既然是隆中(湖北省),那么此处应指后者即湖北省。从《坚瓠集》内容来看,这分明是一则关于流传于沔南民间口传故事的珍贵资料。

　　其实笔者对这个民间故事的年代颇感疑惑。故事既然说的是诸葛亮妻子的事,那么其年代应远早于唐代,那么这个故事很可能就是三娘子所施幻术的原型。但我们还不能急于下结论,因为故事时代背景的设定与其故事成形时期当然可能是不一致的。而且,这个故事还存在以下问题：

　　第一,张澍以《桂海虞衡志》为该故事的出典,而《诸葛亮研究集成》则在接下来的内容中说,现存《桂海虞衡志》中找不到上述故事了③。可能是张澍弄错了,将宋代的其他文献误作《桂海虞衡志》。即便如此,此文献资料的形成年代也不能追溯到《板桥三娘子》之前。笔者认为,最早收录诸葛亮妻子所施之术的文献资料是明末谢肇淛《五杂组》卷五和杨时伟《诸葛忠

---

　　①　褚人获《坚瓠集·壬集卷二·木牛流马》。此处依据的是《清代笔记小说大观》(上海古籍出版社,2007年)所收本(第二册,第1379—1380页)。另外,《诸葛亮研究集成》将《坚瓠集》的"壬集"误记作"乐集",在文本上亦有若干不同。

　　②　《诸葛忠研究集成》认为此故事收录于《遗事》中,但参照东洋文库所藏《诸葛忠武侯文集》(嘉庆十七年序刊本)发现该书卷四《制器篇》中引用了此故事,并注明出典为《桂海虞衡志》。

　　③　不仅按语中所提到的《四库全书》中没有收录这个故事,就连笔者所参照的胡起望、聂光广《桂海虞衡志校注》(四川民族出版社,1984年)和严沛《桂海虞衡志校注》(广西新华书店,1986年)两本研究著作中亦未见其踪影。所以张澍所据的究竟是何种资料,我们还是不得而知,而故事的源头与由来也就成了一个谜。

武书》卷九①。因此上述故事的年代很难追溯到宋代。

第二,上述故事中的巧技(技术)后被应用于木牛、流马(都是用于运输军用物资的工具,见陈寿《三国志·诸葛亮传》)的制作过程中。也就是说,当时的人们认为孔明妻子所使用的偶人并不是因她所施幻术而动,而是偶人本身就拥有精巧无比的机关和机械装置,所以才能如此灵活地动作。关于孔明之妻(其实为河南名士黄承彦之女,貌虽凡资,但才智过人),其实还有其他的民间故事。其内容讲的是,孔明欲以黄承彦之女为妻,便访其舍,在去后花园赴约途中为猛虎所袭。其实此并非真虎,而是黄氏所制之木头铁身的机关假虎②。从此亦可看出,才智过人的孔明之妻并非是会施幻术的魔法师,而只是一位优秀的发明家而已。

从这一点看来,上述的民间故事并不是女巫"三娘子"所用偶人的原型,而是这些民间故事反过来借用了三娘子的幻术,并将其写成是发明家"孔明之妻"的故事,笔者认为这应该说是短篇翻案故事的一种。如此,则即使关于精巧的活动偶人的故事再丰富,在中国也再找不到一例关于因被施了幻术而动的偶人的故事。因此,关于三娘子对木牛、偶人所施幻术的来源,笔者虽然寻遍中外的文献,却最终也没能找到决定性的证据资料。

至此,笔者虽然花费了些许篇幅罗列了诸多资料,但仍然没有找到解开谜题的那把钥匙。现阶段看来,以"未详"来结束此项才是明智的吧。最后,

---

① 谢肇淛《五杂组》卷五《人部一》、杨时伟《诸葛忠武书》卷九《遗事》中有两则内容完全相同的故事。

谢肇淛生于隆庆元年(1567),卒于天启四年(1624),《五杂组》的成书时间虽不明确,但根据谢肇淛生卒年推断,应成书于万历(1573—1620)晚期。清代将《五杂组》列为禁书,所以当时的中国人并没有机会阅读这本书。日本在宽文元年(1661)刊行了《五杂组》,此书因此得到广泛流传。日文译本有藤野岩友《五杂组》(中国古典新书,明德出版社,1972年)、岩城秀夫《五杂组》全八卷(《东洋文库》,平凡社,1996—1998年)等。前者为抄译本,在第95—97页选录了这个故事。后者为全译本,该故事收录于第三卷第111—112页。两本译著虽都未论及《坚瓠集》或《桂海虞衡志》等资料,但藤野岩友译本中说:"偷窥到自己的妻子让木偶人干活的这一情节,令人联想到唐代小说《板桥三娘子》中的主人公所使用的幻术,两者有着共通之处。"

杨时伟生卒年未详。《诸葛忠武书》中附有他写于万历己未年(1619)的自序。因此可推测该书的刊行应该是稍迟于《五杂组》。

② 董晓萍编《〈三国演义〉的传说》(南海出版公司,1990年)收录的《诸葛亮黄门求婚》(第34—37页)中有这段文字。

笔者想在上述一系列考证的基础上对此问题稍加整理，再附上一些一已之见。

如果三娘子的故事是本于《故事海》《一千零一夜》的话，那么我们首先想到的是其原型故事中虽有幻术，却没有偶人的出现。在此种情况下，以幻术来使唤偶人的情节构想当然应该诞生于中国。如果我们考虑到当时的中国正流行着活动偶人和木偶戏，而且或许当时的神仙之术也可以起到启发创作的作用，那么笔者认为这些因素就足以说明一切了。

但是，令笔者困惑的是，以幻术来使唤偶人的创意构想在中国本土原本是不存在的。如果传入中国的原型故事中没有木偶人耕地这一情节的话，那么之后三娘子的故事中应该只是她自己种植荞麦才对。可事实是故事中的三娘子不仅能够施幻术，而且还能使这些非同寻常的木偶人为其劳作服务。由此看来，三娘子的故事应该是受到了除中国本土之外的异域文化的影响。如此，《格萨尔王传》中让长着角的蜣螂替自己拉犁的女巫之幻术则成了我们找寻三娘子原型故事时微茫希望之所在。

上述优柔寡断的论述考证定令人生出隔靴搔痒之感，笔者为此亦感到焦躁不安。然而即便如此，现在笔者唯一能得到的也只是以下推论，即木偶人耕地、种植荞麦的情节最初应该是在外来异域幻术故事的基础上诞生的吧①。

---

① 本书第一章第二节中介绍的对用蜡做成的鳄鱼施加咒语的故事(《维斯特卡·帕匹鲁斯的故事》)及前面提到的《埃及的魔术师》等，这些故事虽与《板桥三娘子》的幻术没有直接关联，却说明在古代给木偶人施术，让木偶人替自己工作这一构思，除中国外，在其他地方也已经出现了。

另外，即使故事原型中出现了小动物耕作的场景，但让小动物推磨制粉的情节还是不存在的。因此可以推断，故事流传到中国后，故事原型中的小动物变成了木偶人，于是就顺理成章地让它们推磨制粉了。而作者之所以有这种构思，应该受到了中国自古就有的机关装置的启发，如《邺中记》中记载了一个会推石磨的木偶人等。国外已在故事原型中出现了小动物耕作的情节和一系列的劳作过程，因此很可能制粉的环节已经包含在其中了。

其实，外国故事原型中并没有出现女巫使用的小道具，故事传入中国后才出现了木偶人的推论也不能成立。由于缺乏资料，因此这是一个很难下结论的疑难问题，但《板桥三娘子》中出场的幻术确定与当时活动木偶人、人偶剧盛行密切相关。

郭伯南等著、人民中国杂志社翻译部译《中国文化的起源》(东京美术、人民中国杂志社，1989)中记载了人偶剧，虽内容简略，但很有参考价值。《中国文化的起源》称，1977在河南济源出土了宋代的瓷枕，瓷枕上的一幅画中发现了一种叫作"鬼推磨"的玩具(上册第128页)。虽是宋代的资料，却与偶人推磨这一构思有关联之处。另外，神塚淑子(名古屋大学)指出，"鬼推磨"的故事早已出现在南朝宋刘义庆《幽明录》中(卷四《新鬼觅食》)。到了现代，这种"鬼推磨"变成了电动式玩具，中国至今还在出售这种玩具。

以上是对三娘子幻术中木偶人的考证。仔细观察这个勤勉劳作的木偶人,会发现它身上不仅有中国式的幻术、精巧的机关,还有其他无与伦比的珍奇之处。这个木偶人身上的中国元素,一方面顺利地将当时的读者带入幻术世界,另一方面,被施了幻术的木偶人开始耕地劳作的奇妙情节又刺激了读者的好奇心。此番创作出于薛渔思一人之手,还是有对前人的继承,已很难分辨了。但不能否认,正是这个木偶人的出场及作者对其形象的精心刻画,才造就了《板桥三娘子》的故事。故事创作者通过自己的作品,不仅反映了当时活动机关装置、木偶戏盛行的世风,还成功描绘了一个独特而有创意的幻术世界。对此,不得不给予高度评价。

三娘子的木偶人之术在中国后世的小说中再没有出现过。在中国,根据《板桥三娘子》改编的各类小说中,幻术中的木偶人这一要素被剔除了。而且,与三娘子一样用幻术使唤木偶人的方法也在后世的幻术、咒术中消失得无影无踪①。这点正好与接下来探讨的"种麦"术形成鲜明的对照,颇为有趣。

2. 种麦

上面费尽周折考证了三娘子幻术中使唤木偶人的原型,至于木偶人播种的种子在一夜之间发芽成熟的情节,《故事海》《一千零一夜》中都出现过类似场面,可见这种构思来自异域。但有一点值得注意,即对唐代人来说,三娘子所施之术并非是第一次见到的稀罕之物,而是他们已经很熟悉的中国式的幻术。

---

① 诸葛孔明妻子的故事是与三娘子的木偶人有关联的唯一资料。还有一则他例,即宋张耒《续明道杂志》全一卷中的一个故事,讲述的是一位道士送给奉议郎丁铤一个手指大小的能酿酒的木偶人。丁铤试着将木偶人放进一个空酒壶里,然后盖上纸盖,过了没一会儿,酒壶里就装满了酒,还差点儿溢出来。这个能酿酒的木偶人与三娘子的偶人的作用有几分相似。

明谢肇淛《五杂组》卷六《人部》中记载了一个名叫王臣的妖人的故事。他把两个木人放进箱子里,然后把它们变活了,这也与三娘子有相似之处。但明杨循吉《吴中故语》称,王臣所使之术是使偶人沐浴、跳跃,与三娘子之术有很大差别。《吴中故语》中收录的王臣的故事参照了岩城秀夫《五杂组》第三册中的译注。

泽田瑞穗《修订中国的咒法》(平河出版社,1990年)收录的《工匠魔魅旧闻抄》中介绍了许多因不满自己的待遇而通过木偶或纸人诅咒雇主的厌魅(厌胜)之术,但并没有出现与三娘子之术相似的幻术。

印度、西方诸国流传的幻术、杂技传入中国后发生了变化。榎一雄《黎轩、条支的幻人》提供了翔实的资料①。下来主要参照榎一雄的论文,考察和论证三娘子"种麦"之术及与之相关的传入中国的幻术。

中国人早就知道西域有奇幻之术。司马迁《史记》卷一二三《大宛列传》中记载了条枝国(叙利亚或安提阿)"善眩"。此处的"眩"字同"幻",指幻术。流传于西域的各种幻术在西汉武帝时大量传入中国。班固《汉书》卷六一《张骞传》云:"而大宛诸国发使随汉使来,观汉广大②,以大鸟卵及犛靬眩人献于汉,天子大说。"关于"犛靬"一词有诸多说法,一说是罗马帝国、波斯的拉格,一说是埃及的亚历山大港等地方。

唐颜师古在《汉书》中加了注解,是极其珍贵的文献资料。以下是其注中与幻术相关的内容。

　　师古曰:"……眩读与幻同。即今吞刀吐火、植瓜种树、屠人
　　截马之术,皆是也。本从西域来。"

"今"即颜师古所列举的唐代具有代表性的幻术,从名字可推测其内容。"吞刀""吐火"都是杂技团常见技艺。"屠人""截马"即是指那些用刀具将人和动物的身体截断,然后再将其恢复原状的奇术,这也是魔术表演中经常上演的节目。而"植瓜""种树"则与三娘子的幻术相同,是一种能让植物的种子和幼苗在一夜之间迅速成长、成熟的魔幻之术。

"植瓜""种树"之术并非是单纯的娱乐,本来是作为宣扬佛教超自然

---

①　《榎一雄著作集》第四卷《东西交涉史Ⅰ》(汲古书院,1993年)。服部克彦《北魏洛阳的社会与文化》《续北魏洛阳的社会与文化》(Minerva书房,1965年、1988年)也可供参考。相关论文有镰田重雄《以散乐为中心的东西文化交流》(《史论史话》,南云堂Eruga社,1963年)以及《散乐的源流》(《史论史话第二》,新生社,1967年)。

②　关于《汉书》中"广大"一词,越智重明《中国杂技小考》(《榎博士颂寿纪念东洋史论丛》,汲古书院,1988年)中称其意应与朝鲜语"广大"一词相同,应取杂技艺人之意。但朝鲜语"广大"一词语义只能追溯到中国宋代,越智重明在之后所著《日中艺能史研究》(中国书店,2001年)中也订正了自己先前的这个说法(第78页)。所以笔者认为,此处的"观汉广大",就作普通意义解释,即"观汉之广大、地域辽阔"之意。关于"广大"一词的语源,滨一卫《唐代的傀儡戏与傀儡》中进行了详细论证与考察。

汉代后,幻术才真正传入中国,结果自然是这些幻术成了引人注目的新奇节目,也成了人们关注的焦点。

力量而传入中国的咒术,道教亦吸纳了此术①。两晋至南北朝的文献资料中散见各种幻术师、僧侣、道士所施奇术②,可见当时幻术之盛行。其中最有名的是记载于晋干宝《搜神记》卷一中的三国时吴国人徐光的故事③。

> 吴时有徐光者,尝行术于市里。从人乞瓜,其主勿与,便从索瓣,杖地种之。俄而瓜生蔓延,生花成实,乃取食之,因赐观者。鬻者反视所出卖,皆亡耗矣。……

这个故事传到日本后变成了《今昔物语集》中《以外术盗食瓜语》(卷

---

① 佛图澄的故事是外国僧人在宣传佛教时使用"植瓜""种树"之术的有名例子。南朝梁慧皎《高僧传》卷九《神异》中记载了这则逸事。讲述的是佛图澄能使铁钵水中的青莲开花,从而让石勒信服而皈依佛门。后魏杨衒之《洛阳伽蓝记》卷四中有一个印度僧人昙摩罗使用一种幻术可使枯木逢春的故事(关于昙摩罗此术,将在"变驴"一项中探讨。)

葛洪《神仙传》是道教神仙术中包含"植瓜""种树"之术的资料。比如,隆冬时节,葛玄为款待来客,居然种出了新鲜的瓜果(卷七),而刘政则在种植了各种果树后,施术令果子立即成熟,供人食用(卷八)。陈登原《国史旧闻》(大通书局,1971年第一分册《魔道术》,第525页)记载的《三国志》卷六三《吴书·赵达传》裴松之注所引葛洪《神仙传》中关于介象的一段逸闻中亦载有同样的故事,说的是刘政在种植了瓜菜百果后,施术让它们立即成熟,以供人食用。

汉学者、推理小说家、荷兰外交官高罗佩认为,"植枣""种瓜"之奇术原本是由来自印度的游历佛僧、奇术师所传的,后来才与道家的方术融为一体(榎一雄论文第311页)。西汉刘向《列仙传》中并没有记载此类幻术,直到晋葛洪《神仙传》中才首次亮相。

② 此外还有葛洪《抱朴子·内篇卷三·对俗篇》中的"瓜果结实于须臾",北齐颜之推《颜氏家训》卷五《归心篇》中的"种瓜",《法苑珠林》卷六一及《太平御览》卷七三七《方术部》所引《孔伟七引》中的"殖苽""种菜"等故事。另外后魏郦道元《水经注》卷四十《浙江水注》、南朝宋范晔《后汉书》卷八二《方术列传下》中有一个故事,讲述的是主人公赵平为了与徐登一比高下,竟施术使已经枯死了的柳树重新活了过来。南朝宋刘敬叔《异苑》卷九中也有一个故事讲述王仆用为郑鲜之之女诊治时所使用的水使枯木逢春之事。这些幻术都是"种瓜"术的变种吧。

关于植瓜种树之术,王立《佛经文学与古代小说母题比较研究》(《东方文化集成》,昆仑出版社,2006年)第四章《古代小说种植速长母题的佛经文学渊源》进行了详细论证与考察,可供参考。

③ 《法苑珠林》卷四中也引用了徐光的故事,并认为出典为《冤魂志》。《冤魂志》为北齐颜之推所撰,又称《还冤志》《还冤记》。

二八《本朝世俗部》)的故事。在中国,到了清代时,成为蒲松龄《聊斋志异》中《种梨》(卷一)的故事原型。另外,关于"植瓜""种树"之术的起源,《旧唐书》卷二九《音乐志》云:"幻术皆出西域,天竺尤甚。"由此可见,起源于印度之说最为有力,但详细论据尚且不明①。

起初,从西域传来的幻术作为娱乐节目只在宫廷内演出,随着时代变迁,演出的剧目和演员不断增加,除宫廷外,民间也开始有了幻术表演。北魏杨衒之在《洛阳伽蓝记》卷一中记载了在景乐寺上演的歌舞与奇术,其中就有"植枣""种瓜"的剧目。徐光的故事也说明当时"植瓜""种树"之术已流入民间。

南北朝时期,"百戏"(当时对杂技的称呼)仍兴盛不衰,据榎一雄的论文称,特别是北魏、北齐、北周三朝都鼓励百戏的演出。而随着北齐的灭亡,宫廷御用曲艺家被解散后流入民间,更进一步促进了百戏的流传和发展。隋朝的南北统一及其灭亡也推动了百戏的整合及其在民间的发展(榎一雄论文第301—303页)。唐代时,与西域、印度交流频繁,使得更多新节目传入中国,杂技表演呈现出空前绝后的盛况。只是其中大多是切人手足、剜人胃肠,颜师古谓之"屠人"之术②。为了防止"屠人"之术从西域传入中国,高宗时期甚至以妖术惑众之名发了禁令③。然而,杂技的流行并未因此中断。

在这样的时代背景下,唐五代时,"植瓜""种树"主要作为仙术、道术出现在文献资料中。《太平广记》收录了十个这样的故事。下面节录几个故事:

---

① 榎一雄的论文说道:"要研究追踪具体是哪种奇术、从何处传来、又在何时传入等问题绝不是一桩易事。因为与其说对西亚、印度或中亚方面相关记录的调查和整理还不够充分,还不如说这方面的研究几乎还是空白。"(第320页)高木重朗《大魔术的历史》(《讲谈社现代新书》,讲谈社,1988年)中指出,印度出现的奇术里最有名的是"杧果树"(眨眼工夫杧果树就长大并结果了),而且该奇术一直流传至今(第34页)。
② 特别是在祆教的寺院,毁伤身体的魔术盛行一时,佛教与道教亦对其有模仿之处。榎一雄认为有两个目的,"一是为了表现宗教的忘我境界,二是为了借此显示法的神秘性,以此来俘获信众"(第340—347、359页)。
③ 《通典》卷一四六《散乐》、《旧唐书》卷二九《音乐志二》、《唐会要》卷三三《散乐》等资料中记载了唐代杂技的沿革。

马湘字自然,杭州盐官人也。……治道术,遍游天下。……〔马〕植请见小术,乃于席上,以瓷器盛土种瓜。须臾引蔓,生花结实。取食众宾,皆称香美,异于常瓜。……

(卷三三《神仙部·马自然》,出典为五代沈汾《续仙传》)

……麻婆与〔卢〕杞归,清斋七日,剧地种药,才种已蔓生;未顷刻,二葫芦生于蔓上,渐大如两斛瓮。……

(卷六四《女仙部·太阴夫人》,出典为唐卢肇《逸史》)

唐元和中,江淮术士王琼尝在段君秀家。……又取花含,默封于密器中,一夕开花。

(卷七八《方士部·王琼》,出典为唐段成式《酉阳杂俎》)

王侍中处回常于私第延接布素之士。一旦,有道士庞眉大鼻,布衣褴褛……囊中取花子二粒种子,令以盆覆于上,逡巡去盆,花已生矣。渐渐长大,颇长五尺已来,层层有花,灿然可爱者两苗。……

(卷八六《异人部·王处回》,出典为五代景焕《野人闲话》)

笔者认为,对唐代读者而言,三娘子的"种麦"之术只是众多被中国化的仙术、方术的一种,因此毫无抵触地予以接纳。"植瓜""种树"原来虽是外来方术,但已经被中国所同化,并已在中国生根发芽了。

泽田瑞穗《撒种的咒法》(《修订中国的咒法》,平河出版社,1990年)中称,中国自古有一种咒法,就是敲击甚至弄伤果树树干,以迫使其提高一年的收成,并减少成熟前脱落的果实量。北魏贾思勰《齐民要术》、唐韩鄂《四时纂要》中记载了此咒法[①]。这种园艺农家的咒法被称为嫁树法或是嫁果、

---

① 《齐民要术》卷四《种枣第三十三》有云:"正月一日日出时,反斧斑驳椎之,名曰嫁枣。"同卷的《种李》也记载了类似的习俗。缪启愉校释、缪桂龙参校《齐民要术校释》(农业出版社,1982年)称,这不只是一种巫术,还有防止树木在地上部分养分流失,促其开花及加快果实生长成熟速度的功效(第188—189页)。

《四时纂要·春令卷一·正月》中有名为"嫁树法""嫁李树"的记载,与《齐民要术》记载的内容完全相同。参照缪启愉校释《四时纂要》(农业出版社,1981年)第21页。

骗树，日本各地也存在与此相同的风俗，即"果物责"①。正是这种由远古一直流传到农耕社会的咒法以及人们保护、继承的心性，为日后人们接受并喜爱上"植瓜""种树"之术做了准备。榎一雄论文中引用了段成式《酉阳杂俎·前集卷一九》记载的韩愈次兄之孙韩湘的故事②，指出在唐代，提早植物的花期、令牡丹开出自己喜爱的颜色等技术已相当成熟，当时人们称此为魔幻之术（第349—350、359页）。这与"植瓜""种树"之术的流行应该有密切关系。

接下来探讨"烧饼"。

饼是当时的主食之一，有"蒸饼""汤饼""油饼""胡饼"等多个种类。现在的"烧饼"是先发酵小麦粉，然后将小麦粉擀成薄片，再涂上油渣、盐，之后卷起撕成整块饼状，再撕去多余部分，最后放在烤炉里烘烤，待其出炉即可。而那个时代"烧饼"的做法却与今天不同。向达《唐代长安与西域文明》③关注了《齐民要术·饼法第八十二》中"烧饼"的做法。其记曰："作烧

---

① 泽田瑞穗的论文最初收录于《节令》第四期，1983年。关于敲击甚至弄伤果树的树干，以迫使其提高一年产量的咒法，弗雷泽《金枝篇》第九章《树木崇拜·树木的精灵》中已进行了论述（《岩波文库》本，第一册第245—246页；国书刊行会本，第二卷第29—30页）。日本学者的论文，斧原孝守《成木——日本与中国果树的预祝仪礼》（《东洋史访》第六号，2000年）中介绍了众多事例，可供参考。其他还可参照繁原央《日中民间故事的比较研究》（汲古书院，2004年）序章《引言：责问果树的巫术与猿蟹之战》第3—8页，鹤藤庆忠、藤原觉一等著《中国的民间信仰》（明玄书房，1973年）第四章《农耕仪礼》七《丰收的巫术》第105页等资料。《中国的民间信仰》是日本关于中国地区民间信仰的调查报告，其中介绍了一种流行于广岛县世罗郡地区的风俗习惯。此地每年正月十五都要举行一种仪式，即一边问"你结果还是不结果"，一边用斧子砍伤柿子树，再涂上一种叫"望粥"的红豆粥（望是望日之意）。

② 相传韩湘学了神仙之术，为八仙之一，他能让牡丹花开出自己想要的颜色。唐段成式《酉阳杂俎·前集卷一九》中记载了这种开花术的故事。

③ 向达《唐代长安与西域文明》（生活·读书·新知三联书店，1957年，第48—49页）。

关于"烧饼"，青木正儿《华国风味》（弘文堂，1949年）中有《爱饼说》《爱饼余话》，青木正儿还引用《齐民要术》进行了论证。《华国风味》收录于《青木正儿全集》（春秋社，1970年）第九卷。另外，还参照了黄正建《唐代衣食住行研究》（首都师范大学出版社，1998年）、黄永年《说饼——唐代长安饮食探索》（《唐代史事考释》，联经出版，1998年）、王赛时《唐代饮食》（齐鲁书社，2003年）等资料。只是，这些论著中都未详细说明"烧饼"。

饼法,面一斗,羊肉二斤,葱白一合,豉汁及盐,熬令熟,炙之。面当令起。"向达认为,唐代的烧饼应该也是用这样的制作方法。如果真是这样,那么烧饼中应该是放有肉馅。中村乔《早餐与点心》(《立命馆文学》第563号,2000年)中指出,"点心是人们起床后马上就可以吃的东西,因此肯定是不用重新烹饪的食物",比如像那种要吃多少就取出多少的"饼饵类、能保存一段时间"的东西(第52页)。如果是能保存一段时间的点心,里面就不一定全是肉馅了。

烧饼的原料一般是小麦粉,而三娘子却用荞麦做烧饼。为什么是荞麦呢?笔者很想探究这个问题,却苦于没有任何线索①。关于荞麦在中国的历史,可参考篠田统《中国食物史》(柴田书店,1974年)和《中国食物史研究》(八坂书房,1978年)这两本书。据两书记述,荞麦之名最早出现在《齐民要术》中(出现"荞麦"一词的地方原为六朝末人附加)②,此外较早的文献是初唐孟诜的《食疗本草》(此书已散佚不传,其有关荞麦的记载可参照丹波康赖《医心房》)。至中唐,白居易《白氏文集》中有两首咏荞麦的诗。

独出前门望野田,月明荞麦花如雪。

(卷十四《村夜》、《全唐诗》卷四三七)

荞麦铺花白,棠梨间叶黄。

(卷十五《渭村退居寄礼部崔侍郎翰林钱舍人诗一百韵》、《全唐诗》卷四三七)

朱金城《白居易集笺校》(上海古籍出版社,1988年)(第二册第857、874—881页)记载这二首诗均为元和九年(814)作于下邽(今陕西省)的作品。由此可知,与《板桥三娘子》故事同时代,离长安不远的农村已有大片的荞麦田了。荞麦的原产地是东亚的北部,由白居易的诗可知,经六朝到唐代,荞麦的种植面积有所扩展。关于当时板桥附近农村的资料现已无迹

---

① 关于荞麦烧饼,除《板桥三娘子》外很难找到其他资料。只有一例,即五代后蜀何光远《鉴戒录》卷一《走车驾》提到了这种烧饼。讲述的是唐末大乱,昭宗蒙尘于石门,数日间竟至断粮,此时,僧人怀宝进"荞面烧饼"(参照《四库全书》本、《笔记小说大观》本)于昭宗。据此,似乎荞麦烧饼是一种比小麦烧饼要粗劣的食物。

② 《齐民要术》序中的附记《杂说》。其实,《杂说》也被置于该书卷三的卷末,所以一般认为是序中的这部分《杂说》后世时被编入第三卷。见前述缪启愉、缪桂龙《齐民要术校释》第18页注①。也有卷三《杂说》中没有"荞麦"一词的说法。

可寻,但是据清代徐珂编《清稗类钞·饮食类·汴人之饮食》中"汴人常餐、以小米、小麦、高粱、黍、粟、荞麦、红薯为主品"可知,清代时当地已以荞麦为主食了。

烧饼与胡饼一起从西域传来,被称为"胡食",在受到西域文化强烈影响的唐代,广为人们所喜食。另外,《太平广记》收录的小说中频繁出现了"胡饼""蒸饼"等词,"烧饼"却只见于《板桥三娘子》。

四、变驴 黑店

有顷鸡鸣,诸客欲发。三娘子先起点灯,置新作烧饼于食床上,与客点心。季和心动遽辞,开门而去,即潜于户外窥之。乃见诸客围床,食烧饼未尽,忽一时踣地,作驴鸣,须臾皆变驴矣。三娘子尽驱入店后,而尽没其货财。季和亦不告于人,私有慕其术者。

至此,待人亲切、有口皆碑的三娘子终于暴露了原形。其实她是一个令人心惧、会使用幻术的女巫,也揭穿了她的店虽小却资金周转灵活,还能养活许多驴的内幕。从小说构造上来说,这呼应了作者在开头埋下的伏笔。而从故事的构成来看,作者所穿插的旅客被三娘子施以幻术变为驴的情节发挥了极其重要的作用,《故事海》《一千零一夜》中未出现此类情节。故事这样改动后,与比马·帕拉库拉马和拔多鲁·拔西姆王子故事不同的是,小说的男主人公赵季和暂时采取了独自行动。他并不和三娘子正面冲突,而是始终是个旁观者。《一千零一夜》中的性爱要素也毫无踪影了。

在此想解释一下"点心"一词。"点心"指小零食或者糕点,至今仍为人所食。《板桥三娘子》中的用例证明,"点心"一词的使用可以追溯到唐代。宋吴曾《能改斋漫录》卷二《事始》、元陶宗仪《南村辍耕录》卷十七中均出现了"点心"一词,并引用其他例进行了考证。两书所引《唐史》内容如下:"夫人顾其弟曰:'治妆未毕,我未及餐,尔且可点心。'"其中"点心"一词多为动词的用例。据《大汉和辞典》的说明(卷十二,第1026页),此语原意为"以小食点心间"。《汉语大辞典》也以"正餐之前,小食以充饥"解释"点心"一词。与《板桥三娘子》此处用法相同的有宋庄绰《鸡肋编》中的用例(卷十二,第1349页)。"点心"一词虽很多时候用作名词,但此处应为动词,念为"与客点心"①。

这段以旅客由人变成驴为中心情节,还描述了侵吞客人财货的旅店(即黑店),以及赵季和对此的反应等。首先看三娘子把旅客变为驴的情节。

1. 变驴

三娘子把人变成驴的幻术在中国极其少见。应该是在印度、西亚女巫故事的基础上,增加了食物这种媒介,才诞生了将人变成驴的故事。中国把人变为动物的变形故事有怎样的特征呢?作者又是根据怎样的"变形"观创作这个故事的呢?这些问题将在续稿中特立一项专论。这里先简单介绍一下唐以前幻术中出现的由人变为驴的例子。

在以神仙、道士为中心的故事中很早就出现了把人变成动物的幻术,但几乎都是施幻术的人自己变成动物。例如,《神仙传》卷五、《后汉书》卷八二下《方术传》等中所载那个有名的变形术。故事讲述的是为了逃脱曹操的追捕,左慈变成了羊。同样是变成羊,修羊公却变成了石羊(《列仙传》卷上)。另外还有栾巴的变虎之术(《神仙传》卷五),升仙之后化为白鹤的茅君之术,以及化身白鹤从天界飞落于苏仙公门庭的仙人之术(此三术皆载于《神仙传》卷九)等。当然,也不是完全没有把别人变成动植物的幻术。例如,有个名叫刘政的仙人为了隐藏三军将士,竟将他们变成了一丛树林,又或者将他们变成了鸟和别的野兽(《神仙传》卷八),但这样的例子极其稀少,而将人变成驴或马的例子就更少了。

---

① 关于点心,可详细参考笔者在前面论述中所参照的中村乔《早饭与点心》(《立命馆文学》第五百六十三号,2000年)。以下是笔者根据此论文所做的补充说明:

在唐代,从起床之后到吃早饭前的这段时间,人们所进的小食被称为"点心",即启动身心之意,与日本把早上起床后所吃的东西称为"醒脑食"类似。那么,人们又为何要在早饭前食用这种小食呢?那是因为当时被人们称为"早饭"的一餐要在起床后过很久才能吃。当时是一日两餐制,这第一餐就是"早饭",多是在上午吃,但有时也会推迟到中午。总之,起床到吃早饭,中间相隔的这段时间相当长,所以吃点心就变得很有必要了。(因此,若将点心看作简单的早饭,而将当时的早饭看作是现代的午饭,那么当时的人实际上过的也是一日三餐的生活,与现代人无异。将过去的一日两餐与现在的一日三餐相较,与其说是生活习惯的变化,不如说两者反映的只是一种饮食观念的变化而已。)

另外,据原横滨国立大学研究生柳清子说,现今在东南亚,仍有地区保留着这种"点心""早饭"的饮食习惯。

《洛阳伽蓝记》卷四《法云寺》中记载了一个将人变成驴的故事,内容如下①:

> 法云寺,西域乌场国胡沙门昙摩罗所立也。在宝光寺西,隔墙并门。摩罗聪慧利根,学穷释氏。至中国,即晓魏言隶书,凡闻见,无不通解。是以道俗贵贱,同归仰之。……秘咒神验,阎浮所无。咒枯树能生枝叶,咒人变为驴马,见之莫不忻怖。

虽然昙摩罗施法时只念咒文,不使用小道具和食物,但很明显他所施的就是变驴之术。他的出生地"乌场国",即以印度河上游斯瓦特支流的河源地带为国土的郁地引那国,也写作"乌仗那"或"乌苌"等。晋法显《法显传》全一卷及唐玄奘、辩机《大唐西域记》卷三等中都有关于郁地引那国的记载。特别是《大唐西域记》中记载了郁地引那国人擅长"禁咒",颇有意思②。由此可见,将人变成驴或马的幻术传入印度后,在北魏时,又随佛教一起传入中国,使当时的中国人大开眼界。

昙摩罗所施的这种幻术与《板桥三娘子》有关联,但此后这种幻术既未被传承,也未被作为小说的创作素材,可见这种幻术并未像"植瓜""种树"之术那般流行③。对其未能流行的原因,将在本书第三章中结合中国的变形观进行探究。

2. 黑店

说起如三娘子这样的"黑店"女主人,首先会想起《水浒传》第二十七回出场的母夜叉孙二娘吧。她和丈夫张青在孟州道十字坡开了个黑店。三

---

① 《洛阳伽蓝记》原文版本为周祖谟《洛阳伽蓝记校释》(香港中华书局,1976年)(第154—155页)。这一节文字,各个文本存在差异,但所记载的内容并没有出入。

② 这个记载极其简略,只记载了国人"好学而不功,禁咒为艺业"而已(季羡林《大唐西域记校注》,中华书局,1985年,第270页)。前一节提到的《萧洞玄》《杜子春》的故事原型就是《大唐西域记》卷七《婆罗疡斯国》中记载的关于救命池的传说,其中的隐士擅长"人畜易形"之术。婆罗疡斯国位于恒河流域,和印度河流域的乌场国一样,这一地区也流传着这类幻术,因此不难想象,此类把人变成动物的幻术(或关于此类幻术的故事)在印度应该很普遍。

③ 关于将人变成动物的幻术,还要补充一则资料,即《太平广记》卷二八四《幻术·周眕奴》中出现的用咒符将人变成老虎的幻术(出典为南朝齐王琰《冥祥记》)。但传说这是住在寻阳县北山中蛮人的秘术,与被汉化的一般幻术有所不同。

第二章　《板桥三娘子》及其故事背景

娘子是将客人变为驴,而孙二娘夫妇俩则更厉害,专捡长得肥胖的客人,将其杀了做成人肉馒头来卖。这里不探究近代小说。令人意外的是,在唐代以前的小说笔记中关于"黑店"的记录却很少。当然,这并不是说当时像这样的黑店不存在。例如《太平广记》中就有以下的记载,说明当时确实存在这样令人恐怖的旅店。

> 唐定州何明远大富,主官中三驿。每于驿边起店停商,专以袭胡为业。资财巨万,家有绫机五百张。……
>
> (《太平广记》卷二四三《治生・何明远》,出典于唐张鷟《朝野佥载》)
>
> 周杭州临安尉薛震好食人肉。有债主及奴诣临安,于客舍。遂饮之醉,杀而脔之,以水银和煎,并骨消尽。后又欲食其妇,妇觉而遁。县令诘得其情,申州,录事奏,奉敕杖杀之。
>
> (《太平广记》卷二六七《酷暴・薛震》,出典为《朝野佥载》)

上述第二个例子虽不是黑店,但凶犯也是把旅店作为实施犯罪的场所,故而这样的旅店也变得相当危险,因此特举了这个例子。前面一例中黑店的袭击目标限定为西域商人,这也反映了当时富裕的胡商相当活跃的唐代世情①。

---

① 众多学者已论及了唐代胡商之富。小说《杜子春》中住在波斯邸店的老人等就是典型的例子。就是这位老人把巨额的财富给了主人公杜子春。"邸店"指商人所住的一种旅馆兼仓库的地方。石见清裕《唐代的国际关系》(《世界史的剧本》,山川出版社,2009年)中引用了《杜子春》的故事,并认为其中的波斯邸店是粟特人经营的(第34页)。下一节"诈术　骑驴"中将考察和论证粟特人。

胡商到中国求宝买宝的故事也很多,他们所求的宝贝往往不为中国人所知。有些论文对这些话题广搜博引,并予以考察论证,其中以石田干之助《西域胡商重金求宝的故事——流传于中国唐代的民间故事》《再论胡人采宝故事》《胡人买宝故事补遗》等论文最为有名,均收录于《增订长安之春》(《东洋文库》,平凡社,1967年)中。此外,泽田瑞穗《异人买宝故事私钞》(《金牛之锁——中国财宝故事》,《平凡社选书》,平凡社,1983年)、佐佐木睦《胡人与宝物的故事》(《Sinika》1997年10月号)等对石田干之助的论文进行了补充研究。其他还有叶德禄《唐代胡商与珠宝》(《辅仁学志》第十五卷第一、二合期,1947年)的论考,方豪《中西交通史》(《现代国民基本知识丛书》第二辑,中华文化出版事业委员会,《旧籍新刊》,岳麓书社,1953年)第二篇第八章《唐宋时代之胡贾》第四节《胡贾之行踪》中以一览表的形式对其进行了引用。

这些真实的血腥杀人事件记录得相当简略，《板桥三娘子》虽是小说，作者却活灵活现地描写了当时旅店的样子及其内幕。即使现实中的旅店里没有发生将客人变成驴的事，但旅店主人将前来投店的客人玩弄于股掌之间，夺取他们的钱财，将他们卖给人贩子的事情还是有可能发生的。在当时繁华的驿站一定经常发生这样的犯罪事件。可以说，《板桥三娘子》作为反映当时历史、风俗习惯的资料也具有相当宝贵的价值。

下面来研究一下在三娘子旅店外偷看到整个事件经过的赵季和的反应。普通人看到客人被变为驴一定惊骇不已，忙不迭地到衙门报官了。这大概是最常见、最自然的情节吧。实际上，清蒲松龄《聊斋志异》卷二《造畜》、程麟《此中人语》卷六《变马》等，以及后世许多类似故事、改编小说的结局也大都如此。（本书第三章第二节第三小节《〈故事海〉〈一千零一夜〉系列故事》》中将具体探究这两篇小说。）但故事中的赵季和却因内心羡慕三娘子的幻术而未将此事告诉别人。也就是说，赵季和是个胆大的人，如果有机会，他很想盗取三娘子的法术，而且他并没有怜悯那些变成驴的可怜旅客，更没有出手援救。

赵季和这种胆大心细的性格，注定连三娘子都要输给他，当然，在此并没有追究其道义责任的意思。正是通过男主人公赵季和这样的性格，我们才能身临其境，仿佛看到了创作、传播这部小说的人和那些听得如痴如醉的听众的神情。

与中国知识分子的道德观、市井小说所宣扬的劝善惩恶思想不同的是，在最初阶段，《板桥三娘子》这部小说的中心人物恐怕是那些以另一种价值观为生存准则的人。稍有懈怠就可能丢了性命，在他们的世界里，不彻底的同情是毫无意义的。他们到处游走，寻找一夜暴富的机会，为此哪怕死也甘心。正是这样的一群人与《板桥三娘子》小说的形成有着密不可分的关系。主人公赵季和正是集这些人的特点于一身的典型形象。

最后还想说一下各版本记载的字句异同问题。文中表现赵季和精明心细的描写是"季和亦不告于人，私有慕其术者"。明王世贞《艳异编》、清代《唐人说荟》（《唐代丛书》）、《龙威秘书》等都没有"私有慕其术者"六个字，而《太平广记》诸本中则都有。可见，王世贞等很可能认为"私有慕其术者"六个字突出了男主人公赵季和性格的阴暗面，所以就将这几个字删除了。但其实当我们推测对三娘子的原型故事进行口述相传之人的身份时，这几个字正是最好、最有力的线索，因此，毫无必要删除这六个字①。

五、归路

后月余日，季和自东都回，将至板桥店，预作荞麦烧饼，大小如前。既至，复寓宿焉。三娘子欢悦如初。其夕更无他客，主人供待愈厚。夜深，殷勤问所欲。季和曰："明晨发，请随事点心。"三娘子曰："此事无疑，但请稳睡。"半夜后，季和窥见之，一依前所为。

与《故事海》《一千零一夜》不同的是，《板桥三娘子》故事的时间跨度较长，足有一月有余。故事分成前后两部分，稍有拖沓之感。但从故事的情节发展来看，这样的时间跨度并不生硬。故事的展开很有节奏，干脆爽利的文风令人惬意。

赵季和不像拔多鲁·拔西姆王子那样求助好心的老人，而是自己亲自做了烧饼，由此可见，作者是刻意突出了赵季和的聪明才智。这段文字中两人简单的对话，三娘子的应对可谓有板有眼，周密妥帖。通过这些描写能够看到西方女巫已经成功变身为中国驿站镇精明干练的旅店女主人了。

赵季和"随事点心"一句中的"点心"还是应作动词解。"随事"是指随意斟酌、见机行事之意。

笔者特意没有详细探讨这段文字，下来就把目光移向《板桥三娘子》故事的第二个高潮部分吧。

六、诈术 骑驴

天明，三娘子具盘食，果实烧饼数枚于盘中。讫，更取他物。季和乘间走下，以先有者易其一枚，彼不知觉也。季和将发，就

---

① 删除此六字，和前面提及的蒲松龄《造畜》、程麟《变马》中的情节展开（即目击者去官府告发，结果施术者被捕）一样，都是出于作者的道义、正义感。

食,谓三娘子曰:"适会某自有烧饼,请撤去主人者,留待他宾。"即取己者食之。方饮次,三娘子送茶出来。季和曰:"请主人尝客一片烧饼。"乃拣所易者与啖之。才入口,三娘子据地作驴声,即立变为驴,甚壮健。季和即乘之发,兼尽收木人、木牛子等。然不得其术,试之不成。季和乘策所变驴,周游他处,未尝阻失,日行百里。

至此,赵季和的行动又和比马·帕拉库拉马、拔多鲁·拔西姆王子的行动变一致了,但在一些细节方面仍有所不同。《故事海》中比马·帕拉库拉马的行动与赵季和几乎相同,只是他是用放在女巫房里另一个柜子里的圆子替换了被施了咒语的圆子。《一千零一夜》里的拔多鲁·拔西姆王子是用老人给他的一种叫"萨维克"的特殊点心骗了女巫拉普,这种饼的特殊之处在于拔西姆王子自己吃了没事,而女巫拉普刚吃了一口就立即变成了一头母骡子。这种点心只对女巫起作用,可以将她们变为动物。这一点其实是有些费解的。而马尔迪鲁斯将《一千零一夜》译成法语版时此处情节稍有改动,变成了男主人公拔西姆王子没有吃老人给的"萨维克",而是全给女巫拉普吃了①。但以上两种译本中都没有偷换点心的情节。

再看赵季和,他正是为了实施设计好的圈套才投宿三娘子的旅店的,所以烧饼当然是他事先准备好的。从这点来看,三娘子故事情节比《故事海》的要高明。而且赵季和趁三娘子出去的间隙偷换烧饼的场面非常刺激惊险,三娘子吃了自己的烧饼变成母驴又显得非常讽刺。只看这一情节的话,可以说《板桥三娘子》比《一千零一夜》写得更加生动。总之,这一情节足见作者创作《板桥三娘子》时的良苦用心。但有一个地方颇令人疑惑。即前一天晚上,赵季和吩咐三娘子第二天早上给他准备早饭,可是到了早上,他却拿出自己的烧饼吃了起来,还偷换了一块饼,让三娘子吃了她自己施了妖术的饼。这样的情节展开在行文的先后顺序上虽没有什么大问题,情节前后也连贯,但笔者总觉得有些疑惑,赵季和不吃三娘子刚做好的热

---

① 佐藤正彰《一千零一夜》Ⅲ(《世界古典文学全集》,筑摩书房,1970 年)第 129—130 页。丰岛于志雄等译《一千零一夜故事全译本》,1988 年第八册(《岩波文库》)第 125 页。

腾腾的烧饼①时,三娘子难道不会心存怀疑吗?而且,三娘子特意准备了烧饼,赵季和却不吃,三娘子内心肯定觉得无趣,而文中却说遭到拒绝的三娘子马上欣然接受了赵季和给她的烧饼,这样的情节展开也太顺遂了,不免显得牵强。

站在作者的角度肯定会感到改动情节的难度。在旅店女主人和投宿旅客的人物设定下,要想让女店主毫无心理隔阂,欣然吃下客人给她的烧饼,这样的情节描写其实有着出乎意料的难度。②因此,估计薛渔思就不去计较心理细节,只想体现诈术的有趣,一口气写完了此段文字,这可能反倒是聪明的做法。虽有瑕疵,但也因此让我们认识到了改编小说的局限。此处,薛渔思也只能采取这样的写法了。

说起三娘子,令人疑惑的是,被赵季和变成母驴后她居然那样老实顺从③。一般的中国古典小说都较少描写人物的心理,且又是唐代的志怪小说,如果这样深究其心理描写,未免有些过分。因此就不再从现代读者的视角来批评《板桥三娘子》了。

下面想详细解释以下几个词语。

"三娘子具盘食,果实烧饼数枚于盘中",日文版翻译成"三娘子将水果和几个烧饼放在盘子里,准备了一盘吃食"。但如果这样理解的话,在短短一句中就出现了"盘食"和"盘中"两个词的重复,显得很不自然。因此,笔

---

① 这里虽然写的是"刚做好的",但其实制作这些烧饼的确切时间是深夜,所以已经经过了一段时间,烧饼应该都不热了。因为如果烧饼还热着的话,那么当赵季和让三娘子吃下那块他偷换的饼时,三娘子应该会马上感到异样(赵季和从前一天起就将这块烧饼藏在怀里,所以它不可能是热的)。前面提到的中村乔《早饭与点心》中说到,当时的烧饼是一种可保存的食物,不需要二次烹调,所以三娘子的烧饼应该是在深夜先做好的。

② 《一千零一夜》中拉普先施术,想将拔多鲁·拔西姆王子变成一头骡子,却失败了,为了遮掩,她只好吃了王子给她的"萨维克"饼,这种情节展开在人物心理上没有一点儿不自然之处。可三娘子故事中,人物设定变成了旅店女主人和投宿的旅客,所以还是露了一点儿破绽。

③ 《一千零一夜》中变成母骡子的拉普不肯乖乖就范,于是拔西姆王子就把阿卜道·阿拉甫给他的马辔塞进它嘴里,母骡子立刻就变得老实了。这种情节设定也毫无矛盾。但《板桥三娘子》中的老人是在故事的结尾处才出场的,所以这种设定本来就不可思议,可见作者在设置情节时也很头疼。至于变成母驴后的三娘子为何那样老实温顺,笔者将在后面的内容中进行补充说明。

者认为此处还是应该遵从现代汉语的翻译,即"三娘子既已准备了一盘吃食,但她分明又将几个烧饼放到了盘子里"。

"方饮次"一语,笔者译为"(饭吃得差不多了,)到了喝茶时间"。但是查现代汉语翻译,多将"饮"字释为"食"之意,或为"食"字之误,故几乎都译为"吃饭的时候"。只有《白话太平广记》(北京燕山出版社)与笔者的翻译相同。日文翻译亦多从前者。《古今说海》等明代文本中又改为"方食次",而《太平广记》诸本仍作"方饮次"。同样,《河东记》《独孤遐叔》(《太平广记》卷二八一《梦游部上》)中亦可见"方饮次,忽见……"的用例,因此笔者认为应该依此意译为"到了喝茶时间"。

"送茶"意为沏上茶来、端出茶来。一般多表示"赠茶、送茶"之意。到了宋代,释普济《五灯会元》卷十三《青原下六世·云居膺禅师法嗣》中有"来日普请,维那令师送茶。师曰:'某甲为佛法来,不为送茶来。'"的用例。而且三娘子端茶来这一细节描写作为反映当时风俗习尚的资料也颇有趣。西汉王褒《僮约》中就已记载了以巴蜀(四川省)为发祥地的饮茶习惯。三国至六朝时期,饮茶之风流传到长江下游,唐代时更是传至华北,饮茶之习尚遂风靡全国。三娘子端茶的描写正说明了当时连一介庶民所经营的平常小旅店也已有饮茶的习惯了①。

1. 诈术

赵季和的诈术虽有不自然之处,但比《故事海》《一千零一夜》中的骗术高明得多,读起来很是精彩。唐代以前的小说中很少有像这样详细描写诈术的例子,也很难找到能与赵季和诈术相匹敌的故事。如果非要找一个例子的话,那就只有《搜神记》卷十六中《宋定伯》的故事了。王梦鸥《唐人小说校释》中也提到了这个故事。《宋定伯》是一个为人所熟知的故事,在此

---

① 《太平广记》卷四五四《狐部·张简栖》(出典不详)中有如下一个场景:墓穴中有一只狐狸在读书,老鼠们则在一旁伺候着,时不时地端来热茶和栗子。由此可见,茶在当时已相当普及。

邱庞同《中国面点史》(青岛出版社,1995年)指出,唐代有边吃烧饼边喝茶的习惯,还引用《唐语林》卷六中郎士元与马燧的逸事作为例证(第46页)。

关于中国茶的历史,参照了布目潮渢《中国吃茶文化史》(《岩波同时代丛书》,岩波书店,1995年)、《中国的茶文化与日本》(《汲古选书》,汲古书院,1998年)、工藤佳治主编《中国茶词典》(勉诚社,2007年)等著作。

想作为与赵季和的诈术形成对比的资料介绍一下①。

> 南阳宋定伯，年少时，夜行逢鬼。问之，鬼言："我是鬼。"鬼问："汝复谁？"定伯诳之，言："我亦鬼。"鬼问："欲至何所？"答曰："欲至宛市。"鬼言："我亦欲至宛市。"遂行数里，鬼言："步行太迟，可共递相担，何如？"定伯曰："大善。"鬼便先担定伯数里。鬼言："卿太重，将非鬼也？"定伯言："我新鬼，故身重耳。"定伯因复担鬼，鬼略无重。如是再三。定伯复言："我新鬼，不知有何所畏忌。"鬼答曰："惟不喜人唾。"于是共行。道遇水，定伯令鬼先渡，听之，了然无声音。定伯自渡，漕漼作声。鬼复言："何以有声？"定伯曰："新死，不习渡水故耳，勿怪吾也。"行欲至宛市，定伯便担鬼著肩上，急执之。鬼大呼，声咋咋然。索下，不复听之，径至宛市中，下著地，化为一羊，便卖之，恐其变化，唾之。得钱千五百乃去。当时石崇有言，定伯卖鬼，得钱千五。

连鬼都可以玩弄于股掌之间，可见宋定伯是个相当厉害的角色。他与《板桥三娘子》中的赵季和绝非没有相似之处。而且在只留下了片段式记录的众多六朝志怪小说中，《宋定伯》的故事却是一篇甚具文艺性的小说，作者以轻松的笔调描写了定伯骗鬼的全过程，使人读来忍俊不禁。但其在总体上还是没有脱离志怪小说的古朴之意，与三娘子的故事还是存在着较大差异②。唐代传奇小说构筑了一个具有精巧结构的五彩斑斓的虚幻世

---

① 引自汪绍楹校注《搜神记》。这个故事虽收录于《太平广记》卷三二一《鬼部》中，出典却列为《列异传》，而且在字句上有若干不同之处。其他如《艺文类聚》卷九四、《太平御览》卷八二八、《太平御览》卷九〇二等也引录了这个故事，可见这是当时众人皆知的故事。

② 《太平广记》卷三二五《鬼部·王瑶》（出自南朝齐祖冲之《述异记》）也是一个关于骗鬼的故事，内容如下：

> 王瑶，宋大明三年，在都病亡。瑶亡后，有一鬼，细长黑色，袒著犊鼻裈，恒来其家，或歌啸，或学人语，常以粪秽投人食中。又于东邻庾家犯触人，不异王家时。庾语鬼："以土石投我，了非见畏。若以钱见掷，此真见困。"鬼便以新钱数十，正掷庾额。庾复言："新钱不能令痛，唯畏乌钱耳。"鬼以乌钱掷之，前后六七过，合得百余钱。

所谓"乌钱"，应该指的是像后来的乌银那般货币价值较高的钱。这个故事很有名，因为它是日本民间故事及落语《田能久》、落语《怕馒头》等作品的原型。作为一个小笑话，不失风趣诙谐。但由于篇幅过于短小，作为小说则显得内容不够丰富。

界,是六朝志怪小说无法达到的一个新高度。

至此,笔者一边探寻与《板桥三娘子》相似的故事,一边对幻术、黑店、诈术等各条目进行了探讨。但关于《板桥三娘子》的故事原型传入中国的资料,不仅和《板桥三娘子》有关联的类型故事,就连片段式的文字都没有找到。魏晋南北朝直到唐代,随着东方与西域的交往日益频繁,《板桥三娘子》的故事原型才随商队一起来到了中国。《板桥三娘子》故事的原型与《故事海》《一千零一夜》都不相同,刚传入中国时故事的内容是怎样的?传入中国后,它又经历了怎样的变迁过程呢?这些问题现在还是不解之谜。但小说中的旅店、驿馆的驴、幻术以及活动木偶人等反映了唐代多彩的社会风俗,也证明了《板桥三娘子》是创作于唐代的改编小说。

2. 骑驴

赵季和骑上三娘子变成的驴出发了。细想一下会发觉他也真够胆大。正是因为他担心三娘子随时随地都可能变回人身(《一千零一夜》里的女巫拉普就是例子),所以才在能利用时就赶快利用,这说明赵季和很精明。当然也不排除是因为故事情节展开的需要才这样安排的。在"黑店"一条中也提到了,赵季和拿到三娘子的木头人和木头牛就急不可待地试弄起来等细节描写,都栩栩如生地反映了他的性格。在此,再一次从创作和传播小说者的角度来探究这个问题。

在"黑店"条目中已经提到,赵季和的性格反映了创作、传播这个故事的人的行为准则。作品中并未明示赵季和所从事的职业,但以这种行为准则行事的人,他们的职业基本也猜得出来。来往于东都洛阳,还骑着驴游历诸国,可见赵季和的行商身份。从六朝时期起,骑着驴四处游历的行商形象开始出现在小说中。而赵季和正是这些人的典型代表。

> 吴时,陈仙以商贾为事。驱驴行,忽过一空宅。……
>
> (南朝宋刘义庆《幽明录》、《太平广记》卷三一七《鬼部》)
>
> 石虎时,有胡道人驱驴作估于外国。深山中行,有一绝涧。……忽有恶鬼牵之下入涧中……
>
> (晋荀氏《灵鬼志》、《太平御览》卷七三六《方术部》)

唐代贯穿国内外的交通网路发达,商业交易繁盛,活跃着许多从事对外或对内贸易的商人。正是在这些商人口口相传《板桥三娘子》故事的过程中,小说男主人公赵季和心中所蕴藏的坚强刚毅的商人精神终于引起了人们的注意。

如果《板桥三娘子》的故事原型是由行商口头相传的,那么应该是从事东西贸易的商人将故事传入中国的。至于是哪个民族的商人通过陆路或海路带入中国的,则还是一个未解之谜。与弥漫着海洋气息的《一千零一夜》不同,《板桥三娘子》故事中却很难发现任何关于海洋的信息,而且故事发生的舞台是在中国内陆的北方,而非南方的沿海地区。由此可以推测,《板桥三娘子》从陆路传入中国的可能性更高①。《通典》《旧唐书》等典籍中对并活跃于陆路的行商有几则记载。内容如下:

> 韦节《西蕃记》云:"康国人,并善贾。男年五岁,则令学书。少解,则遣学贾,以得利多为善。……"
>
> (《通典》卷一九三《边防·西戎》)

> 康国,即汉康居之国也。……生子必以石蜜纳口中,明胶置掌内②,欲其成长口常甘言,掌持钱如胶之黏物。俗习胡书,善商贾,争分铢之利。男子年二十,即远之旁国。来适中夏,利之所在,无所不到。……
>
> (《旧唐书》卷一九八《西戎》)

韦节之《西蕃记》完成于隋代。"康国"指位于泽拉夫尚河流域的撒马尔罕,是商队贸易的中心。出生在这片土地上的商人以故国为出发点,

---

① 杨宪益《板桥三娘子》中错认为板桥位于密州(山东省),认为故事原型是通过大食(阿拉伯半岛)的商人经由海路而传入的。周双利、孙冰《〈板桥三娘子〉与阿拉伯文学》、刘以焕《古代东西方"变形记"雏型比较并溯源》都沿袭了杨宪益的这种说法,但笔者不赞同这种说法。今村与志雄《唐宋传奇集》指出了杨宪益之说的谬误,认为板桥位于河南省,并在此基础上评价道:"综合考虑唐代与伊朗、阿拉伯贸易的史实……可以说其见解中有令人感兴趣的部分。"这里今村与志雄重新关注了杨宪益的观点(下册第300页注11),但笔者依然无法认同。(刘守华《〈一千零一夜〉与中国民间故事》《中国与阿拉伯民间故事比较》中认为《板桥三娘子》的故事原型是阿拉伯商人传入中国的,但只是指出了有从陆海两路传入的可能性而已。)

② 《唐会要》卷九十九中将此句记为"以胶置手内"。

向外开展了大范围的通商活动。唐代文献中频频出现的"胡"字①指的正是这些伊朗裔的粟特商人。根据羽田明的考察论证②,有史以来粟特人一直受游牧民族的支配,不得不忍受他们的掠夺,却又反过来借助支配者的势力,不断地扩张通商网,强化贸易活动。据称这样的商业活动在公元5世纪中叶到8、9世纪迎来全盛期,当时的粟特商人借助突厥的势力,几乎独占了所有连接东方与西域的中继中转贸易。东至中国,南至印度,北边从西域北方的草原地带一直延伸至蒙古高原,西边从伊朗远至东罗马帝国,也就是整个亚洲全境都是他们活跃的舞台。据说差点儿颠覆唐王朝政权的安禄山之父身上就有粟特人的血统。

当然,来到唐代的外国商人不仅有粟特人,还有波斯和阿拉伯商人的身影。《通典》《旧唐书》的记载虽不能直接与《板桥三娘子》联系起来,却展现了唐代时从撒马尔罕到西亚、印度乃至通向以长安为中心的中国北部城市的交通路线。在此基础上再想象赵季和所代表的商人形象时,粟特人的可能性就很大了。根据近年的研究考证,粟特人中不仅有来中国做生意的短期行商,还有一些人通过在中国北部要塞的人脉关系定居在那里,并

---

① 森安孝夫《丝绸之路与唐帝国》(讲谈社,2007年)中认为,汉语"胡"字基本是"蛮夷、外国人"的意思,但其实"胡"字的意思是根据不同的时代、地域而变化的。唐代时"胡"字有"商胡、客胡、胡商、胡客"等词语,十之八九被用来指称粟特人(第106—107页)。另外,森安孝夫《唐代的胡人与佛教性的世界地理》(《东洋史研究》第六十六卷第三号,2007年)中认为,唐代8世纪后期完成的梵汉辞典《梵唐杂名》中有许多用"胡"字的例子,而这些"胡"字均是特指粟特人的专有名词。

② 关于粟特人及东西交流,主要依据的是羽田明《世界历史》第十卷《西域》(河出书房新社,1964年)、《岩波讲座·世界历史》6《古代》(岩波书店,1971年)收录的羽田明《粟特人在东方的活动》(第409—434页)、《东西文化的交流》(第435—462页)等。此外,还参照了雅库伯夫斯基等著、加藤九祚译《求取西域的秘宝——斯基泰、粟特以及花剌子模》(新时代社,1969年)、山田信夫编《东西文明的交流》第二卷《波斯与大唐》(平凡社,1971年)。

不断向自己的同胞传递信息①。在他们信仰的祆教神庙前,每到节日,就会

---

① 关于《板桥三娘子》故事原型的传播情况,参考了以下三篇论文:荒川正晴《唐帝国与粟特人的交易活动》(《东洋史研究》第五十六卷三号,1997 年)、《粟特人的移居村落与东方交易活动》(《岩波讲座·世界历史》15《商人与市场——网络中的国家》,岩波书店,1999 年),以及荣新江《北朝隋唐粟特人之迁徙及其聚落》(《国学研究》第六卷,1999 年)。荒川正晴认为,魏晋以后,粟特人在中国疆域内构建村落,并以此为据点开展贸易活动。朝廷赋予了这些村落自治权,当时他们完全被看作是外国人。但唐建国以后,在律令统治体制下,这些自治性村落被收编进州县,因此居住在这里的粟特人与汉人的区别消失了,被一视同仁地看作大唐"百姓"。于是粟特人的村落也因此得以继续维持,他们以祆教信仰为中心的共同体得以统一,但难免被逐渐汉化的命运。另一方面,大唐帝国对中亚的统治给生活在粟特本国的商人们也带来了许多好处,即唐帝国扫清了"绿洲之路"的障碍,维持了当地治安,完善了交通体系等,这一切有利条件使得对外贸易变得异常活跃。而分布在中国北方主干道沿线的粟特人村落则变成了这些"兴胡"(或胡商)商业网络的据点。(这两篇论文之后都被收录于荒川正晴《欧亚大陆的交通交易与唐帝国》中,名古屋大学出版会出版,2010 年。)

总之,粟特人并不是仅仅作为驼队商人暂时居住在中国,其中更有一部分人构建村落,永久定居在这里了。所以,从故事传播的角度来看也极其有意思。特别是到了唐代,这些粟特人成了"百姓",他们居住的村落逐渐被汉化,在此过程中,这些村落一边吸纳"兴胡"带来的西域物产和文化,一边将它们传播渗透到中国国内,在这点上,粟特人起到了非常重要的作用。从故事传播的角度来看,这些村落的贡献相当巨大,远非那些行商口耳相传的程度所能比。《板桥三娘子》的故事原型恐怕也是由这些粟特人村落传到薛渔思耳朵里的吧。

荣新江论文旁征博引,使用各种文献、墓志等出土资料,证实从西面且末、鄯善、高昌到东面的幽州、营州的主干道沿线上确实存在过粟特人的村落。根据荣新江的论考,不仅长安、洛阳,就连河东的并州(太原)也有过这样的村落。虽然并没有资料显示与薛渔思有关的蒲州河东县存在过粟特人的村落,但这个地区是连接长安与并州、代州的交通要道,完全有理由做此大胆推测。荣新江这篇论文与其他有关粟特的论考均收录于《中古中国文明与外来文明》(生活·读书·新知三联书店,2001 年)中。《中古中国文明与外来文明》中有许多颇具见地的力作,例如,《北朝隋唐粟特聚落的内部形态》探讨关于粟特人村落的构成、日常生活、宗教等问题;《安禄山的种族与宗教信仰》揭示了不仅安禄山的父亲,就连他母亲也可能是粟特人,安禄山正是因为亲自主持了祆教的祭祀礼才得以笼络住粟特人(他所统领的军队的核心力量就是这些人);等等。

展示各种各样关于祭祀仪式的奇术、幻术①。可见，粟特人是一群日常能接触到魔术并为之痴迷的人。

粟特人通过贸易，不仅把绢、香料等带到中国，同时也带来了各种织物新技术及诸多的异国文化，其中的壁画很值得注意。这些壁画是人们在发掘粟特人的城邦国家之一——彭吉肯特时发现的，壁画描绘了波斯传说中的英雄故事，还有希腊伊索寓言中《生金蛋的鹅》、古印度故事集《五卷书》中的寓言等内容②。总之，粟特商人是传播世界各地的民间故事的中坚力量，也正是他们将三娘子的故事从遥远的印度带到了中国。

大唐军队在与阿拔斯王朝的怛罗斯之役（751）中惨败。几年后发生的安史之乱更中断了唐朝与西域的交流。唐德宗贞元五年（789）吐蕃（西藏）占领了北庭都护府，从此丝绸之路断绝不通了。此后东方与西域的陆路贸易因回纥的交通得以维系。也有学者认为这些继续进行贸易的回纥商人其实就是粟特人③。作为《板桥三娘子》故事原型的传播者，他们确实是最合适的人选。

小说中说赵季和所乘之驴"日行百里"，证明驴非常健壮。唐代有关驿

---

① 羽田明《东西文化的交流》论及了这一内容（第455页）。本书前节《幻术——木偶人 种麦》注中列举了中国以外的幻术、咒法中"喷水"的例子，即《河南妖主》，其实这也是一则记载祆教神庙前幻术表演的资料。只是这则资料中的幻术是先将一把锋利的刀刺入腹中，深达后背，然后再在伤口处喷水、念咒文，于是伤口便消失了。与三娘子的幻术有所不同。

② NHK（日本广播协会）特别节目《文明之路》第五集《丝路之谜——商队之民粟特》（2003年9月4日播放）介绍了关于粟特商人的最新研究成果和考古调查情况。曾父川宽、吉田丰编《粟特人的美术与语言》（临川书店，2011年）认为这些壁画中以《五卷书》为题材的故事有三处，即《聪明的兔子与狮子》《铁匠与猴子》《救活老虎的婆罗门》。据推测，这些都是8世纪前叶的作品，是比《板桥三娘子》还要早的资料。对照田仲一成、上村胜彦译《五卷书》（《亚洲的民间故事》，大日本绘画，1980年），发现第一卷第八个故事是《狮子与兔子》，第五卷第四个故事是《救活狮子的男人们》，却怎么也找不到《铁匠与猴子》。但很可能是根据第一卷第二十二个故事《国王与猴子》改编的，有待进一步考证。

③ 森安孝夫《"丝绸之路"的维吾尔人——粟特商人与斡脱商人》（《岩波讲座·世界历史》11《欧亚大陆中部的统一：9—16世纪》，岩波书店，1997年，第108—113页）。另外，森安孝夫《丝绸之路与唐帝国》中认为粟特人不仅从事商业活动，其实还拥有兵力，所以粟特人与唐王朝在西北的统治有着密切联系。

传之制规定为"马日七十里,步及驴五十里,车三十里"①,这应该是大致的标准。说到马,"千里马"当然是夸张之说。《太平广记》卷四三五《畜兽部》所引唐张读《宣室志》特别记载了玄宗的龙马能日行三百里。或许,这也是夸大事实之说吧。

七、华岳庙 复身 遁走

> 后四年,乘入关,至华岳庙东五六里,路傍忽见一老人,拍手大笑曰:"板桥三娘子,何得作此形骸?"因捉驴谓季和曰:"彼虽有过,然遭君亦甚矣。可怜许,请从此放之。"老人乃从驴口鼻边,以两手擘开。三娘子自皮中跳出,宛复旧身,向老人拜讫,走去,更不知所之。

三娘子被赵季和变成驴后,四年光阴匆匆而过,故事也因此迎来了令人意外的结局。

《故事海》中变成了母山羊的女巫被卖给了肉铺老板,之后就再没有出现在故事中。而女巫的朋友即肉铺老板的老婆为了替女巫复仇,把男主人公变成了孔雀。《一千零一夜》(马克·诺田版)中出现了一个老婆婆(其实是女巫的母亲)帮女巫恢复了人身,而男主人公也最终受到女巫的报复变成了鸟。《板桥三娘子》的结局比较接近后者,赵季和最后遇到的老人,就是《一千零一夜》中女巫的母亲和帮助男主人公的蔬菜水果店的老人形象的结合体。《板桥三娘子》故事结尾处登场的老人身上已经失去了敌对者的色彩,因此本该降临到主人公赵季和身上的灾难、危险也随之烟消云散了。这样的故事结局令人有些失望。而且,直到小说结尾时这位老人才第一次登场亮相,未免显得唐突,这更加深了《板桥三娘子》可能是截取了

---

① 仁井田陞《唐令拾遗》(东方文化学院东京研究所,东京大学出版会,1933年)中《公式令第二十一》的四十四条云:"诸行程,马日七十里,步及驴五十里,车卅里。"

有关"日行百里",笔者再补充几句。《世说新语》中也有反过来形容距离近的例子。《世说新语》中卷《品藻第九》中庞统云:"驽马虽精速,能致一人耳。驽牛一日行百里,所致岂一人哉。"庞统这句话的出典是《三国志》卷三十七《蜀书·庞统传》裴松之注(引自张勃的《吴录》),"百里"却作"三十"。又,"百里"在东汉三国时约为四十一至四十四公里,唐代时为五十六公里。

长篇故事的一部分而改编成短篇的印象。

但关于故事的结尾不能只用现代人的眼光进行解读,还有从其他角度进行分析研究的必要。因此笔者将结合当时的小说技法及读者的反应来重新探讨这个结尾。小说最后,三娘子恢复人形的地方——华岳庙及老人对三娘子所施的略显粗猛的恢复人形之术等都将在下文中予以考察。

1. 华岳庙

经过四年游历后,赵季和骑驴入潼关。也有部分日文翻译和注释为函谷关,其实是不正确的。从洛阳出发到长安,首先应该通过函谷关,然后再经潼关,之后地势变得开阔起来,往西南方向望去,可以一眼看到五岳之一的西岳华山。而位于华山北麓,面临通衢大道耸立着的正是壮丽的华岳庙(又称华阴庙、西岳庙)①。

帮助三娘子恢复人形的神秘老人出现在华岳庙附近恐怕也是有原因的。

华山之名的由来有两个说法:其一是说该山五座主峰的山棱线组合起来像一朵盛开的莲花,另一种说法是只要服用了长于山顶天池中的莲花就能羽化登仙,华山由此得名。华山虽名字优美,却是五岳中最险峻的一座山,锋利陡峭的绝壁阻挡着人们的登顶之路。历史上还留下了展现华山之险的故事。登上华山的唐代大文豪韩愈进退维谷,被困于山中,写下遗书,恸哭流涕,不能自已(见唐李肇《唐国史补》卷中)。人们历来将华山尊为住有神仙、仙人的灵山,因此华山也是道教圣地。又因其距都城长安距离适中,因此许多仙家道人及隐士都在此山修行②。以唐代小说为例,杜子春为了报答老人对他的恩情,就是在此山的云台峰进行修行的。

如此充满着神秘气息的华山,作为发生灵异事件的场所,经常出现在小说和传记作品中,而祭祀山神的华岳庙常常也是这些故事发生的舞台。

---

① 关于从函谷关、潼关到华岳庙的地理地形,参照桑原骘藏《考史游记》(《桑原骘藏全集》第五卷,岩波书店,1968年)中的《长安之旅》(第291—293页)。

② 关于华山、华岳庙,参照隗芾主编《中国名胜典故》(吉林人民出版社,1989年)中的"华山"一项(第1216—1224页)、松浦友久编《汉诗词典》(大修馆书店,1999年)中收录的植木久行《名诗之乡(诗迹)》中"华山"一项(第351—353页)、《月刊Sinika特集·中国的名山》2008年8月号(大修馆书店)所载奈良行博《华山》(第20—23页)等资料。

《旧唐书》卷五七《裴寂传》中有一个老人在华岳庙附近登场的故事（只在梦中出现），内容如下①：

> 裴寂字玄真，蒲州桑泉人也。……家贫无以自业，每徒步诣京师。经华岳庙，祭而祝曰："穷困至此，敢修诚谒。神之有灵，鉴其运命。若富贵可期，当降吉梦。"再拜而去。夜梦白头翁谓寂曰："卿年三十已后，方可得志，终当位极人臣耳。"后为齐州司户。

让有仙风道骨的神秘老人登台亮相，华岳庙附近可以说是再恰当不过了。

薛渔思创作的以此地为舞台的怪异故事，现存的除《板桥三娘子》外，还有其他两篇收录在《河东记》中②。这个经过改编的《板桥三娘子》的结尾，如果出自薛渔思之手，选择华岳庙那当然是必然的结果。假如是薛渔思之前的作者创作，无疑也是作者认为华岳庙附近一带是故事发生的最佳舞台。

2. 复身　遁走

突然出现在赵季和面前的老人帮助三娘子恢复了人形，而他使用的方法是把手伸进驴嘴里，将其撕扯成两半，显得十分粗暴。那么这个恢复人

---

① 尾上兼英《传奇小说》（大修馆书店，1971年）注中论及了《旧唐书·裴寂传》中的故事（第54页）。
《太平广记》卷二九六《神部·李靖》也是一个与《裴寂传》相似的故事，讲述的也是主人公祈求华岳庙的神灵保佑自己出人头地（出典为撰者不详的《国史记》）。但在这则故事里，主人公只能听到神灵的声音，却看不到他的模样。
除此之外，《太平广记》中还记载了其他许多发生在华山或华岳庙的灵异故事，特别是《太平广记·神部》中有很多这类故事。其中最有名的是名为《华岳神女》的故事，讲述的是华岳神的第三个女儿与士人结为夫妇（卷三○二，出典为唐戴孚《广异记》）。与之类似的《华岳灵姻》（宋曾慥《类说》卷二八，出典为唐陈翰《异闻集》）的故事作为民间故事也广为流传。
② 《韦浦》《郑驯》二故事均见于《太平广记》卷三四一《鬼部》，出典为《河东记》。《韦浦》讲述的是主人公韦浦在赶考途中所雇的人其实是鬼的故事。其中有一处情节说到二人投宿潼关时，有个鬼捉弄主人的孩子，孩子受惊昏了过去，闯了祸的鬼之后遭到了华岳神君的惩罚。《郑驯》讲述的是主人公郑驯因食鲙而暴亡，友人李道古不知郑驯已死，当回至潼关西永丰仓路时，忽逢郑驯自北来，车仆甚盛。二人在潼关以西相遇后就同道而行，至华阴岳庙东才分手。

形之术是何时、怎样被改编进三娘子的故事里的呢？关于这个问题，笔者没有找到任何线索，故无法考证。但如果这个方术是三娘子故事流传到中国后被加进去的，那么在前面"幻术"项中所列举的《洛阳伽蓝记》卷一的记载就很值得玩味。前面已经提及，景乐寺上演的奇术中有"植枣""种瓜"，但其实在该文献的同一处还列举了另一个演出节目，即"剥驴"。其具体内容虽然不详，但从"剥"字可以想象，可能是一种剥去驴皮，再用这张驴皮使驴再生的奇术①。如果此推测成立，那么很可能就是这种"剥驴"之术启发了三娘子故事的作者，创作了老人的恢复人形之术。

《太平广记》卷一〇二《报应部》收录的《蒯武安》中有变成老虎的主人公恢复人形的情节，虎皮的头部破裂，从里面露出一个人的脸。这段情节与上文"剥驴"有些相似。关于这个故事，将在本书第三章第一节中进行详细论证。

中国数量众多的人变虎的变形故事，其最大特征就是变形方法是穿上或脱去虎皮（例如本书第二章第一节介绍的《申屠澄》等故事）。这与《蒯武安》在构想上有相同之处。而且，在中国，除与佛教有关的典籍外，"变身"一词的用例非常稀少，因仙术、幻术发生变化时，多用"变形"一词来表述。《现代汉语词典》中也没有"变身"一词，一般用"变形"来表达日语中变身的意思。因此可以说，使用"变形"一词时，比起内部变化，中国人更重视外部形貌的变化。如果由内而外全都变，一般叫作"变化"（但使用"变化"一词时，广义上也包含"变形"的意思）。因此笔者认为，在剥皮恢复人形之术中反映了中国式"变身"的概念。

下面来考察恢复了人形后三娘子的遁逃。三娘子向老人拜毕，就转身

---

① 周祖谟《洛阳伽蓝记校释》以《后汉书》卷八六《西南夷传》的记载为依据，将其解释为"肢解"毛驴之术（第59页），入矢义高《洛阳伽蓝记》（《中国古代文学全集》，平凡社）也从此说，将其译作"肢解毛驴"（第18页）。但《后汉书》记载的在汉安帝永宁元年（120）被献上的幻术是"能变化吐火，自支解，易牛马头"，并没有"剥驴"的内容。从"剥"字推测，应该不是将头或四肢砍断、肢解之意，而应该是剥皮之意吧。

如果这里的"剥驴"是剥开驴皮后能从里面跳出人的奇术，那么就和《板桥三娘子》中老人的所作所为一模一样了，但笔者完全找不到能够成为证据的资料。将其与"支解""易牛马头"或"屠人""截马"（《汉书》颜师古注）等术一并考虑的话，"剥驴"术应该还没到达到可以跳出个人来的程度。

而去,从此以后就再也没有人知道她的下落了。很明显,这是截取了长篇故事一部分而造成的结果,对于还在期待故事另一个高潮的现代读者而言,这个结尾未免令人感到遗憾。那么当时的读者又是怎么看待这个结局的呢?

唐传奇中还有另一位身怀秘术绝技而偏又失手的人物,那就是剑侠小说《聂隐娘》(《太平广记》卷一九四《豪侠部》,出典为裴铏《传奇》)中登场亮相的空空儿。女主人公聂隐娘是节度使刘昌裔的贴身保镖,企图暗杀刘昌裔的刺客一个个都败在聂隐娘手下。于是敌方使出最后的撒手锏,就是派来空空儿。空空儿的绝技已出神入化,绝非聂隐娘可比。为了对付空空儿,聂隐娘想出了用于阗玉护其首的奇计,终于使刘昌裔成功脱险。刘昌裔的头部虽被击中,却因为玉所护而毫发无损。而暗杀未遂的空空儿竟因此遁走,一去不返了。借用聂隐娘的话来说,这是因为"此人如俊鹘,一搏不中,即翩翩然远逝。耻其不中,才未逾一更,已千里矣"。如果读者对此解释能够信服,那么三娘子在故事结尾处突然消失得无影无踪也就不会显得太突兀了。

《板桥三娘子》并没有对三娘子的遁走做任何说明。假设三娘子正是因耻于自己的幻术被别人利用,才连复仇的念头也没有就头也不回地逃走了。读者应该能够信服这种解释吧。而且,此处还存在着一位谜一样的老人,他应该拥有能够支配所有方士的力量。再次借荣格所言,就是除"伟大的母亲(太母)"外,还存在一位年长的智者(老贤人)。这位老人是三娘子的拯救者,换言之就是她的依靠。在这样的权威象征面前,随心所欲地报复赵季和的行为应该是被严厉禁止的。当这位神秘老人突然出现在华岳庙附近时,当时的读者凭直觉一定马上就猜到了他超越世俗的神仙身份。如果真是如此,那么这位超脱于世间的老人突然撕开驴皮恢复三娘子人身的行为,本身无疑就是神的意志。当时的人们应该就是这样理解的吧。

至此还有一个疑问尚未解决。将客商一个一个变成驴的三娘子就这样一跑了之,故事就结束了吗?对此,变成驴的三娘子所服的四年苦役及老人那句"彼虽有过,然遭君亦甚矣。可怜许①,请从此放之",可以说是解释这个问题的线索。老人的这句话听上去很有几分怜悯三娘子的语气,可见背后隐含着老人"三娘子变成驴后已服了四年苦役,已经赎了她的罪了"的想法。如果真是这样,那么三娘子的故事就是中国因果报应故事中常见的变成家畜偿还或弥补前世所负债务或所犯罪孽的"变畜偿债"系列故事的变形而已②。

关于"变畜偿债系列"故事,将在本书第三章进行探讨。在这类故事中,当达到一定金额或期限,该家畜完成所谓的"偿债"后就会死去,但故事暗示来世它还将转世为人。即"变畜偿债系列"故事中在前世、现世、来世三世中不断重复的人与家畜间的轮回转世,三娘子在现世就全部完成了。如果是这样,赎完罪恢复人形的三娘子选择转身而去,从此不知所踪,这就是她重获自由、得到原谅的结果。对当时"变畜偿债系列"故事内容相当熟悉的读者,应该很自然地接受了三娘子这样的故事结局吧。关于四年的苦役是长是短,确实会产生不同的见解和看法。比起她的深重罪孽,四年的苦役未免太轻了,但这种想法可能只有现代人才会有,因为从整个故事情节发展的时间长短来看,四年在小说里可以说是相当长的时间了。

最后,还想对小说的结局做一些说明。三娘子一走了之,不知去向,即结尾一句"更不知所之",现代读者觉得不尽兴,觉得三娘子故事的这个结局有所欠缺,但其实这是唐代小说中的一个典型模式。特别是在志怪、志异小说及有方士、异僧登场亮相的故事中,总是留下一个谜题,以一句"不知所之"作为故事的结尾。薛渔思本人也非常喜欢使用这种结尾方式。本书第一章介绍的《萧洞玄》文末以"后亦不知所终"、《申屠澄》以"竟不知所

---

① "可怜许"的"许"字是表示感叹语气的语末助词。唐陈陶《西川座上听金五云唱歌》中"五云处处可怜许,明朝道向褒中去"(《全唐诗》卷七四五)、寒山《诗三百三首》中"昨日何悠悠,场中可怜许"(《全唐诗》卷八○六)等是此用例。此外,项楚《寒山诗注》(中华书局)中列举了王梵志诗歌、《庞居士语录》及《板桥三娘子》等用例,并指出"许"字为语气助词,并没有实际意思(作品号码131,第338页)。

② 关于为何三娘子变成母驴后竟出乎意料地变得老实温顺起来的疑惑,如果将三娘子故事看作"变畜偿债系列"故事的变形,就很自然地理解了三娘子的这种变化。因为为了变回人形,她必须赎罪,也就意味着她必须作为一头母驴任劳任怨地工作,乖乖地服满四年的苦役。

之"作为结尾。其他如《送书使者》(《太平广记》卷三四六《鬼部》),讲述说的是有个道士把瓮中数十个小人放出来,让他们各自玩耍的故事,其结尾也是"不知所之"。而《李知微》(《太平广记》卷四四〇《畜兽部》)讲述的是由鼠变的紫衣人和老父的故事,其结尾也以"不知何物也"的表述结束了全文。

《板桥三娘子》以"店娃三娘子者,不知何从来"这句谜一样的话开头,结尾以"更不知所之"与之呼应,又给这个谜一般的故事增添了一层神秘色彩①。这无疑是作者薛渔思有意运用的小说创作技法。

小　结

兜兜转转,还看了其他许多资料,终于通读完了《板桥三娘子》②。《板

---

① 王隆升《唐代小说〈板桥三娘子〉探析》(《辅大中研所学刊》1995年第4期)论及了此内容(第222页)。

或以"不知所之""莫知所在"等做结语,或以"不知何从来""不知何许人"等开头,以"不知……""莫知……"等句式结束的例子不仅在小说中,在仙人或方术士的传记作品里也屡屡可见。《后汉书》中的《方术列传》《逸民传》,以及《列仙传》《神仙传》等文献资料里很容易就能找到这样的例子。

② 解读《板桥三娘子》时参考的主要文献如下:
一、日本的翻译、注解
前野直彬编译《六朝唐宋小说集》(《中国古典文学全集》,平凡社,1959年)。
前野直彬编译《唐代传奇集》第2册(《东洋文库》,平凡社,1964年)。
前野直彬编译《六朝唐宋小说选》(《中国古典文学大系》平凡社,1968年)。
今村与志雄译《唐宋传奇集》下册(《岩波文库》,岩波书店,1988年)。
竹田晃编《中国幻想小说杰作集》(白水社,1990年)。
近藤春雄《中国离奇与美女——志怪、传奇的世界》(武藏野书院,1991年)。
尾上兼英著《传奇小说》(大修馆书店,1971年)。
八木章好编《中国怪异小说选》(庆应义塾大学出版会,1997年)。
太平记研究会译《〈太平广记〉译注(十)·卷二八六〈幻术三〉》(《中国学研究论集》第一九号,2007年)。
高木重俊编《汉诗、汉文解释讲座·文章二(唐代以后)》(昌平社,1995年)。
溝部良惠著,竹田晃、黑田真美子编《广异记、玄怪录、宣室志》(《中国古典小说选》,明治书院,2008年)。(转下页)

桥三娘子》大概是唐代时由行走江湖的商人传入中国的。以汴州板桥为舞台，让男主人公赵季和的性格特征体现商人们的行为准则，同时巧妙地融入当时的社会风俗，这样，怪异故事《板桥三娘子》就改编成了。

前面已经阐述了此故事里有关旅店描写的内容中所包含的珍贵风俗人情资料的情况，虽不清楚改编这个故事的具体过程，但最终收录进薛渔思《河东记》中时，可以说缜密地考虑了故事的构思布局、情节展开等内容，可谓是一部杰出的作品。本章的分析与考察，已经明确了这一点。既然薛渔思当时所闻（或所见）的故事原型的内容未能得以流传，那么，就无法详细探讨其在故事创作上的功绩。但毋庸置疑，薛渔思在完成《板桥三娘子》故事时做出了巨大贡献。

在此还想再重新补充说明一下薛渔思的功绩，即其创作未受到当时根据目击者供述逮捕犯人这样的改编小说情节的制约。正因为保留了行商们传来的故事原型中的韵味，并接纳了故事中不可思议、趣味横生的情节，才使作品未因士人所谓的道义、道德而失去灵性，从这个意义上说，薛渔思拯救了《板桥三娘子》这个故事。薛渔思的这种豁达而充满灵性的文学精神也值得赞赏，应给予高度评价。对这样的唐代文学精神的历史评价将是笔者未来要进一步深入思考的课题。

总体来说，小说《板桥三娘子》可谓是一部完成得相当出色的作品。虽

---

*（接上页）二、中国的现代汉语译本、鉴赏
王汝涛主编《太平广记选（修订本）》下册（齐鲁书社，1987年，1980年初版）。
陆昕等译《白话太平广记》（北京燕山出版社，1993年）。
高光等译《文白对照全译〈太平广记〉》第三册（天津古籍出版社，1994年）。
丁玉琤等译《白话太平广记》第三册（河北教育出版社，1995年）。
魏鉴勋、袁闾琨、李平编译《白话唐传奇》（黑龙江人民出版社，1984年）。
周楞伽选译《插图本唐代传奇选译》（中州古籍出版社，1984年）。
王梦鸥校释《唐人小说校释》下册（正中书局，1985年）。
王汝涛、徐敏鸿、赵炯《唐代志怪小说选译》（齐鲁书社，1985年）。
刘永濂选译《中国志怪小说选译》（宝文堂书店，1990年）。
马清福主编《隋唐仙真》（辽宁大学出版社，1991年）。
卢润祥、沈伟麟编《历代志怪大观》（上海三联出版社，1996年）。
袁闾琨、薛洪绩主编《唐宋传奇总集・唐五代》上册（河南人民出版社，2001年）。
李剑国主编《唐宋传奇品读辞典》上册（新世界出版社，2007年）。

说如此,在现代的读者看来,此故事依然存在不足、不尽如人意之处,这也是不争的事实,但若将当时的小说模式和作者、读者的思想观念考虑进去的话,那么,其中的大部分问题就很难说是缺点了。因此,应特别重视创作出此作品的时代范式,并将其列为研究对象。

以上考察了《板桥三娘子》这部小说的形成与背景,但也留下了几个未解之谜,这将在笔者未来的研究中逐步解决。第三章将转换视角,在中国整体的变驴、变马系列故事中探讨《板桥三娘子》故事。

第三章

中国的变形故事

绪 论

前两章中探索了《板桥三娘子》故事的原型,并探讨了故事形成的背景,本章将把《板桥三娘子》置于中国的变形故事或者人变为驴、马的系列故事中进行进一步考察和探讨。

在中国众多变形故事中,人变为驴或马的故事,无论在数量上还是在质量上都不特别引人注目。但只要翻开历代志怪、异闻小说集,都能找到相当数量的此类故事,而且内容多样,涉及诸多方面。那么在这些故事中,三娘子的故事处于怎样的地位,后世是否根据这个故事改编出其他类型的故事,从这个故事中又能了解到中国古典小说的哪些特质呢?本章将围绕这些问题进行探讨。因此,首先来梳理中国的变形故事及支撑此类故事的变形(或变化)观的思想特征,然后在此基础上考察三娘子以及与其类似的故事。

第一节 中国的变形故事及变形、变化观

一、动植物变形为人

中野美代子《中国人的思考样式——从小说的世界谈起》(《讲谈社现代新书》,讲谈社,1974年)中这样论述了中国变形故事的特征:"……中国的变形故事中,出于某些原因,由人变为人以外的物体的故事类型很少,而

由鬼或其他的动植物变成人，与真人有所交集的故事类型却相当多。即古希腊以来，欧洲的变形故事是以人变为人以外的物体，即所谓的离心的、外向型的变形故事为主，而与此相反，中国则以由人以外的动植物变为人形，即所谓的向心的、内向型的变形故事为主流。这种差异值得我们关注。"（第74—75页）

中野美代子此论点可以说洞察了中国变形故事的本质①。那么，变形故事中的这种中国特质又来自哪里呢？中野美代子在同书中论述道："……欧洲人一直以来总是不断地扩展自己认知的边界，时而鲁莽地进行危险的旅行，甚至不惜冒险。与此相反，中国人的伦理纲常则要求他们将认知的边界始终控制在五官可以确切感知、触摸的感官范围内，到远处旅行是顺势而为，只有在带有必须这样做的目的和使命时才可行。在变形故事的领域亦是如此……他们（欧洲人）是怎么也无法忍受将自己关闭在只有五官可以确切感知、触摸的感官世界之内的。这种心理的矛盾纠葛引起了罗杰·卡约所谓的'神话性的情况'（《神话与人》），引导人们产生了从常住的生存形态向其他未知的生存形态飞翔的冲动。而这种'神话性的情况'却很少发生在中国人身上，且即使发生了，中国人更喜欢将这种非现实的存在形态强行纳入他们自己的认识领域中去……"（第75—76页）

中野美代子这个与欧洲做对比的分析富有启发性，很有说服力。《庄子·外篇·至乐第十八》中论述了万物之变化，因此，对中国出现大量从动物变成人的变形故事这一现象，就更好理解了②。庄子以列子向骷髅论道为构架，论述了万物始于一粒"种子"，各种植物乃至动物都是由其变化而生，之后说道："羊奚比乎不箰，久竹生青宁，青宁生程，程生马，马生人，人又反入于机。万物皆出于机，皆入于机。"

庄子阐述的变化链是由植物变成虫，再由虫变成大型动物，最后变成人，然后人死后又最终归于"机"（指能够从中孕育出万物造化的精妙装

---

① 中野美代子《孙悟空的诞生——猿猴的民间故事学与〈西游记〉》（玉川大学出版部，1980年）第174页，《中国的妖怪》（《岩波新书》，1983年）第183—184页也表述了同样的论点。

② 中野美代子《中国的妖怪》中提到了《庄子》（第183页）。另外，《庄子》原文据《诸子集成》第三册所收录清王先谦《庄子集解》及四部丛刊本。

置)。在此,庄子描绘了一个完整的变化周期。暂且不论这段文字中出现的动植物专有名词(关于这些名词,诸说相异),只从变化周期所指明的方向来看,中国所谓的变形理所当然指的是从动物向人变化的过程。森三树三郎《庄子·外篇》(《中公文库》,中央公论社,1974年)中推测,这种变化、转生之说植根于民间的信仰(第249页),因此《庄子·至乐篇》中的变化周期应该传达的是中国古代的自然观①。

植物进化成动物、动物又进化成其他动物的构想不仅出现在道教典籍中,儒家经典中也有同样的内容。《礼记》卷五《月令篇》中所载"鹰化为鸠(仲春)""田鼠化为鴽(季春)""腐草为萤(季夏)""爵入大水为蛤(季秋)""雉入大水为蜃(孟冬)"等就是著名的例子。《大戴礼记》卷二《夏小正》中也有同样的记载。这些描述在现代看来显得非常奇异,但在近代以前的中国,人们认为这些都是通过仔细观察所记录的自然现象。

"变化"一词原出于《易经》,在《系辞上传》"在天成象,在地成形,变化见矣""圣人设卦观象,系辞焉而明吉凶,刚柔相推而生变化""天数二十有五,地数三十,凡天地之数五十有五。此所以成变化而行鬼神也"等文字中出现过数次。"变化"这一概念与《易经》的根本原理密切相关②。

在有着诸般变化的万物中,人无疑占据着最高点。《尚书·泰誓上·周书》言:"惟天地万物父母,惟人万物之灵。"东汉王充《论衡》卷二四《辨祟》云:"夫倮虫三百六十,人为之长。人,物也,万物之中有知慧者也。其受命于天,禀气于元,与物无异。"③于是,诞生了"气"一元论思想。既然人

---

① 《列子·天瑞篇》中也有几乎相同的内容。赤塚忠译《庄子》(《全释汉文大系》,集英社,1977年)引用林希逸之语,说这段文字历来甚为人们所喜好(下卷第98—99页)。

② 严格来说,"变化"的"变"与"化"是不同的概念。唐孔颖达认为,"变"为"后来改前,以渐移改",即逐渐改变以前的样子,而"化"则是"一有一无,忽然而改",即忽然间完全变了样子(《易·乾》疏)。小南一郎《干宝〈搜神记〉的编纂》(下)(《东方学报 京都》第七十册,1998年)这样分析道:"'变'是指'本质不变只是形态变了',而'化'则指'本质发生了变化,变成完全不同的东西'。"(第115页)

③ 《大戴礼记》卷十三《易本命篇》中也有同文,王充就是在此基础上进行论述的。《大戴礼记》被四部丛刊等收录。《论衡》的引文参照了四部丛刊本以及《诸子集成》第七册。诸子的引用除以上两部丛书外,还参照了其他文本、译本、研究著作。另外,关于《易》《尚书》等经书,参照的是《十三经注疏》。

第三章　中国的变形故事

包含于万物中,同样禀气而生,那么如同植物变成动物、一种动物又变成其他种类的动物一般,动物变成人也就是合理现象了。因此,中国的"变化观"以自古就有的超越道家、儒家范畴的自然观、生命观为思想依据,把动物变成人看作是一种自然现象。

　　同样是关于"气"的理论,各种各样的变化现象还被分为日常与非日常两大类。《礼记·月令》也是分为这两大类。晋干宝《搜神记》卷十二《变化论》中还对这两大类进行了说明,一面说"春分之日,鹰变为鸠,秋分之日,鸠变为鹰①,时之化也",另一面又说"千岁之雉,入海为蜃;百年之雀,入海为蛤"。简单地说,日常现象可以用季节变化来说明,而非日常的现象,则加入寿命、寿数这种时间性的要素进行说明。在论述了雉、雀后,干宝《变化论》中继续写道:"千岁龟鼋,能与人语;千岁之狐,起为美女。"总之,根据干宝之论,动物基于同一原理变形为人、鹰、鸠、雉、雀。从"气"这一自然观来看,动物间的相互变化和由动物变为人,无论是哪种变化,究其根源,其实都归结为同一原理,差异的产生只是因为变化时的必备条件不同而已②。

　　虽然《变化论》中所举的例子有限,但其实能变成人的动物不止千年老狐③。中国自古以来就相信各种上了年龄的动物、植物或器物④具有引发怪异之事或变形为人的能力。如下所引《搜神记》卷十九所载的故事里,作者假借孔子之言道出了此番变化观。

　　　孔子于陈国遇厄,正抚琴而歌时,夜中忽有一壮汉身长九尺

---

①　《礼记》中没有记载,《艺文类聚》卷九一所引《京房易占》有记载。
②　《变化论》收录于《新辑搜神记》卷十六。小南一郎《干宝〈搜神记〉的编纂》中详细论考了《搜神记》及其"变化论"。
③　晋葛洪《抱朴子·内篇卷三·对俗篇》中引用的《玉策记》《昌宇经》(皆为佚书)中有以下内容:"蛇有无穷之寿。狝猴寿八百岁,变为猨。猨寿五百岁,变为玃。玃千岁……熊寿五百岁者,则能变化。狐狸豺狼,皆寿八百岁。满五百岁,则善变为人形。鼠寿三百岁。满百岁,则色白,善凭人而卜……"
　　有关《抱朴子》,除四部丛刊、诸子集成本外,还参照了王明《抱朴子内篇校释》(中华书局,1985年)。
④　《太平广记》卷三六八至三七二《精怪部·杂器用》中收录了由枕头、扫帚、鞋子、烛台等各种器物引发的怪异故事。户仓英美《器物妖怪——会变化的扫帚、会飞的扫帚》(《竹田晃先生退官纪念东亚文化论丛》,汲古书院,1991年)以扫帚为例,探讨了有关器物变化的问题。

有余,黑衣高冠,向孔子大吼,其声震天动地。子贡出而质难曰:"来者何人?"谁知却突然被那大汉从腋下抱住。正在这危急关头,对自己的身手颇为自信的子路挺身而出,数与之战,却不能取胜。后得孔子助言,才将大汉击倒于地,众人近而观之,那大汉原来竟是九尺有余的大鲇鱼。孔子见此而言道:"此物也,何为来哉?吾闻,物老则群精依之,因衰而至。此其来也,岂以吾遇厄绝粮,从者病乎?夫六畜之物,及鼋蛇鱼鳖草木之属,久者神皆凭依,能为妖怪⋯⋯物老则为怪,杀之则已,夫何患焉?或者天之未丧斯文,以是系予之命乎?不然,何为至于期也?"言罢,孔子继续鼓琴而歌。子路于是宰杀烹食,其味甚佳,一众食毕,连病人亦恢复元气。翌日清晨,孔子等人即又出发了①。

清纪昀志怪小说集《阅微草堂笔记》②继承了被认为是孔子言论的"物老则群精依之""物老则为怪"的变化、变形思想,成为后世说明物老为怪及其变化过程的基本原理。

"物老则群精依之"一句中,出现了此前"变化论"所没有的"群精"这一新要素。对此,有必要进行进一步的详细讨论。《搜神记》卷六《妖怪论》中的部分文章片段虽短,但也是非常有价值的资料③。但无论在何种情况

---

① 根据汪绍楹《搜神记》、李剑国《新辑搜神记》的记载,《法苑珠林》卷四三、《太平御览》卷八八六、《太平广记》卷四六八等的出典都是《搜神记》,但《搜神记》的出典不详。

② 《阅微草堂笔记》卷九《如是我闻(三)》中收录了一个原本为玩具的银制小船变成了形似乌龟的怪物的故事,在引用了"《搜神记》载孔子之言曰⋯⋯"一节文字之后,最终以"物久而幻形,固事理之常耳"一句做结。另外,《阅微草堂笔记》卷十四《槐西杂志(四)》中机关偶人的怪异故事也是以"凡物太肖人形者,岁久多能幻化"一语开始的。直至清末,葵愚道人《寄蜗残赘》卷八《鼷鼠自行》中亦可见"物久为妖"之语,著名学者俞樾《右台仙馆笔记》卷九在怪异故事结尾部分也引用了孔子此语。由此可见,人们对此坚信不疑。(《寄蜗残赘》参照的是东京大学东洋文化研究所所藏之同治刊本,《右台仙馆笔记》参考的则是上海古籍出版社所刊行的《明清笔记丛书》本。)

③ 《搜神记》卷六(新辑本卷十)开头一段原本是《妖怪篇》序文的一部分,其篇幅较短,内容如下:

妖怪者,盖精气之依物者也。气乱于中,物变于外。形神气质,表里之用也。本于五行,通于五事。虽消息升降,化动万端,其于休咎之征,皆可得域而论矣。

干宝《变化论》开头道:"天有五气,万物化成。"由于融入了五行说,"气"的思想变得严密了。前面所引孔子之语的内容其实也是根据五行原理来说明变化现象的。

下,怪异谭历史中变形为人的动物数量都是不断增加的,在此就不逐一举例了。《变化论》中列举的千岁之狐,年老长寿的白毛猿、白毛犬,及老虎、狼、豹、猪、獭、鸟、蛇、鱼、龟、蜂、蚯蚓等,由动物变成人的变形故事浩如烟海,而中国的"变化"观就是通过这些故事得以生生不息。

根据中野美代子的观点,中国变形故事的这种特征恰恰与欧洲形成鲜明对比。欧洲文明的本质其实是与自然的对立,是征服自然的过程,而且以基督教为代表的欧洲宗教持有一个叫"垂直神"的概念,因此,在欧洲世界观中,神与人之间有一条无法跨越的界线,同样,人与动物还有神的其他创造物之间也横亘着一条难以跨越的鸿沟①。对于这样的思想文明来说,动物(即自然)变形为人本来就是不可能发生的事。但在把万物看作是自然一部分的中国式世界观里,动物与人之间没有严格的差异,因此动物能够频繁变形为人。与此相同,神与人之间也不存在严格界限。例如许多英雄或含恨而死的人,都变成了神,并受到人们的供奉。可以说,神、人及动物之间可以自由变化、相互沟通交流的世界观是支撑中国变形故事的思想背景。

二、神仙变形为动物

中国变形故事的主流是由动物变成人的类型,但与此相反的由人变成动物的类型也不可忽视,这类变形故事虽在数量上不及主流故事类型,却也一直出现在历代的变形故事中,其中变虎故事更是成了志怪小说中的一大类别。总之,由人变成动物的故事支流也有值得考察的悠久历史。

在中国,由人变成动物的故事数量较少,考证其来源的话,可以追溯到远古的神话时代。流传至今的中国古代神话仅有断章残篇留存下来,不免给人以寥寥无几的印象。但其中有这样一个故事:

> 启,夏禹子也。其母涂山氏女也。禹治鸿水,通轘辕山,化为熊,谓涂山氏曰:"欲饷,闻鼓声乃来。"禹跳石,误中鼓。涂山氏

---

① 参照谷川健一《民俗的思想——民众的世界观与生死观》(岩波同时代图书馆,岩波书店,1996年)序章等资料。要考察论证欧洲变形观的话,必须从基督教以前的古希腊时期开始,但由于笔者缺乏这方面的知识,因此只能借用学界一般性的见解进行介绍。本书附论三《浅谈古希腊的变形观》中将尝试进行初步考证。

往,见禹方作熊,惭而去,至嵩高山下化为石,方生启。禹曰:"归我子。"石破北方而启生。事见《淮南子》。

(《汉书》卷六《武帝纪》元封元年"见夏后启母石"颜师古注)

在此,暂且不论变成石头的涂山氏,先关注大禹。读上文可知,大禹作为被儒家现实性合理思想人格化前的神是可以自由变化、变形的。因为在中国,上古的神灵具有超常能力,因此能随心所欲地变形①。虽颜师古以

---

① 为治水而化身为熊的大禹神话,学界一般认为它来源于上古,是极其古老的故事。徐志平《"人化异类"故事从先秦神话到唐代传奇之间的流转》(《台大中文学报》1994年第6期)却认为这是汉代神话,理由是大禹化身为熊的传说没有出现在先秦资料中。见到了化身为熊的大禹时,其妻涂山氏感到惭愧,这也是后世精神的一种反映,因为此时人们对化身为动物这一现象已不再怀有敬畏之情了。而涂山氏化为石,破于北方而生启,这也是受到了汉代五行说的影响。

徐志平的论述提出了非常重要的问题,但其论据缺乏充分的说服力。例如,其理由之一是现存先秦资料里找不到大禹化身为熊的故事。即便如此,这也不能成为大禹神话产生于汉代的证据。那些只留存了零星片段的神话故事即使汉代前就已经存在了,但文献上无法溯源其内容的有很多。关于涂山氏和启的故事,也可以推测它的故事原型是另一种形式,而"惭"和"北方"的要素是到了汉代后被新加进去的。例如,秦吕不韦《吕氏春秋》卷十四《孝行览·本味》中关于伊尹的传说就与启之母化身为石的故事是同一主题,这说明奇特的出生故事可以追溯到先秦。伊尹的母亲怀他的时候受到神的启示,因而得以逃出水灾,在目睹城邑被大水淹没的时候,她化身为一棵空心的桑树,而伊尹就是在桑树的中空部分诞生的。

以这则古老的传说为依据,那么涂山氏化身为石头这种异常现象和大禹化身为熊的故事可以追溯到先秦时代的可能性极大。

关于大禹的变形,白川静《中国的神话》(中央公论社,1975年、平凡社《白川静著作集》,1996年第六卷)第二章《创世的神话》第三小节《洪水神的纠葛》,以及白川静《中国的古代文学》(一)《从神话到楚辞》(中央公论社,1976年;平凡社,2000年《白川静著作集》第八卷)第二章第二小节《启母石》中都有论及。白川静在引用了共工的大臣浮游的故事(其为颛顼所灭,虽被前者沉入深渊,但其状似熊,时而作祟)后,推断熊的形象是洪水之神现身时的化身。

关于人头蛇身的创造神女娲,东汉王逸《楚辞·天问》注、《淮南子》卷十七《说林训》中都有她能"七十化"的记载。《淮南子》有东汉高诱之注曰"七十变造化"。由于内容简略,其意较难确定,但基本的意思可以解释为女娲先变化了七十次,以此创造了万物。《山海经》卷十一《大荒西经第十六》中载"有神十人,名曰女娲之肠",晋郭璞注曰:"女娲,古神女而帝者,人面蛇身,一日中七十变,其腹化为此神。"意即女娲一天中变形七十次,生下了这些神灵。根据郭璞的注解,女娲拥有相当强的变形能力。中野美代子《中国的妖怪》就是在这些资料的基础上,推断女娲也具有自由变形的能力(第186—187页)。在为了开天辟地、创造万物而化身为各种动物的神灵中,中(转下页)

《淮南子》为其出典,现行本《淮南子》中却不见这段文字,这应该是由于被认为是荒诞邪说而被后世之人删除了吧。

除了因拥有或发挥超能力而变形外,还有其他类型的变形。例如,盗取不死之药升天的嫦娥(又称姮娥)故事在故事原型中存在变形的情节。《初学记》卷一《天部·天第一》"姮娥月"注中引用了《淮南子》中的一节内容:

羿请不死之药于西王母,羿妻姮娥窃之奔月,托身于月,是为蟾蜍,而为月精。

在后世的故事里,嫦娥没有变形,依然保持着美貌在月亮上度过她孤寂的一生。例如晚唐李商隐《嫦娥》中"嫦娥应悔偷灵药,碧海青天夜夜心"句,就是根据没有变形的嫦娥故事展开的想象。现行本《淮南子·览冥训》中有同样的故事,但"蟾蜍"一词消失了。但即便如此,也无法掩盖早先存在过人变成丑陋动物故事的事实。对这种变形的理由也有多种解释。袁珂认为是一种惩罚,而另一种更有力的说法则认为是把蟾蜍看成了不死的象征①。

---

*(接上页)野美代子列举的典型即印度的毗湿奴神,并以此为例进行了探讨。中国学者大多持不同观点。袁珂《山海经校注》(上海古籍出版社,1980年)第389—390页、袁珂《中国神话传说(上)·开辟篇》(中国民间文艺出版社,1984年)第三章注4(第85—86页)都认为"七十化"之"化"并非指"变化",而是"化育"之意,因此否定了变形说。沈海波《山海经考》(文汇出版社,2004年)下编的《女娲之肠与女娲七十变》中也得出了相同结论(第283—285页),郭郛《山海经注疏》也否定了女娲的变形(第824页)。日本学者白川静将其解释为死与再生(《中国的神话》第二章《创世神话·伏羲与女娲》),楠山春树赞同高诱注"七十变造化"(重复七十次造化之意)的说法(《淮南子(下)》,《新释汉文大系》,明治书院,1988年,第968页)。

① 关于嫦娥化身为蟾蜍,袁珂《嫦娥奔月神话初探》(《南充师院学报》1980年第2期;《神话论文集》,上海古籍出版社,1982年)中认为其中包含着惩罚之意。但对于这个神话,也存在其他不同的解释。例如,出石诚彦《关于上古支那的太阳与月亮的传说》(《支那神话传说的研究》,中央公论社,1943年,1973年修订版)中认为是说明月亮不死不灭的故事,因为蟾蜍是永生不死的象征(第85—86页)。

关于蟾蜍,晋葛洪《抱朴子》云"蟾蜍寿三千岁"(《内篇卷三·对俗》),"肉芝者,谓万岁蟾蜍,头上有角,颌下有丹书八字,体重"(《内篇卷十一·仙药》)。晋代郭璞《玄中记》亦载曰:"千岁蟾蜍,头生角,得而食之,寿千岁。"(隋杜台卿《玉烛宝典》卷五所引)或曰:"蟾蜍头生角,得而食之,寿千岁,又能食山精。"(《太平御览》卷九四九《虫豸部六》所引)可见人们将蟾蜍看作长寿之物。蟾蜍是有冬眠期、活动期的两栖动物,这使人们很容易联想到月亮盈亏圆缺不断变化的不死不灭的形象。关于这一点,石田英一郎《月与不死》(《石田英一郎全集》第六卷,筑摩书房,1971年,1977年新装版)(转下页)

鲧的故事是关于因受惩罚而变形的有名传说。禹父鲧受尧之命治水，九年未成，遂被流放而死（或称被诛）。此故事在《尚书》的《尧典》《洪范》《国语》的《周语》《鲁语》及《墨子·尚贤篇》等文中均有记载，但都不具备变形故事的要素。但《春秋左氏传》"昭公七年"条、《国语》卷十四《晋语》中的故事里提到了鲧的变形：

---

*（接上页）中已有论述。这则神话中的蟾蜍也被赋予了这样的象征意义。

徐志平认为，嫦娥盗取不死之药后奔月的故事与月中住有蟾蜍的故事是两个不同的传说，到了汉代，两个故事才合而为一。因此，徐志平认为，袁珂的观点，即嫦娥化身为蟾蜍包含着惩罚之意，值得商榷。徐志平观点没有言及《初学记》《艺文类聚》所收录的《淮南子》的不同文本，因此在论证严密性上有所欠缺，但徐志平认为两种传说相互融合最终形成了嫦娥的变形故事的见解的确很有道理（只是徐志平断定两者合而为一的时间是汉代，笔者对此持有异议，因为存在可以追溯到汉代以前的可能性）。因此，即使嫦娥的变形真的包含了惩罚的意义，那也是原来两个故事融合之后的事了。另外，森三树三郎《支那古代神话》（大雅堂，1944年）中也提出嫦娥的变形是后来形成的故事（第191页）。

关于嫦娥，《山海经》中以常羲为原型的观点最有说服力。清代毕沅《山海经新校正》首先提出这个观点，袁珂《山海经校注》（上海古籍出版社）、袁珂《中国神话传说词典》（上海辞书出版社）、李剑平《中国神话人物辞典》（陕西人民出版社）等都支持这个观点。依据是《山海经·大荒西经》中以下记载（原文据袁珂《山海经校注》）：

大荒中，有山名曰日月山，天枢也。吴姖天门，日月所入。……有女子方
浴月。帝俊妻常羲，生月十有二，此始浴之。

常羲生了十二个月亮，作为母亲的她要为这些月亮宝宝沐浴，因此被看作月之女神。因为"羲"与"娥"发音相近，因此嫦娥的传说被推断是以此则神话为原型的。入谷仙介《关于后羿、嫦娥神话》（《九州中国学会报》三十七，1999年）的研究则更进了一步，他在月中住有女性的大溪地、西伯利亚神话的基础上，提出："在古代，世界各地流传着女性能抵达月中的信仰。因而嫦娥奔月的神话原来可能和帝俊、后羿根本没有什么关系，而只是一个讲述女性去月中居住的故事而已。"这种观点虽然还有待进一步探讨，但追溯嫦娥奔月故事的原型可知，嫦娥的变形并不含惩罚之意。

另外，关于变形为蟾蜍的嫦娥奔月的神话，除《初学记》卷一所引《淮南子》外，在下列诸资料中也有记载：《文选》之唐李善注（卷十三谢庄《月赋》及其他）、见于《太平御览》卷九八四等的《归藏》之引用，《淮南子·览冥训》以及东汉高诱之注、《艺文类聚》卷一、《太平御览》卷四及卷九八四、见于《文献通考》卷二八〇等的东汉张衡《灵宪》之引用，等等。又，虽然这则神话在《搜神记》旧本卷十四中也有收录，但李剑国《新辑搜神记》所收《旧本〈搜神记〉伪目疑目辩证》一文对此进行了详细的考证之后，怀疑这则故事是从其他典籍中误入的（第675—676页）。

有关神话关系的资料索引，参考袁珂、周明编著《中国神话资料萃编》（四川省社会科学院出版社，1985年）。

昔尧殛鲧于羽山。其神化为黄熊，以入于羽渊。

"黄熊"一词在《国语》公序本中作"黄能"。"能"为熊的一种，一说是三足鳖①。虽然此则资料讲述的是鲧死后的变形，但不可否认这确实是一个由神或人变为动物的变形故事。

---

① 关于被尧诛杀的鲧的变形故事可以列举以下诸资料：《春秋左氏传》昭公七年（鲧变为黄熊）、《国语》卷十四《晋语八》（变为黄能，能是一种三足鳖，或是在水里也可以栖息的一种熊）、《山海经》卷十八《海内经》"鲧窃帝之息壤以堙洪水"郭璞注所引《开筮》（《归藏·启筮》）（变为黄龙）、晋王嘉《拾遗记》卷二（变为玄鱼）等。

在鲧的故事原型中，鲧究竟变成了哪种动物，各种观点林立，纷繁芜杂。例如，袁珂分析道："三足鳖或系诬辞，水居之能说亦牵强，熊不可以入渊，玄鱼则古'鮌'字之析离，更不足据。"以此支持"变龙"一说（《山海经校注》第 474 页）。白川静则以《楚辞·天问》中"阻穷西征，岩何越焉？化为黄熊，巫何活焉？"一句以及其他资料为旁证，采用了"变熊"说，并将鲧看作夏系的洪水神[《中国的古代文学》（一）《从神话到楚辞》，中央公论社，第 45—46 页]。徐志平《"人化异类"故事从先秦神话到唐代传奇之间的流转》避开对"龙""熊"之说的推断，得出了由于传承者所信奉的图腾（北方夏系民族的图腾为蛇，而南方楚系民族则以熊为图腾）不同，故而两种不同系统的神话都因此流传了下来的结论。御手洗胜《古代中国的神灵们——古代传说研究》（《东洋学丛书》，创文社，1999 年）第一部第一章《夏的始祖传说——鲧、禹的传说》认为，鲧的本质就是姒姓族的水神即龙蛇，是嬴姓族所信仰的神，又由于鲧与"嬴"的声符相同，因而被误释为同音的"熊"字，才产生了"熊"的传说（第 115—121 页《鲧、禹的本体》）。

森安太郎《鲧禹原始》（《黄帝传说——古代中国神话的研究》，京都女子大学人文学会、朋友书店，1970 年）中认为，"黄熊"的"熊"并不是熊的意思，原本是通"鱛"字，而鲧的原型是指一种类似蛇的鱼（第 51—62 页）。赤塚忠《鲧、禹与殷代铜盘的龟、龙图象》（《赤塚忠著作集》第一卷《中国古代文学史》，研究社，1988 年）根据殷周铜盘图像等资料，推断鲧是龟族族神（第 343—387 页）。在这些论证的基础上，小南一郎《大地的神话——鲧禹传说原始》（《古史春秋》第二号，1985 年）做出了作为水生动物的鲧、禹的原始形象向将天界的"息壤"带往人间的鸟类变形的新设想和推测。

上述诸多观点中，白川静、小南一郎的论述都很有魅力，但仍须进一步慎重考证。关于这个神话，有必要保持跨越多种动物神之间的历史性变迁的观点。另外，贺学君、樱井龙彦共著《中日学者中国神话研究论著目录总汇》（名古屋大学大学院国际开发研究科，1999 年）也很有参考价值。

否定"熊"的诸论说中，大多数学者都以熊不能入渊为依据，但其实熊神不一定完全与水无缘。日本《古事记》序文中在引录介绍了神武天皇在纪伊国熊野村遇到大熊后，云"化熊出川"。（"川"字作"爪"字的文献较多，这里参考岩波《日本古典文学全集》，《日本思想大系》校订版。）在古日语中，熊与神属于同源语，是发怒发威的神灵的化身。因此，作为神灵化身的熊可以从河里到陆地上。这证明熊是神灵与水的结合。

另外，与被惩罚的变形不同，于东海溺死的少女后来变为精卫鸟的悲伤故事说的也是死后的变形。这则神话出自《山海经》卷三《北山经》。袁珂《山海经校注》的引文如下：

> 又北二百里，曰发鸠之山，其上多柘木。有鸟焉，其状如乌，文首、白喙、赤足，名曰精卫，其鸣自詨。是炎帝之少女名曰女娃。女娃游于东海，溺而不返，故为精卫，常衔西山之木石，以堙于东海。

这些故事都是因为遗恨、执念而引起的变形。

通过上述资料，我们追溯了古代神话时代的变形故事，发现这些故事与后世几乎消失了的同类型故事有着完全不同的特点。总之，中国上古时代流传着由神变为动物的变形故事。就现存资料而言，中国的变形故事在神话领域以死亡为媒介的特征已表现得非常显著了①。

上古神话所描述的由于超能力或受惩罚而发生变形的故事并未体系化。尚未成熟的古代神话故事在殷周变革过程中或消亡或变化，例如禹这一神性人物，就在周代以后合理现实精神（与儒家思想相通）的要求下转化成了人（历史上的伟大帝王），结果禹的变形能力就被抹杀、忘却了。《淮南

---

① 徐志平认为，大禹变形是汉代的故事，而且把嫦娥的变形亦推断为汉代的故事。徐志平以此为基础，结合对这些资料的分析，发现现存先秦时代"人化异类"的神话都属于一种类型，即像鲧被尧诛杀后化身为黄熊（一说能或龙）这样的传说，是以死为媒介的再生故事。徐志平的这个结论并不否认先秦神话中存在那种无须经历死亡、活着的时候就能利用超能力进行变形的故事。但在先秦的资料中完全找不到这种未必违反原始思维的变形故事，因此，徐志平以存疑的方式来慎重地对待这个问题。徐志平在回答这个问题时，提到一种可能性，即先秦的神话中不包括这种超能力的变形故事（徐志平和笔者都认为这与原始性思维有关），到汉代后才开始出现。笔者认为，以古代神话的一般观念来看，这种说法显得不自然。就大禹的变形而言，大禹失去神性而沦落为历史人物由来已久，而汉代儒学被奉为国教，这种反时代潮流的神话突然出现、盛行是不可思议的。

徐志平的论文对唐代以前的许多变形故事都做了详细考察，很有参考价值。除本节中介绍的神话外，徐志平论文中还列举了死而复生的颛顼传说（徐志平认为其中包含了蛇变形为鱼），以及被诛戮后变为恶鸟的鼓和钦䲹的例子。这两个故事记载于《山海经·大荒西经》及《西山经》中，讲述的也是死后的变形。从这些现存资料来看，中国古代神话中的变形是以死后的变形为主流的。

子》现行本根本没有收录禹的变形故事就是最好的证明①。如此,与欧洲神话相反,中国神灵的变形故事只留下了断章残篇。

上古神灵失去变形的超能力后,转变为仙人、道士的方术,才得以流传后世。鲧故事中因被惩罚而变形的神也转变为人了。基于佛教、道教因果报应思想,也产生了大量民间故事。上述变身精卫鸟的少女的故事到了后世也变成了由于死者的遗恨及怨念而复仇的故事,或由于执念而复活的故事的原型。古代的神话正是通过这种形式的改变才得以新生,得以流传后世。

上面梳理了神灵的变形故事,下面看一下传承这类故事的另一分支即道家的方术故事。关于仙人、道士变形的具体例子,本书第二章第二节"变驴 黑店"条目中做了简略介绍,不再赘述②。这里重点关注被传颂为"变化万千""变化多端"的那些随心所欲的变形术及其背后的原理、思想。

道家、神仙的变化之术只关注术者本身的变形。晋葛洪《抱朴子》中提到的就是这种变形。《抱朴子·内篇卷十五·杂应篇》中有如下记载:

> 胆煎及儿衣符……六甲父母,僻侧之胶,驳马泥丸,木鬼之子,金商之艾③。或可为小儿,或可为老翁,或可为鸟,或可为兽,或可为草,或可为木,或可为六畜。或依木成木,或依石成石,依水成水,依火成火。此所谓移形易貌,不能都隐者也。

虽方术可以随心所欲地改变术者的形貌,但最重要的目的其实是为了使形体彻底消失,而且还有多种名称,如"隐形""隐沦""坐在立亡"等。因此,在道家、神仙的方术中,人变为物的变形术属于等级较低的一种。对道家而言,最高等级的方术是可以长生不老的得道成仙之术。《杂应篇》中葛洪这样回答了关于隐沦之术的提问:"神道有五,坐在立亡,其数焉。然无益于年命之事,但在人闲无故而为此,则致诡怪之声,不足妄行也。可以备兵乱危急,不得已而用之,可以免难也。"

---

① 参照白川静《中国的古代文学》(一)《从神话到楚辞》第二章《神话与经典》。
② 泽田瑞穗《修订中国的咒法》(平河出版社)收录的《隐沦考》中,以"隐形"即隐形术为中心进行了论考,但也列举了关于变形为动物的咒术等许多资料,很有参考价值。
③ 王明《抱朴子内篇校释》(中华书局)云,"艾"又作"芝"。

葛洪告诫人们，切勿滥用人变为物的变形术，与长生不老之术相比，这只是逃避危难的小伎俩而已。人变为物的变形术，表面上引人注目，可在道家的世界里只能居于末位①。

葛洪认为，人变为物的变形术要使用多种特殊的药物，这在服用炼丹以求长生不老，即所谓以外丹为主流的时代是理所当然的。只是，这些药物只供施术者自己服用，并不是像《故事海》《一千零一夜》中那样给他人服用并使其变形，而且也不是吃下去马上就可以变形，而是要通过长期不断地服药与修炼才能发挥效力②。

---

① 张志哲主编《道教文化辞典》（江苏古籍出版社，1994年）将道教的隐遁术分为以下十三种（《变化杂术》，第731页）：一曰木遁，二曰火遁，三曰土遁，四曰金遁，五曰水遁，六曰人遁，七曰禽遁，八曰兽遁，九曰虫遁，十曰鱼遁，十一曰雾遁，十二曰云遁，十三曰风遁。其中，六至十均是变形为人和动物，从如此繁多的分类来看，具体的术法及相关记录应该相当丰富才对，可令人意外的是并没有找到与之相关的任何资料。也许是这些隐遁术被认为是雕虫末技的缘故吧。

② 《抱朴子》中还有几处也提及了变形之术，以下补充三条记载。首先，在《抱朴子·内篇卷十五·杂应篇》里有如下具体论述隐身之术（严格地说并不是变形之术，而是瞬间隐身或现身之术）的内容：

　　郑君云："服大隐符十日，欲隐则左转，欲见则右回也。或以玉粘丸涂人身中……"

要连续服用十日大隐符才能开始发挥效力，看来并非速效之物。但玉粘丸是速效的，而且还是可以涂抹的药物，非常罕见。

《抱朴子·内篇卷十一·仙药》中也记载了同样的隐身术：

　　千岁之栝木，其下根如坐人，长七寸，刻之有血。……以涂身，则隐形，欲见拭之。

这虽然也是速效、可用于涂抹的药物，但其目的是为隐身。关于狭义的变形术，没有找到任何可通过涂抹的药物来变形的例证。

《抱朴子·内篇卷十九·遐览》中有以下一段文字：

　　其变化之术，大者唯有墨子《五行记》，本有五卷。昔刘君安未仙去时，抄取其要以为一卷。其法用药用符，乃能令人飞行上下，隐沦无方。含笑即为妇人，蹙面即为老翁，踞地即为小儿，执杖即成林木，种物即生瓜果可食。画地为河，撮壤成山，坐致行厨，兴云起火，无所不作也。

文章接下来介绍了《玉女隐微》《白虎七变法》中的变形术和飞行术。变形术需要测量星座，飞行术则要用三月三日那天杀掉的白虎头皮及同一天种下的浮萍等物。文中列举之术，内容丰富多彩，很有意思。但说到变形，都是施法者自己变形，未见能使他人变形的法术。也没有具体记载药物的处方，详细的使用方法更无从知晓。

除《抱朴子》外的道家典籍又有哪些记载呢？《正统道藏·正乙部》收录的《上清丹景道精隐地八术经》是南朝梁陶弘景《真诰》中早期的经典之一①。其中《太上丹景道精隐地八术》（又名《紫清飞灵八变玉符》）具体记载了各种隐形术、飞行术。而八术中的第一术"藏形匿影之术"②的具体修炼方法记载如下：

> 第一藏形匿影之术。当以立春之日，平旦入室，向东北角上坐，思紫云郁郁，从东北角上艮宫中下，覆满一室，晻冥内外。良久，紫云化为九色之兽。如麟之状，在我眼前。因叩齿三十六通，而微祝曰：回元变影，暎晖幽兰。覆我紫墙，藏我金城。与气混合，莫显我形。毕，便九咽止。开目，云气豁除，便服飞灵玉符。修之一年，形常隐空……

此隐形之术虽须服食符箓，但其实是以择取时日瞑目存想、叩齿唱咒为主要的修炼方法，而且在此基础上还须修行一年方成其术，并没有一服下去任何人都可以马上变形的所谓当场见效的变形药。

《道藏·洞玄部·众术类》中南朝梁陶弘景编集、唐李淳风注《太上赤文洞神三箓》记载了"隐身法""五假法"等变化之术，采用的是口唱结印咒文之法。首先看一下"隐身法"：

> 右用五方印，按在身上，或于头上，念诸圣咒，入众人内，令人皆不见。或觑财物，不得贪心。

结尾处告诫人们不得恶意使用此法，甚为有趣。但文中只字未提那些变形的药。"五假法"对应的是"金、木、水、火、土"五行的变化与护身之法，一种是与木、土为一体的隐身之法，另一种是耐火、耐金（刀、剑）、耐水之法③。在此不引原文，其与"隐身法"相同，也唱念结印咒文。

---

① 道家经典的完成年代等，参照任继愈主编《道藏提要》（中国社会科学出版社，1991年）。

② 参照坂出祥伸编《〈道教〉的大事典》（《别册历史读本》特别增刊号，新人物往来社，1994年）中"隐形术"一项的引用内容（第134—136页，井上丰执笔）。

③ "五假法"即"五遁"术之类的法术。前述张志哲主编《道教文化辞典》中认为，隐形遁迹术中的木遁、火遁、土遁、金遁、水遁就是所谓的"五遁"（第728页），而且还要用印、咒文或符箓。虽然这种五遁之术在日本忍者的故事中也很常见，但不包括要饮用药物的内容。

唐代炼丹、炼金术达到鼎盛,变化之术亦求外在修炼。至宋代,养生术的主流则变成了不依靠服用药物,只关注如何通过人体内精气的循环来炼成内丹①。代表这个时代的道家典籍集要《云笈七签》卷五十三《杂秘要诀法》中记载的《太上丹景道精隐地八术》就出自《上清丹景道精隐地八术经》,但也未提及变形之药。

将别人变形为他物的例子在仙术、方术的世界本来就为数不多,《神仙传》卷四有关刘政的故事中也没有使用速效变形药的记载。不过《抱朴子·内篇卷十六·黄白篇》中记载了一种将狐狸血、仙鹤血揉搓成团,嵌入指甲中,然后便可指物而令,随心所欲地使其变形的方术,但接下来"即山行木徙,人皆见之,然而实不动也",则揭示出这只是令人产生幻觉的幻术而已。这与让人服下药物后使其变形的方术有根本区别。

据说《玄圃山灵匦秘箓》(《道藏·洞玄部·众术类》)是唐代后期的道家典籍。其卷下《八法》中有"变物"一项,其文如下:

右手掐玄印,掩膏肓,存想念咒三遍,喝一声疾,物形应变。……

此术亦由玄印与咒文而成,并未提及须服用药物②。

---

① 道教的基本内容参照福井康顺等监修《道教》全三卷(平河出版社,1983年)的第一卷《何为道教》、野口铁郎等编《道教事典》(平河出版社,1994年)、小林正美《中国的道教》(《中国学艺丛书》,创文社,1998年)等。

② 由道术派生的邪术中也包括变形之术。清袁枚《续子不语》卷十记载的《人化鼠行窃》,讲述的是一个能变形为老鼠的盗贼的故事,其中关于该变形术的详细记载非常有意思。这个盗贼的法术被识破后就被抓了起来,最终他坦白了自己所施变形术的来历。当初他穷困潦倒甚至想到了自杀,幸亏有人出手相救并传授给他这个法术。具体操作是用鼠皮按以下步骤进行(原文参照王英志主编《袁枚全集》肆,江苏古籍出版社,1993年):

……以符咒,顶皮步罡。向北斗叩首,诵咒二十四下,向地一滚,身即为鼠。

道术一般都要用到符箓和咒文,在此还多了变形用的小道具(鼠皮一张),但还是没有使用药物。而且,这个盗贼曾经化身为鼠偷偷来到一户人家,正准备行窃时,另一个人竟化身为猫,将其抓住。原来化身为猫的这个人竟和盗贼是同门的师兄弟,所以就把他放了。这个化身为猫的人所使之术更是了得,盗贼称赞说:"其术更精,要化某物,随心所变,不必借皮以成。"

总之,中国人认为无须依靠任何药物、道具,只要心中有所想就可以自由变化的变形术才属于最上乘。

第三章　中国的变形故事

总之,仙术、方术的变形关键并不是速效的药物,因为道家认为万物的万千变化都基于自然之理。

《抱朴子·内篇卷十六·黄白篇》说明了变形术的原理,该内容其实是阐述炼金术的。葛洪在此文中对"夫变化之术,何所不为"背后的道理做了如下说明:

> 至于飞走之属,蠕动之类,禀形造化,既有定矣。及其倏忽而易旧体,改更而为异物者,千端万品,不可胜论。人之为物,贵性最灵,而男女易形,为鹤为石,为虎为猿,为沙为鼋,又不少焉。至于高山为渊,深谷为陵,此亦大物之变化。变化者,乃天地之自然。……

葛洪所举诸例皆为说明"变化者,乃天地之自然"的变化论,这不禁让人想到《庄子》及其"气"的理论。山田庆儿《关于物的两义性世界》(《本草、梦、炼金术——物质想象力的现象学》,朝日新闻社,1997年)中指出,"气"的理论基础是万物具有连续性(第111页),因此,从昆虫的样态变化到变形为异类的所有"变化"都应该看作是连续而等质的自然现象。因此,《庄子》中由动物变形为人的方向是可以转换的。既如此,那么由于某种原因,从人变形为动物的现象也就没有那么不可思议了。变化之术就是人为地促使这一自然现象发生逆向变形并呈现在人们眼前。因此,变形术并不违背自然原理,只是人为地使原理中的特殊现象得以发生,或者说可以自由操纵其原理。

无论是魔女喀耳刻还是拉普,所使用的变形术都要依靠神奇的食物,而且会立刻见效。阿普列尤斯《变形记》中的女巫潘菲莱在变成猫头鹰之前就在自己身上涂了魔法药膏(而鲁齐乌斯之所以变成驴也是因为抹错了药膏)①。

---

① 原本并不是所有的西洋幻术都要依靠药物,也有女巫使用魔法杖或依靠咒文实现变形的。本书第一章第一节《欧洲》中所举的佛日女巫的例子,她把男仆变成马的方法只是让他咬住马辔而已。另一方面,如《抱朴子》记载,中国的变形术也并不是完全与药物无缘。但就主要的倾向来看,西洋的幻术与中国方术中所流传的变形术的区别,在于前者重视药物和秘药,而后者则看重咒法。

在欧洲变形术中,特别引人注目的是使用涂抹的药物。据说用于巫术的软膏可追溯到古埃及时代,当时人们将这些软膏用于木乃伊的保存、促使人进入预言梦境的催化剂等,历史极其悠久。但是,在沃利斯·巴基著,石上玄一郎、加藤富贵子译《古埃及的魔术》(平河出版社,1982年)中,并未提及任何变形用的软膏。在欧洲,涂抹药膏出现在阿普列尤斯《变形记》中。这些现象表明,这些药膏早已与变形术紧密联系,(转下页)

那么，西方依靠饮用、涂抹药物进行变形又是基于什么原理和自然观呢？对此，笔者尚无法深入探讨。但理查德·恰维迪斯著、栂正行译《魔术的历史》(河出书房新社)中认为，在欧洲，魔女与妖术师都要使用"药物"(第106页)，魔女与毒草、毒药的密切联系则是"男人外出狩猎，女人收集、种植植物，是远古时代留给我们的遗产"(第56页)。如魔女能在无风之日将海水煮沸，又能使瀑布、河水断流。书中指出，这些超能力说到底都指向同一个魔女主题，即"逆转万物的自然规律"(第53页)。

中国的仙人、道士的方术是根据自然的原理，依靠咒法的力量而实现变形。与此相对，欧洲魔女逆转自然规律的法术则要借助秘药这种外在力量。这也可以联想到东西医学的对比，其背后的根本原因是各自不同的思想和原理。

三、人变形为动物

上一节梳理了各种天界神依靠仙术实现变形的变形故事。接下来考察

---

*（接上页）其后融入中世、近世《魔女的软膏》这个民间故事中。具体参考罗兹玛丽·艾琳瑰丽著，荒木正纯、松田英监修、翻译《魔女与魔术的事典》(原书房，1996年)第293—296页，罗塞鲁·侯普·罗宾斯著，松田和也译《恶魔学大全》(青土社，1997年)第423—426页《软膏》。根据以上解说，魔女使用软膏主要有两个目的，一是为了在空中飞行，二是为了杀人。而人们相信，这种软膏和用于变形为鸟兽、飞行时的软膏非常相似。

与此相比，中国的变形术则以施术者的修行为前提，《抱朴子》中使用药物的方术逐渐发展为依靠咒文和护符的法术。有时施术者也会将护符吞入腹中，从服用的角度来看，护符具有药物的性质，但笔者并未找到涂抹药膏的例子(从严格意义上来讲，《抱朴子》中的药膏是用来隐身的，并非用来变形)。由此，可以看出东西方变形术的根本区别。关于东西方使用药膏的幻术和咒术，冈田充博《魔法的药膏》(《横滨国大国语研究》第二十五号，2007年)中有详细论考。

另外，葛利·简宁克斯著、市场泰男译《轶闻魔法史——黑魔术和白魔术》(《代教养文库》，社会思想社，1979年)，讲述了一位名叫伊萨贝鲁·高迪自称女巫的女人变为猫时使用的一种变形术(第76页)。该术需要施术者口诵"心怀悲伤，口含叹息，手握黑色的弹丸，我将进入猫的体内。口诵恶魔之名，我将化身为猫，回到属于我的家园"的咒文，然后才能变形。但口诵咒文前，施术者必须先将魔法药膏涂满全身。伊萨贝鲁·高迪自始至终没有说明药膏的配方，因此已经无法知道其具体配方了，但从这则裁判女巫的记载中可以得出变形时必须涂抹药膏的结论。

人间的情形。在人间也能发现由人变形为动物的古老的变形故事。

《太平御览》卷一六六《州郡部·益州》所引《十三州志》(北魏阚骃撰)中记载了蜀望帝因为耻于自己与臣子之妻私通而变成杜鹃鸟的故事①;死后化身为鸟向其父尹吉甫诉冤的孝子伯奇的故事则见于《艺文类聚》卷二四《人部·讽》等所引魏曹植《令禽恶鸟论》②。在这些变形故事中,依然能发现与前述出于对神的惩罚及出于遗恨、执念而发生的变形相关的要素。

---

① 《太平御览》所引《十三州志》的故事内容如下:
《十三州志》曰……时巫山壅江,蜀地洪水,望帝使鳖冷凿巫山治水,有功。望帝自以德薄,乃委国禅鳖冷,号曰开明,遂自亡去,化为子规。故蜀人闻鸣曰"我望帝也"。又云,望帝使鳖冷治水而淫其妻。冷还,帝惭,遂化为子规。杜宇死时适二月而子规鸣,故蜀人怜之皆起……

望帝化为子规的故事更早见于东汉扬雄《蜀王本纪》(唐刘知幾《史通》卷十八《杂说下》所引)、清段玉裁《说文解字注·卷四篇上》中"雟"字之注等处。这则故事广为流传,派生了各种版本,笔者并不清楚望帝的变形发生在其生前还是死后(《说文解字》中但作一个"化"字,而《史通》所引之《蜀王本纪》则以为"魄"所化)。此外,又存在着一种不伴随变形的合理化故事(见于《华阳国史》卷三等),即望帝当初隐于山中时,有杜鹃鸟啼鸣,蜀人听其鸣,而思望帝。只是,无论变形是发生在望帝生前还是死后,较早的资料里都伴随着化而为鸟的变形,因此笔者认为其原型应该是一则变形故事。详见李剑国《唐前志怪小说史》(南开大学出版社,1984年)第181—182页、李剑国《唐前志怪小说辑释》(上海古籍出版社,1986年)第81—89页、任乃强《华阳国志校补图注》(上海古籍出版社,1987年)第118—122页。

② 作为曹植《令禽恶鸟论》的一部分,伯奇的故事被《太平御览》卷九二三《羽族部·伯劳》引用,其内容如下:
昔尹吉甫信后妻之谗,而杀孝子伯奇。其弟伯封求而不得,作《黍离》之诗。俗传云:"吉甫后悟,追伤伯奇。出游于田,见异鸟鸣于桑,其声嗷然。吉甫心动曰:'无乃伯奇乎?'鸟乃拊翼,其声尤切。吉甫曰:'果吾子也。'乃顾曰:'伯奇劳乎?是吾子,栖吾舆。非吾子,飞勿居。'言未卒,鸟寻声而栖其盖,归入门集于井干之上,向室而号。吉甫命后妻载弩射之,遂射杀后妻以谢之……"

黑田彰《伯奇赘语——孝子传图与孝子传》(民间故事与民间故事文学会编《民间故事论集》第十二集《今昔物语集》,清文堂出版,2003年;《孝子传图之研究》,汲古书院,2007年)论考了伯奇的故事。该论文广搜博引了中日有关资料,并在此基础上进行详细缜密的考证。

黑田彰认为,伯奇的故事对日本民间故事文学及传说都产生了深远的影响。关于鸟儿诉苦的故事,在日本民间传说中就有一则名为《继子的诉苦——继子与鸟型》(在稻田浩二《日本民间故事通观》第二十八卷《传说类型·索引》中的分类号码是274A)的故事,作为比较研究的对象也是一个很有意思的素材。

虽从形式上看是历史人物的故事,但其构思的根本应该起源于更古老的神话传说①。

在其他史籍中也可以钩沉一些出于遗恨、怨念的变形故事。例如,被齐襄公诛杀的彭生变形为豨的故事就见于《春秋左氏传》"庄公八年"条,以及据此而编撰的《史记》卷三二《齐世家》②中。再如,《史记》卷九《吕太后本纪》中记载了赵王如意被吕后毒死后变成苍犬(黑狗)作祟的故事③。因为当时人们认为,深不见底的怨念拥有使人变形的强大力量④。可是,不知

---

① 关于其他死后变形为鸟的例子,还有载于《太平广记》卷四六一《禽鸟部·鸡》中一则名为《卫女》的故事,该故事是一个关于琴曲由来的传说。出典于东汉扬雄《琴清英》,其内容如下:

《雉朝飞操》者,卫女傅母所作也。卫侯女嫁于齐太子,中道闻太子死。问傅母曰:"何如?"傅母曰:"且往当丧。"丧毕,不肯归,终之以死。傅母悔之,取女所自操琴,于塚上鼓之,忽有二雉俱出墓中。傅母抚雉雉曰:"汝果为雉耶?"言未卒,俱飞而起,忽然不见。傅母悲痛,援琴作操。故曰《雉朝飞》。

将鸟与死者的灵魂相联系的构思不仅中国有,世界各地都有,而且其起源极其古老。由人变形为鸟的历史可以追溯到上古神话。

② 彭生为齐之力士,受命于齐襄公,暗杀了鲁桓公(其实襄公之妹即是嫁给桓公的鲁夫人,而鲁夫人与襄公又保持着近亲通奸的关系,对此事心知肚明的桓公自然就成了襄公的眼中钉)。襄公因此受到鲁国民众的非难,只能杀彭生谢罪。八年后,襄公出外狩猎,一头野猪忽然出现在他面前,一名随从见此,立即说道:"那必是彭生。"愤怒的襄公刚想用箭射它,只见那头野猪突然呈人立之状,对着襄公嚎叫,后者惊惧,从车上滚下来负了伤。公孙无知及其同伙听闻这个消息后立即谋反,襄公最终被杀。

③ 赵王如意是吕后最憎恶的戚夫人之子。高祖因宠爱他们而曾欲废掉太子(即之后的惠帝),吕后因此怀恨在心,在高祖驾崩后,将赵王如意唤回国都,趁惠帝不备,毒杀了如意。之后逮捕了戚夫人,断其手足,剜其双目,又熏其双耳,更下药使其失声,将其变作"人彘",置于厕中,吕后对戚夫人的报复可谓残忍至极。几年后,当吕后经过轵道时,有状似黑犬的鬼怪附其腋下,之后又忽然消失。吕后令人卜之,果为赵王如意作祟。其后吕后因腋下之伤而逝。

④ 此外,还有《太平广记》卷四七三《昆虫部》中出典于晋崔豹《古今注》的齐王后的故事。齐王后因怨王而死,死后化为蝉而鸣。王悔之,闻蝉鸣而日夜悲叹。(现行本《古今注》中失载其事。)

《南史》卷十二《武德郗皇后传》中记载了一个故事,讲述的是南朝梁武帝的郗皇后性善妒,临终时化为龙入宫井中事。虽与齐王后的故事很相似,但《太平广记》卷四一八《龙部》记载了郗皇后投宫井而死,死后化为毒龙。这种善妒的性格所造成的悲惨结果增强了故事因果报应的思想色彩。

何故,在此后的变形故事中渐渐地看不到这样的变形了。这种变化意味着什么尚且不明,但其背后潜藏着的恐怕是因果报应思想及灵魂观、冥界观的变化①。

东汉至六朝时期,出现了性质完全不同、缘由不明的变形故事。下面来看一下《太平广记》卷四七一《水族部·人化水族》中收录的《黄氏母》《宋士宗母》《宣骞母》三则故事:

后汉灵帝时,江夏黄氏之母,浴而化为鼋,入于深渊。其后时时出见。初浴簪一银钗,及见,犹在其首。

(出典于阙名《神鬼传》)

魏清河宋士宗母,以黄初中夏天,于浴室里浴,遣家中子女阖户。家人于壁穿中,窥见沐盆水中有一大鼋。遂开户,大小悉入,了不与人相承。尝先著银钗,犹在头上。相与守之啼泣,无可奈何。出外,去甚驶,逐之不可及,便入水。后数日忽还,巡行舍宅如平生,了无所言而去。时人谓士宗应行丧,士宗以母形虽变,而生理尚存,竟不治丧。与江夏黄母相似。

(出典于晋陶潜《续搜神记》)

吴孙皓宝鼎元年,丹阳宣骞之母,年八十,因浴化为鼋。骞兄弟闭户卫之,掘堂内作大坎,实水。其鼋即入坎游戏。经累日,忽延颈外望,伺户小开,便辄自跃,赴于远潭,遂不复见。

(出典于唐窦维鋈《广古今五行记》)

这些原因不明的变形,不仅故事本身是个谜,就连这些传说故事的诞生也是个谜团,引人入胜。上述三个故事的内容几乎完全相同,表明这是一个已经深入人心的变形故事类型。另外,这些故事虽都是记录东汉至三国时的志怪谭,但三个故事中都是母亲变为鼋,从与生命、净化、异界以及作为母性象征②的水的密切关系等来看,这些故事都存在所谓"集体无意

---

① 无论是报应思想还是变形观,都可以从因怨念而发生变形的故事中找到其原型。古代的变形故事到后世经过合理改造后,改变了其原有的样子,佛教思想极大地影响了中国自古以来的因果报应思想及冥界观,因此,远古的变形故事就逐渐消失了。

② 参考了阿拓·德·福利斯著、山下主一郎等译《形象·象征事典》(大修馆书店,1984年),刘锡诚、王文宝主编《中国象征辞典》(天津教育出版社,1991年)等。

识"的一面,故而应该可以追溯到更早的年代。遗憾的是,潜藏在这类变形故事深处的谜团至今还未被破解①。但即便如此,我们仍可以发现这些包含着远古象征传承的故事,它们正如颗颗原石,散落在六朝志怪小说之中②。

另外,在宣骞之母的故事中,载其"年八十",这种老龄与变形的联系也是之前动物变为人的变形故事的一个特征。由此可见,动物的变形与人的变形间并没有本质上的区别。

当时的人们应该熟知上述故事,因为干宝《搜神记》卷十四中收录了这

---

① 富永一登《〈人虎传〉的系谱——六朝化虎故事到唐代传奇小说》(《中国中世文学研究》十三号,1978 年;《中国古小说的展开》,研文出版,2013 年)对这些故事与丢弃老婆婆的传说之间的关联进行了考察(第 6 页)。另外,山本节《神话的海洋》(大修馆书店,1994 年)中列举了因窥伺而触犯禁忌受到惩罚的故事(第 87 页)。中钵雅量《中国的祭祀和文学》(《东洋学丛书》,创文社,1989 年)第四章《动物神崇拜》中列举了宋士宗母亲的故事,认为这是一种"心理性的化身动物"的附身体验(第 107—109 页)。但上述论点都不具有充分的说服力,笔者认为将它们看作水葬与再生故事的变形更妥当。

西汉扬雄《蜀王本纪》中记载了一个传说,讲述的是鳖令(后受禅为帝,是为开明帝,又作鳖灵)死后,其尸体沿扬子江溯流而上,在成都苏醒,做了蜀王杜宇的宰相。故事里虽没有描写他变形为鳖的情节,但将其与名字里的"鳖"字合起来看的话,也是很有意思的资料。

② 在这些故事之后,又有化身为鲤鱼的三则故事收录于《太平广记》卷四七一中。其中的一个故事《薛伟》后得名《鱼服记》,传到日本后被上田秋成改编成小说《梦应的鲤鱼》,是变形故事的代表作。但在此想提一下另外两则名为《江州人》和《独角》的故事。故事的内容说的是百余岁(《江州人》)和数百岁(《独角》)的两位老人,都化身为鲤鱼消失在水里,但之后又屡屡变回人形回到家中与子孙宴饮。

无论是百余岁还是数百岁,都在超过人的寿限后化身为鲤,而且还能屡屡变回人形回家看望自己的子孙。这种从水府异界归来的例子,可以联想到《列仙传》卷上中琴高的故事。琴高坐着红色鲤鱼从水府回来,待了一月有余又回去了。如此看来,这两个故事从形式上看讲的是变形为动物,实际上则与升仙故事无异。虽然这些人化身动物都只限于鲤鱼、仙鹤这样长寿且可成为仙人坐骑的动物,但从中也可以看出,由人化身为动物的变形故事确实可以找到类似的具有多重性格色彩的故事(关于化身为鹤的故事见于《搜神记》卷十四,讲述的是隐居于兰岩山数百年的一对夫妇最终化身为两只仙鹤的传说)。

这两则故事是在《黄氏母》《宣骞母》这类古老传说中加入了神仙构想的产物。或者说,神仙思想本身就是通过变形与异界交往的思想的起源。

三则故事①。六朝正值中国小说的萌芽时期，志怪小说并非作为文艺作品而是作为记载怪异之事的历史记录来撰写的。干宝将此类故事收录于《搜神记》的目的，正如序文所言，"及其著述，亦足以发明神道之不诬也"，即为了证明"神道"（指超常现象及引发这些现象的神秘规律、原理）的存在，都是现实中发生的事件而已。

干宝《变化论》中也说道："万物之生死也，与其变化也，非通神之思，虽求诸己，恶识所自来。"也就是说，万物变化太过深远奥妙，人们只能通过神思、神智才能理解，那么在探究其背后原因之前，当时的人们就必须首先收集那些超常现象、怪异事件的实例。

六朝志怪小说中包含了许多谜团，但并不意味着我们的研究就陷入了不可知论。干宝《变化论》中还说："然朽草之为萤，由乎腐也。麦之为蝴蝶，由乎湿也。尔则万物之变，皆有由也……"虽未充分探明其中的原因，但有一点是明确的，即万物变化是出于五行之气的原理。如若如此，那么就必须探寻变成鼋的年老母亲们变形的原因了。即使其原因尚且不明，但干宝仍解释为"气乱于中，物变于外"（《妖怪论》），即认为变形是由五行之气混乱导致的②。

这种基于五行思想的解释，此后变成了更明确的形式。南朝梁沈约《宋书》卷三四《五行志》"人痾"条中收录了前述的后两则故事，即认为她们的变形是地上的人事扰乱五行之气引发的凶兆。《宋书》将其解释为是与天人相关的政治学。谈到宣骞母亲的变形事件时，沈约以黄氏之母为例，得出了"吴亡之象也"的结论③。这种以"气"为依据的变化观，以五行思想为辅，将所有变化、怪异皆包括在"气"里。自古以来，怪异故事并不为人们所关注，而以历史学精神为支撑的六朝志怪则记录了这些故事，同时也对其思想性做出了解释，也因此诞生了更多关于变形的志怪故事。例

---

① 字句上虽有不同和增补，但内容与《太平广记》无异。另外，唐释道世《法苑珠林》在一百二十卷本的卷四三（一百卷本的卷三二）《变化篇》引用了《搜神记》中的这三个故事。

② 关于干宝及《搜神记》的论证，参考小南一郎《干宝〈搜神记〉的编纂》。

③ 这两则故事在唐初房玄龄、李延寿编纂的《晋书》卷二九《五行志》"人痾"一项中亦有收录，内容几乎完全相同。

如,南朝宋刘敬叔《异苑》记载的两个故事①:

> 秦时,中宿县十里外,有观亭江神祠坛。甚灵异,经过有不恪者,必狂走入山,变为虎。……(卷五)②

> 晋太元十九年,鄱阳桓阐杀犬祭乡里绥山,煮肉不熟,神怒,即下教于巫曰:"桓阐以肉生贻我,当谪令自食也。"其年忽变作虎,作虎之始,见人以斑皮衣之,即能跳跃噬逐。(卷八)

故事中人变为虎的原因皆是触犯神灵。这种由于神的惩罚而导致的变形,如果说和前面提到的神话有联系的话,那么下面这两个故事就属于变形故事的古老类型③:

> 元嘉三年,邵陵高平黄秀无故入山,经日不还。其儿根生寻觅,见秀蹲空树中,从头至腰,毛色如熊。问其何故,答云:"天谪我如此,汝但自去。"儿哀恸而归。逾年伐山,人见之,其形尽为熊矣。(卷八)④

> 晋咸宁中,鄱阳乐安有人姓彭,世以射猎为业。每入山,与子俱行,后忽蹶然而倒,化成白鹿。见悲号,鹿跳跃远去,遂失所在。其子终身不复弋猎。至孙复习其事,后忽射一白鹿。乃于两角间得道家七星符,并有其祖姓名及乡居年月在焉。睹之悔懊,乃烧弓矢,永断射猎。(卷八)⑤

---

① 《异苑》参考的文本是范宁点校的《古小说丛刊》本(中华书局,1996年)。
② 《太平广记》卷二九一《神部》有收录,名《观亭江神》,出自《南越志》,字句有不同。
③ 因触怒神灵变形的例子还有《后汉书》卷四一《第五伦》中会稽"淫祀"的故事。会稽人在祭祀神灵时有献祭牛的习俗,而且人们相信,如果有一些人不把牛肉献出来,而是自己吃掉的话,那么他们一定会生病,最后长鸣而死。这则资料表明,中国南方习俗中自古就有受神灵惩罚会变形的信仰。
④ 《太平广记》卷四四二《畜兽部》收录了《异苑》中的《黄秀》,文本有所简化。
⑤ 《太平广记》卷四四三《畜兽部》收录了《异苑》中的《彭世》,文本有所简略,以"鄱阳乐安彭世,晋咸康中,以射猎为业"开头,"彭世"为姓名。
因杀生而遭受神罚变为动物的故事,还有南朝齐祖冲之《述异记》中的《伍考之》。《太平御览》卷九一〇《兽部·猴》的故事,讲述的是主人公因把太社树上已怀孕的猿猴杀了,梦见神灵责罪,之后因此发狂,化身为虎,从此不知所踪。《太平广记》卷一三一《报应部·杀生》以《伍寺之》为题也收录了这个故事,只是文本有所简略。

第一个讲述的是黄秀的故事,他变形的原因是受到了天谴。虽没有说明"天谪"的具体因由,但相较于前两个故事中主人公仅因触怒神灵就变成了虎,黄秀的故事包含了更深的罪业意识。第二个彭姓人的故事更是延续了子孙三代,强调的是戒杀生的因果报应思想。虽"道家七星符"一词使该故事蒙上了道教色彩,但这种因罪业而转世为动物的因果报应思想是由佛教传入中国的。

正如"王公大人观死生报应之际,莫不矍然自失"(晋袁宏《后汉纪》"永平十三年")所说的那样,佛教传入后给中国带来了巨大的冲击。佛教的主要教理,即轮回报应思想,虽也影响了道教,但其给变形故事带来的是决定性的影响。

按照由于前世作为而转世为各种动物的轮回思想,人变形为动物时要历经前世、现世、来世三世,而且这种思想是可以进行理论性说明的。另外,此时因果报应思想已和中国传统的报应思想①融为一体,为变形提供了思想依据。

用气、五行思想也能说明变形的现象,但只是对变形结构做出原理性的阐释与说明,而对个别具体的要因的解释却不充分,因此人们渴望更清晰的解释,而轮回与因果报应思想正好满足了人们的这种需求。六朝时期,南朝宋刘义庆《宣验记》和南朝齐王琰的《冥祥记》,及出仕南朝梁、北齐、北周、隋四朝的颜之推的《冤魂志》等,都以佛教的灵验故事、因果报应故事为中心,这些志怪小说的编写,体现了轮回和因果报应思想的巨大影响。

以佛教的这种思想为基础,诞生了各种转世变形的故事。由于前世恶行而转世投胎为动物的故事不胜枚举,像前引彭姓人由于杀生、恶行而在现世就变为动物的故事也屡见不鲜。转世与报应思想就这样逐渐占据了中国变形故事的主要位置,它包括了远古神话的惩罚性变形,并由此延展而产生了更多的此类变形故事。

关于报应故事系列,下一节中将以唐代以后人变为驴、变为马的故事

---

① 中国传统思想中存有古老的报应观念,古代"天"的思想就是如此。《易·坤卦》亦有言:"积善之家必有余庆,积不善之家必有余殃。"薛惠琪《六朝佛教志怪小说研究》(文津出版社)对此有所论及(第51—54页)。但中国古代这种报应思想主要是以家庭为单位而非以个人来考量的。

为主进行探讨。在此介绍刘义庆《宣验记》中的一例：

《宣验记》云："天竺有僧，养一牸牛，日得三升乳。有一人乞乳，牛曰：'我前身为奴，偷法食，今生以乳馈之。所给有限，不可分外得也。'"（《太平御览》卷九〇〇《兽部·牛下》）

唐代以后变畜偿债类故事数量剧增，但其实六朝志怪就已对其有所收录了。

到了唐代，人变为动物的变形故事的数量就更多了，人变为动物的种类有虎、狼、牛、马、驴、狗、羊、猪、蛇、鸟、鱼等。虽然人变动物的种类看似丰富，但始终不及动物变为人的故事，其中只有人变虎的故事达到了单列为一个系列故事的数量。但人变虎的故事虽内容多样，最多的还是讲述因果报应的故事①。其他类型的人变为动物的故事大多没有形成独立系列，且占数量最多的也还是以报应思想为基础的故事。

这样，神话中以惩罚为主的变形故事，在佛教传入后内容变得更加丰富多彩，逐渐变成了因果报应系列的变形故事，而且这种类型的变形故事占据了唐代变形故事的主导地位。但唐代变形故事中的优秀作品还没有被报应思想过度浸染。

例如，李复言《续玄怪录》中《薛伟》（《太平广记》卷四七一《水族部》）的故事，讲述的是县衙官员薛伟病入膏肓，灵魂变成鲤鱼在水里自由游弋，饥肠辘辘的他吃了鱼钩上的饵，变成了县衙同僚俎上的鱼肉。案板上鱼头刚落，薛伟就醒了，他诉说了这次不可思议的经历。故事结尾处写道，众同僚听罢，皆惊异唏嘘，终身不食鱼肉。可见，故事里虽包含了佛教不杀生的戒律，但作者并没有说明并强调这种佛教思想，而且也完全没有说明主人公薛伟变形的原因。然而作者这种处理方法反而增添了故事的神秘性，使其成为与众多报应思想浓郁的变形故事不同的优秀作品。故事中的主人公变成鲤鱼后自由游弋于水中，表现出变形后的快乐与解脱感，这是一般的报应故事中很难见到的，体现了小说优秀的文学性。

---

① 富永一登《〈人虎传〉的系谱——六朝化虎故事到唐代传奇小说》中，引用了《太平广记》卷四二六至四三三《虎部》中的十六个唐代人变形为虎的故事，并逐一进行了分析。其中，有七个故事讲述的是因遭受惩罚而导致的变形。可见，在种类繁多的变虎故事中，有很多报应类的内容。

第三章　中国的变形故事

张读《宣室志》中的《李徵》(《太平广记》卷四二七《虎部》)是人变形为虎的著名故事。主人公李徵在异乡吴楚之地罹病发狂，化身为虎。作者并没有说明发病原因。故事开头这样介绍了李徵的性格，"徵性疏逸，恃才倨傲，不能屈迹卑僚……"，文中也有化身为虎后李徵的感慨之言"直以行负神祇，一旦化为异兽，有靦于人……"，但这些都不是对变形原因的描述。想知道他化身为虎的真正原因，只能靠读者自己想象了。李徵的故事不是为了强调因果报应思想，重点是经历人生失意后最终沦为异类的李徵的心境告白及其与旧友袁傪的友情等情节描写[1]。总之，该故事摆脱了报应思想的过度束缚，或展开丰富想象，或深入描写人物内心，最终使小说具有更强的可读性[2]。

六朝志怪朴质地记录了怪异故事，中国古典小说以此为起点，到唐代时得到飞速发展。这个时代的作品总称为传奇。传奇细致地考虑文章表现、故事结构，甚至已经出现了创作故事时的享受意识，因此，传奇接近于近现代"小说"这一概念。从故事虚构性及娱乐性来看，也有资料可证明当时人们争相创作传奇故事并以此娱乐的盛况[3]。《太平广记》卷四二九《张逢》(出自《续玄怪录》)化虎故事中有以下一节文字：

元和六年，旅次淮阳，舍于公馆。馆吏宴客，坐有为令者曰："巡若至，各言己之奇事，事不奇者罚……"

说明唐代小说已作为助兴节目在酒宴上被讲述。

六朝志怪的娱乐性对文学的影响功过兼具，但就与报应思想的关联而言，不得不说这种娱乐性对唐代变形故事起到了积极作用。唐代时基于报

---

[1] 参照富永一登《〈人虎传〉的系谱》分析。

[2] 户仓英美《变形故事的演变——从六朝志怪到〈聊斋志异〉》(《东洋文化》七十一，1990 年)论述了中国的变形故事。关于唐代的变形故事，户仓英美也列举了《薛伟》《李徵》等作品。

[3] 前野直彬《中国小说史考》(秋山书店，1975 年)第二部第三章《唐代传奇》、富永一登《唐代小说的创作意图——以〈杜子春〉为中心》(松本肇、川合康三编《中唐文学的视角》，创文社，1998 年；富永一登《中国古小说的展开》，研文出版)、小南一郎《唐代传奇小说——从讲故事的地方到作品》(《中国古典小说研究》第七号，2002 年；《唐代传奇小说论——悲哀与憧憬》，岩波书店，2014 年)等论著中引用众多资料对此进行了论证。

应思想创作出了很多作品,但由于受到报应思想的过度束缚,创作出的故事通俗呆板、千篇一律。而唐代传奇的娱乐性满足了当时作家求"奇"的目的,因此创作出了很多优秀作品。

《薛伟》《李徵》等作品的成功,是绝对离不开当时这种开放自由的文学创作环境的。《板桥三娘子》故事能被创造出来,本身就是一个很好的例证。使用幻术的三娘子被变成了母驴,这本来就属于报应故事,但《板桥三娘子》却不带有报应故事的灰暗色调,同时作者也没有受到道义说教的束缚,而是大胆追求故事的趣味性。无疑,这两点都与大气豁达的唐代文学精神息息相关。

宋代时变形故事继续保持对怪异之事的记录,而且反映因果报应等道德观的倾向更加明显①。鲁迅《中国小说史略》(第十一、十二篇)中指出,宋代爱好怪异故事的风潮不衰,但作品皆平板、不精彩。

到了明代,出现了根据《薛伟》改编的题为《薛录事鱼服证仙》的故事(《醒世恒言》卷二六)。这篇白话小说丰满的人物形象是全篇作品的出彩部分,故事情节却发生了变化。主人公薛伟因在天界犯了罪,所以被贬至下界而变形为鱼,只有受完此惩罚后才能再次飞回天界成仙。故事中变形成为一种罪障,这种以因果之说诠释的变形已失去了先前带有的神秘色彩。也就是说,作为怪异故事欣赏时,原作的巨大魅力已消失得无影无踪了②。

《李徵》故事也有类似的变化。明陆楫《古今说海》、清陈世熙《唐人说荟》等收录此小说时改名为《人虎传》,故事情节的设置也变得非常低俗。主人公李徵变形为虎的原因是他与某寡妇私通,且烧死了她全家。此外,明末清初古狂生《醉醒石》第六回《高才生傲世失原形,义气友念孤分半俸》中收录了白话版的《李徵》故事,但也过分强调了李徵"恣肆狂放"的性格特征,并将此归结为其变形的原因,破坏了原作的人物形象③。

---

① 洪迈《夷坚志》等收集人变形为动物的变形故事时,尤其体现了这一倾向。
② 参照户仓英美《变形故事的演变》。
③ 关于《李徵》故事的变迁,除户仓英美的论文外,还参考了近藤春雄《唐代小说的研究》(笠间书院,1978年)第三章第五节丙《人虎传》、增子和男《唐代传奇中的变形故事——以〈人虎传〉为中心》(佐藤泰正编《文学中的变形》,《笠间选书》,笠间书院,1992年)等论著。另外,《醉醒石》文本参照的是《中国古典小说研究资料丛书》本(上海古籍出版社,1991年)。

就这样,报应思想深深影响了变形故事,也正因如此,反而削弱了故事本身的魅力。《薛伟》《李徵》的改编作品就是明显的例子。

宋代至明代,中国的变形故事停滞不前,直至清初《聊斋志异》问世,才有了新发展,但其中的精彩之作多为由动物变为人的变形故事。而人变为动物且摆脱因果报应思想的故事,即使在蒲松龄的作品中也是少之又少①。

另外,清纪昀《阅微草堂笔记》、袁枚《子不语》两部作品,从人变为动物的变形故事的视角来看,也都不算划时代的创作。

综上所述,唐代以后的变形故事,中国古典小说中再没有创作出超越或者能与《板桥三娘子》比肩的类似故事或改编作品。而明徐应秋《玉芝堂谈荟》、朱谋㙔《骈林》等著作中还能找到许多人变形为异类的故事②。

四、变形为虎的变形故事

上节纵观了由人变为动物的变形故事的发展历程,本节将探讨这一类别的代表作——变形为虎的故事③。从变形为虎的各种故事中,能发现一些有意思且与前一节提及资料完全不同的内容。例如,变形原因除了前面

---

① 宋、明至清代的变形故事,尤其是《聊斋志异》变形故事的特征,参照户仓英美《变形故事的演变》。

② 《玉芝堂谈荟》卷十一《人化异物》、《骈林》卷五《变化》中都列举了古往今来众多的人化异类的变形故事。(《玉芝堂谈荟》收录于《四库全书》及《笔记小说大观》中,《骈林》收录于《四库全书存目丛书》中。)另外,关于动物变形为人或人变形为动物的过程及其原因,明方以智在《物理小识》卷首总论《神鬼变化总论》中列举了许多例子,并进行了细分和论述,是了解古代变形观的绝好资料(《物理小识》收录于《四库全书》中)。

③ 在论述变形为虎的故事时,除富永一登、户仓英美、增子和男、近藤春雄的论文外,笔者还参考了以下研究文献:庄司格一《中国民间故事概览》(日中出版,1984年)中的《虎》;《中国中世的民间故事——古小说的世界》(白帝社,1992年)第六节《虎》;森博行《中国的老虎故事》(《大谷女子大国文》第二十六号,1996年);松崎治之《中国变形故事杂考——关于〈人虎传〉的系谱》(《筑紫女学园短大纪要》第二十八号,1991年);大室干雄《全景的帝国——中华唐代人生剧场》(三省堂,1994年)第四章《虎的妖怪学笔记》;上田信《虎说中国史——生态史的可能性》(山川出版社,2002年)。

另外,除《太平广记》《太平御览》《渊鉴类函》《古今图书集成》等类书中与虎有关的民间故事外,还参考了明王穉登《虎苑》、陈继儒《虎荟》及清赵彪诏《谈虎》。

提到的由于神的处罚或由于罪行而被迫变形外，还有因患"转病"而变形为虎的故事①，如因为对画有老虎的画钟爱之极，画完虎后自己最终也变形为虎②，或因为吃了舔杀了牧童的牛的肉而变形为虎③等诸多故事。而且当时还有人认为是由于内心凶恶残暴而变成了虎④。随着时代推移，这种相由心生，内在的兽心导致外在身体变形为禽兽的变形观越来越受欢迎⑤。

---

① 公牛哀的故事是因患病变为虎的例子，也是变形为虎的故事最古老的资料。《抱朴子·黄白篇》也引用了这则变形故事。故事的主人公因患上了"转病"而化身为虎，最后竟杀死了自己的兄长。此故事载于《淮南子》卷二《俶真训》。关于此病，东汉高诱注曰："转病，易病也。江淮之间，公牛氏有易病，化为虎。若中国有狂疾者，发作有时也。其为虎者，便还食人，食人者自作真虎，不食人者更复化为人……"中国从南到北的广大疆域都流传着这种能变形为虎的疾病，在此后变形为虎的故事中也经常出现。这种有明确病名的由人变形为动物的故事，除了虎外别无他例，其中或许隐含着某种特别的深意（另外，"狐狸附身"也是广为流传的症例，但这只是附体，不伴随肉体的变形）。

② 《太平广记》卷四三〇《虎部》记载了杨真的故事，讲述了杨真很喜欢画虎，死后竟化身为虎，吃掉了自己的孩子（出典为唐柳祥《潇湘记》）。宋黄休复《茅亭客话》卷八所载《好画虎》，讲述的也是一个酷爱画虎的人最终化身为虎的故事。只是由于爱好、癖好发生变形的故事在中国较为罕见。

③ 《太平广记》卷四二六《虎部·牧牛儿》（出典为唐戴孚《广异记》）讲述的虽是因为食物而变形为虎的故事，但情节本身很离奇。故事的主人公小牧童身体的一处被一头牛舔了一下后就变成了白色，牧童也因此突然死去，于是众人便杀掉并吃了这头牛，结果这些人都变成了老虎。这则故事非常奇怪，以至不知道该如何分析了。

④ 南唐谭峭《化书》中将变形为虎的原因与心性结合了起来，卷二《心变》曰："至暴者，化为猛虎。心之所变，不得不变。"这段文字将变虎的原因归结为暴戾的性格。清胡煦《周易函书别集》卷一五中"人有化为虎为牛为犬豕者，必其心先有虎牛犬豕之欲，凝固而不解，故形随心变"，同样也是心性之说。如果人心性变得凶暴，如同禽兽一般，那么外形也会随之发生变化。这种唯心主义的变化论，与由于怨念、执着而发生变形的故事在思想构造本质上是相通的。但不知什么原因，在中国后世作品中，由于怨念、执念而变形的故事渐渐消失了。《化书》参照的是道藏书及《四库全书》本，《周易函书别集》参照的是《四库全书》本。

⑤ 由于禽兽之心引起变形的构想也出现在小说中。明蔡羽《辽阳海神传》中有一节主人公与海神美女的对话，其内容如下（所据《香艳丛书》本）：

"人有化为异类者，何也？"曰："人之心术，既与禽兽无异，积之至久，外貌犹人而五内先化，一旦改形。无足深诧。""异类亦有化人者，何也？"曰："是与人化异类同一理耳。"

这种认为外貌形态随心性变化的变形观与随心之所念而变形的仙术在本质上是相通的。

本节暂且不论导致上述这些变形的原因,而是着重探讨人变为虎的变形术的本质。因为与《板桥三娘子》有关的细节都包含在这一变形术中。

　　从"术"的角度来看,变形为虎的故事中蕴含着怎样的变形术呢？笔者将这类故事分为神话、仙人和人间故事两类来探讨这个问题,再分别探讨施法让他人变形、自己变形这两种变形方法。

　　一般来说,中国古代的神都拥有可以变形、变化的超能力,但在现存的资料里找不到神变虎的故事①,而关于仙人、道士变虎则有栾巴的故事。在《神仙传》卷五中,主人公栾巴为了向郡太守展现自己的道术之神奇,将自己变成老虎。故事中这样描述:"即平坐,却入壁中去,冉冉如云气之状,须臾,失巴所在,壁外人见化成一虎……"②可见其与穿墙术已融为一体,应该是可以自由变化之术。还有《太平广记》卷四三三《虎部》中的《王瑶》(出典为唐薛用弱《集异记》)。该故事讲述的是王瑶为了寻求帮助,死缠着神秘人物石生不放,为了赶走王瑶,石生化为虎把他吓走了。文中一句"石生忽以拄杖画地,遂为巨壑。而身亦腾为白虎,哮吼顾瞻",可见其变形之易。综上所述,对于这些高水准的方术而言,变形是不需要借助零碎小工具或药物的。

---

① 《山海经·西山经》中以"豹尾虎齿"的西王母为首,众多半人半兽的神灵纷纷登场。如果可以将此看作是与转生或变形有密切联系的构想,那么古代神话中存在由人变虎的转生、变形故事的可能性就很大。

　　只是关于半人半兽的神灵或怪兽的产生有诸种说法。比如井本英一《欧亚大陆的变形、变化思想》(《探访习俗的始源》,法政大学出版局,1992年)中将古埃及、美索不达米亚、伊朗等地的人兽合体像看作是死者灵魂逐渐进入不同动物身体内的转生观念的一种具体表现(第249页)。而库罗德·卡布莱鲁著、幸田礼雅译《中世的妖怪、恶魔、奇迹》(新评论,1997年)则认为,希腊神话中的半人半兽(牛头人身的弥诺陶洛斯、半人半马的肯陶洛斯)是人与动物杂交的产物(第233页),与转生和变形无关。另外,中世纪拥有多种动物特征的妖怪也并不具备变形能力。这样看来,关于人兽合体像的产生需要考虑各种情况,而关于中国半人半兽的神灵也有进行更进一步慎重探讨的必要。

　　元代佚名《湖海新闻夷坚续志·后集卷二》中有一则名为《庙神化虎》的故事。讲述的是庙里祭祀的判官像化身为虎,把猪、狗都吃掉的故事,其内容与古代神话中的变形完全不同。神话解体后,中国的神灵们(此时神灵的概念已不同于古代,多为土地神)虽有出于惩罚的目的而将人变成老虎等动物的例子,却几乎没有神灵们自己变形为动物的例子。

② 《神仙传》的文本依据的是《增订汉魏丛书》本。《四库全书》本较为简略,其义难解。

那么，把他人变为虎又是怎样的一种变形术呢？

古代神话中找不到把他人变为虎的方术。六朝志怪《异苑》中有庙神将不敬者变成老虎的故事，《桓闿》中有因身披斑驳的皮毛而化身为虎的情节，这种变形方法很有意思。而《异苑》卷八的下述故事中也能看到相似的情节：

> 晋太康中，荥阳郑袭为广陵太守，门下驺忽如狂，奄失其所在。经日寻得，裸身呼吟，肤血淋漓。问其故，云社公令其作虎，以斑皮衣之。辞以执鞭之士，不堪虓跃。神怒，还使剥皮，皮已著肉，疮毁惨痛，旬日乃差。

唐代也能找到神迫使人披上虎皮而将其变成虎的作品。《太平广记》卷一〇二《报应部·蒯武安》(出典为唐卢求《报应记》，又名《金刚经报应记》)的故事，讲的是以打虎为生的主人公因为杀生的罪行被变成了老虎，一位能念唱《金刚经》的僧人用法力救了他，恢复了他的人身，主人公自此便出家了。变形的场面描述如下：

> 会嵩山南为暴甚，往射之。渐至深山，忽有异物如野人，手开大虫皮，冒武安身上，因推落涧下。及起，已为大虫矣。

在此，给武安披上虎皮的神秘人正是神的使者。而主人公恢复人身的一段描写也很有意思，引文如下：

> 惶怖震骇，莫知所为。忽闻钟声，知是僧居，往求救，果见一僧念《金刚经》，即闭目俯伏。其僧以手摩头，忽爆作巨声，头已破矣。武安乃从中出，即具述前事。又抚其背，随手而开，既出，全身衣服尽在。……

救出武安的僧人虽不像解救三娘子的老人那样将手伸入驴嘴，粗暴地将其一掰为二，却也很相似。而且，主人公武安其实是隋朝人，可见这个故事相当古老。李剑国《唐五代志怪传奇叙录》推测，《报应记》大致成书于大中九年到十一年（855—857）(下册第753—754页)，稍稍迟于成书于开成一年至二年（836—837）的《河东记》。如果将其作为文献资料的话，还有些不确定的因素，因此不能断定其对《板桥三娘子》有直接的影响。但作为与《板桥三娘子》中的恢复人形术有相同构思的资料，还是值得注意的。用穿上或脱去兽皮的方法来实现变形，对当时的中国人来说是极为常见的构想。

神明所施展的化虎之术原本并不限于利用毛皮。例如《太平广记》卷二九六《神部》中所收录的《黄苗》,出典于《述异记》(《述异记》有南朝齐祖冲之撰、南朝梁任昉撰两种,此处的《述异记》指前者)。故事说的是庙神实现了主人公黄苗的心愿,黄苗却没有备谢礼。为了惩罚黄苗,庙神将他变成了老虎,并让他吃掉了三十个活人。其中,主人公黄苗被变成虎的场面描写如下:

> (庙神)遣吏送苗穷山林中,锁腰系树,日以生肉食之。苗忽忽忧思,但觉寒热身疮,举体生斑毛。经一旬,毛蔽身,爪牙生,性欲搏噬。……

连续十天喂黄苗吃生肉,不惜假以时日让他慢慢地变成一头老虎,这种构思竟有一种不可思议的真实感。此后的五年里,黄苗听从庙神的命令,一共吃了三十个人后才被允许恢复了人身。恢复人身的方法是:"乃以盐饭饮之,体毛稍落,须发悉出,爪牙堕,生新者。经十五日,还如人形,意虑复常。"这也很有真实感。虽同样是通过食物实现变形,却不像《奥德赛》中的喀耳刻或《一千零一夜》中的拉普使用的是有着神秘的制作方法或有速效药力的食物。中国故事中的变形术,并不追求出人意料的新奇技巧,寻求的是富有真实感的构思。

仙人、道士的方术中包含了将人变成动物的方术,但此类故事的数量极少。其中,人变虎的故事至少在唐代以前很少见。

上面梳理了神话、仙人的变形故事,接下来我们来看看人间的世界。

正如前面所讲到的人变形为虎的故事那样,主人公或是由于神灵惩罚其犯下的罪行,或是因得了会变形的疾病而变形,即都是被迫、被动地变形。显然这种形式占据了这类故事的中心地位。但六朝志怪小说中的另一些资料说明存在另一种完全不同的变形术。其内容如下:

> 江陵有猛人(当作"江汉有貙人"),能化为虎。俗又曰貙虎化为人,好著紫葛人("人"当作"衣"),其足无踵。……
>
> (晋张华《博物志》卷二)①

> 江汉之域有貙人。其先,廪君之苗裔也。能化为虎。……或云,貙虎化为人,好著紫葛衣(一无"紫"字),其足无踵。虎有五指者,皆是貙。

---

① 晋张华撰、范宁校证《博物志校证》(《古小说丛刊》,中华书局,1980年)。

(晋干宝《搜神记》卷十二)

寻阳县北山中蛮人有术,能使人化作虎,毛色爪身(一作"牙"字),悉如真虎。……

(晋陶潜《搜神后记》卷二)①

最后一则《搜神后记》的资料,仅看上述引文,会将其理解为能够将他人变为虎的方术。但根据之后的故事内容,会发现实际上是居住在这一带的周眕的仆人领会了蛮人传授给他的变身术,为了演示这一秘术,他在妻子和妹妹面前将自己变成了一头老虎。这样,这则故事中的变形术就和《博物志》《搜神记》中的一样,都是将自己变为虎的故事(当然,如果对外使用此术,就可以将他人变形)。总之,中国故事里人变为虎的变形术,主要是施术者自身变为虎,而且人们相信,老虎还能变回人形,有时候人兽之间根本无法分清彼此的本来面目,这也可以说是人变虎故事的特征。

根据以上资料可以发现一个特点,即这种变形都与南方的少数民族有关,这也是在考察中国变虎之术时不能忽略的一点内容。

由于南方少数民族的生活习惯与中原人的完全不同,且生活在封闭的、盛行诅咒巫术的世界里,因此这些南方的少数民族遭到当时中华文明圈的蔑视,同时也成了令人恐惧的对象。南方少数民族所使用的变形术,以及围绕这些变形术所展开的种种怪异故事,可以说都是蔑视和恐惧的产物②,

---

① 李剑国《新辑搜神后记》卷二《周眕奴》。汪绍楹校注《搜神后记》(《古小说丛刊》,中华书局,1981年)等旧本收于卷四。又,《太平广记》卷二八四《幻术部》以《冥祥记》为出典收录之,《太平御览》卷八八八、八九二则以《续搜神记》为出典引之。

② 造成这种误解的原因也与异民族的习俗有关。例如《太平寰宇记》卷一七一《岭南道》爱州军宁县中有一则记载云"獠多变为虎,其家相承有虎鬼,代代事之",表明此地存在鬼怪附体一类的迷信(《太平寰宇记》文本所据为文海出版社所刊行的清刊本影印本)。

另外,诹访春雄《重读折口信夫》(《讲谈社现代新书》,讲谈社,1994年)称,云南省的少数民族彝族的图腾信仰就是虎,双柏县的彝族至今还流传着跳虎节。跳虎节是由人扮作虎,再现各种部落生活的节日(第55—58页)。南方少数民族这种被巫术支配的习俗与信仰,应该也是招致误解的原因之一。关于彝族与虎有关的习俗与祭祀,收录于《自然与文化》(特集)《东亚的虎文化·虎祖先神的轨迹》(日本国家信托,1995年)中的李友华《彝族的虎图腾习俗》及星野纮《来访神般的虎——探访云南省双柏县彝族之村》均有详细介绍与考察。

不过其历史十分悠久。例如,汉王充《论衡》卷一六《遭虎篇》中"四夷之外,大人食小人。虎之与蛮夷,气性一也"就反映了这种异民族观①。后世直至明清一直秉承这种观念,由此也产生了许多关于南方或西南少数民族的奇特怪异的变形故事。但这里我们还是先看一下六朝至唐代的变虎术。

《搜神后记》中的一段文字是人使用变虎术的最古老的具体记述。故事中说,当周眕察觉到他的仆人施了变形术后,就灌醉仆人,然后检查了仆人的身体,但并没有发现任何异常,"唯于髻发中得一纸,画作大虎,虎边有符"。总之,由于受到道家方术的影响,这个故事中变形时要用咒符。但靠咒符实现变虎术的故事数量很少②。

六朝、唐代变形为虎的故事中出现的一般都是凭借披、脱虎皮而实现变形。《太平广记·虎部》记载的十几个故事中都是这种变形术。那么这些故事中的人是根据自己的意志实施变形术的吗?实际上大多数作品中

---

① 从由人变虎或由虎变人的角度而言,这种将异民族看作是动物的观念也是造成两者界限模糊的原因之一。在其他文献中也有与此相同的将异民族看作是动物的偏见,列举如下:

《南州异物志》曰:"扶南海隅有人如兽,身黑若漆,齿白如素。随时流移,居无常处……虽悉人形,无逾六畜。"

(《太平御览》卷七九〇《四夷部·类人》)

北方有匈奴,形质皆人,而足如马蹄。谓之马蹄突厥。

(唐李冗《独异志》卷下)

关于《南州异物志》,《隋书·经籍志·史部·地理类》中曰:"一卷,吴丹阳太守万震撰。"《太平御览》记载的上面这段文字,字句多有脱漏,且有语义不明之处。由于这里目的仅是引用末尾将异民族看作动物的部分,所以大幅度省略了其他内容。《独异志》文本出自张永钦、侯志明点校《独异志·宣室志》(《古小说丛刊》,中华书局,1983年,第61页)。

② 借助咒符变形为虎的故事数量极少。如果考察范围不局限于小说,那么道教的有关文献中也有关于这类咒术的记载。《增补秘传万法归宗》卷五《吹毛为虎章第二》中列举了可以将虎毛变成真虎的咒术,此术同时用到了"化虎咒"和"化虎符"。由此可联想到孙悟空的分身之术,但分身术的施术者并非自己变形为虎,也不是让别人变成虎。可见借助咒符实现变形的观念当时已经根深蒂固了。

高国藩《中国巫术史》(三联书店,1999年)中载录了《万法归宗》(第302—304页)。该文献一直被看作是假托唐李淳风所作,但高国藩称其中的部分内容与敦煌的出土文献相重合,故主要部分应该是唐人著述(第297—298页)。高国藩将此"吹毛为虎"之术看作唐代的民间巫术。国会图书馆藏新南书局铅印本和清写本(清写本中省略了《吹毛为虎》),东京大学东洋文化研究所、东京都立中央图书馆也有藏。

的变形都不是或者很难说是出于自己意愿。

例如，《太平广记》卷四二六《峡口道士》（出典为《解颐录》，见于《隋书·经籍志》载杨松玢《解颐》）中登场的主人公就是因披上虎皮而化为虎的道士。道士犯下罪孽，受到天帝惩罚，必须吃掉一千个人，所以道士不得已而施术。故事属于由于神罚而产生的变形。《太平广记》卷四二七《费忠》（出典为唐戴孚《广异记》）中那个欲袭击主人公而披上虎皮化身为虎的老人，也是由于受上天惩罚，不得不吃掉那些名字被记在历簿上的人。《太平广记》卷四三一《荆州人》（出典为《广异记》）的故事，讲述的是丧命于虎口的人变成伥鬼（此种鬼必须听命于虎），袭击别人，将虎皮披在遭袭击人的身上。这些也不是出于自己意志而施的变形术。

《太平广记》卷四二九《申屠澄》中没有明确描述申妻本来究竟是人还是虎，但《太平广记》卷四二七中有一则名为《天宝选人》（出典为唐皇甫氏《原化记》）的相似故事，讲述的是主人公的妻子夺回了隐藏的虎皮，在将变形之际，她说道："某本非人类。"可见此女真身原本就是虎。《太平广记》卷四三三《崔韬》（出典为唐薛用弱《集异记》）中的女性在披上兽皮变为虎后吃掉了自己的丈夫和孩子，然后就不知所踪了。其实她原来也是一头老虎。如此看来，这些故事中的变虎术，其实更应该被称作是恢复本来面目的"复身"术。

可见，凭借虎皮披、脱的变形术，在内容上也可以和神罚、宿命、异民族的妖术或虎自身的变形一起归纳进前文所述的几个故事群中。然而并没有发现作为实现潜藏在人心深处的变形愿望（例如像《变形记》中鲁齐乌斯那样）的手段，即出于施术者自身意志的变形故事①。

另外，还存在着一种与虎皮披、脱完全相反的变形，即依靠穿、脱衣服实现变形。例如，《太平广记》卷四二九《张逢》（出典于唐李复言《续玄怪

---

① 《聊斋志异》卷六《向杲》是一个奇异的作品，讲述的是主人公化身成虎为兄长报仇的故事。六朝后由怨念发生变形的故事逐渐减少，此故事是为数不多的例子之一。但该故事的主人公变身为虎并非出于本意，而是在穿上了道士给的法衣后发觉自己已经化身为虎了，所以这不外乎是借助神灵帮助实现复仇的故事。而主人公的变形不仅是肉体，连灵魂也变成了虎，所以当他看到自己的尸体横陈草垛时，自己都惊愕万分。因此这依然不是出于自己的意志和愿望的变形故事。

录》)中的主人公脱去衣服、投身草原就可化身为虎,而穿上原来的衣服后又恢复了人身。卷四二六的《袁双》(出典于唐佚名《五行记》)、卷四二九的《王用》(出典为唐段成式《酉阳杂俎》)、卷四三〇的《谯本》(出典为五代景焕《野人闲话》)等都是主人公脱下衣服就变成了虎。从起源看,凭借虎皮披脱的变形应该更加古老,由此派生了之后的依靠穿、脱衣服实现变形的故事。

接下来考察刚才提到的近世资料。

泽田瑞穗《变形记与变鬼故事》(《中国的民间信仰》,工作舍)以宋、明、清文献为中心,搜罗了中国民间传说故事中有关蛮夷变形术的论文,为我们提供了许多资料。据此可了解到,异民族由人变形为动物的变形,实际上也存在内容上的差异(第379—392、401—404页),多是施术者本人变为动物的变形故事,变形后的动物不仅有老虎,还有牛、猪、狗、羊、马、驴等。另外,故事中并未言及有关变形术的具体内容,一说是人高龄后自然就具备了变形能力①,一说是所谓的世代为鬼怪附体的家族可以变形,类似记载较多②。更有一种怪谭说是人死后从坟墓里出来,入山为虎(或熊),这就是名为《变婆》的民间传说③。

这些记载其实算不上小说,只能算是人们信以为真的异民族的习俗和

---

① 《太平御览》卷八九二《兽部》中有一段引自《括地图》的文字,内容为"越俚之民,老者化为虎",这是因年老而变为虎的较早的资料。将变形能力归于年龄增长的构思与异民族的变形很早就结合在了一起,最后发展成流传至后世的变形思想。清张澍《续黔书》除引《括地图》外,还引用了明陈耀文《天中记》"南蛮人呼虎为罗罗,人老则化虎,有罗藏山"之文,之后以"今黔之夷俗,亦善变虎"结尾。泽田瑞穗所举资料引自《说郛》卷三十六中记载的元李京《云南志略》。

另外,《括地图》著者、成书年代皆不明,李剑国《唐前志怪小说辑释》(上海古籍出版社)推测其为西汉之作(第32页)。《续黔书》收录于《丛书集成》(覆《粤雅堂丛书》本)中。

② 关于鬼物附体系谱的资料,《太平寰宇记》的记载是较早的资料。泽田瑞穗还举了清东轩主人《述异记》卷下《土司变兽》等资料。《土司变兽》可以追溯至明代曹安《谰言长语》卷下。

③ 泽田瑞穗所举资料是刘锡蕃《岭南纪蛮》(出版社不详,1934年)等。这篇《变婆》虽初看是一个匪夷所思的故事,但如果将其看作是以虎、熊为图腾的民族关于死后转世的观念,那么就容易理解了。

传说的记录。泽田瑞穗指出,这些变形故事不像欧洲的变形故事那样具有空想性、幻想性,而是带有强烈的现实性色彩①。其中,也有少数资料具体描述了这些变形术。例如,明王士性《广志绎》卷五《西南诸省》中记载了以下一节文字②:

> 楚雄迤南□夷名真罗武。人死则裹以獐、鹿、犀、兕、虎、豹之皮,抬之深山弃之。久之,随所裹之皮化为其兽而去。

此记录比起变形术,应该说更像是死者转世的仪式。井本英一《披着兽皮的人》(《探寻习俗的源头》,法政大学出版局,1992年)称,自古以来,西亚各地就有用兽皮包尸体的葬法,且流传至今(第219、232页)。井本英一引用艾里阿德《圣与俗》等资料指出,这种葬法也兼具了广泛流传于欧亚大陆的披兽皮仪式的象征意义,即以转世为本族图腾的兽类本身,以及以被裹于象征胎膜的兽皮之中作为胎儿转世的象征(第228页)。

如果从这个角度看上述故事,那么它不仅是一个关于清代边境变形为动物的故事,还是关于变形为虎的故事及借兽皮变形故事的起源的珍贵资料③。

清俞樾《右台仙馆笔记》卷九记载了四川茂州女性的变形。茂州偏僻之地有位美貌女子,患了名为"毒药鬼"的怪异之症,每到立春与立秋的经

---

① 《变形记与变鬼故事》第397页。宋代以后的小说集中变形为虎的故事越来越少,也很难找到关于变虎术的资料了。宋洪迈《夷坚志》中也仅找到四例由人变虎的变形故事(《丁志卷一三·李氏虎首》《支乙卷五·赵不易妻》《支景卷一·阳台虎精》《志补卷六·叶司法妻》)。清代小说代表作《聊斋志异》卷六《向杲》、卷八《梦狼》是二例。但《梦狼》的主人公是个贪官,在其父梦中变成了虎(《聊斋志异》卷十二《苗生》中人变形为虎应该看作是变形为人的老虎最终现了原形)。《阅微草堂笔记》卷十二、卷十七中各有一例,共计两例。《子不语》中竟没有找到一例(续编卷十的《刘老虎》是化为人形的老虎恢复了原形)。因此,泽田瑞穗所举的资料绝大多数来自地方志和笔记类作品。

② 泽田瑞穗介绍的是刘锡蕃《岭南纪蛮》收录的《备征志》中的资料。笔者未见到《岭南纪蛮》,因此不了解《备征志》的情况。但其实从明王士性《广志绎》中可以看到内容几乎相同的记录。此处引用的《广志绎》原文,出自《元明史料笔记丛刊》(中华书局)。

③ 井本英一介绍了关于兽皮的诸多资料,其见解极富启发性,很有见地。此外,还参照了井本英一《十二生肖的故事·子丑寅卯辰巳篇》(法政大学出版局,1999年)收录的《十二生肖的源流》《虎的故事》等文。

期就会发病。症状有腹胀浮肿,从口、耳、指甲处流出黄水,入夜更苦不堪言。在这种痛苦中,此女变形为兽。具体的变形过程如下(上海古籍出版社《明清笔记丛书》本):

> 其人身畔密藏小竹筒,虽其父母其夫不使知也。筒中储各兽之毛,犬豕牛马驴骡皆备。暗中拈得一毛,其毛为何物,魂即化是物,出至旷野,迷周行人。……

故事中兽毛不仅能让肉体,而且还能让灵魂变形。可以说,此处的变形术具有更现实、合理的解释依据了。如果只是为了迷惑过往旅客,那么美貌就已足够了,并不需要变形为兽,其中原委不得而知。下一节考察中国古代小说中施展妖术的女性时,将着重探讨此魔女形象及使用蛊毒的南方异民族的女性。

严格来说,以上两则记载与《李徵》等变形为虎的故事并不相同,但这些资料如实地反映了中国流传至今的笔记小说中关于人变虎的内容所经历的变迁过程。染上异民族习俗色彩的人变形为虎、变虎术的虚构故事被强行拉回到现实中。

至此,我们已经了解中国变形为虎的故事及其中所包含的变形术的要点,但还有一处值得关注,即欧洲存在的另一种变形,就是人变形为狼的关于"人狼"的传说。这方面研究有池上俊一《狼男传说》(《朝日选书》,朝日新闻社,1992年)、篠田知和基《由人变狼的变形故事》(大修馆书店,1994年)的两本研究著作,而塞班·贝尔林古·古鲁德的经典著作近年也被翻译成日语,名为《人狼传说——有关变身与食人族的迷信》(维鲁兹惠子、清水千香子译,人文书院)。最后借助这些研究著作,对"人狼"和"人虎"进行简单比较[①]。

根据篠田知和基著作中的概念,"人狼"是指"尚未完全变形为兽,还处于兽与人中间状态之物",是一种不限定于兽的种类的泛称。(序第1页)

[①] 除上述三部著作外,还参照了樱井德太郎等《Folk 丛书 3 变形》(弘文堂,1974年)收录的小野泰博《人格变换与附身体验》第二节《人格变换型变形——人狼与魔女》。另外,还有伊藤进《森林与恶魔——文艺复兴的黑暗系谱学》(岩波书店,2002年),该书第三章第七节也介绍了"狼男"的例子。以上虽都不是关于人狼的专著,但其中归纳总结性的论述很有参考价值。

据此,由神惩罚而产生的变形就不是"人狼"。但如果该兽根据自己的意愿恢复人身,又或者虽不是出于自我意志,但其变形具有周期反复性,那么就属于"人狼"。总之,"人狼"指根据自己的意志变形为兽或恢复人身的情况。根据池上俊一的观点,12—13世纪的狼男(人狼)是悲剧命运的牺牲者,"他们一直只是被动而又必然地承受着这种与自身意志毫无关系的变形"(第44页)。然而,当对怪异、超自然力量的恶魔化到达顶点时,即到了开始狩猎女巫的15世纪,狼男变得不再是魔法的牺牲者,而被看作是与恶魔签订了契约因此获得变形能力的人(第67—69页)。

与此相反,中国化虎故事中的变形始终是与变形者意志毫无关系的被动变形。在不存在恶魔的中国,如果不用出卖灵魂就可以根据自己的意志进行变形的话,那么就只能使用异民族的邪术。若是由于神罚、罪行或疾病等变形,那么就很难恢复人身了。与欧洲的"人狼"相对应的"人虎"概念在中原变形为虎的故事中并不成立,而只存在于西南少数民族之中。同样是人变形为动物,两者存在很大的差别。

另外,篠田知和基称,人狼的起源也可追溯至古代。古希腊希罗多德《历史》、罗马普林尼《博物志》中都有关于人变为狼的记载[①],艾里阿德指出,从作为始祖神或至高神的狼神信仰、宗教仪礼及军事性的成人仪式中

[①] 关于纳乌罗伊人,希罗多德《历史》卷四的一百零五中记载道(松原千秋译,《岩波文库》,1998年):

> 该民族似乎是属于一种能够使用魔法的人种。据斯基泰人和居住在斯基泰的希腊人说,纳乌罗伊人每年中必有几天是要变成狼,然后再恢复人形。我听后觉得难以置信,讲述者却全然不介意,甚至发誓说说的完全是真事。(中册第63页)

普林尼《博物志》卷八的三十四中全面否定了狼人的故事,为了说明这种世俗信仰的坚定,引用了希腊艾邦提斯的记述为例。根据中野定雄等译普林尼的《博物志》(雄山阁,1986年),其文如下:

> 希腊著述家中艾邦提斯地位无疑最崇高,他记述如下:据阿鲁卡迪亚人的传说,昂吐斯氏族中有一个由家族成员投票选出的男子会被带到某处沼泽地,他将衣服挂在柏树上后自己游过河,到了一处荒凉之地后,就化身为狼,之后九年间他就一直生活在狼群里。在此期间,他必须克制自己,不与人接触,那么就能按原路返回,游过当初的沼泽地,最终恢复人形。除了年龄长了九岁外,其他没有丝毫变化。此外,艾邦提斯还添加了一些诸如男子从柏树上取回了原来的衣物等细枝末节。(第一卷第361页)

的乔装与模仿(应该是使用了兽皮和致幻剂)等中都可以探求到这种变形的源头(第14—16页)①。贝尔林古·古鲁德在论述北欧的古代文学作品《萨噶》等时也举了同样的例子(第21—25、40—41页)。但当古代的秩序在基督教文化面前开始消失时,狼神也就成了恶魔。自《圣经》中出现狼是灾难和恶的象征记载的那一刻开始,狼这种动物就被打上恶魔之兽的烙印。不仅是游牧民,就连农民也将狼看作家畜的天敌,狼就这样在基督教的教义下变成了最邪恶的动物。过去既是侍奉狼神的祭司又是圣战战士的人狼则变成了被诅咒的恶魔之兽(篠田知和基,第6—27页)。

若要追溯中国变形为虎故事的起源,那一定与始祖神信仰(图腾信仰)、宗教仪礼有密切联系。只是与欧洲的狼不同,中国的虎此后并未丧失其神圣性。在中国,虎有着义兽的一面②,同时也扮演着神的使者③。中国不存在唯一绝对神,而且具有善恶严格对立的精神,当然善恶两种形象并存于一身的动物其实并不罕见,诸如狐狸、老鼠等就是例证。

那么在变形术上中西方的情况又如何呢?其实也能发现其中有共通点,也有差异。

有关12—13世纪的狼男,池上俊一提到,在变形时必不可少的基本条件就是脱去衣服和裸露身体,次要条件是要有狼皮(两者往往并用)。此处的衣服与兽皮被赋予了文化及野生符号的意味(第29页)。此后,人狼的

---

① 米尔恰·伊利亚德著、齐藤正二译《从扎尔莫克西斯到成吉思汗1》(《伊利亚德著作集》第一一一卷,Serika书房,1976年)第一章《达契亚人与狼》。

要整体了解人狼,就有必要追溯到古代,并且也要留意流传在北欧、东欧或地中海地区的狼神图腾信仰。因为这种图腾信仰或军事性的成人仪式虽在基督教影响下发生了很大变化,但仍给后世(特别是东欧)的人狼信仰带来深刻影响。对此,日本学者的研究有伊东一郎《斯拉夫人的人狼信仰》(《国立民族学博物馆研究报告》六卷四号,1981年)、井本英一《关于人狼月》(《伊朗研究》五,2009年)两篇论文可供参考。

② 庄司格一《中国中世的民间故事》六《虎》中专设"报恩"内容,介绍了几则关于老虎报恩的故事,还有诸如老虎守护仁德之人的遗体的故事等。

③ 《异苑》卷五钱佑的故事中可以看到作为神使者的虎。而且人们相信虎有驱邪的法力,故虎有义兽、圣兽的一面。对虎正面评价的资料中有一则很有趣,即任昉《述异记》卷上《封使君》中的一节文字,曰:"虎不食人,人化虎则食人,盖耻其类而恶之。"这种观点究竟是对虎的过度偏爱,还是对人性的深刻洞察,值得深思。任昉《述异记》收载于《汉魏丛书》等典籍中。

变形衍生出各种版本。例如,凭借脱去衣服涂上软膏的变形,依靠穿、脱皮的变形等。每逢满月之夜就会发狂,随后破窗而出,跳至泉水中变形的狼男形象,是近代民间故事创作出的(第14、76—79页)。

中国人变形为虎时也出现了兽皮和衣服。从起源来看,虎皮更为古老,此后,这种依靠虎皮变形的方法被继承下来(由其派生的凭借衣服穿、脱而变形的方法中未并用虎皮)。这种对衣服或虎皮重视程度的差异,与变形行为的能动或被动性有深刻关联。根据自己的意志变形的欧洲人狼剥去衣服(文明的外衣)露出自己的野性①,而中国那些因受到惩罚而产生的变形则是被虎皮(野生世界)所裹挟,是野生世界诱拐了文明世界的人。不仅如此,变形为虎的故事中甚至也找不到依靠涂抹软膏实现变形的方法,毕竟欧洲式的思维和想象不太符合中国的思维模式②。

而且,中国人持变化的自然观,认为人变形为动物虽特异,却是可能发生的现象。但在欧洲,有别于民间的世俗信仰,基督教对变形一贯持否定态度。因为基督教认为只有神才能创造万物,因此,即使发生了人变形为动物之事,那也只是恶魔恶灵用来诓骗世人的幻觉幻影而已。从公元5世纪奥古斯丁《神之国》(第十八卷第十八章),至17世纪E.德·维鲁的《妖术论》③,这种

---

① 欧洲人狼的这种野性,与古代的狼神信仰及军事性成人仪式中的活人献祭、掠夺、杀戮或流传于民间的狼节的狂躁氛围不无关系。另一方面,中国的人虎并不具备以上这些特性(前文所举的彝族等少数民族是例外),这正说明对汉族而言,虎这种动物并不是图腾信仰的对象,也并未成为军事性的成人仪式中人们变形的对象。

② 关于变形术中使用的软膏,参照塞班·贝尔林古·古鲁德《人狼传说——有关变身与食人族的迷信》的第81、137—139页。汉斯·贝塔·丢鲁著,冈部仁、原研二等译《梦中时刻——野生与文明的界限》(《丛书世界》,法政大学出版局,1993年)中记录了爱沙尼亚的人狼在变形时要用香油(见该书《野生女与人狼》部分原注19,第377页)。另外,冈田充博《魔法药膏》(《横滨国大国语研究》第二十五号,2007年)中也有论述。

③ 奥古斯丁围绕本书第一章第一节《欧洲》中所引的意大利故事(有关旅店女主人的魔法)展开论述。关于将人变为动物的幻术,奥古斯丁认为,恶魔将神创造的人变形为动物,目的是为了迷惑人眼,其实只是一种幻象而已。篠田知和基在介绍E.德·维鲁《妖术论》中的变形时这样写道:"人是不可能变成兽类的。……是恶灵披上狼皮,或者制造出狼的幻象,将人禁闭其中而已。"关于E·德·维鲁的记述,收录于强·德·尼诺著,池上俊一监修、富樫璎子译《狼附身与魔女——17世纪法国的恶魔学论争》(工作舍,1994年)中所记载的米歇鲁·牧鲁杰《狼男及其目击者》中。E.德·维鲁全名为爱玛纽爱鲁·多维鲁,1685年,有人认为兄弟二人被狼附身,审问这对兄弟的萨伏依法学学者正是他。

见解从未改变过(池上俊一,第45—46页;篠田知和基,第7、120页)。

虽遭到教会排挤,但欧洲还是孕育出了大量人变形为动物的传说和民间故事。另一方面,中国虽接受这种变形,却并未创作出丰富多彩的此类民间故事。即使是人变动物的变形观,东西方也呈现出这样的对照性,实在耐人寻味。

下面将"人狼"和"人虎"的对比放入此构图中来看一下。换一种方式解读就是,欧洲彻底否定这种人变形为动物的变形观,认为隐藏着"魔"的要素;而中国则承认人变形为动物的变形观,但为了排除这种变形术,认为只有边远的少数民族地区才存在这种妖术①。这种出于对"魔"的恐惧和诱惑而诱发的欧洲式幻想则是中国思维所不具备的。当然,中国人内心对变形为虎也充满恐惧。欧洲的人狼背弃基督教教义与恶魔签订契约后所获得的在黑暗世界里任意妄为的自由却是中国式"人虎"无法想象的。"人虎"属于惩罚恶行即因果报应思想(换言之,就是"公认"的宗教与道德)的范畴,因此它并不具有蛊惑人心的魅力,只是因为人们畏惧苦难而已。

中国变形为虎的故事带给人们的恐惧感整体上不及欧洲的人狼传说②,除了本节开头处所引中野美代子的观点外,笔者认为还存在以上理由。而且,考察变形为虎以外的变形故事时也应该考虑上述这些要素。

---

① 关于"变形"与"排除",参照今村仁司《排除的构造——力的一般经济序说》(青土社,1989年)中《排除的构造》,特别是《变身即变形》中从"排除"的观点论述了变形。例如围绕"第三项排除=替罪羊"进行的论述中有如下内容:"第三项并不是必然地遵循自己存在条件的本性而实现自我变形的。因为实际负责举行仪式的人们(具体指共同体成员们)会慑于那些排除他者的目光,在意识形态上使第三项发生变形。并非第三项而是举行仪式的当事者捏造出变形的观念。……而这种观念是一种物质力,最终变成暴力。变形的观念则成了一种强制力","在共同体成员的眼中,第三项是肮脏的、卑贱的、落魄的,由此形成第三项被歧视的假象"(第233—234页)。

今村仁司进一步论述了被排除的第三项逐渐变为圣者的过程,但这已经脱离了中国"人虎"的范畴。

赤坂宪雄《排除的现象学》(筑摩书房,1991年)收录的诸论文也对共同体内必然会产生的"排除"现象及其构造进行了分析,很有启发意义。

② 欧洲的人狼除魔性性格外,还带有血腥的嗜虐性,因而显得更加恐怖。直至现代,仍有众多有关人狼的恐怖小说、电影等作品问世。在这一点上,中国的人虎远不及欧洲的人狼。

第二节　中国的变驴、变马故事与《板桥三娘子》

上一节已经探讨了中国的变形故事的要点，以及变形、变化观的特征，本节将围绕变驴、变马故事，考证《板桥三娘子》系列故事在中国变形观中所处的位置，并介绍由《板桥三娘子》衍生、改编的类似故事。

探讨中国的变驴、变马故事时，由于故事类型多样，事先设置一些分类标准，以便于考察。第一章《故事原型·印度》中曾引用了三种资料，为了便于确认，下面再列举一些资料：

第一，《成实论》等佛典中的因果报应、轮回转世的思想，以及以此为基础所创作的人投胎转世为动物的变形故事；

第二，《出曜经》中出现的能将人变为动物的女咒术师，以及能让变成动物的人恢复人形的灵草（遮罗婆罗草）的变形故事。

第三，《故事海》（可追溯至《大故事》）以及《一千零一夜》中使用以神奇之法制成的食物将人变为动物的女巫，以及出现欺骗该女巫的男性的变形故事。

下面将以上故事群分别称为"因果报应"系列故事、《出曜经》系列故事、《故事海》《一千零一夜》系列故事，并将不属于上述任何系列的故事纳入"其他"一项，进行分类探寻。虽然对中国变驴、变马故事尚未进行综合性考察，但笔者认为，在目前的情况下，采用四分法进行论述足以说明这种变形故事的中国式特性与倾向。分析日本这类故事的特征时，也将同样采用四分法进行论述，这样便于比较中日两国的情况。

一、"因果报应"系列故事

佛教传入中国后，人变形为动物的故事就与转世轮回、因果报应的思想息息相关了。佛典所云"畜生报业"，即由于前世的罪过而投胎转世为动物的思想，衍生了大量的转世故事。变驴、变马故事也不例外，大多都是以因果报应、转世为主题。

第三章　中国的变形故事

招致"畜生报业"轮回的罪过多种多样，没有特别限定。就变驴、变马的报应故事而言，最醒目、数量众多的是因未偿债而在死后遭到报应（或因放高利贷、偷盗等不正当获利）的类型。《成实论》"畜生报业"一节有言："又若人觗债不偿，堕牛羊獐鹿驴马等中，偿其宿债。"这种变畜偿债的思想对中国变驴、变马故事的形成产生了很大的影响。六朝志怪小说中就已经出现了这类题材。本章第一节第三小节《人变形为动物》中列举的刘义庆《宣验记》中就讲述了主人公由于欠债未还，死后投胎转世为母牛的故事。接下来的故事里就出现驴和马了。

《太平广记》卷一〇九《报应部》、卷三七七《再生部》中都收录了题为《赵泰》的故事（关于出典，卷一〇九记为《幽冥录》，卷三七七记为《冥祥记》，文章字句也有差异。《幽冥录》即《幽明录》，南朝宋刘义庆所撰，《冥祥记》为南朝齐王琰所撰）。《赵泰》讲述的是清河的赵泰突然死去，十日后生还，向人们详细叙述了他在地狱游历的经过。这其实属于死而复生的故事。其中有个场景描述的是受尽地狱之苦的亡灵根据他们生前罪过的大小，投胎转世为各种各样的动物。《太平广记》卷一〇九《报应部》中记述道：

……入北门，见数千百土屋。中央有大瓦屋，广五十余步。下有五百余吏，对录人名，作善恶事状，受是变身形之路，从其所趋去。杀者云当作蜉蝣虫，朝生夕死。若为人，常短命。偷盗者作猪羊身，屠肉偿人。……抵债者为驴马牛鱼鳖之属。

虽然投胎转世成动物的种类与《成实论》记载有所不同，但"畜生报业"的思想则原原本本地进入故事中了。在描述变畜偿债时，首先列举的动物就是驴与马。在此，暂且不论鱼和鳖①，投胎转世为动物来偿债的故事中，作为役畜被驱使的驴、马、牛是最适合的形象。

关于这些为偿债而变畜转世的故事，泽田瑞穗《佛教与中国文学》（国

---

① 不清楚为何负债者转世动物中不包括鱼和鳖。渔夫杀生受罚而转世为鱼的报应故事很普遍，却没有因欠债未还死后变为鱼、鳖的例子。宿债思想中"债"的概念不只限于金钱，还包含更广义的"债"的意思，在此，应取其广义。另外，上文中"抵债者为驴马牛鱼鳖之属"，《太平广记》卷三七七《冥祥记》作"捍债者为骡驴牛马"，完全不见了"鱼鳖"的踪影。

书刊行会)中收录了《释教剧叙录》《变畜偿债的故事》两篇论文。泽田瑞穗旁征博引,进行了考论,认为所谓"变畜偿债系列"作为印度佛教的譬喻故事,被收录在许多佛典中。汉译佛典中东汉支娄迦谶译《杂譬喻经》①、后秦竺佛念译《出曜经》卷三②、晋竺法护译《生经》卷四③、南朝梁宝唱编《经律异相》卷四七④引《譬喻经》等都记载了这类故事,但都是人变为牛的转世故事,并没有变驴、变马的故事。可见印度的生活习俗与牛有深刻关联。

同样,中国变畜偿债故事中最多的也是转世为牛的类型,其次是变驴,再次是变马⑤。但转世为驴、马偿债的故事在六朝志怪中只在《赵泰》中初现雏形,唐代才出现了情节完整的变畜偿债故事。

唐初释道世《法苑珠林》一百卷本的卷五七(一百二十卷本的卷七一)《债负篇》,记载了许多有关钱财的因果报应故事。唐代唐临《冥报记》中有

---

① 支娄迦谶译《杂譬喻经》全一卷,收录于《大正新修大藏经》第四卷《本缘部下》。为了还债而变为役畜的情节讲述的是关于父母双亡的两兄弟的故事,其中哥哥皈依佛门,弟弟则一心敛财,因此弟弟死后变成了牛,每天做着驮运盐袋的苦役。有一天哥哥正巧经过,就把变成牛的弟弟带回庙里,令其皈依三宝。之后变成牛的弟弟寿数已尽,便转生入了天界。

② 《出曜经》收录于《大正新修大藏经》第四卷。其卷三所收变畜偿债故事与《杂譬喻经》故事内容相同,也是两兄弟中的哥哥出家为僧,而弟弟则管理家业。弟弟借了盐钱未还就死了,死后便转世为牛,干着驮盐的苦役。哥哥把其中原委告诉了牛主人,并得到了牛主人的谅解,变成牛的弟弟则跳入山谷的河流中溺水而亡,死后转生天界。《法苑珠林·债负篇第六十五》也引用了《出曜经》中的这则故事。

③ 《生经》收于《大正藏》第三卷《本缘部上》。其中《佛说负为牛者经第三十九》的故事讲述的是一天一头大牛伏身于释迦牟尼的面前,流着眼泪乞求佛祖的慈悲和宽恕,其实释迦牟尼前世还是转轮王时,有个人欠债未还就死了,而这个人就是现在伏身于佛祖面前的大牛。佛祖感其诚意,就超度了它,七日后,此牛寿数已尽,转生天界。《经律异相》卷四七也引用了这则故事。

④ 《经律异相》收录于《大正藏》五三卷《事汇部上》。其《杂兽畜生部上·牛》中有以《譬喻经》为出典的偿债故事,名为《迦罗越牛自说前身负一千钱三反作牛不了》,讲述了两个男子正商量干脆不还借来的十万钱了,系在一旁的牛突然开口说道:"我因借了一千钱未还,所以三世为牛,尚且没有还清。更何况十万钱,那更是罪孽深重啊。"

⑤ 泽田瑞穗《变畜偿债的故事》(《佛教与中国文学》,国书刊行会,1975年,第236—239页)。泽田瑞穗认为,中国关于驴的故事众多,是因为拉磨的苦役主要是由驴来承担的,"看到它埋头默默苦干的样子,自然就会想起奴婢的模样,于是便认为奴婢就是驴的前世"(《佛教与中国文学》,《释教剧叙录》第121页)。

以下故事,是最早的转世为驴的变畜偿债故事①。

> 隋大业中,洛阳人姓王,持五戒,时言未然之事,闾里敬信之。一旦,忽谓人曰:"今日当有人与我一头驴。"至日午,果有人牵驴一头送来,涕泣说言,早丧父,其母寡,养一男一女,女嫁而母亡,亦十许年②矣。寒食日,妹来皈家。家有驴数年,洛下俗以寒食日持酒食祭墓,此人乘驴而往。墓在伊水东,欲渡伊水,驴不肯渡,鞭其头面,被伤流血。既至墓所,放驴而失。有顷还在本处。是日,妹独在兄家,忽见母入来,头面血流,形容毁悴,号泣告女曰:"我生时避汝兄送米五斗与汝,坐此得罪,报受驴身,偿汝兄五年矣。今日欲渡伊水,水深畏之,汝兄以鞭捶我,头面尽破,仍许还家更苦打我。我走来告汝,吾今偿债垂毕,何太非理相苦也。"言讫走出,寻之不见。女记其伤状处,既而兄还,女先观驴头面伤破流血,如见其母伤状,抱以号泣。兄怪问之,女以状告。兄亦言初不肯渡及失还得之状同。于是兄妹抱持恸哭,驴亦涕泪交流,不

---

① 《古小说丛刊》本《冥报记·广异记》(中华书局,1992年),方诗铭辑校。(《法苑珠林》的原文由于有所省略和版本不同而与此不同,情节也有些难以捉摸。《太平广记》卷四三六《畜兽部》中以《王甲》为名的故事也出自《法苑珠林》,但也有省略、脱漏之处。)

一位母亲因偷偷地将一些米给了已经出嫁的女儿,死后受到天罚变成了驴。《今昔物语集·震旦部》卷九中以《震旦隋代人得母成马泣悲语第十七》之名收载了这个故事。小峰和明校注《今昔物语集》二(《新日本古典文学全集》,岩波书店,1999年),以及《金言类聚抄》《三国传记》《直谈因缘集》《厌秽欣净集》《当麻曼陀罗疏》等中也有类似故事(第204—205页),说明这个故事广为日本佛教民间故事集作者所知晓。

② 《冥报记》原文作"十许年",其他文本中多有不同,《法苑珠林》作"二十年",《太平广记》所载《法苑珠林》这个故事亦作"二十年",而四部丛刊本(明万历刊一百二十卷本)及周叔迦、苏晋仁校注本(《中国佛教典籍选刊》,中华书局,2003年)却作"二年",《宋碛砂版大藏经》一百卷本(上海古籍出版社,1991年)中作"二季",即半年。《法苑珠林》中因省略了其后"家有驴数年"一节文字,所以并无矛盾。可是"报受驴身,偿汝兄五年矣"中的"五年"二字,四部丛刊本及周、苏校注本亦作"五年",而《宋碛砂大藏经》本则作"五季",如此就变得前后矛盾了。即便"五年"或"五季"都在还债的意思上成立,可是当时这位母亲死后才过了"二年"或"二季",这样算来,还债的时间还剩下一半以上,可在后文中,这位母亲却说债已经还得差不多了,此处明显前后矛盾。因此,这里应作"十许年"或"二十年",但作"二十年"的话,时间相隔又太长,故以《冥报记》为据。

食水草。兄妹跪请,若是母者,愿为食草,驴即为食草。既而复止。兄妹莫如之何,遂备粟豆,送五戒处,乃复饮食。后驴死,兄妹收葬焉。

从现代人的角度来看,这样惩罚偷着给已经出嫁的女儿一些米的母亲似乎太重了。但当时的中国有严格的宗族制度,这种行为是要受到严厉惩戒的。还有其他类似故事,如《太平广记》卷一三四《报应》中有一个名为《李信》①(出典为唐郎余令《冥报拾遗》)的故事,讲述的是母亲和妹妹变马偿债的故事。两人转世为马只是因为当初母亲瞒着父亲偷偷给了女儿一石多米。在这个故事里,罪过不仅涉及偷米给女儿的母亲本人,连接受这一石多米的女儿也受到牵连,同样被看作有罪过。

除《冥报记》外,《太平广记》卷四三六《畜兽部·驴》中还收录了《张高》(出自唐李复言《续玄怪录》)、《东市人》(出自唐段成式《酉阳杂俎》)两篇类似的故事,可见变驴偿债故事在唐代以后数量迅速增加了。《东市人》篇幅较短,可谓此类故事的典型,内容如下:

> 开成初,东市百姓丧父,骑驴市凶具。行百步,驴忽语曰:"我姓白名元通,负君家力已足,勿复骑我。南市卖麸家,欠我钱五千四百文,我又负君钱数,亦如之。今可卖我。"其人惊异,即牵往。旋访主卖之,驴甚壮,报价只及五千。及诣麸行,乃得五千四百文。因卖之,两宿而死。

这个故事与《宣验记》中母牛的故事一样,也有动物突然开口说话的情节。泽田瑞穗指出(《变畜偿债的故事》第229—230页),这种类型属于变畜偿债故事中的古老形式。随着这类故事数量的增加,在证明主人公是由人投胎转世成畜类时的构思变得更合理、更自然了。例如,出现在梦中的动物身上会浮现文字等。动物会说人话这一简单的故事情节却意外地广受欢迎,在历代怪异故事中经常出现。看来会说人话的动物(投胎转世为动物的人)这一构想对中国人而言没有什么神奇,但其背后的思想与前节第一小节《动植物变形为人》中阐述的变化观一脉相承,即经过漫长岁月的

---

① 李信的故事收录在《法苑珠林》卷五二《眷属篇》(一百二十卷本的卷六五)中。泽田瑞穗未采录这两则资料。

修炼,最后成精的动物就能变成人或说人话。

除了转世为驴的故事外,唐代也开始出现转世为马的偿债故事。《太平广记》卷四三六《畜兽部》收录了三个变马偿债的故事,其主要内容与变驴故事相同。其中的《卢从事》被认为出自薛渔思《河东记》,虽故事篇幅有些长,但因与《板桥三娘子》故事是同一作者,因此引全文如下①:

岭南从事卢传素寓居江陵。元和中,常有人遗一黑驹。初甚蹇劣,传素豢养历三五年,稍益肥骏。传素未从事时,家贫薄,矻矻乘之,甚劳苦,然未常有衔橛之失。传素颇爱之。一旦,传素因省其槽枥,偶戏之曰:"马子得健否?"黑驹忽人语曰:"丈人万福。"传素惊怖却走,黑驹又曰:"阿马虽畜生身,有故须晓言,非是变怪,乞丈人少留。"传素曰:"尔畜生也,忽人语,必有冤抑之事,可尽言也。"黑驹复曰:"阿马是丈人亲表甥,常州无锡县贺兰坊玄小家通儿者也。丈人不省贞元十二年,使通儿往海陵卖一别墅,得钱一百贯。时通儿年少无行,被朋友相引狭邪处,破用此钱略尽。此时丈人在远,无奈通儿何。其年通儿病死,冥间了了,为丈人征债甚急。平等王谓通儿曰:'尔须见世偿他钱。若复作人身,待长大则不及矣。当须暂作畜生身,十数年间,方可偿也。'通儿遂被驱出畜生道,不觉在江陵群马中,即阿马今身是也。阿马在丈人槽枥,于兹五六年,其心省然,常与丈人偿债。所以竭尽驽蹇,不敢居有过之地。亦知丈人怜爱至厚,阿马非无恋主之心,然记佣五年,马畜生之寿已尽。后五日,当发黑汗而死。请丈人速将阿马货卖。明日午时,丈人自乘阿马出东棚门,至市西北角赤板门边,当有一胡军将,问丈人买此马者。丈人但索十万,其人必酬七十千。便可速就之。"言事讫,又曰:"兼有一篇,留别丈人。"乃骧首朗吟曰:"既食丈人粟,又饱丈人刍。今日相偿了,永离三恶途。"遂奋迅数遍,嘶鸣龁草如初。传素更与之言,终不复语。其所言表甥姓字、盗用钱数年月,一无所差,传素深感其事。明日,

---

① 志村五郎《中国古典文学私选·凡人与非凡人的故事》(明德出版社,2008年)的《〈太平广记〉摘要》中用日文译文介绍了这个故事。

试乘至市角,果有胡将军恳求市。传素微验之,因贱其估六十缗。军将曰:"郎君此马,直七十千已上,请以七十千市之。"亦不以试水草也。传素载其缗归。四日,复过其家。见胡军将曰:"嘻,七十缗马夜来饱发黑汗毙矣。"

《卢从事》故事中也采用了驴、马会说人话的古老形式,但不可思议的是只开口说了一次话。这种描写方法与质朴的六朝志怪小说有天壤之别。其中卢传素与马交流情感、黑驹让传素要价等,都能看出薛渔思非常注意细节描写①,这种缜密的规划使这篇小说成了唐代最长的变畜偿债故事。

到了唐代,转世为驴、马偿债的故事形式变得更加完整,数量也增加了。根据泽田瑞穗所列资料,五代至清末,共有二十个以上这类故事(包含转世为驴的故事)。因故事类型较多,在此首先从清代蒲松龄《聊斋志异》、纪昀《阅微草堂笔记》中择选三篇作品予以介绍。

《聊斋志异》中记载的变驴、变马转世偿债故事有卷四《塞偿债》一篇,其内容如下②:

> 李公著明,慷慨好施。乡人某,佣居公室。其人少游惰,不能操农业,家窭贫。然小有技能,常为役务,每赉之厚。时无晨炊,向公哀乞,公辄给以升斗。一日,告公曰:"小人日受厚恤,三四口幸不殍饿。然曷可以久?乞主人贷我绿豆一石作资本。"公忻然,立命授之。某负去,年余,一无所偿。及问之,豆赀已荡然矣。公怜其贫,亦置不索。公读书于萧寺。后三年余,忽梦某来,曰:"小人负主人豆直,今来投偿。"公慰之曰:"若索尔偿,则平日所负欠者,何可算数?"某愀然曰:"固然。凡人有所为而受人千金,可不报也。若无端受人资助,升斗且不容昧,况其多哉?"言已,竟去。公愈疑。既而家人白公,夜牝驴产一驹,且修伟。公忽悟曰:"得

---

① 关于最后驴吟诗一首的情节,应该是作者为了留些余韵而添加的,却起到了完全相反的作用,显得有些不伦不类。但故事中插入诗歌是当时读书人创作小说的一种习惯,所以作者大概也模仿了这种技法吧。在变形故事中,如《李徵》(《人虎传》)、薛渔思《申屠澄》等作品中都穿插了诗歌,而且都非常出彩、有效,属于成功的例子。

② 张友鹤辑校《聊斋志异》(上海古籍出版社,1983年)。为了避免烦琐,此处省略了校记。

毋驹为某耶?"越数日归,见驹,戏呼某名,驹奔赴如有知识。自此遂以为名。公乘赴青州,衡府内监见而悦之,愿以重价购之,议直未定。适公以家中急务不及待,遂归。又逾岁,驹与雄马同枥,龁折胫骨,不可疗。有牛医至公家,见之,谓公曰:"乞以驹付小人,朝夕疗养,需以岁月。万一得痊,得直与公剖分之。"公如所请。后数月,牛医售驴,得钱千八百,以半献公。公受钱,顿悟,其数适符豆价也。噫!昭昭之债,而冥冥之偿,此足以劝矣。

故事的变化节奏显然慢了下来,内容也变得更有趣了,但小说的框架还是原原本本地传承了《酉阳杂俎·东市人》的故事,可以说是传统的变畜偿债故事。

《阅微草堂笔记》中有三个这类故事,这里举其中两例。首先是卷一《滦阳消夏录一》中的转世故事,讲述的是转世为马的人彻夜长谈的故事[①]。

交河老儒及润础,雍正乙卯乡试,晚至石门桥,客舍皆满,惟一小屋,窗临马枥,无肯居者,姑解装焉。群马跳踉,夜不得寐。人静后,忽闻马语。及爱观杂书,先记宋人说部中有堰下牛语事,知非鬼魅,屏息听之。一马曰:"今日方知忍饥之苦。生前所欺隐草豆钱,竟在何处?"一马曰:"我辈多由圉人转生,死者方知,生者不悟,可为太息!"众马皆鸣咽。一马曰:"冥判亦不甚公,王五何以得为犬?"一马曰:"冥卒曾言之,渠一妻二女并淫滥,尽盗其钱与所欢,当罪之半也。"一马曰:"信然,罪有轻重,姜七堕豕身,受屠割,更我辈不若也。"及忽轻嗽,语遂寂。及恒举以戒圉人。

及润础投宿至听闻马语一段,与《板桥三娘子》的开头部分非常相似。宋代以后,讲述旅店怪异之事的故事虽不少,偶有像上述故事那样展开故事情节,但马之间对话的情节实属罕见[②]。正是由于马能说话,因果、转世

[①] 原文为汪贤度校本《阅微草堂笔记》(上海古籍出版社,2001年),省略了校记。泽田瑞穗未采录这个故事。

[②] 如果我们将目光从小说转向戏曲的话,就会发现还有一部元代杂剧《庞居士误放来生债》。泽田瑞穗在《释教剧叙录》中对其有所介绍。在剧中有一处情节说的是牛、马、驴们互相吐露自己前世所欠之债,或许就是此处的情节启发了作者吧。《庞居士误放来生债》为刘君锡所作,明臧懋循所辑《元曲选》(中华书局,1958年)第一册及徐征、张月中等主编《全元曲》(河北教育出版社,1998年)第八册等均对其有收录。

这一兼有说教之嫌的劝世道理才被真正赋予了生命力。

《阅微草堂笔记》卷九《如是我闻三》中的故事则又有所不同①：

> 从兄万周言：交河有农家妇，每归宁，辄骑一驴往。驴甚健而驯，不待人控引即知路。或其夫无暇，即自骑以行，未尝有失。一日，归稍晚，天阴月黑，不辨东西。驴忽横逸，载妇径入秫田中，密叶深丛，迷不得返。半夜，乃抵一破寺，惟二丐者栖庑下。进退无计，不得已，留与共宿。次日，丐者送之还。其夫愧焉，将鬻驴于屠肆。夜梦人语曰："此驴前世盗汝钱，汝捕之急，逃而免。汝嘱捕役絷其妇，羁留一夜。今为驴者，盗钱报，载汝妇入破寺者，絷妇报也。汝何必又结来世冤耶？"惕然而寤，痛自忏悔。驴是夕忽自毙。

受害方与加害方所受报应的原因互为因果，是这个故事的特色。为追求小说的趣味性，作者特意构思了这种全新的情节，遂使此篇成为一篇独一无二的作品。这一点应予以肯定。至于这篇小说是否真的成功，即作品本身是否真的有趣，却很难给出答案。

即使只关注变驴、变马的变畜偿债故事，由于数量巨大，也不可能逐一列举。转世为牛的偿债故事就更多了，据泽田瑞穗《变畜偿债的故事》统计，共有五十个之多②，六朝至清代都有这种类型的故事。唐代变畜偿债故事中出现的动物除牛、驴、马以外，只有羊③。宋代以后，还出现了狗、猪、鸡、鸭。这样，变形动物的种类就更加丰富多样了。偿债的方法也不限于牛、驴、马的服劳役，还出现了将自己的肉供人食用（狗、猪、羊）、报恩（狗）、产卵（鸡、家鸭）等多种形式。泽田瑞穗认为，包括劝善书、宣讲书的话，故

---

① 所据同样为汪贤度校本。
② 泽田瑞穗旁征博引也难免有遗漏之处，笔者想补充几则自己留意的资料，如五代十国吴越的陈纂《葆光录》卷三中关于上虞县庶民的故事，元《湖海新闻夷坚续志·补遗·报应门》中的《画工为牛》，明王同轨《耳谈》卷三中的《秦氏家牛》，还有明颜茂猷《迪吉录》世卷的《再生为牛》、太卷的《瞒心取财之报》等转生为牛的故事。
③ 除了动物以外，还有一则很罕见的故事，说的是主人公化作橘树结果还债，见《太平广记》卷四一五《木怪·崔导》（出典为唐柳祥的《潇湘录》）。自此我们已经可以窥见转世偿债故事将不断孕育出更多类似故事的可能性。

事数量会更多,"变畜偿债类型故事数量惊人,真的是不胜枚举"①。

中国各个时代都盛行变畜偿债类故事,这令人不禁要问:这些故事到底来自哪里呢?泽田瑞穗认为,这种类型的故事屡见于有关寺院、寺僧的文字记述中。例如,《太平广记》卷一三四《报应部·宿业畜生·上公》讲述的是出现在老僧上公梦中的老婆婆因借了该寺八百钱没还,死后投胎转世为牛的故事(出典为五代后周王仁裕《玉堂闲话》)。《太平广记》卷一三四《报应部·宿业畜生·僧审言》则讲述的是僧侣审言把寺院的钱财用作自己的酒肉钱,因此发狂而死。不料,第二年寺院旁边村子里出生了一头肚子上写着"审言"二字的小牛。为了维持宗教活动和众僧侣的生活,唐宋时代,寺院僧团也从事各种经济活动,除经营土地庄园外,还借贷役畜、农具、米谷、金钱等②。为劝诫教导从事这类活动的僧侣及向寺院僧团借贷的俗家人,变畜偿债故事就在寺院中诞生了。泽田瑞穗指出,此后故事的舞台背景、人物设定经过不断修改、变化,逐渐传播到了民间。

泽田瑞穗的观点具有说服力,而且其考察的大致过程恐怕也没有人提出异议。笔者还想再补充一点,即变畜偿债故事超越寺院,在俗世间流传,这种盛行是超越时代的。笔者认为其背后发挥作用的是中国人极其现实的处世观、金钱观。

屡屡有学者指出,中国人的冥界观反映的其实就是现世观③。与现世相同,冥府中也存在官僚机构,贿赂行为也四处横行。给死者烧"纸钱"的风俗,反映了他们认为在死后的世界,金钱一样是不可或缺之物。现世与

---

① 参照泽田瑞穗的《增补宝卷研究》(采华书林,1963年;之后为国书刊行会,1975年)之后,笔者又发现了见于《梁皇宝卷》中梁武帝的皇后郗氏转生为蟒蛇的故事和见于《庞公宝卷》中五百罗汉转世为田螺的故事(第228—229页),后者还穿插了转世为驴的偿债故事。其他如前注中所提到的《迪吉录》中也收录了许多报应转生故事。《平卷·女鉴门》中亦有一则题为《煤郎母负债作驴》的转世为驴的故事。只是,笔者对有关劝善的书籍资料并未调查,所以比较欠缺这方面的知识,有待方家指正。

② 道端良秀《唐代佛教史的研究》(法藏馆,1957年)第五章。后与《中国佛教及其与社会的关系》(平乐寺书店)、《中国佛教社会经济史的研究》(平乐寺书店,1980年)一起被辑入《道端良秀中国佛教史全集》第四卷(书苑,1985年)。道端良秀在第五章《佛教寺院与经济问题》第一节《唐代的寺院经济》中论述了当时寺院的营利活动。

③ 泽田瑞穗在《修订地狱变》(平河出版社,1968年;法藏馆,1991年修订版)的《现世与冥界》部分举了诸多例子,并进行了详细论述。

冥界并非互相隔绝的世界,金钱的借贷关系可以超越幽明生死而存在。现世欠了债,死后去了地府都要被催逼还债①,同样,在地府欠了债,即使死而复生,在现世也还是要还的②。在变畜偿债故事中也能看到"杀人偿命,欠债还钱"这句俗语的影子③,这足以说明中国人非常看重金钱借贷问题(这不仅是得失利害问题,更是道德品质问题)。正是在这样的金钱观影响下,为偿债而转世的故事才会不断被传颂,因此才产生了数量众多的这类故事④。

那些变畜偿债故事的主人公偿还完前世欠下的债,也就走完了动物的一生,那么等待他们的又是怎样的命运呢?多数偿债故事都没有交代这个问题。但其实这类故事存在一个不言而喻的前提,即还完宿债后就可以恢复人形了。因此提及主人公还完债后的命运的例子很少,但故事的主人公最终都能重新转世为人。这里试举宋洪迈《夷坚志·支志已卷三·倪彦忠马》的故事。故事讲述的是一日主人公倪彦忠喝得烂醉,掉进了池塘,险些淹死时,他的马跑来救了他,倪彦忠抓住马鬐总算捡回了一条命,回家后跟妻子说起这次经历时,他的马突然说了以下这番话(原文据何卓点校本,中华书局,1981年):

倪廿二郎是我前世之父,我顽狠不孝,多毁骂父母,作畜生,故受罚为异类,且只在尔家。恰因垂缰救父,已偿宿债。用此一善,当复居人间矣。

---

① 泽田瑞穗在《修订鬼趣谈议》(国书刊行会,1976年;平河出版社,1990年修订版)的《鬼索债》中举了许多死后变为鬼到欠债者处讨债的故事。《夷坚志·甲志卷五》中名为《赵善文》的故事很怪异,讲述的是庙神出现在欠债者的梦中要求讨回香火钱的故事。

② 《聊斋志异》卷四《酒狂》讲述的是一个酒鬼经过鬼门关,万幸最终苏醒过来,可由于去地府时曾承诺过要还债(以烧纸钱的方式),回到阳间后却不守承诺,没烧纸钱,所以一年多后突然死去。临终时他嘴里喃喃说道:"便偿尔负,便偿尔负。"

③ 《夷坚志·支志甲卷三·方禹冤》,见于《阅微草堂笔记》卷九《如是我闻三》役夫辛五的故事。《中国谚语总汇·汉族卷·俗谚》(中国民间文艺出版社,1983年)也收录了这则俗语(下卷第19页)。

④ 五代、宋以后产生了大量转生还债的故事,而且种类更加繁多。例如出现了一种新类型的故事,即如果债主先死去,那么就会转世为欠债人的儿子,但要么是不肖之子,要么是先天病弱,因此最终使欠债人倾家荡产。清俞樾《右台仙馆笔记》卷五中记载了一种名为"肚仙"的风俗,流传于慈溪(浙江省)境内,虽然称不上转世,却也是一种有趣的偿债法。讲述的是欠债人死后变成鬼寄居在债主腹中,于是债主能借助其腹中鬼的力量,召回死者的魂灵并以此法牟取钱财。当债主所赚金额与欠债人所欠债金额相同时,就意味着欠债人已还清了债,鬼就离开债主之腹了。

说完,马就倒地身亡了。也就是说,它终于可以重新转世为人了①。此处"宿债"的内容虽不是欠下的债务,但该故事明确表明偿债后就可以转世,重新投胎做人。

在佛教的发祥地印度,人们认为无穷无尽的生死循环即轮回是充满烦恼、迷惑的世界,人们应该通过解脱的方法来超越它。印度思想认为生即是苦,所以对印度人而言,死后还要再次投胎、重生就意味着恐惧。而在肯定现世、强烈执着于生的中国,人们对于轮回则有完全不同的看法。当然,中国人也害怕因为罪过转世为动物,但如若死后还能再次投胎重生,并且还可以再做人的话,那么根据现世的思考,如聆福音②。正是基于这样的思考方式、世界观,所以那些偿完所欠之债,终于成了无罪之身的人能够想象的并不是灭却烦恼三火、摆脱了现世束缚的涅槃或天上界,而是生而为人的现世。因此,中国变畜偿债故事的因果报应主题虽灰暗,但时常也会出人意料地突然变得明亮。

关于中国的偿债思想,吉川忠夫在《中国人的宗教意识》(《中国学艺丛书》,创文社,1998年)的《偿债与谪仙》中进行了详细论证。吉川忠夫认为,中国佛教文献中的"偿债"原来是"反映了一种以死,特别是以横死的方式,来偿还宿世所犯下罪过的观念"(第159页)。后来随着佛教的普及,偿

---

① 笔者还发现了其他几例同样的资料,比如收录于《夷坚志・支志景卷十》的《商德正羊》、《支志丁卷三》的《如皎鹿母》。泽田瑞穗论文所举资料中有一则是收录于明董斯张《吴兴备志》卷三十一中关于猪的故事。在提到偿债后结局的故事中,主人公无一例外都从动物变回了人形。

泽田瑞穗论文所举的资料,即收录于清王椷《秋灯丛话》卷十七中名为《偷节妇变驴》的故事,讲述的是有个偷了节妇钱财的男子全身起异,渐渐变成了驴。他急忙让妻子把偷来的钱还给了节妇,才终于恢复了人形。这个故事虽然与一般的变畜偿债故事不同,但最终变回人形之处是一样的(关于王椷《秋灯丛话》,内阁文库藏有乾隆五十六年刊本,东京大学东洋文化研究所藏有同刊本以及道光八年刊本等,《续修四库全书》收载的是乾隆刊本的影印本)。

② 关于中国与印度轮回思想的比较,参照了渡边照宏编《思想的历史》4《佛教的东渐与道教》(平凡社,1965年)所载森三树三郎《咒术与药膏的宗教》(第49—50页)。另外,《西游记》第十一回《游地府太宗还魂 进瓜果刘全续配》中就可以看到从现世角度对"六道轮回"思想进行重新解释的例子。其中,除了做坏事的人最终堕入鬼道外,其他的五道分别对应人们的善行、孝行、德行等"仙道"及"贵道""福道""人道""富道"。

债观念渗透到中国社会,到六朝后期开始在普通百姓间传播,而且道教也接纳了佛教的这种观念(第177—179页)。道教的偿债观念又与中国传统的谪仙观念合为一体。谪仙"应该是背负着沉重的罪过,并不断经受轮回之苦的灰暗形象",但正如谪仙人李白所象征的那样,"总觉得他同时又该是一个冲破这种灰暗色调的光辉形象"。其实,"谪仙人就是住在至福世界的仙人中的一个受谪刑的人,等到下界的刑期期满的那天黎明,他将被再次召回天界"(第184—188页)。以上就是吉川忠夫的主要观点。在变畜偿债故事中,我们可以发现同样的特征与构造①。

　　以上主要考察了围绕金钱关系的偿债故事,其实除金钱关系外的偿债故事中也可以看到驴、马的身影。下面进一步拓展考察对象,来看看这些故事的具体情况。

　　唐代以前的因果报应系列变形故事中,投胎为驴、马的转世几乎都与偿还金钱有关②,可见这类故事与佛典中变畜偿债思想紧密联系。但从五代开始,出现了一些与欠债以外的罪行有关的故事。《太平广记》卷一三四《报应部·刘自然》,出典为五代后蜀周斑《儆戒录》,讲述的是一个军人强行索要了他人妻子美丽的秀发,而且还强征此人入伍,并让他战死沙场的故事。而犯下这些恶行的军人最终投胎转世成了驴③。《太平广记》卷一三

---

①　该论文还举晋罗含《更生论》为例,指出:"轮回观念中本来存在的那种深刻而灰暗的绝望感被一概抹去,转而变成了对承诺重生的乐观希望。"(第155页)可见,早期的佛教文献其实已经反映了轮回思想的中国式演变。
《偿债与谪仙》是吉川忠夫在总结《大乘佛典·中国、日本篇》四《弘明集、广弘明集》(中央公论社,1988年)简介、《六朝隋唐时代的宗教风景》(《中国史学》二,1992年)、《偿债与谪仙》(平凡社《月刊百科》295、296号,1987年)三篇论文的基础上修改润饰而成。平凡社《月刊百科》所载的《偿债与谪仙》之后被收录于《读书杂志·关于中国的史书与宗教》(岩波书店,2010年)第十二章中。

②　笔者勉强找到了一个例外的故事,即收录于《太平广记》卷一一九《报应部·冤报》中的《庾宏奴》(出典为南朝宋刘义庆《幽明录》)。故事讲述的是为了治好母亲的病,儿子到处找人的骷髅,恰好邻家妇人捡到了一个,儿子讨回后马上煎了磨成粉让母亲服下,但骨片刺穿了母亲的喉咙,其母就此而亡,邻家的妇人竟莫名其妙地全身浮肿,化身为牛马死去。作者并没有描写邻家妇人化身牛马是投胎为动物的先兆,这是在变驴、变马的报应转生故事中找到的不是因金钱偿债的类型。

③　泽田瑞穗将其与金钱类变畜偿债故事并举,但笔者认为应该将两者予以区分。

四《报应部》的《公乘通》出自五代孙光宪《北梦琐言》,讲述的是一直隐匿着其平生所犯奸恶行径的公乘通死后,民间有户人家生下了一头小黑驴,身上白毛的部分就显示着"公乘通"三个字。

《太平广记》卷一一六还记载了一个报应变驴的故事,即《僧义孚》(出典为唐唐临《冥报记》及五代孙光宪《北梦琐言》)。讲述的是有个僧人怀揣买经用的钱去四川,之后他贪图便宜,用其中一部分钱买了被盗的佛典,私贪了剩余的钱。最后僧人遭到报应,病死了。故事中,描写僧人遭到佛惩罚将要悲惨死去时的一段文字意味深长,令人深思。其内容如下:

> 此僧虽免罪,未久得疾,两唇反引,有似驴口,其热痛不可忍也。人皆畏见,苦楚备极而死……

可见,投胎转世为动物的预兆在其生前就已经开始显现了,也就是说,现世时就已开始变形了。而在有关金钱借贷的变畜偿债故事中并没有这种变形(生前就开始显现将要转世为畜类的预兆)。这类故事大多强调罪行的报应之重,而关于偿债后的结果却只字未提。

下来再看一下宋代转世为驴、马的报应故事。《夷坚志》是南宋代表性志怪小说集,收录了大量的因果报应故事,转世为驴、马的故事也有数篇。其中《夷坚志·丁志卷十三》的《阎四老》和《支志甲卷一》的《普光寺僧》两个故事中的主人公生前就开始由人变形为驴了[①]。《阎四老》说的是,世代为乡里做调停人的阎四老在告知儿子自己将要转世为驴后,就开始变得像驴了,动作形态都很像,最后吃完驴吃的草、豆之后就死了。《普光寺僧》中则出现了生动的变形场景[②]。接下来就来介绍一下此故事:

> 武城之东普光寺行童元晖,近村王大(一作"氏")子也。既作司,为街坊化士,嗜酒不检,一意狎游。年二十五岁,得疾甚恶。还其家,因卧阅一寒暑,忽昏不知人,举室环泣。少顷,仰首长鸣,顿仆于下(一作"地")。问其所苦,稍能言曰:"腰脊之下尾骨痛不可

[①] 其他还有《夷坚志·丁志卷七》中的《夏二娘》、卷十三中的《高县君》两例。这两个故事皆为投胎为驴的转生偿债故事。《志补卷六》中也有一个名为《张本头》的投胎转世为驴的故事,但这些故事中都没有生前变形的情节。

[②] 《夷坚志》原文据何卓点校本(中华书局,1981年)。《古今图书集成·博物汇编·禽虫典》卷一〇四《驴部》引用了这则故事,其文本基于《夷坚志》,但有所简略。

忍。"呼疡医孔彦璋视之，乃短驴尾自皮肤间崛出。父畏丑状宣播，急掩其衣，痛愈切，复裸以示人，然后止。明日，长尺许。又明日，遍体生毛，首面已肖驴形。数日后，蹄鬣俱备，两耳翘翘然，哮吼悲鸣，四肢据地卓立，俨成真驴。家人议欲杀之，寺僧云："不可，此天所以示戒，彰其恶报，以惩后来。如杀之，是逆天背理，将为君家不利。"于是畜于厩中而弗施辔勒。驴嘶噈（一作"鸣"）不已，且乱啮人。试举鞍置前，则耸耳以待，若有喜意。负重致远，能日行二百里。凡十年方死。

此处的变形、转生都发生在现世，不需要以死、冥界为媒介，而且变成驴后的元晖欣然接受别人置马鞍于其身，顺从地干活，这些无疑都是为了赎罪而已。对于这类报应转世故事而言，这两个故事实属罕见，是弥足珍贵的资料。

《夷坚志》中变成马的转世故事，除《倪彦忠马》外，还有《甲志卷四》的《愈一公》、《丁志卷九》的《滕明之》、《补卷第二十五》的《李宗古马》三则。《李宗古马》是偿债故事；《滕明之》讲的是有个人告知妻子将转世为马后就死了，这天傍晚，他的家人都听到了马的嘶鸣；《俞一公》则说的是主人公俞一公（字彦辅）常年倚仗权势，对民众横征暴敛，结果大病一场后竟变成了马。与《普光寺僧》一样，俞一公的变形也发生在现世，其变形时，"外人闻咆掷声，亟入视，则彦辅手足皆成马蹄，身首未及化，腰脊已软，数起数仆，不能言"，可谓相当逼真。

此外，宋代变驴、变马的报应故事还有方勺《泊宅编》三卷本卷下的故事、廉布《清尊录》中的故事。前者说的是侍中冯拯死去的第二年，有户人家的驴生下了一头驴，肚子上的白毛呈"冯拯"二字。[①] 其实类似的故事《北梦琐

---

① 《泊宅编》的这则故事引自北宋张师正《括异志》，载于宛委山堂本《说郛》卷一一六。但不见于现行的《括异志》十卷本，《古小说丛刊》本《稽神录、括异志》（中华书局，1996年）以为辑佚而采录之。

类似的故事还有北宋刘斧《青琐高议·后集卷四·陈贵杀牛》，说的不是变驴而是投胎为牛的故事。主人公陈贵因杀了牛受到天罚，发了狂，食草牛鸣，死后竟长出了尾巴。后几日，邻家的牛产下一头小牛，其腹下白毛竟显出"陈贵"二字。又，《青琐高议》卷四《俞元》说的是一个男子因为杀死了兔子而受到天谴，鹰鸣而死的故事。《青琐高议·后集卷三·化猿记》则收录了因为杀猿而投胎为猿，后又说人语吐露自己转世真相的故事。

第三章　中国的变形故事

言》中已经出现过。《清尊录》中的故事说的是吝啬的富农杨广病死后,变成驴从棺材里跑了出来①。总之,比起唐代的变畜偿债故事,宋代的故事类型更加丰富多彩。

下来简略概括、梳理元明以降的情况。明代瞿佑《剪灯新话》卷二《令狐生冥梦录》中有一个场面,描写了不守戒律的僧人、尼姑被人剥去衣服,披上了牛、马的皮毛后就变成了牛、马。另外,王同轨《耳谈》卷四《齐华门妓》说的是为偿虐债,妓女变成了驴。《耳谈》卷十三《周震变驴》说的是周震辱骂父亲后,瞎了眼睛,驴鸣而死的故事②。王同轨《耳谈类增》卷五十《贾惠子为驴》则说的是有个叫贾惠的人非常有钱,为人却非常贪婪,他死的那天,跟他打官司的那户人家的驴生下一头小驴,肚子上写着"贾惠"二字。郑仲夔《耳新》卷七则记载着这样一个偿债故事:有个下人侵吞了主人二十金,死后转世成了马,生在寺院里。之后这匹刚出生的小马被出售于市,恰好得钱二十金。钱希言《狯园》第十四的《驴言》也是一个偿债故事,讲的是主人公平时最喜爱的毛驴有一日突然不能动弹了,而且毛驴居然开口说起了人话,说自己已经还清了欠债,然后就死了。作者不详的《轮回醒世》卷十《变马偿所负》则说的是有个人因得了不义之财成了富豪,却对穷苦的恩人不理不睬、视而不见。结果,他被盗贼所杀,下到阴曹地府,最终投胎转世,变成了一匹马的故事。总之,上述这些故事都没有什么特别的新意。

只有一个以报应变驴故事为蓝本的风月小故事别出心裁。见于明代兰陵笑笑生《金瓶梅词话》第五十一回,其内容如下③:

西门庆笑道:"五儿,我有个笑话儿,说与你听。是应二哥说

---

① 《清尊录》中的这则故事给日本江户时期的作家也留下了深刻的印象。落月堂操卮《和汉乘合船》卷二的《即身即猫 附葛岗猫塚 日爪发心》中就以《棺中驴马 女名舅杀》为题对其进行了介绍。《和汉乘合船》别名《怪谈乘合船》(题签为《怪谈乘合船》,序题、目录等记曰《和汉乘合船》),正德三年(1713)刊行,只有藏于国会图书馆的孤本。木越治《浮世草子怪谈集》(《江户文库丛书》,国书刊行会,1994年)中有翻刻与解题,所本即此。

② 《周震变驴》也是一个众所周知的故事,散见于诸多文献资料中。例如明王圻编《稗史汇编》卷一六七《祸福门·轮回类》、周楫《西湖二集》卷六、侯甸《西樵野纪》卷四等。

③ 原文所据为1963年由大安刊行、日光山轮王寺慈眼堂所藏万历刊本的影印本。

的。一个人死了,阎王就拿驴皮披在身上,教他变驴。落后判官查簿籍,还有他十三年阳寿,又放回来了。他老婆看见浑身都变过来了,只有阳物还是驴的,未变过来。那人道:'我往阴间换去。'他老婆慌了,说道:'我的哥哥,你这一去,只怕不放你回来。怎了由他等。我慢慢儿的挨罢。'……"

西门庆在房事时讲给潘金莲的这则荤艳笑话名为《巨卵》,收录于冯梦龙《笑府》卷十《形体部》,内容与前面的故事几乎完全相同。可见,报应转生故事也有脱离了佛教本意而被世俗化的例子。而且这个故事还东渡日本,成了江户期的小故事、艳笑落语相声的蓝本。关于这点,将在本书第四章进行考察探讨。

清代首先要列举的是蒲松龄《聊斋志异》卷一《三生》的例子①。讲述的是一个姓刘的人,对自己的三生三世都记忆犹新。第一世,由于他行为不检,死后被罚,投了马胎,但处罚的期限未满,变为马的他就死了,然后第二世又变成了狗,第三世变成了蛇。在经历了这些投胎转世后,最后他终于变回了人。这个故事的主线是三世投胎转世的记忆,是一个崭新的构思,但转世为马的一段则过于平常,毫无新意②。

袁枚《子不语》卷十九中有《驴大爷》,此外,《续子不语》卷十中的《金

---

① 有关"三生",参照冈田充博《〈聊斋志异·三生〉本事小考》(《横滨国大国语研究》第二十一号,2003 年)。此后笔者又在明清的笔记小说类中发现了以下数篇类似故事,补订如下:明无名氏《轮回醒世》卷十一《续妻三变畜》;清张潮《虞初新志》卷十一《钱塘于生三世事记》;清徐庆《信征录》全一卷《前生驿马》《前生为猪》《自知三生》;清褚人获《坚瓠集·余集卷一·骡得人身》。

② 冈田充博《〈聊斋志异·三生〉本事小考》(《横滨国大国语研究》第二十一号,2003 年)谈到了这点,即"三生"一语实有来处。北宋孙光宪《北梦琐言》卷一《刘三复记三生事》说的是唐人刘三复有自己三生三世的记忆,自己曾经为马受过苦,所以对马特别照顾的故事。但孙光宪将此则故事作为美谈来写,所以全文并未带有报应故事的色彩。

明代钱希言《狯园》第八中有一个名为《刘指挥子三生事》的故事。内容说的是历来为人憎恨的秀才在历经变猪、变蛇的转世后,第三世终于投胎为人,做了刘指挥的儿子,但他仍然清晰地记得自己的前世。这显然比刘三复的故事更接近于"三世"。其他还有《轮回醒世》《虞初新志》中的故事等。因此,关于《三生》的创作,蒲松龄究竟是原创还是改编,还需要更细致地进行探讨。

香一枝》也是袁枚的作品。《驴大爷》说的是有个高官的儿子性情凶暴,手段极其残忍,所以病死后投胎转世变成了驴的故事。《金香一枝》在风格上稍有些不同,内容如下①:

> 富民某闻某寺有老僧,德行颇高,延请至家,供奉一室中,朝夕顶礼。即香柱、香炉之内,无不以金为之。一日,僧于静室中入定,忽见彩云飘渺,异香满室,有二仙女将一莲座来,曰:"我奉西方佛祖之命来迎。"僧自顾功行颇浅,惧不敢往。仙女催促再三,且曰:"若不去,我无以复命。"僧乃取瓶中香桂一枝与之,始冉冉而去。明日,主人家产一驴,坠地而死。奴仆辈剖食之,肠中有金香一枝,惊白主人。僧不知也,即主人亦不知金香桂为供奉和尚之物。后偶于参礼和尚时,主人谈及此事,和尚大惊失色,始以向夕莲花相迎之事告主人。亟看瓶中,已少一枝香桂矣。盖无功食禄,天意所忌,故使变驴以报也。

这个故事中老和尚并未变成驴,只是受到了上天的警告,但很显然这也是变驴转生故事的一个变种。

其他还有和邦额《夜谭随录》卷四《某王子》,说的是性格残忍的明朝王子在死后两年投胎转世为驴的故事。故事篇幅较长,而王子出现在大臣梦中等情节并未能摆脱千篇一律的模式。另外,吴陈琰《旷园杂志》卷上《庸医变驴》则说的是一个江湖郎中转世为驴的故事,但这也没有什么值得特别注意的内容②。

明清的因果报应类故事中多陈腐之气,少有创新之作。就驴、马故事而言,报应转世故事的创作可以说已经过了鼎盛期③。

佛教东渐后,报应转世故事就源源不断地出现了。笔者统计变形为各

---

① 《续子不语》的原文据王英志主编《袁枚全集》第四册(江苏古籍出版社,1993年),还参照了申孟、甘林点校《子不语》(上海古籍出版社,2012年)。

② 关于清代变驴变马偿债的故事,泽田瑞穗在论文《变畜偿债的故事》中还列举了曾衍东《小豆棚·偿负驴》、梁恭辰《北东园笔录》三编卷二《负债为驴》及四编卷六《驴偿债》、慵讷居士《咫闻录》卷七《驴偿前生债》、玉梅词隐《说部撷华》卷六《冥报》等资料。只是这些故事并没有特别的内容。

③ 关于投胎为其他动物的报应转生故事,虽未进行过正式调查,但恐怕也是同样的情况。

种动物的故事,发现其数量惊人。而动物变形为人作为中国变形故事的主流也一直未曾改变过。但如果将报应转世故事计算在内,那么人变为动物的变形故事在数量上与动物变为人的变形故事相差无几,或许还有赶超之势。换句话说,在中国,人变为动物的变形故事,大多数都以报应转世思想为前提,这类故事占了相当大的比例。以上通览的因果报应系列中的变驴、变马故事作为这类故事的主流,被不断地创作出来,这种创作行为甚至是超越时代的,却很难说这是一个纵向连续的创作过程,确切地说,应该是为了追求新颖,向横向不断拓宽,才最终造成了这类故事都给人以千篇一律的刻板印象。

二、《出曜经》系列故事

那些能够使变为动物的人恢复人形的神奇药草系列故事的情况又怎么样呢?

收录这类故事的《出曜经》《杂譬喻经》与其他包含因果报应、轮回转世思想的诸佛典一样,很早就传到了中国并有汉译本。但与因果报应故事相反,这类佛教故事似乎完全未被中国人接受。

中国小说、笔记中出现了许多不同种类的有着神奇效力的药草,比如,可以起死回生的"不死草""活人草"①,在晚上点燃可以照出鬼怪之物的"明茎草"②,吃了之后可以踏空而行的"蹑空草"③,可以使人通万国语言的"采华草"④,还

---

① 著者不详的《括地图》、相传为西汉东方朔所撰《海内十洲记》、晋张华《博物志》卷二、晋干宝《搜神记》卷十四、南朝梁任昉《述异记》卷上等资料中记录了很多关于不死草的故事。名称也是各种各样,除了"不死草""活人草"外,还有见于《海内十洲记》记载的"反魂术"、秦吕不韦《吕氏春秋》卷十四《本味》(以及高诱之注)及前秦王嘉《拾遗记》卷五中的"寿木"、南朝宋刘敬叔《异苑》卷三中的"蛇衔草"等名称。清蒲松龄《聊斋志异》卷八中的"鹿衔草"、宣鼎《夜雨秋灯续录》卷五中的"返生香草"等,也都指的是此类灵草。
② 西汉郭宪《汉武帝别国洞冥记》卷三。别名"洞冥草""照魅草",将其缠在脚上,可使人不沉于水。
③ 《汉武帝别国洞冥记》卷三。其他如《海内十洲记》中有一则关于椹(桑树之实,即桑葚)的记录,说的是若人吃下此椹,便可通体闪耀金光,翱翔于天空。
④ 《括地图》、明陈继儒《珍珠船》卷二。又,《玄中记》作"采华之树"。

有能点铁成金的草①,等等。而可以使人瞬间变形的药草却遍寻不见。唐代资料中唯一可举的一例大概是《太平广记》卷三六八《虢国夫人》(出典为唐李隐《大唐奇事》②)中出现的灵芝吧。故事内容如下:

> 长安有一贫僧,衣甚褴褛,卖一小猿,会人言,可以驰使。虢国夫人闻之,遽命僧至宅。僧既至,夫人见之,问其由。僧曰:"本住西蜀,居山二十余年。偶群猿过,遗下此小猿,怜悯收养。才半载以来,此小猿识人意,又会人言语,随指顾,无不应人使用,实不异一弟子耳。僧今昨至城郭,资用颇乏。无计保借得此小猿,故鬻之于市。"夫人曰:"今与僧束帛,可留此猿,我当养之。"僧乃感谢,留猿而去。其小猿旦夕在夫人左右,夫人甚爱怜之。后半载,杨贵妃遗夫人芝草,夫人唤小猿令看玩。小猿对夫人面前倒地,化为一小儿,容貌端妍,年可十四五。夫人甚怪,呵而问之。小儿曰:"我本姓袁。卖我僧昔在蜀山中,我偶随父入山采药。居林下三年,我父常以药苗喂我。忽一日,自不觉变身为猿。我父惧而弃我,所以被此僧收养,而至于夫人宅。我虽前日口不能言,我心中之事,略不遗忘也。自受恩育,甚欲述怀抱于夫人,恨不能言,每至深夜,唯自泣下。今不期却变人身,即不测尊意如何?"夫人奇之,遂命衣以锦衣,侍从随后,常秘密其事。又三年,小儿容貌甚美,贵妃曾屡顾之,复恐人见夺,因不令出,别安于小室。小儿唯嗜药物,夫人以侍婢常供饲药食。忽一日,小儿与此侍婢,俱化为猿。夫人怪异,令人射杀之,其小儿乃木人耳。

这个变形故事非常神奇,但药草的出现则在意料之中。而小猴因贵妃所赠的灵芝而变回了人形,只是这段描述并未明言是吃了灵芝后才变回了人,所以也存在其他可能性。而且,这种让小孩变成猿的药草并没有速效性,因为无论是孩子的父亲还是虢国夫人,他们都喂了孩子整整三年的药。

---

① 《夷坚志·支志癸卷四》的《祖圆接待庵》。《聊斋志异》卷十二《桓侯》中有一种可将万物变为金子的香草。另外,《子不语》卷二一《蛇含草消木化金》中的蛇含草具有强大的消化、腐蚀效力,误食之人甚至会被溶化。此草虽也见于其他文献,在这个故事中的作用却是将煮草的锅变成了黄金。

② 《大唐奇事》又名《大唐奇事记》《唐记奇事》《奇事记》等。

而且，变形的这个小孩真身到底是什么，也一无所知。故事中说到他被射杀后又变成了木头人，那么他原来大概就不是人吧。

在中国，这是一则记载了具有变形功能的灵草的极为罕见的资料，而且故事真相扑朔迷离，根本无法探究下去。但可以说，这种灵芝药草应该与《出曜经》中的遮罗婆罗草是两种完全不同的东西。

除此之外，与变形有关联的药草，能够勉强列举的是《西游记》故事的原型，即宋代话本《大唐三藏取经诗话》中《过狮子林及树人国第五》一节。三藏法师一行（陪伴他的是孙悟空的前身猴行者与其他的僧侣）穿过狮子林，快要到树人国时，已是日暮时分，所以他们只好借宿于一户人家。第二天一早，三藏法师一行中的小行者出门买菜，可是过了中午还未见回来。于是猴行者出去寻他，不出所料果然出了事。接下来的故事如下①：

> 猴行者一去数里借问，见有一人家，鱼舟系树，门挂蓑衣。然小行者被他作法，变作一个驴儿，吊在厅前。驴儿见猴行者来，非常叫噢。猴行者便问主人："小行者买菜从何去也？"主人曰："今早有小行者到此，被我变作驴儿，见在此中。"猴行者当下怒发，却将主人家新妇，年方二八，美貌过人，行动轻盈，西施难此（当作"比"），被猴行者作法，化此新妇作一束青草，放在驴子口伴。主人曰："我新妇何处去也？"猴行者曰："驴子口边青草一束，便是你家新妇。"主人曰："然你也会邪法？我将为无人会使此法。今告师兄，放还我家新妇。"猴行者曰："你且放还我小行者。"主人噀水一口，驴子便成行者。猴行者噀水一口，青草化成新妇。……

就这样，猴行者救出小行者，可那主人却被吓得不轻，赶忙赋诗一首以谢罪，而猴行者也留诗一首作为酬答，之后便带着小行者离开了。这就是这一回故事的结局②。

---

① 所据为太田辰夫译、矶部彰解题大藏文化财团藏宋版《大唐三藏取经诗话》（汲古书院，1997年）影印本。

② 除《大唐三藏取经诗话》日文译本外，还参照了志村良治《大唐三藏取经诗话译注》(《志村良治著作集二·中国小说论集》，汲古书院，1986年）。

为了对付那户人家主人所使的邪术,猴行者把他妻子变成了一束青草,并将其放在驴嘴边。在能使僧人变回人形这一点上,这束青草所起的作用和遮罗婆罗草是一样的,但两者的思路是完全相反的(一方是吃了草才能恢复原形,另一方则是不吃草才能恢复原形),所以很难想象这两种草之间存在互为影响的关系。因此,首先可以认为它们之间并不存在直接联系。再者,故事中登台亮相的这户人家的主人会使邪术,能把人变成驴,由此出现了另一个问题,即其与《板桥三娘子》到底有怎样的关联呢?① 关于这个问题,将在下一节进行详细探讨和考察。

宋元以后,小说、笔记的著述数量非常庞大,实在无法通览。因此,只能将范围局限在有代表性的著作上进行论考②,但还是没有发现与变形有

---

① 关于树人国的故事,太田辰夫《〈大唐三藏取经诗话〉考》中做了如下论述:"《出曜经》卷十五《利养品下》中……有一个主人公被变为驴后因吃了灵草得以恢复人形的故事,此后,又演变为《河东记》中《板桥三娘子》的故事……之后更是对《诗话》产生了影响。"(《西游记的研究》,研文出版,1984年,第29页)。

关于《板桥三娘子》改编自《出曜经》的旧论且搁置不论,但太田辰夫认为《板桥三娘子》对《诗话》产生了影响,就两者的关系,笔者认为有必要进一步探讨。

② 宋代以后的资料,以《东京大学东洋文化研究所汉籍分类目录》的《子部小说家类·异闻之属》所载的文献为主要的调查对象,并通览了其他各时代的随笔笔记类作品。关于清代的资料,还只进行到一半,但已通览《聊斋志异》《阅微草堂笔记》《子不语》等著名的志怪小说集。关于明清志怪小说以及笔记类资料,参照陈国军《明代志怪传奇小说集研究》(天津古籍出版社,2006年)、占骁勇《清代志怪传奇小说研究》(华中科技大学出版社,2003年)、谢国桢《明清笔记谈丛》(华夏出版社,1967年)、陈文新《中国笔记小说史》(志一出版社,1995年)、徐德明《清人学术笔记提要》(学苑出版社,2004年)、来新夏《清人笔记随录》(《研究丛刊》,中华书局,2005年)等研究论著。另外,关于民间故事,参照美丁乃通《中国民间故事类型索引》(中国民间文艺出版社,1986年)、德艾伯华《中国民间故事类型》(商务印书馆,1999年)、金荣华《中国民间故事集成类型索引》上、中、下(中国口传文学学会,2007年)、祁连休《中国古代民间故事类型研究》上、中、下(河北教育出版社,2007年)四部论著。总之,这些文献大多只是进行了字面上的粗略调查,笔者总是担心有所遗漏。幸好有泽田瑞穗的诸多论文,弥补了疏漏。这些论文旁征博引的程度简直令人惊叹。拙论在以宋代以降的各类文献为论述对象时,在很大程度上借助了泽田瑞穗的相关论文。对于近年来相继出售的《雕龙全文检索丛书系列》及中国国学出版社的《古代小说典》等各种电子文献资料,笔者也加以使用。

关联的关于药草的记录①。关于变形术,已然确证,在中国,这种依靠药草来实现瞬间变形的思路原本是不存在的。因此,欧洲的民间故事、童话中所采用的那种因吃了神奇食物而变形的情节②,在中国却并未引起关注,故而《出曜经》中的遮罗婆罗草在中国还没有成为衍生类似故事、改编小说的蓝本就已经被人们遗忘了。

远道而来的遮罗婆罗草在中国很短命③,那么佛教故事中出现的女咒

---

① 就以上的调查范围来看,在中国几乎找不到因吃药草或水果而突然变形的故事,但也不能说完全没有。清钱泳《履园丛话》卷十四《祥异》中收录了一个名为《食橘化蛇》的故事(文本所据为《清代史料笔记丛刊》本,中华书局)。内容如下:

广西太平府城东十余里,有大橘树一株,广荫数亩。浙江缙云县有某明经者,宦游过此,时值九秋,红黄实满。方停舆,渴甚,采择其巨而红者一枚,啖之。忽两目发赤,遍体肿痛,先脱两臂,复坠两股,化巨蛇,入橘林中。亦奇事也。

因为吃了橘子而化为蛇的故事,在中国是极其罕见的。只是这棵树的果实并非全都有使人变形的效力,只有其中巨大者才有此毒性,且并没有一会儿变形为动物一会儿恢复人形的情节,所以与《出曜经》中的遮罗婆罗草或《格林童话·菜驴》中的卷心菜相较,性质上是有所不同的。

② 关于能使人变形或恢复人形的具有魔力的食物,《菜驴》等欧洲的民间故事、童话中多有出现,可参照本书第一章第一节及附论一。欧洲的这类故事虽在构思上与《出曜经》中的遮罗婆罗草相似,但笔者认为其故事原型应该是《根本说一切有部毗奈耶杂事》。

③ 在此还想再补充一个由外国传来的神奇药草的故事。《异苑》中记载的"蛇衔草"来历如下:从前,有个农夫耕田时,发现了一条受伤的蛇。在它旁边又出现了另一条蛇,它将嘴里衔着的草敷在那条受了伤的蛇的伤口上。过了一日,那条受伤的蛇竟然可以动了。农夫见此,就取来剩下的药草用以疗伤,没想到这种药草甚是灵验,无论对哪种伤都有效。不过因为农夫不知道这种草的名字,所以只能取名为"蛇衔草"。

其实,古希腊也流传着与此极为相似的故事。在阿波罗多洛斯《希腊神话》第三卷中有一个故事,讲述珀琉艾都斯受命寻找米诺斯之子古拉乌考斯,孩子虽找到了,却已经死了,所以珀琉艾都斯只能想办法让他复活。珀琉艾都斯无意中看到一条蛇将草敷在另一条已经被杀死的蛇身上,那条蛇居然奇迹般地复活了,受此启发,珀琉艾都斯于是找来同样的草敷在古拉乌考斯身上,那孩子果然复活了。在欧洲,这则故事成为《格林童话》中《三片蛇叶》(KHM16)、《泉之子耀汉内斯与泉之子嘎斯帕鲁》(初版的第一卷,第二版以后出现在 KHM60《兄弟两人》的注中)等故事的原型。特别是《三片蛇叶》中有一处情节说的是年轻的国王与已逝的王妃被葬在了一起,国王醒来看到一条蛇正靠近王妃,他立即挥剑斩杀了那条蛇,却无意间发现了不死叶(当国王斩杀了靠近王妃遗体的那条蛇后,又来了一条蛇,它将口中的绿色叶片敷在被斩断了身体的蛇的伤口上,那条蛇就复活了),王妃也因此得以死而复生。前述希腊神话中珀琉艾都斯(转下页)

术师的命运又怎么样呢？下面来考察这个问题。

《出曜经》佛教故事中将来往客商变为驴的咒术，在唐代以前并未发现以其为蓝本的类似故事。(《板桥三娘子》中的变驴术属于《故事海》《一千零一夜》系列故事，《出曜经》并未对其产生直接影响。)可是，所使咒术虽不相同，却都是为了拴住男客商而使妖术的女人。从这点来看的话，唐代房千里《投荒杂录》(《太平广记》卷二八六《幻术部·海中妇人》)中就有这样的记载：

> 海中妇人善厌媚，北人或妻之，虽蓬头佝偻，能令男子酷爱，死且不悔。苟弃去北还，浮海荡不能进，乃自返。

虽只是四十余字的简短记述，房千里所描述的南海妇人的咒术却有两点极有意思，值得注意。如果有人想逃出南海，南海妇人能使用咒术让船自动返航。这种咒术与《诸蕃志》中有关中理国(非洲东部索马里地区)的记载、《东方见闻录》中记载的流传于索科特拉岛的咒术相似[①]。这些咒术

＊(接上页)也是被关在葬有古拉乌考斯的墓室时因斩杀了一条蛇才无意中发现了不死草。由此看来，《三片蛇叶》就是直接套用、沿袭了《希腊神话》的这个情节。中国蛇衔草故事的源头恐怕也可以追溯至此吧(任昉《述异记》中的"活人草"是在东汉光武帝时由月支国所献，将其覆于死者脸上，可使其死而复生。在此作者明确记述了它是来自西域且可以敷在死者身体上的药草)。

中国有许多关于不死草的故事，再加上有关动物的情节，这种类型的故事此后虽形式几经变换，其原型却被原原本本地传承了下来。例如，《太平广记》卷四《神仙部》的《鬼谷先生》(出典为五代十国前蜀杜光庭的《仙传拾遗》)，说的就是用一种鸟所衔来的草敷在死者的脸上，就能使其死而复生。《太平广记》卷四○八《草木部》的《鹿活草》、卷四四三《畜兽部》的《刘幡》，说的是主人公将鹿、獐射死，又剖腹，再将草填入其腹中，鹿、獐就又复活了(前者出典为段成式《酉阳杂俎》，后者为祖冲之《述异记》)。其他如《聊斋志异·鹿衔草》中的鹿、《夜雨秋灯续录·返生香草》中的蛇，都可以看作是这一系列故事的后续。中国人不懈地追求长生不死，对这种灵草的效力有着强烈的好奇。因此，与遮罗婆罗草故事不同，在中国诞生了许多这类故事的改编作品。

小岛瓔礼编著《围绕蛇的民俗自然志·蛇的宇宙志》(东京美术，1991年)第六章《三片蛇叶——从日本的落语到古希腊》中详细论述了蛇与不死草的内容。

① 参照本书第一章第二节《西亚》注。《投荒杂录》或其他记录中将此术记为振州(位于今海南省)陈武振所使"得牟法"，并进行了介绍(《太平广记》卷二八六《幻术·陈武振》)，可见此术在当时已被中国化了。

还让我们联想到流传于欧洲沿海地区的女巫的荒天术,然后通过中近东地区,我们可以展开更广域的想象。但是很遗憾,再要往前考察,笔者的知识储备将远远不够。所以,在此,笔者暂且只能提出考察的思路而已。

其实还有一点更值得注意,那就是"厌媚"之术。此术显然与变驴之术不同,房千里此记载的来源并不是《出曜经》,而是别的传闻。但说起这种以美色来俘获男客商的女咒术师的传闻,也与佛典故事有关联,因为在描述释迦牟尼前世的本生故事、以佛家弟子或虔诚的佛教信徒为主人公的前世故事或其他佛典中,都可以找到诱惑男人的女夜叉、罗刹女的故事①。这些可怕的鬼神变为美貌的女子去诱惑那些漂流到海岛上的男人,最后把他们吃掉。这些故事的大致情节都是,释迦牟尼或佛家弟子的前身将那些陷于危难的人或是出门在外的行旅之人从这些女夜叉的魔掌中解救出来。这些夜叉、罗刹所使的手段应该就是房千里所描述的南海"厌媚"之术的源头吧。以下是《云马本生故事》开头的一部分内容。该经典收录于《南传大藏经》第三十卷《小部经典八·本生经》,日语译文出自岩本裕《佛教故事》(《绿带系列》,筑摩书房,1964年;《佛教故事研究》第二卷《佛教说话的源流与展开》,开明书店,1978年),笔者所引据此译本(筑摩本第202—203页)。

> 从前,唐巴庞尼岛有座名叫西里萨·瓦都的夜叉城。那里住着许多女夜叉,一有触礁船漂来,她们总是把自己打扮得漂漂亮亮,带上硬邦邦或软绵绵的食物,手里抱着孩子,带领着众多的侍女,去看望那些商人。一眼望去,城中到处都是正在耕作的人、放牛的人,还有家畜和狗等。商人们想,终于到有人烟的地方了。可这一切都是女夜叉的障眼法。女夜叉们来到商人们面前,劝道:"来,请喝了这碗粥。吃点饭吧,吃点点心吧。"毫无防

---

① 此类故事见于《南传大藏经》之《云马本生故事》《油钵本生故事》、北传《梵文大事譬喻谭》之《马王本生故事》《达鲁玛拉布哒本生故事》、汉译佛典《佛本行集经》卷四九、《中阿含经》卷三四、《六度集经》卷六、《增壹阿含经》卷四一、《根本说一切有部毗奈耶》卷四七、《出曜经》卷二一、《经律异相》卷四三等典籍之中。参照岩本裕《佛教民间故事》(筑摩书房,1964年)的《锡兰岛绮谭》、平等通昭《印度佛教文学的研究》第三卷(印度学研究所,1983年)的《关于海洋贸易的本生故事》等。

备的商人们听话地吃完了所有的美食。休息时,女夜叉们又温柔地问起他们:"你们是哪里人?从哪里来?又要到哪里去呢?到此地又是所为何事呢?"商人们老实地回答道:"我们的船沉了,所以就漂流到了这里。"听到这话,女夜叉们立刻回答道:"啊,是这样,真是太难为你们了。我们的丈夫也乘船出海了,至今已经三年了,还未见回来,大概是凶多吉少了。你们也是商人,就让我们照顾你们吧。"说完,这些夜叉就以色相诱,把他们带回自己的夜叉之城。如果在里面发现了曾经被抓住过的人,那么就把这些人用铁锁绑了扔进牢房里。……

接下来的情节是这样的:有一天,五百个商人漂流到了岛上,和夜叉女们缔结了男女之好。但商人的首领发现女人的身体是冷的,才意识到她们是夜叉。于是他和同伴们准备逃跑,可其中有二百五十人不愿抛弃他们的女人。最终,首领和接受了忠告的二百五十人一起骑上天马,飞上天逃走了,而留在岛上的另外二百五十人却都被夜叉女吃掉了。其实逃跑的二百五十人是佛陀的侍众,而会飞的天马则是佛祖前生的姿态。

故事发生的地点唐巴庞尼岛其实就是斯里兰卡岛。有着"印度洋珍珠"美称的斯里兰卡作为宝石之岛自古就非常出名。公元1世纪左右,埃及所编纂《红海指南记》也称其是珍珠和宝石的产地[①]。在印度及周边国家的人们看来,斯里兰卡岛既是充满珍宝、令人憧憬的地方,同时又是居住着恶魔的恐怖之地。在《罗摩衍那》中,这个岛就是恶魔拉伐那居城所在朗卡岛的原型。

---

① 此文献有村川坚太郎译注《红海指南记》(生活社,1946年;之后为《中公文库》,1993年)。在第六十一节中,有关于锡兰岛的记述。根据村川坚太郎的注释(第268—270页),帕拉伊希孟都及塔布罗讷都是对锡兰岛的称呼。但关于此岛位置及面积大小的记述有很多错误,这说明作者并没有亲身航海的经历。虽然埃及人提到了斯里兰卡岛的珍珠及透明的石头(即宝石),却并不像印度人那样将其视作可怕的岛屿。

有关释迦牟尼前世的故事,在这里与斯里兰卡建国的传说相结合①,有意思的是,此后这些故事远渡重洋,甚至传到了柬埔寨。在著名的世界文化遗产吴哥窟遗址群中,在吴哥窟寺北边,有一个人称涅盘宫的七层高的圆形基坛,其池中的雕塑记录了遭遇海难后漂流到岛上的商人骑天马从罗刹女那里逃离的场景②。据称,12世纪由阇耶跋摩七世建造的这座寺院中的神马雕像,讲述的是关于与观世音菩萨信仰相结合的筏罗诃神马的传说。这个神马传说的内容如下③:

> 西姆哈卡如帕城中有位善良的商人名叫西姆哈剌,他平生最崇信观世音菩萨。有一次,他出海时遇到了暴风雨,便与同船的商人一起漂流到了一个名叫塔姆拉·都威拔的铜之岛。岛上居住着许多食人鬼罗刹女。她们化身为美貌的女子来迎接西姆哈剌他们上岸,将他们带到岛上并进行款待和慰问,最终商人都与罗刹女结为了夫妇。
>
> 西姆哈剌半夜醒来,听到房间里的一盏油灯对自己说:"和你同床共枕的女人其实是吃人的女鬼,十分危险。如果你想要得救的话,现在立刻去海边,有一匹名叫拔拉哈的马等在那里,你骑上它快跑。但你要记住,没到达对岸前千万不要睁开眼睛。"西姆哈剌听了油灯的话,十分震惊,连忙偷偷叫醒了他的伙伴,和他们一

---

① 公元前6世纪,辛巴拉人由印度北部迁移到锡兰岛,经过后裔的努力,该岛逐渐从"夜叉之岛"变成"佛教之岛"。《岛王统史》(4世纪成书)及《大王统史》(6世纪成书)是讲述其演变过程的两大年代记,收录于《南传大藏经》第六十卷。
关于斯里兰卡的历史,参照山崎元一《古代印度的文明与社会》(《世界的历史》,中央公论社,1997年)等论著。关于斯里兰卡的建国传说,唐玄奘《大唐西域记》卷一一中作为僧伽罗国传说进行了介绍,内容有所不同。日本《今昔物语集》卷五《天竺部》的《僧迦罗的五百商人共至罗刹国的故事第一》及《国王入山狩鹿,女儿却为狮子所夺的故事第二》也与此有关,而且成了女儿国传说的源头之一。
② 平等通照《印度佛教文学的研究》第三卷(印度学研究所,1983年)卷首刊有一张黑白照片,大林太良编《世界的大遗迹》12《吴哥窟遗址群与婆罗浮屠寺庙群》(讲谈社)在介绍时还配了彩色照片,这张照片更清晰。
③ 所据为平等通照《印度佛教文学的研究》第三卷第486—487页的概要介绍(其所据亦为格罗里埃著《吴哥窟遗址群》),并有部分改动。但笔者未见格罗里埃著《吴哥窟遗址群》。

起去了海边,骑上马,两手紧紧抓住马的身体。马儿飞到了天上。原来这匹名叫拔拉哈的马就是西姆哈剌平生所崇信的观世音菩萨的化身。

涅盘宫的雕刻是12世纪的作品,远迟于房千里写作《投荒杂录》的时代,但神马拔拉哈传说所依据的故事原型应该是很早就通过连通印度和东南亚的海洋贸易之路①被传播到了这一带。虽然无法在这些佛教故事中找到能使出海的船自行返回的咒术,但这些佛教故事还是通过改头换面的方式在《投荒杂录》中留下了它们的踪影②。

宋代李石《续博物志》卷六中也留下了一则类似的简短记载。其内容如下(原文据李之亮点校本,巴蜀书社):

> 北人淫南妇,辞归,以毒置食,约以年月。复还,解以他药,不尔,毒发死矣。谓之定年药。南游者宜志之。

与"厌媚"之术相同,此处的咒术也是被用来俘获北方男人们的。在中国,这种咒术一般被称作"蛊"或"蛊毒""巫蛊"等。大室干雄《被蛊附身的历史人类学》中(三省堂《全景帝国》第六章《梅岭之南》所收)认为,在殷代甲骨文中所见的"蛊"字,指的是从春秋战国到秦汉时期流传于黄河流域的中原地区的一种咒术。六朝至唐代,"蛊"继续南下,成了江南甚至岭南的咒术。五代、宋以后,蛊术传至广东、广西、福建、四川甚至云南、缅甸等地,为南方及西南方的少数民族所用。此时,关于"蛊"的记录屡见不鲜。大室干雄指出(第360—364页),"蛊"南下的过程正与汉人向南方拓展的历史进程一致。那么,同样历史悠久的南方的原有咒术是什么样子?又是如何将北方的"蛊"吸收融合进来的呢?诸如此般相反的视角也是我们考察时所必需的。但有一点可以肯定,即这些咒术被冠以"蛊"的总称,然后就被排除在北方文化圈之外了。自古南方崇信鬼

---

① 根据平等通照《印度佛教文学的研究》第三卷,由于南印度政治不安定,公元2、3世纪,有相当一部分原住民和雅利安人从海上迁徙至缅甸、马来半岛附近并定居下来(第474页)。

② 长泽和俊《海上丝绸之路史》(中公新书,1989年)第三、第四章称,中国的南海贸易在六朝隋唐时,借助昆仑(东南亚诸小国)船、婆罗门(印度)船、波斯船得到了持续发展。除北传佛典外,应该还有其他故事经这条海路传入。

巫，此后，"蛊"就在这种崇尚咒术的风土民俗中得以生根发芽、开枝散叶①。

据唐代孔颖达称，"蛊毒"就是"以毒药药人，令人不自知者"（《春秋左氏传》昭公元年"何谓蛊"疏）。对"蛊毒"的具体描述，有收于《隋书》卷三一《地理志下》中的以下一段文字，甚是出名。

  其法：以五月五日聚百种虫，大者至蛇，小者至虱，合置器中，令自相啖，余一种存者留之。蛇则曰蛇蛊，虱则曰虱蛊，行以杀人。因食入人腹内，食其五藏，死则其产移入蛊主之家，三年不杀他人，则畜者自钟其弊。累世子孙相传不绝，亦有随女子嫁焉。

可见由此衍生出许多的亚种，其中之一就是《续博物志》中操纵男性的妖术吧。

可是，虽然它和《投荒杂录》中的"厌媚"之术很相似，但从《续博物志》的记载中也可以发现，这种操纵男性的巫术与"厌媚"之术具有显著的差异性。具体而言，《投荒杂录》中，作者通过"海中""浮海"等词语营造了一种远在海外的异国氛围，《续博物志》中却没有这样的感受，南妇所居之地给人一种南北大陆相连的感觉，且文章最后以"南游者宜志之"一句作结，以警示旅行者。总之，作者强调的是其现实性笔录的一面。随着时代推移，其后明代黄瑜《双槐岁抄》卷五中广西的寡妇所使之咒术，还有清代屈大均在《广东新语》卷二十四《蛊》中所描述的"定年药"等，都是这种可怕的限定年数的蛊毒，而且对所使蛊毒的地区也开始有了限定。在此，笔者拟举后者的记载为例，其版本所据为《清代史料笔记丛刊》本（中华书局，下册第

---

① 川野明正《中国的"附体邪魔"——华南地区的蛊毒与咒术的传承》（风响社，2005年）是研究蛊毒的专著。川野明正对中国南方少数民族咒术的论述翔实可信。另外，邓启耀《中国巫蛊考察》（上海文艺出版社，1999年）也是此类研究著作，邓启耀不仅详尽论述了巫蛊习俗的历史，还根据实地调查，通过举实例的方法论述了现今南方少数民族中的迷信及由此酿成的悲剧。

599—600页)①:

> 西粤土州,其妇人寡者曰鬼妻,土人弗娶也。粤东之估客,多往赘焉。欲归,则必与要约,三年返,则其妇下三年之蛊,五年则下五年之蛊,谓之定年药。愆期则蛊发,膨胀而死。如期返,其妇以药解之,辄得无恙。土州之妇,盖以得粤东夫婿为荣。故其谚曰:"广西有一留人洞,广东有一望夫山。"以蛊留人,人亦以蛊而留。

如此,蛊术就被限制、固定在与北方大陆相连的南方地区了。《投荒杂录》中描述的"厌媚"之术似乎也受到了这种地域限制的影响。清代刘崑《南中杂说》中的以下描述更将"蛊"看作滇(云南省)地之咒术②(引文所据为《丛书集成初编》本):

> 滇中无世家,其俗重财,好养女,女众年长,则以归寄客之流落者,然貌陋而才下……则密以此药投之,能变荡子之耳目,视奇丑之物美如西施、香如苏合,终身不解矣。又有恋药、媚药,饮之者则守其户而不忍去,虽赀本巨万,治装客游,不出二跬,即废然而还,号曰留人洞③。吾乡数十万人,捐坟墓,弃父母妻子,老死异域者,大抵皆中此物也。

很早就从咒术的世界中脱离出来的北方文明,将曾经属于自己的巫蛊之术等同于南地之咒术,并将其排除在主流文化之外,从此与其断绝关系。

---

① 与《广东新语》内容相同的记载亦见于李调元《粤东笔记》中(李调元为清乾隆年间人,而《广东新语》则刊行于康熙年间)。两者相较,《粤东笔记》有节略之处,而《广东新语》则简明易懂。川野明正《中国的"附体邪魔"》第七章《爱情之药·围绕着鬼妻的恋爱咒术的传承——汉人"走夷方"看西南非汉民族的民族表象(二)》中也引用了《新语》(第279—280页,以及第300页注7)。
《函海》以及《丛书集成初编》(以《函海》为底本的排印本)以《南越笔记》为题收录了李调元的《粤东笔记》。东京大学东洋文化研究所的藏书中有民国四年上海会文堂刊行的石印本《粤东笔记》。同书的此则记载为邓启耀的《中国巫蛊考察》所引(第153页),但文本有若干不同。
② 泽田瑞穗《修订中国的咒法》在《红色咒术》中介绍了《投荒杂录》《南中杂说》中记载的内容。
③ 不只云南有"留人洞",《粤东笔记》中也有一处引用了"广西有一留人洞,广东有一望夫山"的俗谚。

同样，对于起源于遥远海外的"厌媚"之术，北方文明也将其看作南蛮之术，并将其作为实事记载在地理志中。就这样，那些会使"厌媚"之术的女咒术师血液里所掺杂的遥远的异国血统被世人所遗忘，留下的只是她们那张与南方少数民族女性重合的脸而已。

　　在欧洲神话传说中也能发现这些恋爱中的女巫（女咒术师），但在中国，有关她们的传说被当作极其现实的真人真事。其实，这并不单纯是将毫无根据的空想现实化，而是北方人的"异地妻子"所编织的一种不愿与丈夫分离的爱的咒术，其背后隐藏着的其实是悲剧性的现实。因此，与变形为虎的故事相比，在这里能够使童话或幻想性的怪异故事自由地开花结果的土壤则更是少之又少。如果说真有想象性的创造力在起作用的话，那么作为被害方的北方人，随着他们对南方妻子的肆意想象，他们对后者的恐惧与日俱增，于是他们更是将蛊毒描述成了一种不能为人所理解的怪诞之术。下面的两则故事都是大室干雄所引资料，此处也引以为证。

　　　　滇中多蛊，妇人尤甚。每与人交好，或此人有远行，必蛊之，至期不归，则死矣。一客至滇，交一妇人。临别云："我已毒君矣。如期不归，必腹胀，胀则速还，如逾月则不可救。"其人至期，果腹胀，逡巡不归，腹裂而死。视其腹中，有喂猪木槽一面。真怪事也。

　　　　　　　　　　（清东轩主人《述异记》卷下《滇中奇蛊》）①

　　　　……又山中摆夷，剥全牛，能咒其皮如芥子。货客入山，不戒，或为夷女所悦，当货毕言归，即私投饮食以食客，女约来期。如约至，乃得解。逾期，则蛊作腹裂，皮出如新剥者。

　　　　　　　　　　　　　　　　（清张泓《滇南新语·蛊》）②

　　后者的故事说的是缅甸的"牛皮蛊咒"③，见于《南中杂说》，亦载于《夷

---

　①　《述异记》收于《说铃》后集，笔者所据即此文本。
　②　《滇南新语》所据为《丛书集成初编》所收的《艺海聚珍》本的覆印本。
　③　清张景运《秋坪新语》卷九亦以《牛皮蛊》为题，载录了"牛皮蛊咒"。东京大学东洋文化研究所藏乾隆六十年刊本对此亦有收录。

坚志·丁志卷一》,与"挑生法"①背后的构思、思路是一样的。就是一种能让人吃下去的肉在人肚子里又活过来,变回原来的活鸡、活鱼的咒术。此术看似荒诞不经,却令人产生一种莫名的真实感,使得北地的旅人胆战心惊。

关于遮罗婆罗草和女咒术师的论述到此暂且告一段落,下来看一下变驴、变马术。

在南地女性所使的咒术中,常常可以看到变驴、变马术的踪影,但也和变虎故事一样,大多数是施咒术者自己变形,故事内容也带有记录性文本的风格。泽田瑞穗《变形记与变鬼故事》中介绍了包含变驴、变马要素的故事共计十五个,其中施咒术者自己变形的故事要占到三分之二以上。其内容多是少数民族的女性依靠咒术使自己变成骡、驴、马、羊、猪等动物②,或

---

① 《中国的咒法》收录的《挑生术小考》,对以南宋洪迈《夷坚志·丁志卷一》中的"治挑生法"为代表的诸例予以援引。川野明正《中国的附身邪魔》中也屡屡提到"挑生",介绍了诸多资料,同时也进行了探讨和论述。对于这种邪术,当时的人们居然从对应的病患、用于治疗的角度进行了认真思考,宋代《传信适用方》《医说》、明代《普济方》《本草纲目》等医学类书籍中可见到许多有关解毒药、治疗方法的记载。在此只列举医学类领域以外的例子,而这些资料是泽田瑞穗、川野明正论文中未收录的。

北宋沈括《梦溪笔谈》卷二一《异事》、北宋彭乘《墨客挥犀》卷六(文同《梦溪笔谈》之《异事》)、南宋黄震《黄氏日抄》卷六七《读文集九·范石湖文·挑生》(以其为范成大《桂海虞衡志》记载之佚文而引之)、明陆容《菽园杂记》卷八"广东西人善造蛊……"、明唐顺之《武编·前集卷六·解救药毒》、明邝露《赤雅》卷上《獞妇畜蛊》、清李调元《粤东笔记》卷十二《蛊》、清郝玉麟等主编《广东通志》卷五十二《物产志·蛇·蛊毒》(引自明黄一正的《事物绀珠》)及卷六四《杂事志·雷州府·咒肉》、清许仲元《三异笔谈》卷二《咒水》。

在有关"挑生"的诸多资料中,特别值得注意的是清王士性《广志绎》卷三《江北四省》中的记载,川野明正在《中国的"附体邪魔"》第88页注3中引用了此资料。此则记载中的"稻田蛊"与"树蛊"之术,是一种将稻或树木植于人腹中,使其生长,直至贯穿人的肠子,最终置人于死地的杀人之术,与植瓜种树之术在构思上完全相同。此术作为南方少数民族的一种咒术被实际试验过,抑或只是一种为了培植汉族对南方少数民族恐惧之心的幻想。

② 泽田瑞穗论文所举有清邹弢《三借庐笔谈》卷二的《异俗》、李心衡《金川琐记》卷六《变鬼术》等资料。数量虽不多,但也有变形主人公为男性的故事。例如明曹安《谰言长语》、清东轩主人《述异记》卷下《土司变兽》的故事,主人公姓杨的土司变形为虎、驴、猫,最终又恢复了人形,清刘献廷《广阳杂记》卷一中则有某位地方巡检变成驴的故事。

是她们老了以后发生变形等①,都说不上是特别有新意的故事。但是,泽田瑞穗在论文《再补》中所引清屠绅《琐蛣杂记》卷五《焚幻猴》,却是一个令人难忘的故事。故事内容如下②:

> 滇北元马县彝之别种,为鹿人,男骏而女黠,能为变幻诸术,吾氏女矣二矣三,多以技肆其淫恶。所居马鞍山下,邻人虽江楚之猾,无能测其奸状。二姊妹皆好女子,善窃汉种。常以月黑夜出伺男客,但皮肉细腻,与彝不类者,摸索之,即牵以入室交欢,复叠死,则瘗之。或奔走逃命,二辄化为虎,遂咬其人,亦毙之于道。先是,川南老贾戎姓者,货诸宝布,寄宿他村落。二潜攫其物,戎觉之,持梃逐击,随化为马,戎置鞍乘之。三日,鞭策委顿,不与水草吃,竟至死不复其形。盖戎固能制幻人者也。二死后,三孤立,不敢为凶。惟状饰容首,求少年苟合而已。村之东房氏子驷儿,白皙未婚,随其父母自黔中来,遇三于中谷,得谐其私,三顾舍身以从,而汉民无娶彝女例。三颇蕴结,时登驷儿床就之。或其家人有所警触,则化为猫若犬以出,人亦疑之,而奔驶不受捉缚。驷儿娶宋氏女,亦黔族也。三闻有昏期,涕泣欲死。驷儿云:"卿杂种,不可将饭奉祖先,吾自有妇耳。"合卺之夕,二(当作"三")化为猴,窃食其厨中酒肉,醉而卧,三更不起。厨人执以告,亲串来问,猴之毛色,稍异于常。驷儿之父扬言曰:"是不可留也,宜告于诸村,与众焚之。不然,恐不利于新妇。"驷儿心切难忍,顾不敢请命

---

① 泽田瑞穗论文所举之例有明沈德符《敝帚轩剩语》卷上所引杨慎《滇程记》、清《云南通志》卷一八三所引《腾越州志》中的故事等。

② "琐蛣"指的是寄居蟹。屠绅号笏岩,其笔名竹勿山石道人即由此而来。《琐蛣杂记》全十二卷,收藏于内阁文库以及东京大学东洋文化研究所(夕岚草堂文库)。屠绅还有一部题为《六合内外琐言》的著作,其序文曰:"《六合内外琐言》,一名《琐园日记》。"该书题名虽与《琐蛣杂记》相似,内容却不同。该书以《房氏功烈》为题,也收录了《焚幻猴》的故事。东洋文化研究所藏有申报馆仿聚珍本排印的二十卷本,《中国近代小说史料汇编》第十七册(广文书局)藏有影印的二卷本,卷数虽异,内容却相同(只是有若干字句上的差异)。《房氏功烈》,二十卷本中被收录于第十三卷,二卷本中则被收录于卷下,末尾附有关于王铁夫一人物的评语等,虽与《焚幻猴》字句上多有差异,但故事内容未变。

一语。诘旦,猴醒而遭缚,惟向驷儿垂死泪而已。日中,诸村来集,江楚之邻咸曰:"快哉,焚也。"倏然举火,猴骨为粉,竟不返妖姿焉。是时,三月炎旱,其夕翻盆雨,人谓房氏之功烈。

故事中围绕咒术的迷信和习俗,人种歧视的压抑和男人们的肆无忌惮,还有残酷的私刑①,不禁令人联想到欧洲惩罚女巫时所用的刑罚。上述故事记载的内容,既丰富多样又珍贵无比。天降大雨分明是出于对矣三的怜悯,作者屠绅却和村民、房氏一样,将此事归为房氏的功绩,这就让读者更加为之悲叹了②。

矣二遭到姓戎的行旅商人的袭击而变形为马,又被商人置鞍乘之的一段情节,不禁令人想到《板桥三娘子》的故事,但如果据此推断此故事受到了《板桥三娘子》的影响,就太过牵强了,不过二者的这种类似性值得注意和玩味③。

泽田瑞穗共举了四个关于将他人变为驴、马的咒术。明陆粲《庚巳编》卷七中的《变鬼》,讲述的是贵州夷俗中有一种"变鬼法",可以将男子或妇人变为羊、猪、驴、骡之类的动物,然后吃人或吸人血。还记载了一个故事,说的是有个妇人因此术被变成了羊。明徐应秋《玉芝堂谈荟》卷九《卜思鬼术》中引录了明朱孟震《河上楮谈》中关于棘夷(云南省西南地区的少数民族)的一个怪异故事,讲的是有个人死后,其尸身虽已被埋,但尚未腐烂,这时来了个棘夷人,在墓穴前踽步念咒,谁料那人的尸骸竟从穴中爬出来,变成了牛马,它或为人食用或被拉到集市上出售。这则记载不禁让人联想到

---

① 实际上被烧死的也许只是偶尔进来偷食的猴子,人们却认为是矣三干的,是她杀死了猴子,所以当她再次出现时,等待她的也必然是同样的命运。其实这样的焚杀事件并不一定只发生在遥远的过去,在民国年间的云南也发生过。据前文提到的邓启耀《中国巫蛊考察》所引用的唐楚臣《蛊药与婚忌》(《山茶》1995年第2期)的资料,彝族村的某位林姓姑娘,利用巫蛊之术将自己的病转移到了堂兄弟身上,之后被人告发,事情败露,全村的人对她又砍又打,最后竟将她活活烧死了(第278—279页)。

② 其实与此形成对照的另一则故事也留存了下来,即清乐钧《耳食录》卷三的《三官神》。说的是一个汉族男子由于违背了当初对黔地(贵州省)一个女子所发的誓言,因此受到了天神的惩罚。而这位天神正是当初两人共同发誓的三官庙里的那位神。故事中登场的这位贵州的女性与巫蛊之术没有一点儿关系,只是一心爱着那个汉人男子,等着他的归来,是一个令人怜悯的形象。

③ 变成家畜的魔女因过劳而死,与格林童话《菜驴》十分相似,但在故事情节展开中,这是一个常见的类型和套路,故相似应该只是一种偶然。

极端贫困、饥饿情况下发生的食人现象。

另外两例是载于清蒲松龄《聊斋志异》和程麟《此中人语》中的两则故事,将在下一节考察《故事海》《一千零一夜》系列故事时进行介绍和探讨。总之,以上四个故事都不具备与《出曜经》有直接联系的要素。奢波罗的女咒术师所施之术可以俘获男子,这一点与"厌媚""蛊毒"之术有相互联系的一面,但在变驴之术传至后世这点上,这些女咒术师并没有起到作用。

以上大致就是《出曜经》中有关遮罗婆罗草的佛教故事在中国的接受情况的考察和探讨。最后,关于传自西域女巫(女咒术师)的故事,想要补充一则资料,那就是载于《太平广记》卷四六〇《禽鸟》中,出典为唐戴孚《广异记》的名为《户部令史妻》的故事。泽田瑞穗《观灯飞行》(《神田喜一郎博士追悼——中国学论集》,二玄社,1986年;后收入《中国的传承与说话》,研文出版,1988年)中所介绍的这则故事①,其内容如下:

> 唐开元中,户部令史妻有色,得魅疾,而不能知之。家有骏马,恒倍刍秣,而瘦劣愈甚,以问邻舍胡人。胡亦术士,笑云:"马行百里犹倦,今反行千里余,宁不瘦耶?"令史言:"初不出入,家又无人,曷由至是?"胡云:"君每入直,君妻夜出,君自不知。若不信,至入直时,试还察之,当知耳。"令史依其言,夜还,隐他所。一更,妻起靓妆,令婢鞍马,临阶御之。婢骑扫帚随后,冉冉乘空,不复见。令史大骇,明往见胡,瞿然曰:"魅信之矣。为之奈何?"胡令更一夕伺之。其夜,令史归堂前幕中,妻顷复还,问婢何以有生人气,令婢以扫帚烛火,遍然堂庑。令史狼狈入堂大瓮中。须臾,乘马复往,适已烧扫帚,无复可骑。妻云:"随有即骑,何必扫帚?"婢仓卒,遂骑大瓮随行。令史在瓮中,惧不敢动。须臾,至一处,是山顶林间,供帐帘幕,筵席甚盛。群饮者七八辈,各有匹偶,座上宴饮,合昵备至。数更后方散,妇人上马,令婢骑向瓮,婢惊云:"瓮中有人。"妇人乘醉,令推著山下。婢亦醉,推令史出,令史不敢言,乃骑瓮而去。令史及明,都不见人,但有余烟烬而已。乃寻

---

① 其实最先关注《户部令史妻》的并非泽田瑞穗。泉镜花在《唐代的式样》中就以《魅室》为题,对这则故事进行了介绍。见《镜花全集》卷二十七(岩波书店,1976年),第138—140页。

径路,崎岖可数十里,方至山口,问其所,云是阆州,去京师千余里。行乞辛勤,月余,仅得至舍。妻见惊问之久何所来,令史以他答。复往问胡,求其料理。胡云:"魅已成,伺其复去,可遽缚取,火以焚之。"闻空中乞命,顷之,有苍鹤坠火中,焚死。妻疾遂愈。

令史之妻及其侍女的腾云驾雾,深夜山顶林间的群饮宴会,借用泽田瑞穗的话来说,"正可谓妖婆们的夜宴(Sabbath)"①。而使用妖术的并非这些妇人本人,而是成了精的仙鹤。这一点与西方的女巫故事有不同之处,泽田瑞穗总结道:"故事中有一胡人登场,可见其与西方中世纪的女巫传说间可能存在某些关联。"

---

① 这种女巫形象在欧洲有关女巫的历史中是属于年代相当晚的时期,而该历史甚至可以追溯到古代社会的太母信仰。上田安敏《女巫与基督教——欧洲学再考》(人文书院,1993年;之后为《讲谈社学术文库》,1998年)的一至五章讲到,在欧洲,作为父性宗教的基督教与母性宗教相冲突,而作为恶存在的女巫形象则正是在这种克服和排除相冲突的历史中形成的。按照其所反映的不同地域性的特点来分类,则有北欧型和南欧型两大类型。夜宴及夜间的空中飞行、与恶魔缔结的契约、放纵性欲式的秘密祭神仪式等要素见于南欧类型,13世纪以后变得更为显著起来。而北欧类型则与天气、气候及对家畜所施的魔法有关,原本是一种非集团的个体性的存在。两者的结合诱发了对异端的审问,引起16、17世纪人们对女巫的集体恐慌。

渡会好一《女巫幻想——从咒术的角度解读欧洲》(《中公新书》,1999年)第二章讲到,在经院哲学的集大成者、13世纪的神学者托马斯·阿奎那《神学大全》中并未出现与恶魔的契约,也没有夜宴。因此,关于威胁基督教社会的恶魔手下的女巫集会的幻想只是后世的恶魔学者所强加的观念。

夜宴的原型是基督教以前的异教的丰饶仪式,马格里特·A.玛莱的学说(西村稔译《女巫之神》,人文书院,1995年,原著刊行于1931年)对此进行了严厉的批判,并否定了安息日的实际存在,还有诺曼·寇恩的学说(山本通译《搜捕女巫的社会史》,岩波书店,原著刊行于1976年)等都引发了激烈的论争,成为一大学术问题。但是,年报派的历史学者卡鲁洛·钦斯布鲁克,从威尼斯的异端审问所的古老记录(1575年)中发现了(竹山博英译《贝南丹缇》,Serika书房,1986年,原著刊行于1972年)意大利北部弗利乌里地区农民的贝南丹缇信仰,当地人相信四季斋戒日的星期四晚上,他们的灵魂会脱离肉体,会合后一起出外去和邪恶作战。自此发现之后,一般将夜宴的原型追溯至此的学说变得更为有力(但这天夜晚的会合和作战是发生在睡梦中灵魂出窍的状况下,渡会好一指出,这并不能成为丰饶仪式确实存在的证据。严格地说,这只能证明自古就有土俗信仰存在,而持有那种信仰的人相信自己想象中的夜晚集会是实际存在的)。

综上所述,与女巫息息相关的夜宴的问题是相当复杂的,所以不要轻易地将其与《户部令史妻》联系起来为好。

户仓英美《器物妖怪——成精的扫帚、能飞的扫帚》(《竹田晃先生退官纪念东亚文化论丛》,汲古书院,1991年)同样关注了上述这则珍贵的资料。虽然户仓英美对将唐代传奇中的女性与欧洲的女巫联系起来的研究方法持非常谨慎的态度,但经过一系列考证最终发现,能骑着马或扫帚在空中飞行的妇人以及在山上举行夜宴的情节在中国的小说故事中绝无仅有,这种情况应是受到了外来故事的影响。户仓英美指出,很有可能是在故事形成过程中,中国自古就有的关于依附于人身的精怪的故事类型被强行加入了一种与前者完全不同性质的故事。由此,泽田瑞穗指出的关于使用这些咒术的人的问题就有可能得到解决。

这样看来,虽没有如《出曜经》中的女咒术师或《板桥三娘子》那样确凿的证据,但要说在《户部令史妻》故事中也隐藏着从异域而来的女巫(女咒术师),应该也不会错。因此,说起唐代从西域远道而来的女巫,那绝非三娘子一人①。但户仓英美指出,这则关于能在空中飞行的妇人们的故事没

---

① 飞行于空中的女巫形象,不禁令人联想到唐段成式《酉阳杂俎·前集卷一六》中的《夜行游女》,说的是有一种名叫姑获的鸟,褪去羽毛后便变为妇人,夜晚则飞于空中,专门攫取幼童。此故事与自古流传于欧洲的斯特利库斯传说极为相似。诺曼·寇恩在《搜捕女巫的社会史》中指出(第十一章,第280—288页),在罗马奥维迪乌斯《祭历》中记载,斯特利库斯是一种夜晚飞行于空中的鸟(或是化身为鸟的老妇人),专门袭击婴儿,并吃掉他们的内脏。关于斯特利库斯的这则记录,在此后也孕育出了各种各样的传说。

据高桥宏幸译《祭历》(亚历山大利亚图书馆,国文社,1994年),该处内容如下:

巨大的头部,睁得大大的一对眼睛,尖锐的鸟嘴轻而易举地攫取猎物,带有白斑的双翼,还有那不可或缺的钩爪,一应俱备,只等待夜幕的降临。当夜晚到来时,它们在空中飞行,专门袭击那些没有奶妈跟随照看的孩子。它们将孩子从摇篮里攫走后,开始肆意摆弄这副小小的身体。它们用嘴啄着那些滴着血的看上去是如此美味的内脏,它们的喉咙里灌满了刚刚喝下去的孩子的血。这些鸟的名字就叫斯特利库斯,而这个名字则来源于它们每每在夜晚所发出的那种令人毛骨悚然的叫声:"斯特利德勒。"(第224页)

根据同书的注释,"斯特利库斯指猫头鹰,或指枭的一种。此处以其'鸣叫声'(斯特利德勒:stridere)为语源的说明是正确的"。奥维迪乌斯在文章中写道:"所以,它们要么就是生而为鸟,要么就是借助咒语化身为鸟,即马鲁希人(意大利中部的部族,以巫术、咒文而著称)的老妇人能够凭借咒术化身为鸟。"由此可见,奥维迪乌斯也相信借助咒语能实现变形。总之,这是一则令人联想到中国的《夜行游女(姑获鸟)》的资料,值得关注。(转下页)

有任何衍生、后续故事。因为能使用中国固有的仙术在空中飞行的女子并不在少数,但骑着扫帚奔赴夜宴的女子此后就再没有出现过①。

《出曜经》中的女咒术师被南地巫蛊的"现实"所吞噬,自此消失于无形,而户部令史的妻子及其侍女也没有孕育出后裔,如果是这样的话,那么板桥的三娘子的后续传承又会怎样呢?

三、《故事海》《一千零一夜》系列故事

与《大故事》《故事海》甚至《一千零一夜》部分内容都有关联的能使用变驴术的女巫形象之所以能够植根于中国这片土壤中,要归功于薛渔思在《河东记》中塑造了板桥三娘子这一人物形象。只是,在中国,这一外来的女巫形象并未能孕育出更丰富多样的类似故事。那么,三娘子的故事也像《出曜经》中的遮罗婆罗草那样变成了完全孤立的存在吗?在本项内容中,笔者拟通过对那些片段性的相似之处的发现与分析,来对三娘子故事此后的发展轨迹做一番梳理。

唐代之后的五代到宋代,未见一例可以称得上是根据《板桥三娘子》改编的故事。但南唐徐铉《稽神录》(《太平广记》卷八五)中的《逆旅客》值

---

*(接上页)只是,晋郭璞《玄中记》中已见夜行游女(姑获鸟)的故事,即使这则故事传自西方,其历史也可以追溯到唐代以前的更早时代。而且,《酉阳杂俎》中这则记载的末尾还附有一个关于难产而死的妇人化鸟(即产妇鸟)的传说。据称,产妇鸟的传说又与留存于印尼文化圈的庞提阿纳克即因生产而死的妇人所变之妖鬼(其屡屡以鸟的形象出现)有关(大林太良说)。因此,关于夜行游女,不仅斯特利库斯,庞提阿纳克也成了必须研究的重要资料了,其来源的问题变得更加复杂了。所以已不能只与西欧的女巫联系在一起进行探讨了。

关于夜行游女(姑获鸟),山田庆儿《夜鸣鸟——医学、咒术、传说》(岩波书店,1990年)中有一篇同题的论文,非常有见地。大林太良说见于《池田弥三郎著作集》第五卷《身边的民俗与文学》(角川书店,1979年)(《月报》5)所载《产妇鸟与庞提阿纳克》一文,其中介绍了山田庆儿的论文。

① 高桥义人《女巫与欧洲》(岩波书店,1995年)引用了泽田瑞穗论文中《户部令史妻》的故事,且这样写道:"总之,不论在欧洲还是在中国,为了参加夜宴而飞行于空中的人是实际存在的,这一传说是得到广泛认同的。"(第133页)但这种说法其实是不正确的。

得注意。这则故事篇幅短小,其内容如下①:

> 大梁逆旅中有客,不知所从来。恒卖皂荚百茎于市,其荚丰大,有异于常。日获百钱,辄饮而去。有好事者,知其非常人,乃与同店而宿。及夜,穴壁窥之,方见锄治床前数尺之地,甚熟,既而出皂荚实数枚种之,少顷即生。时窥之,转复滋长,向曙则已垂实矣。即自采掇,伐去其树,剉而焚之,及明携之而去。自是遂出,莫知所之。

这则短篇故事讲述的主题正是那种很早就传到中国并深受欢迎的种瓜植树之术。而该故事的源头早于《板桥三娘子》,应该可以追溯到晋干宝《搜神记》卷一中徐光的故事。从主人公是集市上卖皂荚的②这一人物设定来看,可以推断其与徐光故事有关联的可能性。

但是,在此首先值得注意的是故事发生的舞台背景。大梁,即汴州,说起这个地方,它就在三娘子旅店所在的板桥附近。而会使此种皂荚之术的并非是经营旅店的主人,而是投宿至此的客商,而且那人施术时也不用木牛木人,这两点与三娘子故事有所不同,但其所耕为"床前数尺之地"的耕种方法又与三娘子完全相同。如此看来,好事者穴壁而窥的情节设定,还有始于"不知从何来"、终于"莫知所之"的叙述方式、类型都与《板桥三娘子》如出一辙。

笔者认为,作者是以徐光的故事为基础创作上述故事的,且同时对《板桥三娘子》也应该是有所借鉴的。虽然只是以种树为中心的这一部分与三娘子故事相似,且最重要的女主人公形象也有所缺失,但我们绝不能说三娘子的衍生、后续故事就此完全绝迹了。

---

① 《太平广记》的文本与《古小说丛刊》本《稽神录·括异志》(中华书局)以及其他版本之间在字句上有所差异。

② 卖皂荚这一情节令人联想到《平妖传》四十回本的第二十四回(二十回本的第六回)《八角镇永儿变异相 郑州城卜吉讨车钱》中的一段文字。故事发生的地点离板桥的八角镇约有七八里,一只母狐狸变成妇人,名唤胡永儿,正在一棵大树下休息。一个行商推着货车从这里经过,他就是后来参加王则叛军的卜吉,他贩了些皂荚的果子,从郑州拉到东京(开封)去卖了钱,现在他正在返回郑州的路上。此即该故事的情节设定。虽然这是一则与《逆旅客》不同时代的资料,但同样值得我们关注。或者此地区附近可能历来多产皂荚吧。

再者,与《板桥三娘子》的关联,我们暂且搁置不论,就说有关那些专害住店客商的黑店或是那些经常发生恐怖事件的旅店的记载,从宋代的文献资料开始数量就一直在增加①。例如洪迈的《夷坚志》就收录了一些有关在旅店中所发生的怪异之事的记载。其中一则题为《秦楚材》的故事见于《夷坚志·丁志卷十》,说的是主人公在投宿的旅店遭到了邪教徒的袭击,还差点儿当了生祭。而该旅店的主人既不是会妖术的人,也不是什么坏人。但因为此故事有两处背景和情节的设定与三娘子的故事相类似,所以笔者对其开头部分的内容予以介绍:

> 秦楚材,政和间自建康贡入京师,宿汴河上客邸。既寝,闻外人喧呼甚厉,尽锁诸房,起穴壁窥之。壮夫十数辈,皆锦衣花帽,拜跪于神像前,称秦姓名,投杯珓以请。前设大镬,煎膏油正沸。秦悸栗不知所为,屡告其仆李福,欲为自尽计。夜将四鼓,壮夫者连祷不获,遂覆油于地而去……

第二天一早,旅店的主人来看望秦楚材,并告诉了他事情的原委。原来昨夜来的那一伙人是京城的一群地痞流氓,每隔三年五载就抓个美男子下油锅炸了,然后再把他献祭给名叫狞瞪神的鬼神。秦听了这话才意识到,之前自己在路上的时候老有一伙人忽前忽后地出现,原来就是他们盯上了自己。故事接下来话锋一转,说到秦楚材终于平安无事地到了京城的太学,而此后的情节展开就从一个神秘道士给了他一块银块开始。总之,此故事在内容上虽然和《板桥三娘子》无关,但故事所发生的场所是汴河附近的旅店,还有秦楚材"穴壁窥之"的情节设定也和《板桥三娘子》相似。

而《夷坚志·支志癸卷四》所收录的《醴陵店主人》这一故事,其场面描写与《板桥三娘子》就更加相似了。由于篇幅过长,在此笔者只引前半部分的内容:

> 吉水县人张诚,以乾道元年八月往潭州省亲故,次醴陵界,投

---

① 关于发生在旅店中的怪异故事的论文,有相田洋的《逆旅之怪——中国旅店的社会史》(《福冈教育大学纪要》第五十号第二分册,2001年),该文举了诸多资料,很有参考价值。此论文后改题为《作为界线的旅店——逆旅之怪》,被收录于《桥与异人——边疆的中国中世史》(研文出版,2009年)中。

> 宿村墟。客店主人一见如素交,延接加礼,夜具酒肴对席。张谓
> 无由而得此,疑有它意,辞以不能饮。且长途倦困,遂就寝。良
> 久,堂上灯烛照耀,起而窥。窃见主人具衣冠、设茶酒,拜祷于画
> 像前。听其词,屡言张生,知其必以己祭鬼,不敢复睡。主人既
> 退,望神像,一神眼睛如盏大。张料已坠恶境,而无由可脱。尝闻
> 《大悲咒》①能辟邪,平时诵习,于是发心持念。及数过,睹大眼者
> 自轴而下,盘旋几上。须臾,有声剥剥,迸作小眼无数,其状可畏。
> 乃闭目坐于床,诵咒愈力。时闻敲户击搏,欲入不能……

就这样,经历了如此恐怖的一夜之后,一等到天亮,张诚连行李都不拿就逃出了这家客店。张诚逃走时只听到店主人的屋里传来哭声,却不见有人来追他。如此急急奔了二里,张诚停下脚步稍事休息,正好路上遇到一个人也从客店方向而来,就问他怎么回事。原来是那家客店的主人突然死了。再问他什么原因,那人才向张诚道出了事情的前因后果。原来这家店主三代人都侍奉妖鬼,每年都要献祭活人,因此死者无数。只是,一旦抓不住活人当献祭,就会祸及这家人的家长,客店的主人之所以突然死去,就是因为这个缘故。

洪迈是将该故事作为湘中(湖南省)邪教习俗②的例子来予以介绍的。

---

① 关于《大悲咒》,在泽田瑞穗《修订中国的咒法》所收录的论文《宋代的神咒信仰——以〈夷坚志〉的民间故事为中心》中对此有所解说。在《夷坚志》中出现此神咒的有九篇故事,泽田瑞穗在对这些故事予以介绍时,做了以下说明:
  《大悲咒》即《千手千眼观世音菩萨大圆满无碍大悲心陀罗尼》,亦略称为《千手陀罗尼》《大悲心陀罗尼》《大悲咒》,是具有代表性的观音神咒。因为即使在佛菩萨之中,人们也特别信仰观世音的神咒,所以人们对其强大的效力是深信不疑的,而此点从笔者所引用的故事中便可得知……(第464页)
  在《大正新修大藏经》第二十卷《密教部三》中收录了唐时伽梵达摩的汉译。又,其正确名称为《千手千眼观世音菩萨广大圆满无碍大悲心陀罗尼经》,泽田瑞穗的论文中脱漏了一"广"字,且该论文并未列举《醴陵店主人》的故事。

② 早在唐裴铏《传奇》的《崔炜》(《太平广记》卷三十四《神仙》)中就有此类关于邪教的故事。这则故事的主人公是南海的富豪任老人,他家里祭祀的是名为"独脚神"的魔神,每三年必杀一人作为献祭。
  南宋曾敏行《独醒杂志》卷九有一处记录了南粤的蛊毒与诅咒的风俗。此一节文字所介绍的故事与《醴陵店主人》极为相似。笔者在此据上海古籍出版社刊行的《宋元笔记丛书》本引其文如下(转下页):

引文开头部分与三娘子故事中所描写的旅店场面极其相似。当然,如果仅以此相似点为依据,就断定洪迈在写《醴陵店主人》时是有意识地模仿了三娘子故事的话,那未免有些武断。其实《板桥三娘子》中那种关于旅店怪异场面的描写是第一次出现在中国的古代小说中。而通过《秦楚材》《醴陵店主人》这两个例子,我们反而可以断定,到了宋代,这种场面就这样渐渐地演变为一种故事类型而被固定了下来。

其他我们不能忽视的宋代的资料,还有笔者在前文的"《出曜经》系列故事"中所提及的《大唐三藏取经诗话》中关于树人国的故事。出场的那个能使变驴术的人虽然是男性,但故事的设定与三娘子相同,即他也是旅店的主人。既然如此,那么我们就可以设想该故事与《板桥三娘子》之间是有可能存在联系的。太田辰夫就将两者纳入了互为影响的关系谱中进行了探讨。只是,如若客观地比读这两个故事,我们会发现树人国的故事和《板桥三娘子》之间的共通要素实在是太少了。虽然主人公使的都是变驴术,但树人国故事中旅店主人所使之术全然不见具体的描写,至于之后的恢复人形之术,其形式也过于简单和老套,只是将口中所含之水喷向变成驴的人而已。相比之下,三娘子所使用的方法显得复杂得多。由此可以推断,

---

*(接上页)……又一客亦以暮夜投宿,舍翁与其子睥睨客所携。客疑之,乃物色翁所为,觇见其父子出猕猴绘像祷之甚谨,乃戒仆终夕不寐,仗剑以伺。已乃推户而入者,即一猕猴,人身而长。挥剑逐之,逡巡失去。有顷,闻哭声,则舍翁之子死矣。

当时广泛流传着这种邪教与黑店相结合的故事。而且,如果找不到献祭用的活人,灾难就会降临至店主家,在关于蛊毒的记录中我们常常会看到这样的记载(笔者先前所引《隋书·地理志》中的文字亦是一例)。关于此种以西南偏僻之地为中心的邪教,有以下诸般论考:泽田瑞穗《杀人祭鬼》(《天理大学学报》第43辑;《中文研究》第五号,1964—1965年;后收入《中国的民间信仰》,工作舍,1982年)、河原正博《关于宋代的杀人祭鬼》(《法政史学》第十九号,1967年)、宫崎市定《关于宋代杀人祭鬼的习俗》(《中国学志》第七本,民俗专号,1973年;《宫崎市定全集》第十卷,岩波书店,1992年)、金井德幸《关于宋代荆湖南北路鬼的信仰——围绕着杀人祭鬼》(《驹泽大学禅研究所年报》第五号,1994年)、金井德幸《宋代的妖神信仰与〈吃菜事魔〉〈杀人祭鬼〉再考》(《立正大学东洋史论集》第八号,1995年)、李敏昌《宋代东南地区的杀人祭鬼风俗》(《东南文化》第1、2辑合刊,1990年)。

又,笔者在对这些论文进行参考的基础上做了归纳总结,并写成拙稿《〈杀人祭鬼〉溯源》(《名古屋大学中国语学文学论集》第18辑,2006年),对其起源进行了考证,可一并参照。

树人国故事的作者在创作时,脑海中显然没有三娘子所使的那种复杂的变驴之术。因此,要论证两者之间是否存在直接的影响关系依然是很困难的。但是即便如此,《大唐三藏取经诗话》中的这则资料至少说明,这类故事中的变驴术逐渐由复杂走向简单,并最终回归到传统的中国咒术。

再者,笔者还要补充一句,即这种变驴之术本身并不受话本读者(或听众)的欢迎,其在《西游记》一百回本中就已消失得无影无踪了。即使是在描写了各种各样变形术的《西游记》之中,我们看到的也几乎都是施术人自身的变形,而使他人变形的咒术却难以寻见。被人施术而变成了动物的例子只有一个,那就是第三十回《邪魔侵正法 意马忆心猿》中唐三藏被妖魔黄袍怪使了法术,变成一只老虎的场面。这种咒术被称为"黑眼定身法",即施法者先唱念咒语,然后将口中所含之水喷出,最后叫一声"变"即可。在此,该变形术也采用了咒语、喷水这些中国传统的方式①。

接下来,我们把目光从小说转向戏曲。从宋代到金、元,与《板桥三娘子》有联系的作品据称有两个,一个是南宋周密《武林旧事》卷十上《官本杂剧段数》中所载的《驴精六幺》的故事。赵山林《宋杂剧金院本剧目新探》[《南京师范大学学报》(哲学社会科学版)2001年第1期]认为,该作品是

---

① 被变成老虎的三藏法师在第三十一回《猪八戒义激猴王 孙行者智降妖怪》末尾为孙悟空所救,此时悟空所施之术是手持一碗水,口诵真言,对准老虎的头喷一口水。出现在《西游记》中的变形术或是结印唱咒,或是周身一摇等,总之都是些大同小异的简单方法。

关于《西游记》一百回本,简体字本系统笔者通读了太田辰夫、鸟居久靖的译本(《中国古代文学全集》,平凡社,1971—1972年),繁体字本系统笔者通读了中野美代子的译本(《岩波文库》,2005年)。太田辰夫的译本是以清刊本的《西游真诠》为底本,而中野美代子译本则是以内阁文库所藏的明刊本《李卓吾先生批评西游记》为底本。又,原文笔者适当地参照了上海古籍出版社的《古本小说集成》本《西游真诠》、人民文学出版社的《中国古典文学读本丛书》本《西游记》。

早在晋葛洪《神仙传》的《南极子》(卷四)、《樊夫人》(卷六)中就出现了"咒"一词,而"噀"一词则见于同书《栾巴》(卷五)等中,此后作为咒法逐渐被普遍使用。只是,正如笔者在本书第二章第二节注等中所提到的那样,在中国以外的广大地区亦可见咒文、噀水,故而其源头是否能溯至中国,对这一问题,笔者尚不清楚。又,"咒""噀"或"喷(水)"三语均不见于西汉刘向的《列仙传》。

在《板桥三娘子》故事的基础上创作的①。关于这个只留存有剧目名字的故事,我们也只能展开自己的想象了。虽然题目中的"驴"字很吸引人,但我们并不能据此就联想到三娘子的故事。还有一个是元钟嗣成《录鬼簿》卷上所载纪君祥的杂剧《驴皮记》。遗憾的是这部作品也已散佚不传。而庄一拂《古典戏曲存目汇考》(上海古籍出版社,1982年)则根据这个题目推测,其可能是将《板桥三娘子》戏剧化后的作品(卷五,上册第266页)。可是庄一拂的论据也只有题目中"驴皮"这两个字,是别的内容的可能性也很高②。总之,推断这两部戏曲同为《板桥三娘子》的翻案作品的根据实在是太薄弱了一些。

下至明代,与此相关联的资料亦甚少,但是钱希言《狯园》卷四的《荔枝少年》值得注意③。和徐铉《稽神录》中的《大梁客》一样,该故事讲的也是开封(汴州)旅店的种瓜植树之术,饶有兴味。大致情节梗概如下:

故事发生地是河南的开封。有个卖药的方士盯上了一个来自闽中(福建省)的戴着黑色头巾的少年。少年从遥远的南方来到此地卖荔枝,可能是因为知道一些好的储藏方法吧,他的荔枝总是那么新鲜,市场上的人们竞相出高价要买这种奇珍异果。这样的盛况持续了数日,方士渐渐怀疑那个少年到底是不是真的只是一个卖货郎而已。只见那少年总是带着一种得道高人的奇异风姿,而他那荔枝的色泽也一日好过一日,那盘子里总是装满了荔枝,那种新鲜程度简直就像刚从树上摘下来的一般。方士实在好奇,就打算跟踪那个少年。

---

① 该论文被收录于《诗词曲论稿》(《华东师范大学中文系学术丛书》,中华书局,2006年),谈到以《板桥三娘子》为原本的一节文字在第146页。但是作者只是言其"当出于《太平广记》卷二八六《板桥三娘子》……",并对《板桥三娘子》的故事梗概进行了介绍,并没有进行具体的考证。

② 其他如明朱权《太和正音谱》卷上等亦见《驴皮记》之名,但只是列了题名,内容却不详。据徐正等主编《全元曲》第四卷(河北教育出版社,1998年)中关于纪君祥的介绍(第2711页),明贾仲明为其撰写的挽词中有"驴皮记情意资"一句,虽然笔者无法正确解读最重要的"情意资"三字,但"情意"是"心情、同情、爱情"之意,以此推测,该作品应与《板桥三娘子》无关。

③ 《狯园》有《松枢十九山》(明万历二十八年刊本)所收本与清乾隆三十九年刊本二种,藏于内阁文库,笔者所据即此。

接下来的情节展开，笔者引原文如下。种树之术就出现在此处。

> 其客舍在一酒肆，方士遂赁隔壁半间宿焉。中夜闻有声，穴壁窃窥，见少年取大瓷鼎盛土，出铜箸一双，耨之甚熟，种荔枝核于内，频用鸳鸯手轻拂其上，口喃喃作胡咒语。咒毕，便跃身梁上，以一脚挂梁倒睡。有顷睡觉，自梁而下，见鼎中之核，森然挺生，转复滋长。少顷开花，俄而结实，天向曙，则已累累红熟可餐矣。连枝带叶，一一剪下，对其树焚之。及明，携之而出。

方士见此大惊，后一日，他伺机备下了好酒好菜，请少年将此法传授于他。那少年拒绝了他，说这是一种叫作"顷刻开花"的神仙之术，无仙骨之人学之无益。说完就从自己的包裹里拿出一袋蓝色的药，将它送给了方士，并叮嘱道："你那乌须膏（可能是一种用来染发的药）一罐里放上此药一丸，则一生无生计之忧矣。"少年说完就告辞而去了。方士试了一下，果然发黑如漆，只要染一次，头发就再也不会变白了。这个消息很快就传到了贵人们的耳朵里，一时间，人们争相购买方士的乌须膏，他因此发了大财，一生衣食无忧。

虽然和三娘子故事一样，描写的都是发生在开封（汴州）的种瓜植树之术，但像蝙蝠那样以一脚挂梁倒睡等细节，使该故事成为包含独特幻术的作品。

接下来，笔者再介绍一下祝允明《志怪录》卷三《锁口法》中以下一段文字[①]：

> 巫师禁戒幻化左道之术，每见于牍，大抵北之秦晋、南之括信为多。先公仕晋藩，每得之闻见。或饮醋数升，或裸袒仰卧，以巨石压胸腹，或煅石若锤，通红而衔之。至如妇女小儿，亦有能者。

---

① 祝允明的《志怪录》有一卷本和五卷本两种，一卷本收于明沈节甫《纪录汇编》；五卷本题为《祝氏志怪录》，藏于蓬左文库。此处引用之文，在一卷本中题为《幻术》，五卷本中题为《锁口法》。比较两处文本，发现字句有所差异，以五卷本为优，故笔者所据为五卷本。

又，关于《志怪录》，笔者受益于松村昂的《祝氏・语怪——从〈语怪〉到〈罪知录〉》（《日本中国学会报》第五十六集，2005年）。据松村先生论考称，台湾"中央图书馆"（现在更名为"国家图书馆"）亦藏有五卷本，皆附有万历四十年之序，恐是出自同一木版的刊本。

> 客至，妇以麦置磨中，剪纸为驴，运磨得面，旋复收驴入袖。……

晋地的妇女、小儿所使之术叫作剪纸为驴。该术虽然也变成了中国幻术中的一种普通样式，但其能让驴运磨得面，这与三娘子所使唤的木偶人所起的作用是相同的，这也让我们联想到了笔者在本书第二章第二节第三小节中所介绍的诸葛孔明的妻子能使木偶人割麦、推磨、制面的故事。正如笔者在前文提到的那样，收录这则故事的最早的资料是明末谢肇淛的《五杂组》以及杨时伟的《诸葛忠武书》。此处笔者再次引用《五杂组》（卷五《人部一》）中如下一段文字（上海书店出版社《历代笔记丛刊》本，2001年）：

> 诸葛武侯在隆中时，客至，属妻治面，坐未温而面具。侯怪其速，后密觇之，见数木人斫麦，运磨如飞。因求其术，演为木牛流马云……

这些明代资料所记载的幻术，我们都可以将其看作《板桥三娘子》的后裔，只是它们都和之前笔者所提到的《稽神录》中的《逆旅客》一样，是从《板桥三娘子》中截取一个片段，然后都采取了使故事变得更简略的形式。而《志怪录》中的故事则失去了幻想性的要素，变成了对晋地奇术的实事记录。这一点也代表了《板桥三娘子》的片段所演变的方向，我们必须明确。

到了清代，又出现了两三则资料。首先是南方熊楠在《将人变为驴的法术》中早已指出的与《板桥三娘子》有关联的蒲松龄《聊斋志异》卷二的《造畜》①。

> 魇昧之术，不一其道，或投美饵，绐之食之，则人迷罔，相从而去，俗名曰"打絮巴"，江南谓之"扯絮"。小儿无知，辄受其害。又有变人为畜者，名曰"造畜"。此术江北犹少，河以南辄有之。扬州旅店中，有一人牵驴五头，暂絷枥下，云："我少旋即返。"兼嘱："勿令饮啖。"遂去。驴暴日中，蹄啮殊喧。主人牵着凉处。驴见水，奔之，遂纵饮之。一滚尘，化为妇人。怪之，诘其所由，舌强而不能答。乃匿诸室中。既而驴主至，驱五羊于院中，惊问驴之所在。主人曳客坐，便进餐饮，且云："客姑饭，驴即至矣。"主人出，悉饮五羊，辗转皆为童子。阴报郡，遣役捕获，遂械杀之。

---

① 《造畜》原文所据为张友鹤辑校本，省略了校记。

在《聊斋志异》幻想性的故事中,这则故事的现实性色彩则显得相当浓郁。据蒲松龄解释,这种"造畜"之术在长江以北很少,在黄河以南却有所见,总之这种妖术主要出现在中国的南方地区。这样一来,与其去找它与《板桥三娘子》故事的联系,倒不如沿着其与笔者在前项中所提到的那些南方地区少数民族的邪术相交错的方向去思考,也许这样才更为合适。事实上,除了故事发生的地点是旅店,还有出现了变驴之术以外,其与三娘子的故事就不再有其他共通点了。而作者对变驴之术的具体内容也没有任何描述。即使将其源头远追至三娘子所使的幻术,那也是因为"造畜"的故事已从非现实的创作世界走了出来,很大程度上进入了发祥于南方地区的邪术(现实)世界①。

接着,泽田瑞穗《变形故事与变鬼故事》中又介绍了一个故事,即程麟《此中人语》卷六的《变马》。这则资料的具体引文如下(笔者所引为《笔记小说大观》,江苏广陵古籍刻印社影印本第十二册):

> 武生某因公北上,宿山东旅店中,念动乡关,宛转不能成寐。漏三下,闻隔房有男妇嬉笑声,因钻穴隙相窥,见寓主等数人以麦散地下,泼以水,又蒙以布,若变戏法然。某甚异之,凝神细视,忽见布高二尺余,寓主乃揭视,则麦已长且秀矣。又去其壳,且碎其粒,团成馒首。比煮熟,天已明,某思此绝非好事,然不敢问。逾一时许,寓主持馒首遍赠客。诸客俱不之识,共相食尽,惟某未食,暗藏于胸。须臾登道,寓主伴为远送,行三十里,众客咸呼口渴,苦无茶。至江边,取水而饮,忽一客面目紫黑,变成马首。寓主以鞭挞之,遂成一马,他客亦相继而变。寓主驱马取行李返去。某骇绝逸走,首于官。官始不信,某将馒首呈上。官提死囚与之,食竟亦变。遂暗拨营兵,获到该寓一干人。严刑询鞫,得其情,遂置之法。

这是则明显与三娘子的幻术有着密切关联的故事。只是,这是出自作者程麟之手的《板桥三娘子》的翻案小说,还是他从其他书籍中收集而来的

---

① 正如泽田瑞穗所指出的那样,徐珂《清稗类钞》第四十册《棍骗类·造畜》,是将其看作真人真事而一五一十地进行转载。自此处亦可一窥变驴术的现实化。

小说呢？对此，笔者难以判断。关于此点，泽田氏做了以下推测："……种麦做成馒头给投店的客人们吃，然后将他们变成马。从这一情节来看，我们很可以怀疑，这难道不就是那《板桥三娘子》的翻案吗？但是如若这是一位文人以唐代小说为蓝本所作的翻案作品的话，那么他应该对故事的后半段有所润色才是，可是故事的结尾却如此平淡无趣，可见这应该是古代的传说渐渐演变成了民间故事，而程麟只是采而录之而已。《此中人语》中也采录了其他的民间故事，所以笔者认为这个故事也是民间变畜故事的一次展露的推断应该也是妥当而合理的了。"（第391页）但是，由"古代传说"（泽田瑞穗推测为来自南方《出曜经》系列故事的传播）演变为民间故事的这一推测需要有所修正，而且在其他民间故事里也很难找到与其相类似的故事。关于这一点，笔者将在后文中做一番探讨。这样一来，即使我们承认这则可以溯源至《板桥三娘子》的《变马》故事在为程麟所录之前有可能已被人做了改动，却很难说它就是"民间变畜故事的一次展露"。

但不管如何，在迄今我们所看到的诸多资料里，这则故事是与《板桥三娘子》最相似、重合部分最多的作品。只是三娘子所使幻术中的种麦部分变成了蒙以布的奇异之法，而木牛、木偶人也还是没有出现，也没有偷换食物点心的细节、骗术。与《板桥三娘子》相比较，该故事整体显得贫瘠干瘪，毫无生气。而武生某报官，致使寓主等一干人被抓的结局也和《聊斋志异》中的《造畜》相同。虽然作为故事是统一完整了，但反过来看，这个结尾也不免给人留下一种流于俗套的印象。笔者认为，可能是作者感觉《板桥三娘子》的结局不够尽兴，其中的坏人最后既没被抓也没受到惩罚，所以就在故事的结局部分加上了这个劝善惩恶的尾巴吧。

这个最能让我们看到《板桥三娘子》踪影的《变马》故事，确实不免让我们失望。可见《板桥三娘子》这部外来的作品虽然经薛渔思之手变成了一部精彩的中国式的翻案小说，但在之后的文言小说中始终没有得到内容上的丰富与发展。

其实，基本以短篇为主的文言志怪小说原本就很难孕育出真正的翻案作品。而若是看长篇的话，我们还是有必要将目光转向白话小说。要通览数量庞大的白话小说资料，显然远远超出了笔者个人的能力。可是，通过《古代小说典》（中国国学出版社，2008年）的电子数据，笔者却找到了唯一一则明显是《板桥三娘子》翻案小说的资料。

在清代的白话小说中,有一个笔名叫里人何求的编撰者所记录的故事,名为《闽都别记双峰梦》,简称《闽都别记》,篇幅很长,全二十卷四百回。该故事从闽都乌石山的隐士周太仆的怪梦说起,主要以史书及福建地区的民间故事、逸事或者古代小说为蓝本,再杂以各种插话,以此铺陈开去。在该作品的第二一二回到二一三回中,有一段文字描写了一个名叫吴云程的人投宿一家可疑的旅店①。

这天吴云程正在山上赶路,哪知走到一半,天就黑了下来,他只得投宿于一家叫"鬼谷"的客店。半夜,他被飘来的一股浓重的腥臊味弄醒了,他爬起来看到里屋透着灯光,就偷偷看了一眼,谁知居然看到了那样的可怕光景:

……见房中有一大健男,虬须豹头,貌极凶恶,盘坐榻上。有三妇女皆赤身露体,头罩帽一如猪头状,一罩如羊头状,一罩如驴头状,各分执一殿磨磨面。须臾皆磨完,即将面粉各搜匀,制数十饼,仍分三炉烤熟,各贮一盘,另放一处。三妇始将头上罩之物脱下,各穿上衣服。那健男说:"客饼已制了,可接制自食的饼。"……

那个"虬须豹头"、貌极凶恶的男人叫白虎,就是这家旅店的主人。而在他手下干活的并不是三娘子,而是三个妇人,人唤作大小、二小、三小。三人赤身露体,头戴动物状的帽子,在这种奇怪装束下做出来的烧饼,原来是给住店客人们吃的。从这里我们很容易就会想到它与《板桥三娘子》的联系。接下来的情节展开,笔者略述如下:

第二天早上,心里起疑的吴云程又躲在暗处偷偷地观察。果然不出所料,早饭除上了茶以外,还有就是昨天晚上那三个妇人所做的饼。客人们当然对此一无所知,只见他们吃完饼后一个个倒地脱衣,渐渐变成了一头头驴、猪、羊。之后,这些变成了家畜的客人被赶到了后院的牲畜棚里。店主人白虎于是抢了他们的

---

① 《闽都别记》二一二回《铁麻姑设计拐相女　吴云程窥客变畜生》以及二一三回《云程换饼白虎变畜　麻姑现图承谟认亲》。此处引用原文所据为1987年福建人民出版社刊本。

行李,还把猪和羊杀了。随后,那三个妇人用猪肉、羊肉做了饭,一伙人开始吃起了早饭。云程吓得差点儿魂飞魄散,把眼前这一切看得真真切切,不由计上心头,只待天黑后再说。

黄昏后,云程又回到了鬼谷旅店,那三个妇人惊诧不已。云程骗她们道,昨晚突然想起自己有东西忘在了之前驿站的那家旅店里,所以一大早就回去取了,到现在才回来。并叮嘱她们,自己还要在这里再住一夜。

进得店来,只见有两个先到的客人也是住店的,他们说起自己和两个朋友就约在这家鬼谷旅店会合,正纳闷他们怎么还不来的时候,云程就将昨晚自己亲眼所见之情形,还有他们那两个朋友早已被变作家畜的事都一五一十地告诉了他们。两人听罢,吓得差点儿魂飞魄散,正要夺路而逃时,却被云程劝住了,云程还请他们帮忙一起报仇。

就这样,到了夜晚时分,女人们又照例做起了那种能把人变成动物的饼。这天夜里,只有大小戴着驴头状的帽子做了给客人食用的饼,并把它们放在了竹叶上,而二小、三小只做了自家吃的饼。半夜,当饼刚做好的时候,事先受了云程所托的那两个住店的客人就叫将起来:"有贼啊!"白虎和三个妇人听到喊声,立刻惊得奔了出来,趁着这个间隙,云程偷偷地进了屋,将竹叶换到了自家吃的饼下。

过了一会儿,那白跑了一趟的四个人回到了屋里。话说那白虎正饿得慌,就拿起那些饼来一下子连吃了三四个,刚吃完,立马就变成了一头大白驴。三个妇人见状,就抱着驴哭了起来。云程等人一听到她们的哭声就赶忙冲进屋里,用绳子把驴绑上,叫来了村里的长者给他们评理。云程托那两个客人去报了官,而他自己则骑上由白虎变成的毛驴去四处云游了……

原话最具魅力的喜剧或幻想性的要素在这里消失了,多出来的却是一缕怪异的色彩。但是直至云程骑上驴踏上旅程,故事的基本情节还是完全沿袭了原话。接下来,故事的情节是这样发展的:

变成驴的白虎很不听话,就是被鞭子抽,它一天也只跑三四十里,而且

203

一看到年轻的姑娘就嘶鸣追赶。云程见此,实在气不过,就给它去了势(第二一三回)。就这样,有一天,云程和白虎遇到了一位突然出现的女道士,她摸了摸驴的头,白虎就变回了人形,之后白虎就跟着她走了,从此消失得无影无踪(第二一七回)。与原话相比,虽然形式上做了改变,但内容情节还是完全继承了原话,即女道士的出场和拯救三娘子的老人的登台是同一个类型。

如此看来,《闽都别记》中白虎的故事几乎完全因袭《板桥三娘子》,只是做了一些内容的扩充而已,是极其罕见之例。从这个意义上来说,它是一则珍贵的资料,但是另一方面,我们也有必要记住这样一点,即它到底不是一篇独立完结的作品,而且它的作用也只是长篇中的一则插话故事而已。

接下来,关于种麦之术,让我们再找一些与其相关的类似故事吧。

很早就被中国化的这种外来奇术,在宋代以降的作品中也频频亮相。可是与《板桥三娘子》有关联的作品,除了先前笔者提到的《稽神录》中的《逆旅客》之外,我们居然再也找不到其他的作品了。但若是说与《板桥三娘子》有几分相似的作品的话,倒是可以举出一两个例子。首先就是南宋王明清《投辖录》中《猪嘴道人》的故事。北宋徽宗宣和(1119—1125)初年,洛阳突然来了个道士(他因那突出的嘴巴得了个"猪嘴道人"的名号),他所使的方术如下文所示。引文以《宋元笔记丛书》中汪新森、朱菊如的点校本(上海古籍出版社,1991年)为据。

> 一日闲步郊外,因谓曰:"诸君得无馁乎?"怀中探纸,裹小麦舍于地,如种艺状。顷之,即擢秀骈实,因挽取以手摩面,纷然而落。汲水和饼,复内怀中,少顷取出,已焦熟矣。掷之地中,出火气,然后可食。……

这个故事中,撒麦收获然后做成烧饼的过程和三娘子的故事相同,但是猪嘴道人是在自己的手心里磨粉,在自己的怀里烤饼,也就是说,所有的程序他都一个人得心应手地完成了。故而笔者认为,这个故事还很难说是一则受到《板桥三娘子》影响的资料①。

其他如明代撰者不详的《鸳渚志余雪窗谈异》卷上《鬻柑老人录》中也有值得我们注意的场面描写。该故事的主人公是南宋理宗端平年间的一个卖柑橘的老人，他借住在嘉兴（苏州）的一家旅店里。只要一做完生意他就醺然放歌，而且每次他所卖柑橘的数量都远超他货担里所装柑橘的总量。柑橘即使暂时卖不出去，也绝不会变蔫变坏。对此感到十分好奇的旅店主人决心偷偷地去看一下老人的房间，以弄明白他葫芦里到底卖的是什么药。接下来，笔者引录小说中描写店主人偷窥的一段文字，引文以《古小说丛刊》中于文藻点校本（中华书局，1997年）为据。

　　……因窃窥之，见老人夜用香炉盛土，植柑种于内。老人轻手拂拭，口若诵咒状，随即屈膝偃卧，炉中之种，俄而叶，俄而花，又俄而实，迟明则垂熟累累矣。

该故事与《稽神录》中的《逆旅客》类似，作者也采用了店主人偷窥客人所使方术的故事情节设定，可是在这个场面描写中，我们也找不到与《板桥三娘子》有明显关联的地方。因此，我们与其在此强调《板桥三娘子》对该故事的直接影响，还不如将这种在《板桥三娘子》之前就已存在的种瓜植树之术与旅店的怪谈故事（即我们之前提到的由《板桥三娘子》向《夷坚志》中的《秦楚材》《醴陵店主人》的发展演变，最终形成了该故事类型）相联系，而《鬻柑老人录》也正是在这个过程中诞生的。

以上两则与《板桥三娘子》有几分相似的故事，若真如笔者上述所言，诞生于此过程中的话，那么对于其他的种瓜植树故事，我们也就有了大致

---

① 见于《投辖录》中的关于猪嘴道人的故事，明徐应秋在《玉芝堂谈荟》卷九《返魂摄魂》中有引用，至清代，在《聊斋志异》的附录中亦见《猪嘴道人》（但是这篇文字并非蒲松龄所作）。

其实，关于《投辖录》所载道人的"种麦"之术，《玉芝堂谈荟》省略之，《聊斋志异》也只是以"时有猪嘴道人者，售异术于尘中，能颠倒四时生物，人莫能识"一句简单提及而已。两书主要记载的是《投辖录》中此篇后半部分的故事，即道人经不住那个名叫李巘的年轻人的再三恳求，为了成全后者的禁忌之恋，就把自己的秘术传授给了他。该术能使其凿开郊外祠堂的墙壁，潜入情人的房间。

的头绪①,也就是说,它们的形成和三娘子的故事可以说几乎是毫无关系的。

关于种麦之术,我们的探讨先告一段落。接下来,笔者想举清代文献中另一则能使我们联想到《板桥三娘子》的资料,那就是载于清陆次云《峒溪纤志》中关于一个名叫《木邦》的苗族故事。其内容如下(引文以《说铃》前集所收的一卷本为据):

> 木邦,一名孟邦。相传其人多幻术,能以木换人手足。人初不觉,久之行远,痛不能胜。有不信其说者,死之日,剖股视之,则果木也。又能置污秽于途,人触之者,变为羊豕,以钱赎之,复变为人。有知之者,易置秽物于他方,则其人反自变为异类。……

人们对这种能以木换人手足的妖术深信不疑,也因此对其闻之而色变,在明清的文献中也频频出现同样的记载②。只是笔者在此所关注的是见于故事后半部分中将人变为动物的幻术,以及反其道而行的人最终将木

---

① 笔者再举几个包含开花术等在内的例子:南宋洪迈《夷坚志·支志庚卷八·炼银道人》中载有能使枯木逢春之术,《支志庚卷九·新安道人》则可见使枯李再开花之术。同书《三志己卷六》的《黄裳梅花》说的是将梅花枝插入瓶中,并将其置于吕仙翁之图像前,梅花枝竟然结果了的故事。至明代,谢肇淛在《五杂组》卷六《幻戏》中介绍了将莲子放入温水中使其开花的奇术。《平妖传》第二十九回可见使法术之人杜七圣的葫芦术。又,笔者前面所举的明钱希言的《狯园》中,除了卷四的《荔枝少年》以外,还有《枯树遇仙》(卷一)、《金水桥幻戏》(卷二)、《石梅道人》(卷三)。至清代,《聊斋志异》卷一载有以徐光故事为蓝本的那个有名的《种梨》的故事,传袁枚所著《怪异录》卷一中"种桃"的故事,李调元《尾蔗丛谈》卷一《王寰》中的冬月降莲花之术,还有王椷《秋灯丛话》卷二中的《李道人》,葵愚道人《寄蜗残赘》卷五中的《道士遮眼法》,《清朝野史大观》卷十二中的《幻术》等。而《续子不语》卷六的《瓜子妖》虽说的是种下去的瓜立即生长结果的故事,但并不是凭借方术,而是预兆着凶险之事的怪异现象。关于道教经典,笔者虽只做了不太充分的调查,却发现有《太上赤文洞神三箓》全一卷的《腊月开花法》《种麦法》《种粟法》,《万法归宗全书》卷四的《顷刻开花法》《开莲花法》。只是,这些以异僧、道士的幻术为中心的故事都与《板桥三娘子》没有直接的联系。

② 关于"换足邪术",泽田瑞穗的论文《变形记与变鬼故事》中介绍了明清笔记、地志类文献中的十余条资料(第382—383、392—394页)。对此,笔者还想补充明郎瑛《七修类稿》卷五九的《孟密鬼术》、谢肇淛《滇略》卷九的《地羊鬼》、清丁柔克《柳弧》卷三的《以木易手足》几条资料。

邦变为异类的情节。故事中的精彩情节虽然被全部剔除了,而且代替烧饼的竟然是污秽之物,但是它跟赵季和骗三娘子时所使用的诈术如出一辙。在此我们可以发现隐藏于其背后的那些《板桥三娘子》的片段①。如果是这样的话,赵季和的诈术也随着变形术一起被纳入了以南方少数民族的邪术为中心的"现实"之中去了。

关于在前面提到的清代资料《琐蟪杂记》中的《焚幻猴》,笔者还想再说明一句:姓戎的行旅商人将使巫术的女人矣二变为马,又给它安上马鞍,之后便骑上它走了三日。这段情节和赵季和的举动也非常相似。但是矣二之所以变形为马,是因为被姓戎的行旅商人用棍子打了,在此,用来使人变形的食物(或污秽之物)、诈术都没有出现。故笔者认为,要推断这则资料受到了《板桥三娘子》影响的话,证据还不够充分②。

在收集此种类似故事时,还有另外一类我们必须参照的资料,那就是以口耳相传的方式流传于民间的故事和传说。笔者今后的课题将对此类资料做一番详细的调查。但仅据丁乃通、艾伯华或金荣华、祁连休等关于中国民间故事的研究,在此领域中我们是找不到与《板桥三娘子》有联系的民间故事的③。《旅人马》在日本全国都有传播,与此形成对照的是,《板桥三娘子》在中国却似乎并没有被作为民间故事口耳相传,也未得到相应的发展。

---

① 正如泽田瑞穗所指出的那样,这则资料亦见于《清稗类钞》第三十三册《方伎类》、《中华全国风俗志》下篇卷十《西藏》,其他如《古今怪异集成》中篇下《方伎类》亦记载了同样的故事,其实它们都转载自《峒溪纤志》。又,《峒溪纤志》中这则记录的前半部分内容作为云南的孟密之术见于明陆容《菽园杂记》卷八、王同轨《耳谈类增》卷四十五《外纪幻枉篇》。(《耳谈类增》记其出典为《菽园杂记》和《管涔子》。关于《管涔子》,清黄虞稷《千顷堂书目》卷十二《杂家类记》云:"周循,《管涔子》九卷。"周循为明代人。)后半部分的内容也应有所本,但具体情况不明。

② 而且,被变成家畜的女咒术师过劳而死的情节与格林童话的《莱驴》相似。但是,作为故事的情节展开,这是理所当然的套路类型,所以这里应该只是偶然一致。

③ 关于丁乃通、艾伯华、金荣华、祁连休的著作,请参照本章前小节注。又,丁乃通的《中国民间故事类型索引》第132页(作品号449A)、金荣华的《中国民间故事集成类型索引》上册第255页可见《旅客变驴》(作品号733),祁连休的《中国古代民间故事类型研究》卷中第586—589页可见《旅客变驴型故事》的项目,但三者都只是列举了《太平广记》中的《板桥三娘子》,或《聊斋志异》中的《造畜》、《此中人语》中的《变马》等古典文献中的资料,对于口口相传的民间故事则未有记录。

至此，笔者以文献资料为中心，对《板桥三娘子》后来的发展变迁情况做了一番追踪。

最终，《杜子春》变成了《醒世恒言》卷三七中所载的《杜子春三入长安》，但《板桥三娘子》的故事并没有像唐代的变形故事《薛伟》(《鱼服记》)、《李徵》(《人虎传》)那样被翻案成载于《醒世恒言》《醉醒石》中的中篇白话小说，在故事的内容变化上也并未得到大的扩充和发展。继承了三娘子故事的主旨和框架的作品，也只有文言小说程麟《此中人语》中的《变马》和白话小说《闽都别记》中的一则插话。且《变马》全文以"种麦""变马"术为中心展开，又以劝善惩恶收尾，只表现了一个很小且向内收缩的怪异故事的世界而已。与此相较，《闽都别记》中关于白虎的插话确实使用了《板桥三娘子》原故事的整体素材，对其进行了翻案，且在篇幅上远远超过了后者，可是最终它也只是一则为了将四百回的长篇串联起来的插话而已，与作为独立翻案故事的《薛录事鱼服证仙》《杜子春三入长安》不可同日而语。

当然，像《板桥三娘子》这样的佳作是不会从读书人的脑海里消失不见的。明袁中道所编《霞房搜异》(内阁文库所藏明刊本)卷下就收录了《板桥三娘子》，并在末尾处附记道"取其异"。据此可知，袁中道确将此小说看作有着无与伦比的特异之趣的作品。

提到《板桥三娘子》，笔者立即就想起了其他诸多的例子，比如，清王士禛《陇蜀余闻》对板桥的考证就是一例(见本书第二章第二节"板桥"项)。其他还有如洪亮吉在《伊犁纪事诗》(四部丛刊本《洪北江诗文集·更生斋诗》卷一)中提到的羌人临终时会变成驴的事①，并为此咏道："忽变驴鸣出门去，郭桥何似板桥头。"又有清李心衡在《金川琐记》卷六的《变鬼术》中也介绍了居住在金川(四川省)的夷人变成羊、猪、骡、驴的变形术，之后又写道："然则《太平广记》所载，板桥三娘子易饼变驴一事，未足惊异矣。"②

---

① 此诗原附有注释云："二月中，有生羌居北关外，将死，忽变为驴，唯一足未化。人皆见之。"

② 其他如清阮葵生《茶余客话》卷二十的《古玩藏家》中亦有一节文字，写其将骨董买卖的骗人花招比喻为三娘子的幻术。在白话小说中，前面笔者所提到的《闽都别记》中关于白虎的插话则以为此事件与《板桥三娘子》相似，可参见登场人物的科白(第二一三、二一七回)。又，清吕熊《女仙外史》第八回中亦有提及《板桥三娘子》的科白。笔者所据皆为电子文献版的《古代小说典》。

可是在类似故事、翻案故事产出这一方面,从西域传播至中国的这部小说却无甚作为,令人心生寂寥之感。除了《闽都别记》中那篇有着些许低级趣味的改编作品是唯一的例外之外,在短篇小说中堪称杰作的《板桥三娘子》并未成为真正的翻案作品所本之对象,而是一直仅仅被评价为一部在唐代传奇中有着特异色彩的作品而已。而故事中的各种片段在被后人随意抽取利用的过程中,大都失去了原有的幽默与奇妙的要素①,甚至连其出处都被人忘却了,并最终被黑店、南方的邪教和妖术等中国的"现实"所吞没。

据此可知,操纵偶人使其种荞麦、制粉,然后再给人吃这种荞麦粉做成的烧饼,将其变成驴——三娘子的变形术所呈现的这种精致、有趣,最终并未在中国生根发芽、存活下来。原本把人变为动物的变形术(或者是关于这些变形术的构想)就不多,而在有着以咒文和噀水为主的咒术传统的中国,在空想方面,变形术变成了见于《西游记》《平妖记》等作品中的那些使施术者自身得以自由自在变化的法术,而在现实方面,从笔者在本项中所介绍的有关南方少数民族的诸多资料中可以窥见,这些变形术被归入南方地区的邪术之中。正因为有空想和现实这两堵厚重的墙壁阻挡在面前,三娘子的幻术当然也就无法保存其原有的那种复杂的形态了。

其实,说到能使他人变形的变化之术,在中国,有一则比笔者在先前所提到的《聊斋志异》中的《造畜》或《峒溪纤志》中的《木邦》更接近"现实"的故事,那就是与《板桥三娘子》一起被收录于《太平广记》卷二八六《幻术》中的《中部民》(出典为唐李冗的《独异志》)。其中所出现的变形术与南方的妖术有所不同,它采用的是极其现实的方法,首先让我们看一下故事梗概。

故事发生的时代是唐元和(806—820)初年,天水(位于甘肃省)人赵云,途经中部县(位于陕西省),身为县城衙役的朋友设宴款待他,酒至半

---

① 其实,关于"种麦"之术的故事早已在中国扎下了根,其幻想性的色彩也很浓厚,但是作为一种魔术,该术亦是被演绎于现实之中的演出节目之一。而在使用偶人的幻术中,有祝允明《志怪录》中一则名为《纸人》的故事,其中的中国幻术变成了传统的剪纸技艺,其亦化为魔术的一种。可以说,虽然还穿着幻想的外衣,但"种麦"之术实质上早就被渐渐地统合进了现实之中。

酣,忽有手下吏属抓了一个人来。这人的罪也不重,衙役们正准备放了他,但是赵云喝得酩酊大醉,就是不肯放了那人,还一个劲儿地要朋友加重惩罚。朋友无法,只得将那人处以杖刑。

数月之后,赵云出了边塞,快到芦子关(在陕西省)地界时,遇到了一个人,两人一见如故,相谈甚欢。正好暮色已深,那人的家又离这里不过数里,于是赵云就应邀去了那人家里。仆从上完酒菜,两人正对酌时,那人忽问道:"你记起我来了吗?"赵云歪头不解地答道:"我从来没有来过这里,与你确实是素昧平生啊。"于是那人言道:"前些日子,我们在中部县见过,当时我身罹横罪,我与你素无仇怨,你为何要对我如此狠毒,劝那衙役判我重刑?"赵云惊惧,立刻起身谢罪,但那人说:"我等你很久了,今天终于被我逮到了。"之后就命令手下将赵云拽入一室。

由此,这个人奇异的复仇剧就拉开了序幕。这段出现了变形术的故事情节,笔者引原文如下:

> 室中有大坑,深三丈余,坑中唯贮酒糟十斛。剥去其衣,推云于中。饥食其糟,渴饮其汁,于是昏昏几一月,乃缚出之,使人搣頦鼻额,援捩支体,其手指肩髀,皆改旧形。提出风中,倏然凝定,至于声韵亦改。遂以贱隶蓄之,为乌延驿中杂役。

就这样,赵云完全变成了另外一个人,被人当作奴隶卖掉了。数年之后,他的弟弟做了御史,正巧来到此地巡查,赵云才因此得救。而将赵云折磨得不成人形的那伙人也都被抓了起来,临刑前也坦白交代了他们前前后后几代人都是用这种方法来改变人的模样的。

以上就是该故事的大致内容了。清俞樾在《茶香室丛钞·续钞卷七》中以《改变人形》为题,介绍了这则故事,之后又云:"按:此则酒气熏蒸,可以变易人形。世间果有此术,则亡命之凶人,稽诛之元恶,皆可以易形自脱矣。故记其事,亦临民者所宜知也。"在按语中认真地探讨了这种变形术(《学术笔记丛刊》,中华书局,1995 年,第二册第 626 页)。在产生了"缠足"这一怪习的中国,这种亦可称作"缠体"的变身(变形)术确实让人感受到了其栩栩如生的效果,就连著名的学者俞樾也信以为真。

与上述故事相似的作品见于清王椷《秋灯丛话》卷三的《人形如毯》,说的是畸形秀的小孩被作为怪物关在棚子里供人观看取乐。这是一则内容

第三章　中国的变形故事

更加悲惨的故事①。以下原文引自内阁文库所藏的乾隆刊本。

康熙中，兖郡有数人共舁一人行市中。围以幔，欲观者，索钱乃启视，形圆如毯，手足拳缩，耳鼻皆陷入肉内，俨然卵也。

监司某闻而异之，托言太夫人欲观，命舁至内室，其声啾啾，貌颇惨然。询之，则左右顾，若畏人状，众晓之曰："此地人莫敢入，尔有苦衷，可剖陈。舁尔索钱者，远在署外，无虑也。"

乃泣诉云："四岁时即被拐，装圆坛内，封固之，上凿一窍通饮食，下凿二窍通溲便。数年涨满坛中，奇苦万状。又十数年，乃破坛出之，招摇索钱。居恒只啖以枣栗，恐形体长大也。"监司执而鞫之，尽置诸法。

如此残酷之术才真应该被叫作"缠体"吧。只是笔者在此所提到的两则故事中出现的都只是由人向人的变形，而不是由人向动物的变形。而中国的小说中其实还出现了比上述故事更怪诞可怕的能将人变成动物的"现实"性的法术，例如载于袁枚《续子不语》的《狗熊写字》（卷九）和《唱歌犬》（卷十）两则故事。在此，笔者仅举前者为例。

乾隆辛巳，虎丘有乞者，养一狗熊。大如川马②，箭毛森立，能作字吟诗，而不能言。往观者一钱许一看，以素纸求书，则大书唐诗一首，酬以一百钱。

一日，乞丐外出，狗熊独居。人又往，与一纸求写。熊写云："我长沙乡训蒙人，姓金名汝利。小时被此丐与其伙伴捉我去，先以哑药灌我，遂不能言。先畜一狗熊在家，将我剥衣捆住，浑身用针刺之，热血淋漓。趁血热时，即杀狗熊，剥其皮，包在我身上。

---

① 据中野美代子、武田雅哉的《清末的瓦版印刷品——附插图的报纸〈点石斋画报〉的世界》（福武书店，1989年；之后为中公文库，1989年修订版），清末附插图的报纸《点石斋画报》以《做人极圆》为题，载录了内容与此几乎相同的故事。

据卷末之附表，《做人极圆》收录于"癸十二"中。笔者参照了《中国古典精品影印集成》本《点石斋画报》（上海文艺出版社，1998年），可能由于其为再编版，编排的顺序亦有所不同，所以笔者并未找到《做人极圆》这则故事。中野美代子、武田雅哉所编的《中国怪谈集》（《河出文库》，1992年）中亦收录了这则故事（第97—99页）。

② "川马"应该指的是四川产的马。《六合内外琐言》卷上的《呼天女》中可见"巴滇小马"一语，可见这一带盛产小型马。

人血狗血交粘生牢,永不脱落。用铁链锁我以骗人,今赚钱几数万贯矣。"书毕,指其口,泪下如雨。

众人大骇,将丐者擒送有司,照采生折割律①,立杖杀之。押解狗熊至长沙,交付本家。

与《秋灯丛话》中的《人形如毯》一样,这也是一个关于畸形秀的奇异故事,但是这则故事中的主人公并不是由人向人变形,而是由人变成了狗熊。在使用了兽皮这一点上,确实是和先前笔者所提及的那些因为受到神的惩罚而被披上虎皮变成了老虎,或者在冥界被披上驴皮而因此投胎转世为驴等故事有共通之处,但是这则故事里的变形术没有丝毫的神秘性,而完全是一种依靠外科手术而实现的向动物的变身(变形)。有关变形术的想象向着现实的方向发展,最终却因为太过拘泥于现实,反而跌入了惊悚怪诞的幻想的深渊。应该说这则故事就是例证。但是,这也只是近代以前的中国的"现实",接下来,袁枚还列举了因逼迫丫鬟就范而被咬掉了舌头的官员让医生帮他移植了狗的舌头等故事,看来袁枚相信这些事件可能是真实存在的。

另外一则《唱歌犬》故事的构思也完全一样,讲的是在长沙有一个展示会唱歌的狗的畸形秀,可那条狗其实是被人施了怪异手术的人。这种手术的具体方法是,先用药使三岁幼儿的皮肤糜烂,然后再用狗毛烧成的灰和着药膏涂在幼儿身上。之后再给孩子吃别的药,等其皮肤之伤痊愈后,幼儿的全身就会长出狗毛,甚至连尾巴也会长出来。最后再教会孩子唱歌。这样,"唱歌犬"的畸形怪物就诞生了。只是手术成功的概率只有十分之一,如果失败,幼儿就会死亡,这是一种非常危险的手术。

上述这些例子虽然都令人不忍卒读,可是在以奇形来招揽顾客的畸形秀受到人们热烈追捧的时代,幼儿被诱拐、受到肢体的损伤等作为现实的

---

① "采生折割"是将人残杀之后,割其耳,剜其眼,取其五脏六腑,或做药、或祭鬼神的一种犯罪行为。在明律或清律中都是要被处以"凌迟"之刑(四肢的每个关节都被切断,肉被一片一片剐去直至死去的极刑)的重罪(《汉语大词典》第六卷第688—689页)。

事件都是真实存在的①。在当时人们的脑海里,这种"现实"以上述那些事件为出发点,与恐怖一起不断生长,最终孕育了关于变形的种种怪诞可怕的想象。

本项追溯《板桥三娘子》系谱的考察最终却得到了与《故事海》《一千零一夜》故事形成对照的意想不到的结果。而变形术发展到如此地步,反而让我们对三娘子有点儿诙谐的幻术产生了无比的怀念之情。但是作为中国变形故事的一个侧面,这些"真实故事"的存在还是不能被忽略的,因为能够将温情的童话和幻想吹散打碎,并足以穿透现实的这种超现实主义也可以说是中国变形幻想的一大特征②。

---

① 《唱歌犬》的故事中亦有一节文字,说的是畸形秀的两个老板被逮捕后老实交代了他们先将诱拐来的儿童的手脚打断,然后再让他们出去乞讨的罪行。简直没有比他们更加残忍的了。笔者在读到泽田氏的论文《杀人祭鬼再补》中介绍的《苏州府志》卷一四九所引的记录等后,才得知这些居然都是横行于当时社会的真实暴行。(《中国的民间信仰》第 73 页)。又,曲彦斌在《中国乞丐史》(上海文艺出版社,1990 年)中也介绍了几则这样的记录(第 126—129 页)。

又,在《唱歌犬》中,当要残害儿童的肢体时,木头的偶人就会登场。这些偶人要么四肢残缺,要么没有眼睛,孩子们将要被处理的部位就取决于他们准备拿哪个偶人了。虽然此处的偶人也与"变形"有关,但它们与三娘子的偶人并不相同,不禁令人毛骨悚然。

② 中国的传统思想是一种万物皆为"气"的一元性的自然观,所以其认为人与动物在本质上并无区别,而借助手术将人与动物合为一体的构想则正是在这种思想的基础上才得以成立的。而从欧洲基督教精神来看,这种构想是令人难以想象的。

说到住在畸形秀展示棚里的人兽,在日本也有类似的例子。据朝仓无声《畸形秀研究》(春阳堂,1928 年;《筑摩学艺文库》,2000 年)的"跨人"一项,江户时代的畸形秀中有"熊女""熊童""蛇小僧""马男"等。但"熊女""熊童"生来多体毛只是因为他们的父亲是猎人,是一种因果报应,而"蛇小僧"也只是一种神秘现象的宣扬,即他的母亲是因为被大蛇魅惑才有的身孕,并没有什么兽人合体手术之类的内幕(第 296—297、328—334 页)。

又,据朝仓无声称,在日本,将跨人或珍奇野兽、天然奇物之类作为畸形秀的展出物予以展示大致要到元和(1615—1624)年间以后了。元和至宽永(1624—1644)年间,在香具业首领的家中被准许专设展示展品的场所,而该种畸形秀正是以此为契机才得以普及,逐渐成为普通百姓的一种娱乐活动(第 279 页)。笔者虽未对中国的畸形秀行业做过调查,但想来其必然是随着庶民文化的发展成熟而兴起的行业。笔者在读到《狗熊写字》《唱歌犬》等作品时,更是觉得对此种畸形秀的流行与变形故事的关系,以及随之而来的变形故事的演变等问题是很有研究考证的必要的。

四、其他

关于中国变驴变马故事的主要故事群，到前项为止的考察已经基本上对其梳理了一遍。只是，还存在少数未能归入此三类的故事，本项将对这些资料做一些简略的考察。

有一类变马故事，其内容是报应故事、遮罗婆罗草或三娘子系列故事都无法涵盖的。《太平广记》卷四三六《畜兽》中的《张全》就是这类故事的早期代表。引自唐柳祥《潇湘记》①的这篇小文，说的是一个妇人因为太爱马而最终变成了马的故事，其具体内容如下：

> 益州刺史张全养一骏马，甚保惜之，唯自乘跨，张全左右皆不敢轻跨。每令二人晓夕以专饲饮。忽一日，其马化为一妇人，美丽奇绝，立于厩中。左右遽白张公，张公乃亲至察视。其妇人前拜而言曰："妾本是燕中妇人。因癖好骏马，每睹之，必叹美其骏逸。后数年，忽自醉倒，俄化成骏马一匹。遂奔跃出，随意南走，近将千里，被一人收之，以至于君厩中。幸君保惜。今偶自追恨为一畜，泪下入地，被地神上奏于帝，遂有命再还旧质。思往事如梦觉。"张公大惊异之，安存于家。经十余载，其妇人忽尔求还乡。张公未允之间，妇人仰天，号叫自扑，身忽却化为骏马，奔突而出，不知所之。

因为爱好、癖好而发生变形在先前的化虎故事中亦有所见，但这则变马故事更加罕见，独此一例。只是此处的变形也可看作是一种是对主人公愿望的具体实现，因此此种变形并没有自由。而从妇人追悔自己变成了畜生，仰仗着神的慈悲才恢复了人形这一段情节展开来看，不如说这是一种与报应故事类似的变形。而对变成马之后的妇人的描写也极其简短，只用了"遂奔跃出，随意南走"八个字。在整个作品中，变形也没有一丝一毫的诱惑力。正如笔者在前节中所阐述的那样，中国的变形故事在特性上本来就和这种由故事所编织的充满诱惑力的世界是格格不入的。

再者，像驴这种动物在六朝之后逐渐失去了"奇畜"的地位，最终变成

---

① 《潇湘记》亦题作《潇湘录》。

了象征顽愚鲁钝之人或因宿业而投胎转世者的代表性的存在。因此,像这种类型的故事连一例也没有就是理所当然的了。

从宋代到元代的资料中,有一则关于人被变成驴的故事,见于著者不详的《异闻总录》。故事说的是长庆元年(821)的一天夜里,为了躲避河北的兵乱而赶路的王泰,遇到了一条会说人话的黄狗,那条狗带他进了一座豪华的府邸,于是王泰就在那里过了夜,后来却发现那座府邸原来是晋刘琨的爱妾张宠奴的墓穴。黄狗在为王泰带路时化作了人形,还把王泰的仆人变成了驴供自己乘用。"乃驱其仆下路,未数步,不觉已为驴矣"①一句,是对变形场面的描写,据此可知,这是一种连工具、药物、水都不需要的带有仙术色彩的变形术。在故事的末尾,王泰的仆人所中之术被解,他又变回了人身,且说道:"梦化为驴,为人所乘,而与马俱食草焉。"看来他以为是在梦里变成了驴。这个故事中的变驴有些与众不同,而且也绝无他例。《湖海新闻夷坚续志》也是一部著者不详的元代文献,其《后集卷二·怪异门》中载有一篇题为《妇变狸驴》的怪异故事。以下引文据《古小说丛刊》(中华书局,1986年)的金心点校本。

> 济宁府肥城县管下张婆儿,夫早殁,与子张驴儿同活。此人日则守筐缉麻,夜则变作狸,偏去偷吃人家小孩儿。所失者十有八九。一日亦变作白驴,食人麦苗,被麦主捉获,锁项拽磨,极其鞭打。既放得归,呻吟而卧,其子问之,具以状告。被人打死,甚可怪也。

这则故事与南方少数民族女性的变形故事有着相通之处。可是故事发生在北方,关于张婆儿,文中也没有特别提到她是否是少数民族。从这几点来看,这可以说是一个罕见的例子。

下至清代,除了《造畜》之外,在《聊斋志异》中,笔者还可以举出另一例包含人变成马情节的故事,其名曰《彭海秋》(卷五)。这则故事大致说的是莱州(山东省)的彭好古应一位名叫彭海秋的神秘人物的邀请,坐上一艘可以在空中飞行的飞船,踏上了去西湖游赏的旅途,之后还邂逅了美妇人。其实船上还坐着他另外一个熟人,姓丘。因为此人妄自尊大,对彭海秋态

---

① 引文所据为《笔记小说大观》本。《古今怪异集成》(中国书店影印本,1991年)下编《杂兽类》在引用时将"其仆"作"种仆",误。又,"下路"亦有前方、路边之意(《汉语大词典》第一册,第327页)。

度恶劣,非常不尊敬,所以一到西湖他就被海秋变成了马。对此毫不知情的好古骑着这匹马,走了半个月才回到了家。丘在好古家的马厩里恢复了人形,边啜着薄粥,边拉着马粪,总算开口对好古说道:"下船后,彼引我闲语,至空处,戏拍项领,遂迷闷颠踣。伏定少刻,自顾已马。心亦醒悟,但不能言耳。……"

为了供人乘用而被变成马的情节与上所举《异闻总录》中的故事相似,但是此处的变形又包含了对丘某进行惩罚的意思。彭海秋的真实身份其实是神仙,而他所使的仙术也只要打一下人的脖子就可以把人变成马了。

以上就是笔者搜寻的属于其他部类的变驴变马故事①。如果再仔细查一下,可能还可以找到几例资料,可是就算再添加几例,也不能成为一个完整的故事群。因此,关于中国的变驴变马故事,至此可以说我们几乎已经通览了它的全貌。只是在搁笔之前,笔者还想再举一则故事,拟做一番探讨。

《子不语》卷二十三中收录了一篇题为《风流具》的作品。在此,笔者要事先说明一下,这则故事的内容有些艳情而杂乱,而且变形术也完全没有出现。即便如此,笔者还是有理由要把它放在变形故事的最后来加以介绍。在《子不语》所收录的为数众多的短篇作品中,这则故事的篇幅却相当

---

① 《太平广记》卷四百六十《禽鸟部》中分别以《裴沆》《又》为题收录了两则故事,虽然都不属于狭义的变驴变马故事,但内容都有些奇特。一个是以唐段成式的《酉阳杂俎》为出典的故事,而另一个则是以唐卢肇之《逸史》为出典的故事,两者的大致内容都是主人公为了治愈病鹤,四处求取真正的人(所谓真正的人,指的是那些三世投胎皆为人的人)的血,而终获成功。特别值得我们注意的是后者,即引自《逸史》的故事,其内容如下:

　　李相公游嵩山,见病鹤,亦曰需人血。李公解衣即刺血。鹤曰:"世间人至少,公不是。"乃令拔眼睫,持往东都。但映眼照之,即知矣。李公中路自视,乃马头也。至东洛,所遇非少,悉非全人,皆犬彘驴马。一老翁是人,李公言病鹤之意,老翁笑,下驴袒臂刺血。李公得之,以涂鹤,即愈。鹤谢曰:"公即为明时宰相,复当上升。相见非遥,慎无懈惰。"李公谢,鹤遂冲天而去。

故事虽带有道教色彩,但笔者认为,李公所遇众人皆为动物的情节,是传自印度的轮回思想之产物。从此点来看,这也可看作变驴变马故事的一则资料吧。

又,关于此故事的原型,以及其传至韩国和日本的情况,可参照拙论《日本民间故事〈狼睫毛〉的原型故事——围绕着〈逸史〉、〈三国遗事〉、印度的民间传说》(《新汉字汉文教育》第46号,2008年),以及《睫毛与镜子——可见到人的前世、来世模样的咒宝》(《名古屋大学中国语学文学论集》第23辑,2011年)。

长,其内容如下①:

　　长安蒋生,户部员外某第三子也,风流自喜。偶步海岱门,见车上妇美,初窥之,妇不介意,乃随其车而尾之。妇有愠色,蒋尾不已,妇转嗔为笑,以手招蒋。蒋喜出意外,愈往追车,妇亦回头顾盼,若有情者。蒋神魂迷荡,不知两足之蹒跚也。

　　行七八里,至一大宅,车中妇入,蒋痴立门外,不敢近,亦不忍去。徘徊间,有小婢出,手招蒋,且指示宅旁小门。蒋依婢往,乃溷圊所也。婢低语少待,蒋忍臭秽,屏息良久。日渐落,小婢出,引入。历厨灶数重,到厅院,甚堂皇,上垂朱帘,两僮倚帘立。蒋窃喜,以为入洞天仙子府矣。重整冠,拂拭眉目,径上厅。厅南大炕上坐一丈夫,麻黑大胡,箕踞,两腿毛如刺猬,倚隐囊,怒喝曰:"尔何人?来此何为?"蒋惊骇,身战,不觉屈膝。

　　未及对,闻环珮声,车中妇出于室,胡者抱坐膝上,指谓生曰:"此吾爱姬,名珠团,果然美也。汝爱之,原有眼力。第物各有主,汝竟想吃天龙肉耶?何痴妄乃尔。"言毕,故意将妇人交唇摩乳以夸示之。生窘急,叩头求去。胡者曰:"有兴而来,不可败兴而去。"问何姓,父何官,生以实告。胡者笑曰:"而愈妄矣。而翁,吾同部友也。为人子侄而欲污其伯父之妾,可乎?"顾左右:"取大杖,吾将为吾友训子。"一僮持枣木棍,长丈余,一僮直前,按其项仆地,裤剥下,双臀呈矣。生哀号甚惨,妇人走下榻,跽而请曰:"奴乞爷开恩。奴见渠臀比奴臀更柔白,以杖击之,渠不能当。以龙阳待之,渠尚能受。"胡者叱曰:"渠,我同寅儿也,不可无礼。"妇又请曰:"凡人上庙买物,必挟买物之具,渠挟何具以来,请验之。"胡者喝验,两僮手摩其阴,报曰:"细如小蚕,皮未脱棱。"胡者搔其面曰:"羞,羞,挟此恶具而欲唐突人妇,尤可恶。"掷小刀与两僮曰:"渠爱风流,为修整其风流具。"僮持小刀握生阴,将削其皮。生愈惶急,涕雨下。

　　妇两颊亦发赤,又下榻请曰:"爷太恶谑,使奴大惭。奴想吃饽饽,有五斗麦未磨,毛驴又病,不如着渠代驴磨面赎罪。"胡者问

---

①　关于《子不语》,有手代木公助氏的日文全译本(《东洋文库》,平凡社,2009—2010年),笔者参照的即是此译本。"风流具"之题被译作"蒋秀才之冒险",载于第五册第230—234页。而笔者所据的原文是王英志主编的《袁枚全集》肆。

愿否,生连声应诺。妇人拥胡者高卧,两僮负麦及磨石至,命生于窗外磨麦,两僮以鞭驱之。东方大白,炕上呼云:"昨蒋郎苦矣,赐饽饽一个,开狗洞放归。"生出,大病一月。

题目"风流具",其实就是胡子大汉所指的那种意思,如此,风流小生蒋某此后意想不到的悲惨命运就成了一种秘密装置,在文中处处引得读者不由开怀大笑。和那些冲着三娘子口碑好而来投宿的旅客不同,蒋生并没有被变成驴,可是也受到了惩罚,他被绑在石磨旁,一边受着鞭打,一边还要磨面。他的可怜样和变驴故事的情节简直如出一辙。这种区别于《狗熊写字》的另外一类故事,即所谓的没有变形的"变形"故事在实现生活中多有发生。

即便如此,如果把这则故事看作被现实性的理想所拆解的变形故事,或是由现实性的理想所孕育的变身(变形)故事的话,那恐怕要算是不得要领之见了。说起那些惑于美妇而下场悲惨的男人的故事,笔者认为,不如说它们是属于另一个故事系谱的。例如进京赶考的书生因为爱上了歌妓,竟沦落为乞丐,除却最终的大团圆结局,那则唐代传奇的杰作《李娃传》也属于此类故事。又或者像载于南宋王明清《投辖录》中的《章丞相》,主人公章丞相见车中妇人美艳,就忍不住跟了上去,结果被带到了一处豪华的府邸,险些丧命①,这是一则与《风流具》有相似之处的故事②。对才子佳人的

---

① 笔者在此再稍稍介绍一下此故事的详细内容,这个青年(即之后的章丞相)被带进了一座豪华的府邸后,美妇们相继出来热情地招待他,一个个搔首弄姿,以媚态对他进行百般诱惑。只是妇人们在离开时都会用一把大锁将房门从外面反锁住。如此数日,此青年日渐显出疲惫困乏之态。某日,其中的一个妇人见此,终于道出了其中的原委。原来这座宅子的男主人因为生不出子嗣,所以只得让姬妾们引诱年轻的男子并与他们同房,已有数人被消磨得精疲力竭而死。听得此话,这位章姓青年好不惊愕,立即向那妇人求救,最后他借了些衣服乔装打扮,好不容易才逃出来,脱离了危险。

又,对车中的美妇一见倾心的故事类型见于更早一些的《太平广记》卷三三四《鬼部》的《河间刘别驾》,此则故事引自《广异记》。只是,该故事中的美妇并不是世间之人,而属异类,男主人公也因此被害。

② 关于《风流具》的原型故事,有铃木满《关于〈子不语〉所收的一篇小说与〈变形记〉的一则插话的相似之处》(《民间故事的东与西——比较民间传说文艺论考》,国书刊行会 2004 年所收,最初收录于《武藏大学人文学会杂志》第二十四卷四号,1993 年)一篇研究论文。铃木满认为与《风流具》相类似的是阿普列尤斯《变形记》中的一则插话,但笔者认为其与《一千零一夜》的第三十一个故事《理发师的故事》中长兄的故事更为相似。

爱情故事或与美妇人邂逅和恋爱故事的描写,是中国古典小说永远都不会感到厌倦的主题。而它的一个分支即关于恋爱陷阱这一故事群,才是《风流具》本应隶属的类型。

可是,即便它们的出处不同,对于一直追踪、梳理变驴变马故事系谱的我们来说,《风流具》仍然不失为一篇颇为有趣的作品。故事中幻术、邪术或因果报应式的投胎变形,还有猎奇性的人兽合体术都未出现,可是,这则故事太像是有可能实际发生于市井之中的日常事件,伴随着对纨绔子弟的讽刺和嘲笑,故事情节展开得极其顺遂,而最终等待蒋生的将是与三娘子所受的四年屈辱一模一样的惩罚。虽然该作品中有艳情之处,却充满着作为小说所特有的活力,这也是《板桥三娘子》的后续、衍生故事所欠缺的。更进一步看,三娘子虽然与《一千零一夜》有着血缘关系,但她的故事早已失去了那种情色、恋爱的要素,而有趣的是这种要素却在《风流具》中得以再生。

最终,在《板桥三娘子》以后,变驴术这一素材并未得到能与这些现实的世俗性作品分庭抗礼的发展,这也证明了变驴术所碰之壁即中国传统的变形观、变形术之强大和坚固,同时也说明中国小说所擅长的领域主要还是在现实世俗性这一方面。当然,毋庸笔者赘言,中国小说的这种现实世俗性的方向并不一定与幻想性的方向水火不容。其实在依从这种世俗性方向的同时,很容易就会涉足幻想的领域。以《狗熊写字》这则故事为例,小说现实性的志趣反而穿透、突破了现实,造就了一个幻想(或者说是幻想的"现实")的世界。之前笔者曾提到,中国有关冥界的现世性特征,其实是现实性的思考在幻想世界的投影,因此,如若以恋爱陷阱为主题的现实性故事中的主人公所爱恋的美妇人不是活人而是动植物的精灵或是妖魅、幽灵的话,那么中国独特的幻想故事就必定会绵延不绝地发展下去。

小　结

以上就是笔者对中国的变驴、变马故事以及《板桥三娘子》在其中的位置的考察。

薛渔思的《板桥三娘子》是极佳的对外来故事的翻案作品，可是在以动物向人变形为主流的中国变形故事中，它属于少数派。而且中国由人向动物的变形，除了仙人道士所拥有的自由自在的变形术或南方少数民族的邪术之外，主要是因为天谴以及前世的罪业而导致的变形、投胎转世。特别是关于变形观、变形术，由于中国的传统太过强大，故而三娘子的幻术最终也未能摆脱这些变形故事的桎梏得以自由发展。因此最终的结局是，三娘子的故事被分解成各种要素零件，而且其最后也被拉回到了与幻想形成对立的现实的这一面。

如果如笔者所言，《板桥三娘子》与中国变形故事的传统真是这样的一种关系的话，那么在这样的传统中创作出这一故事的作家与当时时代的独特性问题就再一次显现在我们的面前了。薛渔思对外国故事如此关心和感兴趣，与当时的唐代人所特有的西域趣味以及向外投射的目光是相重合的。正是这种特殊的偏好和兴趣，才孕育出了许多杰出的边塞诗和外来故事的翻案作品，以及为数众多的关于胡人买宝的故事。这一趣味也正是向着普遍性、世界性迈进的唐朝时代精神的一种表现，而薛渔思也正是通过自己的作品体现了这一时代性。

而说到向外投射的目光时，我们首先想到的肯定是张读《宣室志》中一篇名为《陆颙》的故事。该故事的主人公因为肚子里长了寄生虫而成了大胃王。这部上继六朝志怪小说[1]的作品一向是作为《聊斋志异》中那则著名的短篇故事《酒虫》[2]的原型故事之一而为人所知的。《酒虫》只用了两百余字的篇幅就巧妙地完成了一个独立的作品，而与此形成鲜明对照的是，

---

[1] 有关《陆颙》，详细请参考增子和男《关于唐代传奇〈陆颙传〉的一个考察》（上、中、下）（梅光女学院大学日本文学会《日本文学研究》第三十三、三十四、三十六号，1998—2001年），以及《关于唐代传奇〈陆颙传〉的一个考察——消面虫来源再考》（同杂志第三十五号，2000年）。据增子氏称，此则故事见于南朝宋东阳无疑的《齐谐记》。类似故事还有江夏郡安陆男子以及周客子女儿的故事，以及此后唐代戴孚《广异记》中的《句容佐史》等作品（上，第156—159页），其他有东晋陶潜《搜神后记》中桓温的督将的故事（《封氏闻见记》卷六、《太平御览》卷七四三及八六七等有收录），也可以算是原型故事之一，只是这些故事都只是记录式的，篇幅极短。

[2] 《酒虫》收于《聊斋志异》卷五。在日本也有芥川龙之介的同名翻案小说广为人知。

《陆颙》故事中的世界有意识地向外拓展和扩充。主人公陆颙将腹中的消面虫(能吃面并能将其消化掉的虫子)卖给了胡人,从中牟取了暴利,但故事到此并未结束。接下来作者讲到了一年之后的故事,即陆颙又找到胡人,而且还和他们一起出海去找宝藏。在中国的古典作品中,这种海洋冒险式的小说情节实属罕见①。其实,《陆颙》作者的这一尝试也谈不上成功,最后的冒险故事部分总给人一种狗尾续貂之感,但作者这种投向外海的视线正好说明《陆颙》是秉承了唐朝时代特征的结果。

与《陆颙》相较,《板桥三娘子》却让我们窥见了完全相反的另一面。如果说《陆颙》是一部在中国原型故事的基础上果敢、积极地向外扩展的作品的话,那么作为一部中国式的短篇小说,《板桥三娘子》则是一部在外来原型故事的基础上向内进行了精心改编的翻案作品,且这部小说也确实发端于作者的异国趣味。但是与此同时,这种向外投射的视线中已隐含着一种使外来故事完全中国化的内在的创作意图了。而由唐代那种志在世界性、普遍性的外向性的时代向宋代那种执着于固有的中华世界形成的内向性的时代转变②,正是始于中唐时期。如果事实真是如此的话,那么这一历史性的大转换的两个侧面都在这一作品中投下了自己斑驳而微妙的影子。

对中国的变驴变马故事以及其中的《板桥三娘子》这一作品的考察和论述至此就告一段落了③。在下一章节,我们将把目光转向日本,追踪它们在日本的传播与发展轨迹,并试着与它们在中国的发展情况做一番对比。

---

① 《陆颙》故事,《太平广记》卷四七六《昆虫部》有收录,并记其出典为《宣室志》。总字数约 1260 字,与其原型故事《酒虫》相比,篇幅较长。

② 此处的"普遍""固有"二词,笔者是借用了妹尾达彦《中华的分裂与再生》(《岩波讲座·世界历史》9《中华的分裂与再生:3—13 世纪》,岩波书店,1999 年)中的用语。妹尾氏以巨视性的观点和构想为基础的论考给了笔者很多灵感和极大的启发。

③ 有关近代以后中国的《板桥三娘子》的翻案作品以及相关资料,由于作者还未来得及着手调查,在此就不将它们列入讨论和考察的范围了。笔者也曾咨询过一些中国现代文学的研究学者,他们也都未见过此类资料。

第四章

日本的变形故事

绪　论

中国大量的变驴、变马类故事漂洋过海传入日本,《板桥三娘子》就是其中的一个代表。本章将着重探讨日本的变形故事对中国同类故事的传承,及其不断演变的过程,并重点关注在此过程中日两国间出现的差异。

首先简单回顾日本变形故事的特征,与第三章一样,本章也将按照"因果报应"系列故事、《出曜经》系列故事、《故事海》《一千零一夜》系列故事的顺序进行探讨。另外,日本的古代传说《旅人马》,除包括《出曜经》系列故事和《故事海》《一千零一夜》系列故事的诸多特征外,也包括了其他各种元素,因此,《旅人马》将被放在"《故事海》《一千零一夜》系列故事"中进行探讨。此外,也有无法归类为以上三个系列的其他故事,这些内容需要扩展到近代文学,甚至现代文学的领域进行深入研究、探讨。但由于研究领域不同,以及本人对近现代文学的研究不足,本章只简单列举与这些领域内容相关的作品名称,不进行深入探讨。

第一节　日本的变形故事及变形观

一、从古代到近世的变形故事[①]

目前,探究日本变形故事的专著只有中村祯里《日本人的动物观——

---

① 古代是日本历史划分的时代之一,指中世以前的时代。世界史上(转下页)

变形故事的历史》(海鸣社,1948年)一书。该书搜集了古代至近世大量的变形故事,并探讨了日本人动物观的形成过程。本章将以《日本人的动物观——变形故事的历史》为主要依据,简单介绍日本的变形故事与变形观。

1. 古代的变形故事

中国的变形故事大部分是动物变成人的故事,那日本的情况又如何呢? 中村祯里在其著作的序言中,比较了《岩波文库》版《格林童话》与柳田国男等编《日本昔话记录》,发现《格林童话》中几乎都是人变成动物的故事。与此相对,《日本昔话记录》中动物变人的故事几乎是人变成动物的故事的两倍(第8—12页)。根据这个结论,日本的变形故事似乎与中国的情况非常相似,但其实不然,在日本诸多的古文献中并未发现动物变人故事的记载。根据日本最早的文献《古事记》(712年)、《日本书纪》(720年)、《风土记》(8世纪前半叶)的记载,在古代的变形故事中占大多数的是人(或人形神)变动物的故事①,而非动物(或动物神)变人的故事。

上古时代的神,无论是动物神还是人格神,都包含人类灵魂这个要素,与后世单纯以人、动物为主人公的变形故事存在本质区别。因此,很多故事无法根据"二分法"简单归类为"人变动物"或"动物变人"。但在没有找到更好的分类办法前,还得沿用"二分法"来分析数量较少的动物(或动物神)变人的故事。这类故事的共同特征是动物通过与人通婚变成人类,而且蛇是雄性动物变形故事的代表,而鳄②等爬行类又成为雌性动物变形

---

*(接上页)指原始时代之后尚未进入封建社会的阶段,在日本为飞鸟、奈良、平安时代。近世也是日本历史划分的时代之一,与西方史的"近代"同义,在日本历史上相当于中世后的时代。一般指织田信长、丰臣秀吉政权期至江户时代。(译者注)

① 根据中村祯里的统计,在《古事记》《日本书纪》《风土记》中,动物变人的有六个故事,而人变动物的则有十一故事(第25页,表1-1、1-2)。如果将暗含变形内容的故事也计算在内,那么动物变人的有十一个故事,人变动物的则有十八个故事(《日本人的动物观——变形故事的历史》,第26页,表1-3;第53页,表1-4)。

② 关于"鳄"的形象众说纷纭,包括鲨鱼说、海蛇说、鳄鱼说,以及包含上述三种动物特征的假象动物说等。具体内容参照中村祯里《日本人的动物观——变形故事的历史》第28—30页。

故事的代表。例如，三轮山大物主神①与活玉依姬走婚的故事、海神之女丰玉姬②公主与山幸彦结婚的故事是这类故事的代表。《日本书纪》卷十四《雄略天皇》二十二年中记载的水江浦岛子的故事，以浦岛太郎的故事为原型，也属于此范畴。故事讲述的是浦岛太郎钓上来的大龟③变身为女子，并成为他的妻子，最终二人一起入海去往蓬莱山。故事中只描述了神婚礼仪、与海洋系的异族通婚④之事。此后，这类神话传说中出现的动物（动物神）逐渐丧失其神性，因此日本的故事、传说中也出现了大量与异类通婚的故事。

在以动物神为中心的记纪神话变形故事中，《日本书纪》卷二十二《推古天皇纪》中记载了这样一个小故事：

三十五年春二月，陆奥国有狢，化人以歌之。

《日本书纪》记载的内容极其简单，无法知晓究竟讲述了怎样的故事。但这个故事正好与三十六年（627）二月推古天皇卧病不起，三月驾崩的历史事实一致，故事中出现的怪异景象又与三十五年（626）五月（阴历）被认为是不祥之兆的苍蝇大泛滥事件重合。而且，故事中的狢（狸猫）是不具备神格的动物，因此，这个故事就成了动物变人故事的珍贵资料。《古事记》《日本书纪》是日本留传至今最早的正史，当然不可能包括动物变人这类故事。因此，上述故事在《日本书纪》里只是一个片段，但足以证明古代的日本就已开始有动物变人的故事了。

那么，数量较多的人（人形神）变动物的故事情况又如何呢？与动物（动物神）变人的故事相比，人变动物类故事的内容更加丰富多彩。例如，

---

① 参照《古事记》中卷、《日本书纪》卷五《崇神天皇》第一章。另外，还可参照岩波书店《日本古典文学全集》《新日本古典文学全集》《日本思想全集》、小学馆《新编日本古典文学全集》、新潮社出版《日本古典集成》等日本古典文献。

② 《古事记》上卷、《日本书纪》卷二《神代》下卷。但在《日本书纪》中并非变成了蛇，而是变成了龙。

③ 《丹后国风土记》中记载的故事内容如下：钓上来的五色龟瞬间变成了一位美女，她自称是天上的仙女，但原本是人类。这种故事尚未受到中国神仙思想影响，其原型龙宫公主乙姬的形象也尚有诸多未解之谜。

④ 关于丰玉姬型异类通婚故事的起源众说纷纭，具体内容参照中村祯里《日本人的动物观——变形故事的历史》第32—36页。

应倭迹迹日百袭姬命的要求变成小蛇的大物主神、变成八寻大鳄产下御子的海幸丰玉姬、进攻时变成白猪（或白鹿）的伊吹山之神、灵魂变成白鸟在空中飞舞的日本武尊倭建命[1]等，都属于此类。人变动物后出现了蛇、龙、鳄、龟、猪、熊、狗、鸟等多种形象，但尚未出现马、驴。

《古事记》《日本书纪》《风土记》中虽数量有限，但已出现各种古代的变形故事了。动物变人的故事中数量最多的是蛇变人的故事，这是此类故事的一个显著特征。诸多学者认为，这与日本的蛇信仰相关[2]。但遗憾的是，这些文献中并未发现能证明动物变人的故事的自然观、宗教信仰等的内容，因此，也就无法知晓符合日本古代风俗的变形观、变形原理究竟是什么。但在日本古代"万物有灵论"的自然信仰中，人与动物、人与动物神之间确实存在着相互交流的途径。

太安万侣《古事记·序》中有如下的内容：

夫混元既凝，气象[3]未效。无名无为，谁知其形。然乾坤初

---

[1] 伊吹山之神，即日本武尊的故事，在《古事记》中卷《景行记》、《日本书纪》卷七《景行纪》中均有记载。其他诸例参照中村祯里《日本人的动物观——变形故事的历史》第53页表1-4。

[2] 谷川健一、吉野裕子、阿部真司均持此观点。绳文时期的土偶中已出现头顶着蛇的女性像，由此可见，日本在绳文时期时已经有蛇信仰了。详细内容参照中村祯里《日本人的动物观——变形故事的历史》第一章第64—65页及注64。

[3] 《古事记·序》中出现了"气象"一词。关于"气象"一词的含义，岩波书店《日本古典文学全集》《日本思想大系》、小学馆《新编日本古典文学全集》中进行释义时，均将"气（意象）"与"象（具象）"分开进行了解释，而且这种释义法得到了广泛认可。但是，荒井健指出，"气象"一词早在《纬书》中就已经出现，因此"气象"应作为一个词语进行释义。相关材料内容如下：
《纬书集成》（上海古籍出版社，1994年）收录的《周易乾凿度》上卷中有"孔子曰，易始于太极"的内容，郑玄注为："气象未分之时，天地之所始也。"（第45、786页等）郑玄是东汉学者，如果这个注释真实可信的话，那么至少在东汉时期，"气象"已作为一个词语开始使用了。

另外，唐代法琳为《辩正论》卷一"盖闻气象变通莫过乎阴阳，埏埴覆焘莫过乎天地……"的内容，做了"《易钩命决》云：天地未分之前有太易，有太初，有太始，有太素，有太极，为五运也。气象未形谓之太易，元气始萌谓之太初，气形之端谓之太始，形变有质谓之太素，质形已具谓之太极……"的注释（《大正新修大藏经》卷五十二《史传部四》，第490页中段）。《纬书集成》被认为是西汉末的伪作，因此，至少在东汉时期已有"气象"这个词语了。但《纬书集成》中并未收录《易钩命决》，因此这一点尚不明确。（转下页）

分,参神作造化之首。阴阳斯开,二灵为群品之祖。

"混沌""气象""阴阳"等词语表明此时中国思想已传入日本。当时中国最新、最高的哲学理论"气""阴阳"等内容,对当时日本的知识分子及统治阶层产生了深刻影响。可见,在当时的日本尚未找到除了"气""阴阳"外能解释变身、变形的其他理论。而且,那个时代尚不能用"气"的理论彻底分析与诸神相关的变身故事。在区分了天地、阴阳之后,三神、二神创造万物说代替了"气""阴阳"的理论。此时,诸神的变形仿佛成为共识,已不属于阴阳哲学分析的对象了。

2. 中古、中世的变形故事①

中古时期,景戒《日本灵异记》(约810—824年)、镇源《大日本国法华经验记》(1040年左右)及集大成者《今昔物语集》(12世纪前期)等都收录了大量变形故事。由于受到佛教思想影响,这些故事大量包含了转世轮回、因果报应思想,其中的变形故事中也反映了这一特征。以这个时期故事集的代表作——《今昔物语集》为例,在动物变人的故事中,大约有一大半都是由于佛教的灵验或善行,使动物(牛、马、狗、蛇、虫等)变成了人这类因果报应、转世轮回的故事②。而在人变成动物的故事中,除一例之外,几乎

---

*(接上页)《山海经》卷二《西山经》"又西二百九十里,曰泑山……西望日之所入,其气员",晋代郭璞注释:"日形员,故其气象亦然也。"由此可见,晋代时"气象"确实已作为一个词语使用了。

《古事记》的注释均出典自《列子》。《列子·天瑞第一》中有"夫有形者生于无形,则天地安从生?故曰:有太易,有太初,有太始,有太素。太易者,未见气也。太初者,气之始也。太始者,形之始也。太素者,质之始也。气形质具而未相离……"的内容。这里所说的"气""形""质"中的"形",就是按"象"的意思进行解释的。但《列子》中的释义较为简单,而《易钩命决》则更忠于原典。根据《易钩命决》的解释可知,"气象"是一个词语,并非"气"与"象(形)"两个字的复合词,应该是"气之象"的意思。而"象"则比"形"出现更早,甚至包含"初始"的概念。

① 中古是日本历史划分的时代之一,介于上古与近古之间。在日本指平安时代。中世是日本划分历史时代的一个时期,在古代之后,近代(日本称近世)之前。社会制度为封建制。在日本主要为镰仓、室町时代。(译者注)

② 参照中村祯里著《日本人的动物观——变形故事的历史》第80页表2-1,及第110—116页。中村祯里指出,这些变形故事受中国佛教故事的影响较大。

都是由于罪孽深重而转世成了动物(蛇、牛、狗、猫、鹿等)[①]。佛教传入之后,变形故事便与转世轮回、因果报应思想密切相关,在这一点上中日两国是相同的。

根据中村祯里的统计,《今昔物语集》中记载动物变人的共有三十个故事(第80页,表2-1),而人变成动物则有二十个故事(第98页,表2-3),可见,这两类故事的数量比例已经发生逆转。如前所述,在动物变人的故事中,虽然将近一半是因果报应思想影响下的转世故事,但在数量上并未超过人变动物类故事。《今昔物语集》中的三十个动物变人的故事中有八个是狐狸变人(第80页,表2-1),这个现象比较有趣,也就是说,后世时狐狸成为动物变人故事的典型,其实在此时就已开始出现征兆了。在动物变人的故事中,数量排在第二的动物是蛇。古代神话中,蛇是变形故事的核心动物,共有五个蛇变人的故事。但在《今昔物语集》中,这类故事中的神性开始衰落,逐渐向动物与人之间的异类通婚故事转变(第109—110、115页)。

由于因果报应导致转世的人变成动物的故事将在下一节具体探讨。《今昔物语集》卷三十一的第十四个故事,名为《通四国边地僧行不知所被打成马语》是唯一的例外。这也是日本最早的人变为马的故事。前半部分内容如下:

> 古时,有三个虔修佛道的僧人,结伴去四国边境云游。走进一座深山时,不料竟迷失了方向。最终,他们发现了一户人家,便兴高采烈地过去敲门。屋里走出一位六十多岁的和尚,老和尚面貌狰狞,目露凶光。老和尚招待他们吃了饭,正当他们休息之时,老和尚突然唤来一位面目奇特的法师,满脸杀气地命令道:"把家什取来。"法师便拿来了马辔头和鞭子。
>
> 老和尚又道:"给我照样办了!"于是,法师便把一个僧人拖到院里,用鞭子抽打他的背,足足抽打了五十鞭。接着剥光僧人的衣服又抽打了五十鞭。僧人被打得趴在地上无法站起来了,老和

[①] 参照中村祯里著《日本人的动物观——变形故事的历史》第97—98页,及第98页表2-3。中村祯里指出,动物变人的变形类故事,由于受到因果报应、转世轮回思想的影响,变成了人变动物的变形故事,也就是说这两者互为表里关系。转世故事中所涉及的动物如蛇、牛、狗等,在这两类变形故事中均多次出现。

尚又吩咐说:"把他拉起来!"法师便拉起僧人,此刻,僧人已变成一匹马站在那里。同行僧人看得目瞪口呆,正在寻思,法师又把另一个人拖到院里,照样一顿鞭打,再拉起来,又变成了马。法师给两匹马套上辔头牵走了。

老和尚吩咐法师暂时留着另一位僧人,并让他照看田里的水况。慌了神的僧人找机会逃了出来。不久在路上又看到了一幢房屋,房屋门前站着一位女子。

女子其实是那位和尚的妻子,僧人说明原委后,女子便叫他去投奔自己的妹妹。得到姐妹俩帮助的僧人终于逃到了村庄,但却未能遵守与姐妹俩的约定,将自己的经历告诉了村民。血气方刚的年轻人决定去讨伐老和尚,但终因不识路而作罢。

这个故事传承了《旅人马》的故事来源,但与《出曜经》中遮罗婆罗草的故事以及《板桥三娘子》的故事又都不同。故事的结尾处有"此后再也没有听说过那座山。一个活人居然被打得变成了马,真是件不可思议的事情。这大概就是所谓的畜生道吧"的评论。除此之外,当时似乎并无类似故事。关于故事的原貌尚有诸多无法解释的内容,但确实是人变动物故事中的一个特例①。误入"畜生道"的异界变形的故事对其后的传说、传承均产生了

---

① 在此之前,日本从未出现过类似的变形故事,而且"马"的形象也未曾出现在变形故事中,由此推测这个故事可能来源于外国。在本书第一章中举例详细探讨了"用棒敲打吃过饭的人将其变成马"的变形故事,强调了阿波罗多洛斯《希腊神话》中的喀耳刻、《格萨尔王传》中魔女的魔法等都可看作这类故事的来源。

《希腊神话》中讲述的是人吃了下过药的食物后用魔法杖一触就变成动物的故事,《格萨尔王传》中则是人吃了用魔法做成的点心后用杖敲打三下便变成动物的故事,而《今昔物语集》中的变形故事与食物、药物都没有关系。另外,通过杖、鞭施法这点虽有相同之处,但《今昔物语集》中需要杖打两回,而且每次都要抽打五十鞭。

如此粗暴的方法,与前面说到的两种方法存在显著差异。

探究故事的来源很困难,篠田知和基《东西方变形为马的故事》(《名古屋大学文学部研究论文集》106,1990年,第3页,共265页)中有如下论述:

    僧人逃出后,又见到一处房屋,房屋里走出一位女子,自称是刚才的鬼的女儿,让他逃到不远处的姐姐家求救。到姐姐家后,姐姐让他先藏起来,这时鬼回来了,吃东西的样子令人恐惧等内容都与《格林童话》中食人魔的妻子救助小女孩的故事很相似,充满外国故事的气息。

深刻影响。可以说,这就是日本最早的"人变马"的故事。

日本的主要传奇故事集除《今昔物语集》外,还有中世初期《宇治拾遗物语》(约1212—1221年)、源显兼《古事谈》(1213年前后)、橘成季《古今著闻集》(1254年)、无住《沙石集》(约1279—1283年)等。这些故事集中所记载的变形故事,大部分都与以往故事集中的内容相似,大都包含了因果报应、轮回转世等佛教思想,这一点与《今昔物语集》并无差别,而且,与动物变人的故事相比,人变动物的故事在数量上占绝对优势。这或许与不守规矩就会转世为畜的佛教戒律有关吧[①]。

除中世的传说集外,中村祯里还对宣教类故事、《神道集》(1358年前后)、室町时期的《御伽草子》中包含的变形故事进行了调查。得出了中世初期至室町时期的变形故事,传承了古代神话、中古佛教故事,并在此基础上初步形成独特风格的结论。变形故事中出现的动物种类、变形的含义也开始变得多样化。动物变人的故事逐渐由通婚向报恩演变,而人变动物的故事,除了由于违反佛教戒律变成动物的内容外,还逐渐增加了因世俗的偏执、怨恨、罪孽等人类的罪过而堕入畜生道的故事[②](当然,其中大部分的故事依然始终贯穿因果报应思想,这一点与以往的佛教故事并没有本质的区别)。

还有一个算不上典型的变马故事,就是收录在《御伽草子·御曹子岛渡》中名为《王仙岛》的故事[③]。故事讲述的是:王仙岛的住民身高十丈,是上半身为马、下半身为人的"马人"。"马人"腰间都挂着鼓。由于过于高

[①] 参照中村祯里《日本人的动物观——变形故事的历史》第119—121页表3-1.2。中村祯里调查过的文献主要有《宇治拾遗物语》《古事谈》《古今著闻集》《沙石集》及《元亨释书》。此外,笔者还参考了《古今说话集》《十训抄》《私聚百因缘集》《三国传记》等书,但结果几乎相同。

[②] 参照中村祯里《日本人的动物观——变形故事的历史》第122—123页表3-3.4及第181—182页。中村祯里的著作中提出了几个值得思考的问题,但本章中只引用了与本章论述有关的内容。另外,根据表3-3.4的统计,动物变人的共有三十个故事,而人变动物的则只有二十二个故事。在动物变人的故事中,除了由于受佛教恩惠而转世为人的故事外,有二十个故事与通婚、报恩有关。这与《今昔物语集》中同类故事的数量很接近。

[③] 《日本古典文学全集·御伽草子》(岩波书店,1958年)第104—105页记载了《王仙岛》的故事。享保(1716—1736)年间,大阪书肆涉川清右衞门出版了《御伽草子》,该书收集的二十三个故事大部分都是室町时期的内容。

大,"马人"摔倒后自己根本无法爬起来,因此在需要求助又无法发声时便会敲响腰鼓。

现在已无法考证这些"马人"的形象究竟是根据什么创造出来的了,追根溯源的话,或许与佛教经典中的牛头马面的故事有某种关联。但无论是中国还是日本的典籍中都找不到能直接对《王仙岛》的故事产生影响的内容。如果想象变形或鬼怪时,很容易联想到马的形象,那么就应该彻底探寻产生这种联想的根本原因。这一时期的日本,将鬼怪或变形的动物形象化时,马成为代表之一。这也是中国唐代传奇《板桥三娘子》在近世日本广泛流传并深受好评的一个重要原因。

3. 近世的变形故事

到了近世,变形故事发生了很大变化。真正的佛教传说故事集,除铃木正三《因果物语》(1661年)外,还相继出版了类似的传说集①。但是,到了江户时代,志怪故事代替了佛教故事,并迎来全盛期。在以浅井了意《伽婢子》(1666年)、编者不详的《诸国百物语》(1667年)等为代表的志怪小说集中,出现了大量描写幽灵、妖怪的故事,而与佛教轮回转世相关的故事则日渐减少。而且,动物变人的故事在数量上远远超过人变动物的故事,占据了绝对领先的地位②。而古代传说中一直都是人变动物的故事处于优势地位,这可以说是一个历史性的变化。这一点与中国的情况不同。

---

① 江户时代怪异故事兴盛,大有代替佛教故事之势。继铃木正三《因果物语》后,相继出版了诸多内容类似的佛教故事集,其中也包括以向大众宣传佛教教义为目的的著作。抄写版、刊行版《劝化本》数量之多令人震惊。具体内容参照《国文学解释与鉴赏近世的佛教故事——劝化与传说万花筒》(《学灯》,2004年4月号,第49卷5号)。在后小路薰《增订近世劝化本刊行略年表1300篇》、西田耕三《近世传说集十个解说》中可查阅所有参考文献。

② 参照中村祯里《日本人的动物观——变形故事的历史》第190页表4-1、第221页表4-4。根据这些统计表,在近世传说有一百五十六个动物变人的故事,六十一个人变动物的故事。中村祯里统计的书籍有:《曾吕利物语》《伽婢子》《诸国百物语》《新御伽婢子》(此四部属于17世纪的资料);《太平百物语》《新著闻集》《诸国里人谈》《老媪茶话》(此四部属于18世纪的资料);《甲子夜话》《梅翁随笔》《耳袋》《兔园小说》《猿著闻集》《想山著闻奇集》(此六部属于19世纪的资料)。

在中村祯里的研究基础上,笔者又进一步扩大调查范围,但只根据吉川弘文馆出版《日本随笔大成》(第一至三期)的目录简单地收集了相关资料。

在中国,动物年岁大了或器具存放久了就容易衍化成异物,这就是所谓的"物老则为怪"的变形思想。这种想法自古就有,而且代代相传,一直被传承下来(具体参照本书第三章第一节中《动植物变形为人》)。因此,中国的变形故事中除通婚、转世外,还出现了各种动物、器具变为人的奇异故事。日本也受到中国这种思想的影响,出现了器具变成付丧神(付丧神是日本的妖怪传说概念,是指器物存放百年后,就能吸收天地精华、积聚怨念或感受佛性、灵力,并由此灵魂化成妖怪)的妖怪传说[①]。关于动物的变形故事,虽在《日本书纪》中就有记载,但其中的变形故事中尚不包含"物老则

[①] 在中世的卷轴画、《御伽草子》中开始出现由旧器具变的妖怪,即"付丧神"。其中最著名的是被称为《付丧神记》的一副卷轴画。该卷轴画题词的第一句是"《阴阳杂记》云,器物经百年,得化为精灵,诓骗人心,人们称之为付丧神"。关于《阴阳杂记》,情况不详,但故事由作者自己创作的可能性较大,而且很明显继承了中国"物老则为怪"的思想。

关于付丧神的研究、论证,可参照以下五篇论文:

a. 花田清辉的《画人传》(《室町小说集》,讲谈社,1973 年;《讲谈社文艺文库》,讲谈社,1990 年)。

b. 涩泽龙彦的《付丧神》(《河出文库》河出书房新社,2007 年;《涩泽龙彦全集》第 14 集,河出书房新社,1994 年)。

c. 小松和彦的《器具的妖怪——付丧神》(《冯灵信仰论》,阿林那书房,1984 年;《讲谈社学术文库》,讲谈社,1994 年)。

d. 田中贵子的《"付丧神记"与中国文献——浅析"器物之怪"出现的背景》(和汉比较文学会编《和汉比较文学丛书》第 14 卷《传记文学与汉文学》,汲古书院,1994 年)

e. 田中贵子的《被丢弃器具的故事》(《百鬼夜行所见的城市》,新曜社,1994 年;筑摩书房,《筑摩学艺文库》,2002 年)。

花田清辉、涩泽龙彦、小松和彦的论文主要探讨了在日本中世产生付丧神的诸多因素,认为付丧神是极具中世特征的妖怪。以这些研究为基础,田中贵子在其两篇论文中再次明确了中世时付丧神的特征,并探讨了在形成这些特征的过程中付丧神是否受到中国志怪小说,例如干宝《搜神记》等的影响。笔者认为田中贵子的这个论点非常重要。中国传统的"物老则为怪"思想中包括有生命、无生命的万物,这一点无疑对日本的变形故事产生了深远影响。

关于付丧神的论述,除上述论文外,笔者还参考了今野圆辅《日本怪谈集·妖怪篇》(《现代教养文库》,社会思想社,1981 年;《中公文库》,中央公论社,2004 年)。该书介绍了日本近世的诸多资料(《妖怪外传》中的《器具之怪》)。另外,京都大学附属图书馆所藏《京都大学藏室町物语》第十卷(临川书店,2001 年)的影印本与翻刻本中均包括《付丧神记》。此外,《书籍王国》18《妖怪》(国书刊行会,1999 年)中还包括了须永朝彦注解的现代日文译本(第 105—108 页)。

为怪"的思想①。近世之前,动物变人的故事基本被限定在通婚、报恩及转世的范畴之内。直到近世,日本文献中所记载的动物变形故事,除佛教因果报应思想影响下产生的转世故事、神话中与异类通婚的故事外,几乎没有其他内容。

近世,动物变人的故事依然占了绝大多数。根据中村祯里的调查(第189—220页),近世前期,变人的动物多为狸、猫,此外,也有蛇、狼、水獭、蜘蛛、鸟、鱼等。但到了近世后期,几乎就只有狐与狸了。从这个统计结果看,虽然能变成人的动物数量明显增加了,但还无法与中国丰富多彩的变形故事相提并论。而且,日本很多的变形故事都深受中国故事的影响。另外,人变动物的故事数量较少,因果报应、转世轮回还是其中心内容。人变动物的故事中也包括人变为马的故事。具体内容将在下一节进行论述。此外,在近世文学作品中也出现了《板桥三娘子》中的幻术故事及其传承方式。

二、变形术

首先简单概括一下日本变形故事、幻术故事中所包含的变形术。

记纪神话里出现的日本诸神都具有变形能力,虽然这种变形能力仅限于自身变形,但也不是完全没有让他人变形的例子。例如,在降服八歧大蛇的故事中,为了保护献祭少女奇稻田姬(栉名田比売),素盏呜尊(须佐之男神)就把奇稻田姬变成一把爪型梳子,插在自己发髻上(《古事记》上卷、《日本书纪》卷一《神代·上》)。但让他人变形仅此一例,且还不是将人变为动物的故事。

神话传说时代之后,《日本书纪》卷二十四"皇极天皇四年(645)"中记载了一个诸神之外的变形故事。

---

① 近世之前,日本"物老则为怪"系列的变形故事并不多。但是,长生不老的动物最终能变成人的这种想法本身就是受了中国的影响,而且日本从很早开始就相信这种观念。所以《今昔物语集》卷二十七《本朝部》的第三十七个故事,即关于狐的故事、《古今著闻集》卷十七《怪异部·变化之二十七·狸》中第十五个故事均是此类例子。除动物外,《今昔物语集》卷二十七的第六个故事、第十九个故事中都包含上了年岁的器具发生变形的故事。

第四章　日本的变形故事

夏四月戊戌朔,高丽学问僧等言,同学鞍作得志,以虎为友,学取其术。或使枯山变为青山,或使黄地变为白水。种种奇术不可殚究。又虎授其针曰:"慎矣,勿令人知,以此治之,病无不愈。"果如所言,治无不差。得志恒以其针隐置柱中。于后虎折其柱,取针走去。高丽国知得志欲归之意,与毒杀之。

鞍作得志跟"虎"学习秘术,这种秘术能让枯山、黄土等发生变形,但没有说明这种秘术能否将人变为动物。

最终,鞍作得志被毒死,因此老虎的妖术也未能传入日本。这个故事表明各种秘术均起源于亚洲大陆,后经朝鲜半岛传入日本。在《日本书纪》卷二十二"推古天皇十年(602)"中还有这样一段记载:

冬十月,百济僧观勒来之。仍贡俿本及天文、地理书,并遁甲、方术之书也。是时选书生三四人,以俾学习于观勒矣……

《古今著闻集》卷七《术道》的序文中有以下描述:

术道并非只有一种,术道可谓各式各样、种类繁多。推古天皇十年,百济国人带来了历书、天文、地理、方术等书籍,带书来的人还顺便传道,令我国颇为紧张。其中就有秘术,据说秘术相当奇异,种类不胜枚举。

因此,推古时代的这一事件就成为法术在日本的起源了。

此外,中国民间的道家、神仙思想很早就传入日本,并对古代日本人产生了极大影响[①]。这些民间宗教以及与之相关的道法通过各种正式、非正式途径相继传来,其中与炼制仙药、养生法相关的道法深受欢迎,而符咒、禁咒术则被称为旁门左道或鬼道,在律令制时代经常受到打压。例如,《续日本纪》卷十"圣武天皇天平元年(729)夏四月"条中,有如下严苛禁令:

内外文武百官及天下百姓,有学习异端,续积幻术,压魅咒诅,害伤百物者,首斩,从流。如有停住山林、详道佛法、自作教化、传习授业、封印书符、合药造毒、万方作怪、违犯敕禁者,罪亦如此。

当然,禁令越严苛,就越能证明当时对道法的追捧。从外国传来的这

---

① 关于日本神仙思想的内容,可参照下出积与《神仙思想》(吉川弘文馆,1995年新版,1968年初版),松田智弘《古代日本对道教的接纳与仙人》(岩田书院,1999年)。

些道法,无论是被官方认可的正术,还是未被认可的邪术,都成为日本传说故事的重要素材。《古今著闻集·术道》中就收录了被看作是当时宫廷文化精髓的阴阳道、看相术、占卜、医术等六项内容。前引文中虽有"其中就有秘术,据说秘术相当奇异"的内容,但实际并没有秘术及变形相关内容的记载。日本著名阴阳师安倍晴明及其长子安倍吉平的法术也只是能找出藏在瓜里的毒蛇、预知地震等较为常见的套路而已[1]。

关于仙术,大江匡房(1041—1111)《本朝神仙传》中记载了很多神仙的故事。该书中记载的日本神仙(大部分是佛教僧侣)的仙术包括飞行、诅咒、降服鬼神、让瓶钵在空中自由飞行等法术,但完全不包含中国道教经典中记载的变形术(参照本书第三章第一节《人变形为动物》)[2]。

另外,也出现了与阴阳道、仙术等完全不同的其他奇术。根据朝仓无声《见世物研究》的考证[3],汉武帝时期从西域传到中国的散乐杂戏,在圣武天皇天平时期(729—749)传入日本。表演散乐杂戏的人被称为咒师。奈良时代,散乐杂戏成为在朝廷公宴上表演的节目,到了平安时代,此类表演已遍及洛京的大街小巷了。

《今昔物语集》中记载了一种被称为"外术"的奇术,这究竟是怎样的法术呢?记载于《今昔物语集》卷二十八《本部朝》的第四十个故事《以外术被盗食瓜语》中所记载的植瓜术完全就是《搜神记》中徐光故事的翻版。《今昔物语集》卷二十《本部朝》的第九个故事《祭天狗法师拟男习此术语》中也记载了变身术。讲述的是京城末流法师的法术就是"能瞬间

---

[1] 参照诹访春雄《安倍晴明传说》(《筑摩新书》,筑摩书房,2000年)中所描述的安倍晴明的法术(第98页)。阴阳师安倍晴明作为这一时期的代表人物有诸多传说,例如《今昔物语集》卷二十四《本朝部》的第十六个故事中记载了安倍晴明用咒术驱除数只蟾蜍的故事。但安倍晴明主要是通过咒术驱除鬼神,并不具备变形的法术。诹访春雄指出,安倍晴明法术的故事明显受到中国神仙故事的影响(第99—103页)。

[2] 《古事类苑·方技部九》的仙术、幻术、奇术部分中也没有与变形术有关的例子,但在《奇异杂谈集》中引用的"丹波深处的某郡,把人变马出售"中有变形术的记载。《奇异杂谈集》是江户初期的文献,所讲述的完全就是改编版的《板桥三娘子》故事。

[3] 朝仓无声《见世物研究》(《筑摩学艺文库》,筑摩书房,2000年),以及《见世物研究》姊妹篇《观物源流考》(平凡社,1992年)是该领域研究的代表性论著。此外,藤山新太郎《魔术故事遗失的日本奇术》(《新潮选书》,新潮社,2009年)也具有相当大的参考价值。

将穿在脚上的木屐、尻切(没有脚后跟的草鞋)变成幼犬;从怀中掏出鸣叫的狐狸,从站立的马牛屁股里钻进去,再从其口中爬出来"等①。将鞋子变成小狗确实属于幻术的一种,却不是人变动物的变形术。紧接其后的第十个故事是《阳成院御代泷口金使行语》,讲述的是摘除男根的奇异术,以及将鞋子变成小狗、鲤鱼等变化术②。因此,将人变成动物的幻术,除了

---

① 根据《新日本古典文学全集·今昔物语集》中小峰和明的注释(第四册,第239页注34),京城末流法师所表演的"从马牛屁股钻进再从口中爬出"的"外术",与《信西古乐图》中一幅名为《入马腹舞》的绘画中所描绘的分身术内容一致。

《入马腹舞》的作者、成画年代都不详,只知道该画描绘了平安初期的乐器、唐舞、散乐、杂技等内容,是重要的历史资料。该画的原作是否留存已无法考证,但留下来了几个摹本。1927年,东京美术学校(现东京艺术大学)出版了其所藏宝历五年(1755)摹本的影印本,是《日本古典全集》其中一册。现代思潮社于1977年又出版了《日本古典全集影印本》。

人进入马、牛腹中,也就是大物体进入狭小空间的分身术。那么,也应该有人吞下马、牛的所谓吞牛、吞马术吧?战国时代忍者加藤段藏、江户时代奇术师盐卖长次郎所表演的幻术内容,参照冈田充博《吞马吞牛术》(《横滨国大国语研究》第23号,2005年)的论述。另外,泡坂妻夫《大江户奇术考——魔术、机关、鉴定的世界》(《平凡社新书》,平凡社,2001年)第40—43页、藤山新太郎《魔术的故事》第91—103页都论述了盐卖长次郎的"吞马术",并尝试解密了该分身术。

② 《宇治拾遗物语》第九卷中以《泷口道范学术记》为题收录了《阳成院御代泷口金使行语》。故事梗概如下:

有一位名叫道范的泷口武士(宫中侍卫),被派遣到陆奥国(青森县)办事,途经信浓国(长野县)时,借住在郡司家,受到了热情款待。但道范垂涎郡司妻子的美貌,晚上按捺不住,偷偷溜进郡司妻子的房间,正想成好事,一摸前面,发现宝贝不见了。道范大吃一惊,瞬间没了心情,就溜了回来。他百思不得其解,便唆使家臣也溜进郡司妻子的房间。结果,家臣们同样高兴而去沮丧而归。据说每个人经历都是如此。

第二天早上,道范假装什么也没有发生,告辞后就上路了。过了一会儿,郡司家的家臣抱着一个大纸包追来,道范打开一看,发现大家丢失的宝贝像松茸一样胡乱摆放在里面。

从陆奥国(青森县)返回途中,道范再次拜访郡司家,赠送了马匹、绢等,还向郡司坦白了之前的事,并约定跟郡司学习法术。道范回京城交差后,再次来到信浓国,开始学习法术之前的修行。所谓修行就是紧紧抱住河里出现的东西。起初,河面出现一条大蛇,道范十分恐惧,无论如何也不敢抱。接着出现了一头大野猪,这次道范死命抱住了,却发现原来抱住的是一根长约三尺的朽木。

这样,修行就结束了。由于没能通过第一次考验,所以道范未能学到原本想学的法术,但也学了一些小法术,之后他就回京城了。道范学到的就是把泷口侍卫的鞋变成幼犬,把旧草鞋变成长约三尺的鲤鱼,并让鲤鱼跳上托盘的法术。

《今昔物语集》卷三十一的第十四个故事中的变马术外,就没有其他故事了。

朝仓无声《见世物研究》中没有提到,但大江匡房《傀儡子记》中记载了很多这个时代特有的幻术、杂技以及走街串巷表演的幻术团、杂技团,是非常珍贵的资料。《日本思想大系·古代政治社会思想》(岩波书店,1979年)的开头部分有如下记载(第158—159页):

> 傀儡子者,无定居,无当家,穹庐毡帐,逐水草以移徙,颇类北狄之俗。男则皆使弓马,以狩猎为事。或跳双剑、弄七丸,或舞木人、斗桃梗。能生人之态,殆近鱼龙漫蜒之戏。变沙石为金钱,化草木为鸟兽,能□人目。女则为愁眉、啼妆、折腰步、龋齿笑,施朱敷粉,倡歌淫乐,以求妖媚。

傀儡子是像吉卜赛人一样的群体,其出身存在诸多谜团。根据大曾根章介《古代政治社会思想》中的论述,关于这个群体的来源有日本本土说、中国大陆传来说、两者融合说三种(第448页)。大曾根章介又列举《高丽史·崔忠献传》中关于朝鲜白丁"素无贯籍、赋役,好逐水草,迁徙无常,唯事狩猎"的记载,做出了傀儡子可能来源于大陆的推断,并十分谨慎地指出:"日本自古也有类似习俗,所以本书中所描述的很可能是两者融合后产生的傀儡子。"在研究幻术是如何传入日本、又是怎样流行起来的等问题时,幻术的起源是一个至关重要的问题,但从变化、变形术的观点来看,这里所说的幻术还只是"化草木为鸟兽"之类的小型魔术。

关于镰仓、室町时代以后的幻术,根据朝仓无声《见世物研究》的描述(第19—26页),镰仓时期有关"外术"的资料很少,到了室町战国时期,开始被称为"幻术",并出现了有名的果心居士。据说果心居士的幻术能震撼观赏者,而且这些幻术中已包括了变形术。例如,变身为松永弹病逝的爱妻的故事(中山三柳《醒醐随笔》);变出被太阁秀吉抛弃后病死的女子,当太阁秀吉因此被处以磔刑时,又将太阁秀吉变为一只老鼠,让鹫刁着飞走

第四章 日本的变形故事

了等故事,都属于这个范畴(恕翁《虚实杂谈集》)①。变身为鼠的故事与此

---

① 《醍醐随笔》下卷。《虚实杂谈集》中未记载该故事。愚轩《义残后觉》、林义端《玉帚木》中均记载了这个故事。果心居士的故事出自《夜窗鬼谈》,小泉八云还将《夜窗鬼谈》翻译成了英译本。平川祐弘编《怪谈、奇谈》(《讲谈社学术文库》,讲谈社,1990年)中有日译本,还收录了《夜窗鬼谈》原文作为资料。
《夜窗鬼谈》是幕府末期至明治时期的汉学家石川鸿斋的著作,分为上下两卷。上卷于明治二十二年(1889)、下卷于明治二十七年(1894)由东阳堂出版。果心居士的故事记载在下卷中。原文是汉文体,小仓齐、高桽慎治对《夜窗鬼谈》进行了现代日语的注解(春风社,2003年)。此外,《新日本古典文学全集·明治编》3《汉文小说集》(岩波书店,2005年)中抄录了罗伯特·坎贝尔的校注(果心居士的故事记载于第307—312页)。在中国台湾出版了由王三庆、庄雅州、陈庆浩、内山知也主编的《日本汉文小说丛刊》(第一辑)(台湾学生书局,2003年),在第二册中全文收录了果心居士的故事。池田一彦《浅谈石川鸿斋〈夜窗鬼谈〉书志二三事》(《成城国文学论集》第29辑,2004年)中考证了《夜窗鬼谈》的诸版本。
除了果心居士外,当时还有一位有名的术者,那就是住在伊贺国人称"鹫加藤"(也被称为"飞加藤")的忍者加藤段藏。关于加藤段藏的法术,除了前面提到的"吞马吞牛术"外,在《甲越军记》中也有一节介绍他的内容,但依然没有提到他的法术能把人变成动物。
再介绍一下与《甲越军记》相关的故事。"鹫加藤"在吞牛术被识破后,为了复仇又使用了生花术(让瓠瓜迅速开花结果,并一刀从藤上砍下瓠瓜,结果掉下来不是瓠瓜,竟是刚才在树上识破吞牛术的八助之头)。这种所谓的生花术源自中国,在冯梦龙《三遂平妖传》第二十九章中就有与此情节非常相似的故事。故事讲述的是弹子(蛋子)和尚识破了杜七圣的法术,为了报复,杜七圣使用生花术变出一个葫芦,并一刀砍下,但掉下来的竟是弹子和尚的头。由此可见,《甲越军记》虽是军记物语,却包括了大量的虚构故事。另外,明谢肇淛《五杂组》卷六中记载了同样的法术。
泡坂妻夫《大江户奇术考》第一章《奇术前史》中介绍了果心居士、"鹫加藤"的故事,非常有趣。例如,果心居士拥有一摸自己的下巴,就能变成一张大脸或者将自己变成他人模样的法术。但这些法术也只是法师自身的变形,并不能让他人变形。
在司马辽太郎的小说中仍然可以看到"果心居士""鹫加藤"等人物。关于"鹫加藤"的资料,司马辽太郎列举了《甲越军记》《近江舆地志略》《名全记》等书名,但并不清楚《名全记》究竟是什么性质的文献。

237

后的日本民间故事《鹫与鼠》①有相似之处,而这些法术都是法师本人变身的故事。到了桃山时代,这些幻术与基督徒的魔法一样,被当作妖术遭到严禁,只允许表演其中一些简单的法术,这就是后世魔术泛滥的原因。

安土桃山时代记载幻术的文献有作者不详的《南蛮寺兴废记》(撰写于江户时代)②。

《南蛮寺兴废记》是排斥基督教的书籍,明治元年(1868)出版。在跋文中明确写着该书是根据《切支丹根元记》的故事缩写而成。虽是记述错误较多的一般通俗读物,却是介绍幻术的重要文献。下面简单介绍一下与南蛮寺的兴废历史密切相关的幻术故事。《吉利支丹文库》《史籍集览》《日本思想斗争史料》均收录了《南蛮寺兴废记》。笔者还参照了《日本思想斗争史料》(名著刊行会,1969 年;初版由东方书院出版,1930—1931 年)第十卷、海老泽有道翻译的《南蛮寺兴废记·邪教大意·妙贞问答·破提宇子》(《东洋文库》,平凡社)等文献。

永禄十一年(1568),伊斯帕尼奥拉岛(又称西班牙岛)的宣教士来到日本,以南蛮寺(织田信长修建,位于京都四条,之后在安土及各地相继修建)为据点开始传教。这些宣教士使用的法术道具中有种叫作"三世镜"的东西。所谓"三世镜",就是能映现出照镜人未来的宝镜。在"三世镜"中,有人映现出牛马鸟兽的样子,有人则映现出丑陋的残疾人模样。海老泽有道认为"三世镜"是在基督教教理、礼法中未曾出现过的道具,因此,特意注释

---

① 稻田浩二、小泽俊夫编《日本民间故事通观》全二十九卷(同朋舍,1977—1998 年)中,收集了日本东北至九州地区的诸多传说故事。下面这一篇是流传于长崎地方的传说(第二十四卷,第 586 页),故事梗概如下:

有两位善于法术的男子,二人合作,一人变身为马,另一人则变身为马贩子。变成马的男子被卖出后再设法逃回来,两人靠这样的伎俩大发横财。但是,有一次,变成马的男子在逃回来时被逮住,并被判斩首之刑。到了刑场,变成马的男子看到一根高杆,便对着高杆许愿,请求能够实现最后一个愿望。刚许完愿,该男子便化身为一只老鼠"吱吱"叫着爬上高杆。这时,变身为马贩子的另一位男子变成一只鸢,衔起老鼠飞走了。

《格林童话》中《骗子与他的师傅》的故事与这个传说内容很相似。这个故事里虽出现了变成马的变身术,但依旧是施术者自己变形为马的法术。

② 泡坂妻夫《大江户奇术考》第二章《放下与幻术》(第 43—44 页)中介绍了《南蛮寺兴废记》。

道:"这只是佛教轮回思想在民间信仰中的逆向表现。"(第28页,注28)的确,能映照出三世的宝镜本就是根据佛教轮回思想构思出来的,具有浓厚的虚构色彩,在中国笔记小说中也经常能看到类似的故事①。当然,为了方便传教,传教士们很可能使用过这类魔术。

中村元《东西文化交流》中也介绍过这面魔镜,讲述的是净土宗高僧幡随意上人与基督教之神伴梦交锋的故事。故事中,伴梦拿出"三世镜",映在镜子中的幡随意高僧竟是一头牛。最终,幡随意上人识破邪术,并说服伴梦改信了佛教。该故事的具体内容可参照《中村元选集》(最终版)附卷二《东西文化交流》(春秋社,1998年)第五章《净土宗与天主教的对决》(第256—257页)。该故事出自唤誉所撰《幡随意上人诸国行化传》。

《南蛮寺兴废记》里还记载了在南蛮寺被拯救后信奉了基督教的三个日本人,他们分别被赐名为梅庵、告须蒙、寿问。三人在传教的同时,也跟随传教士学习了一些"奇术",能"用拭手巾变出马,投尘虚空可化为鸟,枯木开花,石头变珠宝,坐于虚空,遁于地下,瞬间见乌云、下雨雪"。当然,这些记载未必可信。海老泽有道注释道,这些"明显是江户中期以后伴天连魔法观的手法"(第36页)。传教时,若能使用某种震撼观者的"奇术",则宣教效果肯定会大大提高。因此,从注重幻术的角度来说,仅把"奇术"看作是与"三世镜"同样虚幻的内容是不妥的。另外,传教士还从西班牙带来了硕学、普留考务等,"用手指喷火点烟;或看到树上停着乌鸦,便驱马靠近,到了树下乌鸦依然不动,于是折下树枝一看,乌鸦仿佛是被装在树上的装饰一样。此外还有令人目不暇接的各种幻术"。1827年,英国药剂师约翰·沃克发明了摩擦火柴(使用氯化钾与硫化铵),而以黄磷为原料的火柴早在1780年就在法国出现了。因此,如果"手指喷火点烟"术使用了某种药品,那应该就是这类制造火柴的药品吧。

在织田信长的庇护下,南蛮寺兴盛了大约十八年。天正十年(1582),织田信长在本能寺之变中自杀身亡,天正十三年(1585),丰臣秀吉下令摧毁了南蛮寺。梅庵、告须蒙、寿问三人逃出后潜伏起来。之后,告须蒙改名

---

① 《太平广记》卷二八五《幻术二·宋子贤》中记载了隋朝时的宋子贤使用了用镜子照来世的法术,企图蛊惑人们造反的故事。文献出典为唐代窦维鋈《广古今五行记》。

市桥庄助、寿问改名岛田清庵,做了医师,住在大阪堺市。丰臣秀吉听说两人有奇术,便要求他们在天正十六年(1588)九月十四日来御前表演。

二人表演的"奇术"包括:"在大钵里注入水,把纸撕成菱形浮在水面上,纸片会突然变成鱼在水中游来游去。或者从怀中取出纸捻,用嘴将其吹成绳子粗细,往房间一扔就变成了一条大蛇。或者将五谷放入盆里,撒上沙子,起初五谷如蚂蚁般蠕动,渐渐成长,很快就开花结果了。或者将鸡蛋放在掌心,紧握后再摊开手,蛋壳便会裂开,孵出小鸡,眼看着小鸡长成大鸡,并开始打鸣。或者有人提出想在家就看到富士山出现在庭院,于是就关上拉门,过一会儿再打开拉门,富士山就出现在院子里了……"后来,丰臣秀吉想看"幽灵",于是二人便在十七日夜晚将一名白衣女子唤到院里,不料这位白衣女子竟是丰臣秀吉亲手斩首的名叫"菊"的女子,丰臣秀吉十分生气,便以使用妖术的南蛮寺余党的罪名抓捕了二人,并于十九日在粟田口将他们处以磔刑。

《南蛮寺兴废记》中记载的就是这类幻术故事。从记载可知,告须蒙、寿问二人的奇术与果心居士的故事有相似之处,因此也不能全信。但由此可以知晓当时人们对幻术的认识①。

江户时代严酷地镇压基督教,因此,幻术表演甚至被当成了邪教的魔法。明和年间(1764—1772),京都一个名叫生田中务的人因使用幻术而被抓,并被定为死罪。此事件后几乎没有人再使用幻术了,继续表演的只是一些小戏法。此后,幻术只出现在小说、传说里,任凭人们随意想象②。

《见世物研究》中没有记载江户时期的变形术。当时,盐卖长次郎表演的"吞马术"令观众惊叹不已,但"吞马术"并非变成马,而是吞下马的法术。

---

① 根据荒俣宏《本朝幻想文学缘起》(工作舍,1985年;《集英文库》,集英社,1994年)中《吉利支丹打拂之事》的记载,同一故事在《切支丹宗门来朝实记》(著者不详,据传是江户中、末期的写本)中也有记载。海老泽有道认为这类殉教故事肯定会出现在教会资料中,但实际上从未发现过这类资料(第72页,注79)。

② 江户时代幻术的内容参照柳原纪光《闲窗自语》(收录于《日本随笔大成》第二期第八卷)中《奇术士语》一文。《奇术士语》从果心居士说起,介绍了宝历(1751—1764)年间的奇术家生田某,柳原纪光说道:"不知从何时起,奇术成了禁术。虽潜入地下销声匿迹,但其奇妙之处却被口耳相传。……虽也有一些懂法术的人,但奇术师却少之又少了。"

第四章　日本的变形故事

可见,记载幻术的文献中并未出现"变马术",那怪谈小说中又是怎么记载变形术的呢？浅井了意《伽婢子》卷六《长生的道士》中描述的掌握了"千变万化""自由飞行"之术的数百岁道士,能瞬间将其年轻的妻子变成老妇,也能瞬间将其变回原样。但这是根据唐朝苏鹗《杜阳杂编》下卷《罗浮先生》的故事改编而成,也不是人变动物的法术①。小枝繁《催马乐奇谈》(1811)、曲亭马琴《杀生石后日怪谈》(1825—1833)等书中也有把人变成马的法术,但这些故事都是根据《板桥三娘子》中的幻术改编而成的。

除小说外,江户中期,上方歌舞伎界的剧作家并木正三创作的妖幻作品深受关注。《惟高亲王魔术冠》中描绘的正邪双方进行的魔法大战中出现了变形术,但也是魔法师自己变形的故事②。《女鸣神歌仙樱》③中虽出现了使用仙草把人变成其他动物的故事,但这是根据《出曜经》中使用遮罗婆罗草的故事改编而成的。因此,把人变成动物的法术,除了口头传承的《旅人马》外,只有《板桥三娘子》中的幻术、《出曜经》中使用仙草变形的故事,此外,还有几篇怪谈小说及歌舞伎作品。

以上简单梳理了日本变形术的历史。日本的幻术中,虽有将器物变成小动物的法术,却没有将人变成动物、使用药物或食物进行变形的内容。下面将具体探讨类似《出曜经》中使用遮罗婆罗草、《板桥三娘子》中使用烧饼等进行变形的故事是怎样传入日本,并被日本人接受、传承的。

---

① 《伽婢子》卷三《跌入鬼谷变成鬼》讲述的是主人公因信奉儒教而咒骂佛教,当来到阴间后,被鬼拉长手脚后团成圆丸,之后又被他变成鬼送回阳间的故事。这很容易让人联想到《太平广记·幻术部·中部民》(参照本书第三章第二节第三小节《故事海》〈一千零一夜〉系列故事》)中的"变形"故事。此故事的原典出自明代瞿佑《剪灯新话》卷四《太虚司法传》(《伽婢子》本就是改编的小说集,其故事大多来源于《剪灯新话》等中国小说)。另外,山冈元恕《古今百物语评判》卷五《仙术、幻术之事》中揭露了飞行、隐形、缩地、吞刀、吐火等法术的虚假,但未提及人变动物的法术。《古今百物语评判》收录于太刀川清校订的《百物语怪谈集成续篇》(《江户文库丛书》,国书刊行会,1993年)、须永朝彦编译《日本古典文学幻想集2》(国书刊行会,1996年)、朝仓治彦编《假名草子集成》卷二十九(东京堂出版,2001年)中。

② 《惟高亲王魔术冠》收录于《歌舞伎台账集成》卷二十(勉诚社,1990年)。须永朝彦编译《日本古典文学幻想集2》(国书刊行会,1996年)中包括抄译本,便于查阅。另外,还参照了须永朝彦《日本幻想文学史》(白水社,1993年)。

③ 收录于《歌舞伎台账集成》卷十六(勉诚社,1988年)。

第二节　日本的变驴、变马故事与《板桥三娘子》

一、"因果报应"系列故事

日本的变身术、变形故事大多是根据因果报应、转世轮回思想创作的。景戒《日本国现报善恶灵异记》(简称《日本灵异记》,823 年左右)是最早记载因前世罪孽深重而转世为各种动物的变形故事集,记载了转生为蛇、狐、狗、猿、牛等动物的十余篇转世故事,但其中并不包括变成驴或马的故事。

中国转世故事的特征是出现了诸多变成驴、马等牲口来偿债的故事,《日本灵异记》中此类故事也有六篇[①]之多,但全是转世为牛的故事。《日本灵异记》上卷的第十个故事《偷用子物作牛役之示异表缘》就是这样的内容。故事大致内容如下:

> 大和国(奈良县)添上郡的一个山村里住着一户棕姓人家。为了赎前世之罪,主人便吩咐仆人道:"去请位禅师来,无论是谁,必须是第一个遇到的人。"于是仆人带回了独自在路上行走的僧人。
>
> 当晚,法会结束准备就寝时,主人热情地为僧人准备了被子。僧人心里盘算:"与其等明天领受佛事布施,不如今晚偷走这条被子更合算。"这时突然听到"绝不能偷被子"的声音,僧人大吃一惊,四下环顾,未见人影,只有拴在仓库外的一头牛。僧人走过去后,牛说道:"我乃这家户主之父,前世未经孩子们同意,就擅自偷了十束稻子送人了,今世就转生为牛来赎罪。你既出家为僧,为何还想偷盗呢?如果你想验证我的话是否真实,明天可为我设座,我将说出真相。"

[①] 除这六个故事外,景戒在序中提到了"于是诺乐(奈良)药师寺沙门景戒熟瞰世人也,才好鄙行。……或贪寺物、生犊偿债……"为了偿债而转世为畜生的故事。景戒似乎对此类题材非常感兴趣,同时也说明在日本,偷盗寺庙物品的情形从未绝迹。

第二天早上,僧人对大家详细述说了昨夜之事,主人垫上稻草,准备了座位。和牛一搭话,就看到牛屈膝卧倒在座位上。亲人们一见此景,忍不住大声哭了起来,并对牛作揖道:"我们已经原谅您前世拿走十束稻子的事了。"牛听了此话,深深地叹气,泪流不止,当天下午便死去了。

　　在中国,牛也是人变成畜生来偿债故事中的常见动物,这种现象应该与佛教思想的影响关系密切。虽然《日本灵异记》中绝大部分都是变成牛来偿债的故事,但无法断言这些故事全都受了佛教思想的影响。中村祯里《日本人的动物观》(第99—100页)中指出,在日本人的动物观中,家畜一般指牛与马,既无驴、羊,也无供食用的猪等动物。马多用作军事及交通工具,而牛则专门用于从事耕犁、搬运等劳动强度更大的工作①。由于深受佛教思想的影响,一提起转世后做苦役的动物,人们脑海中首先出现的就是牛的形象。

　　再对《日本灵异记》中的转世偿债故事做一点补充。除了上述因盗窃自己孩子的东西而转世为牛的故事外,《日本灵异记》中卷第十五章《奉写〈法华经〉因供养显母作女牛之因缘》也有类似记载。讲述的是高桥连东人的母亲,因偷盗孩子的东西而转世为牛来偿债,并托梦给来参加法会的僧人的故事。另外,上卷第二十章《僧用涌汤之薪而与他作牛役之示奇表缘》、中卷第九章《已作寺用过其寺物作牛役缘》、中卷第三十二章《用寺息利酒不偿死作牛役之偿债缘》等都讲述的是因为偷盗寺庙的物品而转世为牛的故事。但不管哪种原因导致转世为牛,都与中国的变畜偿债故事很相似,可以说两者有很深的渊源。

　　中日变畜偿债故事虽有很多相似之处,但两者也有很大不同。例如

---

① 参考市川健夫《日本的马与牛》(东京书籍,1981年)第11—14页。根据《日本的马与牛》的记载,7世纪时,在日本,马与牛同样是运输稻米或物产的家畜。8世纪时,中国的犁传入日本,牛便开始耕犁水田了,但有时马也耕犁。牛成为变畜偿债故事中的代表性动物,或许与牛、马的外形、动作给人留下的印象有关,或许还有其他原因。

《日本灵异记》中的六个故事①就与中国变畜偿债故事的情节明显不同。中国的变畜偿债故事中家畜刚死去时确认冲销账户，就会发现正负相抵，差额为零。《日本灵异记》中的变畜偿债故事，虽专门阐述了物品的盗用、负债等内容，却未涉及金钱及负债额等内容。此后的日本传说故事中并非完全没有与金钱数额有关的描写，但与中国喜欢以负债金额为中心展开故事情节的做法不同，日本的变畜偿债故事中几乎都没有说明具体金额。中国人信奉"欠债还钱"，而日本人则尽量避免直接谈论与金钱有关的话题。这大概反映了中日两国不同的金钱观吧。

就这样，此前以蛇、牛为典型形象的转世故事，由于受到因果报应、变畜偿债思想的影响，其代表性动物变成了驴、马。源信《往生要集》（985年）是最早记载这类故事的文献。《往生要集》上卷（节选自岩波书店《日本思想大系》的训读文，第32—33页）中有如下内容：

  诸如象、马、牛、驴、骆驼、骡等，或用铁钩穿其脑，或穿其鼻，或用辔系脖，身常负重并加以杖捶，但念水、草，而余无所知。
  ……愚痴无惭，徒受信施而无他物偿之者，受此业报。

《往生要集》中虽提到了驴与马的形象，但《往生要集》之后，日本的变畜偿债故事中就再没有出现过驴的形象②。日本不出现"驴"的形象是有原因的。根据梶岛孝雄《日本动物史》（八坂书房，2002年）记载，推古天皇七

---

① 《日本灵异记》下卷第二十六章也讲述了类似内容。故事讲述的是一位贪婪成性的女性在现世变成牛的故事。该女子借寺庙的东西不还，出售兑了水的酒，还在升、秤上做手脚以获取不当利益。结果，死后第七天时，她从棺材里爬出来，上半身变成了牛。这与本书第三章第二节《"因果报应"系列故事》中介绍过的宋代廉布《清尊录》里（咨啬的富农病死后变成驴从棺材里跳出来）的故事非常相似。值得注意的是，日本比中国更早出现现世变身的故事。

② 平康赖《宝物集》第五卷《不偷盗》（镰仓初期）中载：前世时大圣世尊曾半开玩笑地偷了阿耆达长者的麦子，因此变身为驴偿债五百世。前世时侨梵波提也曾随手拾了撒落在路口的粟米，因此变成牛偿还了几百年的债。

这一段故事中出现了"驴"的形象，但这个关于释迦牟尼转世的故事并非日本原创，根据小泉弘校注《新日本古典文学全集》（岩波书店）的记载，这个变驴偿债的故事未注明出典（第200页，注1），但故事后半部分描述的侨梵波提转世为牛的故事，在《大智度论》中有同样内容。由此推测，该故事应该出自佛典。假如这个故事是日本原创的，那也是受到佛典启发，并在此基础上创作而成的。（转下页）

年(598)九月①,驴被首次输入日本,此后由于大量输入牛与马,驴失去了输入日本并大量繁殖的机会。元禄九年(1688)刊行的宫崎安贞《农业全书》第十卷中写道"日本国没有叫作驴的物种"②。明治时代,为了改良马种,

---

*(接上页)另外,玄栋《三国传记》(1446年?)卷六第十七章中有一篇名为《隋朝王氏女转世为驴之事》的故事,讲的也是转生为驴的内容。这也是记载于唐临《冥报记》(本书第三章第二节"因果报应"系列故事中介绍过)中的故事。有趣的是,在故事开头,玄栋完全照搬了原故事内容,但到了故事中间就经常把"驴"写成"马"。这大概是因为玄栋不熟悉"驴",所以经常把"驴"与"马"搞混。

故事的结尾处,玄栋这样描写道:"子女们说以后要好好孝顺母亲。于是便给马喂水喂草,精心照顾。并在寺庙为其立塔,奉劝人们行善。不久马就离开畜界,往生兜率天了。"(原文参照名著普及会《大日本佛教全书》1983年复刻版,第148册第159—160页)这里增加了"孝"的元素,这与流传到日本的《出曜经》系列故事中出现的"孝子"的故事应该是一脉相承的。另外,往生兜率天也很有特色,这与默认转世为人的中国的变畜偿债故事不同。

① 梶岛孝雄撰《日本动物史》内容详尽,是了解日本动物史的重要资料,可供参考("驴"一项内容参照第616—617页)。据该书记载,《日本书纪》卷二十二推古天皇七年(599)秋九月的记事中有"百济贡献了一头骆驼、两只羊、一只白雉和一头驴"的内容。这是日本输入驴的最早记录(加茂仪一《家畜文化史》中认为日本最早输入驴是齐明天皇三年,误)。齐明三年(657)、天平四年(632)、弘仁九年(818)都有经朝鲜半岛将驴输入日本的记录(《日本书纪》《续日本纪》《日本纪略》)。

《本草和名》(918)、《倭名类聚抄》(931—938)中记载,"驴"在日本被称为"兔马",可见平安时代日本人已经知道驴了。中世时完全没有关于驴的记载。丰臣秀吉实行朱印船贸易时期,"驴"又开始出现在文献资料里。江户时代,经长崎将驴输入日本。万治三年(1660)长崎奉行向幕府进献了驴(《德川实纪》),而且水户光国也开始饲养驴了(《桃源遗事》)。但在日本,驴没有作为役畜进行繁殖饲养,始终保持着珍禽异兽的形象。

第一头驴输入日本百余年后,《万叶集》第五卷山上忆良《沉疴自哀文》中有"悬布欲立,如折翼之鸟;依仗且步,比跛足之驴"的描写。小岛宪之《上代日本文学与中国文学——浅析以出典论为中心的比较文学》中卷(塙书房,1964年,第998页)中指出,这段内容其实出自《抱朴子·内篇·序》中的"……戢劲翮于鷦鷯之群,藏逸迹于跛驴之伍"。除此之外,在日本人撰写的文献中再没有发现用驴做比喻的现象。山上忆良曾作为遣唐录事入唐,在唐时应该见过被作为役畜大量使用的驴,因此,在比喻自己的病体时,很自然地使用了"跛驴"这个词语。但事实上大多数日本人对驴并不熟悉,因此很难体会这一措辞所表达的真正含义吧。

② 节选自《岩波文库》版《农业全书》(土屋乔雄校注,1988年,第324页)。此外,还有两则记载江户时期驴的故事,其中一则是松浦静山《甲子夜话》卷二中《荷兰人献上驴之事》的故事,记载的是宽政年间(1789—1801)荷兰人进献驴的 (转下页)

245

日本开始禁止输入驴、骡。

因此,在日本被看作"奇畜"的驴一直没有出现在因果报应、变畜偿债的故事里,《今昔物语集》中首次出现了以马为原型的变畜偿债故事。《今昔物语集》卷九《震旦部》中有《震旦隋代人得母成马泣悲语第十七》,这其实就是唐临《冥报记》中的内容,只是将未在日本栖息的驴改成了马。此外,在《今昔物语集》中还有其他六篇变畜偿债的故事①,但转世后均变成了牛,这与《日本灵异记》中的故事特色几乎一致。综观日本因果报应、转

---

*(接上页)传闻。在开头处松浦静山这样写道:"……问清五郎(驴)长什么样,清五郎答曰,驴与鹿长相相似,但身体更大,耳朵有一尺余长,尾巴似干瘪的牛尾,此外与马没有什么区别,荷兰名叫 Asirus(其实驴的荷兰语为 Ezel——译者注)。"可见驴是当时的珍兽,而且描述的仿佛是小型驴,根本无法骑坐。因此,松浦静山感叹道:"唐画里出现过骑驴的人,难道与荷兰人进献的驴品种不同吗?"(《东洋文库》的中村幸彦、中野三敏校订《甲子夜话》,平凡社,1977年,第一册第28页)。

另外,根据朝仓无声《见世物研究》(见世物是指在寺庙边搭建一间小屋,在屋内表演杂技、曲艺并展示奇珍异兽,与现在的马戏团有点儿类似——译者注)(第377、381页)的记载,江户时代,驴与骆驼、老虎并称奇珍异兽,曾多次出现在"见世物"中。文政年间(1818—1830),在大阪难波新地的演出未获成功,天保十二年(1841)三月末,在江户浅草寺的演出则获得了巨大的成功。相传当天表演的节目是扮演成王昭君模样的少女骑在驴上,而这头驴是花四百金从长崎买来的,少女后面跟着身着盛装准备远行的游行队伍。

朝仓无声在《观物画谱》的引札(引札是江户时代的广告载体,即广告单)中记载了天保十二年(1841)在江户浅草寺所表演的骑驴的"见世物"节目。《观物画谱》共分二帙四帖,其中包括与"见世物"相关的印刷物共233种,现收藏在东洋文库。此外,艺能史研究会编《日本庶民文化史料集成》第八卷《寄席・见世物》(三一书房,1976年)第568页延广真治的解题(第535—537页)可供参考。

虽无法知晓《观物画谱》引札的具体内容,但川添裕《江户见世物》(《岩波新书》,岩波书店,2000年)中有"多亏是太平盛世才能看到这样的奇珍异兽""带孩子看驴表演有助于祛除天花痘痕""观赏了这种马后不会得天花了"(第97—98页)的记载。众所周知,在发明预防天花的人痘接种法之前,天花是致命的小儿传染病。展现这个时代珍奇异兽的"见世物",已远远超出大众娱乐的范畴,被赋予了巨大的附加价值,因此得到大力宣传与推广,而且还得到普遍喜爱。川添裕《江户见世物》第三章《珍稀动物的受益》中详细介绍了祛除天花的迷信传说以及与此相关的"见世物"。

① 这六个故事,分别是《今昔物语集・本朝部》卷十二的第二十五个故事,卷十四的第三十七个故事,卷二十的第二十、二十一、二十二个故事,以及《震旦部》卷九的第三十九个故事。《今昔物语集》中的这六个故事有五个故事都出自《日本灵异记》。

世系列的故事,转世为蛇的故事最多①,其次是转世为牛的故事,而转世为马的故事只有两个,而且都有因受佛法超度再次转世为人②的内容。

小松和彦《浅析轮回转世故事》③中指出,比较《日本灵异记》与《今昔物语集》中记载的转世故事后发现,《日本灵异记》中只字未提转世偿债后的"来世",而《今昔物语集》则明确描述了往生极乐净土、天界。小松和彦认为出现这种差异与平安中期后净土宗的普及有关,也就是说,《日本灵异记》的转世故事中未出现"来世",是由于当时日本的因果报应思想强调的是前世罪孽现世报,尚未形成"救济"的观念。而形成这种观念的背景就是所谓的"三世"(前世、现世、来世)观。"现世"(地上)观是指在循环往复的时间轴上进行转世,并不涉及空间轴上"异界"(天上)的范围。而《今昔物语集》中描述的转世故事是往生西方极乐世界、天界,"成佛"的过程,即为了终结在无休止的"现世"中进行转世,体现了净土宗的救济思想。第三章中论述了中国的转世故事,尤其是在变畜偿债故事中,变成牲畜偿债之后便可转世为人,这就意味着转世的过程就是完成自我救赎的过程。这种观点与日本相差较大,由此可见,中日两国在对佛教思想的认识上存在很大的差异④。

再来看一下关于"马"的话题。继《今昔物语集》之后,镰仓初期,平康赖《宝物集》(七卷本)第二卷中记载着一首由前大僧正觉忠义写的和歌,名

---

① 转世为蛇的故事特别多,可以说这是日本转世故事的特征。中国的因果报应转世故事中,很少见到蛇的形象。
② 《今昔物语集·本朝部》卷十四的第十四、二十四个故事。
③ 收录于小松和彦《酒吞童子之首》(Serika 书房,1997 年)。论文初次发表时名为《过去世回归》(宝岛社,1992 年)。
④ 这个问题与中国净土宗的特征息息相关。中国净土宗的创始人是北魏时期的昙鸾,隋唐时期的道绰继承和发展了净土思想,唐朝时期的善导则是集大成者。自此净土宗便与佛教其他宗派一起繁荣起来。唐末之后,禅宗成为中国佛教的主流,但在民间广泛流传、深受追捧的依然是从净土宗分流出来的弥陀信仰。五代、宋朝以后,净土宗与天台宗、禅宗相互融合,产生了"念佛禅""禅净一致"说。因此,应将变畜偿债故事中转世为人的内容与中国净土宗的历史变迁、民间信仰的世俗化、现世救济的思想等内容结合起来进行综合研究。但日本对中国净土宗的研究,大多把重点放在教理史、宗派的代表僧人上,而对信仰儒佛道三教教义的居士、民间信仰净土宗的实际情况的研究则有所不足。

为《生于驴中的心》，内容是由于前世诋毁佛法而转世为在难波堀江旁吃草的春驹。为了迎合《成实论》等佛典的内容，和歌题目中特意使用了"驴"字，但由于和歌作者并未见过"驴"，因此，想象出的形象只能是"春驹"，即"马"了。

这首和歌的内容算不上精彩，但作为史料很有价值。下面来探讨一下《今昔物语集》之后的故事集中又记载了哪些内容。

令人感到意外的是，12、13世纪创作的转世故事中并没有出现马的形象。作者不详的《古本民间故事集》(平安末期至镰仓初期)、源显兼《古事谈》(1212—1215)、鸭长明《发心集》(1216年前)中均没有涉及马的故事①。在《宇治拾遗物语》(13世纪前半期)的转世故事中，虽有转世为蛇、羊、鲶鱼等②的故事，但也没有转世为马的记载。《宇治拾遗物语》第四卷《药师寺别当之事》、第九卷《娶了大安寺别当之女的男子的梦境》中虽记载了偿债的内容，却没有转世为动物的内容。《药师寺别当之事》讲述的是某人由于借寺庙的五斗米未还，临终时被带火的车接走的故事。《娶了大安寺别当之女的男子的梦境》则讲述的是一位与人通奸的僧人午睡时梦见其妻及僧侣们在盗用寺庙的东西，并因此被灌了铜水的故事。《今昔物语集》

---

① 《古本民间故事集》中既没有转世为马的故事，也没有任何变畜偿债的故事。《古事谈》中虽没有转世为马的故事，却有两篇转世为牛的故事(第三卷《实忠知牛语事》《仁海梦其父死后为牛事》)，其中，《实忠知牛语事》讲述的就是变畜偿债的故事。《发心集》中有转世为蝴蝶、蛇、牛、橘虫等的故事，但既没有转世为马的故事，也没有变畜偿债的故事，不过在第二卷《内记入道寂心之事》中记载了庆滋保胤看到舍人痛打马后，悲泣道："这马也许就是去世后转世为马的双亲，我们要珍惜每一样有生命的东西。"这句话显然比大僧正觉忠义的和歌更令人动容。

此外，《续古事谈》(1219)中既不包括转世为马的故事，也不包括变畜偿债的故事。《十训抄》(1252)中虽有一个因执着于飞黄腾达而转世为麻雀的故事(卷八，《古事谈》第二卷中也记载了相同内容的故事)，却不包括转世为马的故事，也不包括变畜偿债的故事。住信《私聚百因缘集》(1257)中虽未包括转世为马的故事，却有一个转世为牛的故事(卷六《示郭事》)，但也没有变畜偿债的故事。在镰仓时代的故事集中，西行法师撰《撰集抄》(13世纪后半期)最为有名，但《撰集抄》中既不包括转世故事，也不包括变畜偿债的故事。

② 《宇治拾遗物语》卷四《石桥下蛇的故事》中记载了转世为蛇的故事，《宇治拾遗物语》卷十三《某唐人不知其女转世为羊而杀之的故事》《上出云寺别当虽知其父转世为鲶而杀且食之事》中则分别记载了转世为羊、鲶鱼的故事。

中也收录了这两个故事。

下面再来看一下 13 世纪的其他故事集中是怎样记载有关转世为马的故事的。庆政《闲居友》(1222 年)下卷《唐土之人听了马、牛抱怨后顿悟的故事》的开篇部分讲述了中国的某长老听到前世作恶转世为畜生的马、牛的感叹而顿悟的故事。小岛孝之校注《新日本古典文学全集》(岩波书店,第 433 页)中指出,长老顿悟的故事是在元代杂剧《庞居士误放来生债》的基础上创作而成的(本书第三章第二节介绍了该杂剧的内容)。

橘成季《古今著闻集》(1254 年)卷二十《阿波国知愿上人的乳母尼死后转世为马侍奉上人的故事》中则记载了与此前故事截然不同的内容,创作出了具有日本特色的转世为马的故事。主要情节如下:

> 阿波国有位高僧,名叫智愿上人,其乳母(是位尼姑)死后不久,上人意外得到一匹马。这匹马不惧道路、河川险恶,紧急时不用鞭打就知道疾驰,当主人想慢步前行时,马自然就会放慢脚步,仿佛能读懂上人的心思。上人非常喜爱这匹马,但不久这匹马竟然死了。上人非常不舍,正当他独自感叹时,一匹与死去的马一模一样的新马又出现在上人的面前。上人自然更加爱惜这匹新马。一天,上人骑马行进时,已逝乳母附魂于一位尼姑身上,说道:"我就是曾做过上人乳母的尼姑,由于思念太切,便转世为马让您骑,我丝毫不敢违背您的心愿,想不到不久马便因寿命已尽而死了,但我依然无法忘记您,因此再次变成同样的马回到您身边侍奉您了。"

> 上人听了解释,之前所有的迷惑迎刃而解。他感叹不已,特意修建佛堂,制作佛像,祭奠乳母的菩提,并精心饲养这匹马。

这个由于深切眷念而两次转世为马的故事形成于建长年间(1249—1256)。因为挚爱而转世为动物的故事可以说是日本特有的。例如,由于爱欲或对事物的执念而转世为蛇[1],由于挚爱花、树而转世为虫[2]等,留下了各种各样的转世故事。上述转世为马侍奉主人的故事应该就是在这样的

---

[1] 《发心集》第一卷《六波罗寺幸仙爱橘树之事》。该故事内容在三善为康《拾遗往生传》中卷(1111 年左右)也有记载。

[2] 《发心集》第一卷《佐国爱花化蝶之事》、第八卷《老尼死后变成橘虫之事》等。

背景下产生的,但由于过度思念主人而两度转世为马的故事却极为稀有,仅此一例。

除此之外,无住一圆《沙石集》(1283)第七卷《祈求而知其母转世之所》中也有转世为马的故事。主要故事情节如下:

从前,京都住着一对孤苦伶仃的母女,两人生活十分艰辛,实在无法继续在都城里生活下去,便去越后国投靠亲戚了。然而运气不济,无论在哪里都无法摆脱贫困的命运。

后来,女儿嫁给了一位曾住在京都的念佛者。由于生活太困苦,他便劝女儿和他一起回京都开始新生活。最终他说服了舍不得离开母亲的女儿,并征得了母亲的同意,于是两人便起程去了京都。然而女儿还是终日惦记母亲,一提到母亲便会泪流满面。

时光流逝,母亲音信全无。一天,女儿去清水寺参拜,祈祷说:"请告诉我母亲的近况,至少告诉我她是否还健在。"当晚,她梦到佛祖对她说:"自分别后,因为太惦念你,你母亲不久就得病去世了。转世成了筑紫人家的一匹栗色的运货马,现在就在京都。"第二天,女儿赶紧去寻找。结果真找到了佛祖所说的那个人,而且那个人也承认他家确实有这样一匹马。于是女儿便哭着说明了缘由,表示非常想念那匹马。然而,那匹马前一天刚被带到镰仓去了。主人表示非常同情女儿的遭遇,便立刻派下人去追回那匹马。在近江国四十九院的旅社里,下人终于追上了那匹马,正准备带回时,那匹马却因急病死了。下人万分惊恐,想着如果空手而归就无法证明自己追上了那匹马,便割下马头带回了京都。

女儿精心准备各种食物,心想马上就能见面了,没想到等来的竟是这样的结果。一见马头,女儿便掩面大哭,周围的旁观者也深受感染,忍不住痛哭流涕。女儿将马头带回家,修建坟墓供奉起来。

在这个悲情故事中,并未阐明其母转世为马的原因。但接下来无住一圆写道:"如果父母过度溺爱孩子,便容易堕入恶道受尽苦难。"由此可知,其母转世为马是由于太溺爱或太思念女儿。通过这个故事可以发现,由于执念太深而转世为动物是日本因果报应转世故事的特有理念。与此相反,无住一圆高度赞扬了女儿对母亲的思念之情,他写道:"女儿非常孝顺,为了打听母亲的消息,终日向佛祖祈祷。"这其实与推崇超越生死与困苦、断尽一切烦恼的佛教思想是矛盾的,但当这种欲念以"孝"的形式表现出来时,就得到了肯定。与"孝"相结合的转世故事在《出曜经》系列的中世传说中体现得尤为明显,二者之间究竟是否有关联呢?下一节将具体阐述。

另外,在《沙石集》中也有两个讲述偿债的故事。一个是第七卷第五章《亡父梦中告子返还借物之事》的故事,讲述的是儿子梦见亡父站在床前,要求代为归还生前所借之物,其中并不包含转世为动物的情节。另一个是第九卷第十章《报前业之事》的故事:主人梦见狗对他说:"我是来讨债的,一直待到吃完你所欠的一斗米。"像这样债主转世为动物来讨债的故事较为罕见,但故事里依然没有出现马、驴的形象。

《今昔物语集·震旦部》的《震旦隋朝人得母成马泣悲语》故事之后,直到虎关师炼《元亨释书》(1322年)中,才又出现与马有关的变畜偿债故事。《元亨释书》卷二十九《拾异志》中有这样一个故事(《新订增补国史大系》,吉川弘文馆,1965年,第三十一卷,第436页):

> 仁和中,常州飞鸟贞成,其家富瞻。笃信三宝,尝撰能笔翰者百人,于金光明寺书百部《法华经》。如是十回,已成千部,设法会庆赞,延东大寺延喜法师为讲师,其日供施亦盛。已而贞成逝。其孙春泽除州之掾到任,驿亭厩中有驳马,背成文曰"飞鸟贞成"。春泽惊见,以稻千束买此马,归宅敬养。一夕梦,贞成曰:"我偿债为驿马。"春泽梦中问曰:"千部妙经其功许多,何至于此?"对曰:"我生平善恶并造,善恶之报亦各别受。今先恶报,而我以经力,后必生天。我命又不久耳。"梦后春泽写经,助贞成荐。不旬日,其马自毙厩中。

故事中并未详细说明贞成前世究竟造了什么孽,因此无法判断是不是与金钱、物品有关的狭义偿债故事,但贞成说过一句"我偿债为驿马",可见这也是深受偿债思想影响的故事①。

---

① 在牛、马的身体上显现文字是中国偿债故事中经常出现的模式。另外,中国的转世故事中还包括由于生前善恶并行,因此转世后也必须承受好坏两种结果的因果报应故事。但由于目前资料有限,尚无法详细论述这个问题。这将是笔者未来的研究题目。

百余年后,玄栋《三国传记》第三卷第十五章《不动贵验事》中有一个讲述转世为马偿债的故事。主要内容如下(池上洵一校注《三国传记》上,三弥井书店,1976年):

古时,东国受领上洛之时,在奥州平伊郡的额部立(可能是糠部的旅馆之意。糠部泛指岩手县闭伊郡以北地区)购得数百匹马后继续上路。其中有一匹漫长旅途中一直背负重荷的黑马,精神抖擞,十分健硕,并不像其他马匹那样疲惫不堪,主人觉得不可思议,便认定这是一匹格外健壮的良马,于是再次给它加重了负荷。

某天夜里,那匹马出现在主人的梦里,站在他面前诵唱不动明王真言。主人问其原因,马答道:"我前世是个僧人,信奉不动尊菩萨,因多收信者布施,触犯戒律而转世为马,又因无法忘记前世之缘而诵咏真言。所以我虽转世为马背负重荷,但不动尊菩萨会替我分担重荷。因此路途中我并未受苦,反而肥了不少。明天您可以仔细查看,其实我身上并未负荷重物。"

第二天,主人装作不经意的样子检查了这匹马的情况,发现行李果然悬浮在离马背四寸之上的空中。发现了这个秘密的主人不禁泪流满面,从此不仅不让这匹马背负重物,还精心饲养它。

近世以前日本转世为马的故事虽数量极少,完全无法与中国的情况相提并论,但这一时期日本已不再是单纯介绍中国的转世故事,而是逐渐开始摆脱中国的影响,创作出了具有日本特色的转世故事。虽然故事内容还非常单一,尚未形成百花齐放的格局。

在日本,江户初期的《因果物语》是记载由于因果报应而转世为马或其他动物的转世故事的最早作品。《因果物语》的著者铃木正三是出征过关之原、大阪城的德川家康麾下的武士,后出家,成为二王(仁王)禅的创始人,一生充满传奇色彩。《因果物语》是一部假名草子,分两个版本,分别是万治年间(1658—1661)出版的平假名版和宽文元年(1661)出版的片假名版。书中收录了众多由于因果报应而转世、变形为动物的故事,其中最多的是转世为蛇,其次是转世为马的故事。以收录的众多片假名故事为例进行数量统计的话,转世或变身为蛇的有十二篇,转世为马的有八篇,转世为牛的有四篇,其中包括三篇转世为马的偿债故事①。但《因果物语》中每篇故事都与以往的故事情节非常类似,毫无新意可言,这或许是由于创作该故事集时倡导纪实吧。另外五篇②则讲述的是由于杀害、虐待马,犯下恶行的人临终前模仿马的样子发狂而死的故事。这样的故事在中国故事集中较为常见,铃木正三在一篇故事中将这种发狂解释为"被马附体"。在因果报应的故事里加入"被动物灵魂附体"的色彩,可以说是日本转世故事的特色。故事内容如下③:

> 三州野田有个名为中村的地方,村里住着一位名叫太郎助的人。太郎助年轻时曾与马对咬,还用镰刀敲打、砍马背,最后杀了马。
>
> 到了四五十岁时,太郎助被马附体,住进马厩,像马一样嘶鸣,甚至啃马厩的墙、狂饮马槽里的脏水,最终发狂而死。

到了江户时期,马的形象普遍出现在由于因果报应而转世、偿债的故事中。但小说集中,只有《因果物语》中转世为马的故事特别多。根据堤邦彦《江户怪异谭》(Perikan 社,2004 年)的记载,江户时期的主要佛教故事集、奇谈怪谈集中转世为马的故事非常少④。到了近世,佛教故事发生了质

---

① 这三篇变畜偿债的故事具体指的是:收录于《因果物语·中卷》十三《马说人语的故事》中与武州、江州有关的两个故事及收录于《因果物语·下卷》十六《死后变马的故事》中有关江州、越川的故事,平假名版则只收录了武州的故事(卷二)。

② 这五个故事具体指的是:收录于《因果物语·中卷》三十三《马的因果报应故事》中的三篇故事;收录于《因果物语·下卷》三附录里的《僧侣模仿马的故事》;及收录于《因果物语·下卷》十六《死后变马的故事》中的另一个故事。平假名版收录了除片假名版中卷里的一个故事外的其他四个故事(卷一、二、三)。

③ 朝仓治彦编《假名草子集成》第四卷(东京堂出版,1983 年初版,1988 年再版)。

④ 在《江户怪异谭》第三部第一章《一经济行为与因果报应观》中,堤邦彦利用17、18 世纪的文献资料,列举了十二个收录在《奇异杂谈集》《因果物语》中有关转世、变畜偿债(堤邦彦将此命名为"化畜报恩")的故事。其中三个是转世为驴的故事,此外,转世为马、牛的各有两个故事,而转世为羊、猫的则各有一个故事。这些大多是劝化故事,基本都是根据中国的故事改编而成,将其中有关驴与马的文献列举如下:

中江藤树《鉴草》卷六《廉贪报》(1647 年)《崇文门外一商人之母借钱未还,死后转世为驴的故事》;阙名《合类大因缘要文》(1692 年)第七卷十七《盗米作驴》;猷山石髓《诸佛感应见好书》下卷(1726 年)《母死生马》;慧灯《劝善惩恶集》卷三(1728 年)《母盗其子之米转世为驴之事》;日达《报应影响录》上卷(1742 年)《母为女盗与父米死为草马》。(转下页)

253

的变化①，志怪故事迎来了全盛时期。因此，不仅转世为马的故事减少了，所有由于因果报应而转世为畜的故事也不像中世时那么兴盛了②。可见，

---

*（接上页）最早记载于中江藤树《鉴草》中的故事出自颜茂猷《迪吉录》，具体内容已在本书第三章第二节《"因果报应"系列故事》中进行了介绍。有个商人梦见其母站在床边，告诉他生前没有偿还买挂面时赊的账，因此死后转世为驴在债主家还债。加藤盛一校注《鉴草》（《岩波文库》，岩波书店，1939年，第288—289页）也记载了这个故事。

另外，《合类大因缘要文》中记载的这个故事都是根据收录于《法苑珠林·冥报记》中有关变畜偿债的故事改编而成。故事讲述的是隋朝时，洛阳城里一位母亲瞒着儿子，偷偷给了已出嫁女儿五斗米，因此便转世为驴服苦役偿债的故事。本书第三章第二节中已经介绍了这个故事。在《今昔物语集》第九卷《震旦部》中以《震旦隋代人得母成马泣悲语》为题引用了这个故事。此后，这个故事便被当作变畜偿债的典型故事传承下来。

除此之外，转世为马的因果报应故事还有椋梨一雪著、神谷养勇轩编《新著闻集》第十四《殃祸篇》（1749年）中《妙严寺僧变马之事》。该故事讲述的是：有位三河丰河妙严寺的僧人，经常从事买卖马匹的交易。不知何时开始，吃东西时就不用手拿而是直接用嘴啃了。后来就只吃豆类，还学马大声嘶叫，手脚的功能也变得像马蹄子一样了。同宗派的僧侣说："这是天和三年的事情，如果是其他宗派的事情，我向佛祖发誓绝不会说出去。"还有田山花袋、柳田国男校订《近世奇谈全集》（《续帝国文库》，博文馆，1903年）中的《新著闻集》及《日本随笔大成》第二期第五卷（吉川弘文馆，1974年；1994年新装版）中的故事。《日本随笔大成》中还有两篇转世为牛的因果报应的转世故事。

除上述资料外，或许还有其他记载这类故事的文献，但可以断定《因果物语》之后的转世为马的偿债故事，无论是质量还是数量都没有特别值得一提的了。

① 根据中岛隆《因果物语》（《岩波讲座·日本文学与佛教》第二卷《因果》，岩波书店，1994年）的记载，随着出版文化的发展，近世的佛教故事，不仅通过训诫、说教的方式进行传承，还通过面向一般大众的佛教书籍加强对佛教的宣传。此外，佛教故事对小说、戏剧都产生了一定的影响。与此同时，佛教故事的宗教性特征开始消失，而其文艺性、虚构性元素却逐渐增加了。

关于研究近世佛教故事性质演变的论著，还有堤邦彦《佛教与近世文学》（《岩波讲座·日本文学史》第八卷《十七、十八世纪的文学》，岩波书店，1996年）。堤邦彦认为近世佛教已渗入大众的日常生活，不仅信仰人数急剧增加，也开始融入大众娱乐的范畴了。

② 小松和彦在《浅析轮回转世故事》中论述了中世后期转世故事的变化。小松和彦引用说教节《信德丸》中高安长者的话，做了如下论述："中世后期，由于前世罪孽而转世为畜生的观念变少了，前世的行为不再影响转世。但前世罪孽产生的诅咒（怨念）会报应在今世的生活中。可以说，中世的轮回转世故事深受民间流传的怨灵（御灵信仰）的影响。"（第149—150页）由此可见，近世初期至中世后期，轮回转生故事已经开始出现衰落的征兆了。这里所说的"怨念"就是近世志怪故事的重要元素。

第四章　日本的变形故事

《因果物语》是最后一部记载由于因果报应而转世为畜的佛教故事集。

江户时期，收录在中村某《奇异杂谈集》(1687 年)第三卷中的《越中人变马被尊胜陀罗尼所救之事》是较为著名的故事，也是转世故事的独特资料。下面简单介绍一下这个故事①：

> 从前，正道(通过自我修行顿悟今世的宗门，圣道门)的七位僧人结伴去北国。在穿过越中之国(富山县)的广阔原野时，发现原野里竟有一扇古门，虽是中午时分，却突然乌云密布，天色暗沉得像是黄昏。这时从门里走出一位穿着皮裘的男子，招呼他们进去。于是他们便跟着那个男子走了进去。僧人们进门后，一位主人模样的老人从里面走出来，指着七人中的一位说道："给他套上辔头。"穿皮裘的男子便迅速给那位僧人套上辔头，僧人便立刻变成了马，并开始嘶鸣跳跃。看到这一情形，其余六位僧人大惊失色，乱作一团，说道："听说越中之国有地狱道、畜生道②，莫非这就是畜生道吗？"僧侣们听说只要专心咏诵尊胜陀罗尼，来世就不会变成马了，所以便开始专心致志地吟诵尊胜陀罗尼。老人与穿皮裘的男子也听得入了迷，就没有把其他僧侣变成马。于是僧侣们便寻机逃走了。
>
> 逃出百余米后，那位穿皮裘的男子又追了上来。僧侣们这才意识到无论如何都是逃不出去的，便乖乖地回去了。这时，老人出来说道："刚才你们咏诵的尊胜陀罗尼，令人钦佩，作为谢礼，我把同伴还给你们。"话音刚落，那位僧侣便恢复了原貌。六人大喜，询问原因。老人说道："这位僧人是备中之国(冈山县)吉备津宫神主之子，其父长期从事铁的买卖，每天让马背负重物，鞭笞它

---

① 节选自朝仓治彦、深泽秋男编《假名草子集成》第二十一卷(东京堂出版，1998 年)。该卷将抄本《奇异杂谈》与刊本《奇异杂谈集》分成上下两部分进行了翻刻，阅读起来十分方便。

② 寺岛良安《和汉三才图会》(1713 年？)卷六十八"越中"国见坂条中有一个畜生之原的传说。岛田勇雄、竹岛淳夫、樋口元巳译注(《东洋文库》，平凡社，1988 年)中说："从前，奥州板割泽有位名叫藤义丞的人，一天他登山至此，打了个盹儿就变成了一匹马，头上还长出了角，这角被当作宝物保存至今。"(第十卷，第 284 页)越中的畜生道仿佛就是众所周知的魔界。如要查阅原典，则《和汉三才图会》全二册(东京美术，1970 年)的影印本较为方便。

们,毫无怜悯之心。而因其父未受到报应,所以父债子还,原本是要堕入畜生道的,但念在尊胜陀罗尼的功德上,允许他恢复人样,和你们一起回去。"老人说完便不见了,那扇古门和那位穿裘皮的男子都不见了,瞬间天空也放晴了。于是大家轮流背着腿、腰无法直立的僧人前行。追问他的原姓后,发现老人说的是事实。后来那个僧人泡了加贺之国(石川县)的温泉后身体才慢慢恢复。

这个故事前半部分内容与《今昔物语集》中所讲述的四国地方的故事很相似,后半部分的内容却与以往故事中逃走了事的情节不同,而是说明了把僧人变为马的原因。这个故事虽是堕入畜生道的变形,但也属于因果报应的转世故事。但其实这个故事的真正目的是彰显尊胜陀罗尼的功德。另外,写本《奇异杂谈》上卷的出版早于刊本《奇异杂谈集》,在写本《奇异杂谈》上卷中也记载了在越中之国旅人被变成马的故事,但旅人在即将被变成马时,得到了同伴帮助而最终获救。这个故事中虽未阐明变马的原因,但也属于传承畜生道的故事。

江户时期的文献中属于转世为马的故事数量不多,但并非意味着这类故事作为口头文学形式的消亡。因为流传至今的很多民间故事中都或多或少地传承了《日本灵异记》的故事。

稻田浩二、小泽俊夫编《日本民间故事通观》中,有一组被称为"盗贼与马"型(类型编号为271)的故事①。所谓"盗贼与马"型,讲述的是因前世罪孽堕入畜生道的马劝说打算以偷盗为生的人放弃这种营生的故事。从青森县、宫城县、秋田县、山形县、岐阜县、滋贺县、冲绳县等地共收集了十余篇这类故事,大部分故事中说教的动物是马,也有三例是牛。江户中期以后的故事集、奇谈怪谈集中,已经很少发现转世为马的故事了,但在民间的口头文学中依然保留着这类故事。

除"盗贼与马"型故事外,还有一种被称为"宝巾"型(类型编号为24)的民间故事。"宝巾"型也属于因果报应类的故事,其中也包括了变形内容。虽细节不完全相同,但故事的主要情节都是向云游僧人布施的女子,

---

① 稻田浩二、小泽俊夫编《日本传说通观》第二十八卷《传说故事类型索引》(同朋舍,1988年)。

第四章　日本的变形故事

用僧人赠予的手巾擦脸后变成了美女；而吝啬布施的女子，用获赠的手巾擦脸后变成了"马面"（也有变成马、猿或变丑之类的故事，但最多的还是变成马面或变成了马。有的故事中，僧人赠予的并非手巾而是腰带，因此，也有腰带变成蛇的故事。弘法大师则经常被假想为云游僧人）。可以说这类故事遍及日本各地，包括相似及改编的故事，共有七十余个①。

综上所述，日本民间故事的传承也深受由于因果报应而转世为马故事的影响。近世初期，因果报应、转世故事中的代表性动物由牛变成了马②，

---

① 松浦静山《甲子夜话》中也有《宝手巾》的故事，《甲子夜话续编》第二十卷《人变为马之怪谈》就属于典型的这类故事。故事内容是：女仆给前来化缘的乞丐僧一些米，用他给的手巾一擦脸就变成了美女，而吝于给米的富农女用僧人给的手巾擦脸后变成了马。在故事开头，松浦静山介绍说这是臣下之妻的叔母在四国巡礼途中亲眼所见的故事，结尾处却写道："此事虽并非虚构，但还是令人难以置信，只能称之为怪谈了。"（《东洋文库》，平凡社，续编第二册第106—107页）稻田浩二《日本民间故事通观》研究篇2《传说与古典》（同朋舍）中没有记载这个故事，这里特做补充。《今昔物语集》中记载的转世为马的故事大多来自四国地区。另外，喜多村信节《嬉游笑览》第十二卷上（1830年）从风来山人（平贺源内）的《放屁论》中引用了谚语"巡游四国变成猿"。或许四国比较容易产生这类故事吧。

② 因果报应故事中转世的动物不知何时、何因由牛变成了马。另外，《因果物语》中转世为马的故事特别多的原因也不得而知。但中村祯里《日本动物民俗志》（海鸣社，1987年）指出，镰仓时期以后，武士与马的关系密切，到了近世，由于富农阶级开始大量饲养马匹，马正式进入了百姓的日常生活。这大概就是这一时期百姓创作的口头民间故事中开始出现马的形象的原因（第136—137页）。此外，塚本学《生类政治：元禄年间的民间传说》（平凡社，1983年；《平凡社文库》，1993年）的《弃儿、弃牛马》中论述了江户时期由于饲养马匹，武士阶层与农民之间的关系发生了变化。17世纪以后，大多数武士阶层成为城市居住者，已很难继续饲养马匹。藩的情况也一样，除东北地区、南九州的几个地方外，各藩都要靠当地农民来饲养马匹。江户幕府还委托民间组织来管理城市的主要街道，原作为公仪御用的马匹事实上已成为宿驿人员的私人用马了（《平凡社文库》，第247—248页）。

镰仓、室町、战国时期，马主要用于军事方面，因此与武士阶层关系密切。但江户时代以后，农民成为饲养马匹的主力军。因此，在探讨有关马的故事及其传承背景时，应首先考虑这种社会状况。

由于因果报应而转世的故事中，代表性动物由牛变成马的原因，还存在许多不明确的地方。但从武士阶级与马的密切关系、农民开始饲养马匹、马成为当时的主要交通工具这三点来看，近世的士农工商阶层都与马关系密切，那么牛逐渐由转世故事的主角变成配角也就成为必然了。

深受大众喜爱①。如此说来，芥川龙之介的童话《杜子春》中描写的主人公杜子春在地狱见到的应该就是堕入畜生道后转世为"形影寒怆两匹瘦马"的父母吧。

---

① 近现代依然有由于因果报应而转世为动物的故事，可见这类故事深入人心，广为流传。松谷御代子《现代民间故事考》5《死的讯息——去往彼岸的故事》(《筑摩文库》，筑摩书房，2003年)第三章《转世》中收录了六个相关故事，其中转世为马、牛、狗的各有两个故事。在此介绍一下转世为马的故事。第一个故事发生在新潟县，选自岩濑博编《盲女讲述的故事·杉本菊野媪昔话集》（三弥井书店，1975年）。

　　某地有户贫困人家养了一匹马，原为运输用马，为了维持生计就让马拉行李了。后来母亲去世三周年祭，兄妹俩商量道："今年必须给母亲做个三年法事了。"于是兄妹俩叫来僧侣给母亲做了法事。僧侣走后，兄妹俩内心喜悦，说道："总算做了法事，咱们就可以安心了。"当晚梦见母亲对他们说："我是你们的母亲，身为母亲，前世未能好好照顾你们，所以转世成了马。为了你们，我每天运货，辛勤劳作。感谢你们今天为我奉经做法，我的使命完成了，也算功德圆满了。所以我要去更好的地方了，就此别过。"兄妹俩非常诧异，第二天一看，马果真死了。兄妹俩自责道："竟然一直让母亲背负重荷，真是罪过啊。"便去佛坛向母亲请罪。因此，这个故事告诉我们，谁都不知道自己来世会转世成什么。

这个民间故事明显传承了《冥报记》的故事。前面已经讲述了《冥报记》中记载的"隋朝兄妹与母亲"的故事，通过《今昔物语集》将江户时期的佛教故事、劝化善本传承了下来。此后，故事改变其原有形式并与其他转世故事融合，一直流传到近现代。另外，在后期转世为牛、狗等的民间故事中，有在动物身体上出现文字或痣的情节，这也是传承了中国因果报应转世故事模式的一个标志。

下面是在富山县滑川市收集的民间故事。根据注记，故事是由桥本方惠讲述、尾岛君枝整理的（住富山县）。

　　故事发生在昭和初年。死者一周祭时，亲戚们聚集在一起，这时，有人要打开死者生前用过的柜橱。别人询问原因时，他回答说："我梦见故人说：'我死后转世为马，主人特别亲切，所以想好好感谢一下。我在柜橱第三个抽屉里一件白色长襦袢的领子里放了钱，这是给马主人的谢礼，请代我致谢。'"从柜橱里果真找到了那件长襦袢，而且衣领处真有钱。亲戚们在梦中见的车站下车，去马主人家致谢。那家确实有匹幼马，正与母马嬉闹玩耍，亲戚们走近时，幼马用鼻子蹭蹭他们，表现得很喜悦、很友好。太不可思议了！

这个故事已不包含变畜偿债故事原本的要素了，只能算一个转世的怪谈。但取出衣领中的钱作为谢礼的细节，还依稀能看到以前转世故事的影子。

二、《出曜经》系列故事

下面来探寻有关将人变成驴的女巫、灵草遮罗婆罗草的故事在日本的传播轨迹。这类故事与因果报应故事一样,也起源于佛教经典。《出曜经》究竟何时传入日本已不得而知。但是,《出曜经》中记载的遮罗婆罗草的神奇功效却引起了人们极大的关注与强烈的好奇。这一点与中国的情况正好相反。

平康赖《宝物集》是研究日本的传说、民间故事极为重要的资料。《宝物集》第一卷(镰仓初期)中记载着一个安族国商人将其父亲变回人形的故事①,具体内容如下:

> 天竺有个名为安族的国家,安族国的国王酷爱马,整日养马消遣时光。所养马匹众多,数不胜数。因实在太喜欢马了,所以他还学成了将人变成马的法术。
>
> 一位商人为了寻找父亲,来到了安族国,并在一家旅店住下。店主人告诉他:"这个国家有时会把人变成马。不久前就有一位外来商人被变成了马。"商人听后大吃一惊,猜想父亲可能已被变成马了,便仔细地询问了具体情况。店主人回答道:"吃了叫毕婆罗草的细叶草后,人就会变成马,而吃了叫遮罗婆罗草的宽叶草后,就能再从马变回人。"
>
> 商人谨记在心,并打听了那匹马的模样,店主人答道:"栗色毛,肩上有斑。"商人找到了那匹马。看到商人,那匹马不禁泪流满面,大叫起来。商人悄悄让它吃了遮罗婆罗草,马便变回了人形。父子俩就一起回去了。
>
> 如果儿子不来寻找,那父亲一辈子都是畜生吧。

在这个故事中,"遮罗婆罗草"的表述方式与《出曜经》中完全一致,而且同样是吃了"毕婆罗草"后变成马,只是将《出曜经》故事中的女巫变成了

---

① 小泉弘、山田昭全校注《宝物集》(《新日本古典文学全集》,岩波书店,1993年)的现代日文译本。

酷爱马的国王,将原故事里的主人公变成了孝顺的儿子,由此演绎出具有日本特色的故事情节。《出曜经》中,女巫与遮罗婆罗草的故事是用来说明不选择对象进行广泛布施才能遇见真人、罗汉,作为寓言故事显然趣味性不足。上述《宝物集》记载的故事,除去变马术与遮罗婆罗草的情节外,可以重新归纳整理成一个孝子的故事,由此便能演绎出新的故事了①。

这类遮罗婆罗草的故事,在中世的日本内容更趋完善,并得到更广泛

---

① 据传,释迦牟尼曾在"毕婆罗树"(后改为"菩提树")下顿悟得道,"毕婆罗草"的命名受到了"毕婆罗树"的启发。《过去现在因果经》卷三(《大正新修大藏经》第三卷《本缘部上》)、《释迦谱》卷一(《释迦谱》第五十卷《史传部》)中,都有"菩萨独行,赴毕波罗树,坐彼树下,我道不成,要终不起……"的内容。不过,像这样与释迦牟尼有缘的神圣之树,竟用来给邪术的药草命名,令人难以理解。另外,这个系列的故事未在中国传播:也说明"毕婆罗草"是由日本命名的。

"毕波罗"又写作"毕钵罗""毕钵""卑钵罗",但使用"钵"字的情况较为普遍,用例也最多。唐朝玄奘法师《大唐西域记》卷二中出现了"卑钵罗树"一词,卷八中详细解释了"毕钵罗树"作为圣树的由来。唐朝段成式《酉阳杂俎·前集卷一八·木篇》中也在"菩提树"部分对其由来与别名进行了说明。《南传大藏经》日语译本中也出现了"毕波罗""毕钵罗""毕钵"等词,水野弘元《南传大藏经总索引(缩印版)》(东方出版,1986年)中将草药的果实"荜拨"与其视为同类植物。但是,"荜拨"是胡椒科的草药,日本名为"HIHATU"。《酉阳杂俎·木篇》中也对"毕钵罗树"有别于"荜钵"的情况进行了说明。和久博隆《佛教植物辞典》(国书刊行会,1979年)中提到这种树是桑科的植物,日本称之为印度菩提树。而日本和德国的菩提树都是椴树科,与印度的菩提树是完全不同的两种植物。

《宝物集》是最早记载了"毕婆罗草"的文献,其中"毕婆罗草"的表记各种各样,内容也各不相同。根据田口和夫《合谋的下人——〈人马〉的形成与传说》的论述,安族国商人的故事也有不同版本,光长寺本中记载的"吃了细叶草会变成马,而吃了宽叶草则能变回人"是这个故事的最早版本。但故事中只记录了叶子的宽细,并没有出现"毕婆罗草"这个具体名字。由此可见,"毕婆罗草"很可能是日本命名的。而且,坂田贞二、前田式子译《印度的传说》上册(春秋社,1983年)中收录了印度长姆地方的古老故事《魔法之物与不可思议的草药》(第132—140页)。与欧洲《莱驴》内容相似的故事在《出曜经》中变成了把人变为猴子的药草、把猴子变成人的另一种药草的情节。但从译文内容来看,这些药草并没有固定名称。

另外,田口和夫的论文收录在《狂言论考——传说故事及其变化发展》(三弥井书店,1977年)中,该论文最初发表在《传说》五号(1974年)上,题目是《狂言〈人马〉与传说——传说与狂言之二》。此外,该论文中还提到了日莲《千日尼御返事》与歌舞伎《女鸣神》等内容。

的流传。镰仓时期的一位著名僧人甚至把这一故事改编进日莲的遗留信件中。弘安三年(1280),在写给佐渡(旧国名,今日本新潟县佐渡岛)信徒阿佛房之妻千日尼的长文书信《答千日尼书》中,为证明"多子多福",就讲了这个故事。书信有点长,根据冈本炼城的现代日语译本①,翻译整理如下:

  印度邻国的安息国大王②,嗜好养马。渐渐地,他不仅能把驽马养成骏马,还能把牛变成马。后来甚至还能把人变成马,骑着到处跑。这引起百姓的极大愤慨,国王便决定把别国的人变成马。有一位其他国家的商人来到安息国后,国王就给他喝药,把他变成马,并拴在马厩里。

  变成马的商人十分思念故乡,也非常牵挂妻儿,但得不到允许根本无法回去。即使能回去,自己已经变成了马,也无法与亲人相认。因此整日哀叹不止。

  商人的独生子见父亲迟迟不归,说道:"父亲也许被害了,也许生了病正身受煎熬,我绝不能听任父亲受苦,必须去找他。"于是就准备出门去寻找父亲。商人的妻子悲伤欲绝,感叹道:"夫君一去不归,现在儿子也要离我而去了,我只有这一个孩子,这可如何是好啊?"但儿子十分想念父亲,毅然决定去安息国寻找父亲。

  他途经一家小客栈就住下了,店主听了他的遭遇后说道:"太可怜了。你还年少,且长相、体魄都很出众。我也有个孩子,去别国后,一直生死不明。我看到你便想起了我的孩子,实在不忍心让你去冒险。其实,安息国有个秘密,就是国王嗜马成性,国王有一种神奇的药草,人吃下细叶药草后会变成马,再吃下宽叶药草后马就可以变回人形了。最近,别国来了一位商人,国王给他吃

---

① 收录于冈本炼城编著《日莲圣人御信——现代日语真迹翻译》第三卷《女性篇》(东方出版,1990年,第49—63页)。兜木正亨校注《日莲文集》(《岩波文库》,岩波书店,1968年,第150—158页)中也收录了日莲的这封信。
② 原文是"天竺有位称为安足国王的大王"。日莲与平康赖《宝物集》一样,将安足,即安息国(波斯)看作天竺(印度)的一部分。冈本炼城则改译为"印度邻国的安息国大王"。

了这种药草,把他变成马拴在马厩里了。"

儿子听了这话,心想:"父亲大概是被变成马了。"于是询问道:"那匹马是什么颜色呢?"答道:"是匹栗色的马,肩上还长着白斑。"儿子记下店主说的话,历经千辛万苦,终于来到王宫附近,喂那匹马吃下偷来的宽叶药草,马便变回了人形。

国王觉得此事世间罕见,为了奖励儿子的孝顺,不仅放了父子俩,而且从此后再也没有把人变成马。如果不是亲生儿子,怎么可能甘愿历经千辛万苦、长途跋涉去别国寻父呢?……

故事中,店主看到商人的儿子,便想起自己行踪不明的孩子而顿生怜悯之心,便告知他国王的妖术。而国王则被儿子的孝心深深感动,不仅放回了商人父子,还主动放弃了把人变成马的法术。与《宝物集》相比,故事细节处理得更加完美了。

另外,故事中并未出现"遮罗波罗草""毕婆罗草"等固有名词,但并不意味着遗忘了这两种药草的名字。室町时代文安元年(1444)出版的日语国语词典《下学集·草木门》中记载了这两种草。将"遮罗婆罗草"注释为:"天竺国有此草,叶宽,马食之则化为人也。"而将"毕婆罗草"注释为:"天竺有此草,叶细,人食之则化为马也。"①《下学集》作者不详,但根据内容推断,应该是由禅宗僧侣创作的②。可见,这个不可思议的灵草故事以佛门为中心被传承下来,而且灵草的名字也被作为普通植物记录了下来。

《宝物集》和日莲遗作中记载的遮罗婆罗草的故事有其独特情节,与《出曜经》的内容并不相同。江户初期的奈良绘本③《宝月童子》已达到了中篇小说的篇幅,讲述的就是这个故事。《宝月童子》承袭了上述两个故事

---

① 关于《下学集》的内容,参照中田祝夫、林义雄《古本下学集七种研究及综合索引》(风间书房,1971年)。各版本间存在若干异体字、假名注音等差异。另外,在七种抄本中,文明十七年抄本中没有"遮罗婆罗草""毕婆罗草"的内容。根据该书的解说(第10页),古写本中省略内容极多。整理《下学集·草木门》的内容便会明白,这两种在现实中不存在的草并非普通植物,因此自然就成了被省略的对象。

② 《下学集·解说篇》第3页。

③ 室町时代后期至江户时代前期,出现了大量的绘本与绘卷。奈良绘本《宝月童子》收藏于天理图书馆,属于江户初期的作品。论考中还包括今西实《奈良绘本〈宝月童子〉及其传说》(《Biburika》第二十一号,1962年)。

的主要内容,情节更加跌宕起伏。作者虽已无法考证,但无疑是同类作品中最具代表性的故事。故事梗概大致如下①:

  从前,在中天竺摩揭陀国的都城里住着一位名叫满月的富豪,富比须达(古印度富豪,侍奉释迦牟尼,建祇园精舍),但他有一大心病就是与妻子花玉夫人未生育子嗣。因此满月每日潜心向观音祈祷,终于在九月十三日夜诞下一名男婴。夫妇二人给孩子取名为宝月童子,并精心养育孩子。

  童子貌美无双,却体弱多病,整日郁郁寡欢。这又成了夫妇俩最大的烦恼。一次,满月听说北天竺"神龙山"上的"珍树"所结果实是长生不老的灵药,为了拯救儿子,满月便告别夫人与宝月童子,率领五十名士兵去寻找灵药。

  历经三年零三个月的艰辛旅程,富豪一行终于抵达北天竺的都城。为了躲避神龙山的猛兽与鬼神,就必须得到连天魔都能降服的北天竺大王的圣旨。于是满月千方百计拜访了大王,并献上了准备好的宝物。然而,大王想贪占所有宝物,便与大臣商议杀掉满月夺取其财宝。大臣认为,杀掉满月会留下万古骂名,而且与五十名士兵打斗也会损失惨重,于是建议用长在皇宫里的遮罗婆罗草将满月一行变成马。遮罗婆罗草是神奇的灵草,人吃了叶子的根部会变成马,而吃了叶梢则会变回人。大王假装为满月一行举办欢迎宴会,让他们吃了遮罗婆罗草叶子的根部,将他们全部变成马拴在了宫中的马厩中。

  北天竺的大王变本加厉,命大臣高飞兰率领三百名士兵前往摩揭陀国,发动夜袭,夺取满月的财产。高飞兰旗下的勇士安那拉彦暗中帮助花玉夫人与宝月童子逃往远方。高飞兰则因点燃了满月家的宅院,结果财产尽失,只得两手空空回到北天竺。大王震怒,砍断了高飞兰的手筋、脚筋后,把他扔弃在国界处的荒原上。

---

① 《宝月童子》的原文参照横山重、松本隆信编《室町时代物语大成》第十二册(角川书店,1984年)。

时过境迁，宝月童子十三岁时，非常思念音信全无的父亲。于是便含泪辞别母亲，与安那拉彦一同前往北天竺。途中尝尽艰辛，并在国界处无意间遇见了已面目全非的高飞兰。两人不仅打听到了满月的下落，还知道了遮罗婆罗草的秘密。之后他们杀了高飞兰，进入北天竺都城。

宝月童子抵达北天竺都城后，深得宫中庭院管理人的赏识，不久便获准进出内廷花园了。于是童子偷偷摘下遮罗婆罗草的叶梢，藏在袖子里带进宫廷。恰在此时，摩揭陀国国王因憎恶北天竺国王的蛮横粗暴，派百万将士攻打北天竺。战争旷日持久，难分胜负，于是摩揭陀国将军发出布告，称取北天竺大王首级者可封为一小国的国王。童子听到布告后，认为时机已成熟，便潜入宫中的马厩，用灵草将父亲与五十名士兵变回人形。当夜，五十三人一起袭击内宫，放火焚宫，取大王首级后回国。

摩揭陀国国王听闻一行人的功绩，封满月夫妻为北天竺的大王与王后，封宝月童子为皇太子，并授予安那拉彦左大臣的官职。

这是继《宝物集》后，再次将遥远的印度作为舞台的故事，而且在原来孝子故事的基础上又增加了复仇的情节。其中父子俩再会一节的内容如下："此刻，那匹马浑身颤抖，流下黄色的眼泪，深情地望着童子嘶叫起来，模样无比可怜。童子觉得非同寻常，便给马喂了遮罗婆罗草的叶梢。少顷，那马变回了人形，拽着童子的衣裳一言不发，潸然泪下。此时，童子知道此人便是自己父亲了，于是讲述了这些年的艰辛生活，不禁悲从中来，流下眼泪。两人抱头痛哭，泪如瀑下，父子二人仿若置身于眼泪的汪洋之中。"这段描写符合日本人的情感表达方式，令人动容。《出曜经》中代表幻术萌芽的遮罗婆罗草就这样在日本开花结果了。

另外，《宝月童子》中未出现毕婆罗草，故事中只要分别使用名为遮罗婆罗草的灵草的根部、梢部，就能将人变成马，再将马恢复人形。当然，在之前的孝子将变成马的父亲恢复人形的故事中，遮罗婆罗草起了决定作用，而毕婆罗草只是配角。如果起决定作用的遮罗婆罗草能同时发挥两种功效，那么只需要一种草就能解决问题。因此，作为灵草，这样更能显示其巨大威力。作者应该也是仔细斟酌后才删除了毕婆罗草吧①。

虽然《宝月童子》中未出现毕婆罗草，但在其他故事中也并非完全没有出现过。江户中期的上方（指以京都、大阪为中心的近畿地区）剧作家并木正三《女鸣神歌仙樱》中就出现了毕婆罗草。宝历十二年（1762）三月，大阪角座演出了歌舞伎《女鸣神歌仙樱》。故事讲述的是名叫三轮的女子与深草少将青梅竹马，三轮因嫉妒少将与小野小町相恋而变形为鸣神尼引起旱灾。这属于鸣神剧系列故事，中间还穿插了八云皇子与恒贞亲王争夺皇位（根据惟乔、惟仁两位亲王的史实改编）的情节。

歌舞伎《女鸣神歌仙樱》的开头部分就是南蛮国的僧人俊民玉口念开场白，将毕婆罗草献给剧中扮演反面角色的八云皇子的情节：

> 本国南蛮，距日本国海上三千六百里，与南天竺相邻，虽出产众多名玉、名木、名草，然本次贡品为迦毗罗国的毕婆罗草。用此草喂马，马可瞬间改变陋习，成为一匹悍马，可日行千里。若有人误食，则即刻变为马。其奇妙之处完全无法言表。

吃了毕婆罗草后马能改掉以往的陋习，这一独特功效应该是并木正三的想象吧。在歌舞伎《女鸣神歌仙樱》剧本第四册中，缺德的医生山割玄海从怀中取出毕婆罗草，便引发了下面这样的爱恨情仇故事：

> 有位名为笔坂城之介的恒贞亲王，为了替父母报仇，扮成牲口贩子，改名为林平，并入赘恶女妙空家，做了其养女阿时的丈夫。林平假装患了怪病，即内心由男变女，会不分男女地爱上别人。此时，一位名叫太郎介的男子与阿时的妹妹阿道结婚后也来到这家。想不到太郎介竟是杀害了城之介父亲并夺其宝剑的卫兵又五郎。

> 岳母妙空嫌弃林平，就与自己的熟人、医生山割玄海（实际上名叫望鹤，是向八云皇子贡献南蛮贡品的唐人首领）商量，企图让林平喝下熬好的毕婆罗草，把他变成马后卖掉。然而，林平恰巧服用了食物中毒的解药一角（解毒剂，一种名叫"一角兽"的万能

---

① 光长寺本《宝物集》中也没有出现"毕婆罗草"。由此可见，或许残留着这样的传承。

药),而一角竟然具有抵消毕婆罗草药效的功效。于是,玄海慌忙收起了用毕婆罗草煎的药。与此同时,林平察觉到事情不妙,便趁妙空、玄海离开的间隙,用竹筒里的香水(供在佛前的水)调换了药锅里的药。

妙空家新雇的下人橘氏公是恒贞亲王的手下。玄海与太郎介看穿了这个秘密,便向八云一方告了密,于是追兵逼上门来。阿时、阿道姊妹俩知道内情后打算救助橘氏公。阿道深深爱慕着橘氏公(实际上,阿道与橘氏公是失散的双胞胎),为了救橘氏公,阿道让姐姐阿时取自己的首级献给追兵。追兵拿到首级后就撤退了。此时,林平自报姓名,称自己是笔坂城之介,决定与太郎介(又五郎)决一死战。阿时支持笔坂城之介,于是太郎介(又五郎)、玄海、妙空与阿时、城之介五人扭打在一起。

在这场乱斗中,笔坂城之介与阿时累得气喘吁吁,于是便喝了药锅的水。玄海等三人看到这一情形,心中暗喜。他们也口渴难忍,便喝了竹筒里的水(其实是已被林平调包的用毕婆罗草煎的药水)。接着,五人又打斗起来,药水渐渐发挥功效。三人丑态渐露,开始嘶鸣起来,转眼间变成了马。橘氏公成功逃出。笔坂城之介用夺回的宝剑杀了又五郎和玄海,为父报了仇。最后,阿时骑在变成马的妙空背上,笔坂城之介拍打着马屁股退场了。

林平(城之介)调换药水与香水的情节应该是受了《板桥三娘子》故事的启发。江户初期,林罗山《怪谈全书》中翻译介绍了《板桥三娘子》的故事,但在此之前,该故事应该已在民间流传了,因此,该剧本的剧作家很可能知道三娘子的故事。在打戏中将反面角色变成马的情节应是引观众发笑的一大看点。并木千柳《并木正三一代话》也记载道:"下一场《女鸣神》中有吃下毕婆罗草后把人变成为马的情节。"①原文如下:

妙空、玄海、氏公:你这个浑蛋!

(想要扑上去,却动不了,如马般嘶嘶地叫)

---

① 艺能史研究会编写《日本庶民文化史料集成》第六卷《歌舞伎》(三一书房,1973年,第559页)。

太郎：这是怎么回事？

林平：没什么，你们刚吃了我换掉的将人变成马的草。刚才你们吃的是毕婆罗草。

三人：哎呀呀呀呀！

阿时：你把香水换成熬的药了吗？

林平：是啊！

阿时：噢！变了，变了，太好了，太好了！

太郎：真可恶！还不如直接将你这个浑蛋……

（想扑上去，想立刻站起来，腿却动不了）

（嘶嘶嘶！像马一般嘶鸣起来）

（林平拍手大笑）

妙空：啊！身体像要燃烧了一样！嘶！嘶嘶嘶！

玄海：啊！悲惨啊！要变成马了吗？！嘶嘶嘶！

太郎介：别担心！嘶嘶嘶！就算吃了毕婆罗草，嘶！只要心智尚存，嘶！何须在意，跟紧我……嘶嘶嘶！

玄海：我已忍不住了……嘶嘶嘶！

（说着就摔倒了）

妙空：若心智变成了马，我们俩来交尾吧……嘶嘶嘶！

（妙空紧紧抱住太郎介）

太郎介：啊啊啊，少来这一套，快放开我，嘶嘶嘶……

就这样，坏人们"手、脚、头逐渐变成马，后边长出了尾巴，在舞台上到处乱跑乱跳"，"已经变成马了吗？已经变成马了吗？啊，悲哀啊，悲哀啊"，"这可，这可如何是好？嘶嘶，嘶嘶嘶嘶！"在这样的哀叹声中，他们的身体完全变成了马。妙空变形的部分还有些淫秽色情的内容，这些都是为了引观众发笑的小伎俩而已。

再来看一下遮罗婆罗草。除文献记载外，口头传承的《旅人马》中也出现了仙草的故事。《旅人马》中出现了带花纹的芒草、可以结七根茄子的茄藤、乌拉巴恩草等多种可让人变形的草。具体内容将在下一节详细介绍，这里简单介绍一个保留着《出曜经》特色的故事。

稻田浩二、小泽俊夫编著《日本民间故事通观》第十卷《新潟篇》（同朋舍,1984年)中记载了新潟县西蒲原郡町收集的《旅人马》(原名为《变马草》)故事。讲述的是两位上京的老爷爷在山中迷了路,在一户人家借宿时发生的故事。这家的主人欣然答应了素不相识的客人的留宿请求。两位老爷爷虽怀疑过主人过分热情的态度,但还是毫无戒备地吃光了主人端上来的面、荻饼和什锦饭。吃完饭后,两人洗了澡就躺在床上睡了。但到了半夜,身上开始发痒。此后的情节将引用《昔话通鉴》中的原文。为方便阅读,这里将引文改成了对话的形式。

"喂,我浑身发痒。这是怎么回事啊?"

"啊,我也是啊,感觉有点儿不对劲。"

"算了,睡吧。"

其中一个人突然想起以前曾听说过吃了山上的草后会变成马的故事。

"我们肯定是要变成马了,回想这户人家确实很可疑,所以才欣然答应了我们留宿的请求吧。"

"是啊,说不定我们真要变成马了。我们要是变成了马就去山里,一定不能睡着。"

于是两人跑去山里,吃光了那里所有的草后竟未变成马。

"现在我们可以回去睡觉了。"

于是两个人就回去睡了。

翌日早上,两人若无其事地起床,主人看到这种情形后无比震惊。两人还说回程时也要住在这里,主人表示了欢迎。两人摘了山上的草带到关西,并在点心店让人把草磨成粉后做成了点心。回程时两人又住宿在这户人家,然后拿出特制的点心,谎称是从京都带回的礼物。这户人家吃了点心后都变成了马,于是两人把马卖了。

这个故事的后半部分明显是承袭了《板桥三娘子》的故事。值得注意的是上述引用故事中两人从马变回人的内容。故事中去山里吃草的情节安排得并不巧妙,但碰运气般去山里吃草的内容明显保留着《出曜经》的特色。故事中虽已完全没有佛教要素和女巫,甚至连草的名字也未提及,但依然可以看作是《出曜经》系列的故事。

以上阐述了《出曜经》系列故事在日本传承的过程。与中国完全没有与遮罗婆罗草相关的变形故事的情况不同,日本毫无条件地接受了遮罗婆罗草,并把它作为众多故事与小说的素材。中国的传承中显示出了较强的现实主义色彩,即使是讲故事也保持了自己独有的传统变形观,排除异文化要素,或通过融合、改造异文化要素,使故事符合中国特色。与此相对,日本则擅长吸收先进文化,并在此基础上创造出具有自己特色的文化,也就是说没有太强的先入为主的观念。因此,日本对各国奇妙的故事都显示出极大的好奇心,吸收其精华,进而创作出更具特色的新作品。

另外,还想再简单介绍一下《出曜经》系列故事中出现的女巫师。在日本,遮罗婆罗草的故事很受欢迎,却罕见女巫师的故事。《出曜经》的故事中女巫师也算不上重要角色,而《宝物集》、日莲《答千日尼书》及《宝月童子》中则用异国的男性国王角色取代了女巫师,因此在日本的故事中,女巫师甚至连出场的机会都没有。故事集《旅人马》中所描绘的旅店,一般店主多为老年女性形象,但就像前面列举的《新潟篇》那样,故事中不具体说明店主性别的也不少。总之,女性很少作为小说、故事的人物形象出现。与遮罗波罗草的故事相比,日本人似乎并不喜欢女巫师使用魔法蛊惑男性的故事。日本能毫无条件地接受外来文化,却选择性地摒弃了女巫师这类故事,令人不可思议。

当然,日本也有很多人与女妖、人与动物变成的女子相恋的故事,但在人与女妖恋爱的故事中出现的多为山姥、矶女、雪女等形象,且故事中很少包括性爱的要素,更不使用将人变成动物的妖术[①]。而与动物变成的女子

[①] 关于日本的女妖,参照宫田登《女性民俗学》(青土社,1993年)中的《女子与妖怪》。关于女妖山姥的研究成果很多,例如,小松和彦《山姥》(《灵魂附体信仰论》,传统与现代社,1982年;ARINA书房,1984年;《讲谈学术文库》,讲谈社,1994年)、《恐怖的女性形象——浅析怪物毁灭的深层心理》(《异人论》,青土社,1985年;《筑摩学艺文库》,筑摩书房,1995年)等是极具代表性的论著。另外还有田中雅一编《女神研究绪论》(平凡社,1998年)中收录的川村邦光《金太郎之母——山姥的故事》、金井淑子编著《家族·纠纷》(明石书店,2006年)中收录的桥本顺光《重塑〈安达原一家的传说〉及山姥的变化》等文章。

山姥一直给人怪异的印象,并多为老太婆的形象。然而,喜多川歌麿的浮世绘作品《山姥与金太郎》中的山姥却是充满色情的美女形象。但这是近世以后出现的山姥形象,《山姥与金太郎》中描述的母子通奸的乱伦式性爱与《出曜经》中所描述(转下页)

恋爱的故事一般都属于异类通婚。日本的故事中没有出现过与女巫谈情说爱的故事。在中国,代替《出曜经》中女巫形象的一般都是会使蛊毒的女子,日本也不存在这种现象。泉镜花《高野圣》中山中妖女的形象在日本典籍中也完全找不到踪迹①,这一点令人十分意外。

总之,在日本,将人变成动物的女巫的妖术中不包含性与爱的要素,在口头传承的《旅人马》故事中虽提到一点与"性"有关的内容,但与艳情、恐怖的女巫形象截然不同。近世的剧作家通过《板桥三娘子》的故事,开始重新定义、探究女妖的形象。下一节将具体探讨这些资料与作品。

＊(接上页)的女巫师的性爱并不相同。矶女上半身是美女的模样,下半身如幽灵一般模糊不清,一般是龙或蛇身,从背后看像是岩石。矶女平日坐在海边的岩石上,只露出上半部分的女身,妩媚地梳理着随风飘动的长发,倘若有人为其美色所迷,接近她并搭讪的话,她就会迅速地甩出藏在水下的蛇尾,将目标缠住,然后露出狰狞的本相,张开大口,发出几乎可以刺破耳膜的尖啸,嘴里吐出蛇信般分叉的舌头,一口气吸干受害人全身的血液。矶女一般都是绝世美女的形象,却很少与性爱有关。

与山姥、矶女相比,雪女的故事增加了性与爱的要素。例如,看到"雪女",我们首先可以想到小泉八云的《怪谈》,小说讲述了雪妖与年轻男子结婚生子的故事;今野圆辅《日本怪谈集·妖怪篇》下卷(社会思想社,1981年;《中公文库》,中央公论社,2004年)第十一章《雪女》中介绍了根据小泉八云作品改编的民间故事。

但是,今野圆辅指出,有关雪女的民间传说,小泉八云的作品内容在民间口耳相传的过程中受到当地风土人情的影响,出现了很多与当地传说故事相结合而改编的新内容。更久远时,还能看到与其他类型的民间传说相融合的例子。日野严《动物妖怪传》上卷(有明书房,1979年;《中公文库》,中央公论社,2006年)《雪女》一节中介绍了流传在青森县、秋田县的雪女传说,其中就有恳求遇见之人照顾孩子的情节。在秋田版的传说中,一旦所遇之人接受托付,就会出现受托付之人因孩子过重而被雪掩埋的情节,这显然融合了产妇女(产妇女是"姑获鸟"在日本的形象)传说的成分。雪女与人结婚的故事很可能融合了异类通婚的因素。雪女传说的原型极其简单,即看到雪女真面目的人便会死亡或惨遭杀戮,并没有性与爱的元素。婚姻、生育是后来增加的内容,与其他的故事情节相比,对婚姻、生育、性、爱等内容的描述显得肤浅、生硬。

如果以上的推断正确,那么雪女的原型故事中也并不包含性与爱的元素。

① 江户后期关亭传笑《河内国姥火》中出现了江山仙娘子(根据《板桥三娘子》故事改编)勾引男性的情节,与喜多川歌麿《山姥与金太郎》一样,也包含了近世出现的性幻想的内容。这种内容在其他作品中并没有出现。

三、《故事海》《一千零一夜》系列故事

日本的民间故事、小说、戏曲里大量出现了《出曜经》中的遮罗婆罗草。那么《板桥三娘子》及其原型故事又是如何在日本传播，又带来了怎么的影响呢？下面将重点探讨这些问题。

目前尚探寻不到与《板桥三娘子》的原型故事极其相似的《故事海》《一千零一夜》系列故事传入日本的相关资料。因此，可以认为这个系列的故事是通过对源于中国的《板桥三娘子》故事的改编而传入日本的。在探讨《板桥三娘子》在日本的传播情况之前，应首先搞清楚另一件事情。

英国学者张伯伦专注于日本研究。他明治初年来到日本，在其整理的阿伊努神话集[①]中收录着记载乐园时代阿伊努的故事。大林太良编《走进世界神话·万物起源》（《NHK BOOKS》，日本广播协会，1976年）以《阿伊努的乐园时代》为题介绍了这则神话，其中就有人变成马的情节。笔者根据大林太良的翻译简单介绍一下这个故事的主要内容[②]：

> 远古时期，河川构造堪称完美，河水从一边流向下游，又从另一边上溯逆流。因此，人们可以毫不费力地顺流而下或逆流而上。那是一个魔法的时代。外出狩猎时，人们可以像鸟一样飞到六七英里之外，也可以在树林里自由地上下翻腾。然而，现在却万物老化，到了世界末日，曾经的美好都已不复存在。那个时代人们使用引火锥，清晨播种，晌午便可收获。然而，食用这种速成谷物后，人会变成马。（《东亚创世神话》第19页）

最后一句提到的谷物迅速成长，吃了这种速成谷物后会变成马的情节，与《板桥三娘子》的故事完全一致。这个创世神话是19世纪后半期在北海道日高地方西部的紫云古津地区收集的，如果将这个神话故事看作是描绘远古时代的资料，那么就会发现另一种变马的途径。

[①] B. H. Chamberlain. *Aino Folk-Tales*. Publ. of the Folk-Lore Society：53. London, 1888.

[②] 本故事参照大林太良编《走进世界神话·万物起源·阿伊努的乐园时代》第53页。大林太良完全按照原著内容进行引用介绍。

为了避免对分析、考察原故事产生影响,因此必须慎重研讨这个资料。先来梳理一下这个故事。这个故事可以说讲述的是乐园时代的阿伊努。乐园时代存在同一条河里能分两个方向流动的太古时代的河川、能飞往狩猎地打猎的人……"引火锥"之后的故事,很可能是后来添加的。另外,谷物的迅速成长与食用后变成马之间,前后意思出入较大,情节也衔接不起来。谷物的迅速成长营造的是谷物丰收的乐园景象,食用这种谷物后却要变成马,这显然与前面描绘的乐园景象背道而驰。由此可见,变身为马的内容明显是与故事原型相斥的情节,因此,很可能是后来添加的。

此外,这个神话故事中还有几处难以理解的地方。阿伊努民族以狩猎、采摘为生,并不依赖农耕,神话中的速成谷物果真是自古就有的内容吗?① 为什么变形的动物不是阿伊努人熟悉的熊、鹿、狐狸、狗,而非要是马呢?阿伊努民族没有骑马的习惯,因此根本无法与马产生关联。这些令人深感疑惑的问题显然影响了这个创世神话的完美。先不说故事的前半部的内容如何②,结尾部分的内容显然不属于阿伊努族的古老传说,很

---

① 关于这一点,笔者专门请教了研究阿伊努语的村崎恭子(原在横滨国立大学从事日本语教育)。村崎恭子认为,如果该故事真是阿伊努神话,确实存在不符合其语言习惯的地方。其实,阿伊努族并非完全不从事农耕,他们依赖采集、狩猎生活,同时也栽培谷物。根据工藤雅树《阿伊努族古代史》(《平凡社新书》,平凡社,2001年)的记载,阿伊努早期的擦文文化(7—13世纪)遗迹中有农具,还有小米、稗子、绿豆等农作物(第231页)。

② 根据山田孝子《阿伊努的世界观:用"语言"解读自然与宇宙》(讲谈社,1994年)的记载,在阿伊努的世界观里,人类世界不仅包括人类、动物、植物等实际存在的物体,也包括引发灾难的超自然存在,这种超自然的存在是在天上的诸神干预下与人类、动物、植物等一起被创造出来的(第28页)。总之,在阿伊努的世界观里,创世纪之初的世界并不是乐园。根据宣野茂《阿伊努族与传说》(小学馆)中记载的《建国之神与枭》的故事,由天界降临的造国之神所创造的阿伊努世界寸草不生,于是众神就命令枭把花草树木、谷物的种子撒满阿伊努辽阔的大地。枭不分昼夜地辛勤劳作,终于使大地上长出了可供食用的草与谷物,人类的数量也增加了(第323页)。这个传说是1962年在平取町荷负本村收集的,可以说内容相对新颖,但传说中的阿伊努世界也并不是乐园。因此,这个创世神话的前半部分,也存在进行深入研究与探讨的必要。另外,井本英一《欧亚变形、变化的思想》[收录在《寻找风俗的源头》中,初次发表于《自然与文化》(季刊)第19号,1987年]试图通过这个阿伊努神话来解读狼人信仰与再生的意义(第248—249页),因此,这一观点也有再商榷的必要。

可能是从本州传入北海道的《板桥三娘子》系列故事的一个片段①。就算这个故事传承了阿伊努族的古代传说,但还是不能看作本州以南《板桥三娘子》系列故事、小说的原型。可以说该故事本身就揭示了《旅人马》的传承,或者说江户时期的小说、相关资料都受到了《板桥三娘子》故事的直接影响,完全没有留下继承了有关阿伊努族传说的痕迹。

1.《板桥三娘子》系列故事

假如在日本找不到原型故事的《故事海》《一千零一夜》系列传说和尚存在诸多疑惑的《阿伊努的乐园时代》都未对日本的传说、小说产生影响,那么就必须再次关注《板桥三娘子》系列故事传到日本的时期。究竟《板桥三娘子》的故事是何时、以何种方式传到日本的呢?

薛渔思《河东记》在中国南宋末期以前广为流传(参照本书第二章第一节),但尚不明确这部小说集是否直接传入了日本。藤原佐世《日本国见在书目录》(891年前后)中也没有发现该故事的踪迹。《板桥三娘子》的故事后又被收录在北宋初期的《太平广记》中。《太平广记》是中国的文言小说总集,奉宋太宗之命编纂,开始于太平兴国二年(977),于次年即太平兴国三年(978)八月完成,并于三年后的太平兴国六年(981)完成了雕版印刷。然而,《太平广记》被当成对后世没有借鉴意义的书籍而遭到批判,因此,连印刷用的雕版都被封存在太清楼②(宫中的藏书阁)里了。由于受到这种说法的影响,学界一直认为《太平广记》在民间流传甚少。

---

① 山田秀三《北海道的地名》(北海道新闻社,1988年,1984年初版)中提到,紫云古津由于是给金田一京介绍了阿伊努族长篇叙事诗的传承人锅泽瓦卡鲁帕的家乡而著名。直到德川幕府末期,沙流川下游东岸的崖壁上才有了一个大部落。松浦武四郎因将此地命名为"北海道",这在其《左留日志》中有相关记载(第326页)。在松前藩统治时期,对外贸易兴盛起来,《板桥三娘子》的故事很可能在此时就传入日本了。

② 南宋王应麟《玉海》卷五四中引用了《宋会要》的内容,详细说明了事件的经过,但《玉海》的注释中存在相互矛盾的地方,并不能完全相信。

但根据最近的研究成果①,《太平广记》在两宋时期曾广为流传。因此,通过日本与宋朝的贸易往来、游学僧人,《板桥三娘子》的故事很可能在较早时期就已经传到日本了。

关于《太平广记》传入日本的途径,高桥昌明、周以量都进行了论述②。根据考证,藤原孝范(1158—1233)《明文抄》是最早著录《太平广记》书名的日本文献。《明文抄》具体的成书时间虽不明确③,但其中收录的汉语格言故事中有两则引用了《太平广记》④的内容。此后,虎关师炼(1278—1346)编的《异制庭训往来》中出现了《太平广记》的书名⑤。高桥昌明指出,《异制庭训往来》是适用于在寺庙、家中学习的儿童教科书,《太平广记》作为汉语典籍出现在这本书里,就足以证明当时《太平广记》已拥有大量的

---

① 竺沙雅章《〈太平广记〉与宋代佛教史籍》(《汲古》第30号,1996年)、富永一登《浅析〈太平广记〉诸本》(《广岛大学文学部纪要》第59卷,1999年)、周以量《〈太平广记〉在日本的传播与接纳——围绕近世前资料》(《和汉比较文学》第26号,2001年)、张国风《〈太平纪要〉在两宋的传播》(《文献》2002年第4期,2004年收录于《太平广记版本考述》,中华书局)等都是相关的研究论文。另外,周以量指出,江户时期的实证研究者北静庐在《梅园日记》(1845年刊)中对《太平广记》在中国的传播情况阐述了相同见解。北静庐的论述记载于《梅园日记》卷一《寄绘恋歌》中,他写道:"(《太平广记》)已经雕版印刷发行了,即使雕版被封存、流传减少了,但并不是绝迹了。宋人的文献中引用了这本书中的例子,仅我(慎言)记得的就有三十多种。"《梅园日记》收录在《日本随笔大成》第三期12(吉川弘文馆)中。

② 高桥昌明《酒吞童子的诞生:日本文化的另一种形式》(《中公新书》,中央公论社,1992年)第61—62页、周以量《〈太平广记〉在日本的传播与接纳——围绕近世前资料》(《和汉比较文学》第26号,2001年)。

③ 远藤光正《类书的传入与明文抄研究——对军记物语的影响》(浅间书房,1984年)第三章第二节《明文抄的编者与成立时期》中推断,这应该是孝范中年以后的著作,贞永元年(1232)前完成(第151—152页)。

④ 《明文抄》参照《续群书类从》(第三十辑下《杂部》)。《续群书类从》五卷《神道部》中明确记载其出典为《太平广记》。此外,《续群书类从》卷五《神仙部》中简短引用了《太平广记》卷一五《神仙部》、卷一〇一《释证部》的内容,但这些引用内容都出自《太平广记》前面的卷数中,与记载《板桥三娘子》故事的《太平广记》卷二八六《幻术部》间隔甚远。

⑤ 《异制庭训往来》参照《群书类从》第九辑《消息部》。目前尚不明确《异制庭训往来》究竟是否由虎关师炼编纂。《日本古典文学大辞典》(岩波书店,1983—1986年)中解释道:"《异制庭训往来》一书作者不详,但根据内容可推断编纂于南北朝时代的延文至应安时期(1356—1375)。"(第一卷第146页,石川松太郎注解)

读者了。

高桥昌明、周以量指出,还应注意义堂周信(1325—1388)《空华日用工夫略集》①中的记载。义堂周信是京都五山有名的文学僧人,在其日记《空华日用工夫略集》中曾两次提到《太平广记》。一处是应安二年(1369)二月十日的日记,在回答关于后赵将军麻秋的问题时,引用了《太平广记》卷二六七《酷暴部·麻秋》的内容。这与收录《板桥三娘子》故事的《太平广记》卷二八六《幻术部》的卷数相距不远。另一处是应安三年(1370)六月十日的日记,被询问到关于"伯裘(骗人的狐狸)"时,引用《太平广记》卷四四七《狐部·陈斐》的内容进行了说明。显然,义堂周信的研究内容并不局限于神仙、佛教,因此才通读了《太平广记》,并对内容非常熟悉。由此可以推断,义堂周信是知道《板桥三娘子》故事的。另外,也有其他资料证明五山文学僧知识渊博,曾读过《太平广记》②。因此,在探讨《板桥三娘子》在日本的传播途径时,这些文学僧的作用也不可忽视。

前面引用《明文抄》的资料阐述了《太平广记》传入日本的最早时间。因此,虽有大江匡房(1041—1111)《本朝神仙传》《江谈抄》等书受了《太平广记》的影响③,但目前尚无定论。关于《板桥三娘子》传入日本的确切时期,由于《河东记》原书失传等原因,的确很难判断。但是,应该可以断定《板桥三娘子》在《明文抄》之前就已经传入日本了。

---

① 参照《空华日用工夫略集》中记载的阴木英雄《训注空华日用工夫略集:中世禅僧的生活与文学》(思文阁出版,1982年)。第58页记载了应安二年二月十日的内容,第72页则记载了应安三年六月十日的内容。

② 周以量论文中列举了瑞溪周凤《卧云日件录》等例子。

③ 川口久雄《〈本朝神仙传〉与神仙文学的潮流》中指出,大江匡房在执笔《本朝神仙传》时可能就已经参照了《太平广记》。《〈本朝神仙传〉与神仙文学的潮流》根据《国语与国文学》513号(1966年)中收录的论文及《古本说说集》(《日本古典全书》,朝日新闻社,1967年)附载《本朝神仙传》解说的部分写成,收录于《西域之虎——平安时期比较文学论集》(吉川弘文馆,1974年)中,参照第224—225页。

另外,大曾根章介《平安时代的民间故事与中国文学》中指出,大江匡房《江谈抄》中引用的唐代传说大多出自《太平广记》。由此可见,大江匡房的藏书中包括《太平广记》的可能性很大。《平安时代的民间故事与中国文学》收录在《大曾根章介日本汉文学论集》第三卷(汲古书院,1999年)中,参照第122—126页。(该论文首次刊登在《国文学研究资料馆演讲集》6《日本文学与中国文学》中,1985年)。

以上文献说明，《板桥三娘子》的故事在 13 世纪初或更早前就已传入日本了（也可能是通过口传文学的形式传入日本的，但找不到佐证资料，甚至找不到任何相关线索）。由此可见，三娘子的故事虽很早就传到了日本，但该故事出现在文献记载里是江户时代以后的事了。林罗山《怪谈》（《怪谈全书》）中出现的以《板桥三娘子》为题的翻译本应该就是最早的文献。宽永（1624—1644）末年，第三代将军德川家光患病休养，怪谈就是为了供其消遣而翻译的①。怪谈有多种抄本，元禄十一年（1698）后，以《怪谈全书》等为名，经过数次改版后出版②。《板桥三娘子》的结尾处有"去看说海"的内容，可见是以明朝陆楫《古今说海》为蓝本改编而成。虽在细节处进行了简化、加工，但仍可看作是《板桥三娘子》故事的全译本。由于怪谈的出版，《板桥三娘子》的故事迅速流传开了③。

罗林山是连续做过四代将军侍讲的硕儒，这样的人物竟创作出如此轻松的读物，实在是很有趣。硕儒之师藤原惺窝出生于京都五山禅林（相国寺），而且林罗山也曾是京都五山建仁寺的僧人，这样就与《板桥三娘子》的早期读者义堂周信产生了关联。

如此看来，《板桥三娘子》从传入日本到被林罗山翻译，其间至少间隔

---

① 朝仓治彦、深泽秋男在《假名草子集成》第十二卷（东京堂出版，1991 年）的简介中指出，林罗山"编著书目"（《林罗山集》附录卷四）中包括《怪谈》二卷，并有"宽永末年，幕府御不例时，应教献之，为被慰御病心也"的注释（第 367 页）。

② 朝仓治彦、深泽秋男编《假名草子集成》第十二卷简介，第 351—361 页。

③ 根据岩波书店《日本古典文学大辞典》第一卷记载，这部翻译本具有极大的启蒙意义，并对后世读本产生了重大影响（第 553—554 页）。研究林罗山与志怪小说的关系的论著有：中村幸彦《林罗山的翻译文学——以〈化女集〉〈狐媚抄〉为例》（《中村幸彦著述集》第六卷《近代作家作品论》，中央公论社，1982 年）、木场贵俊《林罗山与志怪》（东亚志怪学会编《妖怪学的技法》，临川书店，2003 年）。中村幸彦指出，作为儒学家的林罗山一方面持"不语怪力乱神"的态度，另一方面又允许用训诫的态度、以文学的方法来谈论志怪之事。由此可见，林罗山其实对志怪之事有浓厚的兴趣。木场贵俊则论述了林罗山的志怪著作对其后的文艺、思想所产生的巨大影响。林罗山《怪谈》原本是为了供第三代将军德川家光养病时消遣的，元禄十一年（1698），书名改为《怪谈全书》后出版。由于这本书的出版，中国志怪故事在日本开始广为人知，并深得普通大众的喜爱，开始被各种文艺形式引用，例如，市中散人《太平百物语·西京阴魔罗鬼之事》就参考了《怪谈全书·阴魔罗鬼》的内容，岛山石燕《今昔画图续百鬼》卷中《阴魔罗鬼》中的图文内容也参考了《怪谈全书》。

了四百年,这种间隔有什么特殊的意义吗?

《板桥三娘子》刚传入日本时,文献中记载的变马故事主要是因果报应类故事、融入孝道的《出曜经》中关于灵草遮罗婆罗草的故事。中古至中世,话本文学与佛教思想以及佛典寓言紧密结合,尤其是人变为动物的故事深受佛教思想影响。虽然《板桥三娘子》也属于变形类故事,但出处独特,内容又与以往完全不同,因此不为人知也合乎常理。当然,这一时期也传承了很多包括幻术内容的世俗故事。由于娱乐性较强,这部作品被广泛接受。江户时期之前,说话文学的主流就由佛教传说变成了志怪小说。

这样,《板桥三娘子》传入日本后文献上的空白期问题也就迎刃而解了。其实,在江户近世之前,也并非完全没有《板桥三娘子》的故事。江户初期,中村某《奇异杂谈集》卷三中有"丹波奥州郡内,将人变马出售"[①]的内容。故事梗概如下:

> 从前,丹波的深山里住着一户人家,没有什么特别的营生,却住豪宅,生活也非常富裕。而且,家里并不养马,却时常出售上等良马。人们纷纷传言说:那家主人用妖术把过往的客人变成马进行交易。
>
> 一次,六位旅客来到这家,其中有一位修行僧人。主人邀请六人留下来过夜。夜里,五位世俗人睡着了,但僧人曾听说过传闻,就坐在里屋观察。突然,僧人听到动静,从门缝向外一看,发现有人在外面,于是用小刀割破窗纸仔细观察。只见主人在一平方米大小的容器里盛满泥土,然后撒上种子,再铺上草席。锅里煮着汤,不久汤沸腾了。于是主人拿开草席,只见荞麦苗似的青草已长得很高了。主人把草放进汤里一煮,就变成了荞麦面。
>
> 翌日早上,看到香喷喷的荞麦面,五人高兴地吃了起来,僧人假装吃面的样子,悄悄把面倒在角落的帘子下面。吃完面后,主人又让他们沐浴更衣,五人欣然接受,只有僧人没有进去,他躲在

---

① 这段文字在南方熊楠《今昔物语研究》中已做了解释(平凡社《全集》第二卷,第234页)。

隐蔽处悄悄观望。不一会儿，主人边开门边说道："洗好了吧?"只见一匹马嘶鸣着跑了出来。大门关着，所以马就在院子里来回奔跑。然后四匹马又一匹接一匹地跑出来了。主人发现缺了一匹马，就掌了灯去浴室寻找，竟然发现不在里面。于是主人四处寻找，僧人趁机逃到后山。第二天，僧人找到守卫说明了原委。守卫虽听过传闻，却不料确有其事，于是便率领手下冲进去，杀了这家人。

故事中的幻术不见了木偶、木牛，而是客人被关进了浴室，但毫无疑问，这就是《板桥三娘子》中的幻术。贞享四年（1687）《奇异杂谈集》修订本出版，但天正年间（1573—1592）就已出现了该书的抄本①。可以肯定，"丹波奥州郡内……"的故事在江户时代之前就已经被改编并且广为流传了。从文献资料来看，虽然《板桥三娘子》的故事从传入到有文献记载之间存在很长的空白期，但其实即使是在这段空白期内，《板桥三娘子》作为《旅人马》故事的起源也已经开始在民间流传了。上述故事的结尾处附注有"右灵云杂谈"，可见这是由僧人描述的故事。由此可知传教的僧人、云游的行脚僧是日本中世话本文学的主要创作者②。

随着《奇异杂谈集》《怪谈全书》的出版，《板桥三娘子》中的幻术被改

---

① 吉田幸一编《近世文艺资料》3《近世志怪小说》（《古典文库》，1955年）的简介（第382—383页）中指出，天正时期的古写本是曲亭马琴传给柳亭种彦的旧藏书，一直保存到明治四十一年，之后便下落不明了。但是，在朝仓治彦、深泽秋男编《假名草子集成》第二十一卷中，又被当成吉田幸一的藏书翻印了。另外，这个简介中还推测《奇异杂谈集》是在天文十五至二十年期间（1546—1551）完成的（第383—386页），但岩波书店《日本古典文学大辞典》第二卷指出，这种说法目前尚未得到认同，近世初期完成的说法更具说服力。《奇异杂谈集》撰写过程复杂，而且内容包含了四个系列的故事群，其中最早的故事可追溯到天文年间（1532—1555）（第99页，原田行造注释）。

② 今野达《游士权亮齐的云游与近世志怪小说》（《专修国文》第24号，1979年）中，考察《奇异杂谈集》时提到了"丹后的奥郡……"的故事。今野达指出："这就是继《今昔物语集》后在民间流传的云游的行脚僧在偏僻之地遇见怪诞之事的'人变马故事'的一种。"同时还指出："这类故事无一例外，都是云游的行脚僧脱离危险，并将这种奇特体验告知世人……这也暗示着故事中的生还者，即云游的行脚僧就是故事的创造者。"（第18页）（转下页）

编成各种故事。并木正三《女鸣神歌仙樱》(1762年首次上演)中所描述的偷换汤药的情景,也许就是从《板桥三娘子》中获得灵感的。再举两个相关故事。

一篇是三坂春编《老媪茶话·饭纲之法》(1742),讲述了行脚僧使用幻术的故事①。

> 曾经,一位行脚僧来到武州川越御城主秋元但马守领地的三之町,想在这里过夜。僧人哀求道:"夜色已晚,路途劳顿,实在走不动了。恳求留宿一夜,稍事歇息,天亮后我就上路了。"主人于是开门让他进来。僧人洗漱后,抽了一会儿烟,又休息了一会儿就准备睡觉了,他问:"没有灯吗?""没有。"主人答道。这时,僧人把手往炉上一放,手指就变成了灯。僧人瞪大眼睛,紧握拳头,又皱了皱鼻子,打了个喷嚏,于是便吐出了两三百个两三寸长的人偶。人偶拿起锄头开始翻地,不久便出现了一块田地。然后浇水,撒稻种。稻子成熟后,人偶又用镰刀收割,很快就收获了几升米。然后,僧人张开嘴又把人偶吞进肚里,嘴里念着"锅快来,锅快来",于是原本架在院子角落灶上的锅就来到僧人面前。僧人揭开锅盖放入米、加水,又用脚踩着木柴,拿起旁边的劈柴刀,用腿顶着砍碎木柴,然后扔到地炉边上,再添柴煮饭,将几升米全都煮着吃了。他又含了一口水向地炉喷去,一会儿就变出了一池水,水面浮着莲叶,莲花盛开,还有数百只青蛙齐鸣。

---

*(接上页)另外,今野达还注意到《奇异杂谈集》将这种"人变马故事"编辑在《杂谈》中,他分析道:"让云游的行脚僧讲述这类故事……讲故事只是手段,并不是真正目的。原本宣教才是云游行脚僧的主要目的,但每当讲述这类故事时,他们往往会偏离宣教的本意,对奇谈异闻表现出浓厚的兴趣,因此,故事的传承也发生了质的变化。"(第16页)根据今野达的观点,在改编、传承《板桥三娘子》故事时,比起说教,创作者更关注吸引人们注意力的趣味性。可见,这种质的变化(与近世江户怪异小说密切相关)意味着熟悉这类故事的人越来越多了。

该论文后被收录在《今野达民间文学论集》(勉诚社,2008年)中。

① 以高田卫、原道生编《江户文库丛书》26《近世奇谈集成(一)》(国书刊行会,1992年)所刊高桥明彦校订《老媪茶话》为蓝本,参照《续帝国文库》中田山花袋、柳田国男编《近世奇谈全集》,并修改了部分文字。

主人见此情景大为吃惊,悄悄走到屋外,将此事告诉人们。年轻人怒道:"这人肯定是妖怪,不能让他跑了!"十四五个身强力壮的年轻人手拿斧头闯入屋内,只见僧人正在熟睡,鼾声震耳。"赶紧捉住他!"他们打算按住僧人的头并抓住其手脚。这时僧人突然醒了,"噌"地跳起来逃脱了,并跳进了旁边的大酒壶里。年轻人大叫着:"别让他跑了!"大家想把酒壶举起来,但实在太重,怎么也举不起来。突然酒壶动了起来,四处逃窜。有人喊:"打碎酒壶!"年轻人刚举起手中的斧头,就见酒壶里飘出一股黑烟,并传来了雷鸣般的巨响,酒壶裂成了两半。年轻人吓得瘫坐在地上。混乱中僧人已逃得无影无踪了。

永禄时期,松永弹正久秀在多门城就任期间,有位名叫果心居士的幻术师也曾施法迷惑久秀。果心居士恐怕也是这类人物吧。

在中国,根据三娘子的幻术改编了不少术士的故事,但这位行脚僧的幻术太过怪异、花哨了。故事后半部分跳入酒壶后消失的幻术,可在《河东记·胡媚儿》中找到类似的故事(《太平广记》卷二八九《幻术》也收录了《胡媚儿》的故事。本书第二章第一节中有介绍)。

另一篇是高谷堂(小幡宗左卫门)著《新说百物语》卷四《干活的人偶》(1767年)①。

这是关于云游四海的修行僧的故事。某晚,僧人借住在一位老妇人家,得到了一个能够预言未来的神奇人偶。人偶总是能正确地预言即将发生的事情,这令僧人毛骨悚然,于是便想抛弃它。可无论扔到哪里,人偶总会跟在他身后,还不停地喊"父亲大人,父亲大人"。这样的故事情节与幻术故事完全不同,但故事开头部分的描写让人联想到三娘子施展妖术的场景。这大概是受到继承了《板桥三娘子》故事的《旅人马》的启发吧。故事开头部分的内容如下:

---

① 太刀川清校订版将《新说百物语》收录于《江户文库丛书》27《百物语怪谈集成续篇》(国书刊行会,1993年)中,引用内容出自《新说百物语》。另外,须永朝彦编译《日本古典文学幻想集》卷三《怪谈》(国书刊行会,1996年)中将该故事命名为《人偶奇闻》,并被译成了现代日语。

从前有一个云游四海的修行僧,在去东国游历的途中,在郊外一位老妇人家借宿。老妇人有个女儿,两个人相依为命。僧人吃了老妇人热好的小麦饭,就入睡了。深夜,老妇人对女儿说:"把人偶拿来,让她入浴。"僧人觉得不可思议,便装睡,暗中窥视二人的动静。只见女儿从储藏室里拿出两个六七寸大小的人偶,交给老妇人。老妇人把人偶放进装满热水的浴盆里,人偶竟游动了起来。……

故事的结尾是僧人想尽办法摆脱人偶,但人偶总能追上他,还扑进他怀里。某夜,无计可施的僧人半夜悄悄起身,向客栈老板求助。老板说:"把人偶放在蓑笠上,然后去齐腰深的水中,你假装摔倒溺水,水就把它冲走了。"僧人照做后果然摆脱了人偶的纠缠。其实,人偶只是预言骑马的旅人会摔倒、跌落,僧人去送药后得到了谢礼,并没有恶意。因此,被"父亲大人"丢弃的人偶确实有些可怜。

到了19世纪,三娘子的故事几经改编,出现在读本、合卷中。文化八年(1811)出版的小枝繁《催马乐奇谭》、文政八年(1825)至天保四年(1833)年出版的曲亭马琴《杀生石后日怪谈》、文政十一年(1828)发行的关亭传笑《河内国姥火》中,都能发现根据三娘子的幻术改编、创作的片段[1]。

《催马乐奇谈》描述了恶人八平次爱上了藤原家老臣楯四三平已婚的女儿重井,在追赶去有马泡温泉的重井父女的途中,八平次与团助主仆二人在丹波、摄津交界处的三国岭的怪异经历。故事内容如下(卷二):

八平次、团助主仆二人来到三国岭时,天色已晚,无法继续前行。看到林子深处有灯火,便沿着灯光一路寻来,发现竟是一家大户人家。二人对深山里有如此宏伟的建筑感到十分惊讶,但还是叩响了大门。屋中走出一位花甲老翁。老翁对二人的遭遇深表同情,热情地将二人领进了屋。二人打听当地情况时,老人说这里属于三国岭的驹形岭,山势蜿蜒连绵,而且从

---

[1] 横山邦治《杂谈〈高野圣〉所引〈三娘子〉原典》(《近世文艺稿》第二十一卷,1976年)中论述了《催马乐奇谭》与《板桥三娘子》的关联(第56—57页)。松原纯一《试论镜花文学与民间传承——近代文学的民俗性研究》(《相模女子大学纪要》第十四、十六号,1963年)中论述了《杀生石后日怪谈》《河内国姥火》。

丹波去有马有捷径可走。不久,夜已深,二人就睡在老翁安排的房间里。团助因旅途疲顿很快就入睡了,而八平次却因思念重井辗转难眠。就在这时,他听见隔壁传来了窸窸窣窣的声音。

下面节选部分原文[①]来看看后续的故事内容。文中施展幻术时使用了米饼,很有日本特色。其他内容与《板桥三娘子》的故事几乎一致。

  八平次从墙缝中一看,发现老翁点亮灯,从一个大箱子中取出一个木偶、一头木牛放在小院里。接着浇了水,嘴里一边念叨一边用手敲打。不一会儿,木偶竟动了起来,木牛也开始犁地。牛一犁,刚才浇过水的地方就变成了水田。老翁又从箱子里取出一包米撒上,很快就长成一片稻田。稻子迅速开花、成熟,老翁收割、打谷,收获了三四升米,接着又把米磨成粉。他再次边念叨边敲打,木偶和木牛突然像失去了灵魂一样倒在地上,不再动弹。老翁把它们收进箱中,将粉磨细,做了几张饼。……

  第二天早晨,老翁端出茶和米饼请二人用餐。八平次假装腹痛去厕所,趁机观察接下来的情况。昨夜熟睡今早起床又晚的团助毫不知情,吃掉了老翁拿来的饼。很快,团助变成了一匹马。八平次趁老翁去厕所寻找的间隙,骑上了变成马的团助,匆忙逃离了此地。

后面的故事是变成马的团助到处作祟。最后,二人再次遇见老翁(实际上是山神),老翁治了团助的罪,团助因此丧生(卷五下)。这段也是《板桥三娘子》故事的翻版。具体如下:

  老翁口诵咒语,只见变成马的团助突然一声嘶鸣,来回跑了三四趟后就卧倒了。老翁掰开马嘴,放出里面的男子。然后用木棍狠狠抽打马,一会儿,团助便倒地死去了。

可以说,《板桥三娘子》中出现的两种幻术在《催马乐奇谈》中都出现了。而且,这对林罗山《怪谈全书》也产生了很大的影响。

另外,《杀生石后日怪谈》中出现的幻术与《奇异杂谈集》中丹波的故事

---

  ① 原文收录于《新日本古典文学全集》第八十册(岩波书店,1991年)横山邦治校注《催马乐奇谈》第203页。卷五下引用的内容出自第349—350页。

非常相似。《杀生石后日怪谈》中的"紫"是向杀生石祈愿后被九尾狐之灵附身的妖女,经常在那须野边境出没,使用幻术折磨人。其中有一种幻术就是将活人变成马。文中写道:"她用法术把毒药浸入小麦里,让过路的旅人吃。还把煎好的毒药倒入洗澡水中,骗其入浴。不出半日,活人就变成马了。"(下卷)①文中并没有详细记载如何制作毒药,也没有出现人偶或木牛。关亭传笑《河内国姥火》②中还有一个例子,讲述仙娘子住在大江山,使用从马烈道人那里学来的妖术把人变成马。这个妖术中使用了小麦做的烧饼,最后仙娘子吃了被调换的烧饼变成了马(故事中既没有出现人偶、木牛等道具,也没有请客人入浴的情节)。

在突然出现的改编《板桥三娘子》故事的热潮中,谣曲《马僧》是个有趣的特例③。《马僧》主要讲述了两位行脚僧在山路上行走,见天色已晚,于是便到一户人家家里借宿。主人热情地接待了他们,并说:"先好好休息,一会儿请你们享用上好的米饼。"但主人再三叮嘱他们千万不能偷看制作米饼的过程。二人因旅途劳顿沉沉睡去,其中一位僧人突然惊醒,感觉如此贫穷之家却有上好米饼,很可疑,于是便躲在暗处偷窥。接下来的故事与前面讲述过的非常类似,故事情节如下④:

……夫妇二人默默地取出少许米饼,在钵中铺上真砂,撒上稻谷。不一会儿,钵中长出了茂盛的稻苗,很快就能收获了。于是二人收割稻子并做成饼。……

接下来的情节是,从门缝中看到真相的僧人悄悄把端来的米饼藏在袖兜里,而另一个毫不知情的僧人则吃下米饼变成了马。目睹这一切,僧人爱莫能助,就哭泣着逃走了。后来,僧人再次拜访,用剑威胁主人,让他把自己的伙伴变回人形。主人说要吃同样的米饼才能变回人形。于是僧人

---

① 《杀生石后日怪谈》参照国立国会图书馆所藏明治十九年(1886)共隆社刊本,另外还有明治二十二年(1889)锦花堂刊《曲亭马琴翁丛书》本。

② 国会图书馆收藏了文政十一年《河内国姥火》刊本。由于未影印出版,所以无法仔细查阅具体内容。

③ 田口和夫《狂言〈人马〉与传说——传说与狂言之二》(《说话》五号,1974年)中论述过《马僧》。

④ 出自《未刊谣曲集》卷八(《古典文库》第235册,1967年)。《马僧》的故事记载在第166—169页。

从怀中掏出藏好的米饼给伙伴吃了,伙伴果然变回了人形。两人便踏上旅途继续去修行了。

谣曲《马僧》只在伊达家旧藏仙台本第一种里保存着,是极其珍贵的资料。根据时间推断,应该是近世的作品①。根据《板桥三娘子》故事改编的不仅有小说,也不乏歌舞伎、谣曲作品,但这些改编作品只是以幻术为中心进行的再创作,并没有达到在《板桥三娘子》基础上创作、改编出完整故事的程度。

2.《旅人马》

上面介绍了近世前与《板桥三娘子》故事有关的文献资料。这个系列故事中还包括另一个必须提及的故事群,就是以口传文学的形式流传至今的民间故事《旅人马》。

在民间故事群中,利用妖术把旅人变成马的旅店类故事被称为《旅人马》(类型号:286 号)故事,由从日本东北地区至九州各地收集的故事组成。根据《日本民间故事通观》记载,这类故事共有二十多个②,并可分成不同类型。笔者把这些故事分成了五类:A 类是由《出曜经》系列故事与《板桥三娘子》相互融合后创作出的新故事,又可细分为两类,即 A-1、A-2。B 类是以《板桥三娘子》为原型的故事,也可细分为两类,即 B-1、B-2。C 类是与《出曜经》《板桥三娘子》均不同类型的故事,笔者将这类故事暂定为 A-1.2、B-1.2、C。下面就按此分类来分析《旅人马》故事的具体情况。

首先是融合型(即 A 类型)故事。其中,A-1 型是使用《出曜经》中的遮罗婆罗草、《板桥三娘子》中的幻术进行复仇类故事。前面介绍过的新潟

---

① 《国书总目录》第六卷(岩波书店,1969 年)第 475、477、483 页,另见《未刊谣曲集》卷八凡例(第 7 页)。

② 检索《日本民间故事通观》第二十八卷《民间故事类型索引》(第 368 页),在岩手、宫城、秋田、山形、福岛、新潟、山梨、京都、冈山、鹿儿岛十县收集的故事中有二十二篇类似故事。在《日本民间故事通观》第二十七卷《补遗》(第 177 页)中还记载了从山形、新潟、冈山三县收集的故事。其中山形县的故事属于其他类型,新潟县的故事属于"盗贼与马"的范畴,是不同类型的故事(有学者把"盗贼与马"系列统称为《旅人马》类故事)。此外,关敬吾、野村纯一、大岛广志编《日本民间传说大成》全十二卷(角川书店,1979 年)也是记载日本民间传说的资料,笔者的论述中主要参照了《日本民间故事通观》。

县《旅人马》就属于这类故事。此外,这类故事还流传于岩手县、宫城县①。下面列举一则流行于宫城县的短篇故事:

> 很久以前,村里有三个年轻人准备去参拜伊势神宫。途中在一家旅店落脚。当时并不逢年过节,但店家依然拿出可口的草饼招待他们。三人说道:"太好了!"就愉快地吃下了草饼。第二天早上,三人竟然变成了马。三人无法诉说,但对此感到十分震惊。之后马贩子买下这三匹马,并转手卖给了大户人家。其中两匹马被关在一起,另一匹则被关在了其他马厩。
>
> 某天晚上,一位留着长胡子的老人走到关着一匹马的马厩前说道:"你也被变成马了,太可怜了。听说这座山里有一片芒草,吃了长条纹的芒草就能变回人形了。"
>
> 第二天早上,那匹马跳过栏杆向深山奔去,果然找到一片芒草。吃了长条纹的芒草后,立刻变回了人形。于是他决定给其他两人也试试这种方法。他割了一些长条纹的芒草回去给那两个人吃,两人转眼间也变回了人形。三个人怒气冲冲地回到旅店,偷了草饼,精心包装后送给主人,说道:"这是去参拜时买的特产。"说着便将草饼分给客栈的人吃了,客栈的人瞬间都变成了马。

这个故事中并未出现三娘子的幻术,却完美地把《出曜经》与《板桥三娘子》的故事结合在了一起。在岩手县的故事中,变成马的人从传来的净琉璃(木偶戏)台词中受到启发,吃了长条纹的芒草后变回了人形。

融合型还有另外一种形式,即 A-2 型的故事。这类故事完美地综合了《板桥三娘子》的幻术与《出曜经》中的遮罗婆罗草。这类故事,除了从鹿儿岛收集了六个②外,还从新潟县收集了两个③,从冈山县收集了一个④。下面是流传在鹿儿岛县喜界岛的故事,大致内容如下:

---

① 《日本民间故事通观》第三卷《岩手》(第 509—511 页)、第四卷《宫城》(第 355—356 页)。

② 《日本民间故事通观》第二十五卷《鹿儿岛》(第 311—314 页)。

③ 《日本民间故事通观》第十卷《新潟》(第 440—443 页)。

④ 《日本民间故事通观》第二十七卷《补遗》(第 177 页)。立石宪利《没有脖子的影子贺鸟飞左传说·补遗篇三》(自刊,1981 年)。

从前,有一个富人家的孩子和一个穷人家的孩子,两人关系很好,就像亲兄弟一样。一次,两人结伴远行,天黑了就借宿在一户人家,晚饭后两人就睡下了。但穷人家的孩子怎么都睡不着,他发现女主人在地炉边仿佛在耕田一般来回翻搅,之后撒了稻种。很快,种子发芽,长出秧苗。女主人又把秧苗插进田里,除草后,稻苗便长出了穗。女主人收割后,将稻米去壳、捣碎,做成了年糕。穷人家的孩子想:"真是太不可思议了。"

第二天一早,女主人叫醒两人,给他们沏了茶,还端来年糕。穷人家的孩子小声对同伴说:"不要吃年糕。"但富人家的孩子并未听到,就吃了年糕。他吃了两块年糕后竟变成了马,还不停地流泪。穷人家的孩子承诺一定会把他变回原样并带他离开。

穷人家的孩子四处奔波,却找不到营救的方法。有一天,他遇见一位七十多岁的白胡子老爷爷。听了事情的原委后,老爷爷说:"前面有一片茄子地,你去那里找一株朝东的茄子藤,上面结着七根茄子,采下那七根茄子让他吃了。"穷人家的孩子历尽千辛万苦,终于找到了结有七根茄子的茄藤,于是他拿着茄子回来了,富人家的孩子吃了茄子后就恢复了人形。

两人回到家后,富人家孩子的父亲询问晚归的原因,两人将经过告诉他后,父亲便把家里的财产分成两份,把一份给了穷人家的孩子,于是穷人家的孩子也变成有钱人了。

A-2型的故事大多是从鹿儿岛县喜界岛、冲永良部岛、德之岛、奄美大岛、甑美大岛等南部岛屿收集来的。因此,笔者首先联想到的是这种类型是经海洋传播来的大陆故事,但这类故事中包括两个在丹波国吃了"丹波国一夜饼"后变成马的故事。不仅如此,冈山县、新潟县也有这类故事。因此可以推断这类故事是从日本东部传播来的①。

A-2型的故事中已不再出现复仇的内容,幻术成为故事的要素。有趣

---

① 《日本民间故事通观》第二十八卷《民间故事类型索引》之《旅人马》的注释中指出,应注意在奄美的故事中,横祸总是发生在"丹波国",并指出"这与故事的传播路径息息相关"(第368页)。山下正治《中国的神话与日本的民间传说》(《立正大学城南汉学》第8号,1966年)中推测该故事是经南部岛屿传入日本的。但笔者不赞成这一观点。

的是，A-1型的故事中融合的是《板桥三娘子》中复仇的内容，而A-2型的故事则重点改编了《板桥三娘子》的幻术部分，内容截然不同。而且至今尚未发现同时包含复仇、幻术两部分内容的故事。此外，A-1、A-2型的故事的分布也很有趣，A-1型主要分布在日本东部，A-2型主要分布在日本西部，新潟县则同时包括了这两种形式的故事。由此可见，A-1型与A-2型故事的形成过程各不相同，并各自向东、西两个方向传播。而且，由于故事传承人并不知道《板桥三娘子》这一故事原型，因此，复仇与幻术这两个要素并没有在故事中同时出现。也就是说，在《板桥三娘子》故事广泛流传前，人们就已经创作出了A-1型、A-2型的故事。在完全不知道故事原型的情况下，由各自不同的传承人把这类故事传至东北或南部岛屿①（A-1与A-2型都包含了遮罗婆罗草的故事，例如《宝物集》、日莲遗文的故事。可见，在《板桥三娘子》故事尚未广泛传播前，遮罗婆罗草就已经成为这类故事的重要素材了）。

其次，以《板桥三娘子》为原型的故事集也可分为两种类型，一类是完全根据《板桥三娘子》的故事改编而成的新故事，即B-1型的故事；另一类是前半部分采用了《板桥三娘子》的幻术，后半部分则与别的故事相结合的类型，即B-2型的故事。B-1型都是从山形县、福岛县、京都府、冈山县等地区收集的故事②。下面就是在山形县收集的故事，内容梗概如下：

从前，有位美丽的女子开了一家旅店。虽有很多投宿的客

---

① 此推论仍存在无法确定的内容，因此，有关中世、近世民间传说传播的情况以及新潟县的故事中同时包括A-1、A-2型现象的意义，均有待进一步论证。
再来看一下《丹波一夜饼的故事》。《板桥三娘子》的故事很可能最早是从京都五山一带流传到民间的。如果《板桥三娘子》在京都一带及其周围地区被改编成《旅人马》的故事，那么"变形"发生在丹波山里就很自然。但《板桥三娘子》故事的起源仍存在很多不解之谜，因此把故事的起源限定为这一点的话很可能会以偏概全。同时，关于《旅人马》A-1、A-2型故事的形成过程也存在多种可能性，应进行更为严谨的论证。

② 《日本民间故事通观》第六卷《山形》(第409—410页)、第七卷《福岛》(第493—494页)、第十四卷《京都》(第252—253页)、第十九卷《冈山》(第447页)四篇故事中，《福岛》《京都》的故事是变成牛，即"旅人牛"的故事，但仍被归入《旅人马》类故事中了。

人,却从未见有人离开过这里,院子里总是拴着五六匹马。

有个男子觉得可疑,便假装住旅店,准备一查究竟。夜里,老板娘让马耕好院子里的地,撒上荞麦种子,不大一会儿,荞麦便成熟了。之后她给荞麦去壳,做成荞麦馒头。第二天一早,老板娘让客人吃了这些荞麦馒头,不料吃了馒头后客人全都变成了马。见此情景,男子吃了其他馒头,又哄骗老板娘吃了店里的荞麦馒头,于是老板娘也变成了马。

男子骑着这匹马经过一片野地时,一位仙人从天而降。见到仙人后,马竟潸然泪下。仙人责备她乱用仙术,最后原谅了她,并将她变回人形。

故事的结局既有女子与骑马男子结婚的版本,也有女子像烟一样消失不见的版本。

这则收集于山形县的故事,与故事原型《板桥三娘子》的内容极其相似,但并不能证明它就是改编自《板桥三娘子》的早期作品。相反,这个故事是完全按照广为流传的原型创作的,而且从改编故事的时间、传承过程来看,应该属于创作时间较晚的作品。尤其是两人结婚的结局显得有些唐突,这或许是故事创作者深受欧洲民间故事影响的缘故吧。

福岛县收集的故事虽也承袭了《板桥三娘子》的情节,却是客人吃了芝麻馒头后变成牛的《旅人牛》故事。故事中没有出现人偶的形象,而且代替三娘子的是一位老婆婆,最后由"神仙"把老婆婆变回人形。京都收集的故事也是《旅人牛》,讲述的是旅店的老婆婆施展法术让纸片人种荞麦。后半部分的内容是一直偷窥的男子被老婆婆堵住嘴后逃走,并没有出现复仇的情节。冈山县收集的故事是老婆婆驱使人偶做江米团子,她被变成马后还能继续说话,并说出了变回人的方法(撕破马嘴)。最后,被用法术变成马的人获救,变回人形。上面的故事与山形县的故事相比变化较大,但根据故事原型创作的福岛县、冈山县的故事开头与结尾部分的内容确实与《板桥三娘子》故事很相似,应与《板桥三娘子》的传播息息相关。因此,可以断定B-1型故事产生的时间比A-1、A-2型故事晚,分布在山形县至冈山县的范围内,比A型故事的传播范围小。

新潟县、山梨县收集的故事结尾部分是与其他故事融合的 B–2 型①。下面列举一个山梨县收集的故事：

  一名和尚带着六名年轻人翻山越岭，迷路后借住在一个老头家里。老头把煮晚饭的粥锅放在火炉上后就去了隔壁房间。和尚偷偷跟过去，只见老头把土放进盆里，撒上种子，瞬间盆里就长出了青草。老头把青草放进粥里给大家吃。和尚觉得粥有问题，所以没有吃。六位年轻人吃完粥，老头劝他们去洗澡。和尚藏起来偷看，发现年轻人一个个都变成了马，并被牵到了马厩里。老头发现只有六匹马后便四处寻找，还变成鬼去追赶逃跑的和尚。和尚边念"阿弥陀佛"边逃命，太阳升起后鬼无功而返，和尚终于逃出了村庄。

这个故事与《奇异杂谈集》中的故事内容相同。主人公都是僧人，后半部分的内容是在传说故事中经常出现的逃跑情节。与山形县的故事（B–1 型）相比，这个故事传承了《旅人马》最早的故事结构。《今昔物语集》中记载的故事属于最早的融入了三娘子幻术的变马故事（属于 C 型）。可见最初，具有强烈奇谈性质的《板桥三娘子》故事传入日本后，以不完全的形式在日本国内进行传播，流传过去的是传播者根据个人的兴趣改编的某些章节，这些片断融入其他古老故事的要素创作出了新的故事。

新潟县的故事讲述的是一个游学练武的武士到老夫妇家借宿，老人拿来黍米团子给他吃。武士看见别的客人吃了团子后变成了马，就拒绝了。于是老夫妇把他赶了出去。武士这才发现原来自己被天狗骗了。这是与传说中经常出现的天狗相结合的故事。

除以上四类故事外，还有一小部分与《出曜经》《板桥三娘子》的内容都不相同的故事，即 C 型的故事。这里列举一个在秋田县广为流传的故事②。故事梗概如下：

  从前，一位六部（行脚僧）来到镇上住店。人们惊讶地发现六部脚后跟上长着马毛。为了消除大家的疑惑，六部告诉大家：

---

 ① 《日本民间故事通观》第十卷《新潟》（第 442 页，类话 4）、第十二卷《山梨、长野》（第 370 页）。

 ② 《日本民间故事通观》第五卷《秋田》（第 446—447 页）。

小时候,他辗转各地时,曾在寺庙投宿过。半夜外面非常吵闹,他不经意地向外面一看,不禁傻了眼。原来白天见过的和尚、小僧都变成了狗、猴子、马之类。"这肯定是妖怪出没的寺庙,我一定要逃出去。"于是他悄悄起身,掀开地板逃出去了。

他拼命地逃,妖怪在后面紧追不舍。眼看妖怪就要追上时,突然听见一声鸟叫。只见妖怪们瞬间精疲力竭,放弃追赶而返回了。然而,跑在最前面的马很不甘心,就踢了六部一下。因为太突然了,六部避开了身体,却不幸被踢到了脚后跟。于是,脚后跟处便长出了马毛。

这个故事与山梨县故事(B-2型)的后半部分一样,主人公都是《今昔物语集》中描写的"在四国周边云游的僧人"。一般认为,以逃跑了事为结局的故事传承的是神话和民间传说的内容,自古就很多。实际上这种与遮罗婆罗草、三娘子的幻术无关的故事类型保留着最早的变马类故事的特色。

《日本民间故事通观》仅收录了一个此类故事,但由石川县、岐阜县传入灵山、白山的"畜生谷"传说也属于同类型故事。玉井敬泉《白山传说》(《白山文库》第九辑,1958年)中介绍了《畜生谷》的故事①:

参拜的修行者听说喝了畜生谷的水会历尽辛苦,因此感到十分恐惧。很久以前,三河国有一位姓深山的人在畜生谷迷了路。到了半夜,看到前方有微弱的灯光,便打算去借宿。这时里面走出一个小女孩,对他说道:"您怎么来这里了?这里是畜生道,我是您家的小白丸,您赶快离开这里。"正当深山准备离开时,牛头、马面冲出来,朝他扔马辔,马辔砸到了他的脚,于是脚上立刻长出了马毛。深山逃回去后发现自己养的狗(即小白丸)已经死了。一算时间,小白丸正好死在他在畜生谷迷路的那天。

---

① 关敬吾所编《日本人的故事》5《秘密世界》(每日新闻社,1969年)收录的宫本常一《魔谷·禁山》中,把这个故事当成了"白山的畜生谷"(第23—24页)故事。但其内容是:一进澡堂,一个少年来给我冲背,并说:"我是你家的小二郎丸,这里是畜生谷,快逃。"

畜生道故事继承了上述古老的故事类型①。在中国,变形为动物的传奇故事渗入了南方少数民族的现实世界里。然而,日本四面环海,而且缺乏与其他民族共生共存的意识,因此能够将这种不可思议的山中"异界"与佛教的"畜生道"相结合,形成了自己独特的传承形式。

要完全弄清口头传说的传播、变迁过程非常困难,由于只留下一些粗略描述的假说,因此只能通过通览《旅人马》资料来阐述这类问题。

综上所述,留存在《旅人马》系列故事中的最早的故事类型就是《今昔物语集》也记载了的 C 型故事。C 型故事虽数量不多,但幻想异界的"畜生道"故事始终出现在以"山中"为舞台的日本变马故事中。其次是 A-1、A-2 型的故事,这类故事内容古老,数量最多,是《旅人马》系列故事的代表作。A-1、A-2 型的故事都以《出曜经》中遮罗婆罗草的故事为基础,这与《宝物集》中《安族国商人》的广泛传播有关。其中还融入了《板桥三娘子》的某些片段,并各自向东、向西传播到日本各地。然而,A-1、A-2 型的故事相互间并不存在交叉影响。B-1 型是随着《板桥三娘子》的流行而创作的新故事,因此未能像 A-1、A-2 型的故事那样广泛流传。B-2 型的故事传承了古老传说,可以看成是在《板桥三娘子》的基础上融合渗透了日本原有故事而创作出的新故事。(《今昔物语集》中 C 型故事的起源不详。关于《出曜经》《板桥三娘子》故事的来源,虽不能完全否定有通过口传文学形式传入的可能性,但尚未找到佐证资料,因此,以文献形式传入日本,再以口头传承的形式进行传播的说法比较妥当②。)

---

① 误入畜生道后被自己饲养的动物拯救的故事并不少见。作为资料,《日本民间故事通观》第七卷《福岛》中《畜生道》的故事最有趣。讲述了一只白狗拯救老爷爷的故事。白狗教给老爷爷逃出畜生道的方法是:走小路,绝对不吃别人给的食物(第495页)。老爷爷遵从其言,顺利逃脱,但背部被年糕砸中,被砸中的地方长出了白毛。这是在《旅人马》C 型故事中加入了 A、B 型故事中利用食物进行变形的要素。

② 崔仁鹤《韩国民间故事研究》指出,在韩国流传着一种被称为《懒汉变牛》的系列故事。关敬吾监修、崔仁鹤编撰《韩国民间故事百选》中也收录了这个故事。虽包含了很多变形的要素,但显然属于遮罗婆罗草系列故事。如果《懒汉变牛》系列故事确实属于变形故事的古代资料,那么《出曜经》的故事很可能就是经朝鲜半岛以口头传承的方式传入日本的。但还不能确定《懒汉变牛》系列故事究竟是哪个时代的资料,(转下页)

在 B-2 型、C 型的故事中经常会出现僧人的形象,证明在这类故事的形成与传播过程中,僧人发挥了积极作用。但是,不可思议的是,数量最多的 A 型故事中却几乎没有出现僧人①。遮罗婆罗草与《板桥三娘子》是 A 型故事的两大主要元素,而这两个故事的发祥地都与佛门有关。目前还无法解释这样的矛盾。再来分析一下 A 型故事的主人公。A-1 型的故事中,主人公以参拜伊势神宫或进京的旅人为最多,而 A-2 型的故事中的主人公则多为关系密切的朋友或兄弟。可见,除佛门外,庶民阶层也是日本的变形故事的积极传播者。

综上所述,日本对《故事海》《一千零一夜》系列故事的传承,其实就是接受、改编《板桥三娘子》故事的历史。然而,日本并没有将《板桥三娘子》的故事改编成完整的长篇,更多的是融合、改编故事部分内容的情况。在日本,《板桥三娘子》的故事被改编成口头文学、读本、合卷、歌舞伎、谣曲(能乐剧本)等各种形式,而且还以口传文学的形式传播到全国各地,这明显与中国的情况不同。尤其三娘子的幻术,在日本虽已没有人偶、木牛的元素,但依然得到普遍喜爱,其程度甚至远远超过中国。通过遮罗婆罗草的故事,还能了解日本人对变马术的喜爱程度以及日本变马故事的悠久历史。特别是到了近世,口头文学得到长足发展,改变了以前佛教故事占主导地位的情况,内容变得更加自由、多元。

最后来看一下《板桥三娘子》对近现代日本文学作品的影响。虽说近代以后《板桥三娘子》故事的知名度有所下降,但直到现代,日本依然在传播、改编这个故事。因此,在漫画、童话、小说中还经常能看到三娘子(或其幻术)的影子。例如,水木茂《河童三平》中的插叙,长谷川摄子、井上洋介

---

*(接上页)而且其内容也与日本的变形故事相差甚远,甚至连遮罗婆罗草的名字都没有出现。因此,通过佛经传入日本的说法更合适。

另外,《板桥三娘子》系列的民间故事仿佛并没有传到韩国。那么这类故事是通过文献资料传入日本的可能性就更大了。

① 主人公是僧人的故事,只有山形县收集的一篇 A-1 型故事和鹿儿岛县收集的一篇 A-2 型故事。

《不可思议的旅馆》的绘本,平岩弓枝《道长的冒险》中的鸡娘子①等都属于这类作品。由此可见,《板桥三娘子》的故事至今依然深受日本作家和读者

---

① 对近现代日本接受《板桥三娘子》故事情况的调查还不充分,但相关资料之多令人惊讶,仔细查阅的话一定还有更多的相关研究。以下列举的是相关内容的参考文献。

明治时代以后出现了很多面向一般大众的日语翻译版的作品,主要有以下作品(田中贡太郎、冈本绮堂的著作是改了书名后的文库本):

加藤铁太郎《一读一惊妖怪府·三娘子》(尚成堂,1885年);田中贡太郎《中国怪谈全集·荞麦饼》(博文馆,1931年;桃源社,1970年);冈本绮堂《中国怪奇小说集·板桥三娘子》(SAIRENN社,1935年);驹田信二《中国史谈》5《妖怪仙术的故事》(河出书房新社,1959年);柴田宵曲《妖怪博物馆续·板桥三娘子》(青蛙房,1963年;《筑摩文库》,筑摩书房,2005年);铃木了三《中国奇谈集·变成驴的三娘子》(《现代教养文库》,社会思想社,1972年);森铣三《琉璃之壶——森铣三童话集》(三树书房,1982年;《森铣三著作集·续编》十六卷,1995年);实吉达郎《中国妖怪人物事典·板桥三娘子》(讲谈社,1996年);黑冢信一郎《超译恐怖日本怪异谭推理故事——冰冻的血、变成驴的旅人》(《青春文库》,青春出版社,1996年)。

在面向儿童、青少年的读物中,以下故事集中包含《板桥三娘子》的故事:

今枝茂、青山舍夫《中国童话》第二集《仙人与鹤、魔法旅馆》中的《魔法旅馆》[儿童图书出版协会(大连),1926年];石景蓉年、小西重直《中国童话·三娘子出没》(《课外读本学级文库》,少儿社,1927年);佐藤春夫《人变驴的故事》(《日本儿童文库》,美术社,1929年);鹿岛鸣秋《变成驴的人——三娘子后传》(文寿堂,1949年);《中国民间传说·变成驴的人》(《世界名作童话全集》,讲谈社,1951年);河野六郎、前野直彬、松原至大、松山纳《中国、东南亚民间故事·变成驴的旅人》(《世界民族之旅》,Serika书房,1970年)。

山室静《新编世界民间故事集》8《中国、东亚编》(《现代教养文库》,社会思想社,1977年)中绘本《板桥店的三娘子》中包括了长谷川摄子文、井上洋介绘《不可思议的旅馆》(福音馆书店,1990年)一书,很多漫画作品也引用了三娘子的故事。稍早些的主要作品有:水木茂《河童三平》第二卷《七秘宝》上(第172—190页插叙中出场的妖女)(《朝日有声杂志·太阳漫画》,1970年)。《七秘宝》的故事在1984年出版的《朝日有声杂志·三维漫画》中改名为《七秘宝探寻者》。此外,水木茂的早期作品《梦中的火腿工厂》中也包含了三娘子的幻术,但该作品发表情况不详。

与三娘子有关的近期漫画作品有:长池友子《昆仑之珠六》第二十二个故事《板桥三娘子》(秋田书店,1997年);冈野玲子《妖魅变成夜话》第二十九个故事《养猪的姐妹》(平凡社,2003年)、第三十四个故事《将军救出瑞云缭绕的牛》。

此外,以三娘子故事为原型的女妖术师的小说作品有平岩弓枝《道长的冒险·鸡娘子与异仙人》(新潮社,2003年)。(转下页)

293

的欢迎①。

四、其他

日本的变马故事,不仅有因果报应系列故事,也有改编自《出曜经》《板桥三娘子》系列故事的作品。那么,除此三类故事外还有没有其他情况呢?

近世以前的作品中首先要提的是《今昔物语集》,此外还有无住《沙石集》卷八《一命呜呼的人》中关于伊势国修行者的故事。笔者参考《新编日本古典文学全集》第五十二卷(小学馆,2001年)中小岛孝之的翻译来介绍这个故事(第410页):

> 伊势国有位修行者,饥荒年间,没有人愿意主动为其提供住宿与食物。为了生存,他想到了招摇撞骗。修行者对孩子们炫耀道:"谁想跟我学法术?我懂得把马变成人、把人变成马的法术。"某地有位年轻的地头,好奇心极强,听说了这件事后,立刻吩咐说:"快把那位修行者请来。"见到修行者后,地头问他:"你果真懂此法术?"修行者答:"鄙人知晓。"于是地头恳求修行者传授法术,修行者满口答应了,却迟迟不肯教授法术。地头为了讨其欢心,便倾尽所有热情款待他。
>
> 不仅热情招待,地头还给修行者赠送了礼物。四五天后,修行者说:"现在我教你法术吧。所谓把马变成人的法术就是卖马买人,把人变成马的法术就是卖人买马。"地头说:"这算什么法术,谁人不知这点儿伎俩?"修行者说:"但这就是我所说的秘藏法术啊。"
>
> 修行者太狡猾了,而被骗的地头也太愚蠢了。

---

* (接上页)此外,还参考了千野明日香、卫藤和子编《日译中国民间故事解题目录:1868—1990》(中国民间故事会,1992年)。

① 在探究近世至近现代对《板桥三娘子》故事的接受情况时,必须考虑日本各个时代对中国古典小说或中国的定位。但在论证对《板桥三娘子》故事的改编情况时,含这种观点的研究对象又不算好材料。因此,这里只单纯列举了相关资料。

正如无住的评价，修行者确实太狡猾了。但这位年轻地头的好奇心也正好诙谐地证明了那个时代人们对于神奇的变马术深信不疑。

近世初期的狂言《人马》①也是同样的滑稽故事。狂言《人马》讲述的是有位领主想雇一位新仆人，于是他的手下太郎冠者带来一位懂得把人变成马的法术的人。领主让新来的仆人把太郎冠者变成马以证明他的法术。太郎冠者担心变成马后的生活，便多方委托后事，做好了被变成马的准备。此后的情节就是涂抹珍贵的灵药后人变成马的内容。下面是根据大藏流虎明本整理后的台词②：

新仆人：准备好了吗？要开始变马了。把山桃皮涂在脸上就变成马脸了。

（传来马的嘶叫声）

领主：变的是什么马？是地狱马吗？不对，地狱马是人脸马身，但现在只变成了马头。

新仆人：不管怎么说，人已经开始变马了吧！

领主：快点儿，快把他完全变成马！

新仆人：这次一定能完全变成马，但变成马后它会逃走，您一定要立刻骑上去。

领主：知道了，我能行。

新仆人：要变马就得擦药。就得用陈皮、甘草等一味一味地慢慢试。

（最终其他部位一直都没能变成马。）

狂言的结局是新仆人最终未能将太郎冠者全身变成马，因此慌忙逃窜，领主与太郎冠者一边追一边骂："你这个骗子。"然后全剧终。

事实上，关于狂言《人马》的剧本，大藏流、鹭流、和泉流等各流派记载

---

① 《人马》收录于宽永年间（1624—1644）抄写的天理本（和泉流）、宽永十九年（1642）抄写的虎明本（大藏流）中，可以确定是宽永以前的作品。记录室町末期狂言梗概的天正本（天正六年，1578）中并未发现《人马》的故事，由此可见，《人马》应该是江户初期的故事。写成剧本的时间可以根据池田广司《狂言剧本史考察》（《东京教育大学文学部纪要国文学汉文学论文集》第四集，1959年）序言推算。

② 池田广司、北原保雄《大藏虎明本狂言集研究本文篇上》（表现社，1972年）（第222—225页）。略有订正。

的故事差别较大。田口和夫《合谋的下人——〈人马〉的形成及传说》中指出,和泉流天理本中太郎冠者与新仆人事先约好,一旦新仆人不能成功把太郎冠者变成马,太郎冠者就"装马嘶叫"。另外,各版中使用的变形法也不一样,在最早的天理本中记载的是"山桃粉入口"的口服形式①,虎明本、鹭流保教本中则记载的是抹药的形式,这大概是由故事中只把身体的某一部分变形成马而产生的构思。中国变形术中从未出现抹药的形式,可见日本的变形故事构思更奇特、创作更自由。

江户时期也出现了很多这类搞笑故事。元禄七年(1694)出版的石川流舟《正直咄大鉴・黑之卷》中收录了一篇题为《梦想的马药》的滑稽故事②。

> 有位住在岩井町的浅草观音的虔诚信徒,一天,他做了个灵梦。梦里有人告诉他一种药的制作方法,这种药能把人变成马,再变回人。他认为这是世间的奇药,便去相邻的小镇去赚钱,并调配成了梦到的药材。之后,他脱光衣服把药抹在自己身上,于是他的脸、手、脚都变成了马。他妻子发现后大吃一惊,连忙揪着他询问变成马的真相。他说:"不要悲伤,只要再涂一次药,脖子、胳膊就能变回人形了。"不料他妻子说:"太神奇了,但不用再抹药了,腰以下部分就保持马的样子好了。"

不料这个搞笑的情节竟深受欢迎,明和九年(1772)出版的《谭囊》③,作者不详,其中记载的名为《魔法》的故事就改编自该故事。此外,这个搞

---

① 和泉流抄本中关于太郎冠者与新来仆人谈话内容的记载并不一致。古典文库本中记载的是新来仆人让太郎冠者对其嘶鸣。另外,关于变形药成分的记载也有所不同,田口和夫《合谋的下人》中有关于变形药成分的详细对照表。

② 《近世文艺丛书》卷六《笑话》(国书刊行会1911年,第311—312页)。原记载于稻田浩二《日本民间故事通观》研究篇2《传说与古典》中。在本书第三章第二节的《"因果报应"系列故事》中已经介绍过,这个滑稽故事源自中国。明代冯梦龙《笑府》卷十《形体部》中的《巨卵》(两篇故事中的第二篇)所记载的就是这个故事。此外,《金瓶梅》第五十一回中也记载了几乎完全相同的内容。《横滨国大国语研究》第25号上发表的冈田充博论文《魔法药膏》中论述了变形使用的涂抹药膏及这个滑稽故事。

③ 《谭囊》收录于《近世文艺丛书》第六卷中,该情节记载在《魔法》故事的第462—463页。稻田浩二《日本民间故事通观》研究篇2《传说与古典》并未记载该故事。

笑的故事情节还被改编成艳笑落语《大师的马》①。

近世以前变马故事的其他文艺形式大概就是这些。但在中国并未出现过《沙石集》、狂言等形式,更没有笑话、落语等搞笑故事。由此可见,日本改编、演绎了更加多样的变马故事。

泉镜花《高野圣》是近代以后日本变马故事最杰出的代表,刊登在明治三十三年(1900)二月发行的《新小说》上。众所周知,《高野圣》讲述的是把对美女心怀不轨、企图轻薄他人的男子变成鸟兽的故事。这个美艳奇异的幻想小说以飞骅至信州深山地区为舞台,但故事中并未直接描述人变形成动物的情节。而其中,变成马的药贩被牵到诹访马市出售的一段故事最有名。这里节选一段美女裸体驯服反抗的马的场景,内容如下②:

> 犹如和煦的春风吹过一般,只见她从左肩脱掉袖子,露出一只胳膊,又脱出右手,把和服单衣系在高耸的胸前,露出了美丽的胴体。
>
> 马背部、腹部的皮松弛下来,全身大汗淋漓,原来站立的腿也变软了,仿佛精疲力竭似的不停哆嗦,前腿好像断了一样,鼻子顶着地面,嘴里还吐出一堆白色泡沫。
>
> 这时美女伸手托住马的下颌,另一只手拿和服单衣蒙上马眼睛。与此同时,美女突然如敏捷的兔子般跳起,仰着脸往后一翻,那情景仿佛是被妖气笼罩的朦胧月光一般。正担心美女会不会被夹在马的两条前腿间时,只见她边脱衣服边潜到马的下腹部,并从另一边钻出来了。
>
> 牵马人仿佛与她心有灵犀,趁机赶紧拉了一下缰绳,那马就迈着矫健的步伐朝山路走去。"嘚、嘚、嘚嘚、嘚嘚"——一转眼就

---

① 《大师之马》原记载于稻田浩二《日本民间故事通观》研究篇2《传说与古典》一书中。露之五郎表演的落语《大师的马》的CD(CROWN·CRCY-10089)虽还在出售,但已经停止制作了,故未能确认该CD的内容。小岛贞二编《定本艳笑落语》1《艳笑小说杰作选》(《筑摩文库》,筑摩书房,2001年)中收录了题为《弘法大师之马》的故事(第91—93页),笔者通过这个故事得知了CD的内容。《定本艳笑落语》1《艳笑小说杰作选》是立风书房1987年出版的《定本艳笑落语(全)》再版后的一本分册。

② 《镜花全集》第五卷(岩波书店,1974年,1940年初版)(第624—625页)。引用时略做了订正。

跑远了。

关于故事中变马的来源众说纷纭,有阿普列尤斯《变形记》及《一千零一夜》《板桥三娘子》《杀生石后日怪谈》《催马乐奇谈》等各种说法。但归根结底是属于《旅人马》中"畜生道""畜生谷"类的幻想故事,并未受到《板桥三娘子》故事的直接影响①。泉镜花《高野圣》的故事在日本传统变形故事中融入了之前一直缺少的色情内容。如果说《高野圣》受到了《变形记》《一千零一夜》的影响,那么可以说色情类内容占了很大比重②。

《高野圣》之后,就再没有出现过描写把人变成马的妖术故事的小说了。但近现代的作品中还依稀可见以变形为马为主题的故事。例如,内田百闲《东京日记》《冥途・尽头子》、篠田知和基《东西方变形为马的故事》(《名古屋大学文学部研究论集》106号,1990年)中指出,小川国夫《黑马新日》《尝试之岸》、小岛信夫《分别的理由》、埴谷雄高《黑暗中的黑马》等都

---

① 松原纯一《试论镜花文学与民间传承——从民俗学角度研究近代文学》(《相模女子大学纪要》第14、16号,1963年)中强调要重视民间传承的影响力。他提出"《高野圣》中反映出的浪漫性其实就是扎根于日本人生活中的一种古典形式"的观点,并展开了论述。松村定孝编著《泉镜花事典》(有精堂,1982年)的解说中也同样介绍了诸多学说,松村定孝认为"其实就是乡间流传的山姬传说一直深深印在人们的脑海里罢了"(第65—67页)。

论述《高野圣》与《板桥三娘子》间的相互影响时,应首先关注泉镜花的藏书情况。根据长谷川觉编《泉镜花藏书目录》可知,泉镜花收藏了汉字古籍《唐代丛书》。而《唐代丛书》中收录了《板桥三娘子》的故事。由此可见,泉镜花很可能阅读过《板桥三娘子》。与泉镜花有密切交往的横山达三(健堂)在《趣味与人物》(中央书院,1914年)《文坛人国记・加贺・其二》中这样写道(第66—67页):

我读过他写的《高野圣》,并非完全没有与《唐人说荟》中三娘子故事相似的地方。我曾经问过他,是不是根据三娘子的故事改编的,他说纯属偶然。他没有读过三娘子,高野圣的故事是根据飞騨国境内流传的山中故事改编而成的。

可见泉镜花虽收藏了《唐代丛书》(别名《唐人说荟》),但他未看过《板桥三娘子》,所以能创作出与《板桥三娘子》毫不相关的《高野圣》。

② 关于《变形记》《一千零一夜》的论考,可参照手塚昌行《泉镜花及其周边》(武藏野书房,1989年)收录的《〈高野圣〉成立考》。

另外,《藏书目录》中也包括了《一千零一夜》,但书名为《全世界一大奇书》。值得注意的是,这个译本只有一册。摘译中是否包括《呼罗珊的夏富鲁曼国王的故事》,还有待进一步考证,但《藏书目录》中未包括阿普列尤斯的《变形记》。

属于广义的变形故事范畴。但这些作品与近世以前的变马故事完全不同，都是包含了某种难以理解的、隐喻的"变马故事"。虽说如此，现代日本作家作品中依然存在以变形为主题的内容是不争的事实。

小　结

以上梳理了日本人的变形观及日本变驴、变马故事，并通过这些故事考察了日本变形故事接受、改编《板桥三娘子》的情况。

关于古代日本变形观的文献资料相对比较匮乏，因此很难了解当时的具体情况。但在东方的自然观中，人与动物间存在某种关联，二者间并不存在无法逾越的障碍。而且日本与中国一样，佛教转生轮回思想深入人们的精神世界，因此，日本变形为动物的故事几乎都是以因果报应为主题创作出来的。

日本中古、中世的故事集中所包含的变形故事带有浓重的中国式因果报应的色彩，但同时保留了显著的日本特色，其中最典型的例子就是变畜偿债类故事中反映出的中日两国金钱观的不同。此外，日本的人变动物的故事大部分是佛教因果报应关系的转世，没有像中国那样是由于违背阴阳五行或不明缘由的变形，这也是中日间存在的显著差异。

综观把人变为动物的法术，《今昔物语集》中收录的变马术是唯一的例外。这个故事出典不详，很可能是从国外传入的，《本朝神仙传》中也找不到记载类似仙术的故事。也就是说，除了古代神话中记载的诸神的变形外，日本并不存在其他类型的变形故事。因此，中国《板桥三娘子》故事传入日本后引起了广泛关注与普遍喜爱，同时也衍生出众多的改编作品，这一现象与中国形成鲜明对比，引人深思。日本接受、传播《板桥三娘子》故事的轨迹与过程虽尚有诸多不明之处，但在初期以京都五山为主的寺院及传教僧发挥了巨大作用。

近世之前，《板桥三娘子》故事开始通过周游各国宣教的行脚僧在日本传播，但直到江户时期之后，这个故事才开始登上文艺表演的舞台。在此过程中，特别值得一提的是林罗山《怪谈全书》及其影响力。另外，还应关注话本内容从佛教故事转变为志怪故事的大环境变化。近世人对新奇故事的追求改变了佛教故事占主导地位的情况,文学也因此得到解放,变得更加自由、多元了。

  由此可见,日本文艺界接受《板桥三娘子》故事与中世至近世文学得到大解放这一历史性大转折有深远关系。但《板桥三娘子》故事开始在民间流传的时间要更早一些,此后日本人一直对三娘子的幻术抱有浓厚兴趣,这证明日本人具有偏爱杜撰故事、幻想作品的特质。这一点不仅与中日两国对《板桥三娘子》故事的接受程度不同相关,也与两国幻想故事有本质差异相关。

第四章　日本的变形故事

结　语

　　本书探寻了《板桥三娘子》故事的来源、传播及逐渐完善的过程，还介绍了中国和日本接受、改编《板桥三娘子》故事的状况，虽尚未能解决全部的问题，但仍得出了部分结论，可简单概括如下：

　　《板桥三娘子》的故事是唐代前后由垄断东西贸易的粟特商人从西域传入中国的，这个故事起源于苏摩提婆《故事海》及更早的古纳迪尔《大故事》等印度古代传说，在向西传播过程中发生改变，成为《一千零一夜》中某一类故事的源头，在此过程中也开始往东传播。《板桥三娘子》故事中的男主人公赵季和表现出的圆滑世故与精明能干可以说正好反映了故事传播者是商人的典型特征。故事传入中国后，西方的魔女变为客栈的老板娘，还融入了很多当时的社会风俗，可谓一篇改编得相当出色的短篇故事。操纵人偶播种、制面粉都是在其他作品中未曾出现过的幻术，非常有趣。而且十分逼真地描写了客栈的样子，偷换能把人变成动物的烧饼等情节可谓活灵活现。最后，出现在华岳庙附近神秘的老人、出人意料的结局等可以说构思非常巧妙，生动地反映出中国的特色。

　　尽管如此，《板桥三娘子》故事中通过吃烧饼变形的情节中明显包含了不同于中国传统的变形观、变形术的要素。因此，《板桥三娘子》作为一种独特的传奇故事虽受到了重视，却没有被改编成小说、戏曲等形式，可以说创作空间并不大。唯一的例外就是《闽都别记》中插叙的鬼谷白虎的故事。此外，后世虽创作出了很多以黑店、幻术、骗术等为要素的新作品，却再也没有出现过主人公三娘子的身影，故事更趋于现实化了。由此也可窥见中国古典小说的传统性与现实性倾向。

　　不久，《板桥三娘子》的故事就漂洋过海传入日本。虽说传入时期及传入路径尚不明确，但13世纪初或更早以前，《板桥三娘子》就随着《太平广记》传入日本了。虽说在以因果报应的佛教传说为主流的文学创作时期，《板桥三娘子》的故事在很长时期内并未受到重视，但近世以前，三娘子的幻术故事就已经流传到民间,并成为《旅人马》传承过程中的主要题材。收录在江户时期以前编撰的《奇异杂谈集》中的《丹波深处的小郡》就是最好的证明。

近世初期,志怪故事迎来全盛期。随着林罗山《怪谈全书》译本的出现,《板桥三娘子》的故事也迎来了转机。虽未出现改编整篇故事的新作品,但其幻术、诈术不仅被改编成小说,还有谣曲、歌舞伎等形式,可以说改编出了形式多样的文艺作品。因此,《板桥三娘子》的故事也成为喜好怪异、幻想的近世文艺的一个组成部分。另一方面,民间传承的《旅人马》故事与早为人所知的《出曜经》遮罗婆罗草的故事相互融合,并得到了大规模的传播。

由于食物而引起变形的故事属于外来形式,日本人原本并不熟悉。然而,无论是遮罗婆罗草,还是三娘子的幻术,日本都毫不抵触(甚至极具兴趣)地接纳了。这与中国的情况截然不同。日本人不仅具有容易被异国异质文化吸引的心理特征,还具有在此基础上经过独特加工创造出新事物的灵巧性,接受、改编《板桥三娘子》故事的过程就体现了这种特征。在中国的变形故事中极为少见的变驴、变马的幻术故事极大地诱发了日本人的好奇心,他们因此改编、创作出了比中国变形故事内容更丰富、形式更多样的各类文艺作品。当然,这绝不意味着中日两国在变形、幻术故事的创作上存在优劣之分。中国的怪异幻想故事丰富多彩、数量众多,日本完全无法与之相提并论,这正好给江户时期潜心追求奇谈、怪谈的作家提供了广泛的创作源泉。

到了近代,《板桥三娘子》故事再次迎来新转机。泉镜花《高野圣》中的美女并非三娘子转世,而是日本自古流传下来的神秘、妖艳的女子形象的再现。此后,以变马为主题的故事不断涌现,也给作家开辟了巨大的创作空间。但无论是作为深刻隐喻,还是作为深层意识的表象,变形故事中都不再出现三娘子幻术的影子了。可以说,传承了因果报应、志怪、奇谈的日本变马故事迎来了一个全新的创作期。而且,由于东西方变形故事被陆续翻译出版,日本的变形幻想小说在此基础上又创作出了很多新故事。

在这样的潮流中,《板桥三娘子》的故事失去了曾经的辉煌,只是唐代传奇小说中的一个故事而已。看到《板桥三娘子》这个标题,就能想起三娘子幻术的读者应该已经不多了。虽说如此,但直到近现代,《板桥三娘子》故事的魅力也没有完全消失。中国古典小说的翻译、志怪小说集或者儿童读物、漫画、绘本中,依然可见三娘子的身影,或根据三娘子改编的故事。

三娘子就像曾经一家人围着地炉听爷爷奶奶讲的故事一样,虽有些恐怖,却又莫名的搞笑,这种奇妙的故事曾吸引了不少充满幻想的孩子,也唤醒了不少成年人的童心。由此可见,《板桥三娘子》故事被不断讲述,一直保持着旺盛的生命力。《板桥三娘子》虽只是一个简单、不起眼的故事,却能满足我们的好奇心,给我们带来快乐,使我们的心灵得到短暂的安宁。但无论多么简单的故事,背后都包含着历史与文化的特征。如今,如果还能持续关注这篇短篇故事产生的历史背景,追忆跨越时代、国境传播《板桥三娘子》故事的人们,那么《板桥三娘子》这个简单的幻术故事就能引领我们步入魅力非凡、充满神奇的广袤文学世界。这正是笔者研究变形故事的目的与意义所在。

附论一

《出曜经》遮罗婆罗草、《毗奈耶杂事》游方的故事及其同类型故事

一

日本民间故事《旅人马》、《格林童话》中的《莱驴》等都是用某种食物把人变成动物或把动物变成人的变形故事。南方熊楠认为这类故事起源于印度，都是根据汉译佛经《出曜经》中遮罗婆罗草的故事或《根本说一切有部毗奈耶杂事》中游方的故事创作而成的。本书第一章中已介绍了持此观点的诸多研究成果，但笔者依然觉得有必要重新研究、考察一下这类变形故事。因此，附论部分虽与此前的内容有重复的地方，但还是想在此重新梳理、总结一下这些内容。

二

第一章《故事原型》中已经介绍了因食物引起变形类的故事源于汉译佛典，因此，在开始论述之前，笔者想重新梳理一下这些汉译佛经。

首先是《出曜经》(《大正新修大藏经》第四卷《本缘部下》)。《出曜经》第十五卷中记载了一位被人施魔法变成驴的男子吃药草后变回人形的故事，故事主要内容如下（南方熊楠《今昔物语研究》中讲述过这个故事。平凡社《全集》第二卷收录了该论文）：

从前，有位云游四方的人与朋友一起去南天竺，与当地一个擅长妖术的女子私通，结果被施了妖术，只要他一想回家，他就会变成驴，因此好多年都不能回家。朋友很担心他，劝他回家看看。

他答道:"只要一想回家就会变成驴,不分方向,不辨东南西北。"朋友告诉他,南山顶上长着一种叫遮罗婆罗草的灵草,只要吃了这种草,立刻就能变回人形。他说:"我不认识遮罗婆罗草,怎样才能找到呢?"朋友说道:"你只要吃遍山顶的草,就一定能吃到遮罗婆草。"

他按照朋友所说的话,一变成驴就立刻去南山,把那里的草吃了个遍,最终恢复了人形。最后他带着财宝,和朋友一起顺利地回到了家乡。

汉译佛经中的这类变形故事传到日本后,衍生了很多民间传说。有两个非常典型的例子,一个是镰仓初期《宝物集》第一卷中记载的安族国商人和他儿子的故事,另一个是之后的民间故事《旅人马》。

安族商人的故事(见本书第四章第二节)完全沿用了《出曜经》中的"遮罗婆罗草",而且还加上了一种能把人变成马的名叫"毕婆罗草"的植物。

《旅人马》的故事流传于除北海道外的日本各地,登载在《日本民间故事通观》第二十五卷(第311—313页)中(故事内容见本书第四章第二节)这个故事是结合了《板桥三娘子》的幻术与《出曜经》的遮罗婆罗草的全新创作,也是日本民间故事《旅人马》中最常见的一种故事类型。

三

可以说,《出曜经》就是日本民间故事的起源,此外,还有一种颇为有趣的汉译佛经资料,那就是记载于《根本说一切有部毗奈耶杂事》(收录于《大正新修大藏经》第二十四卷《律部三》)中的故事。南方熊楠《食鸟为王的传说》中也介绍过这个故事。这个故事中并未出现能让人变形的药草,取而代之的是能让人的鼻子变长或恢复原状的宝物。故事很长,下面参考南方熊楠的译本(平凡社《全集》第六卷,第340—345页)来介绍相关的情节。

故事的主人公是得叉城名称长者的儿子游方,名称长者与婆罗尼斯城的瞿昙(《大藏经》里记载为瞿答摩)长者交往密切,两人约定将来把瞿昙长者的女儿瘦瞿答弥许配给名称长者的儿子为妻。游方长大后,父亲让他跟妓女开始学习阴书(阴书是记载妓女骗人花招的书),但游方生性老实,对男女之事比较愚钝,最终被妓女赶了回来。从此,游方变得讨厌女人。后来,游方成为大商人,带着很多金银财宝出门做生意。然而,途经婆罗尼斯城住宿休整时,他对一位老妓女美艳动人的女儿一见钟情,结果被母女二人骗光了所有财产,而且她们还趁游方醉得不省人事之际,用铺盖把他卷起来扔到了大街上。

这个情节似乎与唐代小说《李娃传》有些相似。此后游方偶然被雇到瞿昙长者家中修建房屋。瞿昙长者得知他就是游方后,便把自己的财产赠予他。但在与瞿昙长者的女儿瘦瞿答弥结婚前,游方决定去找妓女母女二人复仇。下面是根据南方熊楠的译本引用的故事内容:

游方……出城后毫无目的地前行,途中看到一条大河,河面上漂着一具尸体,岸上的乌鸦想吃这具尸体的肉,但怎么也够不着。于是,乌鸦便用爪子取来一根树枝擦了擦喙,只见那乌鸦的喙瞬间变长了,可以够到尸体了。吃饱后,乌鸦又取来另一根树枝擦了擦喙,喙就恢复到原来的长短了。游方看到这一幕后不禁暗自惊叹,便折了那两根树枝藏在身上,又回家取了五百钱,然后就去找那位妓女了。见到年轻美貌的妓女后,游方说:"前几天我因没钱被嫌弃,被扔了出去,但现在我又是有钱人了,过来陪我吧。"两人在一起时,趁妓女不注意,游方用一根树枝擦了妓女的鼻子,于是妓女的鼻子便长到了十寻(1 寻约等于 1.8 米)。妓女的家人又惊奇又害怕,便请了城里最好的医生给她看病,但都无法治好,于是大家就弃她而去了。妓女感到万分惊恐,对此前自己的所作所为感到非常后悔,恳求游方将她的鼻子恢复原状。游方答应了妓女的请求,但条件是必须归还前几天被她骗走的金银财宝。妓女答应当天归还,于是游方便用另一根树枝把妓女的鼻子恢复了原样,之后就拿着讨回的财产返回瞿宅迎娶瘦瞿答弥了。

故事到此并未结束,但我们重点关注的是上面引用的内容。南方熊楠指出,这段故事与流传在欧洲各地的民间故事有相似之处。作为欧洲民间故事的典型代表,他只列举了《俗话小说的移化》,并未提及《格林童话》,但其实著名的《格林童话》中《菜驴》(KHM122)的故事也属于这一类型。

从前,有位年轻的猎人在去森林狩猎的途中遇到了一位老婆婆。老婆婆告诉他:"如果你看见九只鸟争夺一顶斗篷,就开枪打死那些鸟。斗篷能实现人的所有愿望,吞下鸟的心脏后,每天早上枕头下都会出现一枚金币。"猎人按照老婆婆所说的话做,果然拿到了斗篷,年轻猎人吞下鸟的心脏后就踏上了旅途。

旅途中,猎人对一位住在豪华宫殿里的美丽女子一见倾心,于是就留宿在宫殿里了。不料这位女子的母亲竟是一位女巫。在母亲的威胁下,女子骗猎人吐出了鸟的心脏。接着,又让猎人穿着斗篷飞到遥远的山上采取宝石。趁猎人累得睡着之际,姑娘偷走斗篷,一个人回到了宫殿。

被逼到困境的猎人采纳了一位过路的光头大汉的建议,登上山顶,一朵白云将他卷起带到一片菜地里。猎人实在太饿了,便吃了菜地里的卷心菜。不料吃下卷心菜后猎人竟变成了一头驴。之后,猎人找到了另一种卷心菜,吃下后又变回了人。于是,猎人打算利用这种卷心菜来复仇。

猎人乔装改扮来到宫殿,骗女巫、女子、侍女三人吃下了卷心菜,于是三人变成了驴。猎人牵着这三头驴来到磨坊,女巫变成的驴由于无法忍受繁重的劳动而死去。于是,猎人心软改变了主意,把另外两头驴带回宫殿,喂她们吃下另一种卷心菜,把她们变回了人形。姑娘下跪道歉,猎人就原谅了她。最终两人结婚,过上了幸福快乐的生活。

根据汤普森《民间故事的类型》分类法第567号(第208—209页),像上述故事前半部分那样吃了鸟的内脏后变成富人(或变成国王)的故事,是在欧洲广泛流传的民间故事,其实它是起源于《毗奈耶杂事》第二十七卷中记载的另一类型的故事(参照《南方熊楠全集》第六卷《食鸟为王的传说》,第328—331页)。下面想重点关注一下故事后半部分的内容。可以说,上述故事后半部分讲述的猎人利用神奇的卷心菜复仇的情节与《毗奈耶杂事》第三十卷的故事完全一致。如果仅关注"人变成驴、驴变成人"这点内容的话,似乎与前面论述过的《出曜经》中的故事很相似,但其实应该说,这类故事与

《毗奈耶杂事》中讲述的故事间存在着更直接、更密切的联系。

实际上,《格林童话》从第二版开始,就用《菜驴》取代了第一版中《长鼻子》的故事。《长鼻子》是第一版的第三十六个故事,讲述的也是利用神奇的食物进行复仇的故事。吃了苹果后鼻子会变长,而吃了梨后鼻子则会变短。《毗奈耶杂事》中乌鸦使用的一种工具——树枝,在《长鼻子》中变成了两种水果,但能把人的鼻子变长、变短这一点却完全相同,这就是两者密切关联的有力证据。另外,在欧洲,利用把人的鼻子变长、变短的食物进行复仇的故事并不罕见,下面这些译著都讲述了同类的故事:

铃木力卫、那须辰造、田中晴美译《世界民间故事之旅》二《法国、南欧民间故事》(Serika 书房,1970 年)中收录的《长鼻子公主的故事》;

亨利·普拉著、荻野弘巳译《法国民间故事(上)》(青土社,1995 年)中收录的《长鼻子的姑娘》;

小泽俊夫编译《世界民间故事》1《德国、瑞士》(行政出版社,1976 年)中收录的《长鼻子女王》。

除此之外,还有一个收录在阿西鲁·密利安、波鲁·朵拉留著,新仓朗子译《法国民间故事集》(大修馆书店,1988 年)中名为《魔法之物与怪异果实》的故事。故事讲述的是吃了苹果后会长出角,而吃了梨,角便会脱落(第133—145页)。朵拉留详细注释了这个故事(第303—310页)。他介绍了七篇由密利安收集、整理的同类故事,其中有三篇故事都含有伸长、缩短鼻子的内容。另外,据记载,朵拉留一共调查了二十八篇同类型的法国民间故事,但没有详细说明故事内容。

朵拉留在注释中提到了属于这类民间故事的最早的欧洲资料。根据注释内容可知,14 世纪前半期收集整理的《罗马人传奇》(用拉丁语撰写的传教士规诫)抄本中出现了早期的此类故事。15 世纪末,《佛路缇娜缇斯的怪异故事》(原创于德国,在欧洲流传了几个世纪,是深受好评的通俗小说)中出现了此类故事的主要要素。《罗马人传奇》讲述了主人公过河时,水流竟然冲掉了他身上的肉;他吃了某种水果后染上了麻风病;但过另外一条河时,身上重新长出了肉,吃了另一种水果又治愈了麻风病的故事。《佛路缇娜缇斯的怪异故事》中则出现了吃了能让人长出角和能让角脱落的苹果。这两个故事都不包含《菜驴》中变身为动物的故事情节,因此,从这一

附论一　《出曜经》遮罗婆罗草、《毗奈耶杂事》游方的故事及其同类型故事

点来看,这两个故事的情节与《毗奈耶杂事》更相似(但朵拉留似乎并未意识到佛经才是此类型故事的真正起源)。

另外,《罗马人传奇》在日本有两个译本,即伊藤正义译《罗马人传奇》(篠崎书林,1998年)、永野藤夫译《罗马人物语·罗马人传奇》(东峰书房,1996年)。根据伊藤正义译本可知,上述故事应该是第一百二十个故事《约拿单》(第478—487页)。《佛路缇娜缇斯的怪异故事》(原名为《佛路缇娜缇斯》)的全译文登载在藤代幸一、冈本麻美子《幸运的钱包与飞翔的帽子》(《德国大众读物世界》,国书刊行会,1988年)上(第7—238页)。

此外,朵拉留的注释对故事的传播途径做了如下说明:

> 这类传说故事从冰岛、爱尔兰传播到印度,经过简化、改编后传到中国、菲律宾、印度尼西亚等地。另外,北非、美国也记载了几个这类故事。

朵拉留应该是根据汤普森《民间故事的类型》进行注释的,汤普森分类法的566号是题为《三件神奇的物品与美妙的果实》的故事。这类故事不仅在欧洲,还在印度、印度尼西亚、中国,甚至连美洲印第安人部落都出现过。(第207—208页)

由于某种食物引起变形原本是起源于汉译佛经《毗奈耶杂事》的故事,不仅欧洲民间故事中伸长、缩短鼻子的元素与此类故事密切关联,而且这类故事还在全球范围内得到了广泛传播。

四

《毗奈耶杂事》系列故事能够在世界各地广为传播这一事实令人关注,而且《出曜经》系列故事的分布状况也很令人好奇。但要在原著中逐一确认朵拉留、汤姆森提到的资料也绝非易事。虽然笔者采取了只查阅手边译著这样的简单方法,但仍然可以概括出几个明显的特征。下面就对分散在世界各地的这类故事加以总结。

小泽俊夫编《丝绸之路的民间故事》(行政出版社,1990年)全五卷中收录了古代丝绸之路沿途,即中亚到西亚的民间故事。在《丝绸之路的民

间故事》中收录的内容丰富、形式多样的民间故事中,也能发现类似的故事或情节。可简单列举如下三个例子:

第一,《丝绸之路的民间故事》第一卷《塔里木盆地》中收录的第十一个故事是《木马》,主要讲述了一位公主被关在空中的城堡里,名为夏的王子骑着会飞的木马悄悄来到城堡,两人历尽千辛万苦后最终结合的故事(第55—83页)。故事描述了以下内容:吃下桃子会长出白胡子、吃下梨会长出角;吃了长在树上的桃子和梨后会变形,但吃了掉在地上、风干的桃子和梨后能恢复人形。其他国家的王子为了能娶公主为妻,也来到了空中城堡,夏王子正是使用了这两种水果才战胜其他王子,最终俘获了公主的芳心。

第二,《丝绸之路的民间故事》第四卷《波斯》中收录的第十个故事是《赛德与赛依德》,主要讲述了樵夫有两个儿子,名字分别是赛德、赛依德,两人吃下鸡头、鸡心后历经苦难最终当上了国王的故事(第94—109页)。与《菜驴》的故事相比,《木马》的故事与本书第一章第一节《欧洲》中介绍过的罗马尼亚故事《王者三兄弟》的内容极其相似。其中也出现了母亲听信情夫的谗言企图杀掉儿子们的情节。

《赛德与赛依德》故事中出现的神奇植物是鸽子告知兄弟二人的一种树。把树皮削下来裹在腿上就能在海上行走,把叶子敷在眼睛上能恢复视力,闻果子的香味能恢复理智,用树枝敲打后,人就能变成驴或再变回人形。可以说这种树的功能十分多样。赛依德在脚上裹了树皮后,穿越大海来到一座城市。然后让公主闻了果香,公主便恢复了理智,于是二人就成婚了,赛依德还登上了王位。在报复欺骗了自己的妓女时,赛依德使用了树枝。变成驴后的妓女洗心革面,于是赛依德又把她变回了人形。最后他还用叶子治好了双目失明的父母,母亲也对自己误信谗言差点儿杀害儿子的行为十分懊悔。

第三,《丝绸之路的民间故事》第五卷《阿拉伯、土耳其》中收录的土耳其第四十三个故事是《鸡肾》,主要讲述的是一位年轻人吃下鸡肾后每天早上枕边都会出现钱袋的故事(第185—191页)。故事的主要内容是父亲养了一只鸡,兄弟三人分别偷吃了鸡头、鸡肾、鸡爪,为逃离因愤怒而发狂的父亲,三兄弟被迫远行。《鸡肾》的故事与《王者三兄弟》的内容十分相似。对于欺骗自己的苏丹姑娘,年轻人使用吃了会长角的苹果和吃了会变成驴的无花果报复她,最后又用葡萄让她变回人形。年轻人骑着变成驴的姑娘周游天下,在一个国家遇到了已经当上该国国王的哥哥。之后,年轻人喂驴吃下葡萄后,驴变回了美丽的姑娘,最终两人还结了婚。

上述波斯的故事、土耳其的故事都与欧洲的故事极其相似,能让人感觉到它们是同一文化圈的产物。塔里木盆地的故事虽与《毗奈耶杂事》的故事差别较大,却是证明这一系列故事不仅传播到了西亚,同时也传播到了中亚的珍贵资料。

另外,《丝绸之路的民间故事》中也包括了与《毗奈耶杂事》不同类型,但也能把人变为动物的魔术故事。这些故事虽与本附论的内容不一致,但作为参考也想探讨一下。主要有以下几个故事:

第一,《丝绸之路的民间故事》第二卷《帕米尔高原》中收录的《马利库·哈萨》,讲述的是王子马利库·哈萨远行为父王寻找黄金鸟的故事(第184—201页)。旅途中,哈萨来到坟墓附近时,突然被一位老婆婆变成了羚羊(女巫一皱鼻子,哈萨就倒地变成羚羊了)。后来,哈萨来到另一片墓地时,遇见了美女奈珂巴哈朵,奈珂巴哈朵使用咒语把他变回了人形。《马利库·哈萨》与《毗奈耶杂事》的故事完全不同,虽与《出曜经》故事一样都出现了把人变为动物的女巫,但妖术的内容、故事的展开方式都完全不一样。

第二,《丝绸之路的民间故事》第五卷《阿拉伯、土耳其》中收录的阿拉伯第二十三个故事《江山易改本性难移》,讲述了一个好色丑角的故事(第112—118页)。一位垂涎女色的轻浮男人在信德省(印度河下游流域)对一位女子一见钟情,并娶她为妻。但婚后男子秉性难改,依旧到处拈花惹草,妻子用魔法将他变成黑人、变成驴。即便如此,男子还是改不了好色的本性。小泽俊夫在解说中说道:"这个故事的后半部分虽将男子变成了驴,很容易让人联想到日本民间故事《旅人马》,但其实二者之间并无关联。"《江山易改本性难移》的故事类型并没什么特别,但故事中将人变成驴的魔法与印度结合这一点很有意思。

下来列举流传在蒙古族、藏族地区的民间故事。本书第一章第四节中已经介绍了《格萨尔王传》第八章《惩治罗布萨噶喇嘛》、《尸语故事》中的《吐金王子》等故事,这里重点介绍可库斯维鲁著、涩泽青花译《亚洲民间故事》3《北方民族的民间故事》(大日本绘画巧艺美术株式会社,1978年)中收录的中亚游牧民族卡尔梅克族的民间故事《可汗与穷孩子的故事》(第182—192页)。

《可汗与穷孩子的故事》的主人公是能听懂动物语言的王子与作为王子朋友的穷孩子。两人被当作祭品献给了蛙怪,于是他们被迫离开了自己的国家。途中王子听到了妖怪们的悄悄话,因此掌握了他们的弱点,并一举歼灭了妖怪。两人吃了妖怪的头后便拥有了能够吐出黄金和绿宝石的能力。然而,两人并未返回祖国,而是继续踏上了旅途。在山脚下的酒店里,两人被一对美丽的母女欺骗,吐出了所有的黄金和宝石。之后,两人又得到了戴了能隐形的帽子,以及穿上能随意走天下的长靴。得到这两样宝物后,两人来到某个国家,并当上了那个国家的可汗与大臣。然后,大臣开始了对母女俩的复仇行动(第189—190页)。

接着大臣又戴上帽子出门了。大臣来到一座寺院,透过门缝偷偷一看,发现方丈展开了一幅画着驴的卷轴,然后躺了上去,方丈立刻变成一头高大的驴,站起来嘶鸣一声跳了起来。接着方丈又躺在卷轴上,于是又变回了人形。然后方丈立刻照原样卷好卷轴,放在了佛像手中。

等方丈出门后,大臣来到大殿,偷走了卷轴,然后来到了母女俩所在的酒店里。大臣对母女俩说:"由于你们品行优良,所以我特来褒奖你们。"为了骗过母女俩,大臣说完后就递给她们三枚金币。母女俩激动地大声说道:"您太厉害了!赚这么多钱的秘诀究竟是什么呢?万望赐教!"大臣答道:"只要展开这幅卷轴躺上去,就能拿到金币了。""这么简单吗?"说着母女俩就匆忙躺到卷轴上去了,瞬间,美丽的母女就变成了两头驴。大臣把这两头驴牵到可汗那里,并向可汗进言,让这两头驴干搬运土石的重体力活。于是,可汗命令她们搬运三年土石。不久,两头驴磨破的脊背上流出了脓血,样子十分凄惨。她们总是泪眼婆婆地仰望可汗。可汗不忍看到她们这样,便对大臣说:"虽然她们很混账,但你也不要继续折磨她们了。"听了这话,大臣让她们再次躺在卷轴上,把她们变回了苟延残喘的年迈妇人。

故事虽进行了大幅度的改编,但前半部分吃了妖怪的头后能够吐出黄金和绿宝石的故事情节，事实上与欧洲故事中吃了鸟后得到金币的情节非常相似。后半部分向母女俩复仇的内容虽然变成了利用卷轴展开故事，但也与神奇的苹果、梨的内容相似。这足以证明欧亚大陆广泛流传着这类故事。

下面来探究《毗奈耶杂事》的故乡——印度的民间故事。首先，斯扶内鲁著、吉田公平译《西藏传承印度民间故事集》（日新书院，1943年）的第六个故事中包括了名为《库里西亚·嘎伍塔米》的故事（第131—151页）。《库里西亚·嘎伍塔米》的故事记载于《藏文大藏经》的经律部分，主要讲述了一位年轻的商人利用能让乌鸦的喙伸缩的木片向欺骗了自己的妓女复仇的故事。《毗奈耶杂事》讲述了相同的故事。但在《库里西亚·嘎伍塔米》故事中，学习阴书的是女主人公库里西亚·嘎伍塔米。

另外，坂田贞二、前田式子译《印度的传说（上）》（春秋社，1983年）中有个名为《魔法物品与神奇药草》的故事，主要内容如下（第132—140页）：

> 有位国王的独生子被预言十二岁时会死去。王子长到十一岁的时候，国王因不忍心看着心爱的王子死去，便让王子骑上了一匹装满财宝的马，并把他丢在了森林深处。
>
> 在森林中，王子遇到了争夺师父遗物的四个师兄弟。四件遗物分别是能到达任何想去的地方的木靴、犯任何罪都能被原谅的坐垫、能带来所有想要之物的袋子、能让死者复生的手杖。王子骗过四人夺走了遗物，并祈求木靴带他逃往远方的城市。
>
> 来到远方的城市后，王子听说国王的独生女住在宫殿里，但从未有男子目睹过公主芳容。于是他便穿上木靴来到公主身边。但公主欺骗了他——公主假装与他私奔，却夺取了遗物，穿上木靴回到了宫殿。
>
> 被丢在森林里的王子又回到师兄弟四人争夺遗物的地方，这次他听师兄弟四人说起了神奇药草的故事：人一旦吃了那种神奇的药草就会变成猴子，再吃一次药草就会变回人形。于是王子吃药草变成了猴子，并被养在了宫殿里。公主不知道猴子是王子变的，十分疼爱这只猴子。但是有一天，王子在饮料里放了药草，把公主也变成了猴子。
>
> 王子跑出宫殿吃了药草后变回人形，并化作修行僧再次来到

宫殿。宫殿里大家都对公主变成猴子的事情束手无策,国王无奈之下国王下令道:"谁能让公主恢复人形,我就把公主许配给谁。"为了惩罚公主之前的欺骗行为,王子连续七天每天都要打公主七次,之后才用药草把公主变回了人形。最后,王子娶公主为妻,并且回到故乡与父王团聚,全家人幸福地生活在一起了。

欺骗王子、夺走宝物的故事情节虽与《菜驴》相同,但吃药草发生变形的细节却发生了变化,将《菜驴》中变驴的内容改编成变猴子了。

这些印度的民间故事中并没有出现变形为驴的情节,由此可以推测,印度并未出现将鼻子伸缩(《毗奈耶杂事》的故事情节)的情节改编为变形为驴(《菜驴》类的故事情节)的故事,这类情况出现在欧洲。很早以前,欧洲就开始流传几种变驴的传说,其中的代表作就是阿普列尤斯《变形记》。由此可见,《出曜经》中遮罗婆罗草的故事未必与《菜驴》类故事中变驴的传说有关联。

东亚东部也存在类似故事。例如韩国《懒汉变牛》、日本《旅人马》(《懒汉变牛》在本书第一章第四节、《旅人马》在第四章第二节中都已经做过介绍)就属于这类故事。下面根据关敬吾监修、崔仁鹤编撰《韩国民间故事百选》(日本广播出版协会,1974年)的译本简单介绍《懒汉变牛》的故事。

从前,有个村子里住着一位懒汉,妻子整日唠叨,令他不胜其烦,于是便决定离家出走了。他翻越了村后的山,继续前行途中,遇到一户陌生人家,有位老人在院子里做牛面具。老人告诉他:"厌恶干活的人戴上这个牛面具后便会发生神奇美妙的事情。"懒汉信以为真,便试戴了面具,谁知却被变成了牛。老人牵着这头牛来到市场,将其卖给了一位农民。将牛交给农民时,老人特意嘱咐道:"这牛一吃萝卜就会死掉,所以千万别让他去萝卜地里。"农民强迫变成牛的懒汉干各种脏活累活,懒汉忍无可忍,决定一死了之,于是就跑进萝卜地里吃起了萝卜。不料,吃后觉得身体变轻了,最后竟然变回了人形。懒汉回到家后洗心革面,最终成了优秀的人,并且过上了幸福的生活。

韩国的这个民间故事与日本《旅人马》一样,都与《出曜经》中遮罗婆罗草故事很相似,但与在欧洲广泛流传的《毗奈耶杂事》类的故事则明显不同。

此外,还有不包含变形为动物的情节的故事,例如,日本的《管放屁的刮刀》《鼻高扇》《生死针》、韩国的《解鸟语与三个宝物》《懒汉与宝物》《红扇子与蓝扇子》等都是这类故事。下面引用《日本民间故事通观》第二十八卷《民间故事类型索引》(同朋舍,1988年)中《鼻高扇》(故事类型编码113号)来分析与鼻子伸缩有关的民间故事。《鼻高扇》的主要内容如下(第280页):

懒汉与地藏菩萨打赌赢了,地藏菩萨给了懒汉一把扇子,并告诉懒汉说:"用这把扇子的正面扇一下,鼻子会变长,用反面扇一下,鼻子就会变短。"

懒汉偷偷用扇子的正面朝长老女儿的鼻子扇了一下,长老女儿的鼻子果然变长了,怎么也恢复不了原状。

于是长老宣布,给能将女儿鼻子变回原样的人重奖。这时懒汉用扇子的背面再一扇,鼻子变回了原样,懒汉因此得到了奖赏。

懒汉一时逞强,拿着扇子对自己一扇,不料鼻子立刻变长,身体还飘到了空中。他赶紧用扇子再一扇,鼻子变短了,却悬在半空中下不来了。

崔仁鹤《韩国民间故事研究》(弘文堂,1976年)中包括了《红扇子与蓝扇子》的故事(故事类型编码276号,第258页)。故事的主要情节是一位穷人在路上捡到了能把鼻子变长的红扇子与能让鼻子恢复原状的蓝扇子,利用这两把扇子把长老的鼻子变长、变短,最后获得了大量的财产。这个故事与日本《鼻高扇》的情节几乎完全一致,但韩国的故事里是玉皇大帝的妻子把木棍插进了男子的鼻子里,然后把他悬在半空中。她取掉棍子后,男子便掉在地上摔死了。

日本《管放屁的刮刀》(故事类型编码112号)中出现的是一把能让人放屁和停止放屁的一头为红色、另一头为白色的刮刀,《生死针》(故事类型编码114号)中出现的是能使人复活、死亡的针,两者属于同类型的故事。另外,韩国《千里耳与三个宝物》(故事类型编码268号)中的三个宝物是能决定人生死的手杖、斗笠与锄头;《懒汉与宝物》(故事类型编码269号)中的宝物则是能发声的鱼胡子等。这类故事与欧洲的情况不同,并没有出现变形为动物的故事情节。

唐代小说《板桥三娘子》考——东西方变驴、变马系列故事

目前对东南亚此类型故事译著的调查还不全面,这将是笔者今后研究的课题。虽说如此,但也能列举几个此类型的故事。

法斯拉著、横地淑子译《亚洲民间故事》7《菲律宾民间故事》(大日本绘画巧艺美术株式会社,1979年)中收录了一个名为《变成国王的烧炭人》的故事(第13—21页)。主要内容如下:

  从前,某国国王有位美丽的女儿。公主到了适婚年龄,国王便根据惯例颁发了布告。布告上写着:"谁能坚持每天带着装满钱的十辆车来王宫并能持续十天,我就将公主许配给他,并将他立为王位继承人。但坚持不了十天的人将被处以死刑。"

  贫穷的烧炭翁之子得知这个消息后,内心很渴望与公主结婚并继承王位。第二天,他像往常一样拿着斧头来到森林,正要砍伐一棵大树时,不知何处突然传来"不要砍这棵树,树洞里有个荷包,把手伸进去找找。荷包里的钱应有尽有,想要多少就有多少"的声音。烧炭翁之子把手伸进去一试,果真找到了一个朝外源源不断涌钱的荷包,于是他就拿着荷包兴高采烈地回家了。

  第二天早上,烧炭翁之子来到王宫,拜见了国王、公主。之后就开始用十辆车搬运银币了。就这样过了五天,公主开始反悔,她不愿意与相貌丑陋且地位卑微的烧炭郎结婚了。于是公主千方百计地打听出荷包的秘密,然后趁烧炭郎熟睡之际偷走荷包藏了起来。烧炭郎醒来后十分震惊,因害怕被判死刑,便匆忙逃走了。

  烧炭郎匆忙赶路,一直滴水未进。来到一座山前时,他发现了一种从未见过的树,而且树上结了很多果实。饥渴难忍的烧炭郎不由自主地摘下一棵树上的果子咬了一口,不料头上却长出了两只角。第二天,烧炭郎发现了另一种果树,只见树上的果子长得格外诱人,便又摘下吃了起来。烧炭郎惊讶地发现,吃了果实后头上的两只角脱落了。于是,烧炭郎便打算用这两种果子讨回属于自己的荷包。

  时隔两年后,烧炭郎回到了故乡,但岁月令他相貌大变,竟没有人认出他。于是烧炭郎假扮后厨的新人混进了王宫。不久,他由于手艺超群,便被安排做国王家的料理。他将从森林里带回的

果子混进菜里，国王一家人吃后头上都长出了角。烧炭郎又自称是医生，面见了国王。一筹莫展的国王承诺道："如果你能除掉我们头上的角，我就把女儿许配给你，而且还给你半壁江山。"

伪装成医生的烧炭郎开出了处方，内容是："治疗国王与王后的良方就是用鞭子抽打自己直到流血为止。而公主则必须与医生跳舞，直到跳不动为止。"并吩咐人实施了这个处方。之后他就将另一种果子混在水里让他们喝下，角真的都脱落了。但遭受了仆人残酷鞭打的国王与王后没过几天就去世了。

国王与王后死后，烧炭郎与公主结了婚，还继承了王位。他选贤任能，这个国家迎来了前所未有的繁荣期。

这个贫困的烧炭郎当上国王的故事改编得巧妙，可以说这是原型故事传入后，花费了很长时间进行完善的结果。

另外，根据《日本民间故事通观》研究篇1《民间故事与黄色人种——民间故事的比较记述》（同朋舍，1993年）的记载，越南也有一个与《鼻高扇》相似的故事。主要内容如下（第107页）：

讨债人将东家的水牛牵走抵债了，借债的男子不知所措、一筹莫展，便躺在地上一动不动，就像死了一样。不料乌鸦竟来啄他的眼珠，男子抓住了乌鸦。为了活命，乌鸦给了男子一枚能获得任何想要的东西的珍珠，男人便放了它。男人向珍珠许愿后得到了水牛，并还给了主人。又向珍珠许愿得到了房子、田地，成了有钱人。

男子娶了一位美丽的女子为妻，还告诉了妻子珍珠的秘密。结果妻子趁男子不在家时偷走珍珠回娘家了。去寻找妻子的路上，男子碰见了佛变的老人。老人给了男子一朵白花、一朵红花。男人按照佛所说的，将白花插在了妻子家门口，妻子与她父母闻到花香后鼻子变长了。男人说："把珍珠还给我，我就治好你们。"拿到珍珠后，男子又让他们闻了红花的花香，三人的鼻子便恢复了原状。

男人把妻子带回家，后来他们还生了儿女，一家人幸福地生活在一起。男子死后，乌鸦来到了他家，叫道："把珍珠还给我。"珍珠立刻就消失了。

从乌鸦那里得到宝贝珍珠,而这颗珍珠却被美女骗走等情节与欧洲《菜驴》、印度《魔法物品与神奇药草》等内容相似。这个民间故事是证明这类故事传到东南亚的一个极其珍贵的资料。

另外,作为与《生死针》同类型的故事,《日本民间故事通观》研究篇1《民间故事与黄色人种——民间故事的比较记述》中还记载了流传于越南、泰国、缅甸等国的蛇、老虎或猪等动物知道怎样利用长生不老的药草让人死而复生的故事(第108—111页)。但比起《毗奈耶杂事》来,这些故事的情节更接近希腊神话中波勒耶多斯(蛇衔回长生不老的药草)的故事。

以上资料虽都是译著,数量也很有限,算不上完美结论,但浏览亚欧大陆各地的故事后会发现各个地区的鲜明特征。下面总结一下笔者的发现:

第一,《毗奈耶杂事》系列故事的分布极其广泛。与变形为驴情节相关的故事主要流传在欧洲,并传播到波斯、蒙古、中国西藏等地。然而,变形为驴或其他动物的故事并没有传播到东亚的韩国、日本。从前面介绍的两个东南亚地区的故事来看,虽流传着角与鼻子变化的故事,却不存在变形为动物的情节。

第二,13世纪前后成书的《尸语故事》中记载的《吐金王子》是《毗奈耶杂事》系列变形故事中最古老的故事。《吐金王子》的故事起源于印度,后经西藏传播到蒙古。在传播过程中,逐渐演变成了变形为驴的故事。但由于还存在不明确的内容,因此很难断言欧洲《菜驴》中变形为驴的故事起源于此。因为《罗马人传奇》《佛路缇娜缇斯》虽被看作《毗奈耶杂事》故事在欧洲的原型,但这两个故事中均不包括变形为驴的故事情节。欧洲诸多与鼻子变长、变短相关的故事,也证明最初《毗奈耶杂事》中的故事也不包括变形为驴的情节,因此流传到欧洲的才是这类故事。另外,欧洲独有的变驴类故事有着漫长的历史,很可能是与流传的《毗奈耶杂事》的故事相互融合的产物。即使受到了《尸语故事》的影响,那也应该是《毗奈耶杂事》故事传播之后的事情。

第三,《出曜经》中的变驴类故事并未对《菜驴》等流传在欧洲的故事产生直接影响。事实上,确实既找不到能证明《出曜经》中变驴类故事传入欧洲的确切资料,也找不到能证明与《毗奈耶杂事》中游方的故事相互融合的资料。

第四,考察《出曜经》系列故事会发现,只在日本、韩国出现了受其直接影响的故事。然而,这一系列故事并未广泛地分布在韩国各地,而且也未留下深受《出曜经》影响的明显痕迹,例如草的名称等。由此可见,只有日本深受《出曜经》的影响,并创作出了大量类似的故事。从这个角度来说,《旅人马》就是世界上罕见的特例了。

五

以上通览了与《毗奈耶杂事》《出曜经》两系列相关的故事,并总结概括了一些新发现。

中国地处亚洲中心,四周与多个国家相邻。那么,中国又是怎样传承与推广《毗奈耶杂事》中游方、《出曜经》中遮罗婆罗草的故事的呢?下面着重探讨一下这个问题。

唐朝时,义净把《毗奈耶杂事》翻译成中文,虽说翻译的时间较早,但在中国古典小说、笔记小说中均未出现类似的故事,可见中国文人对这个故事并不太感兴趣,但民间传说传承了这类故事。艾伯华《中国民间故事类型》中以《红李子与白李子》(故事类型编码196号)为故事名收录了《毗奈耶杂事》系列故事,马场英子、濑田充子、千野明日香翻译的《中国民间故事集2》,(《东洋文库》,平凡社,2007年)中包括了其中的一个故事(第234—237页)。下面根据翻译介绍一下这个故事:

> 从前,有位年轻人在山里迷了路。年轻人吃了山里的红李子后长了一脸瘤子,之后吃了白李子,瘤子就完全消失了。年轻人觉得很有趣,便采了这两种果子揣在怀里。他顺着山路继续前行,走到山谷时看见一双绣着蝴蝶的靴子。不料这双靴子竟是能到达任何想去的地方的如意靴。于是,年轻人穿着这双靴子飞进丁家美丽小姐的房间。
>
> 看到突然出现的年轻人,小姐大吃一惊,但发现年轻人面相温和、举止得体,就放松了警惕,并与年轻人交谈起来。年轻人哄小姐吃下红李子,等小姐脸上长满红色的瘤子、变得丑陋无比后,年轻人抽身逃离,不见了踪影。丁家简直闹翻了天,巫师和医生

都治不了丁小姐的这种病。于是家里人商量后决定将女儿许配给能治好她病的人。

年轻人再次来到丁家,见了小姐。年轻人给小姐吃了白李子后瘤子消失了,小姐又恢复了之前的美貌。最后,两人喜结连理,成了夫妻。

艾伯华《中国民间故事类型》中未说明收集这个故事的明确地点,因此无法得知这类故事在中国的分布状况。作为出典,《中国民间故事类型》列举了三种民间故事集,可见这类故事流传并不广,也不是广为人知的故事。此外,神奇的李子既不能让人变形为驴,也不能长出两只角或让鼻子伸缩,只能让脸上长出瘤子,即变成了一种日常生活中常见的自然现象。可以说这正是中国变形故事的一个特征①。

另外,《日本民间故事通观》研究篇1中还介绍了一个与《鼻高扇》类似的汉族故事,大概内容如下(第107页):

贪婪的哥哥一人独占了财产,弟弟无奈,就去卖糖了。行走在山路上时,弟弟不小心踩空了,背着糖掉下了山崖。山崖下的七个鬼看见弟弟后,边叫着"糖人"边把他运回了石屋。鬼一敲鼓就出现了美食,鬼吃完美食后就离开了。弟弟趁机拿着鼓逃了回去。

哥哥模仿弟弟去同一个地方,不料不仅没得到神奇的鼓,反而差点被煮化了。哥哥逃出后又被抓了回去,还被拉长了鼻子。嫂子恳求弟弟拯救哥哥,于是弟弟又去石屋打探拯救哥哥的方法。鬼说:"只要敲一敲鼓,说一声'缩回去'就行了。"嫂子不停地

---

① 艾伯华记载的《红李子与白李子》故事梗概中,红李子、白李子变成了能让人得病、治好病的水果,比脸上长瘤子更缺乏想象力。虽说如此,中国也并非完全没有《毗奈耶杂事》系列中变形为动物的故事。稻田浩二编著《世界民间故事手册》(三省堂,2004年)中,斧原考守在藏族故事《吐金王子》的解说中介绍了流传在四川省西部的一个类似故事,内容如下:

掌握了吐金能力的王子与牧童踏上不同的旅途。在一个酒家,王子被老板抢走了吐金的道具——蒲草。而牧童则从女妖处获得了自在棒和能把人变成猴子的魔法花,当他得知王子身陷困顿时,立刻赶到酒家,把老板变成猴子,还帮王子夺回了蒲草。

但很明显,这就是流传到西藏、蒙古的《尸语故事》中第二个故事的另一个版本。

敲鼓,结果鼻子缩得太短了,而且鼓被敲破了。最终哥哥变成了一个没鼻子的人。

这个故事中确实出现了伸缩鼻子的情节,却很难说属于《毗奈耶杂事》系列故事。唐朝段成式《酉阳杂俎·续集卷一》中记载的旁㐌①故事被认为

---

① 《旁㐌》故事的内容梗概如下:

从前,新罗国有位名叫旁㐌的贫穷男子,他弟弟却是一个富翁。于是旁㐌一直接受弟弟的救济,从弟弟那里讨吃的和穿的。一次,有个人给了旁㐌一小块耕地,旁㐌便向弟弟要了一些蚕和粮食种子,弟弟很小气,而且心眼也很坏,把蒸过的种子给了他。弟弟给的蚕蛹只有一只孵化了,眼看着蚕一天天长大,最后竟长得像牛一样大。弟弟得知后,趁旁㐌不注意杀了蚕。结果方圆百里的蚕都汇集过来,人们认为旁㐌孵化的是蚕王,就称之为"巨蚕"。巨蚕可以吐出大量的丝,街坊邻居全部都忙缫丝也忙不过来。

弟弟给的粮食种子只有一颗发了芽,穗长了一尺多高。不料有只鸟衔着谷穗飞走了。旁㐌紧追不舍,发现鸟飞进了一块岩石的缝隙里。因天已黑,旁㐌决定就在那块岩石旁露宿。

到了半夜,月光下出现了几个穿着红衣服的孩子。其中一个孩子问其他人道:"你们想要什么?"一个孩子答道:"我想要酒。"问话的孩子拿出一个金锤子敲了一下岩石,随后就出现了酒、酒壶、酒杯。接着另一个孩子说:"我想要好吃的东西。"于是问话的孩子又像刚才那用金锤子变出了好吃的东西。他们吃喝玩乐了好一阵,最后把锤子插在岩石缝中就离开了。

旁㐌大喜,就拿着锤子回家了。想要什么都能用那把锤子变出来,因此旁㐌就变成了大富豪。见此情形,弟弟对旁㐌说:"看在我帮过你的分上,求你也用同样的方式对待我吧,说不定我也能和哥哥一样拿到金锤子。"旁㐌苦口婆心教导弟弟,说做这样的事情不明智,但弟弟完全听不进去。所以哥哥只好按照弟弟的请求做了。

结果,弟弟养的蚕只长大了一只,却是普通的蚕。播的种子也存活了一粒,发芽长大成熟后确实有一只鸟衔着谷穗飞走了。弟弟大喜,紧追鸟后,丝毫不敢懈怠。但在鸟飞进去的地方等着弟弟的却是鬼,看见来人,鬼气愤地大喊道:"他就是偷我们金锤子的人!"之后,鬼抓住弟弟问道:"你准备用糠砌三面墙呢,还是让我们把你的鼻子拔到一丈长?"弟弟恳求鬼让自己用糠砌三面墙。

但过了三天,弟弟未能砌好墙,便被鬼拉长了鼻子赶了回去。被拉长鼻子的弟弟像头大象一样,乡亲们都跑来看热闹,弟弟感到十分丢人,最终愤懑而死。

之后,孩子们闹着玩,有人敲打着锤子说要狼粪,结果天空突然电闪雷鸣,锤子也消失了。

这个故事的前半部分很可能就是《万宝槌》的原型,而后半部分又可能是《摘瘤子》的原型。南方熊楠《食鸟为王的传说》(《全集》第六卷)中也有同样的论述。根据《食鸟为王的传说》的记载,印度也有类似故事。

是《万宝槌》《摘瘤子》的原型，前面讲到的兄弟俩的故事应该就属于这一类型。

此外，与《出曜经》系列类似的故事，笔者查阅了古典小说、笔记小说以及民间故事，但没有找到一则能明确证明此类故事受到《出曜经》影响的资料。早在4世纪后半期至5世纪初时，佛经《出曜经》传入中国，僧人竺佛念将其翻译成汉语。但《出曜经》中记载的利用遮罗婆罗草变形的故事似乎完全无法吸引中国人。

本书第三章《中国的变形故事》中已经提到，对中国人来说，由于神奇食物引发急剧变形的故事违反常规，不合常理，因此显得很不自然。《毗奈耶杂事》系列故事在中国的传播过程中并未发展成变形为驴的情节，而是脸上长出瘤子等日常、自然的现象，就是最有力的证据。另外，在中国也没有创作出类似《出曜经》中遮罗婆罗草类的故事，是另一个有力证据。总之，中国的变形幻想故事不包括任何人只要吃了神奇的食物就能发生变形的构思。关于变身术的幻想只停留在仙人使用的仙术（或经不断修炼而成的道术），或者是在异域幻术、邪术的基础上加工创作的故事。

附论二

《板桥三娘子》校勘记

《太平广记》之后，就很少再有收录《板桥三娘子》的故事集了。本书第二章中未能论述收录了《板桥三娘子》故事的小说集之间的异同，因此附论二将对这些内容进行详细校勘。

进行校勘时，以中华书局点校活字本为依据，参照了下列文献。由于《太平广记钞》《古今谭概》中收录的《板桥三娘子》已对原文的部分内容进行了大规模的简化，因此，校勘记只涉及很少一部分内容，但作为参考资料，在结尾处列举了全文。

《太平广记》的版本很多[①]，附论二只列举了其中较易阅读的十部文献。

[①] 富永一登《〈太平广记〉诸版本》(《广岛大学文学部纪要》五九,1999年；《中国古小说展开》，研文出版,2013年)论述了《太平广记》原著的内容，并概括总结了此前诸多的研究成果。此外，张国风《〈太平广记〉版本考述》(《中华文史新刊》，中华书局,2004年)有翔实论述。根据富永一登的研究成果，简单概括如下：宋本《太平广记》未能得以流传，明嘉靖四十五年(1566)谈恺本为最早的版本。但该版本有三种(张国风认为有四种)。以谈恺本的多种版本为依据，明万历年间(1573—1620)出版发行了许自昌本，即所谓的"许刻本"(以许刻本为依据，也出现了诸多种类)。

一般来说，流传最广的是清乾隆二十年(1755)由黄晟补订谈恺本后出版的被称为"黄氏巾箱本"的小字本。民国十一年(1922)上海扫叶山房出版发行了石印本，由于杜撰内容较多，被评价为诸版本中水平最差的一本。《太平广记》的现代通行本是1959年由人民出版社出版、1961年进行了若干修订后由中华书局出版的点校本。该点校本以谈恺本为依据，也校勘了其他诸版本，但依然不完善。此外，校订中华书局点校本时使用过的重要参考书还有北京图书馆藏清陈鳣校本、明钞本(沈氏野竹斋钞本)等，但具体情况不详。

完成本校勘记时使用的《太平广记》各版本中，清孙潜校订本属于谈恺本系列，新兴书局影印本《笔记小说大观》本属于黄氏巾箱本系列。富永一登根据历来惯例，认为《四库全书》属于谈恺本，但张国风则认为属于黄氏巾箱本。

此外，国立公文书馆内阁文库收藏了四种许刻本、一种嘉庆刊本(重刻的黄晟校刊本)。查阅许刻本后发现，四种版本虽印刷、册数不同，但体例、字句都相同，因此只参考了《红叶山文库》本。

因此，附论二内容虽不算全面，但足以了解宋初流传下来的《板桥三娘子》原文内容及传承中出现的版本差异情况。另外，据传《艳异编》收录过《板桥三娘子》，但查阅内阁文库所藏的两个版本后均未发现其中收录有《板桥三娘子》，只有蓬左文库所藏《艳异编五十一种》里收录了这个故事①。十部文献如下：

1. 宋李昉等编《太平广记》

中华书局点校本（简称点校本，中华书局，1961年）；

文友堂影印明谈恺本（简称谈恺本，北平文友堂书房影印，1934年；艺文印书馆影印，1970年）；

国立公文书馆内阁文库所藏明许自昌校刊本（简称许校本，《红叶山文库》）；

清孙潜校订本（据严一萍《太平广记校勘记》，艺文印书馆，1970年）；

清沈與文钞本（据张国风《太平广记会校》，北京燕山出版社，2011年）；

清黄晟校刊本（简称黄校本，《太平广记》，新兴书局，1969年）；

文渊阁《四库全书》本（简称四库本，商务印书馆影印，1983—1986年）；

《笔记小说大观》本（简称笔记本，江苏广陵古籍刻印社影印，1983—1984年）；

扫叶山房石印本（简称石印本，上海扫叶山房，1923年）。

2. 明陆楫撰《古今说海》

国立公文书馆内阁文库藏明刊本（简称内阁本、覆嘉靖本，《红叶山文

---

① 《艳异编》的编者尚有疑点，李梦生《中国禁毁小说百话（增订本）》（上海古籍出版社，2006年，初版为1994年）认为是借用他人之名编著而成（第39—40页）。但陈国军《明代志怪小说研究》（天津古籍出版社，2006年）根据详细考证认为是由王世贞编辑而成（第272—275页）。秦川《中国古代文言小说总集研究》（上海世纪出版股份有限公司、上海古籍出版社，2006年）也认为王世贞是编者（第62—65页）。

库》)①；

  文渊阁《四库全书》本(简称四库本,商务印书馆影印)；

  上海文艺出版社影印清宣统元年刊本(简称文艺本,1989年)。

 3. 明冯梦龙《太平广记钞》②

  上海古籍出版社,《冯梦龙全集31》,影印明天启六年刊本,1993年。

 4. 明冯梦龙编撰《古今谭概》③

  上海古籍出版社,《冯梦龙全集40》,影印清叶昆池刻本,1993年。

 5. 明王世贞编《艳异编五十一种》

  蓬左文库藏明刊本。

 6. 明吴大震辑《广艳异编》④

  内阁文库藏明刊本。

 7. 明袁中道编《霞房搜异》⑤

  内阁文库藏明刊本。

 8. 清陈世熙辑《唐人说荟》⑥

  东洋文库藏清乾隆五十七年刊本。

---

 ① 内阁文库收藏了三个版本的《古今说海》。其中有两个明刊本,分别是嘉靖二十三年序列本(林罗山本)、该嘉靖本的覆印(《红叶山文库》本)。林罗山本中有两处明显的错误(原文第二段中将"客醉倦"误为"客粹倦",第三段中将"并以木牛木偶人各大"误为"等一也只是以秀下口"),覆印本修订了以上两处错误。本文参照的是嘉靖覆印本。另一部是清道光元年刊本,以嘉靖覆印本为依据修订而成,但字句有不一样的地方。

 ② 此外,江苏古籍出版社出版的活字版《冯梦龙全集》(魏同贤主编,1993年),收录了《太平广记钞》的第八、九卷。对照两版本后发现,除将"含水噀之"误作"舍水噀之"外,其他各处只是异体字的差异。引用时参照了这两部《冯梦龙全集》,并适当添加了标点符号。

 ③ 《古今谭概》收录在活字版《冯梦龙全集》第六卷中。《古今谭概》中虽存在异体字的差异,但未发现字句的不同。

 ④ 与《广艳异编》同版本的影印本收录在《续修四库全书》一二六七册里,但由于是后印刷的,有几处不清楚的地方。

 ⑤ 据记载,《霞房搜异》为袁中道编,笔者未做详细调查。根据《全国汉籍数据库》记载,日本只有内阁文库收藏了该书。

 ⑥ 乾隆五十七年(1792)《唐人说荟》首次出版发行。根据《全国汉籍数据库》记载,日本只有东洋文库收藏有乾隆刊本。

9. 清陈世熙辑、王文诰补辑《唐代丛书》①(《唐人说荟》)

新兴书局影印清嘉庆十一年刊本(简称嘉庆本),1968年;

东京大学东洋文化研究所藏清同治三年刊本(简称同治本);

东京大学东洋文化研究所藏清光绪二十二年赐书堂石印本(简称光绪本);

东京大学东洋文化研究所藏民国十一年扫叶山房石印本(简称民国本)。

10. 清马俊良辑《龙威秘书》(简称《秘书》)

东京大学东洋文化研究所②藏清刊本。

【原文】1

唐汴州西有板桥店,店娃三娘子者,不知何从来。寡居,年三十余,无男女,亦无亲属。有舍数间,以鬻餐为业。然而家甚富贵,多有驴畜。往来公私车乘,有不逮者,辄贱其估以济之。人皆谓之有道,故远近行旅多归之。

【校记】1

《板桥三娘子》在《古今说海》中的故事名为《板桥记》,在《广艳异编》中的故事名为《板桥店记》,在《霞房搜异》中的故事名则为《三娘子》。此外,《艳异编五十一种》《唐人说荟》《唐代丛书》《龙威秘书》误认为《板桥三

---

① 嘉庆十一年(1806)《唐代丛书》首次出版发行,其中收录了164种作品。秦川《中国古代文言小说总集研究》以《汇刻书目》的记录为依据,推测《唐人说荟》的初版中包括了149种作品,认为《唐代丛书》是经过王文诰增补后的版本。而且,此后出版的《唐人说荟》的各种版本都依据的是王文诰增补本(第144—145页)。但查阅东洋文库所藏乾隆五十七年《唐人说荟》刊本后发现,其中包括了164部作品(但作品的排列顺序不同)。可见有进一步调查研究的必要。本附论中将《唐人说荟》和《唐代丛书》列举在一起,未一一详细分类。东京大学东洋文化研究所藏的三个版本未发现王文诰的名字,但同治本、民国本的扉页上并列标记了《唐代丛书》,光绪本的书名为《唐代丛书》。另外,嘉庆本与同治本的《板桥三娘子》原文内容并没有字句的不同。

② 此外,东洋文化研究所的藏书还包括风生辑《天风阁荟谭》(民国三年华昌书局石印本),还以《板桥》为名,收录了《古今说海》中记载的《板桥三娘子》故事。原文第四段中,将"点灯"误为"点登",此外还发现了若干不同之处,因此未将此作为校勘资料。根据《全国汉籍数据库》记载,《天风阁荟谭》在日本仅此一本。关于编者风生的情况未详。

娘子》的故事收录在唐孙颀《幻异志》里。

（1）唐汴州，各版本无差异，但原作中并没有开头的"唐"字，应是后代所加。

（2）西有，《唐代丛书》光绪本误作"西凉"。

（3）娃，《太平广记》沈钞本作"妇"。

（4）何从，《古今说海》《广艳异编》《霞房搜异》作"从何"。

（5）富贵，《古今说海》《广艳异编》《霞房搜异》无"贵"字。

（6）有不逮者，《太平广记》孙校本及《古今说海》《广艳异编》《霞房搜异》无"有"字。

【原文】2

元和中，许州客赵季和将诣东都，过是宿焉。客有先至者六七人，皆据便榻，季和后至，最得深处一榻。榻邻比主人房壁。既而三娘子供给诸客甚厚，夜深致酒，与诸客会饮极欢。季和素不饮酒，亦预言笑。至二更许，诸客醉倦，各就寝。三娘子归室，闭关息烛。

【校记】2

（1）最得深处一榻，《古今说海》四库本、《太平广记钞》"最得"作"得最"。《古今谭概》无前一句"季和后至"，作"赵得最深处一榻"。

（2）榻邻比主人房壁，《太平广记》石印本"比"误作"皆"。《古今说海》四库本作"与主人房壁相近"。《古今说海》内阁本、文艺本及《霞房搜异》"榻"作"榻"。

（3）供给诸客，《太平广记》沈钞本作"供给者"。

（4）预言笑，《广艳异编》作"与言笑"。

（5）二更，《太平广记钞》作"三更"。

（6）许，《太平广记》沈钞本无"许"字。

（7）诸客，《太平广记》沈钞本作"诸人"，《古今说海》《广艳异编》《霞房搜异》无"诸"字。

（8）醉倦，《唐代丛书》光绪本作"醉极"。

【原文】3

人皆熟睡，独季和转展不寐。隔壁闻三娘子悉窣若动物之声。偶于隙中窥之，即见三娘子向覆器下取烛挑明之，后于巾厢中取一副耒耜，并一木牛、一木偶人，各大六七寸，置于灶前。含水噀之，二物便行走。小人则牵牛驾耒耜，遂耕床前一席地，来去数出。又于厢中取出一裹荞麦子，受于小人种之。须臾生，花发麦熟。令小人收割持践，可得七八升。又安置小磨子，砲成面讫，却收木人子于厢中，即取面作烧饼数枚。

【校记】3

（1）熟睡，《唐代丛书》光绪本作"睡熟"。

（2）转展，《太平广记》沈钞本、黄校本、笔记本、石印本及《古今说海》《广艳异编》《霞房搜异》皆作"展转"。

（3）寐，《太平广记》沈钞本作"寝"。

（4）偶于，《唐人说荟》《唐代丛书》《龙威秘书》作"偶然"。

（5）向覆器下，《太平广记》笔记本作"于覆器下"，《古今说海》《广艳异编》《霞房搜异》作"向壁下"。

（6）巾厢，《太平广记》许校本、黄校本、四库本、笔记本作"巾箱"，《古今说海》《广艳异编》《霞房搜异》《唐人说荟》《唐代丛书》《龙威秘书》亦同，《古今谭概》则误作"市箱"

（7）一木偶人，《太平广记》孙校本、沈钞本及《古今说海》《广艳异编》《霞房搜异》无"一"字。

（8）小人，《太平广记》许校本、孙校本、沈钞本、黄校本、四库本、笔记本及《艳异编五十一种》《唐人说荟》《唐代丛书》《龙威秘书》作"木人"。

（9）数出，《太平广记》沈钞本作"数四"。

（10）厢中，《太平广记》许校本、四库本及《古今说海》《艳异编五十一种》《广艳异编》《霞房搜异》《唐人说荟》《唐代丛书》《龙威秘书》作"箱中"。

（11）受于小人，《太平广记》许校本、黄校本、笔记本、石印本及《艳异编五十一种》《唐人说荟》《唐代丛书》《龙威秘书》作"受于木人"。《太平广记》沈钞本作"受与木人"，四库本则作"授与木人"。《古今说海》《广艳异编》《霞房搜异》作"授与小人"。"受"与"授"通用。

（12）令小人，《太平广记》沈钞本作"令木人"。

（13）收割，《太平广记》孙校本及《古今说海》《广艳异编》《霞房搜异》作"收刈"。

（14）持践，《古今说海》四库本作"约计"。

（15）可得，《太平广记》石印本作"言得"。

（16）收木人子，《太平广记》笔记本作"却收木人等"。人，《唐人说荟》误作"入"。

（17）厢中，《太平广记》许校本、四库本、笔记本及《古今说海》《艳异编五十一种》《广艳异编》《霞房搜异》《唐人说荟》《唐代丛书》《龙威秘书》作"箱中"。

【原文】4

有顷鸡鸣，诸客欲发。三娘子先起点灯，置新作烧饼于食床上，与客点心。季和心动遽辞，开门而去，即潜于户外窥之。乃见诸客围床，食烧饼未尽，忽一时踣地，作驴鸣，须臾皆变驴矣。三娘子尽驱入店后，而尽没其货财。季和亦不告于人，私有慕其术者。

【校记】4

（1）点灯，《古今说海》文艺本误作"点铠"。《霞房搜异》作"点烛"。

（2）新作烧饼，《太平广记》孙校本、沈钞本作"令木人新作烧饼"。《古今说海》《广艳异编》《霞房搜异》无"作"字。

（3）与客，《太平广记》许校本及《艳异编五十一种》《唐人说荟》《唐代丛书》《龙威秘书》作"与诸客"。

（4）变驴，《太平广记》孙校本作"变为驴"，《古今说海》《广艳异编》《霞房搜异》作"变成驴"。

（5）三娘子尽驱，《唐人说荟》光绪本误作"曰一子尽驱"。

（6）没其货财，《霞房搜异》无"其"字。

（7）私有慕其术者，《艳异编五十一种》《太平广记钞》《古今谭概》及清《唐人说荟》《唐代丛书》《龙威秘书》均无此六字。此句描述了故事男主人公的性格，大概是为了避免给读者留下不好的印象而删除了这六个字。又，《广艳异编》"者"作"意"。

【原文】5

后月余日,季和自东都回,将至板桥店,预作荞麦烧饼,大小如前。既至,复寓宿焉。三娘子欢悦如初,其夕更无他客,主人供待愈厚。夜深,殷勤问所欲。季和曰:"明晨发,请随事点心。"三娘子曰:"此事无疑,但请稳睡。"半夜后,季和窥见之,一依前所为。

【校记】5

(1)大小如前,《古今说海》《广艳异编》《霞房搜异》"如前"后有"所见"二字。

(2)其夕,《古今谭概》误作"其席"。

(3)供待愈厚,《古今说海》《广艳异编》《霞房搜异》作"供待甚厚"。

(4)稳睡,《太平广记》许校本作"稳便",《艳异编五十一种》《唐人说荟》《唐代丛书》《龙威秘书》亦同。

(5)窥见之,《太平广记》孙校本、沈钞本及《古今说海》《广艳异编》《霞房搜异》作"窥之见"。

【原文】6

天明,三娘子具盘食,果实烧饼数枚于盘中。讫,更取他物。季和乘间走下,以先有者易其一枚,彼不知觉也。季和将发,就食,谓三娘子曰:"适会某自有烧饼,请撤去主人者,留待他宾。"即取己者食之。方饮次,三娘子送茶出来。季和曰:"请主人尝客一片烧饼。"乃拣所易者与啖之。才入口,三娘子据地作驴声,即立变为驴,甚壮健。季和即乘之发,兼尽收木人、木牛子等。然不得其术,试之不成。季和乘策所变驴,周游他处,未尝阻失,日行百里。

【校记】6

(1)果实烧饼,《太平广记》沈钞本及《古今说海》《广艳异编》《霞房搜异》"实"作"置"。

(2)彼不知觉也,《太平广记》孙校本、沈钞本及《古今说海》《广艳异编》《霞房搜异》作"彼不之知觉也"。

(3)他宾,《唐代丛书》石印本作"宾客"。

(4)方饮次,《太平广记》沈钞本及《古今说海》《广艳异编》《霞房搜异》"饮"作"食"。

(5)送茶出来,《霞房搜异》无"来"字。

(6)作驴声,《太平广记》孙校本、沈钞本无"作"字,《广艳异编》《霞房搜异》作"作驴鸣"。

(7)即立变为驴,《古今说海》《广艳异编》《霞房搜异》无"即"字。

(8)收木人、木牛子,《太平广记》孙校本作"收木牛、木人子",沈钞本作"发其巾箱木牛、木人",《古今说海》《广艳异编》《霞房搜异》作"收木牛与木人子"。

(9)未尝阻失,《太平广记》许校本、《艳异编五十一种》、《唐人说荟》、《龙威秘书》及《唐代丛书》嘉庆本、同治本"尝"作"常"。

【原文】7

后四年,乘入关,至华岳庙东五六里,路傍忽见一老人,拍手大笑曰:"板桥三娘子,何得作此形骸?"因捉驴谓季和曰:"彼虽有过,然遭君亦甚矣。可怜许,请从此放之。"老人乃从驴口鼻边,以两手擘开。三娘子自皮中跳出,宛复旧身,向老人拜讫,走去,更不知所之。

【校记】7

(1)路傍,《太平广记》石印本作"路旁"。

(2)忽见,《唐代丛书》民国本无"忽"字。

(3)拍手大笑曰,《古今说海》《广艳异编》《霞房搜异》无"曰"字。

(4)请从此,《广艳异编》"请"误作"乂"。

(5)口鼻,《唐人说荟》"口"误作"日"。

(6)宛复旧身,《古今说海》《广艳异编》《霞房搜异》"复"作"若"。

附　录

板桥三娘子①

唐汴州西有板桥店。店娃三娘子者,不知何从来。寡居,年三十余,无

---

① 冯梦龙《太平广记钞》卷十一《幻术部》,出自《河东记》。

男女，亦无亲属。有舍数间，以鬻餐为业。然而家甚富，多驴畜。往往贱其估以济行客之乏，故远近行旅多归之。

元和中，许州客赵季和，将诣东都，过是宿焉。客有先至者六七人，皆据便榻。赵后至，得最深处一榻，逼主房。既而三娘子供给诸客甚厚，置酒极欢。赵素不饮酒，亦预言笑。

三更许，客醉，举家息烛而寝。独季和转展不寐。忽闻隔壁窸窣若动物之声。偶于隙中窥之，见三娘子向覆器下，取烛挑明，巾箱中取小木牛、木人及耒耜之属，置灶前，含水噀之，人牛俱活。遂耕床前一席地讫，取荞麦子，授木人种之。须臾麦熟。木人收割，可得七八升。又安置小磨子，砲成面讫，却收前物，仍置箱中，取面作烧饼。

有顷鸡鸣，诸客欲发。三娘子先起，点灯设饼。赵心动，遽出，潜于户外窥之。乃见诸客食饼未尽，忽一时蹋地，作驴鸣，须臾皆变驴矣。驱入店后，而尽没其财。赵亦不告于人。

后月余，赵自东都回，将至板桥店，预作荞麦烧饼，大小如前。既至，复寓宿焉。其夕无他客，主人殷勤更甚。

天明，设饼如初，赵乘隙以己饼易其一枚，言："烧饼某自有，请撤去以俟他宾。"即取己者食之。三娘子具茶，赵曰："请主人尝客一饼。"乃拣所易者与啖。才入口，三娘子据地作驴声，即变为驴，甚壮健。赵即乘之，尽收其木人等，然不得其术。赵策所变驴，周游无失，日行百里。

后四年，乘入关，至华岳庙，旁见一老人，拍手大笑曰："板桥三娘子，何得作此？"因捉驴谓赵曰："彼虽有过，然遭君已甚。可释矣。"乃从驴口鼻边，以两手擘开，三娘子自皮中跳出，宛复旧身。向老人拜讫，走去，不知所之。

板桥三娘子①

《古今说海》：唐汴州西有板桥店。店娃三娘子者，独居鬻餐有年矣。而家甚富，多驴畜。每贱其估以济行客。

元和中，许州客赵季和，将诣东都，过客先至者，皆据便榻。赵得最深

---

① 冯梦龙《古今谭概》第三十二《灵迹部》。

处一榻,逼主房。既而三娘子致酒极欢,赵不饮,但预言笑。

二更许,客醉,合家灭烛而寝。赵独不寐,忽闻隔壁窸窣声。偶于隙中窥之,见三娘子向覆器下,取烛挑明,巾箱中取小木牛木人及耒耜之属,置灶前,含水噀之,人牛俱活,耕床前一席地讫,取荞麦子,授木人种之。须臾麦熟。木人收割,可得七八升。又安置小磨,即硙成面。却收前物,仍置箱中,取面作烧饼。

鸡鸣时,诸客欲发。三娘子先起,点灯设饼,赵心动,遽出,潜于户外窥之。乃见诸客食饼未尽,忽一时踣地作驴鸣。顷之,皆变驴矣。驱入店后,而尽没其财。赵亦不告于人。

后月余,赵自东都回。将至板桥店,预作荞麦烧饼,大小如前,复寓宿焉。其席无他客,主人殷勤更甚。

天明,设饼如初。赵乘隙以己饼易其一枚,言:"烧饼某自有,请撤去以俟他客。"即取己者食之。三娘子具茶。赵曰:"请主人尝客一饼。"乃取所易者与啖。才入口,三娘子据地即变为驴,甚壮健。赵即乘之,尽收其木人等,然不得其术。赵策所变驴,周游无失,日行百里。

后四年,乘入关,至岳庙傍,见一老人拍手大笑曰:"板桥三娘子,何得作此?"因捉驴谓赵曰:"彼虽有过,然遭君已甚,可释矣。"乃从驴口鼻边,以两手擘开。三娘子从皮中跳出,向老人拜讫,走去,不知所之。

附论三

浅谈古希腊的变形观

一

探究中国变形故事及作为其理论依据的变形、变化观时,经常会将其与欧洲进行比较。中野美代子《中国人的思考模式·小说世界》(《讲谈社现代新书》,讲谈社,1974年)中指出,中国的变形故事大部分是动物变成人的内容,欧洲则与此情况相反,即出现了很多人变动物的故事(第74—75页)。

欧洲的变形故事中不包括动物变人(本来是动物,后变形成人)的故事,这可以用基督教的世界观(神、人类、动物间存在不可逾越的严格界限)进行解释。若要深入探讨这个问题,就必须探究基督教产生之前的欧洲时代,即古希腊、罗马时代的情况①。这是一项浩大工程,对笔者个人来说是一个难以完成的艰辛工作。因此,笔者只参照日文译本及参考文献进行了简单考察,下面是整理的研究笔记。

二

根据中村善也、中务哲郎合编《希腊神话》(《岩波少儿新书》,岩波书店,1981年)第八章《变形》的内容可知,丰富的自然资源是希腊人赖以生存的基础,对希腊人而言,包括动植物在内的自然是与自身息息相关、无法分割的一个整体。而且,与在自然交流的过程中,在"转世""轮回"思想未

---

① 原早稻田大学研究生大立智砂子的倡议与指导是撰写本附论内容的契机。

形成之前,就已经出现了与动植物进行朴素交流、动植物与人神秘一体感的观念,并由此衍生出诸多的变形故事(第182—183页)。

然而,基督教推崇人与自然对立的思想。因此,与信奉基督教后欧洲的自然观相比,古希腊的自然观更接近东方的自然观。但在广为流传的古希腊变形神话中,大都是人或神变成动植物、无机物、天体类的故事。动物变形成人的故事大多数是神变形成动物、又变回原来的样子,也就是说,这种变形只是由暂借的某种形象回到原来应有的状态而已(根据中村善也、中务哲郎的观点,被迫变成动物的人再变回人类的故事极其罕见,只有伊娥遭宙斯妻子赫拉嫉妒被变成母牛一个故事。这与后世欧洲的民间故事、童话大不相同,极为有趣)。另外,欧洲未曾出现过像中国变形故事中那种动物变成人(活着时就发生变化、变形)的情节,甚至连这样的构思都没有。但神话故事并没有阐明应该如何看待人与动物的关系及其他相关情况。

根据浜冈刚《希腊思想中的人类与动物》(加茂直树、谷本光南主编《研究环境思想的人们》,世界思想社,1994年)的记载,在希腊精神形成以前的古希腊传说中,动物仅作为区别人类或人类社会特质的对象被顺便提及。荷马《伊利亚特》《奥德赛》中强调了永生之神与肉体凡胎的差别,却没有过多提及人与动物的不同。希腊精神形成以后,赫西奥德《工作与时日》中认为人与动物的根本区别是是否存在"正义"感,这被认为是真正开始论及动物与人关系的内容。此后,阿尔克麦恩又从是否存在"知性"和"理性"的角度阐述了人与动物的不同之处,这一观点已成为西方的传统认知(当然还存在诸如阿那克萨哥拉主张的动物也有灵性等内容)。此外,芝诺创建的斯多亚学派则主张"动物为人类而存在"。这种主张虽在后世饱受争议,却成为西方传统的动物观,并将人类中心主义论定式化(第60—75页)。

古希腊时代,主要从伦理性层面解释了人与动物的关系,因此并未关注变化、变形等内容,而且动物与人之间似乎并不存在人与神之间的那种差别。例如,亚里士多德《动物志》第八卷第一章中写道:"某种动物与人相比,或者人与多数动物相比,只是某种程度上的差别而已","自然界从没有生物到逐渐出现动物是一个漫长的演变过程,而且这种变化具有连续性,因此人类与动物间并不存在明显的界限"。(《岩波文库》下册第43—44页,岛崎三郎译,岩波书店,1999年)虽说如此,但除人类之外,其他动物终究只是动物,无论是自然科学的理论还是人类丰富的想象力,都认为动物不可能进化成人类。

在中国、日本等国家,动物变形成人的变形观背后隐含的是历经岁月的动物具有变形成人的能力的动物观,也可称为自然观,或者是由于报恩、恋情等因素,动物变形成人的动物观。这样的动物观、自然观似乎是东方特有的,如果欧洲果真自古就不存在这样的观念,那么产生这种差异的本质究竟是什么呢?这些问题,目前笔者还不能做出完美的解答。

上面已说到,在古希腊说到变形时,人们自然而然联想到的是神或人变形为动植物等,并不存在动物变形为人的观念。那么,出现转生观念后会发生怎样的变化呢?实际上转世、轮回思想并不只存在于印度,古埃及、古希腊等地也有。下面就此相关的内容略做介绍。

根据石上玄一郎《埃及逝者之书——探寻宗教思想之源》(《Regulus 文库》,第三文明社,1989 年;初版由人文书院 1980 年出版),第 94—97 页、《轮回与转生——探寻死后的世界》(《Regulus 文库》,第三文明社,1981 年)第 80—81 页的记载,古埃及人认为灵魂分为"Ka"(译作"精灵",是指抽象的个性或人格,或指具备这种特性的人)与"Pa"(即所谓的"灵魂")两种形式。"Ka"多在墓地中与木乃伊同在,而"Pa"则在人死升天后与太阳神或冥府之神同住。而且,一旦在俄塞里斯殿被宣判无罪,无论个人是否有变形的意愿,都会被赋予变形的权利(而被宣判为有罪的人则会被执行审判结果的怪物吃掉,永远无法复活再生。这一点与印度的转世轮回的内容大相径庭)。

另外,井本英一《轮回前史》(《轮回故事——东方民俗志》,法政大学出版局,1989 年)中论述了晚于《埃及逝者之书》(撰写于公元前 16—前 14 世纪前后)时代的埃及人的轮回观,书中引用希罗多德(公元前 5 世纪)《历史》卷二第 123 节中的记载:"埃及人信奉灵魂不灭,认为肉体消亡之时,灵魂会借寄于生生不息的其他动物体内。……灵魂将在生活于陆地上、海洋中、天空中的所有生物体内游历一遍,最终进入自己将要轮回的人体内,历经三千年,完成一次魂魄大轮回。"(第 3 页)仅从形态变化来看,可以说这就是动物变形为人。但转世毕竟是人类的不灭灵魂回归肉体的过程,与动物变形为人有着本质的区别。

附论三　浅谈古希腊的变形观

石上玄一郎《轮回与转生》中《狄俄尼索斯崇拜与俄耳甫斯教》《希腊诸派轮回观》两章内容详细论述了希腊思想影响下的轮回观①。其中值得特别注意的是毕达哥拉斯、柏拉图的论述。

奥维德《变形记》第十五卷介绍了与毕达哥拉斯学说相关的内容。奥维德认为，人的灵魂作为附属于神的不灭实体，因前世之罪被囚禁在现世的牢狱，即肉体中。灵魂是与肉体完全不存在有机关系的其他东西，因此，人死后，灵魂脱离肉体进入阴曹地府，在饱受炼狱之苦后得到净化，再次升天。其中那些无法升天的灵魂则变成游魂，继续在现世游荡，不得安宁。奥维德对这些游魂进行了如下的描述[以下引用了中村善也的译文（《岩波文库》，岩波书店，1984年）]：

> 万物转化，但皆无消亡。灵魂不断游离，在来回往复的移动中选择中意的肉体，并寄居其中。灵魂从野兽游荡到人的肉体，再从人之肉体游荡到野兽之间，无尽移动，绝不消亡。就像柔软的蜡上押出新花纹后，蜡的原有形状发生了改变，因此蜡是无法始终保持同一种形状的，虽然无论什么形状，本质是同一支蜡的事实并没有改变。灵魂也是如此，虽然本质没有发生变化，但始终以各种形态游离在各种事物之间。这就是我想说的。（《变形记》下册，第307—308页）

与人转世为动物一样，动物转世为人也只是假想而已，这里却明确揭示了不灭之魂游离于各种肉体间的显著特征。

与柏拉图相关的情况，参照柏拉图《斐多》中记载的苏格拉底关于死后转世的主张，进行相关内容的论述。苏格拉底信仰灵魂永生，肉体为恶，他认为哲学家的使命就是拯救游离在肉体之间的灵魂。真正的哲学家的纯粹灵魂就是能将灵魂从生前隶属的肉体中解放出来，死后进入阴间也能得到诸神保佑的高尚之物。然而，迷恋肉体的肮脏灵魂则变成徘徊于石碑、墓地周围的幽灵，或根据各自的秉性寄生于符合其特征的动物体内。关于转世为动物，苏格拉底与科普斯曾进行过如下对话[转引自田中美知太郎

---

① 在汉学研究领域，池田知久《老庄思想》（《广播大学教材》，广播大学教育振兴会，2000年）的《死亡、转生、轮回思想》中《古希腊哲学的转生、轮回》的附录里有相关内容的概论（第165—169页）。

编《柏拉图(一)》,《世界名著》,中央公论社,1966年]:

> 苏格拉底:"例如,习惯饭囊酒瓮、不注重养生且没有自制力的人恐怕会变成驴之类的动物。你不这样认为吗?"
>
> 科普斯:"的确如此。"
>
> 苏格拉底:"那么,作风不正、喜欢专制、贪欲旺盛的人恐怕会变成狼、鹰、鸢之类的动物吧。世间果真存在像狼、鹰等动物的肮脏魂灵归宿地吗?"
>
> 科普斯:"非也。我们要把他们变成那类动物才行。"
>
> 苏格拉底:"也就是说,很明显,任何人都可以根据自己的生活习惯选择与之相匹配的归宿,是这样吗?"
>
> 科普斯:"是的,的确很明显。"
>
> 苏格拉底:"而且人群中只有遵守世俗道德的人才能去往最幸福、最温馨的地方,难道不是这样吗?通常所谓的节制或正义中并不含哲学与智慧,而是从习惯、训练中衍生出来的道德而已。"
>
> 科普斯:"为什么说这样的人最幸福呢?"
>
> 苏格拉底:"大概是因为他们会再次变成符合自己身份的社会成员,例如变成蜜蜂、胡蜂、蚂蚁等,或者再次转世为与前世一样的种族,成为稳健的人。"
>
> 科普斯:"原来如此。"(池田美惠译《斐多》,第531—532页)

上述内容虽与佛教由于因果报应而转世的内容如出一辙[①],但却并未

[①] 当然也有阐明古希腊思想中包含的轮回观与东方佛教完全不同的资料。山内昶《怨灵(二)》(《物与人类文化史》,法政大学出版局,2004年)中介绍了柏拉图《理想国》,认为其中汇集了所有类型的生命模板,其中记载的潘菲利亚族战士厄尔苏醒的故事就是这样的例子。故事内容如下:

……厄尔的灵魂脱离躯体后来到了神奇、灵妙的审判厅。审判厅以一生百年的寿命为依据,根据每个人生前的所作所为来赏罚比寿命长十倍,即千年之久的灵魂之旅。善良的灵魂将在天上、丑恶的灵魂将在地下度过这一千年。在这个千年结束之际,灵魂将在命运三女神面前用抽签的方式选择第二次生命。负责决定生命线长度的女神拉克西斯强调道:"不是指引命运的守护神(神灵)抽签选中你们,而应该是你们亲自选择自己的守护神。"(第四章《西方恶魔论》第8页)(转下页)

形成像佛教转世轮回说那样的庞大体系,也不是与思想本质有关的内容。而且毕达哥拉斯也持相同观点,可见这只是谈及不洁灵魂归宿时顺便提到的内容。这种思想蔑视肉体,把解放灵魂当作自己的使命,因此提倡关注不灭的灵魂,而对与罪孽深重的肉体息息相关的转世现象并不感兴趣。虽然古希腊思想中确实也存在转世的观念,但总体来说,它只是灵魂问题中一个非常不起眼的内容,因此没有创作出与此相关的故事,最终在基督教思想的影响下被全盘否定了。

另外,罗伯特加兰《古希腊人的生死观》(和光大学综合文化研究所永泽峻编《死亡与来世的神话学》,言丛社,2007年)中有如下描述:

> 所谓转世轮回观念就是一种信仰,即相信人死后灵魂会寄居在别的肉体里。古希腊哲学教义中虽存在这种理念,但并未获得大众的支持(山口拓梦译,137页)。

三

在论述基督教产生之前欧洲变形论的相关论著中,涩泽龙彦的《变形记考》(《变形传奇》,立风书房,1972年)值得关注。涩泽龙彦根据奥维德《变形记》(双名《变形故事》《变形谭》)的故事,以原因、动机为依据,将希腊的变形故事分为五类:一、报应型变形;二、圣化或纪念型变形;三、保护型变形;四、预防型变形;五、衰弱型变形。之后论述根据变形结果进行分类。

---

*(接上页)山内昶在此资料基础上进行了如下论述:

> 然而,虽同属于轮回思想,但东方是由冥界判官阎罗王,即佛教中所说的地狱的阎王,根据每个人生前的品行直接进行宣判。印度则根据种姓制度,由上天决定属于再生族或者一生族。在西方,尤其是在柏拉图看来,命运虽由抽签的顺序决定,但抽签顺序所决定的内容,也就是选择转世命运,要靠自由意志。正义女神之女拉克西斯明确提出"责任在于选择方,神不负任何责任"(《理想国》)。促使东西方思想产生巨大分化的特征性差异此处已经萌芽了。
> (第四章《西方恶魔论》第11页)

这段论证非常精辟。山内昶以上论述依据的是柏拉图《理想国》第十卷第13—15节的内容。

而且,变形为动物、植物、矿物、液体、气体、天体等的过程中,植物性变形引人注目。涩泽龙彦文章的后半部分着重关注了《变形记》中占大量篇幅的植物性变形,这给了我们重要启发。下面将列举这一节内容,并结合笔者的看法进行说明。

根据伊夫吉罗德《达芙妮神话》的观点,植物性变形是最重要的变形类型之一,具有不为其他领域认可的独特意义。这是因为人一旦变为植物,其生命就与植物的生命紧紧连在一起,达到一种永生状态。这里值得注意的是,一般所谓的植物性变形现象并非变形为某种特定的植物,而是变形为某一类植物。例如,所有的月桂树都变形为达芙妮,而所有银莲花则都变形为阿多尼斯。这一点与动物性变形及其他变形完全不同。因此,植物性变形把与之相关的两个自然界,即人类界与植物界直接联系起来,起到了同化与融合的作用。而且在人类与植物两个平面间相互转换的生命因此实现了无限循环的状态。

可以说,在古代人眼里,树木经常会变形为女子的身姿,古人也经常把树与寄居树干内的树妖(被称作得律阿德斯或树精)视为一体。树妖与树同生共死,并能在人形与植物形态之间自由变换,变形完全也只是树妖自发的日常行为而已。如果砍掉树、摘掉草的话,就如同德鲁奥特与罗提斯神话故事中讲述的那样,树妖就会流出鲜红的血。对古代人来说,坚硬的树皮下面散发着香气的树流淌着鲜血的情景,毋庸置疑,这可以直接让他们想象到树木与人同一化的情形,甚至可能出现树木崇拜的现象(第16—17页)。

中国有很多人变形为各种动物的传说,变形成植物的故事却非常罕见。这一点与欧洲形成鲜明的对比。虽尚没有人论述过这方面的内容,但在比较东西方变形故事时,这却是一个非常重要的区别[①]。

欧洲没有动植物变形成人的故事。但仅就植物变形来说,往往通过寄居在树体内的树妖(妖精)的形象创作出了树木变形为人的故事。而且树

[①] 变形为植物的故事有《山海经》卷五中《山经》"姑媱之山……女尸,化为䔄草"、《吕氏春秋》卷十四《孝行览·本味》中记载的伊尹之母变形为中空的桑树等,都属于这类例子。可见中国并非完全没有变形为植物的变形故事,但根本无法与动物类变形故事相提并论。

妖都是年轻美貌、身姿曼妙的女子,可以与神或人相恋。西方树妖与东方动植物变形为人或与人相恋的内容也值得深入研究。另外,古希腊神话里,妖精作为精灵出现在山野、河川、树木、洞穴中等,可见妖精与动物之外的自然密切相关。但到了后世,也出现了与动物要素相结合的妖精(半人半蛇的女神梅露辛等)。另外,栖息在欧洲森林中的妖精作为比较研究的对象也很有意思,虽涩泽龙彦已进行了论述,但还有必要进行详细的调查与研究。

四

以上简单论述了古希腊时代的变形、变化观与产生基督教后的欧洲的自然观、变形观大相径庭。在信仰唯一绝对创世主的基督教世界里,这个观念虽被视为异端备受压抑,却没有完全消失。在民间传承与当地风俗信仰中,这种古希腊式的自然观变换成某种形态一直存在。应该通过这样的二重性认知欧洲文明。

此外,轮回思想、变形为动物等内容,即与东方思想具有共通点的内容,尤其引人注目。但在探索其共通性时,应明确其中隐藏着诸多与东方不同的地域性特征。期待西方与东方古典学方面对这类问题进行研究。

后　记

　　本书由1999—2008年在广岛大学《东洋古典学研究》上发表的诸论文,以及修改、整合这些论文提交给名古屋大学申请学位的论文构成。

　　其实,我最初的研究对象是唐诗。1995年10月,我参加了中唐文学会第六次大会,并在大会上做了关于唐代小说《板桥三娘子》故事的发言,回想起来这已经是十多年前的事情了。研究《板桥三娘子》的时间确实已经不短了,但遗憾的是依然未能进行充分的调查、研究、论述。2004年后进入论文整体大修改阶段,由于诸事缠身及个人的惰性,一直无法专注于此项工作。虽说利用点滴时间进行了修改与整合,但是收效甚微,尚未达到期望值。

　　然而,毕竟书稿经历了近十年才完成,也不能说完全没有收获。我时而陶醉于新发现兴奋不已,时而感叹研究中犯下的一些低级错误,但这一切都是促使我成长的宝贵经验。论文撰写期间,恩师不断给予我教导与鼓励,学长、朋友也给了鼓励并提出诸多建议,还得到学生的帮助和积极配合。在此我将逐一列举各位的名字以表达我诚挚的谢意。

　　首先说明一下开始研究《板桥三娘子》的缘起。在我教授的科目中有一门涉及唐代小说的课,来听这门课的一位女同学说:"我觉得这个故事和《一千零一夜》很相似。"可以说就是这句话引领我进入了《板桥三娘子》的世界。遗憾的是我忘记了这位女同学的名字,但我真心希望她有机会看到这本书。在此首先要感谢她给我的启发。

　　自开始收集、调查资料起,横滨国立大学、东京大学等大学、研究所的图书馆及国立、省立、市立的图书馆等给予我极大配合。至今我依然无法忘记查阅阅览室桌上堆积如山的参考文献后发现与研究相关的新内容时的欣喜。2007年初步完成了修改工作,在诸位亲朋好友的强烈建议下,我决定进一步修改并以此申请学位论文。2009年得到科研经费资助后,修改、整合工作进展得较为顺利,于是在2010年6月向名古屋大学提交了该论文。我的论文主审是加藤国安。加藤国安先生是我在"中唐文学综合研究"（1994—1995年）这项科研工作中认识的良友。论文审核委员会由高桥亨、神塚淑子、樱井龙彦、田村加代子四位老师组成，也都是我的朋友。在我论文答辩甚至获得学位后依然多次得到各位老师的悉心指点与不断教诲，在此表示衷心感谢。此外，本书的出版获2011年度科学研究费辅助金（研究成果公开促进费）的资助。

  书稿付梓之际，我感到诚惶诚恐，担心自己的愚钝辜负了各位师友的教导与帮助。但作为一名唐代小说研究者，积极探索未知领域的态度及原创性研究期望得到同行专家学者的认同。同时，本书中出现的学科交叉研究还不充分，也期望相关领域的专家学者给予批评与指正。

  本书的雏形是最初在广岛大学《东洋古典学研究》上发表的多篇论文，其间一直得到时任东洋古典学研究会会长的野间文史先生的关照。可以说没有野间文史先生的大力支持和鼓励，我根本无法完成本书稿的撰写。因此，在此表示我由衷的感谢。此外，《河东记》短期研修会的赤井益久、泽崎久和两位先生也给予了很多有益的建议和指导。虽说是只有我们三人的每年一次的研修会，对我来说却是非常珍贵的学习和交流的机会，我从中受益匪浅。由于各自忙碌、疲于应付各种事务，从去年开始研修会一直未能如期进行，但我内心充满了对二位的感激之情。

  回想起来，我应该是一个固执的人。从学生时代开始一直就很自我，始终坚持自认为正确的研究方法。这要感谢名古屋大学的各位老师，他们没有强加干涉，而是给予我很多正确的引导和极大的关注。首先要感谢入矢义高、水谷真成二位先生的指导，以及后来给予我诸多教诲的今鹰真先生、给予热情鼓励的东洋史研究室的谷川道雄先生。另外，一宫的山本和义、京都的原田宪雄及荒井健三位先生的来信给了我巨大的鼓励。调任关东后，田仲一成、山之内正彦二位先生也给予了大力支持。还必须感谢中唐文学会的诸位同仁给予的厚望及殷切鼓励。因此本书付梓后，将首先敬呈以上各位过目，并恳请不吝指教。

  我深知自己生性愚钝，不懂人情世故，万事缺乏变通能力，甚至还是一位不称职的教员，因此应该给我就职的横滨国立大学的各位教职员工和从事国语、日语教育的各位同仁，以及选修我所承担课程的各位同学带来了很多困扰。我也有愧于我的家族，对去世已久的父母来说我是不孝之子。

姐姐、姐夫生活在爱知，却总是无私地给我很多帮助。最后是拙荆，她不戚戚于贫贱，甘于清贫生活，她无私的付出与无限的关爱是我坦然应对各种困难的巨大动力。

  2011年3月11日东日本大地震之后，正在修改论文的我有一种无法言表的悲哀，因为这项倾尽心血的研究成果竟不能为世界、为人类提供更具体的帮助，但我坚信研究的意义，所以就继续沉下心来修改论文了。所幸我所认识的人没有人在此次地震中受灾，我的研究室在六层，当时书架倒下来，书籍散乱一地，后来学生帮我重新整理好了书架。然而，福岛第一核电站核泄漏的消息却令人十分担忧，我一直处于不可名状的悲愤与危机感之中。至今地震已经过去近一年的时间了，不能再继续这样忧虑、萎靡不振了，于是我重整旗鼓开始了研究工作。扪心自问，我深深意识到平淡无奇的日常生活中也充满了忧虑与艰辛，而当我潜心研究《板桥三娘子》时，正如蒲松龄撰写《聊斋志异》一样内心充满激情，也能暂时忘记诸多烦恼。书中那些苛刻的评价、过量的注释或许就是这个原因造成的吧。但诸位读者若能不厌其烦仔细阅读本书，并能产生某些共鸣的话，我将荣幸至极。

  最后想说一下本书交印的原委。佐贺大学的古川末喜先生注意到了我发表在《东洋古典学研究》上的论文，并推荐给了知泉书馆的小山光夫社长。古川末喜先生是我通过中唐文学会认识的老朋友，当前出版业形势严峻，但他依然愿意帮我推荐出版本书，令我十分欣慰。此后，虽小山光夫社长多次约稿，但终因各种原因未能出版。小山光夫社长坚持等待，制订好出版计划后还亲自担任了责任编辑。由于我工作效率较低，又不够仔细，肯定给社长添了不少麻烦。书稿完成三校后发现了一些需要整合的内容，因此耽误了出版时间。在横滨国立大学研究生小泉彩，本科四年级学生上田和裕君、绪方芙美香、加藤真辉子及三年级学生山田香织的大力帮助下才顺利完成了书稿的最终修改工作。谨此一并致谢。

  本书是我的第一本专著。交付出版时我已年过花甲，即将退休。我深感撰写此书费时甚久，也是我的倾心之作。若拙著在经过多次批评与改正之后，还能在读者心中留下一点点印象，那便是我最大的荣幸了。

冈田充博
2012年2月

译后记

说起《板桥三娘子》,大概没有多少人读过这篇唐代的小说,因为它太过短小、无名,而其他的小说如《游仙窟》《莺莺传》的光芒又实在太耀眼了。但出乎我们意料的是,就是在这样一篇不起眼的作品背后,却隐藏着众多的线索。欧洲、西亚、印度、日本等地的民间故事、神话传说、宗教信仰、地理特征,甚至是粟特人的行商贸易史都与《板桥三娘子》有着千丝万缕的联系。可以说,这些线索只要缺失了一个,今天的我们可能就无缘见到这个发生在唐代一家客栈中的诡异故事了。

而对这些无比繁复的线索的梳理廓清,则正是《唐代小说〈板桥三娘子〉考——东西方变驴、变马系列故事》这部著作的功勋所在。我的恩师日本汉学者冈田充博先生像福尔摩斯处理案件那样,对《板桥三娘子》这篇小说剥茧抽丝,仔细地解剖了一番。所以先生的这部作品虽然是一部学术著作,读来却可令人获得一种犹如阅读推理小说一般的快感,这也是我在翻译过程中所体会到的最大乐趣。当然,令我深受感动的也正是先生的这种有点"苦行僧"意味的严谨的治学态度。我所翻译的前三章的内容,每一字、每一句都经过了先生的校阅,稍有达不到"信、达、雅"的翻译标准,或与日语原文意思有出入之处,就必须修改,而且是一改再改。在此次翻译过程中,冈田先生给予了我无微不至的帮助,在此,我想郑重地向他表示衷心的感谢!还有在本书的编辑过程中,不断给予我鞭策和鼓励的日本专修大学松原朗教授,西北大学高兵兵教授,日本共爱学园前桥国际大学张渭涛副教授,西北大学出版社马若楠主任及张红丽编辑,以及所有为本书的出版尽心尽力的各方人士,在此,也一并向他们表示深深的谢意!

最后,还要感谢我远在上海的父母。离别故乡一晃十四年过去了,父母日益衰老,而身为独生女的我却不能承欢膝下,实在不孝。这么多年我在日本留学、工作,每当自己一个人坚持不下去的时候,父母总是在电话那头听我倾诉,给我鼓励和支持。去年的寒暑假我回到上海,也是因为此次的翻译工作,我顾不上对父母嘘寒问暖,只是日日埋头于书案,对着电脑,一坐就是一整天。在此期间,父母全力支持我的工作,任劳任怨地包揽了所有的家务,还要为我准备一日三餐,辛苦异常。人到中年,才终于懂得世间能够包容我所有的任性的人唯有父母,而我所能做的就是将这份恩情铭记于心,并以此为激励,在此后的治学道路上走得更远,不辜负他们对我的期望。

独孤婵觉

2019 年 2 月